Thomas Blume hat sein Abitur mit 1,0 bestanden, die Welt steht ihm offen – doch er kann sich nicht so recht entscheiden. Aus einer Laune heraus entschließt er sich erst mal für eine Seereise auf einem alten Klipper und heuert bei der Reederei Salt & John an. Was jedoch als vierwöchiger Abenteuerurlaub geplant war, entpuppt sich als lebenslange Odyssee. Aus Blume wird Bloom wird Blomberg, und es beginnt eine unglaubliche, aberwitzige, grausame Reise über sämtliche Weltmeere, nach Jamaika und zurück nach Nirgendwo. Ist das alles ein Live-Rollenspiel, reine Imagination oder die Wirklichkeit?

Der flexible Mensch auf Irrfahrt durch eine verstörend reale Weltkulisse.

Rainald Grebe, geb. 1971 in Köln, studierte 1993 – 1997 Puppenspiel an der Hochschule für Schauspielkunst »Ernst Busch« Berlin, 1999 – 2004 Schauspieler, Regisseur und Dramaturg am Theaterhaus Jena, seitdem arbeitet er freischaffend als Autor, Komiker, Liedersänger und Dramaturg. Er erhielt zahlreiche Auszeichnungen, darunter den Prix Pantheon 2003 und den Deutschen Kleinkunstpreis 2006. Zuletzt erschien im Fischer Taschenbuch Verlag Rainald Grebes Gesangbuch »Das grüne Herz Deutschlands«. Mehr unter: www.rainaldgrebe.de

Unsere Adresse im Internet: www.fischerverlage.de

Rainald Grebe

GLOBAL FISH

Roman

Fischer Taschenbuch Verlag

5. Auflage: Oktober 2008

Veröffentlicht im Fischer Taschenbuch Verlag,
einem Unternehmen der S. Fischer Verlag GmbH,
Frankfurt am Main, Februar 2006

© 2006 Fischer Taschenbuch Verlag, Frankfurt am Main
in der S. Fischer Verlag GmbH, Frankfurt am Main
Satz: Fotosatz Otto Gutfreund GmbH, Darmstadt
Druck und Bindung: CPI – Clausen & Bosse, Leck
Printed in Germany
ISBN 978-3-596-16916-0

Dem Meer tief eintätowiert

ERSTE WELLE

Das moderne Leben ist sehr vielfältig.
EUGEN IONESCU

Das Meer war von einem nichtendenwollenden Blaublau. Meterhohe Wellen trugen einen einsamen Surfer durch die Brandung, waghalsig ritt er auf Wogen, die ihn jeden Moment zu verschlingen drohten. Unweit von ihm ragte etwas Graues aus dem Wasser. Man wusste nicht, waren es Schaumspritzer oder der Schuppenschwanz einer Nixe, die dem Betrachter zuwinkte. Die Gischt spritzte an einen malerischen menschenleeren Sandstrand, von Kokospalmen gesäumt. Und die Pazifiksonne, sie strahlte hell am wolkenlosen Himmel. Das Paradies.

Ich erwachte auf meiner Schreibtischunterlage. Diesen Büroartikel mit dem Motiv *Strand von Waikiki* hatte mir eine geschmacklose Nenntante zu Weihnachten geschenkt. Abwaschbares Plastik.
Jetzt hat meine Backe Schweißabdrücke auf dem Sandstrand hinterlassen. Schon wieder war ich eingepennt, mein Schädel noch immer im Jetlag.
Wie viele Zeitzonen diesmal?
Eben war ich noch in Australien und hab mir die Oper in Sydney angesehn, die Aborigines gefragt, ob es lohne, länger bei ihnen zu bleiben, worauf die nur mit den Achseln gezuckt und gemeint haben, das müsse allein ich entscheiden. Bin dann über Thailand, das mir seinen unberührten Dschungel anbot, und die händeringend einladende Mongolei durch elf europäische Metropolen, die mir alle versicherten, Europa sei nichts ohne sein Erbe, kurz in Island weggenickt. Ein Isländer tippte mir auf die Schulter, hielt mir seine Ponyzucht vor die Nase, meinte, in solch urwüchsiger Umgebung reiten lernen, das könne man nirgends, seine Pferde seien reinrassig, mit sehr guter Töltveranlagung, natürlich auch Scheritt, Terab,

Pass und Galopp, wollen Sie bitte gleich an die Longe, ich sagte: Moment, ich brauche Bedenkzeit, da versperrten mir Geysire den Weg und sagten: Wir sind hier die Klassiker. Konnte grad noch weiterblättern nach Grönland, das mir gleich sein Nordlicht auf die Netzhaut brannte, wenn du das nicht gesehen hast, verpasst du was in deinem Leben, ein Leben ohne Nordlicht ist kein Leben, fiepten überkolorierte Pinguine und Robben, einmal erlebt und nie vergessen, Schlittenhunde, Eisbären und die seltenen Seekühe, wo die Natur noch eine Heimat hat, was zögerst du? Ich verließ Grönland mit einem Vielleicht, tippte kurz auf Kanada und Alaska, auch hier das einmalige Nordlicht, das in jedem Land einmalige Nordlicht, mit Vollpension, Halbpension, Biwak, Kanu oder Wasserflugzeug. Entscheidungskrank driftete ich auf einer Eisscholle nach Waikiki, wo ich schweißnass erwachte.

So ging das nun seit Monaten, und es war kein Ende abzusehen. Juli war schon, bald kam der August. Und um den ging es doch. Seit einem halben Jahr plante ich diesen August, akribisch, wie ich alles plante, die große Reise nach dem Abitur, die wichtigste und längste Reise im Leben eines jungen Menschen. Vor allen anderen hatte ich begonnen mit der Planung, vorbereitet hatte ich mich wie auf eine wichtige Prüfung, für diesen August wollte ich fünfzehn Punkte.
Jetzt war ich der Letzte. Alle anderen hatten schon was. Machten Jobs, Praktika oder waren weg mit Rollkoffern, Rucksäcken oder ihrem ersten Golf. Ich saß in meinem Kinderzimmer vor verschwitztem Waikiki, auf dem Schreibtisch stapelten sich die Prospekte, und ich wusste nicht wohin. Woher dieses Loch? Der August wuchs sich aus zu einer Lebensbedrohlichkeit, lähmend lang wie ein Menschenleben. In meiner Verzweiflung schaute ich immer wieder über mein Bett. Dort hatte ich mein Abizeugnis eingerahmt.

| Religion: | sehr gut | Französisch: | sehr gut |
| Deutsch: | sehr gut | Sport: | sehr gut |

Latein:	sehr gut	Geschichte:	sehr gut
Englisch:	sehr gut	Religion:	sehr gut
Biologie:	sehr gut	Physik:	sehr gut
Mathematik:	sehr gut	Informatik:	sehr gut
Politik:	sehr gut	Kunst:	sehr gut

Ich war der Beste meiner Stufe. Mit Abstand. Und nun, wo die Schule vorbei war, versagte ich bei der Planung einer Sommerfrische. Ich begriff es nicht. 19 Jahre lang ohne Kopfschmerzen, im weißen Reihenhaus meiner Eltern, und jetzt das.

Was der Knabe schöne Beine hat.
Die Verwandten standen um meinen Laufstall.
Was der Knabe große Füße hat.
47, wie Günter Netzer.
Der wird weit kommen.
Eine Morgenzeugung, sagte mein Vater stolz.
Den hab ich gemacht nach zwei Tassen Krönung.

Ich entschied mich für Nichtaufgeben. Weitersuchen. Wär doch gelacht. Ich war doch immer so sicher. Und systematisch. Ich starrte auf die rauen Mengen Kataloge, die abstoßende Vielfalt der Möglichkeiten: Neckermann Tui Reisen&Mehr Studiosus Dr. Tigges Globetrotter HolidayLand WorldTravel HapagLloyd AtlasReisen SindbadReisen Tourconsult Elantouristik Paradiesreisen MegaTours Alltours Interrailtours Rainbowtours UniversalReisen EuroReisen GlobalReisen.
Anfangs hatte ich alle noch feinsauber gestapelt, nach Rubriken sortiert, Individualreisen, Pauschalreisen, Bildungsreisen, Kultur& Natur, Sport&Fun. Jetzt lagen sie durcheinander wie ein aus der Hand geglittenes Kartenspiel.

»Nur wer das Gewohnte verlässt, hat die Möglichkeit, Besonderes zu erleben«

Reiten: Man muss nicht nach Amerika reisen, um sich wie ein Cowboy zu fühlen. Westernfeeling gibt es auch in Tirol.

Stockholm für Camper und Wohnmobilisten.

Überwinden Sie nur am Seil baumelnd tief eingeschnittene Canyons oder spüren Sie, wie beim Abseilen der Adrenalinspiegel steigt. Sie können sich nicht entscheiden? Dann ist das Abenteuercamp genau das Richtige für Sie! Angst? Keine Sorge! Gemeinsam mit unseren professionellen Guides meistern Sie jedes Abenteuer! Natürlich fehlt bei uns weder die Lagerfeueratmosphäre noch das Relaxen am Badesee oder der Spaß beim Beachvolleyball.

Das InterRail-Ticket
Mit InterRail kannst du bis zu einem Monat zu einem Preis von maximal 636 DM durch ganz Europa per Bahn fahren. Einen Monat lang reisen, ohne Grenzen … das macht den Reiz aus. Einfach frei sein.

Ab 6 Personen stellen wir Ihnen gerne ihr individuelles Programm zusammen!

Im Kontinent »down under« konnten Flora und Fauna lange Zeit ganz eigene Wege gehen. So beeindruckt Australien heute mit vielfältiger Natur, besonderen Tierarten, aber auch pulsierenden Metropolen, weißen Sandstränden ebenso wie unendlicher Weite des Outbacks.

»Mir, als begeisterter Taucher, verschlug es nahezu den Flaschenatem bei dem Anblick der Riffe und Unterwasserhöhlen. Paradiesisch!«

Nachtleben: Unter den sieben verschiedenen Clubs werden Sie bestimmt Ihren Musikstil finden. Ob coolen Jazz in der Pleasure Island Jazz Company, Rock'n'Roll im Rock'n'Roll Beach Club, Disco der 70er im 8 Trax, Kabarett im Comedy Warehouse, legendären Country im Wild Horse Saloon oder Hightech-Dance auf einer sich drehenden Tanzfläche im Mannequin's Dance Palace. Soul und Hip Hop wird im Bet Soundstage Club gespielt.

Beim Board Walk erleben Sie den Charme eines amerikanischen Strandbadeortes um die Jahrhundertwende.

In Safari Village steht das Zentrum des Themenparks, der majestätische 40 Meter hohe TREE OF LIFE, der Baum des Lebens. Er symbolisiert den Respekt und die Liebe des Menschen für die Natur. Im Innern des Baumes verbirgt sich ein 3D-Kino, das seine Besucher mit der Special-Effect-Show »It's Tough to be a Bug« in die erstaunliche Welt der Käfer und Insekten entführt.

Gönnen Sie sich den Luxus des Nichtstuns.

Urlaub muss gelingen, sonst war er keiner!!!

»Jetzt kommen auch solche, die nur Rundfahrten machen, mit Mercedes und Jeeps, alles vom Feinsten. Die erleben das aber nicht so, wie man eigentlich sollte. Es gehört einfach auch mal dazu, dass du richtig verstaubt bist, dass du richtig dreckig bist. Und dass du mal drei Tage aus deinen Klamotten nicht rauskommst.«

»Die Kinder in Afrika fand ich vom Benehmen her viel wohlerzogener als unsere.
Bei denen ist nicht das erste Wort: haben, haben, haben.«

»Ich möchte beweisen, was in uns alten Germanen noch drinsteckt.« (Heilpraktiker, 50)

»Du hast nichts außer den Leuten, die mit dir ums Lagerfeuer sitzen. Und das ist für manche ungewohnt, aber im Grunde genommen auch schön, weil eben Gespräche entstehen und auch das Bedürfnis, irgendwas zusammen zu machen. Ob das nun Ratespiele sind oder singen. Wir haben es schon gehabt, dass jeden Abend einer am Heulen war, weil er seine Lebensgeschichte erzählt hat.«

Die Vollkommenheit in den Clubdörfern erzeugt euphorische Stimmung.

»Du lebst hier in einem Bereich, in dem alles gleichförmig ist. Und irgendwann kriegst du dann einen Frust, weil privat etwas nicht stimmt oder beruflich. Und dann fängst du plötzlich total an zu träumen und zu phantasieren. Und dazu kommt, im letzten Winter war es unheimlich kalt. Da hätte ich auch in Indien sein können oder in Goa oder Sri Lanka. Super Beach, tolles Essen, wahnsinnig billig alles. Nette Leute. Solche Geschichten, das sind schon Wunschträume, die dafür da sind, dass es einem persönlich besser geht.«

Jetzt den Sommer bestellen!!!!

Es half nichts. Reisewelle für Reisewelle schwappte über meinen Schreibtisch, je länger ich meine Nase in die Kataloge hielt, desto verwirrender wurde alles. Angebote tanzten vor meinen Augen wie ein fiebriges Kartenspiel, und ich legte wilde Patiencen, die nie aufgingen.
Die fünf Kontinente tauschten ihre Positionen und trieben verbotene Mathematik. Dividierten, addierten, subtrahierten, multiplizierten, potenzierten sich untereinander wie willkürliche Variablen, zwischenzeitlich zählte ich 8 Afrikas, 32 Europas, 4 Amerikas, 44 Australiens und 95 Asiens. 183 Kontinente und alle entdeckt,

im nächsten Moment war nur noch blaues Wasser und die Land-masse verschwunden. *Als wäre nie etwas wichtig gewesen auf diesem Planeten ...*

Heideparks, Hauptstädte, Helsinki, Katzen, Lamas, Komodowarane, Galapagosschildkröten, Naturparks, Naherholungsgebiete, Esbit-kocher, Blechtassen, Küchenkräuter, Baguettes, Eiffeltürme, Schnurrbärte, Zeitschriften, Leihwagen, Aschenbecher, Handyhal-ter, Handtücher, Bauernfenster, Strandkörbe, Frisbees, Reiserück-trittsversicherungen, Mammutbäume, Geisterdörfer, Sessellifte, Skistiefel, die Brennerpässe, die mediterrane Küche, Kreditkarten, Kleinbusse, Garagen für Kleinbusse, Hunde, Fahrräder, Schreber-gärten, die Masurische Seenplatte, Zugvögel, Salzlecken, Fitness-studios, Wellnesslandschaften, Rheinbrücken, Länder, Menschen, Abenteuer – das alles war nur noch Mus.

In meiner Verzweiflung riss ich die Fenster auf und schrie in die Reihenhaussiedlung: Wer hat den runden Globus plattgehauen, warum gibt es keine Täler und Tiefseen mehr, wer hat die Alpen entknittert und glatt gestrichen, warum sticht auf dieser Erde nichts heraus???

Keine Antwort.

Die Reiseziele der ganzen Welt lagen gleichgültig vor mir.

Irgendwann tippte ich nur noch blind in das globale Egal.

Jetlag.

Leg dich nieder, müder Wanderer ...

Voll von Nichts legte ich meine Birne auf den Plastikpazifik. Wie lange hockte ich da? Mein linkes Bein war schon eingeschlafen. Ich versuchte, mir einen runterzuholen, war aber einfach zu müde.

Die Dämme sind gebrochen.

Ich sehe alle Dinge dieser Welt gleichgültig nebeneinander.

Das Fassungsvermögen meines Libellenauges ist so gewaltig, es nimmt mir den Atem.

Ich sitze tatenlos zu Haus.

Um mich herum, höre ich, sei das Wohlfühlzeitalter angebrochen.

In meinem Briefkasten erdrücken sich die Kataloge. Ich traue mich schon gar nicht mehr nach unten. Sicherlich ist diese Nacht wieder ein Katalog erstickt, weil ein andrer zu feist war.

Es schellte. Ich schreckte aus meiner Rammdösigkeit und lief nach unten. Ein brauner Herr von UPS überreichte mir einen Brief, ich zeichnete gegen, dann sagte er noch: Leeren Sie mal Ihren Briefkasten, da quetscht sich ja schon alles. Wieder eine Ladung Prospekte. Der neue Quellekatalog und die OutdoorSpezialausrüstungsbeilage von Wolfskin. Mir schwindelte wieder. Dann schaute ich auf den Brief in meiner Hand. Seltsam. Büttenpapierener Umschlag. Hinten ein rotes Siegel mit dem Zeichen S&J. Vorne war mit schwarzer Tinte mein Name geschrieben: **Thomas Blume**. Mehr nicht. Ich erbrach das Siegel, erbrechen, ich musste lachen, einen Brief erbrechen, bitteschön, und zog die inliegende Karte heraus, ebenfalls Tinte auf Bütten.

Sehr geehrter Herr Blume,

Den Sommer noch ratlos? Den August noch frei?
Wir möchten Sie einladen zu einer Fahrt auf dem Schulschiff
»Arrabal« von Hamburg in die Neue Welt.
Die Arrabal ist ein originaler Segler aus dem 19. Jahrhundert.
Lernen Sie das Abenteuer der Seefahrt kennen, werden Sie selbst
ein Seemann.
Wenn Sie sich jetzt nicht entscheiden, entscheiden Sie sich nie.
Das Schiff legt ab am 15. Juli, 18 Uhr, Hamburger Hafen, Dock 7.

Mit freundlichen Grüßen   *Reederei Salt&John*

PS.: Diese Reise ist kostenlos, wenn Sie sich den seemännischen Pflichten unterziehen.

Dann spürte mein Daumen noch etwas Hartes im Umschlag. Ich schüttelte.

Ein kleines Schiffchen fiel heraus, die Miniausgabe eines Dreimasters. Ein Giveaway.

Das ist ja schon morgen, schoss es mir durch den Kopf, und mir war schlagartig klar, dass ich zu angegebener Zeit in Hamburg sein würde.

Ich hastete nach oben, ein letzter Blick auf das Katalogfiasko, dann nahm ich sie alle und warf sie für immer weg in die große blaue Tonne. Den kleinen Büttenbrief legte ich behutsam auf den freigekehrten Strand von Waikiki und fuhr mit dem kleinen Dreimaster wilde Manöver durch die Brandung, ließ im Geiste gleich mehrere Schiffe zu Wasser, die kreuz und quer über die Weltmeere schossen. Welche Befreiung eine klare Entscheidung doch bewirkt! Nun also Seefahrt. Es hätte auch eine Busreise oder ein Kamelrennen sein können. Oder eine Ruderwanderfahrt. Ich wusste das. Unsere Putzfrau hätte sagen können, zu Hause isses am schönsten. Hat sie aber nicht. Nun also Seefahrt. Alle anderen Optionen waren gelöscht.

Den Tag über traf ich die notwendigsten Vorbereitungen. Kaufte einen Seesack, ich dachte, das sei doch passend jetzt, verstaute Klamotten, Waschzeug und Lektüre, sprach auf den Anrufbeantworter: Blume ist auf unbestimmte Zeit zur See, dann radelte ich noch rasch nach Frechen, erst zur Bank, Travellercheques, dann zum Reisebüro, um das Zugticket Köln-Hamburg zu kaufen.

Dort traf ich Petra, eine aus meiner Stufe. Die machte grad ein Praktikum im Reisebüro. Sie sagte, nach dem Praktikum wolle sie einsteigen bei TUI. Reiseverkehrsfachfrau, Fachrichtung Touristik, das sei was mit Zukunft, fremde Länder und so, weg wollen die Leute immer.

Die war sich also sicher und hatte schon was. Saß da, blauer Anzug und Seidentuch um den Hals. Wie am Flughafen. Einmal Köln-Hamburg bitte, einfache Fahrt. Sie tippte in ihren Computer, ohne zu fragen, was genau ich in Hamburg wolle. Sagte nur, dass sie in drei Wochen mit ihren Eltern eine Kreuzfahrt mache, mit dem

Traumschiff in die Karibik, mit *dem* Traumschiff, sie habe die Reise gewonnen bei TUI, ihre Eltern zahlen nur die Hälfte.

Wie sie das sagte. So selbstverständlich hinter ihrem Schalter. Als hätte sie den Schlüssel zur Welt. Die konnte mich nicht leiden, die Petra. Fand mich sterbenslangweilig, weil ich nur die Schule im Kopf hatte und von Mädels, Mofas und Dämmerung keinen Schimmer. Pass auf, Petra, dachte ich, das ändert sich jetzt gewaltig. Ich hole alles nach. In diesem Urlaub hake ich alles ab, was ich bisher versäumt habe.

Soso, deine Eltern zahlen die Hälfte. Ich fahre ja auf einem alten Dreimaster in die Neue Welt, umsonst.

Das saß. Plötzlich war ich interessant. Sie lachte, hielt das für einen dummen Scherz. Als ich dann noch was sagte von Studienstiftung oder Begabtenförderung und das sei also was ganz Exklusives, schob sie mir schnell mein Ticket rüber und sagte: Na dann sehen wir uns vielleicht irgendwo.

Vielleicht, ich schreib dir mal 'ne Flaschenpost.

Ich wollte gerade das Reisebüro verlassen, da rief sie mich zurück. Sie hielt eine Videokamera in der Hand.

Thomas, kannst du den letzten Satz noch mal sagen? Und dabei winken?

Ich stellte mich lässig in die Tür, hob meine Hand zum Gruß und sagte: Ahoi Petra, ich schreib dir mal 'ne Flaschenpost.

Am Abend vor meiner Abreise nahm ich noch ein Bad mit dem kleinen Dreimaster, saß auf der Stöpselseite, blies das Schiffchen durch die Wanne. Morgen zur See. Dein ganzes Leben liegt noch vor dir. Wirst sehn. Ich betrachtete die winzige Arrabal. Wie fein gearbeitet sie war. Balsaholz. Die Takelung – Millimeterarbeit. Das Gewirr der Taue und Masten. Und vorn: die schmucke Galionsfigur. Eine vollbusige Nixe, den Blick starr und furchtlos gradeaus. Ich taufte sie Marie. Vor Aufregung zuckten meine Beine. Das Badewasser überschlug sich wie im Wellenbad von Cuxhaven. Schwappte übern Rand und auf die Fliesen, der kleine Dreimaster ritt auf den Schaumkronen. Ich fixierte ihn. Bald bist du da drauf,

Seemann. Auf einem echten Schiff auf echtem Wasser. Urlaub.
Wenn ich zurückkomme, erkennt mich niemand wieder.
Ich tauchte meinen Kopf halb unter, schluckte Schauma. Die See
so rau und wild. Die Brecher krachten an die Kacheln. Wenn Mutti
jetzt reinkommt und den Atlantik sieht, scheuert sie mir eine.
Die nächste Welle. Obenauf die Arrabal. Sie jagte geradewegs auf
mich zu in einem höllischen Tempo, ich wollte noch was sagen, da
hatte ich die Galionsfigur schon in meiner Stirn stecken.

~

Der nächste Morgen. 15. Juli. Der Abschied von zu Haus. Ich war
darauf gefasst, dass es keine leichte Angelegenheit werden würde.
Wo waren meine Eltern? Waren sie noch da? Ich suchte sie für ein
letztes Lebewohl.
Als ich mit meiner mühsamen Reiseplanung begonnen hatte, vor
einem halben Jahr etwa, hatten sie plötzlich ihr Verhalten geändert.
Waren mir aus dem Weg gegangen, von Mal zu Mal unscheinba-
rer geworden. Ich sah sie nicht mehr zu den gemeinsamen Mahl-
zeiten. Frühstück, Mittag, Abendbrot. Vorher feste Verabredungen.
Gesetze. Sie galten nicht länger. Wir verpassten uns.
Wir haben schon gegessen, sagten sie. Oder: Wir essen später. Du
musst jetzt essen. Iss du nur. Iss, Junge, iss.
Oft sah ich sie im Vorbeigehn vor dem offenen Kühlschrank stehn.
Zu zweit zwängten sie sich vor den kleinen Kasten, und das gelbe
Kühlschranklicht fiel auf ihre besorgten Gesichter. Doch sie rühr-
ten nichts an. Sie prüften nur, was ich gegessen hatte und nickten.
Selten, im Abstand von Tagen, fand ich kleine Kerben in der But-
ter, Abdrücke, als hätten Mäuse was genommen.
Wenn ich nach Hause kam, musste ich lange nach ihnen suchen.
Ich dachte, sie machen einen Gang um die vier Ecken oder essen
auswärts. Dabei waren sie da, die ganze Zeit. Sie hielten sich in
denselben Räumen auf wie ich, nur waren sie so flach geworden,
dass sie von der Seite schwer zu erkennen waren. Oft bin ich aus
Versehen über sie gestolpert, hab sie umgeklappt mit einer fahri-

gen Bewegung. Sofort wisperten sie eine Entschuldigung, als seien sie die Verursacher der Unfälle und nicht ich.

Sie wurden kraftlos und immer passiver.

Liebe Eltern, so geht das nicht weiter, wie können wir dieser neuen Lage Herr werden, fragte ich und ergriff die Initiative, zu der sie nicht mehr fähig waren. Wir machten aus, sie sollten seitwärts gehen wie Krebse, immer seitwärts, dass ein Gegenüber sie stets von vorne sehen konnte.

Warum tut ihr das?, fragte ich verzweifelt. Warum hungert ihr? In ein paar Wochen kann ich eure Köpfe abtrennen mit der großen Papierschere.

Wir tun das nur für dich. Unser Leben haben wir gelebt. Jetzt bist du dran.

Iss, Junge, iss!

Sie ließen sich nicht umstimmen. Dünnten weiter aus und steigerten ihren Eifer. Sie scharrten in meinen Essensresten, in der Bio-Tonne, die nur mit meinen Abfällen voll war. Eierschalen zerbrachen sie und rochen daran, im Kaffeesatz stocherten sie und schauten sich an, die ausgelöffelten Kiwis kramten sie heraus und wiesen darauf hin, dass ich noch einige grüne Stellen übergelassen hätte. Wenn die Tonne voll war, klopften sie mir zag auf die Schulter, was für sie schon ein Kraftakt war. Iss, Junge, iss nur, Essen ist genug da. Und im Keller die Konserven.

Ich fand sie in der Küche. Sie saßen mir flach gegenüber und sagten: Sohn, bevor du gehst.

Dann überreichten sie mir ein leeres Fotoalbum. Mutter hielt mir eine Banderole Fotoecken hin, Vater deutete auf zwei menschengroße Pappen, die an dem massiven Küchenschrank lehnten.

Tu's. Sagten sie. Tu's. Für uns.

Nein. Sagte ich. Das ist nicht wahr.

Schlag es auf. Baten sie mich.

Ich schlug das Fotoalbum auf. Es ließ sich aufklappen wie ein Leporello. Auf der Innenseite stand geschrieben: Für dich. Immer in Liebe.

Mutter lächelte mich an, piddelte an den Fotoecken und riss zehn Stück ab.

Da. Die sind für mich. Für jeden Finger eine.

Wie sie da saßen, an den Stuhl gelehnt, damit sie nicht nach hinten umklappten, mit grauen Haaren und Tränen in den Augen, ahnte ich, warum sie so abgemagert waren.

Nein, das kann ich nicht tun. Ihr seid von Sinnen. Das kann ich nicht.

Du legst uns zwischen die Pappen und dann unter den Schrank, du bist kräftig genug. Wir wollen immer bei dir sein, sagten sie.

Nein, das tue ich nicht. Ihr sollt weiter krebsen.

Nimm uns mit. Flehten sie mich an.

Meine Mutter fing an zu weinen. Mein Vater nahm sie in sein papierdünnes Ärmchen.

Vergiss uns nicht. Vergiss uns nicht. Behalt uns in guter Erinnerung.

Lebt wohl, sagte ich, umarmte meinen flachen Vater und meine schon durchsichtig gewordene Mutter, dann packte ich meinen Seesack und wollte gehen.

Doch sie griffen nach mir, klammerten sich an mich: Nein, nein, nein. Heb hoch den Schrank. Den Küchenschrank. Wir sind zu schwach.

Ich pustete sie weg. Lasst mich. Oder ich hole die Schere.

Das würdest du nie tun. Du bist unser Junge. Unser kräftiger Junge. Wir haben dich gemästet für diesen Moment. Heb den Schrank. Schieb uns drunter. Und dann hol die Fotoecken. Wir wollen kleben im Album.

Vater. Mutter. Ich stand mit erhobener Faust. Ein Wort, und ich zerknüll euch.

Ich floh aus der Küche, schlug die Tür. Sie wehten durch den Raum wie Herbstlaub, landeten auf dem Kühlschrank, auf dem Herd, krochen hinunter, mir nach, mit langen, knochenlosen Armen.

Ich knallte die Haustür. Hielt mir die Ohren zu, um ihr klägliches Gewinsel nicht zu hören, ihr Schaben an der Tür, ihr Flehn, ihren Kummer. Ich lief hinaus, fort, die Straße lang.

Sah mich noch einmal um nach dem kleinen eckigen Reihenhaus, in dem ich 19 Jahre verbracht hatte: Damals, als ich noch drin lebte, war dieses Haus ein geräumiger Wohnwürfel, aber jetzt, was war nur los? Ich meinte, es sei zweidimensional, faltbar, pressbar zwischen Albendeckeln, und wie wackelig es war! Der leichteste Windstoß würde es wegwehen wie eine Briefmarke selbigen Motivs.

~

Der Hamburger Hafen.
Ich betrat die Landungsbrücken und aß zur Einstimmung einen Bismarck. Und während ich auf dem Fischbrötchen rummemmelte, wurde mir dunkel bewusst, was für ein Leichtfuß ich war. Ich wusste doch überhaupt nicht, worauf ich mich da ... wie verzweifelt muss ich gewesen sein, dass ich diesem Bütten gefolgt bin, ohne zu fragen, was genau für ein Angebot ... Wenn es gar keine Arrabal gab? Wenn ich einer Scheinfirma aufgesessen war? Vielleicht hatte sich irgendjemand einen Scherz erlaubt mit mir, wer konnte das wissen. Und wenn es dieses Schiff gab, wer waren seine Betreiber? Was hieß seemännische Pflichten, auf was habe ich mich da eingelassen, wo liegt welche Neue Welt, ich habe vor lauter Euphorie nicht im Atlas nachgeschaut, alles ein Blindflug ins Unbekannte.
Mir war mulmig, als ich auf den schwankenden Landungsbrücken ging, auf der Suche nach dem siebten Dock.
Was ich dort sah, übertraf all meine Erwartungen. Mitten im Hamburger Hafen, zwischen der Buddyhollyhalle, den Fischbrotmemmlern, den Hafenrundfahrtomas, zwischen rostigen Kuttern, Containerschiffen und Verladekränen lag stolz und fremd ein alter Segler, der sich aus einem Ölgemälde irgendeines englischen Malers, komm jetzt nicht drauf, hierher materialisiert hatte, in goldenen Lettern prangte der Name des Schiffes am Bug, ich hatte sie tatsächlich gefunden, es war die Arrabal. Ich nestelte das verschwitzte Giveaway aus meiner Hose, die Taschenarrabal, hielt sie

vor das Original: Sie waren identisch, absolut identisch, bis zu den goldenen Schuppen der Galionsnixe, die mir in der Badewanne solches Kopfzerbrechen bereitet hatte.

Wie groß sie war! Dieses mächtige Schiff, dieser Bauch, diese Masten, diese ... Ich wollte mir das Schiff beschreiben, in den richtigen Begriffen, doch ich konnte es nicht. Dass ich nicht die geringste Ahnung hatte. Kein einziges Fachwort fiel mir ein, das einzige war noch Reling, ich wiederholte es mir noch und noch: Die Arrabal hat eine schöne RELING, eine hohe RELING hat die Arrabal, ich stehe bald an der RELING der Arrabal, hoffentlich falle ich nicht über die RELING der Arrabal, die Arrabal bestand in meinem Wortschatz nur aus einer langen RELING, den Rest wusste ich nicht, scheiße, Schifffahrt hatten wir nicht in der Schule, ich wiederholte immer nur die landläufigen Begriffe: Schiff ... groß ... wie es da auf dem Wasser ... Holz ... die Arrabal ... Holz ... Reling ... Holz. Ich beschloss, auf dieser Reise eine Liste anzulegen mit all den Schifffahrtsvokabeln, und sie mir täglich abzuhören.

Ich sah, wie emsige Hafenarbeiter Säcke und Kisten auf das Schiff brachten. Zu meiner Verwunderung trugen sie sehr altertümliche Kleidung, altertümlich, keine Jeans oder Blaumänner wie die Arbeiter an den anderen Docks. Es waren schwere Holzkisten und Leinensäcke, die sie unter Keuchen und Fluchen per Hand hochhievten. Per Hand. Die hatten anscheinend keinen Caterpillar.

Dann sah ich sie Tiere treiben. Schwarze Schweine quiekten über die Pier, wenn sie ausbüxten, wurden sie einfach mit den Stiefeln zurückgetreten, auch einige Hühner gingen mit, mit gefesselten Kratzfüßen wurden sie an Bord genommen, in jeder Hand zwei. Sah aus, als verschifften sie einen ganzen Bauernhof, jetzt zogen sie sogar Pferde an Bord, die Gäule scheuten und wieherten, sobald sie in Schiffsnähe kamen. Die Männer hatten ihre Mühe, die Tiere über den Steg zu befördern. Was sollte da alles rein und wozu? Hatten die keine Konserven?

Einige Omis, die von ihrer Butterfahrt kamen, machten Fotos von den vorzeitlichen Packern, ließen sich sogar ablichten mit den scheuenden Pferden. Eine besonders dreiste bat einen sehr verschlagen ausschauenden Mann, ihren ganzen Kegelverein vor der Arrabal zu knipsen.

Waren das Dreharbeiten, und wenn ja, zu welchem Film? Ich sah kein Kamerateam, keinen Regisseur und keine Kabelträger, ohne nachgeschminkt zu werden schleppten die rauen Typen den Proviant in den Bauch der Arrabal, warfen sich Worte zu, die ich nicht verstand, Worte aus Niedriglohnländern.

Was sollte ich jetzt machen? Schließlich hatte ich eine persönliche Einladung der Reederei Salt&John in der Tasche, ich müsste doch irgendwo erwartet werden, sicher gab es ein Büro oder eine Art Rezeption, wo ich einchecken konnte. Ich suchte in einem der Hafengebäude gegenüber des Schiffes.

Einen jungen Arbeiter mit Backenbart sprach ich an: Guten Tag. Entschuldigen Sie, die Reederei Salt&John, wo ist die bitte ...

Er musterte mich abschätzig von oben bis unten, spuckte seitlich aus und deutete mit seiner dreckigen Hand auf eine rostige Eisentür. Ohne ein Wort ging er weiter ...

~

Ich klopfte zaghaft gegen die mir angedeutete Tür, jemand sagte herein, und ich betrat den nur spärlich beleuchteten Raum. Vor mir stand ein hagerer, mit einem schwarzen Gehrock bekleideter Mann mit scharfen, funkelnden Augen.

Guten Tag, brachte ich heraus, mein Name ist Thomas Blume, ich suche die Reederei Salt&John, bin ich hier richtig?

Der Mann setzte ein Lächeln auf.

Herr Blume, welche Freude, Sie zu sehn, ich hatte schon befürchtet, Sie würden sich anders entscheiden. Seien Sie willkommen. Mein Name ist Cloque. Doktor Cloque. Ich bin der Schiffsarzt der Arrabal und habe die Aufgabe, mich um Sie zu kümmern, Sie müssen entschuldigen, Personalmangel. Ein herrliches Schiff, nicht wahr?

Ja, es ist herrlich, ich habe dennoch einige Fragen zu meiner Reise, und zwar ...

Fragen? Fragen?, unterbrach er mich, schaute mich durchdringend an, dann lächelte er. Ja, fragen Sie nur, so ist das richtig, Sie fragen, ich gebe die passenden Antworten, dafür bin ich ja hier, also?

Nun, was ist die Arrabal für ein Schiff? Ich habe sowas nur auf alten Stichen und Gemälden gesehn.

Herr Blume, die Arrabal ist ein alter Stich. Cloque lachte dünn. Sie ist ein Original, die Reederei Salt&John hat sich darauf spezialisiert, nur Originale vom Stapel zu lassen, das entspricht der großen Nachfrage unserer Kunden.

Sie wollen damit sagen, ein Originalnachbau.

Etwa so, ja, aber was macht das für einen Unterschied, wenn es so perfekt nachgebaut ist, dass es originaler ist als das Original.

Und die Männer da draußen gehören dazu, ich meine, was sind das für Männer, die sind so merkwürdig gekleidet.

Merkwürdig? Sie meinen doch eher passend! Sie sind passend gekleidet, sie passen doch wunderbar zum ganzen Ambiente, oder wollen Sie einen alten Segler mit Jeans und Kran beladen, das hat doch keinen Wert.

Und ich soll da, darf da mit? Ich meine, wie sind Sie ausgerechnet auf mich gekommen? Hatten meine Nachbarn auch ein Anschreiben von Ihnen im Briefkasten?

Das kann ich Ihnen nicht sagen, dafür bin ich nicht zuständig. Im Übrigen ist diese Frage von einem falschen Misstrauen geprägt, Sie sollten froh sein, dass Sie zu den Auserwählten gehören, denn eines kann ich Ihnen versichern, diese Reise ist ein Abenteuer der Extraklasse gerade für einen jungen Menschen wie Sie, also: Wollen Sie mit?

Er wurde ungeduldig.

Was sind die seemännischen Pflichten, Herr Cloque, von denen im Anschreiben die Rede war, Sie verstehen, ich möchte nicht für irgendeine, Sie verstehen, es soll doch ein Urlaub bleiben. Deckschrubben, nichts dagegen, aber nicht, dass ich in die Masten muss, ich habe Höhenangst, und außerdem . . .

Seien Sie beruhigt, Sie werden es gut bei uns haben, seemännische Pflichten heißt bloß, dass Sie sich kleiden wie ein Seemann und dass Sie heißen wie einer, dass Sie die Schiffsordnung nicht stören, sondern sich einlassen auf dieses Schiff, und immer die Augen offen halten, das ist schon alles. Das Deck schrubben die Deckschrubber, nicht die Passagiere.

Ja gut. Augen offen. Das verstehe ich nicht ...

Das werden Sie schon noch ... Es gibt viel zu sehn, sehr, sehr viel. Da sollte man nicht seine Lider schließen, nicht wahr? Das ist hier keine Kreuzfahrt für Pauschaltouristen, eine echte Seefahrt ist das, kapisch, mit allem, was dazugehört. Also?

Ja oder nein. Noch konnte ich Nein sagen, aber was dann? Zurück nach Hause? Unmöglich. Alle würden sie mich auslachen. Tretbootfahren in Mecklenburg? Da soll es auch sehr schön sein. Wovor kneifst du eigentlich? Komm, sag Ja.

Ich dachte an die rauen Gestalten da draußen, diese unrasierten Ausländer, wie ich mich mit denen verstehen würde, ich dachte an meine zarte Konstitution. Ob das gut geht? Wenn ich jetzt Ja sage? Im Geiste sah ich mich völlig verwandelt mit starken Unterarmen, tätowierter Brust und einer Augenklappe an der Reling stehn, mit einem fremdem Namen und einer fremden Sprache, das war doch verlockend, verlockend war das, verlockend. Sag, dass es verlockend ist, nun sag schon.

Ehe ich zu einer Antwort kam, holte Cloque eine Hochglanzbroschüre aus seiner Schreibtischlade hervor, eine Drucktechnik, die im 19. Jahrhundert noch völlig unbekannt war. Da!, zischte er, für die Schisser! Lesen Sie, und dann geben Sie Bescheid!

Salt&John e. V. – LebenLernen auf See

Pädagogisches Kurzkonzept

In Zeiten sich immer schneller verändernder Berufs- und Lebenswelten wird immer häufiger ein *flexibles, lebenslanges Lernen* der Menschen zwingend vorausgesetzt.

So genannte *soziale Schlüsselqualifikationen* gewinnen in der Persönlichkeitsbildung junger Menschen immer größere Bedeutung. Schule und Familie können dieses Lernfeld nicht mehr ermöglichen.

Der Verein Salt&John e. V. betreibt die Arrabal, ein bewusst sehr arbeitsintensiv gehaltener, originaler Extremklipper, in gemeinnütziger Weise. Das Besondere an der Arbeit des Vereins ist, dass jeder Mitsegler ein Stück Verantwortung nicht nur für sich, sondern auch für die anderen und das Schiff übernehmen muss. Dies wird besonders bei der Arbeit an Deck und in der Takelage deutlich; ohne gegenseitiges Vertrauen und gemeinsames entschlossenes, umsichtiges Handeln ist auf einem Klipper wie der Arrabal nicht sehr viel zu bewegen. Das gilt nicht nur im übertragenen Sinne, sondern auch de facto, denn dieses Schiff setzt sich nur dann in Bewegung, wenn alle mitmachen und tatkräftig anfassen. *Nur in der Gemeinschaft gibt es ein Vorwärtskommen.*

Der *Erlebnisraum Schiff* bietet sich als Gegenpol zum sog. normalen Leben und seinen häufig einschränkenden Faktoren an. Salt&John hat es sich zur Aufgabe gemacht, für unterschiedliche Zielgruppen flexibel orientierte Lerninhalte in Form von *ganzheitlichen, erlebnisnahen Aktionen* anzubieten, durch die Erlebnis- und Handlungsfelder eröffnet werden, die sonst im Alltag fehlen.

Das erzieherische Einwirken auf den Einzelnen wird hierbei unter einem bildungstheoretischen Aspekt betrachtet und jeweils auf die besonderen Bedürfnisse der unterschiedlichen Zielgruppen hin modifiziert. Die erzieherische Konfrontation, hier speziell das Verhältnis zwischen Lernenden und Lehrenden, welches oftmals Widerstände produziert, wird aus der offensichtlichen unmittelbaren Notwendigkeit der Handlungen für jeden akzeptabel und direkt nachvollziehbar. Die Authentizität der Handlungen ist somit immanent, denn auf Handlungen der Lehrenden erfolgen direkt erkennbar im ursächlichen Zusammenhang Reaktionen.

Das Mitsegeln, das Fremde und Staunen, das Leben und Lernen an Bord lässt Hand, Herz und Verstand miteinander in direkten Kontakt treten und wirkt sich aktivierend und fördernd auf alle Menschen aus. Unser Schulschiff, die Arrabal, kann zum besonderen Erlebnis für Sie werden, lassen Sie sich darauf ein und entdecken Sie sich neu.

Einfach Meer und Mehr erleben ...

Herr Cloque, das hätten Sie mir früher zeigen sollen.

Er strahlte herzlich, der Arzt.

Kompliment, Herr Blume, Sie werden es nicht bereuen. Kommen wir dann zu den Formalitäten. Uns bleibt wenig Zeit, die Schweine sind schon durch. Leeren Sie Ihren Seesack aus, ich muss Ihre Sachen kontrollieren, die unpassenden Dinge schließe ich in diesen Spind, Sie können sie dann abholen, wenn Sie wieder zurück sind ...

Ich breitete meine Sachen auf den Tisch.

Also dieses Ding hier, den Walkman, und die Kassetten lassen wir hier, Musik wird ab sofort gesungen oder auf der Quetsche handerzeugt. Ihr Rasierzeug, die Quaste, den Palmolive-Schaum, die Wilkinsoneinmalklingen weg, Sie bekommen ein Stück Seife und eine Klinge. Wenn Sie sich überhaupt rasieren wollen, die meisten Seemänner sind unrasiert, steht ihnen gut zu Gesicht.

Ihr Schreibzeug, Softschreiber und Ringbuch, lassen Sie besser auch hier, wenn Sie schreiben möchten, bekommen Sie Feder und einen Stoß Bütten. Was haben wir hier, wie heißt das noch, Polaroid? Agfa? Richtig, richtig, die Pocketkamera geht natürlich gar nicht, Sie sind ja von Sinnen, Sie sehen, was Sie sehen, und behalten in Erinnerung, was Ihnen wichtig ist, klar? Auch den Langenscheidt Deutsch-Spanisch, raus, wir bevorzugen die toten Sprachen, Althochdeutsch-Altkatalanisch, das hätte ich durchgehen lassen, aber diese Abtudeitverständigung, nicht auf dieser Reise. Was ist denn das? Taschenatlas der Schiffe. Sowas lesen Sie. Er pfiff durch die Zähne. Gutes Buch. Wirklich. Aber das lesen wir ein andermal. Was noch? Das Delial lassen wir auch hier, das Autan lassen wir auch hier, Heftpflaster, Nagelset, Deoroller, den ganzen Kulturbeutel: weg damit. Leeren Sie Ihre Taschen!

Ich leerte meine Taschen.

Ihre Fishermans lassen Sie auf jeden Fall hier, was Sie sich ins Maul stopfen: entweder einen Priem oder eine Pfeife, Sie rauchen nicht? Das lernt sich. Doch, doch. Wie? Nein, im 18. Jahrhundert war Rauchen nicht gesundheitsschädlich, bedenken Sie das. Wie, Krebs? Ach, damals doch nicht. Der Krebs kam erst im Zwanzigsten. Geben Sie Ihr Portemonnaie. Na los, hab nicht ewig Zeit. Also, Ihr Geld, Ihre Travellercheques, das brauchen Sie nicht bei uns, und der andere Kram, Bibliotheksausweis, Führerschein, Schülerausweis, Ihr Platz-Treuekarte, das schließ ich alles hier mit ein. Sie bekommen neue Papiere. Nein, die bleiben hier. Denen passiert nichts. So, das wäre alles. Ach so, Ihre Klamotten noch, Sie kriegen neue.

Alles. Das ganze Gepäck. Nichts, aber auch gar nichts ging durch die Kontrolle des Doktors. Er packte alles wieder in den Seesack und schloss ihn in einen Spind. Dann brachte er mir meine neue Kleidung, eine grobe Leinenhose, ein weißes Rüschenhemd, eine schwarze Weste, dazu Lederstiefel. Separat ein schweres Bündel, das er als ÖLZEUG bezeichnete.

Blume: Aus welchem Fundus haben Sie denn diesen Krempel, das ist ja peinlich.
Cloque: Ziehen Sie sich um, alles Weitere erhalten Sie auf dem Schiff.
Blume: Was kommt jetzt noch? Ich kann doch nicht diese Sachen anziehen, das ist doch nicht wahr, oder? Die Leute lachen doch, wenn ich so...
Cloque: Ja oder Nein?
Blume: Wie?
Cloque: Da ist die Tür.
Als ich mich umgezogen hatte, stand ich unsicher und peinlich berührt vor dem Arzt.
Cloque: Herr Blume, Sie sehen hinreißend aus, was sagen Sie, wir zwei passen jetzt schon gut zueinander, ein Letztes noch, bevor es losgeht, wie wollen Sie heißen?
Blume: Wie bitte?
Cloque: Nun, Ihr Name, Sie können unmöglich so heißen, wie Sie jetzt heißen, wollen Sie lieber einen phantasievollen abgelegenen oder lieber einen nahe liegenden Namen?
Ich entschied mich für den nahe liegenden, um nicht auf einen Schlag sehr weit weg zu heißen.

Cloque: Gut, dann schlage ich vor, Sie heißen Bloom, Thomas Bloom, das hat was Englisches oder Friesisches, jedenfalls etwas Wassernahes, das gefällt mir, Ihnen auch? Wenn es Ihnen nicht gefällt, müssen Sie es sagen, die Entscheidung liegt absolut bei Ihnen. Ich hatte keine Einwände, da ich das Ganze für einen Urlaubsscherz hielt, ob Bloom oder Bleem oder Blossom, das war ja wohl egal, das sagte ich auch dem Doktor. Der wurde auf einmal feurig. Cloque: Beileibe nicht! Bloom! Beileibe nicht! Wenn Sie sich einmal für einen Namen entschieden haben, müssen Sie ihn unter allen Umständen für die ganze Fahrt behalten, Sie sind ja auch nicht zwei oder drei Passagiere, sondern genau einer, das liegt doch logisch auf der Hand ...

Nun gut. Ich hieß also Bloom und trug ein altes Kostüm. Der Urlaub konnte losgehn.

Cloque: Mister Bloom, Sie können jetzt auf die Arrabal, das Schiff legt bald ab, gehen Sie an die Reling solange, ich komme dann nach und zeige Ihnen Ihre Kajüte. Sie entschuldigen, ich habe noch zu tun.

Ich trat hinaus auf das Dock. Etwas steif war mein Gang und unsicher, erwartete ich doch jeden Moment, dass die Leute mit dem Finger auf mich zeigen und losprusten würden, so hanswurstig kam ich mir vor. Doch dem war nicht so. Die Hafenleute schauten entweder gar nicht, und wenn doch, akzeptierten sie mein Auftreten als etwas völlig Normales, oder soll ich sagen: Passendes? Ich war jetzt wie sie: im Ambiente.

~

Kurz bevor ich den Steg erreichte, trat ein finster aussehender Kerl auf mich zu. Er stank stark nach billigem Alkohol und priemte unablässig einen beißenden Tabakklumpen. Die Blutkrusten an Stirn und Schläfen sahen noch frisch aus. Ich wollte ihn strammen Schritts passieren, doch er schlurte mir in den Weg.

Kerl: He Sie, Sie fahren mit der Arrabal?

Bloom: Was wollen Sie?

Kerl: Fahren Sie mit der Arrabal?

Bloom: Ja und?

Kerl: Kennen Sie sich aus mit Schiffen dieser Art? Sie kennen sich doch aus mit Schiffen dieser Art? Die Arrabal ist kein gewöhnliches Schiff.

Bloom: So, was ist sie denn für ein Schiff?

Kerl: Dieses Schiff wurde für Sie konstruiert, Monsieurmisterbloom. Es ist das Monströseste, das Sie erleben können auf unserer geschrumpften Erdkugel.

Bloom: Lassen Sie mich an Bord!

Kerl: Ich weiß. Ich weiß. Sie wollen nur mal eben mit. Es interessiert Sie einen Dreck, wie ein Schiff funktioniert, Sie wollen nur mal eben mit. Das Schiff haben Sie nicht auf der Rechnung. Das ist ein Bigmistake.

Bloom: Was wollen Sie von mir? Lassen Sie mich durch. Wollen Sie Geld? Was starren Sie mir die ganze Zeit auf die Füße?

Kerl: Ich sehe mir Ihre gesunden Beine an. Sie haben wirklich wunderschöne Beine. Kinderbeine. So unversehrt. Monsieurmister, das ist Ihre erste Schifffahrt, nicht wahr. Sie haben sich überreden lassen. Genau wie ich.

Bloom: Sie waren auch mal mit?

Kerl: Und sehen Sie mich an. Ich bin noch mal davongekommen. Ich bin hier, um Sie zu warnen, Monsieurmisterbloom, zu warnen. Noch können Sie gehen. Mieten Sie sich ein Haus an der Küste, gehen Sie wandern, retten Sie Ihre junge Haut.

Bloom: Was ist mit der Arrabal?

Kerl: Die wollen Sie zum Seemann machen, stimmt's? Wissen Sie, was das heißt? Sie kommen nie wieder zurück. Sie verlieren alles, was Sie haben. Bleiben Sie an Land, da ist es sicher.

Bloom: Bei Ihnen? Vielen Dank.

Kerl: Was haben sie Ihnen versprochen? Ist der Chip schon drin? Zeigen Sie ihren Nacken, zeigen Sie!

Bloom: Finger weg. Ich.

Kerl: Dann segeln Sie in die Hölle, Bloom. Von mir aus. Gehen Sie schon, Sie sind der einzige Passagier.

Bloom: Was soll das heißen, der einzige Passagier? Woher wollen Sie das wissen? Woher kennen Sie meinen Namen?

Kerl: Ich bin der Kapitän.

Bloom: Pardon.

Kerl: Ich bin der Kapitän. Sehe ich aus wie der Kapitän?

Bloom: Nein.

Kerl: Und. Wie sehe ich aus?

Bloom: Wie ein Penner.

Kerl: Das bin ich auch. Ein Penner. Sehen Sie, Bloom, Sie sollten Ihrem Blick vertrauen, einzig Ihrem Blick. Sonst sind Sie verloren auf dieser langen Reise.

Bloom: Sie verderben mir die Laune mit Ihrem Geschwätz. Ich gehe jetzt an Bord.

Kerl: So ist es richtig. Gehen Sie an Bord. Lassen Sie sich nicht für dumm verkaufen. Gute Reise, Monsieurmisterbloom, gute Reise. Auf Nimmer!

Ich machte mich los von dem Typen und stiefelte zum Schiff. Meinen ersten Urlaub vermiest mir keiner, dachte ich. Als ich die lange hölzerne Gangway zur Arrabal hochging, krächzte er mir hinterher: Die Welt ist eine Filmkulisse, die von Herrn Metro Goldwyn extra für dich hingestellt wurde! Das sieht so schön echt aus alles, dass du nicht wagst, gegen das Pappmaché zu treten, bis es zusammenbricht und die ertappten Kulissenschieber wild durcheinander stieben, in ihre Walkie-Talkies Befehle brüllen:
Achtung, Achtung!!!
Achten Sie nicht auf den Mann an den Geräten!!!
Achtung, Achtung!!!
Achten Sie nicht auf den Mann an den Geräten!!!

Bloom: Hafenarsch.

Als ich mich oben an der Reling nach dem Kerl umsah, entdeckte ich ihn hinten an Cloques rostiger Bürotür. Er klopfte an. Energisch. Es war zu weit weg, sonst hätte ich's bestimmt bollern gehört. Ewiges Andonnern. Er wollte schon wieder kehrtmachen, da ging die Tür einen Spalt auf. Der Penner drehte sich um und gestikulierte wild mit der Person im Spalt. Wollte was. Zeigte immer wieder in Richtung Arrabal. Dann ging die Tür halb auf, und er huschte hinein.

~

Mit klopfendem Herzen stand ich an der Reling.
Die Hafenarbeiter hatten ihre Arbeit getan, der Schiffsbauch war voll mit Lebendproviant, vom Quieken der Schweine, Wiehern der Gäule, vom Hühnergackern war jedoch nichts zu hören. Das gab eine Vorstellung vom Ausmaß des Arrabalbauchs, der die Schreie der verängstigten Tiere verschluckte, das Holz war massiv. Seltsam. Zu wissen, dass unter meinen Füßen diese ganzen Tiere sein mussten. Und was sich sonst noch alles dort unten befand?
Angst.
Ich hatte mal Angst. Während einer Autofahrt mit meinen Eltern plötzlich panische Angst. Auf der Autobahn. Wir fuhren ruhige 110. Plötzlich die Angst, das Lenkrad fällt ab. Mein Vater hält das Lenkrad in der Hand, und wir können nicht mehr lenken. Keiner kann mehr lenken. Jetzt kann man nur hoffen, dass das Auto sich selber lenkt, hoffen, das Auto schätzt die Lage genauso ein, es will doch auch keinen Schaden nehmen, das will doch keiner, das widerspricht doch dem natürlichen Lebenswillen, hoffentlich ist das Auto ein Freund, ein guter Freund und kein falscher. Was weißt du von deinen Freunden? Du kennst nur das Lenkrad, und der ganze Rest, der Motor, das Getriebe, das ganze dunkle Innere, bleibt dir verborgen, da hilft nur Vertrauen oder eine Lehre als Automechaniker.
Daran musste ich denken, als ich an der Reling stand. Wie lächerlich, hab doch Vertrauen, das sind alles Fachkräfte hier, die kennen den Schiffsbauch wie Fachärzte für Inneres.
Vertrau dich den Spezialisten an, Thomas, vertrau den Spezialisten.
Meine Urlaubsfreude liegt in ihrer Hand. Und doch, an Bord der

Titanic war sogar der Architekt mit, selbst der hat sie nicht mehr retten können, als der Eisberg kam.

Angst. Angst. Ist ja natürlich, die Angst. Ist ja meine erste Seefahrt. Außer Tretbooten und der Rheinfähre kannte ich Schiffe nur vom Anschaun.

Die letzten Matrosen betraten jetzt das Schiff. Ich konnte mich nicht sattbetrachten. Wie im Bilderbuch. Richtige Originale. Ein ganz eigener Menschenschlag. Die sahen so aus, wie man sich Matrosen vorstellt. Keine frischgewichsten Kadetten aus der Vorabendserie, sondern derbe Krummhölzer. Kaum Blonde dabei, die meisten sahen dunkel und südländisch aus, braun, schwarz, zwielichtig bärbeißig und von oben bis unten tätowiert. Keiner ging aufrecht, die meisten hatten Säbelbeine, lauter Hässlers und Littbarskis. Kleine Gehfehler, ein Zucken im Oberschenkel, ein Nachziehen des linken Beins, ein extremes Abrollen von der Ferse zu den Zehen. Sie schwankten heran wie Achtungsbojen auf einem trägen Baggersee. Zogen ihre Schultern hoch. Machten Buckel. Unter ihren verdreckten Kleidern spürte man die Kraft, die Muckis knubbelten sich wie bei bulgarischen Ringern. Von der Sorte. Wenn die sauer werden, hast du als Abiturient nichts zu lachen. Ich versuchte einen anerkennenden Blick. Sie spuckten schwarzen Tabaksaft.

Dann wurde der Steg weggezogen, Befehle flogen durch die Luft, die schweren Taue wurden gelöst, das Arrabalholz ächzte.

Plötzlich öffnete sich beim Hafengebäude gegenüber eine schwere doppelte Eisentür, und heraus strömte eine Masse Menschen, ich dachte erst, das sei die nächste Ladung Kaffeefahrtrentner, doch ich hatte mich getäuscht.

Es waren Frauen, Kinder und Greise in historischer Kleidung, ich dachte HISTORISCH, weil ich wieder mal die korrekte Vokabel für all die Röcke, Blusen, Stiefel, Hauben und Hüte nicht parat hatte.

Während auf der Arrabal die Leinen losgemacht wurden und unter lautstarkem HAUL! HAUL! die wuchtige Ankerkette hochrasselte, standen vor dem siebten Dock die ausgemergelten Greise, die Mütter mit ihren Kindern und winkten und weinten und schrien und schwenkten hier und da Schnupftücher zum großen Abschied. Die Kinder schrien wie am Spieß und krallten sich in die Röcke ihrer Mama. Da war eine blasse Frau mit sechs Sprösslingen, über ihr kreischten die Möwen, mein Gott, wie sie dastand, das rührte mich so, und ich musste einfach mitwinken, ich stellte mir vor, es sei meine eigene Edeltraud, ich würde sie vielleicht nie wieder sehn, und wenn doch, war es das schönste Wiedersehn, das ein Mensch sich vorstellen kann.

Das riesige Schiff knarrte und stöhnte im Gebälk, als es langsam von der Hafenmauer Abstand nahm, ich blickte mich um, sah, wie die trägen Seeleute sich in die Masten schwangen und ein paar Segel setzten, sich anfeuerten und scherzten, die waren alle so gut gelaunt, die wollten auf See, das war ihnen anzumerken.

Eine frische Brise wehte, die Arrabal bahnte sich gemächlich ihren Weg durch den Hamburger Hafen, die Abschiedsgesellschaft wurde kleiner und kleiner, unhörbar jetzt, bald ganz ausgeblendet und aus dem Sichtfeld genommen.

~

Ganz gefangen von dem Winkewinke, das Möwengeschrei im Ohr, den Kopf voll von Abschied und Aufbruch, zuckte ich plötzlich zusammen, als ich in meinem Rücken etwas Spitzes spürte. LÖSCHEN SIE DAS FESTLAND! Ich drehte mich um. Hinter mir stand der Doktor. Er hielt ein Messer in der Rechten, der Knauf ein perlmuttbesetzter Fischschwanz. In der Linken hielt er eine Phiole mit Flüssigkeit. Schrecksekunde. Cloque: Nicht so nervös, Bloom. Ich komme in friedlicher Absicht. Nein! In feierlicher, in feierlicher! Wir nehmen jetzt den symbolischen Abschied vor, mein lieber Seemann. Wenn das Festland außer Sicht ist, müssen wir ihn vollzogen haben. Alle hier haben diesen Schwur getan auf ihrer ersten Reise.

Der Doktor zeigte mir eine dünne Narbe auf seinem linken Unterarm.

Cloque: Krempeln Sie schon hoch. Ich ritze Sie mit dem Couteau d'Arrabal, dann sprechen Sie nach, was ich sage, und ich besiegle den Eid mit Wasser aus dem Marianengraben, dem Schoß des Meeres. Dann sind Sie einer von uns. Los, es tut nicht sonderlich weh.

Ich zuckte mit den Schultern.

Bloom: Diese Brühe ist aus dem Marianengraben? Wahrscheinlich selbst dort hinabgetaucht, was? Es reicht schon, dass ich diesen Fummel hier anziehn muss, das ist lächerlich genug.

Cloque: Bloom, der Hafen ist nicht weit. Wenn Sie jetzt springen, schaffen Sie es noch.

Ich schaute auf die Silhouette des Hamburger Hafens, auf die Ausflugsschiffe und Kutter, die nicht weit von uns waren. Zurück zu den Omis, zur Hafenrundfahrt? Einen trockenen Bismarck an den Landungsbrücken, und dann zurück?

Bloom: Was soll ich sagen . . . ???

Cloque: Wenn ich Sie geritzt habe und der erste Blutstropfen fließt, sprechen Sie mir nach:

Ich, Thomas Bloom, reise diese Reise bis in die letzte Konsequenz.

Für erlittene Unbill mache ich das Schicksal verantwortlich und nicht die Reederei.

Mit jeder Faser bin ich Seemann.

Bloom: Was ist das für ein Abkommen, Cloque? Was für Unbill?

Cloque: Zerreden Sie keine alten Bräuche.

An Springen dachte ich keine Sekunde. Was soll schon sein. Der blufft doch nur. Mieser Animateur. Hat sich ein paar schwülstige Schwarten ausgeliehen und macht jetzt auf Klabautermann. Aderlass für einen geilen August. Komm schon, eine Narbe an exponierter Stelle wolltest du schon immer haben. Gut für später: Hier, schaut euch den Ritz an, hat mir ein Tattoopfuscher in Marseille beigebracht, dem ist glatt die Nadel weggeflutscht, so gezittert hat der.

Ich hielt Cloque den blassen Unterarm hin: Hier.

Er nahm Maß mit dem Couteau d'Arrabal. Setzte die Spitze auf meine Haut. Dabei sah ich den Knauf des Messers. Es war die Galionsfigur, meine Marie. Die Schuppen aus Perlmutt, so fein und glänzend. Ein kurzer Pieks. Ein dicker Tropfen Blut.

Ich sprach: *Ich, Thomas Bloom, reise diese Reise bis in die letzte Konsequenz* ... irgendwo tutete der Hafenrundfahrtsdampfer ... über Lautsprecher sagte jemand, Hamburg sei eine Hansestadt ... *Für erlittene Unbill mache ich* ... mit einem der größten Freihandelshäfen Europas ... *das Schicksal verantwortlich und nicht die Reederei* ... backbords sehen Sie die Rickmer Rickmers, eine über 100 Jahre alte Dreimastbark, in Portugal bereits abgetakelt ... *Mit jeder Faser* ... steuerbords die Cap San Diego, das weltgrößte seetüchtige Museumsschiff ... *bin ich Seemann.*

Der Doktor goss das Salzwasser auf die kleine Wunde, es brannte kurz, ich verzog die Mundwinkel.

Cloque: Jetzt ist es besiegelt. Ich bin stolz auf Sie, Bloom. Sehr stolz.

Der Doktor strahlte über beide Ohren und schüttelte mir die blutige Hand.

DAS LAND, DAS ICH LÖSCHE

Enter: »Das Große Wagenrennen«
Szene: Der deutsche Rübenacker. Monokultur.
Zeit: Herbst
Möwenschwärme. Viel Volk hat sich versammelt rund um das weite Feld. Angeheizte Stimmung. Gebrülle von allen Seiten. Wann geht's lo-hos? Wann geht's lo-hos?

In den Furchen sitzen Günter Grass, Rita Süssmuth und Peter Stein in ihren Rollstühlen und warten auf den Startschuss. Flutlicht wird eingeschaltet. Peter Stein weigert sich anzufangen, bevor sein Rollstuhl nicht ausgeleuchtet ist.
Dann tritt gespannte Ruhe ein. Aus dem Dunst tritt Alfred Biolek an

einem Infusionsständer. Er atmet schwere Wolken in die Herbstluft. Jemand hält ihm ein Mikro vor den Mund, flüstert ihm ins Ohr, er solle das Rennen eröffnen, dann ruft er: DAS RENNEN IST ERÖFFNET!!!

Günter, Rita und Peter rollen los. Sie sind in Übung. Ihre Oberarme sind beachtlich. Was sind sie auch gerollt die letzten Jahrzehnte, ohne Pause, das schlägt auf den Bizeps, mannomann.

Sie holpern die Furchen lang, die Augen starr gradaus, sie gönnen sich keinen Seitenblick. Die Möwen lachen, sie freuen sich maßlos, die drei da unten werden für uns sorgen, das wissen wir.

Peter Stein ist etwas zurückgefallen, das schlechte Licht, er spielt mit dem Gedanken auszusteigen, unter diesen Bedingungen mag er nicht rollen, doch die Sache ist von nationalem Ernst, da kann sich keiner vom Acker machen.

Günter ist als erster fündig geworden. Er ist so schnell angerollt, dass das Hindernis ihn aus dem Sitz geschleudert hat. Jetzt liegt er in der Furche, hochrot, sein Schnauzer zittert, er hat was!, er hat was gefunden!, er gräbt mit den bloßen Händen in der Krume, die Möwen lachen, etwas Großes hat er da, er buddelt extrem, das Volk feuert ihn an: Günter! Günter! Günter!, er blutet stark, die Hände sind schrundig, das Flutlicht kommt gut, Günter sieht nicht, dass auch Rita aus ihrem Stuhl gefallen ist. Nur der Peter fährt vergnatzt weiter, er nun wieder. Günter hat jetzt sein Fundstück ausgegraben. Ja was hat er denn da? Eine 5-Kilo-Bombe aus dem Zweiten Weltkrieg, er stemmt sie hoch, hat der starke Arme! Das Blut rinnt herab, BRAV GÜNTER BRAV BRAV WEITER SO, brüllt das Volk. Günter lässt sein Fundstück fallen, eilige Ordner markieren die Stelle mit einem roten Fähnchen, hieven Günter in seinen Stuhl und schieben ihn an.

Was treibt Lovely Rita? Ihr Rock ist schon ganz matschig, sie nimmt keine Rücksicht, schont auch ihre Nägel nicht, kratzt emsig in der Scholle, ihre Lippe sieht verkniffen aus, sie hat etwas gefunden, ein paar Skelette aus alter Zeit, sicher aus dem Zweiten Weltkrieg. RITA RITA RITA, rufen die Leute, BRAV GANZ BRAV, die Möwen stürzen sich drauf, Biolek will moderieren, findet aber kein Gehör, denn Günter liegt wieder in der Erde, er keucht wie ein alter Terrier, das Volk kriegt kaum noch Luft, wieder eine Bombe! Raunen, Trampeln, Ordner entschärfen sofort, pumpen Günters

Reifen auf, die lassen Luft, Verschleiß Verschleiß, und weiter geht's. Was macht Peter Stein? Er rollt und rollt, er ist wie immer viel weiter als die andern, aber er findet nix.

Soll das heißen, jemand hat vor mir die Furche schon beackert?

Ein Zwischenrufer schreit: DU HAST KEINE TIEFE PETER! MEHR GE-WICHT MEHR GEWICHT!

Peter ist wie toll, erhebt sich aus seinem Stühlchen und fordert lautstark das letzte Mittel.

Totenstille.

Er wagt es wirklich.

Der Peter.

Ordner entfernen seinen Stuhl.

Der Peter tritt nach.

Böse ist der Peter.

Weil der Günter schon zweimal gebuddelt hat, die Rita schon einmal.

So schöne Skelette und Bomben haben die auf ihrem Konto.

Und der große Stein soll leer ausgehn?

Mehr Licht!, knattert er. Ich will, dass der ganze Acker geflutet wird! Fluten! Fluten!

Die Menge teilt sich, das letzte Mittel kommt tonnenschwer in die Arena. Zwei alte Brauereipferde im Geschirr. Sie stehen vor Peter in der Furche. Kalter Dampf aus den Nüstern. Stein wagt das Unmögliche. Er legt sich in den Acker, beide Hände am Geschirr. HÜ! HÜ!, ruft er. Die Gäule ge-hen los. Peter Stein, Kopf voran, pflügt mit seinem Kilometerschädel die Erde. Die Gäule im Trab. Peter ist schon eingedrungen, klaftertief, kaum noch sichtbar.

ICH WERDE DIESEN ACKER UMGRABEN

DAS UNTERSTE NACH OBEN KEHREN

DA BLEIBT KEIN STAUBKORRRN AN SEINEM PLATZ

Schmutz und Blut lässt er zurück, Krater und Schneisen.

Günter und Rita reißt es glatt von ihren Untersätzen.

Die Erde bebt.

Was er genau zutage fördert, niemand weiß es, denn der Staub steht in der Herbstluft, sogar die Möwen suchen das Weite, fliegen verängstigt Richtung Küste, man hört es rumpeln in der Tiefe. Was da alles hochkommt! Das weiß allein der Peter, und der ist auf weiteres nicht zu sprechen, hat ja den Mund voll Erde.

Das Volk ist begeistert, alle liegen sich in den Armen, keiner sieht den andern, alle betatschen sich.

WIR SIND DAS VOLK WIR SIND DAS VOLK, brüllen sie.

Biolek klammert sich selig an seinen Tropf.

Die Möwen fliegen nach Jamaika.

ZWEITE WELLE

Day after day, day after day,
We stuck, nor breath nor motion;
As idle as a painted ship
Upon a painted ocean.
SAMUEL TAYLOR COLERIDGE

Meine Kajüte war niedrig und schief. Die schweren Eichenbalken bogen sich beträchtlich. An der höchsten Stelle vermochte ich gerade mal zu stehn, an der Seite, wo meine Pritsche war, musste ich den Kopf einziehn. Neben der schmalen Pritsche befand sich ein kleiner Tisch und eine Seekiste. Das war alles. Kiste, Tisch und Pritsche waren mit eisernen Haken im Boden befestigt. Doktor Cloque brachte mir einige Sachen, darunter eine Ersatzhose und ein Ersatzhemd, falls ich, wie er sich ausdrückte, mal *aufweichen* sollte. Dann noch Feder, Tinte und Blätter für mein Tagebuch, was ich doch sicher zu führen gedächte, weil es zur Rolle des Passagiers gehöre, Tagebuch zu führen. Zuletzt – er überreichte sie mit Weihe – eine hellbraune, langstielige Pfeife, ein Lederbeutel voll Tabak dazu. Die Dinge waren ausgehändigt, da schrie er etwas aus der Tür heraus – es klang wie Taubengurren – und bald darauf trippelte ein schwarzer Boy mit einem Tablett ins Zimmer.

Das ist Bata. Ein feiner Kerl. Er wird hier angelernt. Er macht sich ganz prächtig, sagte Cloque, nicht wahr, Niggerchen … Cloque lachte stolz, als der Junge pflichteifrig ein Teegedeck anrichtete, mit akkuraten Handgriffen, ein sehr stilvolles chinesisches Set, bestehend aus Tässchen, Kanne und Zuckerdose. Als ich mich über seinen Ausdruck »Niggerchen« mokierte, zugegeben, eher so anstandshalber, entgegnete er: Wie hätten Sie's denn gern: Mein kleiner Schwarzer? Mein Farbiger? Mein Alternativhäutiger? Mein Afro-Afrikaner? Mein junger Mitbürger afrikanischer Abstammung? Bata ist hier der Neger, der Nigger, der Niggerboy. Das hat nichts mit Menschenverachtung zu tun, das ist einfach die korrekte Vokabel, verwenden Sie sie, dann werden Sie verstanden. Nicht wahr, Nigger? Bata grinste. Sehen Sie, er fühlt sich angesprochen. Jetzt Sie! Ich druckste kurz rum, dann sagte ich leise: Hallo Nigger! Bata grinste mich an. Sehen Sie, er hat Sie akzeptiert, sagte der Doktor, klatschte in die Hände und mit einem Kopfnicken trippelte der Boy davon.

Ich möchte mit Ihnen anstoßen, Mister Bloom, sagte Cloque, bei meinem neuen Namen zwinkerte er mir zu. Das ist echter chinesischer, der Chinese ist der Beste. Wir tranken. Der Tee rann lindernd in meine Magengrube, in der es durch das beträchtliche Schwanken kreuzmulmig zuging.
Cloque: Nun, wie fühlt er sich, der Passagier?
Bloom: Gestern um die Zeit lag ich in meiner Badewanne und jetzt ... die Wanne ist ganz schön groß geworden. Und Stöpsel hat's auch keine mehr ...
Cloque: Sie waren noch nie auf so einer langen Fahrt, was? Bisher nur süßes Wasser getrunken. Kopf hoch, es wird ein unverwechselbares Erlebnis. Noch Tee?
Der Doktor lupfte den Kannendeckel.
Cloque: Sehen sie: Patina! Die Kanne hier hat Geschichte, die hat 12 Jahre alte Patina. Die ist herum in der Welt. Teekannen darf man nicht auswaschen. Nie. Das Wichtigste an der Kanne ist die Patina.
Das wusste ich nicht. Der Doktor war in allem bewandert, das imponierte mir. Er gab auf alles Acht, nicht nur auf das grobe Ganze. Vor allem die Details waren ihm wichtig. Ich war nie so versessen auf die Dinge, die mich umgaben, Hausrat und so. Sicher, die Kannen hatte ich ausgewaschen, aber eher aus Gewohnheit denn aus Liebe zur Sauberkeit. Er schien bemerkt zu haben, dass mir seine Patina nicht wichtig war, er wurde plötzlich eindringlich.
Cloque: Lassen Sie sich davon überzeugen, Bloom: Achten Sie auf Details! Achten Sie auf jede Kleinigkeit! Denn, wie sagt man so treffend, der Teufel soll da drinstecken. Sie denken, das sei un-

wichtig oder spießig, doch, doch das denken Sie, Sie denken, die Einrichtung ist ja nicht die Welt, das ist sie aber, die Einrichtung ist die Welt. Noch Zucker? Trinken Sie den Tee mit Zucker? Ich persönlich bevorzuge den Tee als Tee, Zucker macht die Sache halbscharig, aber wenn Sie möchten, die Geschmäcker sind zum Leid Gottes grundverschieden …

Nach diesem kurzen Ausbruch wurde er wieder freundlich, nickte mir mit seiner Tasse zu, rüsselte sich den Tee ein, in China macht man so Geräusche, das gehört zum Umgang da, und fragte mich: Und, das erste Mal länger weg von zu Haus?
Ich nickte.
Bisher immer mit Papimami?
Ich nickte.
Bis auf letzten Sommer, da war ich die ganze Zeit zu Haus und hab mich aufs Abitur vorbereitet. Davor, ja, Papimami.
Na, bei uns sind Sie gut aufgehoben. Wir lassen Sie schon nicht aus den Augen. Dabei lächelte er.
Dann wollte er wissen, ob ich schweren Herzens gegangen wäre, seine Heimat verlasse man ja nicht einfach so. Worauf ich erwiderte, neinnein, das sei schon in Ordnung, nach dem Abitur sei es ja üblich, länger und weiter weg zu fahren, ich hätte mir das reiflich überlegt. Das sei für mich der konsequente Weg Weiterbildung, nach der Schule das Leben, da komme so eine Seereise gerade recht.
Der Doktor hakte nach. Sie haben doch Abitur, nicht? Ich runzelte die Stirn. Sie haben doch Abitur, nicht? Natürlich, sagte ich. Ja, klar. Und Sie wollen studieren später? Natürlich, sagte ich. Was denn sonst. Was die Frage soll, fragte ich. Er wolle es nur wissen. Abitur auf See sei nichts Selbstverständliches, nur die höheren Positionen seien mit Gebildeten besetzt, die meisten hier Unstudierte, Angelernte, Hilfskräfte, Analphabeten dabei. Abitur auf See sei so was wie ein *Führungszeugnis*, wenn Sie verstehen … Aber ich mach ja nur Urlaub, erwiderte ich, habe nicht vor, beruflich was mit Schiffen …, worauf der Doktor sichersicher sagte.
Ob ich ein guter, schlechter, mittelmäßiger Schüler gewesen sei,

war seine nächste Frage. Ich war in allem sehr gut, sagte ich. Sehr gut? Was heißt das? Das heißt, dass ich in allem sehr gut war, das heißt das, mindestens 13 Punkte, meistens 14 oder 15, mein Schnitt war Eins Null. Dann sind Sie ja ein Leuchtturm, meinte Cloque, so was finde man selten, eine Eins, wie denn das möglich sei, in allem sehr gut zu sein, normalerweise habe doch der Mensch Schwächen und Stärken. Er zum Beispiel sei nur in Naturwissenschaften gut, da aber so richtig und mit ganzem Herzen, in Formeln geträumt, das Periodensystem als Kopfkissenbezug, hingegen Sport: luschig, ein regelrechter Körperversager, sei richtig renitent gewesen und hätte nur mit Augenzu die Fünf gekriegt, oder Kunst: einfach kein Interesse, null, da habe er auch keinen Finger krumm gemacht für, nur das Allerallernötigste, so war das bei mir, und das sei doch so üblich, jeder hat doch seine Hass- und Herzensfächer, wie habe ich da in allen Fächern gleichsehrgut sein können, das gehe nicht in sein Verständnis. Wenn man sich Mühe gibt, meinte ich, dann geht's. Die meisten Fächer beruhen auf dem Auswendiglernen von Vokabeln, und da bin ich top. Die hab ich drin wie nix. Muss ich nicht mal bimsen, mein Hirn scheint wie geschaffen fürs Behalten von Fakten und Daten. Und wo das nicht weiterhilft, in Kunst, wo es mehr um … Gewölle geht, muss man halt zusehn. Ich hab ein MC Escherhaus abgepaust, hochkopiert auf DIN A2 und dann abgepaust, das gab nochmal 15 Punkte, kam ich am Ende auf 13, um den Schnitt zu halten.

Cloque: Haben Sie ein Lieblingsfach?
Bloom: Nein. Eigentlich nicht. Ich bin in allen gleich gut.
Cloque: Sie brennen für kein Fach besonders?
Bloom: Brennen?
Cloque: Deutsch vielleicht.
Bloom: Nein. Wieso?
Cloque: Sie hatten Stift und Papier mit. Wollen Sie Schriftsteller werden?
Bloom: Nein. Mach bloß Notizen. Art Tagebuch.
Cloque: Was wollen Sie studieren?

Bloom: Weiß ich noch nicht. Mal sehn.

Cloque: Warum wissen Sie das noch nicht?

Bloom: Ich kann alles studieren. Bin überall gut und mit meinem Schnitt ...

Cloque: Also noch nicht festgelegt auf was.

Bloom: Das kommt schon noch.

Cloque: Also noch nicht auf etwas festgelegt.

Bloom: Kommt schon noch.

Cloque: Welcher Konfession gehören Sie an?

Bloom: Evangelisch.

Cloque. Und? Glauben Sie an Gott?

Bloom: Glaube nicht.

Cloque: Gehen Sie in die Kirche?

Bloom: Nur zu Weihnachten und Ostern. Wegen Eltern. Die machen das noch.

Cloque: Gehören Sie einer politischen Partei an?

Bloom: Nein.

Cloque: Junge Union, Jusos, JuLis, Grüne, sonst was?

Bloom: Das hält doch nur auf.

Cloque: Engagement für irgendwas? In irgendeinem Verein?

Bloom: Ja, ich war in vielen. Gehörte irgendwie dazu. Schwimmverein, Fußballverein, Judoclub, Briefmarkenclub, Umweltverein, Musikschule ...

Cloque: Nein, nein. Ich habe nach dem Engagement gefragt.

Bloom: Ja. Schon. Das ist mir alles leicht gefallen.

Cloque: Sind Sie Humanist?

Bloom: Was ist das?

Cloque: Glauben Sie an humanistische Werte?

Bloom: Welche Werte?

Cloque: Wert des Individuums, Unantastbarkeit der Menschenwürde ...

Bloom: Doch.

Der Seegang war's wohl. Erst nach einiger Zeit wurde mir bewusst, dass der Doktor mich regelrecht verhörte. Als hätte er einen Katalog zum Abfragen, immer der Reihe nach. Als ich ihn darauf ansprach und fragte, worauf er eigentlich hinauswolle, sagte er: Reines Interesse an der Jugend. Was die jungen Leute vom Land (*Vom Land!* Als würde ich Gummistiefel tragen und nach Kuhscheiße riechen!), was die jungen Leute so, also wie die Jugend heute. Die Zeiten ändern sich so schnell, jedes Jahr eine neue Generation, Generation X, Generation 89, Generation Golf, Generation wasweißich, da muss man ständig auf der Hut sein, die nächste nicht zu verpassen. Welcher Generation ich denn angehöre, wollte er wissen, ich zuckte mit den Achseln, was die Fragerei schon wieder ... Ich solle mich nicht so haben, ich könne auch alles fragen, ich solle sogar fragen, und bevor ich eine Frage formulieren konnte, sonderte Cloque schon Antworten ab.

Wenn Sie so süchtig nach Vokabeln sind, gut gut, immer gerne.

Ich erfuhr, die Arrabal sei ein EXTREMKLIPPER, 1869 erbaut von Scott&Linton für »Old White Hat« Jock Willis in London, 1920 abgetakelt, seitdem Museumsschiff, 1989 für Salt&John restauriert und seetauglich gemacht. Die Arrabal habe eine Gesamtlänge von 83 Metern bei einer Breite von 11 Metern. Dieses extreme Verhältnis von Länge zu Breite gebe dem Extremklipper seinen Namen. Tragfähigkeit – wollen Sie sich das aufschreiben – 2133 Tonnen. Bei vollen Segeln komme der Klipper auf 3035 Quadratmeter Segeltuch, das sei eine schier unvorstellbare Zahl – Sie notieren sich ja gar nichts.

Die Arrabal, erfuhr ich, sei als VOLLSCHIFF getakelt und habe drei Masten. Die Masten seien derart hoch, dass im TOP ein zusätzliches SKYSEGEL gefahren werden könne, aber ich möchte Sie nicht langweilen mit Einzelheiten der Takelage, das ist eine Wissenschaft für sich. Jedenfalls kann die so aufgetakelte Arrabal bei gutem Wind bis zu 20 KNOTEN machen, und wenn der Wind so bleibt wie jetzt, können wir in vier Wochen in Jamaika sein, wo die Ware GELÖSCHT wird. Hören Sie zu. Jamaika. Zielhafen: Jamaika. Wie damals üblich, wird der gemeine Klipper zum Transport von Tee gebraucht, daher der Name TEEKLIPPER.

Überhaupt war Tee ein Spezialthema des Doktors, der sich über den üblen Rumkonsum der Mannschaft aufregte und dafür die belebende Wirkung des Tees ein ums andere Mal pries.

Cloque: Tee! Mein Bester! Tee! Tonnen, Tonnen Tee! Immer den Geruch in der Nase. Ich gehe oft in die Laderäume, um den Duft einzusaugen aus den Kisten. An heißen Tagen, wenn's feucht ist dazu, dieser Duft aus den Kisten, das sollten Sie erleben! Bloom, das ist gewaltig. Noch einen Schluck? Na na, Sie sind ja grüner als der Tee.

Wie schwankte das. Am liebsten hätte ich mich hingelegt. Ich versuchte, meinen mauen Magen zu ignorieren und fragte den Doktor, ob ich den Männern bei der Arbeit zuschauen dürfe. Das würde mich sehr interessieren. Echten Seeleuten zusehn, wie die heute in die Masten gestiegen sind, Meineherrn! Es schwindelt schon beim Zusehn!!

Cloque: Halten Sie sich fern von denen. Da gehen Sie nur hin in meiner Begleitung. Das ist besser. Die sind etwas grob zu Neulingen. Halten Sie sich nur an der Reling auf, wo Sie heute waren. Wenn die sich erst mal an Sie gewöhnt haben und Sie sich an die, dann sehen wir weiter. Sie werden das Seemannsleben früh genug kennen lernen. Hand drauf. Trinken Sie Ihren Tee! Tee befördert die Gesundheit und macht keinen Kater! Trinken wir auf diese Fahrt, Bloom! Wir segeln auf tausend Kisten klarem Kopf! Ist Ihnen nicht gut? Mal de mer? Warten Sie, wenn Sie kotzen müssen: Trinken Sie Tee, konzentrieren Sie sich aufs Schlucken, das hilft.

Der Bismarck in mir überlegte, ob er oben oder unten raus wollte, da fragte mich Cloque, und das interessiere ihn brennend, ob ich Angst habe, irgendetwas zu verlieren.

Was sollte ich verlieren?

Nun, von all dem, was Sie besitzen, wenn es nicht mehr wär ... wenn es weg ... unwiderruflich weg ...

Der Seegang wurde härter. Mein Magen blähte sich auf. Scheiße, hoffentlich mach ich mich hier nicht lächerlich. So flau. Kann kaum noch sprechen. Nur leise, ohne Anstrengung. Wenn etwas nicht mehr wär ... unwiderruflich ... mir wurde komisch im

Kopf, der Dimmer ging runter. Warum beugte sich der Doktor jetzt vor und besah sich meine Pupillen? Nein, sagte ich, meine Hände in die Tischkante krallend, nein, da gibt es nichts, mir ist nur etwas übel. Ja, dachte ich, meine Hände in die Tischkante krallend, ja, es gibt da was. Dass ich mein Gehirn verlier, davor hab ich Angst. Vor nichts sonst. Dass ich blöd werde wie ein Mongo, dass ich nichts mehr behalten kann und andere mich nachsichtig anlächeln dafür. Das wär das Schlimmste. Ich erinnerte mich an die Mutter eines Klassenkameraden, Frau Hausweiler, die hatte einen Unfall. Ist mit ihren Einkaufstüten vor ein Auto gerannt. Schleudertrauma, Schädelverletzungen, fünf Tage Koma. Als sie erwachte, schien erst alles O.K. Sie lächelte, freute sich, alles überstanden zu haben, wollte gleich telefonieren, Briefe schreiben, Brigitte lesen und Rätselhefte ins Krankenhaus. Die Familie war erleichtert. Bis sie dann sagte: Rolf, gibst du mir bitte den Fernseher, ich habe Durst. Und zeigte auf das Sprudelglas. Erst hielten das alle für einen Scherz, als sie dann weiter auf dem Fernseher insistierte, gaben sie ihr trotzdem das Glas, sie trank, stellte das Glas auf ihr Beistelltischchen und sagte danke. Sie hat es selbst nicht gemerkt. Aber die andern. Und bei dem einen Blackout blieb es nicht. Sie verwechselte viel und dauernd. Sagte Schrank, wenn sie den Bleistift meinte, oder: ich muss aufs Auto, wenn sie mal musste. Bei manchen Wörtern machte sie nur eine lange Pause. Dann schnippte sie affig mit dem Finger, sagte: Hilf mir doch mal, mir liegt's auf der Zunge, aber da lag gar nichts, es war einfach weg, und sie merkte es nicht. Aber die anderen merkten es. Das war nicht mehr unsere Frau Hausweiler, die wir kennen und schätzen, das war Frau Vakuum, mit nichts außer einem blöden Lächeln, peinlich. Davor, nur davor, hab ich Angst. So zu sein.

An Deck machte ich mir Gedanken.
Führte Selbstgespräche zum Thema: Worum geht es.
Es geht doch darum, sagte ich laut,
wenn ich mich unbeobachtet fühlte,
darum, wirklich was zu erleben.

Darum geht es.
Nicht nur oberflächlich, so und so, hier und da,
sondern wirklich zu erleben,
was unter die Haut geht wie ein Tattoo.

Ich will mit Frauen aus fünf Kontinenten schlafen,
alle Drogen ausprobieren, die es gibt,
dann sehr gesund leben,
enthaltsam wie ein Heiliger,
dass ich alt werden kann
wie Goethe oder Nelson Mandela.
Lernen, schaffen, hinterlassen,
Familie, Kinder, Enkel,
Kunst, Wissenschaft und Leben,
den ganzen Globus kennen und den Mond.

Wirklich gebildet will ich werden,
ein Bild von einem Menschen,
mein Leben, sagte ich laut,
wird ein langer Entwicklungsroman,
und auf dem Buchrücken steht:
Dieser Junge hat sich sehr, sehr gut entwickelt.

~

Bei strahlendem Sonnenschein und mäßig bewegter See die ersten Tage meist an Deck verbracht. Mein Magen hat sich prima eingelebt. Nur einmal gekotzt und nicht wieder. Habe einen speziellen Platz an der Reling, wo ich alles gut im Blick habe. Oft steh ich nur da, brösel Schiffszwieback, den ich von Cloque erbeten hab, und werf die Krümel den Möwen zu. Die können toll schnappen, Künstler, was das Ergattern angeht. Riesenpulk, Riesengeschrei, die ganze Zeit. Für die Männer bin ich Luft. Eine Landratte halt. Milchbubi. Schon gut. Ich hab über die Omas auch immer hergezogen, wie sie sonntags Enten füttern im Stadtpark, oder die Japaner Tauben in Venedig.

Heute Entdeckung. Wenn ich länger auf das Wasser starre, verschwimmt es. Dann gibt es zwei Atlantiks. Als ob sich um den echten Atlantik ein zweiter, fabrizierter, für mich hierherbestellter legen würde. Ein Ambienteatlantik. Ein SosiehtAtlantikausatlantik. Wenn ich noch länger starre, wölbt sich am Horizont ein riesiges Teleobjektiv aus dem Meer, auf mich gerichtet, schussbereit. Wenn ich dann noch länger starre, löst sich etwas ab von mir, ein zweiter Thomas steht da, mit viel gesünderer Gesichtsfarbe, und drunter steht: DER BLINDE PASSAGIER. Der zweite Thomas steht genauso starr wie der erste, aber er ist untertitelt für die Ewigkeit. Jeder weiß, was er darstellt, und erkennt ihn wieder gleich beim ersten Sehen.

Und dann projizieren sich Bilder auf den Modellatlantik.

Ich sehe einen blutenden Stier in einer spanischen Stierkampfarena, der Torero setzt zum Todesstoß an, alles nachkoloriert wie auf alten Fünfzigerjahrepostkarten.

Ich sehe eine Fußballmannschaft beim Fototermin, in drei Reihen aufgebaut, unten hockend, mittig sitzend, oben stehend, links wie immer der Trainer im Trainingsanzug, die Hände hinterm Rücken, mittig sitzend die Torhüter mit einem Ball zwischen den dicken Grillhandschuhen, in irgendeiner Bierkneipe hängt das Bild über dem Tresen.

Ich sehe einen wichtigen Politiker im Mikrophongewirr, zur Rede gestellt wie d'Artagnan von den Degenspitzen der Schergen Richelieus.

Die Silhouette eines einsamen Ruderers auf einem irischen See – einen schwitzenden schnauzbärtigen Türken beim Dönerschneiden mit dem Elektromesser – dreckige Soldaten in Tarnanzügen fahren auf einem Panzer durch meinen Kopf, Kippe im Mundwinkel, die eine Hand macht das Victory-V, die andere schwenkt das MG – ein pensioniertes Liebespaar, sie hat ihr mittellanges graues Haar, er seinen Strickpollunder lässig um die Schulter gelegt, Hand in Hand an einem endlosen HamburgMannheimerSandstrand – ein Schäfer inmitten seiner Schafherde, sinnierend, in sich ruhend, auf seinen Schäferstab gestützt – Tarzan, der Herr des Dschungels, schwingt sich an einer Liane hängend durch meinen Ausschnitt, seinen altbekannten unvermeidlichen Schrei ausstoßend, dann kommt KingKong, in zwei Einstellungen, erst zähnefletschend neben einem Wolkenkratzer, dann, ebenfalls zähnefletschend, über eine Wasserstoffblondine gebeugt, plötzlich ein prächtiger Adler vor prächtiger Bergkulisse, der von einem schreienden Pulk Möwen verjagt wird, die von einem jungen Mann mit Zwieback gefüttert werden. Einsam steht er an der Reling eines alten Seglers.

Ich hatte den dreisten Gedanken, ich als Möwenfütterer könnte gleich in einer Reihe mit der Goldengatebridge, dem Konterfei von Lady Di oder einer Paella stehen. Ich war ein echtes Wahrzeichen.

Im Bewusstsein dessen blähte sich meine Brust, ich sang ein Loblied auf die Seefahrt, die mir diese Hochgefühle in meinen Abiturientenschädel gespült hatte; auch wenn die Männer das nicht hören wollten. Die sahen mitmal von ihrer Arbeit auf, als ich *Wir lagen vor Madagaskar und hatten die Pest an Bord* und was mir sonst noch aus der Mundorgel einfiel in den Wind bölkte.

Ich wollte irgendeine Reaktion von diesem Pack, dass sie mir eine reinhauen oder vor mir niederknien, schließlich war ich Passagier und nicht Matrose, die mussten ihr Lebtag auf Schiffen verbringen, ich konnte nach dieser Fahrt eine Schlittenfahrt durch Norwegen buchen oder einen Cluburlaub in Lloret de Mar, da dachten die nicht im Traum dran in ihren Engschädeln.

Und der Koch in der Kombüse, diese vollgefressne Sau, mit den Beinen im Gemüse, mit dem Achtern im Kakao, schmetterte ich ihnen hin, und da sie mich entgeistert anstarrten, als hätten sie von diesen Klassikern nie gehört, setzte ich noch welche drauf: *Kleine Möwe, flieg nach Helgoland, Auf der Reeperbahn nachts um halb eins, Das letzte Hemd hat leider keine Taschen,* imitierte aus Jux die Albersart mit den tiefen Schlenzern und Juchzern, was die Typen noch stutziger machte. Diese Niedriglohnjohnnies hatten keinen Sinn für Humor. Fühlten sich wohl in ihrer Berufsehre gekränkt. Passt das etwa nicht ins Ambiente?, rief ich ihnen entgegen, fütterte die schreienden Möwen und führte mich auf wie der schiefe Turm von Pisa.

Freitag, 20. Juli

Nach vier Tagen tollem Wetter zog im Laufe des Nachmittags eine pechschwarze Wand im Westen auf, wir segelten genau drauf zu.

Der Doktor beruhigte mich, das sei ganz im Reiseplan, nicht weiter schlimm.

Er habe es gestern schon gewusst, die Möwen seien plötzlich abgedreht.

Er hat wie immer Recht.

Von dem kreischenden Pulk der letzten Tage sind nur wenige geblieben. Die haben sich alle ein Schiff zurück gesucht, nach Europa ...

Europa, wie das klingt.

Wie ein altes Kopfkissen.

Die Möwen waren die letzte Verbindung.

Jetzt sind sie weg -------

Ich habe mich in meine Kajüte -------

verkrochen, das Schwanken da oben ----

wurde mir echt too much ---------

Spüre den immer härter werdenden ----

Seegang beim Schreiben. Die Feder

rutscht und fleckt auf dem Papier ------------

schreibe wie Scheiße ... kann ----

nur auf den Wellenbergen und in den -tälern kritzeln, dann aber

sehr ------------ schnell, dann ist ein toter Augenblick. Dazwischen ist es absolut un ----

möglich, der Kiel rutscht sinnlos über die Seiten und versaut mir

mein ----------------- Bütten ------------------------

Oben klatschen die riesigen Segel -------

ein Geschrei wie im Tollhaus -------

als ob die Männer jetzt erst aufwachten --------

sie brüllen in allen Sprachen ------

ARRABABEL --------

wie kann man nur ---------

bei dem Orkan in den Masten sein? -------

Gott ------------

Scheiße ------------------

Scheiße ----------------------

Ich fahre in einen Sturm. Meinen ersten Sturm. Scheiße -------

----

Das muss doch ------

gut gehn --------

Denke an den Schwur ----------------------------------

UNBILL / DAS SCHICKSAL UND NICHT DIE REEDEREI

HIMMEL HIMMEL DIESES SCHIFF ES -----------------

FÄHRT IN DIE HÖLLE -------------

Samstag ======

ganze Nacht nicht geschlaf === Sturm === nimmt zu =====

ganzen Tag kotz === auf

Sonntag ========

nicht schlaf === Tinfass umgefall === raus! raus!

Dienstag? =========

Gestürzt === Prellu === wo dr Doktor === er meldt snich

=== traunichrau. ==

Mittwoch?? ==============

Die ===
Pferde wiehern ohne Unterbrechung auf diesem Schiff, sie fürchten u ===========

Donnerstag??? =======================

sturm sturm sturm st ==
das ist die A =======

Freitag???? ===================== wann hat der Herrgott == Ruhe d ===== Arrabal

Samstag????? ======

warum ktergehen? Aus ==========

Sonntag?

die Pferde ==== die Schweine === ich höre sie schreien ===
die trampeln s tot es wird alls zu ===

alles nass === die === wie soll ich schlafen in dien Decken ===
icrepier in diesen feuchten Decken ===
ich wil schlafen schlafen es geh ======= t

Mont??

jeden Moment kann der Tod sein ===
wann ist ===
gott schütze mich.

Dienstag!!!!

Denk immer: du, Thomas Bloom ==
du hast einen Sturm erlebt ===

Wenn ich hier heil rauskomm, du ===
du hast den Sturm erlebt ===
du hast den Sturm erlebt ===
du hast den schlimmsten Sturm der Welt erlebt ===
Ach ach ===
Packe meinen Mut und geh jetzt hoch ===
Ich trotze den Gewalten, los Bloom, an Deck, an Deck!

~

Die Segel klatschten und wieherten wie riesige weiße Rösser, wurden hin und her gerissen, sie blähten sich zum Bersten, wolkenkratzerhohe Wellen klatschten über die Reling und drohten alles mit sich fortzureißen, ich klammerte mich in Todesangst an ein Holzgeländer in der hinteren, geschützteren Mitte des Decks.
Raue Männerstimmen bellten Befehle, ich sah durch den Gischtvorhang ein Gewirr von Leibern, da waren bestimmt über 1000 zugange, ein Heer von Leibern, nie hatte ich so viele von ihnen zusammen gesehn, über 1000, oder waren es mehr, wie viele waren dann noch unter Deck, wo kamen sie alle her?
Ich starrte auf das Mikado von Masten und Segeln, von Tauen, Trossen und Leinen, in denen diese dunklen Ameisen krabbelten, zwischendrin Befehle, Zurufe Ho! He!, auf geheime Zeichen funktionierte dieser Staat, fremd und undurchdringlich.
Ein hochaufgeschossener Matrose rannte mich beinahe um, legte die Hände zum Trichter an seinen Mund und brüllte: FIERT JUNGS HOW DIE TOPPNANTEN FIERT FIERT.
Sofort setzten sich drei in Bewegung, griffen schlafessicher nach einem bestimmten Tau und zogen mit aller Kraft daran, irgendwo über ihnen drehte sich ein Segel. Ich konnte nicht mit Sicherheit sagen, ob es von diesen Dreien am Tau gedreht wurde, denn zur selben Zeit rief ein Rothaariger: DOWNHAUL GOOSENECK CLOSEHAUL CLOSEHAUL, und es zogen andere Männer an anderen Tauen, und andere Segel drehten sich ebenfalls, ein Verur-

sacher war für mich nicht eindeutig zu bestimmen, zu unübersichtlich war das alles.

BRASSEN HO BRASSEN HO hörte ich jetzt Gebell von der linken Seite, von rechts HO BESAN HO BESAN BESAN HO, hinter mir BEND ON BEND ON THE BARBER HAULER BEND ON BEND ON, von irgendwo über mir MUNKASOKAT FELVESZÜNK MUNKASOKAT FELVESZÜNK, worauf eine andere heisere Kehle HVAA SEGIR BU GOTT BU GOTT?? brüllte, und ich suchte nach den Männern, denen diese Anweisung galt. Tatsächlich setzten sich welche in Bewegung, turnten auf den verzweigten Masten und veränderten die Stellung eines kleinen, sehr weit oben befestigten Segels, gaben Handzeichen und turnten hinunter. Jetzt wusste ich nicht, ob das *die* BRASSEN waren, es war ja nur eins, wahrscheinlicher war es nur *eine* BRASSE, oder *der* BESAN, oder *das* SKYSEGEL, von dem Cloque sprach, ich entschied mich für BESAN, um irgendeine Vokabel zur Sicherheit im Maul zu haben, also dieses kleine Segel da oben, das war *der* BESAN, doch inwieweit diese Kletteraktion mit dem Befehl in Verbindung stand, war nicht eindeutig, denn gleichzeitig rief jemand HO AN DIE BRAM AN DIE BRAM BRAM BRAM ALLEZ LE PAVILLON LE PAVILLON ALLEZ DE ROOF DE ROOF ROP OF DE ROOF DIE GAFFELTOPPSEGEL GAFFELTOPPSEGEL STAGFOCK FIERT STAGFOCK FIERT DEN FOCKSCHOT AN DEN FOCKSCHOT AN DIE NOCK AN DIE NOCK JUNGS DEN KLAU DEN KLAU JUNGS. Immer kleinlauter zerbiss ich meinen BESAN, die letzte Faser Sicherheit.

Am Vorderdeck war ein großes Rad, eine riesige hölzerne Winde, die von mindestens zwanzig Männern bedient wurde. Daran waren lange, schwere Taue befestigt, welche Ersatzmasten in die Takelung hievten, es musste wohl irgendwo etwas ausgebessert werden. Die Männer stemmten sich gegen die Speichen des Rades, stapften im Kreis, ruckweise bewegten sie sich vorwärts. Und während sie stemmten, sangen sie, lauter als der Sturm:

Stolze Segel, stolze Rah
O-ha
Stolze Segel, stolze Rah
O-ha
Raue See, raue See
O-he
Weiß wie Schnee, weiß wie Schnee
O-he
Tod ist nah, Tod ist nah
O-ha
Stolze Segel, stolze Rah
O-ha

So hörte ich sie singen vom Vorderdeck. Ich zitterte am ganzen Leib. Die Wellen klatschten in einem fort über die Reling, rauschten in weißschäumenden reißenden Bächen über das Deck. Binnen Sekunden waren meine Kleider klatschnass von der sprühenden Gischt, doch konnte ich die Augen nicht lassen von diesem Schauspiel. *Alles passiert zu gleicher Zeit.* Meine Beine wurden schwach. Das Meersalz brannte in den Augen. Meine Lider flatterten. Wie lange hatte ich keinen vernünftigen Schlaf gehabt. Alles tanzte verschwommen vor mir her, die schemenhaften Bewegungen der Männer, der Schiffsameisen, überall, in den Tauen, den Segeln, ich hörte tausend Fetzen Befehle.
PNIGOMAI OLOI PNIGOMAI
BAO FENG BAO FENG YU FENG BAO
BOSUN HE BOSUN
HVAA SEGIR BU GOTT? HVAA SEGIR BU GOTT?
AKKERI AKKERI
ALT VAT ALT ALT VAT
DABI EBA MAIKATA KUTSCHISIN
PNIGOMAI OLOI THANATOS KONTEVA
Wie alles funktionierte.
Wie das ineinander griff.
Die geheime Logik des Ameisenstaates.

Geheimzeichen. Geheimsprache.

Wer bringt mir die Grammatik bei?

Vertrau dich den Spezialisten an! Vertrau dich den Spezialisten an! Aus dem Grau stürzte ein blonder Matrose, nahm vor mir Aufstellung, ohne sich festzuhalten. Sein Gesicht vom Sturm verzerrt, doch seine Augen blickten durchdringend auf mich, er schrie: KLÜVER BLOOOOM KLÜVER KLÜÜÜÜÜÜÜVAAAA AAA ISN'T THAT A WONDERFUL EXPRESSION SAY KLÜVER SAY!!!

Er ließ nicht los von mir, ich sollte ihm nach, sollte KLÜVER schreien, das war ein Passwort, so wie im Orient Simsalabim dir die Türen öffnet, ich schrie aus Leibeskräften zurück: KLÜVA KLÜVVVAAAAAA KLÜÜÜÜÜÜÜÜÜÜÜÜÜÜÜÜVAAAAAAAAAAAAAAAA

Wir schrien uns heiser an diesem Wort, das mir das Verständnis geben sollte für das Schiff, einen Hinweis zur Entwirrung von Takelung, Arrabal und der ganzen Firma. Ich kaute auf KLÜVER herum wie blöde … *Nehmet hin und esset* … schrie KLÜVER in den Sturm KLÜVER, nicht BESAN, KLÜVER, K-L-Ü-V-E-R, bis der Blonde längst verschwunden war.

Stattdessen stand Doktor Cloque vor mir: WOLLEN SIE FACHSIMPELN BLOOM SIE SIND JA GANZ VON SINNEN!!! Er brüllte mir direkt ins Ohr, die Hände zum Trichter, doch seine Stimme erreichte mich wie fernes Grillengezirpe: SIR SO SCHNELL WAR NOCH KEIN SCHIFF ÜBER DEN ATLANTIK

WIR BRAUCHEN EINEN ATEMZUG NACH KINGSTON GEHEN SIE IN DIE KAJÜTE SIE HOLEN SICH HIER DEN TOOOOOD!!!

Ich musste mich hinlegen, sonst hätte mich der Schlaf im Stehen übermannt und die nächste Welle fortgerissen. Ich tastete mich die Stiegen hinunter zu meiner Kajüte und wickelte mich in die klammen Decken. Schlaf, Bloom, schlaf, die Männer oben tun ihre Arbeit, die Ameisen schaukeln das, wie der Wind sind wir in Jamaika …

Einige Seeleute glaubten, ein Schiff sei ein lebendiges Wesen
und die Figur am Bug dessen Seele.

In der Nacht beugt *sie* sich über mein Gesicht. Ich rieche ihren salzigen Atem. Sie öffnet ihre Lippen und haucht in mein Ohr:
Komm. Komm. Komm.
Komm. Komm. Komm.
Mit mir erlebst du das Leben.
Willst du?
Dann fahr. Fahr. Fahr.
Wenn du Kapitän bist,
werd ich deine Frau.
Bleib doch, will ich sagen.
Dann summt sie was. Sie summt. Mein hölzerner Engel ...

An Land, an Land
Alles bekannt
An Land, an Land
Alles verbrannt

Land ist alt
Land ist stumm
Hatte Zeit
Zeit ist um

Hörst du die Stimmen?
Sie summen
Sie schwimmen.
Wo kommen sie her?
Die Stimmen, woher?
Vom Meer ...
Vom Meer ...

... und ich sinke in mein Wasserbett.

Als ich erwachte, was war?

Ich schlug die Decken beiseite und stürzte zur Luke. Die See draußen hatte sich beruhigt, der Himmel war aufgeklart, die Sonne blinkte durch die aufgerissenen Wolken. Ich konnte es gar nicht glauben, dachte, dieser Sturm würde ewig dauern. Jetzt das. Ich musste sofort nach oben und sehen, was los war.

Eine leichte Brise wehte über Deck. Von der Besatzung kaum etwas zu sehen.

Etwa zwei Dutzend Männer standen in Gruppen zu zweit, zu dritt, schwatzend und Pfeife an. Die Segel blähten sich gemächlich, einzelne flatterten noch unruhig, viele hingen schon schlaff herunter. Noch benommen vom Schlaf tat ich meinen ersten freihändigen Gang seit langer Zeit. Dem Tod entronnen, dem Tod entronnen. Bloom, du hast überlebt, du hast deine Seemannsprüfung bestanden. An der Reling stehend, schaute ich in die Ferne, über die sanfthügelige See. Vereinzelte Schaumkronen noch. Schatten von dahinziehenden Wolken zwischen Sonnenflecken. Ich hörte die Männer lachen. Sie hatten das Schiff geschaukelt. Männer. Die Mehrzahl von ihnen befand sich wohl unten im Bauch der Arrabal und schlief.

Im Laufe des Tages schwanden die Wolken, die Sonne kam ganz heraus und trocknete die Segel. Die hingen immer schlaffer in den Masten und wurden, eines nach dem anderen, eingeholt. Ich konnte zusehen, wie über den Tag hin zerzauste Gestalten an Deck stiegen, sich die Augen rieben und in die Sonne blinzelten. Die konnten es auch nicht fassen, dass das Wetter so plötzlich umgeschlagen hatte. Ihre wettergegerbte Haut, ihre ungewaschenen bärtigen Gesichter, die zerschlissenen Lumpen, die sie am Leibe hatten, am Beginn der Reise hatte ich mich noch lustig gemacht, jetzt war ich voll Bewunderung. Einmal so sein. Einmal tauschen, nur für einen Augenblick ... Wie sie den Naturgewalten getrotzt, wie sie das Schiff durchgebracht hatten, das war ihr Schiff, sie waren eins damit. Da gehörst du niemals zu, Bloom, du findest niemals Aufnahme in diese verschworene Gemeinschaft, käsiger Kleinbürger, Fitzel, EC-Kartenbesitzer, du nicht. Wenn einer von ihnen in meine Nähe kam, grüßte ich überschwänglich, wollte meine Bewunderung zum Ausdruck bringen, wenigstens mein hasenherziges Verhalten bisher wieder gutmachen, doch fand das wieder mal keinen Anklang. Sie gingen an mir vorüber, nicht feindselig, sondern gleichgültig. Ich war nichts für sie. Ich wusste jetzt warum. Was war für sie ein schlotternder, eingepisster Passagier ohne Schiffserfahrung? Niemand. Sie wollten unter ihresgleichen sein, und so drängte ich mich nicht auf. Aus einigem Abstand beobachtete ich sie. Pfeiferauchen, Tabakkauen. Viele saßen im Kreis und würfelten. Gesprochen wurde wenig. Gemurmelt wurde, unterbrochen von kurzem Lachen und Geflachse. Leise schaukelte die Arrabal in den Sonnenuntergang.

Auf der anderen Deckseite erschienen Cloque und der blonde Matrose, der mir den KLÜVER zugeschrien hatte, intensiv diskutierend. Der Wind trug mir Fetzen ihres Gespräches zu, ich lauschte angestrengt, doch die Luft, Meisterin Stille Post, schickte mir Nachrichten aus Böhmens Dörfern: Fünf ... fünf ... kwasnikam ... die isländischen Befehle ... hvaa segir bu gott bu gott ... alle missverstanden ... fünf, fünf ... tot ... all tot ... müssen wir ... strikt umdenken ... das Konzept ... müssen ... Basis ... alle verstehen ... Eins Null ... Programm ... nicht verstanden ... Faule Hunde! Luschn! Exempel! ... Keine Bestattung! Keine Bestattung! ... nein ... auf keinen Fall ... alle ins Heim, ins Heim ... Ich wollte schon weghören und mich wieder der lauen Dämmerung zuwenden, doch die wilde Gestik des Blonden fesselte meine Aufmerksamkeit. Er markierte klare geometrische Anweisungen in die Abendstunden: Konzept ... Kon ... strukt ... eine Sprache ... was, was ... du ... Englisch ... für jeden ... asskllkl ... keine Fehler ... muss ... muss ... einheitl ... simplifkjkl ... so so ... macha macha ... Lektion eins zwei drei, capjks ...

Cloque hörte sich alles an, ohne Regung. Nur Insichreinnicken. Besorgte Bogenlampe der. Irgendwann hatte der Blonde ausgeterzt, schlug dem Schiffsarzt auf die Schulter und ließ ihn allein.

~

Bei Sonnenuntergang waren alle Männer an Deck, der Lautstärke-
pegel stieg. Überall saßen sie in Gruppen beisammen, flachsten,
rauchten, manche ließen die Würfelbecher auf die Planken krachen, die Umstehenden gestikulierten wild wie beim Hütchen-
spiel oder in verqualmten Wettbüros. Ich stand immer in ge-
bührendem Abstand, die Hände in den Hosentaschen, und war
froh, dass sie mich nicht beachteten. Irgendwann erschien der
Blonde auf der Brücke, bat lautstark um Aufmerksamkeit, worauf
die Männer sich um ihn scharten. Gespannte Erwartung.

Er sei gekommen, rief er, um ihnen eine freudige Mitteilung zu
machen: Aus gegebenem Anlass werde für den heutigen Abend die
Rumration verdoppelt. Das sei so Sitte auf . . . Sie ließen ihn nicht
weiterreden, seine Worte gingen unter in Hurrahurra. Die Männer
warfen Mützen und Arme hoch. Prügelten sich um die besten
Plätze.

Aus einer Luke kam ein großes Fass, hochgestemmt von einem
fettleibigen, schwitzenden Typen. Abakalam, Arkadasch!!!, rief
einer, Hoy Smut!! Dawai, dawai! Schneller, Smutje, die Tonne
hoch!!! Die Mannschaft umringte ihn. Rempeleien überall. Wer
noch keinen hatte, lief los und holte sich einen Becher. Der Rum
floss. Wie Tiere gierten sie nach dem Zeug. Der Smutje wurde zerquetscht. Sie meckerten, johlten, trampelten, schlugen sich, stürzten die Becher aus und drängten wieder vor. Machten das Fass alle,
kaum dass es angestochen war. Gaben ihm Fußtritte, es rollte über
Deck. Der Smutje wurde angebrüllt: Wo bleibt das nächste Fass,
Fettsack! Mista, mista, rum, rum! Memme! Klötenadmiral! Schwei-
neschenkel! Kutschisin! Der Arme hastete nach unten und brachte
keuchend das zweite.

Wieder wogten sie an das Fass, soffen, krakeelten, prügelten, Faust-
schläge, Beifallsfeuer, Stampede, der Blonde zählte plötzlich an:
1 – 2 – 3 – 4, wie einstudiert konnten auf einmal alle Englisch, und
das Deck sang:

Rum, rum is the life of man
Rum, oh Johnny

Rum, rum from an old tin can
Rum, oh Johnny

Auf einmal lösten sich zwei, drei aus der Menge und hielten direkt auf mich zu. Gott. Hatte ich doch diese wildgewordenen Gorillas wie im Zoo beobachtet. Jetzt schlugen sie die Scheibe ein, das Panzerglas splitterte.

LANDRATTE WAS STARRST DU UNS AN BIST DU NE FRAU?

KANN MAN DICH FICKEN?

WAT IS UP WAT IS UP DRINK DRINK DRINK!

Sie hielten mir den Becher ins Gesicht, die besoffenen Visagen, wo konnte ich weg? Die hätten mir sonst was getan in dem Zustand. Jetzt musste ich mitziehn. Na los, Bloom. Zeig ihnen, dass du saufen kannst. Das fehlt doch noch auf deiner Urlaubsliste, den Sturm hast du abgehakt, jetzt hak das Gelage ab, wieder ein Bildchen mehr in deinem Album. Ich nahm den Becher in die Hand, sie zitterte, ich nahm ihn in beide und kippte den Inhalt in einem Schluck runter. Das Zeug verzog mir alle Fasern. Blindmacher. Ob ich mich daran später noch . . . ? Der Rum brannte runter durch meine Röhren. Mein leerer Magen ging in Flammen auf. Die Männer bepissten sich vor Lachen. Jetzt hatten sie einen gefunden, ich war genau der Richtige. Sie schütteten nach, ich musste weitermachen, wieder dieser Fusel, und alles in den leeren Magen. Sie schlugen mir auf die Schulter, riefen FRAU FRAU DEWOTSCHKA DEWOTSCHKA, und schlugen weiter, schlugen nach allem, was sie schlagen konnten, schlugen auf die Reling, auf mich, auf die Kumpels, auf die Planken, auf mein Badewasser, und wenn sie nichts Besseres zum Draufschlagen fanden, schlugen sie sich selbst. FRAU FRAU FRAU, brüllten sie, zogen mich zu den anderen, die ebenfalls FRAU FRAU FRAU brüllten, und in der ganzen Brüllerei fiel mir die Alkoholguillotine voll auf den Kopf –

SSSSSSIIIIIITTT!

Alles drehte sich. Mir war das einerlei. Ich grölte mit: Rum, rum,

rum is the life of man … Die Frau packte das leere Fass, hob es in die Höhe, torkelte laut gurgelnd über Deck und warf es unter Anfeuern über die Reling. Die Frau hatte ein Fass geworfen. Die hat ja richtig Muckis. Sie schmissen mich hin und her, nahmen mich auf die Schultern, Windstärke 8, Windstärke 10, haben Sie die Sturmwarnung missachtet, wenn Sie die Sturmwarnung missachten, sind Sie selber schuld, wenn Sie im Sturm untergehn, was für riesige Wellen, sie schlagen über meinem Brummschädel zusammen. Susan. Cézanne. Susam.

Ich weiß nicht, wie lange ich da durch die Menge sülzte, wie viele Becher ich noch in mich reinmachte. Ich weiß nur, dass irgendwann die Männer riefen: JETZT HÄNGEN WIR IHN AUF JETZT HÄNGEN WIR IHN AUF AUFHÄNGEN AUFHÄNGEN! Und ich lallte mit: HÄNGT IHN AUF HÄNGT ALLE AUF!

Mit glasigen Augen verfolgte ich, wie sie aus dem Bauch der Arrabal einen riesigen reglosen Körper zerrten, ein dreckiges Dutzend Männer zerrte da was hoch, ich konnte nicht sehen, was es war, sie verdeckten es, einige holten ein schweres Tau irgendwoher, vertäuten es mit dem am Boden liegenden Etwas, und erst dann, als sie sich mit vereinten Kräften an das Tau hängten, sah ich, was das war, und sofort kam die kalte Kotze.

Auf den Planken lag ein totes Pferd. Die Beine total entstellt, sie waren gebrochen, ansonsten war das Tier unversehrt. Es lag da, als würde es schlafen und beim ersten Pfiff aufwachen und wiehern. Die lallenden Matrosen stemmten sich gegen den Kadaver, und ruck – hau – ruck – hau – ruck – der Kopf des Gaules hob sich, dann der Hals, die Flanken, ruck – hau – ruck – hau --- es schwebte schon --- ruck – hau – ruck – hau --- jetzt war es einen Meter über dem Boden, zwei, drei --- ruck --- vier --- hau - ruck --- fünf --- hau – ruck – der massige Gaul verschwand in der Takelung, baumelte dort, für mich kaum noch zu sehen, als Schatten unterm Sternenhimmel.

The ceremony of the dead horse

Sez I, ol man yer horse will die,
An we say so, an we hope so!
Sez I, ol man yer horse will die,
Oh, poor ol horse!

One month a hell-bent life we've led,
But ye've laid in a nice warm fevver bed.

But now yer month is up, ol Turk,
Git up, yer swine, an look for work.

After hard work an sore abuse,
We'll salt ye down for sailor use.

He's as dead as a nail in the lamproom door,
He won't come worryin us no more.

We'll use the hair of his tail to sew our sails,
We'll use the hair of his tail to sew our sails.

We'll hoist him up to the main yard-arm,
We'll hoist him up to the main yard-arm.

An drop him down to the bottom of the sea,
An drop him down to the bottom of the sea.

We'll sink him down with a long, long roll,
Where the sharks'll have his body, an the devil have his soul.

S HÄNGT S HÄNGT S HÄNGT HÄNGEN TUTS S HÄNGT
schrien die Männer. Ich verlor das Bewusstsein in meinem Erbro-
chenen.

Am nächsten Morgen brannte eine weiße Sonne. Der Himmel wolkenlos. Die See war glatt. Wellen keine. Es war absolut windstill.

Um die Mittagszeit, die Sonne im Zenit, saß ich an den Hauptmast gelehnt und zog an meiner Pfeife. Ich war allein an Deck, die Mannschaft schlief unten ihren Rausch aus. Einzig das tote Pferd bewachte die Arrabal, unweit des Krähennestes ließ es sich in der Sonne braten, direkt über mir.

Kam einer von den Männern müde an Deck, nickte er mir zu oder winkte kurz und verschwand dann wieder in der Dunkelheit. Sie nehmen mich wahr, dachte ich, sieh mal an, das sah gestern noch anders aus. Durch die Sauferei hatten sie mich schätzen gelernt. Ein Fortschritt, der mich mit Stolz erfüllte. Mit meinem Kater saß ich da und fühlte mich gut: Wirst noch ein richtiger Seemann, Bloom. Sturm gemacht. Saufen gemacht. Die nächste Prüfung kann kommen.

Bald würden wir in Jamaika sein, noch ein paar Tage. Ich malte mir aus, wie ich stolz über den Steg in den fremden Hafen schreiten würde ... ausgezehrt, verwegen und goldbraun. Die werden Augen machen, die Jamaikaner, vor allem die Jamaikanerinnen, die sollen tolle Titten haben, und die tragen sie unbekümmert vor sich her wie Tropenobst. Noch drei, vier Tage, dann pflück ich mir eine.

Daran dachte ich in der Mittagshitze. Das herbe Aroma meines Tabaks im Mund, malte ich mir die Welt schön. Diese stechende Sonne, diese Hitze, ich würde mich gewöhnen müssen an dieses Klima. Meine bleiche Haut begann sich zu röten, mir schwindelte. Kein Wunder, nichts im Magen außer Restrum. Ich beschloss, am Fuße der Pfeife nach unten zu gehn.

Was dachte ich noch? Kann ich mich erinnern, an was ich alles dachte? Dass Tabak nicht schmeckt, wenn man ihn in der prallen Sonne raucht. Dass Tabak am besten schmeckt: am Abend, bei einer kühlen Brise an Deck oder in geschlossenen Räumen, zusammen mit einer Tasse Tee oder einem Bier.

Was noch? Dass Pfeife besser riecht als schmeckt, der Duft ist sehr lieblich, Vanille oder so, der Geschmack auf der Zunge aber bitter.

Warum das so sei, fragte ich mich, warum der Geschmack auf der Zunge ein anderer sei als in der Nase. Dass etwas nicht im Rechten sei mit dem Rauch …

An diese Dinge dachte ich, als es passierte.

Was passierte, und wie passierte es?

Hörte ich splitterndes Holz?

Hörte ich es krachen über mir?

Hörte ich überhaupt etwas?

War da ein leises Knacken, wie Kamingeräusch, irgendetwas außerhalb des steten Knarrens und Quietschens der Takelung?

Wenn ich nichts hörte, warum legte ich dann den Kopf in den Nacken?

Warum so elendig langsam?

Hörte ich einen Todesschrei, einen Hilferuf, ein fernes Wiehern?

Kann sein, ich dachte, ein Vogel habe geschrien von oben, eine Möwe oder ein Albatros, das hätte von Küstennähe gezeugt und mich glücklich gemacht, vielleicht deshalb schaute ich?

Ich habe mit nichts gerechnet, darum legte ich meinen Kopf so sterbenslangsam in den Nacken und blinzelte hoch.

Kein Zweifel, das Pferd flog auf mich zu.

Worauf wartete es denn so lange? Dass ich aufstand und beiseite ging?

Der Abstand verringerte sich zusehends. Ich konnte die Konturen seines Schädels erkennen. Ein schönes Pferd. Hengst oder Stute oder Wallach? Ich glaube, ich fragte mich das. Und dass Wallach ein schönes Wort ist, schöner als Hengst oder Stute.

Kurz darauf, da war es schon zum Greifen nah, hörte ich ein Wiehern aus seinem geöffneten Maul, die Nüstern blähten sich zu dunklen Löchern. Lachte es mich an, das Pferd, oder hatte es Todesangst? Es war doch schon tot! Schon tot, als es da hochgehievt wurde! Dummes Pferd! Warum muss es noch einmal losgaloppieren, wer hat ihm die Peitsche gegeben, das bereitete mir unsägliches Kopfzerbrechen.

Bei all dem rührte ich mich nicht. Teilnahmslos schaute ich zu.

Langsam wurde mir klar, dass der Gaul genau auf mich fallen

würde. Ich wollte dem Tier etwas zurufen, es nach der Ursache seines Sturzes fragen, wieso gerade hier und jetzt, in dieser stillen Mittagszeit, doch ich bekam den Mund nicht auf. Wir starrten uns an. Wir wussten beide, es würde geschehn. Nicht einmal die Arme hob ich zur Abwehr.

Ein dumpfes trockenes Geräusch, schallgedämpft, entfernt. Splitter von Knochen und Holz. Ein kurzer Stich in meinem linken Bein. Verstreut liegende Holzstücke, dazwischen, blutend, das Pferd. Jetzt war es bestimmt tot. Ein Sturz aus solcher Höhe. Das überlebt niemand.

Was war los mit meinem linken Bein? Ich sah es liegen unter den Trümmern, neben dem Pferdekopf. Ich zog es raus. Gott sei dank, es war alles in Ordnung.

Noch mal Glück gehabt.

Mein erster Gedanke: Wo ist die Pfeife? Wo ist die Pfeife hin? Ich habe die Pfeife verloren. Eben hatte ich sie noch. Ich brauch sie wieder. Wahrscheinlich ist sie mir aus dem Mund geschlagen worden von einem verirrten Mast. Ich bewegte meinen Kopf.

Sie muss hier irgendwo liegen. Ich bewegte meinen Arm. Funktioniert noch. Räumte die Trümmer beiseite. Hier ist sie nicht. Sie muss hier irgendwo sein, die Pfeife, sowas kommt doch nicht weg. Jedes Holzstück drehte ich um, untersuchte jede Fuge. Wenn sie jetzt unter dem Pferd liegt, wie komme ich daran, das ist so schwer. Ich versuchte, den Pferdekopf auf die Seite zu legen, darunter war die Pfeife nicht, die zerborstenen Beine drehte ich um, auch hier nicht. Werde warten, bis Verstärkung kommt. Dann drehen wir das Vieh um. Bis dahin such ich alleine weiter …

Auf allen vieren krabbelte ich im Kreis. Ich biss die Zähne aufeinander. Wenn sie hier nicht liegt, muss sie durch die Wucht des Aufpralls weiter weggeschleudert worden sein. Weiterhin auf allen vieren vergrößerte ich den Radius meiner Kreise, fieberhaft auf der Suche. Ich zog eine Blutspur hinter mir her. Ich bemerkte das, als ich mich umdrehte. Ging davon aus, es sei das Pferdeblut. Und ich verschmiers.

Die Pfeife … sie mochte zerbrochen sein? Dann steckte womöglich ein Pfeifenstück in irgendeiner Ritze oder Vertiefung? Meine Fingernägel kratzten systematisch in jede Unebenheit. Wenn ich sie nicht wiederfinde: Was dann? Diese Pfeife hat mir der Doktor persönlich überreicht, sie ist ein wichtiges Detail in meinem Seemannsdasein, die Ausstattung muss stimmen, sie muss komplett sein, da darf nichts verloren gehn.

Die Angst vor dem Verlust trieb mich zu besessener Suche. Kleine Holzsplitter stachen unter meine Fingernägel, manche brachen ab, ich beachtete das nicht. Weiter! Immer größer wurde der Kreis, in dessen Mittelpunkt der Unfall lag, und eine rote Spur frischen Blutes, das schnell in der Sonne trocknete, zog ich hinter mir her. Ich hätte sie nicht mit an Deck nehmen sollen. Ich hätte sie unten in der Kajüte lassen sollen. Man soll doch nicht rauchen, wenn die Sonne scheint. Es schmeckt nicht, mit trockenem Mund zu rauchen. Mir fiel auf, dass ich einen salzigen Geschmack auf der Zunge hatte. Wie der Rauch senkrecht aufsteigt, wenn kein Wind geht, dachte ich. Das gesamte Deck suchte ich so ab, doch die Pfeife blieb verschwunden. Ich wollte alles noch einmal absuchen. Ich muss sie irgendwo übersehen haben, oder liegt sie doch unter dem Pferd?

Aus dem Bauch der Arrabal kamen Männer. Sie stürzten zum Unfallort. Mich beachteten sie nicht. Sie starrten auf das Pferd. Dann starrten sie nach oben, wo es eben noch gehangen hatte. Sie zuckten die Achseln. Ich sah, dass einem der Matrosen eine Pfeife im Mund steckte. War's meine? Ich schrie. Die Männer sahen sich um. Ob er meine Pfeife rauche, wollte ich wissen, wenn ja, solle er sie hergeben, es sei meine Pfeife, die er da rauche, meine. Was los sei, fragten sie mich. Ihre Blicke waren besorgt. Ich sagte, ich habe meine Pfeife verloren, vielleicht liege sie unter dem Pferd, sie sollen es bitte wenden und nachsehn. Ich wollte aufstehen und ihnen die Stelle zeigen. Ich konnte nicht. Wusste nicht, warum. Immer mehr Männer kamen an Deck. Sie gestikulierten und schrien. Etwa 20 von ihnen bildeten einen engen Kreis um mich. Was wollten sie von mir? Was hatte ich denn getan? Ich wollte doch nur meine Pfeife zurück. Konnten sie nicht nachvollziehen, in welcher

Lage ich mich befand? Plötzlich teilte sich der Kreis und ein langer, hagerer Mann kämpfte sich den Weg durch die Menge.

ICH BIN ARZT WAS GEHT HIER VOR?

Ich erklärte ihm, ein Pferd sei auf mich gestürzt, jetzt sei die Pfeife weg.

Da griff er mit der linken Hand nach meinem Kinn und drückte fest zu. Mit der rechten langte er nach meinem Mund. Ich presste die Zähne zusammen, ich dachte, der erwürgt mich. Dann gab es einen kräftigen Ruck. Mein Kiefer knackte. Der Arzt hielt mir einen länglichen Gegenstand vors Gesicht. Da war sie ja. Meine Pfeife. Das war meine Pfeife.

WAS SAGEN SIE JETZT SIE HATTEN SIE DIE GANZE ZEIT IM MUND!

Ich wollte antworten, doch mir schwanden die Sinne. Es wurde sehr still, und ich sah jemanden in einer Badewanne sitzen, in der ein Plastikschiffchen trudelte in stürmischer See.

~

Die Männer, die mich nach dem Sturz des Pferdes pfeifesuchend vorfanden, brachten mich in irgendeine Kajüte, ich weiß nicht mehr in welche, es war sehr dunkel, und die vielen Stiegen und Korridore im Bauch des Schiffes sahen alle gleich aus. Sie legten mich auf eine Pritsche, neben der auf einer kleinen Holzkommode zwei Öllämpchen flackerten. Dann kam auch gleich der Doktor. Sein langer Schatten tanzte durch den Raum, groß und klein, krumm und gerade. Er trat an mich heran, stellte einen schweren schwarzen Koffer auf die Kommode und ließ das Schloss schnappen. Was hat er vor, dachte ich, will er meinen Blutdruck messen? Möglich, dass ich einen Kreislaufkollaps habe von der Hitze da oben …

Doktor Cloque öffnete den Koffer und steckte seinen Kopf hinein. Dann entnahm er ihm vier gabelähnliche Geräte und eine Metallzange, die er penibelst auf die Kommode sortierte.

Das gibt es doch gar nicht, murmelte er, so ein Schrott.

Dann flog die Kajütentür auf, und die Stiegen herunter kam der fette Smutje. Er schleppte schwer an einem Kupferkessel, aus dem, wie ich sah, Wasser schwappte, heißes, denn er fluchte und schrie, als es seine Unterarme verbrühte.

Sagen Sie, Orlot, wo steckt der Zimmermann, er müsste doch längst hier sein?, fragte der Doktor, ohne von seinem Koffer aufzusehen.

Er att die Säge verlegt, jetzt irrt er durch die Kajüten, stellen Sie sisch das vor, Err Doktör, er att sie irgendwo verlegt, dabei ist er doch sonst so gewissenafft, eijeijei Doktör, das ist ein rabenschwarzer Tag, wissen Sie, isch muss Ihnen die Sache mit dem Fleischfass erzählen, also, die Maden werden mitgeliefert, das ätte isch nischt ...

Mund halten, Smutje, sehen Sie nicht, wir haben einen Ernstfall, unterbrach ihn der Doktor.

Pardong. Und was für einen ... isch gehe nach die Tüscher ..., quiekte der Koch und verschwand aus meiner Sicht.

Unterdessen packte Cloque weitere Instrumente aus. Eine große Nadel, dazu eine Rolle Garn, ein langes sichelförmiges Messer, eine Art Federkiel mit sehr feiner Metallspitze. Danach: zwei braune Fläschchen mit einer nicht definierbaren Flüssigkeit. Zwei rostige Klemmen. An den Klemmen hing ein Preisschild. Der Doktor schaute auf den Preis, schüttelte den Kopf und riss es ab. Die Requisite, murmelte er, wer hat den eingestellt. All diese Gegenstände sortierte er in einer strengen Ordnung auf der Kommode. Was sollte das alles? Ich wäre nie darauf gekommen, was der Doktor mit diesen Museumsstücken zu tun gedachte. Das Instrumentarium gehörte in die Ausstellungsvitrine, nicht in die Praxis. Eben wollte ich ihn fragen, was er mit diesen Exponaten Interessantes vorführen wolle, da flog krachend die Kajüte auf und abermals quälte sich der schwitzende Smutje herein, diesmal mit drei kleinen Schüsseln und einem Stoß Tücher.

Keine Sorge, er att sie bestimmt nur verlegt, so eine große kommt doch nischt abanden, wenn Sie wollen, werde isch nach ihm sehn, excusé ...

Ohne eine Antwort abzuwarten, keuchte er wieder hinaus. Der Doktor besah sich nochmals die Instrumente, atmete tief durch, nahm das sichelförmige Messer, prüfte dessen Schärfe mit dem Daumen, nickte und legte es wieder an seinen Platz. Dann krempelte er die Ärmel hoch und ging unruhig im Zimmer auf und ab, wobei er mir kurze, besorgte Seitenblicke zuwarf. Dann lehnte er seinen Kopf gegen die Wand, schloss die Augen und murmelte: Man kann alles, wenn man will. Man kann alles, wenn man will. Wenn man will, kann man alles.

Von draußen kamen aufgeregte Schreie, das war der Smutje: Er att sie! Er att sie gefunden! Die Tür flog auf: Und wissen Sie, wo sie lag? Wissen Sie's? Da kommen Sie nischt drauf! Sie lag mitten auf dem Werktisch, wissen Sie, auf dem Werktisch, da sucht man bei Kreti und Pleti, und wo liegt sie: da, wo sie immer liegt, es ist doch eine merde!

Jetzt war das Bild komplett: Wie zu einem alten Foto hatten sich am Fußende meiner Pritsche drei Männer aufgebaut: links der schweißtriefende Orlot, in der Mitte der Doktor und rechts ein rotbärtiger Koloss, das musste der Zimmermann sein. Er strahlte eine eiserne Ruhe aus, hielt seine Augen gesenkt, als prüfe er noch einmal das Ding, das er in seinen Pranken hielt: eine rostige, breitzackige Säge.

Doktor Cloque: Wir fangen an. Ich gebe die Anweisungen. Orlot, machen Sie die Schüsseln voll. Und verschonen Sie mich mit Ihrem Geschwätz, ja?! Ich werde jetzt das Präsent auswickeln.

Es kam Bewegung in das Bild. Der Smutje füllte die drei kleinen Schüsseln mit heißem Wasser, dann tauchte er Tücher hinein, wrang sie aus und legte sie über den Topfrand. Der schweigsame Zimmermann lehnte seine Säge an die Kommode und nahm hinter mir Aufstellung, während Orlot, tücherwringend, seinen Mund nicht halten konnte: Nichts für ungut, Err Doktör, aber das stinkt mir gewaltisch, dass für diesen Neuling ier eine ganze Ration Trinkwasser draufgeht, wie Sie wissen, das Wasser ist in meiner Verantwortung, wenn das Schiff länger braucht, wird es knapp, und was dann los ist! Was dann los ist! Dann kommen sie zum Orlot,

sagen sie, du ast unser Wasser für ein paar dreckische Umschläg ver-
geudet, du Franz du, das werden sie sagen, eijeijei, mein Als wird
ganz rau bei der Vorstellung, allein die Vorstellung, mein armer Als!
Orlot! Der Doktor schnitt ihm die Worte ab, die wie Perrier aus
seinem Mund sprudelten. Dann kam er zu mir. Ich schaute an mir
herab, und da erst begriff ich, dass mit mir etwas nicht in Ordnung
war. Mein linkes Bein war ganz umwickelt, viele Lagen Segeltuch.
Der Doktor hob es an und entfernte eine nach der anderen, der
Smutje nahm sie entgegen. Die äußeren Tücher waren schmutzig
weiß, die darunter liegenden dunkelrot und krustighart, dann
wurde es hellrot und feucht.

Auswaschen, sagte Cloque.

Die kräftigen Hände des Zimmermanns legten sich auf meine
Schultern, während die letzten Tücher entfernt wurden. Dann lag
das Bein frei. Der Unterschenkel war vollkommen zerquetscht, der
Knochen ragte heraus, der Fuß hing unten dran in einem ganz
unnatürlichen Winkel, dass ich dachte, es sei ein fremder. Die
Muskeln konnte ich sehen, einzelne Stränge lagen schon außerhalb
auf der Pritsche, die Kniescheibe, wo war sie abgeblieben? Sie war
in viele Stücke gesplittert, die verstreut in meinem Beinfleisch
steckten.

Alors, isch könnte wetten, das Fleisch war schon faul, als wir ab-
legten, Doktör, isch muss es Ihnen erzählen, es ist vielleischt nischt
der rischtige Moment, aber ... alors, der erste Maat meint, isch sei
nischt sauber, isch ätte mit meine Dreckspfoten da in die Topf ge-
langt und das Fleisch verdorben, ören Sie zu?

Der Doktor zischte ihn an: Sie wären besser Zimmermann geworden, Orlot. Sie halten Ihr Maul jetzt!

Dann besah er sich mein Bein: Er hat sehr viel Blut verloren. Hoffentlich steht er das durch. Gott, seine erste Reise, und dann gleich
ein Bein. Das hätte doch Zeit gehabt ...

Der Doktor nahm den Federkiel vom Tisch und beugte sich über
die Wunde: Feuchte Tücher. Die Kruste weg. Während der Zimmermann meinen Oberkörper festhielt, sah ich zu, wie Cloque
mit der Spitze des Kiels in meinen Oberschenkel stach, von dort

die Haut ritzte abwärts bis zum Knie und das viermal, bis der Schenkel in vier gleichgroße Hautlappen geteilt war. Blut schoss aus den Ritzen, sofort und in großen Mengen, doch ich spürte keinen Schmerz. Alles war taub. Ich schaute teilnahmslos zu, als wohnte ich der Operation eines anderen bei. Jetzt nahm der Arzt die gezackten Gabeln, hakte sie in die Haut und zog diese vom Muskel ab wie die Pelle von der Wurst. Die Zacken hakelte er in die hochgerefften Hautlappen, darunter lag jetzt frei mein rosarotes Fleisch.

Es fiepte. Der Koch sah erschrocken auf und trat dann nach etwas auf dem Fußboden, es entzog sich meinem Blick, er lief mit tropfnassen Tüchern in der Kajüte herum, trat immer wieder auf den Boden, fluchte, rempelte dabei den Doktor an, als dieser mir das austretende Blut abtupfte.

Orlot: Dieses Mistviech! Dieses Mistviech!

Doktor: Stoßen Sie hier nichts um.

Cloque nahm das Sichelmesser, den Griff in der Faust, fasste mit der anderen das geborstene Knie, nahm Maß wie ein Metzger am Kotelett, dann schnitt er schnell zwei Halbkreise ins Fleisch hinunter bis auf den Knochen. Das Blut schoss wie verrückt. Die Arme des Zimmermanns legten sich schwer auf meine Brust. Tücher wurden gewaschen und gewrungen, im Eiltempo, ich sah, wie etwas oberhalb des Knies befestigt wurde, konnte nicht erkennen was, der Zimmermann nahm mir die Sicht. Der Zimmermann? Nein, plötzlich hing der Smutje über mir, er stank nach Schweiß und irgendeinem süßlichen Duftwasser. Wo war denn der Zimmermann? Der war mir lieber, der roch nicht so.

Der Zimmermann tauchte jetzt am Fußende auf, in seinen Händen hielt er die große Säge.

Der Doktor zeigte mit seinen dürren Fingern auf die Zacken, in denen noch Späne steckten. Der Zimmermann drehte sich zur Wand und schlug mehrmals sein Werkzeug gegen die Balken, bis das Sägmehl durch die Kajüte schneite. Orlot lachte: Geört das zum Programm?

Cloque: Halten Sie's Maul. Ich muss nachdenken.

Der Doktor wischte den Staub aus seinen Augen, während der Rotbärtige seine Zacken im Wasser reinigte.

Dann setzte er die Säge auf den Knochen.

Cloque: Halten Sie ihm die Augen zu. Er muss das nicht sehn.

Orlot presste seine schmierige Pfote auf meine Augen, und ich spürte dumpf einen entfernten Druck. Es war wie im Traum: still, dunkel und gar nicht unangenehm.

Als ich wieder Augen hatte, hielt der Zimmermann mein Bein in der Hand. Er schlenkerte es sanft in seiner Pranke, der Fuß schlenkerte sachte mit. Über mir streckte der Koch seinen Arm aus und fingerte danach, grabschte sich mein abgesägtes Körperteil und wendete es prüfend hin und her. Dann leckte er mit seiner rosa Zunge meine Zehen und brach in ein irres Gelächter aus: Das gäb eine kräftische Bouillon, alors! Ein bischen Erb de Prowongs dazu, das wär comme dimanche! Sein Lachen war ansteckend. Wie seine Zunge meine Zehen kitzelte, da lachte auch ich aus Leibeskräften. Ich war immer schon kitzelig.

Dann hatte der Doktor mein Bein in Beschlag, prüfte den Schnitt, besah sich den Knochen. Er stellte es hinter sich auf die zweite Stiege. Dort lehnte es. Mein Bein. Aufmerksam, als verfolge es die weitere Arbeit, ein wissbegieriger Student. Dr. Cloque nahm den kleinen Spachtel von der Kommode, löffelte damit in meinem Knochenstumpf und förderte eine weiche, gelbliche Masse zutage, welche er an einem Tuch abstrich. Nun die Gabeln. Die hochgerefften Hautlappen wurden mit ihrer Hilfe über das Fleisch gezogen, wo sie lose über den Stumpf hingen. Cloque fädelte Garn und tat schnell mehrere Stiche, sehr präzise, sehr fachmännisch, nähende Männer, dachte ich, nähende Männer, das gibt es nur in der Medizin. Zwei Klemmen wurden entfernt – das war es, was in meinem Gewebe steckte –, der Doktor murmelte leise etwas, seine Stirn legte sich in Falten, er zwinkerte, ließ sich eine Lampe neben den Stumpf stellen. Sauber. Jetzt hat er das Garn. Er setzte nochmal die Nadel an und verknotete dann die Garnenden. Der Smutje wusch und wrang, säuberte den Stumpf und stöhnte. Die letzten Tücher wurden befeuchtet und mit den Flüssigkeiten aus den

Fläschchen beträufelt. Es roch nach Apotheke. Der Doktor wickelte die Tücher um den Stumpf und verzurrte das Ganze. Als er fertig war, seufzte er kurz. Er tätschelte mein rechtes Bein. Die Öllampen flackerten. Die Instrumente wurden gewaschen und verschwanden im Koffer. Schatten irrten durch den Raum.

Cloque: Und es geht doch. Es geht. Man kann alles, wenn man nur will.

Orlot: Err Doktör, isch bin eilfroh, dass isch nur für Töpfe eine Zuständischkeit ab.

Im matten Lampenschein sah ich die drei Männer die Stiegen nehmen und die Kammer verlassen, einzig das Töpfe- und Schüsselklappern war noch zu hören.

Mein Bein, das appe, stand noch immer auf der zweiten Stufe. Sie hatten es dort vergessen.

~

Das BIZ

Ich ging mit 18 in das Berufsinformationszentrum, das BIZ.
Da waren alle Berufe der Welt auf einer einzigen Speisekarte.
Mit Kreide stand auf einer Tafel: Diese Saison zum letzten Mal:
Wer Arbeit will, der kriegt auch welche! Ein Beruf für ein ganzes Leben!

Der Kellner kam und fragte: Sie haben gewählt?
Da sagte ich: Ihr Angebot ist so reichhaltig, ich kann mich nicht entscheiden. Können Sie mir nicht etwas empfehlen? Was ist denn heut besonders gut?
Ich empfehle Ihnen den Diplombiologen, das ist eine Spezialität.
Ist der auch wirklich lecker, fragte ich.
Wenn man nicht weiß, was einem schmeckt, schmeckt alles, sagte der Kellner.
Wenn Sie meinen, sagte ich, dann nehm ich den.
Wünschen Sie eine Beilage oder wollen Sie den Diplombiologen so?
Da ich großen Hunger hatte, bestellte ich noch Nudeln dazu.

74

Während mein Gericht in der Mikrowelle heiß wurde, dachte ich an all die verpassten Berufe, die ich jetzt nicht mehr wählen konnte, weil mein Magen doch so begrenzt war. Ich spülte meine Qual mit einer Cola runter. Die anderen Gäste hatten sich was anderes bestellt, einen Diplombiologen mit Nudeln wollte keiner. Ich sah welche mit Maschinenbauteilern, viele mit Juristen- oder Beweellermenüs, doch die meisten wollten die bunten Gerichte, was mit Werbung oder Medien. Was war jetzt mit denen?

Hatten die sich Scheiße auf den Teller geladen oder Gold?

Der Geschmack kommt beim Essen, sagte einer und löffelte los.

Sei froh, dass du überhaupt was kriegst.

Ich schaute lieber nur auf meinen Teller. Der Gedanke an die anderen drohte mir den Appetit zu nehmen.

Der Diplombiologe war sehr lecker, die Nudeln weniger, die hab ich lieber al dente und nicht so weich. Aber ich aß alles auf, weil ich doch so Hunger hatte, und ich hätte am liebsten weiter gegessen, hätte mich am liebsten durch die ganze Karte gefressen, rauf und runter, alle Gerichte und alle Menüs, aber der verdammte Magen, dieser verdammte kleine Menschenmagen spannte schon, als ich den letzten Bissen Biologe in mich reingeschoben hatte. Ich kratzte noch den Teller leer und verklebte mir den Mund mit der Salatgarnitur.

Das war's dann, dachte ich. Der Diplombiologe bleibt jetzt im Darm bis an dein Lebensende, du hast nur den einen und wiederkommen darfst du nicht in das BIZ. Das verbietet die Hausordnung.

~

Die erste Begegnung mit Cloque nach der Amputation. Er kam mir die Tücher wechseln.

Cloque: Bloom. Da hat es Sie ganz schön erwischt. Dummes Malheur. Dachte schon, ich sei überflüssig. Das Schiff fuhr so schnell über den Atlantik, die Männer hatten gar keine Zeit, krank zu werden.

Bloom: Das Pferd ... Cloque ... ist es tot?

Cloque: Welches Pferd? Ach so, ja, natürlich ist es tot, es war ja nie lebendig ... Sie müssen ganz schön dicht gewesen sein den Abend, dieser Gaul ist Tradition, wissen Sie, das ist der Vierwochengaul, den lassen die Männer hoch, wenn sie ihre erste Heuer sicher haben, der Gaul, Bloom, der Sie so unvermittelt getroffen hat, war aus Segeltuch, mit Spänen gefüllt, leider auch mit härterem Zeug, Holz und Metall. Sie sind sozusagen Opfer einer alten Tradition, was Besseres kann einem angehenden Seemann doch nicht widerfahren, oder?

Bloom: Lassen Sie mich.

Cloque: Das würde Ihnen so passen, nein nein, ich bin Arzt, Bloom, ich erfülle diese Funktion so gut ich kann. Und Zynismus ist doch typisch für Ärzte, das ist doch allseits bekannt, das wird Ihnen jeder bestätigen. Im Übrigen können Sie froh sein, dass Sie noch leben, ich fand die Operation sensationell, diese Methode, hätte nicht gedacht, dass sie tatsächlich funktioniert.

Bloom: Wollen Sie ... damit ... sagen ... Sie ... haben noch nie ... amputiert?

Cloque: Exakt. Und dann gleich mit solch archaischen Bestecken. Die waren seit 200 Jahren nicht in Benutzung.

Bloom: Warum tun Sie das?

Cloque: Das gehört zum Programm. Amputieren ohne Sauerbruch.

Der Doktor ließ seine gute Laune an mir aus, beschmierte meinen Stummel mit irgendeiner Mixtur, die er als FLEISCHMACHENDE SALBE bezeichnete, dann ging er beschwingt, medizinische Fachvokabeln singend, aus meiner Kajüte.

~

Bata, der schwarze Boy, sieht regelmäßig nach mir. Cloque hat ihn für meine Pflege abgestellt, er sei eine vortreffliche Kraft, versicherte er mir. Er spricht irgendein Kralchinesisch, ich weiß nicht, was es ist. Versuche, mit ihm Kontakt aufzunehmen, zwecklos. Er lacht mich nur an mit seinen blendend weißen Zähnen. Morgens reibt er mich ab mit Dreckwasser, leert meinen Topf, bringt mir zu essen.

Bata: Eng ikbe murulosso eng ikbe!

Bloom: Schon gut, stell es hier hin.

Ein Boy aus dem Bilderbuch. Stets zu Diensten.

Als ich von Cloque wissen wollte, aus welcher Region Afrikas er genau stamme, sagte er: Fragen Sie doch ihn, er kommt doch von da.

~

In meiner Kammer stinkt es. Der Gestank nimmt täglich zu. Es geht kaum Wind. Die Luft steht im Zimmer, dick und penetrant. Das ganze Schiff ist durchdrungen von Teer, es stinkt wie auf einer Baustelle im Hochsommer. Ich weiß nicht, wie Bauarbeiter das aushalten, wenn sie im August eine Straße teeren müssen, stundenlang den kochenden Brei in der Nase, das ist nicht gesund, Bauarbeiter sterben oft schon Mitte vierzig.

Zum Teer kommen noch Pech und Harz, damit werden die Fugen KALFATERT. Der Doktor hat mich da aufgeklärt. Immer wenn er so einen Fachausdruck anbringt, leuchten seine Augen. Er dozierte weiter, dass ein zusätzlicher Faktor im Duftbukett vom BIL-GENWASSER herrühre, ein Schiff sei nie ganz dicht, es ziehe immer etwas Wasser, das sich im untersten Schiffsraum sammle und täglich ausgeschöpft werden müsse. Die fauligen Rückstände verbinden sich mit einer Mixtur aus Teer und Schwefel, mit der der Rumpf bestrichen ist. Das sei also nicht zu vermeiden, dass diese Düfte von unten hoch das ganze Schiff durchströmen. Im Gegenteil, ohne den Gestank sei die ganze Reise nur die Hälfte wert.

~

Jeden Tag gibt es Eintopf. Keiner weiß, was da drin ist.

~

Heute Abend gibt es wieder Eintopf. Ich kann es riechen, die Kombüse muss direkt über mir sein. Diese Dämpfe von gekochtem Pökelfleisch und der Lake, die nicht mehr rausgeht aus den Töpfen. Wie die Patina in der Teekanne.

~

Manchmal schaue ich auf meinen Stumpf. Nicht oft. Wie er daliegt, in Tücher gewickelt. Die leere Stelle auf der Pritsche, wo eigentlich mein Unterschenkel sein müsste, ich starre darauf und fasse es nicht. Ich kann diese leere Stelle nicht fassen. Manchmal denke ich, dass er wieder dran ist. Wenn ich hinschaue, ist nur die leere Stelle.

~

Tag danach.
Verbandswechsel. Leichte Besserung.
Bata: Eintopf.
Wind: Weiter still.
Cloque: Ihm sei eingefallen, dass ich ja doppelt symbolisch verunglückt sei. Diese Gegend würde die ROSSBREITEN genannt. Weil so viele Tiere, insbesondere Pferde, in den Flauten verendet seien, durch Wassermangel und Seuchen. Daher der Name. Dem Doktor leuchteten die Augen.
Heute Nacht unruhiger Traum.
Durch mein Bullauge flitschen die Kanäle.
In erster Linie Leichtathletik.
Da wird irgendeine Europaweltmeisterschaft oder Olympiade übertragen.
Eine Flüstertüte sagt immer wieder:
HIER SIND DIE BESTEN UND SCHNELLSTEN AM START
HIER SIND DIE BESTEN UND SCHNELLSTEN AM START

Ein alter Dreimaster segelt mit bedrohlich geblähten Segeln über den Rasen des Stadions und feuert eine Kanone ab: Daraufhin setzen sich Hunderte von Läufern in Bewegung, schnellen aus den Startblöcken, rennen los über die Tartanbahn, jeder mit seinem Ziel vor Augen: lange ebenholzglänzende Beine setzen zum Sprint auf eine Weitsprunggrube oder die Hochsprunglatte an, dünne drahtige Beine laufen Hindernis, über Wassergräben und Hürden, mit einer unglaublichen Leichtigkeit, kompakte hochgedopte katapultieren sich aus der Hocke gleich gegen eine Gummiwand, keiner weiß, wer gewonnen hat, weil es so schnell geht, die Marathonläufer im Pulk haben Beine im Überfluss, als mache sich ein Mikadospiel auf die Reise. Und dann die Geher. Wie die gehen. Die gehen einfach, ohne sich zu schämen.

Die Flüstertüte schärft mir ein:

GEHEN IST IHR LEBEN

EIN LEBEN OHNE GEHEN

IST KEIN LEBEN

Ich schaue teilnahmslos zu und weiß nicht, was es mit mir zu tun hat, warum peinigt mich das Traumfernsehn, es ist doch Traumfernsehn, mit endlosen Sportberichten, was will es von mir? - - - -

- -
- -
- -
- -

Eine vollbusige Masseuse nimmt eine Prothese, setzt sie an meinen Stumpf. Sie überprüft alles bis aufs Tüpfelchen, dann erst zieht sie die Riemen fest. Sitzt wie angegossen, sagt sie. Zurrt, justiert. Dann holt sie aus einer Kommode ein braunes Fläschchen und erfrischt meine Prothese mit Franzbranntwein. Man kann alles, wenn man will, sagt sie, und ich stecke in einem hautengen Sportanzug: Jetzt kommt es auf dich an.

Ich trete aus der schmalen Tür in ein Stadion mit hunderttausend Zuschauern.

BEGRÜSSEN WIR MIT DER STARTNUMMER FÜNF THOMAS BLOOM AUS DER BUNDESREPUBLIK

DEUTSCHLAND ... höre ich den Stadionsprecher hallen, brandender, nicht enden wollender Applaus. LaOla. Ich sehe genauer hin. Die LaOla. Viele Fans haben nur einen Arm. Was für eine Welle, denke ich, da fehlt doch die Hälfte, wie sieht denn das aus? Mit einem Arm kann man doch nicht jubeln, das reicht zum Bestellen oder zum Hitlergruß, aber LaOla? Dafür sind die Leute doppelt laut, was ihre Arme nicht hergeben, gleichen sie aus mit Gegröle.

Ich sehe die Fans mit vereinten Kräften Transparente hochhalten. JEDER SO GUT ER KANN steht da drauf, DER GLAUBE VERSETZT BERGE und EINE GESUNDE MORAL ERSETZT GESUNDE BEINE und eines, was mich besonders motiviert: DER VERLORENE SOHN LÄUFT NACH HAUS.

Ein Ordner, an dem ich keinen Makel erkennen kann, klebt mir die Startnummer Fünf auf den Rücken, kontrolliert den Sitz meiner Prothese und weist mir den Weg zum Start.

Hundertmeterlauf.

An den Startblöcken die Starter. Acht an der Zahl. Fünf von ihnen halbwegs Menschen, ihnen fehlt nur ein Bein wie mir, das linke oder rechte. Ansonsten sind sie komplett. Als ich hinzutrete, werfen sie mir grimmige Blicke zu. Jeder will hier gewinnen. Hier wird nichts verschenkt. Bei den Restlichen muss ich schlucken. Zweien fehlen ein Bein und beide Arme, und der Letzte, ihn hatte ich erst ganz übersehn: Er ist am Becken zuende, es sieht aus, als sei er im Tartan eingemauert. Seine Arme schlenkern rum in Gibbonart, er kann sich spielend leicht vorwärtsbewegen, was er zum Aufwärmen auch demonstriert. Konkurrenz schocken. Ich betrachte staunend seine Bizepse, die haben den Umfang meines Oberschenkels. Ihm fehlt mehr als mir, denke ich, aber er hat einen Ausgleich gefunden. Die Arme machen die Beine wett. Und wie stark behaart sie sind. Wie Pelz. Ich hätte ihn gern gefragt, wie er hierher gekommen ist, was er überhaupt für ein Mensch ist, und was für Gedankengut seinen Schädel heimsucht, doch er fixiert finster seine Bahn und ist nicht gesprächsbereit.

Das Zeichen zum Gleichgehtslos. Nur noch wenige Sekunden.

Die Starter schütteln ihre Gelenke, klopfen die Prothesen. Der rechts von mir, ihm fehlt der rechte Unterschenkel, streichelt sanft seinen Ersatz. Er ist mit rotem Lack überstrichen. Ich höre ihn flüstern: Bist du mein Rennhölzl? Ja? Bist du mein kleines Rennhölzl? Jaa? Brav ... Lässt mich nicht im Stich, ja? Jjjjaa? Lässt Herrchen nicht im Stich, ja? Siehst du die Bahn, siehst du unsre Bahn? Ja schau, schau: Das ist unsre Bahn ... Da läufst du jetzt lang. Versprichst du mir das? Willst du gewinnen? Wir zwei ... wir rennen den anderen fort, ja? Wir zwei rennen am allerallerschnellsten, ja? Nicht umknicken, ja? Hörst! Nicht umknicken! Die ganze Welt schaut zu, da darfst du nicht knicken! Wir ham's bis hierher geschafft, jetzt schaffen wir auch das. So. Jetzt. Jetzt gilt's.

Der Beinlose auf der Außenbahn trommelt sich auf die Brust. Auch er ist bereit. Stolz ragt er aus dem Startblock, eisern im Blick: seine Bahn.

Auf die Plätze ... fertig ... los! Ein Schuss, und wir rennen. Nein. Wir rennen nicht. Der Beinlose hat einen Fehlstart verbockt. Kommando zurück. Wir machen uns klar für den zweiten Start.

Schuss!

Diesmal klappt es. Ich komme gut weg. Hab meine Bahn im Auge. Hinter mir höre ich Schreie. Du Schwein! Du Schwein! Du beinloses Stück Scheiße, was treibst du in meiner Bahn? Ich will diese Leute hinter mir wissen. Kaum aus den Blöcken und schon auf die Schnauze fallen, das ist Sportlerpech. Ich will da nicht zugehören und stolpere wild voran. Noch lieg ich gut im Rennen. Von den anderen nichts zu sehen, nur ihr Keuchen schwach von hinten. Der Einzige vor mir ist der Starter mit dem lackierten Rennholz. 20 Meter haben wir schon hinter uns, der Lackierte liegt um zwei Längen voraus. LaOla ohrenbetäubend. Trillerpfeifen. Sirenen. Anfeuer:

THOMAS THOMAS THOMAS THOMAS LAUF LAUF!
NICHT NACHLASSEN IN DEN WINDSCHATTEN!
SETZ DICH IN DEN NACKEN ANS NASSE HEMD!
DU HAST IHN!

DAS IST NUR DER HASE DER KREPIERT BEI METER FÜNFZIG!

DANN HAST DU FREIE BAHN!

THOMAS THOMAS DU HAST DAS BESTE BEIN!

Meine Gelenkpfannen kochen auf großer Flamme. Der Franzbranntwein dampft in die Nase. Meter 30. Kein Ende in Sicht.

IHR SEID DIE SCHNELLSTEN SCHNECKEN DER WELT!

Ich hole alles aus meinem Körper. Es hilft nichts. Mein Laufstil lässt zu wünschen übrig, ich zucke und keuche, hab meine Not, die Bahn zu halten. Nicht übertreten. Nicht übertreten. Nicht! Übertreten! Bei Meter 40 muss ich eine Pause machen. Der Lackierte zuckt weiter, baut seinen Vorsprung aus. Ich drehe mich um. Noch vier Läufer laufen aufrecht. Drei kriechen. Der Beinlose prügelt hinten an den Startblöcken auf einen Mitläufer ein. Der hat keine Chance gegen die mächtigen Bizepse. Er liegt flach. Das austretende Blut leuchtet. Reporter und Kameras halten drauf. Ordner haben ihre liebe Mühe.

Ich keuche durch. WEITER WEITER THOMAS THOMAS! Die Fans ziehen mich, greifen mir unter die Arme. Ich laufe weiter. Die vier Verfolger dicht hinter mir. Schwer donnert mein Holz auf die Tartanbahn. Weiter.

Weiter. Den ersten Platz kannst du dir an die Backe schmieren. Der Lackierte, den schaffst du nicht mehr. Der kann sich nur selbst ein Bein stellen. Uneinholbar ist er. Der kann sich sogar eine Pause leisten bei dem Vorsprung. Bei Meter 70 ist er schon. Und keine Schwäche. Ich hole auf. 50, 60, 70. THOMAS THOMAS BEGNÜG DICH NICHT MIT PLATZ ZWEI DU BIST DER KILLER!

Und dann: Der Lackierte kippt um. Ohne SOS. Einfach so. Hungerast. Fällt um und bleibt leblos liegen. Ich schließe auf. Meter 90. Er liegt quer in meiner Bahn. Ohne ihn nach seinem Befinden zu fragen, steige ich vorsichtig über seinen disqualifizierten Leib und lege die letzten Meter zurück. Die Ziellinie. Das schöne Weiß. Da haben die Platzwarte eine saubere Marke gezogen. Meter 100. Ich setze mein Bein hinter die Linie. Das Stadion: ein Kessel Hexen. Gewonnen. Ich! Ohne vorher irgendeinen Vergleich, ohne die Schwächen der Gegner auf Video, ohne Höhentraining, alles sprach gegen mich. Und dennoch!

Reporter stürzen auf mich zu.

Wollen wissen, wie ich mich fühle jetzt. Ob ich mit dem Erfolg gerechnet denn. Ich sage: Ja. Ich habe immer an mich geglaubt. Der Satz rutscht flüssig aus mir heraus. Was ich zur Konkurrenz, da müsste ich doch was sagen zu, zur Konkurrenz. Die hat geschlafen, sage ich. Die hat keine Moral, sage ich. Die hat nicht ihr Herz in die Hand, die Konkurrenz. Um den kleinen Beinlosen tut es mir Leid, sage ich dann, der hätte das Zeug, heute aber Pech. Werden Sie heute Abend, feiern Sie heute Abend mal so richtig bis in die frühen, in die Morgenstunden? Ich will Stellung nehmen, doch ein Ordner zupft mich weg, drängt die Mikros hinter die Absperrung. Ich werde durch viele Hände gereicht, sie halten Papier und Stifte, doch für Autogramme lässt mir der Ordner keine Zeit. Er führt mich zu einem Podest. Vor mir steht eine blonde, stämmige Frau. Ich kenne sie. Dieter Adler hat mir ihren Namen genannt. Es ist die Speerwerferin Trine Nordenstam. Sie küsst mich auf die Wange und ruft einen Dolmetscher heran. Der Dolmetscher übersetzt simultan: Frau Nordenstam setzt sich, seit sie ihre aktive Laufbahn beendet hat, für die Behinderten ein. Sie gratuliert Ihnen. Sie haben die hervorragende Zeit von Vierminutendreißig gelaufen. Das ist für einen Krüppel sehr beachtlich. Ihnen als Sieger winkt eine saftige Sportförderung ... *und ein Haus mit einem goldenen Weizenfeld* ... Sie bekommen einen Lauftrainer, einen Fitnessberater und eine Masseuse. Sie werden konsequent mit Ihnen arbeiten. Sie werden, wenn Ihnen keine weiteren Verletzungen unterlaufen, in fünf Monaten schon unter vier Minuten sein. Das ist das Saisonziel. Die Nordenstam hängt mir eine goldene Stichsäge um und überreicht mir einen Blumenstrauß. Dann werde ich in die Katakomben zum Duschen geschickt. Zum Abtrocknen, mit einem großen Badetuch, wartet die vollbusige Fachkraft.

Tag danach.
Verbandswechsel: Cloque stellte eine ungute Färbung fest, hoffentlich braue sich da nichts zusammen ...
Bata: Eintopf.
Zu Cloque: Mir ist aufgefallen, dass ich nicht schätzen kann, wie alt er ist. Mal springt er durch die Kajüte wie ein Junger, plötzlich steht er steif da wie tot. Zwischen Dreißig und Siebzig ist alles enthalten. Vielleicht hat Cloque kein bestimmtes Alter. Er kann je nach Bedarf seinen Jahrgang wechseln.

~

Tag danach.
Verbandswechsel: Gottseidank, die Entzündung ist gut. Es juckt sehr stark.
Bata: Eintopf.
In der Brühe schwimmen Augen. Beim Auslöffeln beobachten sie mich. Wenn sie vom Löffel rutschen, starren sie mich weiter an. Der riesige Topf für alle. Wenn der Smutje mit der rostigen Kelle drin rumrührt. Egal, was er kocht, es schmeckt alles nach Eintopf, weil der Belag an den Rändern nicht rausgeht. Die ranzige Patina, in der die Maden Eier legen. Mitessen. Sagt der Doktor. Nahrhaft. Aufbaukräfte. Gut für die Nerven.
Cloque: Sagte, er habe schon viele Flauten in diesen Rossbreiten erlebt, aber eine derart komplette noch nie. Soweit er sich erinnere, seien Windstillen nie vollkommen windstill, es wehe immer ein wenig Wind, ein laues Lüftchen, so dass ein Schiff, das in diese Breiten komme, zwar nicht mit geblähten, so doch mit schlaffen Segeln langsam vorwärts komme und nicht wie jetzt auf offener See regelrecht vor Anker gehe. In etwa 50 Jahren, fügte er grinsend hinzu, gebe es ja Dampfschiffe, da sei man dann fein raus.
Entgegnete, er solle mir mit seinem Doktorzynismus ein für alle Mal vom Leib bleiben. Ich stünde auf der Kippe. Da solle er keine Witze reißen.
Cloque: Sie sollten dankbarer sein, Sie, Rundumdieuhrverpflegung

bekommen Sie, Sie leben in vergleichsweise paradiesischen Verhältnissen!

Bloom: Ich wäre vielleicht dankbar, Herr Doktor, tausendfach dankbar, wenn ich sicher wüsste, welche Verhältnisse das sind, in denen ich mich befinde. Ich kann mich noch so bemühen, ich komme immer zu dem gleichen Schluss: Es gibt gar keine Verhältnisse, so! Alles, was Sie Verhältnis nennen, ist ein Griff in die Eintopfbrühe: Sie greifen rein, und außer verbrannten Händen haben Sie nichts!

Cloque: Und was ist mit der Hitze, dem Gestank, was ist mit Ihrem Bein? Ist das etwa kein Verhältnis? Ist das etwa alles ungreifbar? Ist das etwa nicht die schiere Wirklichkeit?

~

Denke den ganzen Tag an Wasser. Ich spüre es unter mir. Der Atlantik. Das ist doch unfassbar. Was ist das Wasser? Komme zu keinem Schluss. Sollte an anderes denken.

~

Komme immer wieder zu dem einen Punkt: Nichts ist so verkehrt wie das Wasser.

~

Selbst der Ozean ist amputiert, dem fehlt doch alles, was ist daran noch echt? Der Ozean hat einen schweren Unfall gehabt vor einiger Zeit. Wer hat dem Ozean die Beine abgeschnitten?

~

Mein appes Bein hat zu mir im Traum gesprochen: DU LUSCHE DU.

~

Ich schäme mich, derart unkundig zu sein. Ahnungslosigkeit ist das schlimmste Übel, von dem ein Mensch befallen sein kann. Das habe ich bitter erfahren müssen. Hätte ich mich sorgfältiger auf diese Reise vorbereitet, hätte ich mir den Baedeker »Atlantik« gekauft, ich wüsste mit der ganzen Sache umzugehn. Ich war fahrlässig.

~

Woher nimmt das Wasser seine Penetranz? Ständig diese Anwesenheit, diese stoische Anwesenheit. Es ist immer da. Habe den Verdacht, es schläft die ganze Zeit. Ich schwimme auf schlafendem Wasser. Es schläft, und wir wissen es nicht. Das Meer ist eine raue Menge Tiefschlaf. Warum kann ich nicht auch so schlafen? Warum muss ich wach sein, es juckt so unerträglich, es ist so schlimm, es juckt am linken Knie. Ich versuche mich zu kratzen und merke, dass ich kein Knie mehr hab. Warum juckt es dann, wenn es nicht mehr da ist? Warum? Und das Wasser da unten schläft sich aus, warum kann ich nicht schlafen, Herrgott, warum warum warum warum warum warum ... Das Jucken hört nicht auf, ich habe schon eine tiefe Kerbe in die Pritsche gekratzt, da wo mein Knie sein müsste, aber es ist nicht da.

~

Oben singen die Männer:

Wir haben kein Wasser, wir Armen
auf der Arrabal
Gott im Himmel, Erbarmen
dreimal

Denk an die Liebste daheime
auf der Arrabal

Küsse sie aus der Ferne
dreimal

Wir sind des Todes, wir wissen
auf der Arrabal
Der Albatros wird schreien
dreimal

Der Albatros wird schreien
auf der Arrabal
Wir sinken hinab zu den Haien
dreimal

~

Tag danach.
Bata: Eintopf.
Cloque: Leichte Besserung. Dafür Magen.

Die Nacht wieder mit Spitzensportlern verbracht. - - - - - - - - - - - -
- -
- -
- - - - - - - Die Empfangshalle eines Nobelhotels:
Waldorf, Sheraton, Vierjahreszeiten.
Drei Leichtathleten sitzen in der Lobby und tauschen ihre Cho-
lesterinwerte aus.
Der eine berichtet von seinem Trainingslager in den Schweizer
Alpen.
Dort sei er viel gelaufen.
Der zweite ist seit seinem 14. Lebensjahr Dreispringer,
jetzt sei er 36, seine Karriere wolle er bald beenden,
was er danach vorhat, wisse er noch nicht.
Ein Freund aus der Schulzeit riet ihm,
er solle einen Kiosk mit Lottoscheinannahme aufmachen,
als ehemaliger Dreispringer habe er da die besten Voraussetzungen.

Ja, das werde er sich durch den Kopf gehen lassen, habe er geantwortet,
das sei ja eine Entscheidung fürs Leben.
Der dritte schweigt die ganze Zeit.
Er ist Geher.
Er war auch im Trainingslager in den Schweizer Alpen.
Dort sei er viel gegangen.
Drei Leichtathleten sitzen in der Lobby und denken laut.

Da öffnet sich die Schwingtür.
In die Lobby kommt die Speerwerferin Nordenstam.
Sie hat einen Goldbarren in der Hand.
Sie will etwas erzählen von einem Schiff,
das draußen vor dem Hotel vorbeigefahren sei.
Zerlumpte Männer an der Reling hätten sie angestarrt mit begehrlichen Blicken,
sie hätten ihr berichtet von einer jahrelangen Windstille,
in die sie geraten,
alles sei verkommen,
sie hätten nichts, woran sie sich noch halten könnten,
nicht einmal, ob sie noch Seemänner seien, könnten sie mit Sicherheit sagen,
ja, ob sie jemals Seemänner gewesen.

Die Speerwerferin Nordenstam
gestikuliert aufgebracht vor den drei Leichtathleten,
die schauen die Nordenstam scheel an.
Woher sie den Goldbarren habe, wollen sie wissen.
Dieser Goldbarren, sagt die Speerwerferin Nordenstam,
sei der Lohn für 20 Jahre Speerwerfen,
sie, die Nordenstam, habe den Speer am weitesten geworfen,
die anderen hätten den Speer nicht so weit geworfen,
hätte eine andere Speerwerferin den Speer weiter geworfen als sie,
die andere Speerwerferin hätte den Goldbarren gewonnen.
Congratulations Misses Nordenstam, sagen die drei Leichtathleten.

Aber das seltsame Schiff, sagt die Nordenstam,
die Männer mit den begehrlichen Blicken,
Sie können sich gar nicht vollstellen, was wir durchmachen, hätten
sie geschrien,
eine derartige Flaute,
was sollen wir beginnen mit all der Zeit? – – – – – – – – – – – – – – – – – –
– –
– –
– – – – – – – – Die Rennstrecke in Silverstone.
Auf der Pole Position: der Niederländer Janvanmemme,
er hat einen Wahnsinnsstart,
die Fahrer Hickstall und Lupescu hinter ihm verbrennen gleich
beim Anfahren,
so etwas hat es noch nicht gegeben,
die Wrack- und Leichenteile versperren den dahinter Startenden
den Weg,
alle geben auf.
120.000 Zuschauern stockt der Atem,
sie sehen Janvanmemme allein auf der Geraden,
er ist uneinholbar in Front,
er schaut in den leeren Rückspiegel,
lehnt sich zurück
und brettert bei einem Mittel von 300 km/h die 72 Runden runter.
Während die Bestattung für Hickstall und Lupescu schon anbe-
raumt wird,
lacht sich Vanmemme halb tot:
DIE KONKURRENZ IST HIN ICH WERDE WELT-
MEISTER!!!

Die letzte Runde,
noch wenige Sekunden bis zum Ziel,
Vanmemme triumphiert.
Da latscht er plötzlich auf die Bremse,
die Gummireifen qualmen, sein Bolide fängt Feuer:

Mitten auf der Piste steht ein Dreimaster,
bärtige Männer lehnen an der Reling und winken.
Ihr Idioten! Wie kommt ihr hierher? Wer hat euch reingelassen?
Aus dem Weg!
Im letzten Moment verhindert Janvanmemme den Zusammen-
stoß.
Er dreht qualmende Pirouetten,
rutscht übers Kiesbett
und schlingert auf zwei Reifen über die Ziellinie.
Er schaut sich um.
Das Schiff ist weg.
Hinter ihm nur der Abwinker mit der schwarzweißen Fahne.
Helfer holen ihn aus seinem Cockpit.
Sie jubeln ihm zu. Er ist der neue Weltmeister.
Heiße Girls überschütten ihn mit Veuve Cliquot,
lecken ihn ab vor der gesamten Öffentlichkeit.
Vanmemme lächelt in die Weltpresse.
Kopf hoch, Jan, sagen die Betreuer,
morgen wirst du verarbeiten, was du heute geleistet hast.
Sie lassen ihn hochleben. Dreimal. - - - - - - - - - - - - - - - - - - -
- -
- -
- -
- -
- -
- -

- - - Unter dem Motto:
986 Stufen in den Himmel
startet in Berlin der erste Fernsehturmlauf.
183 Starter aus 70 Nationen sind am Start.
Favorit ist Kurt König aus Mittenwald in Bayern,
er schreit großspurig in das Mikrophonmikado:
Seit fünf Jahren, meine anwesende Presselandschaft,
seit fünf Jahren mache ich die höchsten Gebäude der Welt:
Toronto, Moskau, München, ich kenne alle Türme.

Dreimal schon war König als Schnellster auf dem Empire State Building in New York.
New York, ich wiederhole mich gern: New York, New York.
Dieses Building ist 443 Meter hoch.
Das macht mir einfach Spaß, da hochzulaufen.
Mit dem Aufzug fahren, kann ja jeder.
Sprach's und gewinnt den Lauf auf den Alexanderplatzspargel,
nimmt die Stufen im Flug, als sei's ein Probetraining,
weit abgeschlagen landen die 182 anderen.

Ein einbeiniger Seefahrer indes betritt mit dem Startschuss den Aufzug, und als Kurt König triumphierend im Panoramacafé ankommt,
sitzt er relaxed bei einem Grog und sagt:
König,
die Aussicht hier oben ist wirklich wunderbar.

~

Tag danach.
Verbandswechsel: Schwellungen, es schmerzt ohne Pause. Dazu die Übelkeit, überall Übelkeit, der Doktor attestierte mir eine MAL D'ESTOMAC, er wiederholte dieses Wort mehrfach, eine leibhaftige MAL D'ESTOMAC.
Jetzt spüren Sie, wie sich sowas anfühlt, stolzer Besitzer einer MAL D'ESTOMAC!
Bata: Eintopf.
Cloque: Der besteht aus Holz und Knochen.

Wieder Träume in irrem Tempo, das Tempo nimmt zu, je länger wir festliegen ---
----

--------------------- Neuigkeiten von der Nordenstam?

Man sieht sie nicht mehr in Stadien.

Die Speerwurfkonkurrenz hat sie vergessen.

Ach, Nordenstam, was musstest du sehen vor dem Hotel?

mange tak öresund brinklund -
- -
- -
- - - - - - - - - - - - - - - - Mehrere Tageszeitungen berichten:

Die Speerwerferin Nordenstam sei im Vollrausch

durch das Osloer Bankenviertel gerannt.

Wo ist mein Speer? Wo ist mein Speer?, habe sie gebrüllt.

Die Passanten seien mit ihren Geldbündeln dagestanden und hätten gerufen:

Sie sind nicht nur eine erstklassige Speerwerferin,

die einzige Speerwerferin von Weltformat, die Skandinavien je hatte,

Sie sind zudem eine ausgesprochen schöne Frau!!!

Worauf die Nordenstam sich nackt gemacht und nur noch lauter gebrüllt habe:

Wo ist mein Speer? Wo ist mein Speer? Ihr habt ihn mir genommen!

Aber Sie haben doch Ihren Speer in der Hand!

Sie tragen ihn doch ganz offen mit sich!

Ihre Welt sind die Speere, Frau Nordenstam!

Das ist eine Lüge, das ist eine Lüge, schrie die Trine und taumelte
weiter -
- - - - Hommage an mein appes Bein: ADIEU SCHENKEL - - - -
- -
- -
- -
- -
- -

Ausgezehrt von Schlaflosigkeit und harten Drinks, taumelt die
nackte Nordenstam mit dem blanken Speer durch Skandinavien.
An einer Litfaßsäule hält sie an und liest die verschwommenen Annoncen:

FIT FÜR DIE ZUKUNFT

Eine Veranstaltung des Ministeriums für Wissenschaft und Forschung.
Der Gastredner ist Jesco von Treskow.
Freibier und Tombola.
Im Festzelt vor dem Rathaus.

Die Nordenstam fasst eine delirante Hoffnung. Was macht eine
schlaflose Nacht mehr in meinem Zustand? Ich muss zu dieser Veranstaltung, ich muss, ich muss. Mit ihrem verloren geglaubten
Speer und einer vagen Vorstellung vom Straßennetz macht sie sich
auf den Weg --

--- Jesco von Treskow,
der Chefideologe der US-Raumfahrtbehörde NASA,
hat einen Traum, der ihn morgens ohne Murren aufstehen lässt:
Die Besiedelung des Mars.
Bis tief in die Nacht hinein sitzt der Workaholic vor seinem PC.
Jesco gibt die Koordinaten der Zukunft ein.
Wenn ich nicht an die Besiedelung des Mars denke, wer tut es
dann?
Niemand.

In seine Computergraphik fährt ein Schiff,
ein stolzer Segler, den die Zeit längst überholt hat.
Jesco sieht den Mann im Krähennest,
der winkt ihm, schreit stumm auf seinem Bildschirm.
Er wirkt sehr aufgebracht.
Er deutet auf die Segel, die alle schlaff herunterhängen.
Der Ausguck lehnt sich aus seinem Verschlag,
will zu Herrn von Treskow in die Behörde.

Er fuchtelt wild herum, ein Bittsteller aus grauer Vorzeit,
versperrt mit seinem Dreimaster die Datenautobahn.
Hau ab, ich muss zum Mars, ich lasse alles hinter mir,
die Erde ist nur eine verlassene Tankstelle an meinem Weltraum-
highway!
Von Treskow ist ärgerlich.
Da lehnt sich der Krähennestmann zu weit heraus, wiehert und
stürzt aus dem Monitor -------------------------------

---- weiter weiter -------------------------------

------------------------------------- auf dem malerischen
Rathausplatz von Helsinki
steht Jesco von Treskow am wahrscheinlich längsten Infotisch der
Welt.
Darauf liegen in säuberlichen Stapeln die Werte der Zukunft.
Jesco hat sie alle aufgeschrieben und eigenhändig fotokopiert.
Jesco ist unser Mann.
JESCO JESCO JESCO, skandieren die zukunftsfrohen Schweden.
ZUKUNFT ZUKUNFT ZUKUNFT, ruft Jesco zurück
und haut mit der Faust auf den Tisch,
so fest, dass die Tauben aufschrecken
und ein dunkler Schwarm den Platz in Schwingung bringt.
Ihr Flügelschlag weht die Handzettel vom Infotisch.
Sie flattern den Menschen um die Ohren.
Der Wert DEMUT klatscht Jesco vors offene Maul,
das so offen ist wie ein großes O.
LEBENSLANGES LERNEN sieht man fliegen,

VERTRAUEN und WOHLFÜHLEN werden schon zertrampelt.
Taubendreck, aus Angst gelassen,
fällt auf NEUGIER und TOLERANZ,
FLEXIBILITÄT klebt auf den Gulligittern,
der Stoß GLOBALITÄT erschlägt einen kleinen Pekinesen,
der mit schleifender Leine sein Herrchen sucht --------------
----

--------------------------- Die Nordenstam und Jesco
von Treskow ficken in einem Stundenhotel in Helsinki. Dann stürzen sie sich aus dem 6. Stock. ----------------------------
----

Beine, Beine, Beine und kein Ende. Meine Hirnkammern, Hirnkajüten völlig überlaufen. Ich liege auf der Pritsche, ein schmutzig weißes Laken ist über mich gebreitet. Ich bin unfähig, aufzustehn. Ich bin starr. Um mich herum die Athleten. Alle sind nackt. Körper: glänzend. Verschmiertes BodyOil. Gedrängg. Geschubbse. Gehakk.
WER STEHENBLEIBT WIRD AMPUTIERT!
Panik unter den Athleten. Die Kajüten sind eng, viel zu eng, und in den Korridoren hängen keine Spiegel. Wie will man wissen, ob ein Zusammenstoß droht an der nächsten Tür. Wenn da einer geschossen kommt, wenn es kracht, wenn das Rennen für eine Sekunde stillsteht, kommt jemand mit der Knochensäge. WIRD AMPUTIERT WIRD AMPUTIERT!
Die Läufer zischen durch mein Okular. Warum kann ich sie nie für länger sehn? Warum krieg ich nur diese Fitzel? ICH SEH VON JEDEM NUR DEN BRUCHTEIL SEINES BODYKÖRPERS. Der Mann mit dem Samsonite, nackt bis auf den Samsonite, hält ihn vor die Brust wie ein Ritterschild. Der Mann mit den roten Socken, nackt bis auf die roten Socken, den Blick starr ge-

radaus. Die Frau mit der Nickelbrille, nackt bis auf die Nickelbrille, bewegt ihren Hals wie ein Specht. Der Schwerathlet, komplett nackt, trägt seinen Diskus wie ein Schulheft. Der Hagere mit der Glatze, eine feuerrote Stoppuhr am Hals. Ein kleiner Boy, seine Knie vibrieren, er streckt mir gehässig seine rosa Zunge raus. Sie rattern, schnüren, rasen, traben, und wenn ihnen der Weg versperrt ist, hüpfen sie auf der Stelle, schleudern ihre Beine bis zur Stirn oder biegen sie weiter zur Bielmann-Pirouette.
WERDET NICHT TRÄGE SONST KOMMT DIE SÄGE!
Es zieht mich hin. Ich will mit. Doch sie sind schneller. An ihrem Rücken klebt ein grauer Schatten. Jeder von ihnen hat solch eine graue Stelle. Es sieht im Vorbeilaufen aus wie ein Flügel oder ein Rad zum Aufziehn. Ich räkel mich auf der Pritsche. Mein Rücken ist ganz durchgelegen. Wo das Rad sein müsste, ist nur ein wunder Punkt. Nehmt mich mit bitte. Weg von hier. Hinaus, Huckepack. Wir laufen übers Wasser. Ans rettende Ufer. Bitte. Ich fühl mich so pferdeelend. Nein, nein, nein, schnurren sie zurück, das geht nicht, das können wir uns nicht leisten. Wenn wir stehen bleiben, werden wir geschnitten.
Alle laufen davon.

~

Berufsleben

Früher dacht ich,
ich könnt alles werden:
Ballonfahrer. Biologe. Balletttänzer.
Ich fahr mit dem Ballon nach Australien.
Entdecke eine neue Schimpansenart.
Drehe Pirouetten im Bolschoi.

Jede Woche gründete ich eine neue Gesellschaft.
Heute: den Vogelclub.
Wer fünf Vögel weiß, ist aufgenommen.
Möwe Möwe Möwe Möwe Möwe

Tag danach.

Cloque: Bloom, sind Sie wach? Sie sollten wach sein und lebendig, damit Sie den folgenden Moment genießen können, sind Sie
wach?

Doktor Cloque stand in der Kajüte. Er hielt die Hände hinterm
Rücken, die Augenbrauen zog er ruckhaft hoch, lächelte vielsagend. Was wollte er? Den Verband hatte er doch schon gewechselt.

Bloom: Was ist?

Cloque: Sehr gut, Sie sind gespannt, also sind Sie wach. Verzeihen
Sie, aber ich muss Sie ein wenig auf die Folter spannen, der Moment ist zu köstlich. Es wird ein entscheidender sein, Bloom, ein
entscheidender Moment in Ihrem Leben, unvergesslich, wie eine
Taufe!

Bloom: Sie dürfen so nicht mit mir umspringen. Das geht nicht.

Cloque: Sachte Bloom, ganz sachte, so ein Moment braucht seine,
sagen wir, weihevolle Vorbereitung, ich komme nicht zum Um-
schlagwechseln ... nein, nein, ich komme, weil ich ... Ihnen etwas
überreichen will ... nicht mehr und nicht weniger als ... den Beginn Ihres neuen Lebens!!!

Da stand er, den Kopf schief, die Brauen hoch wie ein schlechter
Zauberer. Und in der Manier eines Provinzcopperfields machte
erst die linke, dann die rechte Hand Abrakadabra, jeweils von
unsäglichen Grimassen begleitet, plötzlich holte er aus und ... hielt
mir ein längliches Stück Holz vor die Nase.

Cloque: Was sagen Sie jetzt, mh? Hat Ihnen die Sprache verschlagen! Verstehe ich gut. Mensch, wissen Sie denn nicht, was Sie da
vor sich haben? Das wissen Sie nicht? Sind Sie denn so schwer von
Begriff? Bloom! Das ist Ihr linkes Bein! Da haben Sie es wieder!
Sie hatten es doch verloren! Los! Nehmen Sie es in die Hand! Fassen Sie es an! Es gehört Ihnen! Was zögern Sie denn? Der Zimmermann ist der beste Schnitzer, den es gibt, der beste, er hat Tag
und Nacht an Ihrem Bein gearbeitet, jetzt fassen Sie es schon an!

Das Holzstück lag quer auf meiner Brust. Ich starrte es an. Wie es
da lag, dieses Stück. In die Oberfläche waren winzigkleine Schup-

pen geschnitzt, das ganze Holz war geschuppt, Schuppen oder Wellen, je nachdem.

Cloque: Herrlich, wunderbar! Der Zimmermann hat keine gewöhnlichen Hände, keine gewöhnlichen ... Ich habe es extra so in Auftrag gegeben, wollte nicht, dass Sie Ihr neues Leben auf einer gewöhnlichen Planke beginnen, Ihr Bein, Bloom, Ihr Bein ist gefertigt aus einem Stück Takelage, das bei dem Unfall auf Sie runtergekommen ist, das ist doch in Ihrem Sinne, was? Bloom! Sie machen ja ein Gesicht! Monsieur! Mensch! Sie sollen Hoffnung haben! Und Sie sollen lachen! Sie liegen jetzt seit Wochen hier rum und haben kein einziges Mal gelacht!

Der Doktor riss das Holz an sich, machte kehrt, zwei lange Schritte, und er stand am anderen Ende der Kajüte, nahe bei den Stiegen.

Cloque: So, Tacheles! Sie Bloom, Sie sagten gestern, Sie hätten die Befürchtung – so war es doch?! Sie sagten Befürchtung, doch, doch, Sie drücken sich immer so zurückhaltend aus, dass einem schlecht wird – wörtlich sagten Sie, Sie hätten die Befürchtung, dass es mit dem Laufen in Zukunft vielleicht schwierig werden könne. Sagten Sie, und gleichzeitig ergriffen Sie meinen Ärmel und weinten sich in wahre Krämpfe, so war es doch.

Ich starrte ihn nur an.

Cloque: Das war gestern, Bloom. Da waren Sie noch ein Krüppel und führten sich auf wie einer. Das ist ganz normal. Kenne ich, kenne ich. Im ersten Moment denken die Leute, sie hätten nicht nur ihr Bein verloren, sondern gleich ihr ganzes Leben, sie seien abgeschnitten von allem und zwar für immer, lassen Sie mich ausreden.

Bloom: Ich habe doch gar nichts gesagt.

Cloque: Ruhe! Ich versichere Ihnen, Bloom, so wie die Fußundfingernägel nachwachsen, so wächst auch alles andere wieder nach. Der Mensch unterscheidet sich nicht von den Eidechsen, Verluste sind ersetzbar, mit anderen Worten – Sie verzeihen das kleine Wortspiel –, so eine Amputation ist kein Beinbruch!

Der Doc ging in der Kajüte auf und ab, maß sie aus mit seinen

Spinnenbeinen, wobei er das Holz wie einen Gehstock mit-
schwang. In den Ecken blieb er einen Moment stehen, drehte sich
dann ruckartig um und fuchtelte mit der Prothese Erklärungen in
die backwarme Luft.

Cloque: Entnehme Ihrem Gesicht, dass Sie Zweifel hegen, gut gut.
Ich möchte nichts überstürzen, Sie erleben sowas schließlich zum
ersten Mal. Und ich weiß sehr wohl, was jetzt in Ihnen vorgeht,
was die ganzen Wochen in Ihnen vorgeht, Sie halten ja das Maul,
Sie sagen ja nichts, Sie vermeiden es, Ihrer Realität ins Auge zu
sehn, ich glaube, Sie vertrauen sich selbst Ihre Gedanken nicht an,
weil Sie denken, die Welt würde zusammenbrechen. Deshalb
werde ich es tun, wollen Sie's hören? Sie glauben Ihr Leben aus
dem Tritt, nicht wahr? Dass jetzt nichts mehr so ist, wie es war. Damit haben Sie ausnahmsweise Recht, nur nicht so, wie Sie denken.
Sie glauben, dass Sie ab jetzt zu den Humplern zählen, das glauben
Sie doch? Und Sie denken schon jetzt an das Mitleid, mit dem Sie
übergossen werden und das Sie verachten? An das Getuschel hinter Ihrem Rücken. Wo immer Sie vorbeihumpeln, drehen sich die
Leute um und tuscheln, so wie Sie immer getuschelt haben, wenn
Sie einen Krüppel sahen? Es wird alles so kommen. Sie werden ein
Krüppel fürs Leben. Ganz schön beschissen. Clock, clock. Clock,
clock. Hören Sie das? Wo immer Sie gehen, das wird ihr zweiter
Herzschlag! Clock, clock. Clock, clock. Wird schwer, ein Mädchen
zu finden, das auf so was abfährt. Schwer. Hochzeit mit Holzbein.
Sie sollten Kontaktanzeigen bei Versehrtenverbänden aufgeben, da
finden Sie vielleicht noch was. Das sind oft ganz liebe Leute, doch.
Die können es sich nicht leisten, bös zu sein, sonst lässt jemand den
Rolli los, hab ich recht? Betrachten Sie ruhig das Holz, lange und
ausgiebig. Na? Ihr angepeiltes Studium, sicher wollten Sie studieren, egal was, stand Ihnen ja alles offen, jetzt beschränkt sich Ihre
Berufswahl auf sitzende Tätigkeiten, schwer, so Schreibtischjobs,
wenn man sich nicht die Füße vertreten kann, staut sich das Blut,
und es kribbelt in dem verbliebenen Bein. Wollen Sie Kinder? Bestimmt wollen Sie Kinder, wenn Sie eine liebe Frau und einen tollen Beruf haben, wollen Sie auch Kinder. Das Zeugen dürfte kein

Problem sein, da wird Ihre Frau schon mithelfen, aber dann, wenn die Kinder groß werden, wer spielt mit ihnen Fußball und Fangen, wer läuft ihnen nach, wenn sie ihre Schulbücher vergessen haben? Ihr Zuhaus, wie haben Sie es sich vorgestellt? Eine schmucke Doppelhaushälfte, standesgemäß im Grünen? Da rate ich von ab, Gartenarbeit ist was für Zweibeiner, dann lieber eine schicke Eigentumswohnung in der Stadt, feinfein im Erdgeschoss, oder Sie installieren sich diese schicken Treppenliftas, dann können Sie Ihre Einkaufstaschen auch bis unters Dach fahren. Ach, Bloom, Kopf hoch, Sie schaffen das schon, Sie krüppeln sich da durch, und wissen Sie, wenn Sie dann alt sind und Ihr Standardleben gelebt haben, dann lachen Sie über die Klagen der anderen Alten, über ihre Wehwehchen und Zipperlein, Sie können ihnen Tipps geben, wie man vorwärts kommt, ohne sich zu rühren, wie man den Tag in einem Stuhl genießt, nur mit einem guten Gespräch bei einem guten Glas Wein.

MEIN GOTT BLOOM SIE WERDEN JA GANZ BLASS WIE GEFÄLLT IHNEN DENN IHR SCHEISSLEBEN?

Während seiner Tirade schlug er mit der Prothese voller Wucht auf den Fußboden, immer wieder, als wolle er mit Gewalt all das austreiben, was er mir eben ausgemalt hatte. Doktor Cloque vollführte die haarsträubendsten Akrobatikkunststücke, wirbelte das Holz in seinen Händen wie bei einer Schützenparade, dann balancierte er es auf allen erdenklichen Körperteilen, auf dem Fuß, dem Knie, dem Ellbogen, ein wahrer Veitstanz, bis er plötzlich innehielt und das Bein auf den Boden stellte.

Cloque: Sehen Sie, es steht von ganz allein.

Dann wandte er sich um, starrte durch die Luke hinaus in weite Fernen, mir den Rücken zu.

Cloque: Kommen Sie schon, ich hab's nicht so gemeint. Doch, ich hab's so gemeint, es war bloß so viel auf einmal. Bloom, hören Sie auf zu heulen. Sie sind noch jung, Bloom. Sie haben noch alles vor sich. Sie wissen noch gar nicht, was Sie alles vor sich haben. Eine großartige Zukunft wartet auf Sie. Sie müssen sich nur entscheiden. Wie soll ich's Ihnen beibringen? Bloom, Sie müssen Seemann werden. Kommen Sie zu uns, Bloom. Ihre Zukunft liegt auf dem Wasser. Diese Reise sollte nur ein erstes Anschnuppern sein, eine Prise Seeluft, um Sie süchtig zu machen nach mehr. Dieser unglückliche Zwischenfall, dieser dumme Gaul war nicht eingeplant, das müssen Sie mir glauben. Ein Malheur. Passiert. Hätte jeden treffen können. Oder? Was sagen Sie? Vielleicht gerade nicht jeden ... Eins sag ich Ihnen, ich glaube an die Macht des Zufalls. Wo Sie jetzt sind, wagen andere nicht einmal hinzuträumen, das werden Sie selbst erleben, wenn Sie uns näher kennen. Sie stehen noch ganz am Anfang und haben gleich so einen Riesensatz getan ... Die Seefahrt, Bloom, hat mehr zu bieten als das, was Sie bisher für Seefahrt hielten. Viel mehr. Das hier war nur ein kleiner Ausschnitt. Ein Amüsgöll. Appetithappen, Junge! Das Eigentliche liegt noch vor Ihnen. Was das ist? Das passt in kein Hirn, Bloom, in kein Menschenhirn, das begreift kein Normalsterblicher, schon gar nicht eine Landratte, die gewohnt war, nur bei Grün über die Straße zu gehn. Nur so viel: Sie können nicht nur ihr eines kleines Bloomleben leben, Sie können zwei, drei, vier, fünf, sechs, dutzende Leben leben, denn Sie, Bloom, das hab ich im ersten Moment gespürt, Sie sind wahrlich ein FLEXIBLER MENSCH. Sie sind in der Lage, in Ihrer Lebensspanne *die Möglichkeiten des menschlichen Lebens in allen Facetten auszukosten.* Und Sie haben es gewusst. Auch wenn Sie es nicht zugeben würden. Sie haben es gewusst, sonst wären Sie nicht hier. Ich rate Ihnen: Entscheiden Sie sich für die See. Für Salt&John. Gehen Sie nie wieder zurück, denn dort humpeln Sie dahin im Gefängnis Ihrer einen, mickrigen Eidentiti. Werden Sie Seemann, Bloom, Seemann, Sie sind es doch bereits, na, wollen es nur nicht wahrhaben, Sie sind doch bereits einer!

Er deutete mit dem Holz auf die kleine Narbe an meinem Arm, die kleine Narbe, die er mir mit dem Couteau d'Arrabal zugefügt hatte ...

Cloque: Sie sind Seemann, Bloom. Jetzt sagen Sie schon Ja. JA. JA. Ich will Seemann sein. Hier, nehmen Sie meins, wischen Sie sich das Gesicht ...

Der Doktor nahm das Holz, betrachtete es eingehend, murmelte dabei: Formidabel, ganz formidabel, strich über die schuppige Oberfläche und lobte die feine Maserung. Dann setzte er es an seine Augen und beobachtete mich wie durch ein Fernrohr.

Cloque: Patient ist erschöpft. Verstehe. Werde ihn allein lassen. Genug für heute. Schlaf er. Schlaf er. Träum er von seinem zukünftigen Leben. Ich lasse ihm das gute Stück hier, das gehört jetzt ihm. Au revoir, Monsieur Bloom, ich werde die Lektion zu gegebener Zeit fortsetzen. Und dann will ich eine Entscheidung von Ihnen. Doktor Cloque verließ die Kajüte. Am Fuße der Stiegen stand das Holz.

~

Direkt über mir heulten die Männer, sie sangen widerliche Chansons, dass meine Phantomschmerzen zurückkehrten, ich rief den Doktor, der mich beruhigen wollte, aber die Krakeeler oben waren in der Übermacht.

Das sangen sie, wieder und immer wieder:

If you loose your leg
you may feel weary
If you loose your dick
you may feel dreary
oeeee oeeee

Verlier deinen Mund
du kannst nicht mehr singen
Verlier dein Bein
du kannst nicht mehr springen
oeeee oeeee

Verlierst du einmal deine Glieder
verlierst du sie nie wieder
Sie sind fort
über Bord, über Bord
oeeee oeeee

Arm über Bord
wink ihm nach mit dem andern
Arm schwimmt fort
vielleicht nach Flandern
oeeee oeeee

Aber solange
du deine Hoffnung nicht verlierst
Sei nicht bange
du ein reiches Leben führst
oeeee oeeee

Cloque: Bloom, hören Sie auf zu heulen, nehmen Sie sich das nicht so zu Herzen, was die da grölen, das ist ein ganz eigener Humor, jetzt hören Sie doch auf, aufhören, Sie sollen Ihr Wasser behalten, das ist kostbar. Lo de Wi!

Bloom: Cloque, ich ertrage es nicht, ich ertrage es nicht, diese Scheißkerle haben es auf mich abgesehen, Ratten, Läuse, jede einzelne Strophe ist mir anheimgewidmet, jede stinkende Kehle da oben wünscht mir den Tod.

Cloque: Sie täuschen sich. Diese Männer wissen, wovon sie singen, sie singen von Trennung, nicht von so einer Lappalie, so einem kleinlichen Stumpf, sie singen von totaler Trennung. Sie können noch ganz anderes verlieren, Bloom, nicht nur anatomische Kleinteile, Ärmchen, Beinchen, Fingerchen, Schwänzchen, das heilt alles zusammen, nein, nein, dafür gibt es Quacksalber wie mich, aber Bloom, haben Sie schon einmal Ihre Heimat verloren, den Glauben, die moralische Orientierung, Ihre Zukunft als mündiger Bürger? Da sagen Sie nichts mehr, weil Sie noch felsenfest im Sattel sitzen, die da oben, Bloom, die echten Seemänner, sind wahre Trennungsfachkräfte, Verlustmeister, Amputationssänger der höheren Kategorie. Und Sie sind schmächtiger Anfänger, Idotz im Schnupperkurs Verlust, Sie haben grade mal die erste Lektion hinter sich ...

Meine Scheiße geht auf Reisen
ich wink ihr hinterher
Alles was ich hatte
schippert auf dem Meer
oeeee oeeee

Bloom: Cloque! Tun Sie doch was! Ich kann mir nicht helfen.
Cloque: Singen Sie mit, aus Leibeskräften, das ist der beste Rat, den ich Ihnen geben kann, los, stimmen Sie mit ein, Sie gehören doch zu uns!

Mit einem Flügel ist die Schwalb
nur halb
oeeee
Mit zwei Hufen ist das Kalb
nur halb
oeeee

Cloque: So ist das richtig Bloom, singen Sie, singen Sie!

Spiegel geht in Scherben
mein Konterfei zerspringt
Scherben gehn in Scherben
wie oft muss ich sterben?
oeeee
oeeee

Bravo, bravo, Bloom, Sie werden ein ganz Großer, und heute Abend die Entscheidung, sagte Doktor Cloque.

Die Tränen waren gerade trocken, da flog meine Tür schon wieder auf. Cloque. Wollte er nicht meine Entscheidung erst abends? Er war sehr erregt, murmelte irgendwas, ich verstand nur *eine Hoffnung* ... oder *ETA Hoffmann* ... oder *Ekel Horror* ... er war sich wohl selbst nicht klar, dann schüttelte er den Kopf, wollte wieder gehen, überlegte es sich anders.

Cloque: Will noch was tun für Ihren Entscheidungsprozess. Bei so zarten Pflänzchen wie Ihnen weiß ich gar nicht, ob man sie gießen oder zertrampeln muss, damit sie wachsen. Hatte den Eindruck, Sie waren überfordert. Gut. Einen Schritt zurück. Ich weihe Sie ein in die SEGNUNGEN DER AMPUTATION. Es gibt Menschen, Bloom, die sind nicht so begabt wie Sie. Aber die sind genauso willkommen. Wir lassen keinen im Stich. Hören Sie gut zu. Ich hatte mal einen Mann unterm Messer, ein einfacher Janmaat, dem musste das linke Auge raus. Und während ich in ihm rumschnitzte, fragte er mich, ob er noch was tauge mit nur einem Auge, und ich sagte, ja, Sie kriegen ein Auge aus Glas, mit dem andern Apfel sehen Sie genug, ein Auge kann ein Mann verschmerzen, es ist beizeiten eine Zier. Am nächsten Tag kam er wieder, ihm fehlte eine Hand, die war ihm glatt abgegangen. Herr Doktor, fragte er mich, bin ich noch was wert mit einer Hand? Und ich sagte, sicher, ich verpasse Ihnen einen eisernen Haken, damit können Sie essen, trinken und in die Masten steigen wie zuvor. Eine Hand kann ein Mann verschmerzen, und ein Haken kleidet.

Am nächsten Tag brachten sie ihn mir, ihm war das Bein zersplittert. Muss es ab, fragte er. Und ich sagte, nur für eine kurze Zeit, bald ist es wieder dran. Halte ich das aus mit einem Bein, fragte er. Sie werden, Sie werden, sagte ich, das neue ist aus Holz, aber elegant, machen Sie sich keine Sorgen. Am nächsten Tag wurde ich geholt, da lag er auf dem Deck, sein Unterkiefer schlackerte, die Zähne lagen auf den Planken wie ein Würfelspiel. Herr Doktor, röchelte er, kann ich mich noch verständlich machen mit nur einem Kiefer, kann ich noch kauen mit so wenig Zähnen? Ich beruhigte ihn, Ihr neuer Kiefer wird aus Kupfer sein und Ihre Zähne aus irischem Gold, die nehme ich aus meinem Privatvorrat, Sie bekommen eine harte Aussprache, unverwecktselbar und marckant. Seien Sie froh, wir müssen eh Suppe schlürfen, Fleisch gibt es erst wieder in Kalkutta, bis dahin sind Sie prächtig ausgewechselt. So stand er an Deck: ein Auge aus Glas, eine Hand aus Eisen, ein Bein aus Holz, ein Kiefer aus Kupfer. Herr Doktor, sagte er am Ende der Fahrt, alle Schmerzen sind leicht zu ertragen, denn mein Mädchen wartet auf mich in Old England. Er ging an Land, mit einer hoffnungsvollen Latte, wie Sie sich vorstellen können, Bloom, die war noch ganz die alte, doch als wir nach zwei Wochen wieder auslaufen mussten, packte er mich mit seinem Eisenhaken und sagte: Docktor, ick habe ein Aucke verloren, Sie gaben mir ein neues und mackten mir Mut, ick verlor eine Hand, Sie tauschten sie aus und lobten die neue, ick verlor ein Bein, das Sie ersetzten, ick verlor meinen Kiefer, er wurde veredelt, doch jetzt habe ick mein Mädcken verloren, sie hat mick nickt erckannt. Sie hat mick einfack nickt erckannt. Was bin ick jetzt nock, sagen Sie es mir, was bin ick jetzt nock in dieser gottverlassenen Welt? *Jetzt sind Sie ein Seemann. Willkommen an Bord.* Was sagen Sie jetzt, Bloom?

Bloom: Das ist der schlimmste Seemannskitsch, den ich je gehört habe.

Cloque: Mmh, dann werde ich ihn jetzt hereinbitten.

Bloom: Wie bitte?

Cloque: Den Seemann John Salt, von dem ich Ihnen eben erzählte, er steht direkt hinter dieser Tür, ich habe ihn schon Position beziehen lassen, für den Fall, dass Sie mir nicht glauben. John! Jo-ohn! Come in!

Es krachte, die Tür fiel aus den Angeln, im Rahmen stand ein Kerl, massig und dunkel. Von ihm ging ein sagenhafter Gestank aus. Als hätten alle Fischer der Welt ihre Netze in die Sonne gehängt.

Cloque: Das ist John Salt, der **endgültige Seemann**. John, gib diesem Gentleman die Hand.

Der endgültige Seemann kam auf mich zu. Fischertechnik. Bausatz Mensch. Wer hält all die Einzelteile zusammen? Klackdasbein, wuchtig gedrechselt, ein rostiger Handhaken, Einstiche am Hals, golden glänzte es aus seinem Maul in meine arme kranke Kajüte.

Sein Unterkiefer schnappte mit jedem Schritt auf und nieder, stier blickte sein eines Auge durch mich durch in Fernrohrfernen. Sein rechter Arm klappte aus, und der rostige Handhaken wollte mir Guten Tag sagen.

Cloque: Na los, Bloom, was zögern Sie, geben Sie ihm die Hand, oder stört Sie der Rost?

Ich umschloss den Haken wie einen krummen Nagel.

Bloom: Mister Salt, ich kann mir denken, was Sie leiden, Sie ...

Cloque: Reden Sie doch nicht so daher, da wird's mir ja übel, Sie haben keinen Patienten vor sich, der Mann ist mehr als tiptop, da fehlt doch nichts. Jetzt drehen Sie den Haken nach rechts um, los, tun Sie schon!

Bloom: Sie meinen: abschrauben?

Cloque: Ich meine: abschrauben! John hat nichts dagegen, nickt wahr, John?

Der Doktor klopfte Salt auf die Schulter. Der verzog keine Miene, sagte kein Wort. Ich verlor die Geduld.

Bloom: Mensch, machen Sie den Mund auf, ich will nicht länger verarscht werden, was wollen Sie, wollen Sie mir Ihre Kontakt-drähte zeigen? Hat Cloque Ihnen Rum versprochen, dass Sie mich anstarren, warum lassen Sie das mit sich machen, das ist ... das ist ... so peinlich für einen erwachsenen Mann!

Cloque: Ruhe! John hat es nicht gern, wenn man ihn anschreit.

Bloom: Dann soll er sein Maul aufmachen!!!

Cloque: Das geht nicht.

Bloom: Was heißt das, das geht nicht?

Cloque: John kann nicht sprechen. Ihm fehlt ein halbes Pfund Ge-hirn, traurige Sache das, aber er kann von Glück sagen, dass er ge-nug behalten hat, um aufrecht ...

Bloom: Das hätten Sie mir früher sagen müssen.

Cloque: Hätte ich das? Ich habe Sie nur darum gebeten, die Hand abzuschrauben.

Dem Doktor flackerten die Augen, das war die reine Vorfreude. Vierundzwanzigsterzwölfter. Gleich ist Bescherung. Ich drehte den Haken um, konnte das Zittern in meinen Händen nicht unterdrücken, der endgültige Seemann hielt still, eine selbst gebastelte ETABombe, ein falscher Draht, und der geht hoch. Ich drehte und drehte, die Hand ließ sich tatsächlich schrauben! Und als ich sie abgeschraubt hatte, kein vernarbter Stumpf, wie ich erwartet hatte, sondern eine Röhre!

Cloque: Was sagen Sie nun, ist mir das gut gelungen?! Ein hohler Arm, nächtelang hab ich daran herumgedoktert, bis es passte, greifen Sie hinein, sehen Sie nach, was sich darin befindet!

Er rührte sich nicht. Sein verbliebenes Auge stierte weiter durch mich durch, dieser Blick hatte keinen Boden, das war das Furchterregendste an ihm, ich war mir einfach nicht sicher, ob nicht doch irgendeine versteckte Regung ...

Anstand fort. Ich prokelte wie ein kleiner Junge in einem Geburtstagspräsent. Aufpassen, der Fünfmarkschein von Tante Anna muss doch. Was steckte in der Röhre?

Cloque: Nun, wie fühlt es sich an, Bloom, sagen Sie schon, na?

Bloom: Es fühlt sich an ...

Cloque: Ja, ja. Fühlt sich an.

Bloom: Fühlt sich an ... wie Papierrollen.

Cloque: Richtig! Richtig! Es ist Papier! Aber was für Papier? Das ist der Clou! Ziehen Sie es raus!!!

Bloom: Ich soll die Rollen?

Cloque: Ja, Rollen! Rollen! Holen Sie ihm die Rollen aus dem Arm!!!

Bloom: Hier. Die Rollen.

Cloque: Ja, rollen Sie sie auf! Und lesen Sie vor! Was steht da drauf ... das ist aufregend ... aufregend ... Sie entdecken einen Menschen ...

Bloom: Ich werd nicht schlau draus, nur Linien, Zahlen und Buchstaben.

Cloque: Das dachte ich mir, Sie ahnungsloser Fall! Wissen Sie, was Sie in der Hand halten? Das ist eine Seekarte, und die gestrichelte rote Linie hier, das ist die Route der Arrabal, so jetzt wissen Sie's, und die übrigen Rollen, die Sie noch nicht entrollt haben, enthalten die Karten aller bekannten Weltmeere, bis zur kleinsten

Bucht ist dort alles fein säuberlich aufgestrichelt, der gesamte Globus befindet sich in John Salts Arm! Dieser Mann hat die Ozeane gespeichert, die Winde eingezeichnet, die Strömungen. Und auch das Firmament ist bei ihm sicher aufgehoben. John ist unser Lotse, unser Leitstern – und aus welchem Grund, aus welchem einfachen, einleuchtenden Grund? Weil er eines Tages seinen Arm verloren hat, deshalb! Vorher besaß er einen hundsnormalen 08/15-Arm, wie ihn die gesamte mittelmäßige Menschheit mitschlackert, behaart wie ein Gorilla und geschmacklos tätowiert. Ein Arm wie du und ich. Dann kam der Moment, in dem es ihn zerschmetterte. Krschkrschkrkss!!! Ein Glücksmoment. Meine Operation bedeutet eine ungemeine Wertsteigerung, dieser neue, dieser künstliche Arm ist wahrhaft unersetzbar!!! Sehen Sie das endlich ein, Bloom? Die Prothese kann Menschen veredeln. Vorher war sein Arm hilflos in fremden Gewässern, hilflos wie die Arme der übrigen Mannschaft, jetzt ist sein Arm die Rettung, die Rettung!!! Rollen Sie die Karten wieder ein, das ist noch längst nicht alles ... Dieser Mensch ist ein Schatz. Warten Sie, das müssen Sie sich ansehen ...

Der Doktor verschluckte sich an seiner Begeisterung. Er kniete vor dem stummen Salt und fummelte unten an dessen Holzbein herum. Wieder drehte er kräftig nach rechts und hielt mir das abgenommene Stück vor die Nase ...

Cloque: Das Endstück: eine Kappe. Darunter verbirgt sich – Bloom, beugen Sie sich vom Bett, damit Sie es besser ... – verbirgt sich eine massive eiserne Schraube. Wenn ein Sturm aufzieht, schrauben wir John an das Steuerrad. Sechs starke Männer drehen ihn in die Deckplanken, haken seine Hand ans Rad. Und wenn die Wellen den Himmel ablecken, und wenn die Masten krachen, und wenn selbst gestandene Seemänner vor Furcht in die Kabine pissen, John steht oben und weicht keinen Millimeter!!! Die Eisenhand fest am Rad. Wenn er so dasteht ... an das Steuer geschraubt ... ist er ... ist er ...

Bloom: Doktor, was haben Sie vor mit mir?

Cloque: Seien Sie still, unterbrechen Sie mich nicht!!! Ist er ... ist er ... jetzt haben Sie mich rausgebracht ... Was hätte er werden können mit einem gesunden Bein? Ein Leichtmatrose, den es wegspült bei der kleinsten ... Hätte er was werden können, so wie er geboren wurde? Sicher nicht. Bei den Verhältnissen. Vater Alko. Mutter ungelernt. Keine Schule. Halber Analpha. Was red ich, die Hände der Chirurgie sind golden.

Bloom: Doktor, was haben Sie vor?

Cloque: Ich will, dass Sie mir glauben. Da Sie nur glauben, was Sie sehen, brauchen Sie blickfeste Beweise. Die bekommen Sie. Übrigens, Augen sind mein ganz spezielles Metier. Hier habe ich das eigentliche Meisterstück vollbracht. Entfernen Sie ihm die Augenklappe und schauen Sie, was sich dahinter verbirgt! John, setz dich zu dem Herrn auf die Pritsche!

Wild schlug mein Herz an allen Stellen des Körpers, nur nicht da, wo es seinen Platz hat; mir wurde flau bei der Vorstellung an Augen aller Art. Der Fischgestank des endgültigen Seemanns wurde sinnbetäubend, als er sich schwer knarrend zu mir auf die Pritsche setzte. Was mochte nur in ihm vorgehen? Da bemerkte ich ein sanftes Flackern in seinem verbliebenen Auge, ein Geheimzeichen vielleicht. Die Pupille weitete sich, dann schloss sich schwerfällig das Lid.

Cloque: Sie sollen nicht die Natur anstarren, Bloom! Lüften Sie die Klappe!

Bloom: Cloque, er hat sein Lid bewegt, was hat das zu bedeuten?

Cloque: Er will damit anzeigen, dass er stolz ist, Ihnen seine Geheimnisse zeigen zu dürfen ...

Bloom: Woher wollen Sie das so genau wissen?

Cloque: Ich kenne mich in ihm aus wie in meinem Koffer. Wenn er das Lid schließt, ist er einverstanden.

Bloom: Cloque, ich habe mich nur gefragt, ob er ...

Cloque: Lüften Sie die Klappe!!!

Was sollte ich tun? Warum sollte der Doktor nicht Recht haben? John Salt widersetzte sich schließlich nicht. Wenn ihm dieses Zurschaustellen unangenehm war, würde er sich schon bemerkbar machen. Ich lüftete die Klappe ...

Dahinter war ein geschliffenes Glas. Kalt und klar. Ein künstliches Auge.

Cloque: Das Geheimnis liegt auf der anderen Seite des Kopfes!!!

John Salt drehte langsam seinen schweren Schädel. Ich sah, was ich sehen sollte. Am Hinterkopf, in Augenhöhe, war ein Loch! Ein zweifingerstarkes Loch! Die wulstigen Ränder waren mit einer hautdünnen Goldschicht bedeckt! Das Loch nahm gar kein Ende, es ging glatt durch den Kopf!!! Das konnte nicht wahr sein. Kein Mensch kann leben mit so einem Loch.

Bloom: Doktor...

Cloque: Nicht wahr, ganz glaubhaft ist das nicht, aber Sie sehen ja selbst... Als er von seiner Braut verschmäht wurde, schoss er sich aus Liebesleid drei Kugeln in den Kopf, aber so unglücklich, dass sie genau zwischen den Hemisphären stecken blieben. Er war etwas defekt danach, aber seinen Tod hat er nicht gefunden. Sie sehen diese Narbe an der Stirn, ich musste ihm die Schädeldecke abnehmen. Ich weiß nicht, ob diese Operation jemals geglückt ist, jemals wieder glücken wird... Nun, es blieb nicht viel Hirn zurück, aber wie Sie sehen, genug zum...

Bloom: Sie hätten ihm besser eine vierte Kugel gegeben.

Cloque: Jetzt spielen Sie nicht Flöte. Bevor Sie sich in Sachen versteigen, die Sie nicht überblicken, schauen Sie durch das Loch! Es wird Sie überzeugen.

Bloom: Wovon?

Cloque: Dass meine Behandlung richtig war.

Ich setzte mein Auge an Salts Hinterkopf und sah: drei Haiflossen in spiegelglatter See.

Cloque: Nun, was sehen Sie?

Bloom: Drei Haiflossen in spiegelglatter See.

Cloque: Interessant, die Biester sind hungrig.

Bloom: Doktor, wie haben Sie dieses Bild in den Kopf gezaubert?

Cloque: Was Sie sehen, ist allerechteste Wirklichkeit! Die Haie schwimmen in zwei Seemeilen Entfernung von der Arrabal. Ich muss gestehen, ich weide mich an Ihrer Unkenntnis, verzeihen Sie. John Salts Auge ist das beste Fernglas auf diesem Schiff, sein Augapfel die schärfste Linse. Wie oft kommt es vor, dass im Krähennest gepennt wird. Wenn ich nicht regelmäßig einen Blick durch Salt werfen würde, das Schiff wäre längst unter den Piraten. Hätte ich ihm die vierte Kugel geben sollen, nun, Flöte?

Bloom: Sie hätten ihm ein Dutzend Kugeln geben sollen, dass er endlich seine Ruhe hat, schließlich wollte er sich umbringen.

Cloque: Wegen eines Weibes, Bloom, wegen eines Weibes ...

Bloom: Das ist doch egal weshalb, *er* wollte es so, *er* wollte es.

Cloque: Er war nicht bei Sinnen, es war ein unseliger Moment! Affekt!

Bloom: Wenn Sie es nicht tun, dann tu ich es, geben Sie mir eine Pistole, ich gebe ihm eigenhändig den Gnadenschuss, so etwas muss weg, das darf nicht sein, das muss weg!!!

Cloque: Ich bin Arzt, Bloom, ich habe nur meine Pflicht getan.

Bloom: Sie haben sich eine Marionette hinoperiert, einen Handlanger, einen Rolldackel ...

Cloque: Seien Sie still!!!

Bloom: Einen Goldneger! Einen Phantasiesklaven! Der nicht einmal weiß, dass er der Sklave Ihrer kranken Phantasie ist!!!

Mitten in meine Tirade schnellte plötzlich der Haken vor und legte sich um meinen Hals. John Salt hatte sein Augenlid aufgerissen. Sein Kiefer klappte herunter, und die goldenen Zähne funkelten über mir.

Der Haken drückte auf meine Gurgel, schnürte mir die Luft ab. Immer fester schnitt sich das Eisen in den Hals, quetschte mir den Adamsapfel. Das verzerrte Gesicht des endgültigen Seemanns tanzte wild hin und her, dann verblich es ... Ich sah dunkelgraue Sterne ... ein wirbelndes Firmament. Das ist das Ende, das ist das Ende. Lieber Gott, verlass mich nicht! Ich werde mich gut benehmen, dort, wo es mich hinverschlägt ...

~

Tote bei Safari

Die Teilnehmer einer Fotosafari in Westspanischafrika konnten sich nicht entscheiden, ob sie Fotos oder Safari machen sollten.

Was jetzt, sagten sie, Fotos oder Safari?

Sollten sie Fotos vor der Safari machen, oder sollten sie erst Safari machen und dann Fotos, oder sollten sie Fotos während der Safari?

Was ist das dann aber für eine Safari, wenn man dauernd Fotos machen muss, die stören die Safari, die dann keine Safari, sondern eine durch Fotos unterbrochene Safari ist, also keine Safari im ungestörten Sinne, sondern eine gestörte.

Oder sollten sie erst auf Safari und die Fotos später, wenn die Safari vorbei?

Was waren das dann für Fotos, das war ja total unklar, wenn schon Safari, dann muss das ja dokumentiert werden mit Fotos, aber wer soll die machen?

Von den Teilnehmern ja wohl keiner, weil die doch grad voll die Safari machen.

Etwa Fotos, wenn die ganze Safari vorbei, im Nachhinein, was war dann aber auf den Fotos drauf?

Safariteilnehmer, beziehungsweise irgendwelche Leute, die behaupten, auf Safari gewesen zu sein, und das kann ja jeder behaupten, auch solche, die noch nie auf Safari waren, die nicht entfernt das Konto hatten, ernsthaft an Safari zu denken.

Wo war die Lösung für die Fotosafari?

Gibt es überhaupt eine Lösung für die Fotosafari?

Oder ist die Fotosafari ein unlösbares Problem?

Wie es ja viele Probleme gibt in der Welt, die hin- und hergeschoben werden oder verschwiegen oder im Patentamt vergammeln.

Die Teilnehmer saßen ratlos rum, Panik ergriff sie, die Draufgänger rissen die Filme aus den Kameras und fuhren mit den leeren Kameras um den Hals auf Safari.

Andere blieben im Hotel, fotografierten ihre Badezimmer und fuhren gleich wieder zurück.

Doch die meisten Teilnehmer der Fotosafari sitzen noch immer da unten in Westspanischkenia oder Burkinafaso oder Schwarzbelgien und magern ab.

Eine junge Frau soll sich an ihrer Kamera erhängt haben.

Der Tod kam als Löwin.

~

Am Abend kam der Doktor wieder. Nachdem er stumm die Verbände gewechselt, die Hände gewaschen und getrocknet hatte, schnappte er sich plötzlich mein Holzbein und donnerte damit ein Loch in den Boden.

Cloque: Ja oder nein?

Bloom: Wie bitte?

Cloque: Ja oder nein? Sie wissen ganz genau, was ich meine. Nehmen Sie mein Angebot an? Wofür haben Sie sich entschieden? Ich warte nicht mehr lange. Der Ausguck hat heute Land gesehn. Wir haben Haiti passiert. Morgen werden wir in Jamaika sein. Dann ist diese Fahrt zu Ende. Also: Ja oder Nein?

Bloom: Es war heute wieder drückend heiß ...

Cloque: Das ist keine Entschuldigung. Sie sind ein Drückeberger, Bloom, das wissen Sie.

Bloom: Das stimmt nicht, Sie lassen mich nicht ausreden!

Cloque: Bitte, dann reden Sie, ich höre gerne zu.

Bloom: Sie stellen mich vor eine schwerwiegende Entscheidung, von einem Tag auf den andern lässt sich das nicht lösen ...

Cloque: So, und ich sage Ihnen, dass alle Entscheidungen Augenblicksentscheidungen sind, reifliche Überlegung gibt es nicht, entweder Sie entscheiden sich jetzt oder Sie entscheiden sich nie! Leider gibt es viele Leute, die sich nie entschieden haben, das sieht man ihnen auch an. Sie haben lepröse Haut, blasse Lippen, und wenn man ihnen die Hand gibt, drückt man einen labbrigen Lappen.

Bloom: Doktor, von dieser Entscheidung hängt mein ganzes Leben ab, denken Sie doch ...

Cloque: Ja, Ihr Leben. Ihr großes kleines Leben. Wenn es weiter nichts ist! Wollen Sie Ihr eines Leben damit zubringen, Herr über die Frage zu sein, ob Sie Ihren Tee mit Zucker oder ohne Zucker trinken? Das Ding hier hat Wucht, Sie geben sich einen Tritt, der Bedeutung hat, das haut Sie aus Ihrem eigenen Orbit, also los!!! Verstehen Sie mich nicht falsch, ich zwinge Sie nicht, hier zu bleiben, ich hätte gehobelten Respekt, wenn Sie klar und deutlich sagten: Ich, Thomas Bloom, bleibe eine verdammte Landratte. Ich, Thomas Bloom, möchte mein Leben in Mittelmäßigkeit beschließen, ohne je vom Geheimnis gekostet zu haben.

Bloom: Doktor ...

Cloque: Ich, Thomas Bloom, trete mit meiner Prothese fest auf den Boden der schalen Tatsachen, aber ich trete, ich trete, ich trete!

Immer wieder donnerte er das Holz auf die Dielen.

Bloom: Lassen Sie's, lassen Sie's, das ist doch lächerlich, das ist doch hanebüchen lächerlich, Sie mit Ihrem Zirkus!

Cloque: Ich trete!!! Ich trete!!! Steif und Bein!!! Ja oder nein!!! Entscheide dich!!! Land oder Wasser??? Drauß oder drin??? Hai oder Hase??? Stumpf oder Stiel??? THE WORLD IS A DUAL SYSTEM! Eins Null! Na!!! Eins Null!!!

Etwas zerriss mich in der Mitte. Meine armen Hemisphären.

Cloque: Sie Nichtvorhandener!!! Sie ewiges Jein, sie ewiges!!! Schauen Sie, was ich tue, schauen Sie gut hin, ich tue das nicht gern, aber Sie haben es nicht besser verdient!

In Rage stürzte er mit der Prothese aus dem Zimmer. Poltern hinter der Tür. Dann stand er, Sekunden später, wieder vor mir, mit einer gewaltigen Säge in den Händen. Sie glänzte bedrohlich im FlickerFlacker der Lampe, sie fletschte ihre Zähne, ein wildentschlossenes Werkzeug. Cloque spreizte seine Spinnenbeine, legte das Holz darauf, setzte die Säge an, und ohne Ankündigung flogen die Späne.

Ritsche ratsche, ritsche ratsche
Mittenrein, mittenrein
Mittenja, mittennein
Mittenholz, mittenbein
Liebt mich ja, liebt mich nein
Möchte Bloom ein Seemann sein
Ja oder nein?

Die zwei Hälften brachen durch, eine links, eine rechts, in der Mitte wirbelte die Staubwolke. Ich sah ein, dass es nichts gibt in der Mitte außer unbrauchbaren Spänen. Da lagen sie, die beiden Beine. Brennholz.

Cloque: Jetzt haben Sie den Salat. Damit wird der morgige Eintopf befeuert. Sie können jetzt bleiben, wo der Pfeffer wächst. Gute Nacht.

Ohne mich anzusehen, schnappte er sich die Holzstücke, die Säge und ging.

Ich starrte auf den Holzstaub am Boden, blies ein paar mal hinein. Müde flogen die Späne.

~

Gespräch an der Reling vor Jamaika.

Bloom: Ich werde Sie verklagen, Sie sind ein Verbrecher, Cloque.

Cloque: Jetzt, wo Sie wieder Land sehen, denken Sie an das Amtsgericht. Sie sind eine bodenlose Enttäuschung, Kleiner.

Bloom: Als Sie das Holz zersägten, bin ich gestorben.

Cloque: Das haben Sie nicht gemerkt, dass es eine Doublette war, was? Sie merken auch gar nichts.

Bloom: Ich habe gelitten. Ich wäre fast krepiert. Ich bin ein Krüppel fürs Leben; und das alles wegen Ihnen! Ein richtiger Urlaubskrüppel, ein Augustkrüppel . . .

Der Doktor packte mich am Kragen.

Cloque: Blümchen, Unkraut, jetzt schauen Sie sich das große Wasser an, am Grunde liegen fünf unserer besten Männer, die sind jetzt mausetot, die sind über Bord gegangen oder am Irrsinn gestorben, weil sie nicht so zuvorkommend verpflegt wurden wie Sie, geht das nicht in Ihre Festlandsbirne, he?

Bloom: Lassen Sie mich in Frieden, das waren Seeleute. Die wussten, worauf sie sich da einlassen, das ist kein Vergleich, das wissen Sie besser als ich, und jetzt gehen Sie dahin, wo sie hingehören, gehn Sie zur Hölle, ich geh zur deutschen Botschaft!

Der Doktor ließ ab von mir, zündete sich ein Pfeifchen an, während die Arrabal Anstalten machte anzulegen.

Cloque: Gut, gut. Bon! Gehen Sie, ich habe mich wohl getäuscht in Ihnen. Humpeln Sie zurück, viel Glück.

Der Doktor räkelte sich in der karibischen Sonne. Streckte seine Heupferdärmchen aus und seufzte.

Cloque: Herrliches Klima, herrlich. Übrigens, die fünf Männer, die jetzt tot sind, das waren Sommerfrischler wie Sie. Die Cocktails sind eine Wucht hier auf Jamaika, die müssen Sie probieren ...

Bloom: Wie bitte?

Cloque: Das waren Sommerfrischler wie Sie, auf Urlaub.

Bloom: Doktor ...

Cloque: Jetzt, wo Sie uns verlassen, kann ich's Ihnen ja sagen ... alle Männer hier ... die gesamte Besatzung ... diese verlausten zerzausten Zeitgenossen, wie Sie sich ausdrücken, die Toten, die Kranken, die Verwesten: alle wollten einen tollen August. Sie haben ihn bekommen. Gerade die Toten, die werden nicht traurig sein, da wo sie jetzt sind.

Bloom: Ich glaub Ihnen kein Wort.

Cloque: Wenn Sie noch 'n Stündchen Zeit haben, bevor Sie zur Botschaft gehn, kommen Sie mit in den GLOBAL FISH, da können Sie die Leute selbst fragen. Auf dem Schiff, wissen Sie, während der Reise, sind sie sehr wortkarg. Da rücken sie mit nichts so leicht raus. Aber im GLOBAL FISH, da können Sie sie erleben, von einer ganz anderen Seite. Also nur, wenn Sie wollen ... ich will Ihre Reisepläne nicht durchkreuzen ... Sie sind ja Ihr eigener Herr.

DRITTE WELLE

Aber wer überall ist, ist nirgends.
Das ist das geographische Geheimnis der Ewigkeit.
FELICITAS HOPPE

Als wir vor Anker gingen und der Steg ausgefahren wurde, war es bereits dunkel. Das Hafengelände nur spärlich beleuchtet. Umrisse von billigen Wellblechhütten, niedrigen Schuppen. Was ist das für ein Hafen, ist das ein Hafen, wie heißt der Hafen, löcherte ich den Doktor.

Es ist unser Hafen, sagte er.

Ich nahm mir fest vor, nichts mehr beeindruckend zu finden. Zu häufig hatte mich der Cloquedoktor getäuscht. So oft mein wackliger Gang es zuließ, lief ich mit trotzig vor der Brust verschränkten Armen. Zeig mir was wirklich Beeindruckendes, Doc. Die Ankunft in Jamaika hatte ich mir zu Beginn meiner Fahrt anders vorgestellt. Heroischer. Saschahehniger. Burtlancasteriger. Charlesbronsoniger. Clock, clock. Clock, clock. Ein verlorenes Bein ist keine Leistung. Worauf sollte ich hehn und bronson sein? Kleinlaut setzte ich den rechten, mir verbliebenen Fuß auf die steinerne Hafenmauer. Seltsam. War das Land? Machte einen tauben Eindruck. Schwankte leis. Mir war, als hätte Hafenanästhesist Dr. Cloque eine Begrüßungsspritze in den Kai gerammt. Jetzt war der Kai benommen. Die Steine dullten und lullten so, zogen sich unter meiner Sohle zusammen wie Quallen. Fühlt sich nicht an wie Jamaika. Wie fühlt sich Jamaika an, speziell für Fußsohlen? Wachsam, Bloom. Wachsam jetzt.

Die zerzausten Zweihundert kamen an Land. Klapprig. Knochen. Konnten sich kaum aufrecht halten. Stützten sich. Fielen zu Boden. Küssten den Kai. Cloque an meiner Seite. Wollte mich untern Arm nehmen. Ich sagte, Finger weg.

Ich suchte das Gelände nach Verdächtigem ab. Warum wird am Licht gespart? Warum ist jetzt, wo ich mich konzentrieren muss, das Licht aus?

Den Kai entlang. Dann, undeutlich, sah ich linker Hand die Umrisse einer Yacht, ein weißes Luxusgerät. Pochenden Herzens blickte ich auf das Radargestänge. Ein Stein fiel. Endlich, endlich! Endlich wieder in ... in ... in ... wie hieß das ... Gegenwart. Gegenzeit. Jetztzeit. Just in time. Hier. Heute. Wieder Radar. Das 18. Jahrhundert ist aus, mit einem Schritt zwei übersprungen. Zeitkanal. Jetzt wieder. Im Jetzt kenne ich mich aus. RaiderTwix BountyMarsSnickersNutsCadbury'sCôted'Or – da macht mir der Doktor nichts weis. Zone30RummeniggeLaracroftKohlSchröderHanneloreHeinoWord2000 wiederdaallewiederda. Nordenstam wirft wieder Speere, Treskow will zum Mars, fünf Milliarden Hände reichen fünf Milliarden Händen die Hände, guten Tag, guten Tag, guten Tag. Alle in der Nussschale, Doktor. Jetzt hat der Terror ein Ende, jetzt verliert er seine Macht. Solang er die Verbindung zum Heute gekappt hatte, war ich ihm hilflos ausgeliefert. Jetzt kann ich wieder telefonieren. Und faxen. Und esemessen. Oder steinzeitlich einen Hörer von der Gabel nehmen. Das Tuten im Ohr. Tasten und Zahlen drücken. Warten. Und dann meldet sich wer. Ich schrei um Hilfe. Ist das nicht eine ganz unglaubliche Erfindung! Was müssen die Menschen im 18. Jahrhundert gelitten haben ohne Hörer. Ohne Tuten im Ohr. Dass die Menschen es ausgehalten haben ohne Tastatur oder Wählscheibe, ihr Leben lang. Klar, dass ihnen die Beine abfielen und das Zahnfleisch faulte. Konnten ja keinen anrufen.

Clock, clock. Darf es mir nicht anmerken lassen, dass ich die Yacht im Auge habe. Wenn es eine Yacht gibt, gibt es auch einen Yachtbesitzer. Einen reichen Ami oder einen Schlagersänger aus Deutschland. Ich schmiedete Pläne. Wenn er mich nicht gehen lässt ... Wenn er mich in die Hafenbar schleppt, um mich abzufüllen, zu schanghaien ... sei wachsam! Halt dir Fluchtwege offen! Ich schaute über die linke Schulter, wo das Radar in den Himmel ragte. Jederzeit könnte ich abhaun, den Yachtbesitzer fragen oder die Touristen hier, könnte auf die Polizei, in ein Hotel, zur deutschen Botschaft ...

Ein paar Hunde kläfften mich an. Kleine verwahrloste Köter. An meiner Schnittstelle drückte es. Die Köter umschwänzelten meine Prothese wie einen Spielkameraden. Kläfften und knurrten. Sie hatten es eindeutig auf mein Holzbein abgesehn.

Doktor, sagte ich, was haben die Hunde nur? Die sind ja ganz narrig ...

Kann ich wissen, was in einem Hund vorgeht, antwortete er kurz angeleint. Und scheuchte die Kläffer weg.

Ich clockte voran. Ein Blick zurück. Der Kai voll mit Arrabalesen. Ihre dürren Schatten wankten in meinem Rücken.

Als ich den Kopf wieder nach vorn drehte, traf mich der Schlag. Links von mir, wo ich eine zweite Yacht, von mir aus einen Kutter erwartet hätte, lag eine Galeere! Eine original römische Galeere, wie ich sie von Asterix, Ben Hur und der Allgemeinbildung her kannte. Wie kam die hierher? In die Karibik? Ich blieb stehen vor Schreck. Starrte auf das Gebälk, auf die Armee von Rudern, die Galionsfigur. Wie abgepaust aus WAS IST WAS, aus der Zeit gefallen, ein loses Blatt des Schifffahrtskalenders. Mir brach der Schweiß aus. Ich schaute nochmal zurück. Dort lag immer noch die Yacht. Die Yacht. Meine Rettungsyacht. Drafideutscheryacht. Was war das für eine Scheißyacht? Was für eine Scheißlügenyacht?

Soll ich Sie stützen, fragte scheißfreundlich der Doktor.

Was ist das für ein Hafen? Ich biss mir auf die Lippen, bis ich Blut schmeckte.

Unser Hafen. Der Doc lachte.

Jetzt lief mir der Schweiß in den Kopf und setzte alles unter Wasser. Ich clockte bewusstlos weiter. Mein Hirn versuchte zu arbeiten, versagte. Überall drang Feuchtigkeit ein. Durch die Ritzen, die Poren, die Bullaugen. Wo war ich? Ein Segler aus dem 18. Jahrhundert, eine Nobelyacht aus dem ausgehenden 20., eine Galeere aus grauer Antike – durch die Kalenderblätter wehte eine scharfe Brise und ließ alles durcheinander flattern. Die Geschichte der Seefahrt spielte ein irres Daumenkino, die Jahrhunderte enterten sich fortwährend gegenseitig und tauschten Namen und Beute, der Jetlag nach den dauernden Zeitumstellungen malträtierte mich. WAS IST HIER WAS?

Die Brise wurde schärfer, als ich an der nächsten Anlegestelle einen Einbaum erblickte, der mit dünnem Strick an einem Holzpflock vertäut war. Einen Einbaum! Ich schlug stärker auf, bohrte mein Holz in den vermeintlich festen Grund, suchte nach körperlichem Schmerz, um den geistigen zu betäuben. Biss auf die Lippen. Blut bitte. In die Backe. Auf die Zunge. Bitte Blut. Ich stieß mein Holz auf den Boden, so fest es ging, bis meine Schnittstelle aufjaulte wie ein getretener Straßenköter.

Verzweifelt versuchte ich, das eingedrungene Wasser aus meinen Hirnkammern abzupumpen. Knietief war es schon, doch immer mehr, immer, immer mehr schoss durch die undichten Wände. Als dann zu meiner Linken ein Wikingerschiff steil aufragte, ein Drachenboot, ging ich vollends unter. Der Drache fauchte mich verschwefelt an.

Kommen Sie. Wir sind da. Cloque grinste breit.

~

Auf einer kleinen Anhöhe, 20 Meter vom Kai entfernt, lag eine erleuchtete Kaschemme. Wüstes Schifferklavier drang heraus. Männergrölen. Wir kamen näher. Über der Eingangstür baumelte ein hölzerner Kugelfisch, dessen Bauch die Erdkugel darstellte. Die Umrisse der Kontinente, alle fünf waren akribisch genau eingeschnitzt. Doktor Cloque drehte sich zu den Männern um, ihre Augen leuchteten. DAS IST EUER LETZTER ABEND, rief er mit schneidiger Stimme. Dann stieß er die Türe auf. Bevor ich hineingepresst wurde, fiel ein Lichtstrahl auf den Schriftzug unter dem Dach: GLOBAL FISH.

Mindestens 300 Köpfe drehten sich in unsere Richtung. Schwaden von Qualm wie bei der Schlacht von Trafalgar. Beize biss in die Augen. Ich wurde überrannt von unserer Besatzung. DIE TEEFAHRER SIND DA DIE TEEFAHRER SIND DA! grölte es von überall. WIR SIND VOLLZÄHLIG! Ein Gelächter aus hundert Kehlen. HEUTE NACHT BRENNT DAS FEUER! Hoos und Hees. Bienvenue Arrabal! Wise men got tea! La classe retourne! Abakalam arkadasch! Towarischtschi domoi domoi! Nazdrowje podrugi! Hola hola. Die kannten sich alle. Und das hier! Im fernen Jamaika. Seefahrer sind wirklich überall zu Haus.

Das Ambiente. Der GLOBAL FISH war ein großes, kreisrundes Etablissement, in dessen Mitte eine ebenfalls kreisrunde Theke stand. Und dahinter, unübersehbar im Gewühl, wirbelte eine massige Bedienung, eine XXL-Schankdame, ich hörte, wie die Männer sie MAMA nannten. Mama. Wenn Mama ruft, kommen alle zu Tisch. Sie allein bewirtete den GLOBAL FISH, fertigte hunderte saufgeile Janmaaten ab. Wie viele Arme hatte sie? Vier? Acht? Ich konnte sie nicht zählen, sie standen nie still. Kirmes.

Werhatnochnichtwerwillnochmal. Und dass sie sich nicht verhedderten, verhakten, verfitzten beim Einschenken, ein anatomisches Wunder. Je nach Bedarf, dachte ich, je nach Bedarf hat sie so viele Arme, wie sie braucht. Wie selbstverständlich alles war: so viele Hände, so viele Finger, die gleichzeitig Flaschen entkorkten, Drinks abmaßen, Cocktailbecher schüttelten, Gläser spülten, Grapscher abwehrten! Ein Wesen, wie gemacht für diese eine Tätigkeit: Tresenkraft.

Ansonsten war der Raum kahl. Kein Schmuck an den Wänden, keine Bilder. Nur Tische und Stühle, das war alles. Der Doktor zog mich an die Bar. Mamas Arme fragten nach meinem Wunsch. Zwei ESS-ERR, kam mir Cloque zuvor. In Nullkommanix hatten wir zwei längliche Gläser in der Hand. Sie leuchteten grün wie Entengrütze.

Was ist ESS-ERR, fragte ich. Bestellen Sie mir nichts, was ich nicht haben will.

ESS-ERR. Das ist ganz vorzüglich. Sigismund-Rüstig-Cocktail. Hier. Zuzzeln Sie mal.

Was ist da drin?

Der Doktor grinste. Zu Ihrer Beruhigung, ich trink zuerst. Aaaaaa! Ich zog am Strohhalm. Das Zeug rutschte durch.

Was ist da drin? Schmeckt wie passierte Entengrütze.

Es ist passierte Entengrütze. Mit Rum und Zitrone. Zwei Schlucke, und die Antennen fahren aus. Sie sehen die Welt mit anderen Augen. Alles Böse flieht von der Erde.

Aaaaa!

Wachsam, Bloom, wachsam jetzt. Sieh dich um. Wo ist der Yachtbesitzer? Vielleicht ist er doch nicht von Salt&John.

Schlacht des Wiedersehens. Ich wurde ständig gerempelt und gestoßen, musste höllisch aufpassen mit meinem Stempen. Links vor mir eine Gruppe von etwa acht Personen, darunter drei Frauen. Frauen. Mein Gott. Was war das noch? Sie trugen blendend weiße Kleidung, Leinenhosen, Hemden aus Seide, lässige Halstücher. Die Frauen sahen aus wie englischer Adel, Pagenköpfe, kleine Brillanten im Ohr. Das mussten sie sein, die Yachtfahrer! Wollte schon auf sie zu und um Hilfe ... etwas passte nicht ins Yachtambiente ... Sie bogen sich so vor Lachen. Und als ihre Münder aufgingen, sah ich erstaunlich viele Goldzähne, bei einer der teuren Frauen eine schwarze Zahnlücke. Und wie sie lachte. So dreckig, so hingebungsvoll dreckig. Die Frau steckte sich die halbe Hand in den Mund, drückte an was, zog an was, würgte an was, kann ich helfen, Scherie, schrie ihr Begleiter in Englischblau, Scheriie, da hatte sie sich den Goldzahn schon gezogen und hielt ihn hoch. Scherie, das ist ja ganz unappetitlich, warte, Scherie, jetzt zeig ich meine. Bevor er sich in den Mund langte, löste er seine goldenen Manschettenknöpfe und krempelte seine Hemdsärmel hoch. Auf seiner Elle sah ich sie. Eine dünne, lange Narbe. Also doch.

Die gehörten dazu. Zu dem Ganzen hier.

Meine Zweifel wurden bestätigt, als drei besoffene Typen untergehakt auf sie zuwankten und einer der drei rief: Wolltet ja nicht mit auf die Galeere! Ihr Lackaffen. Wie ihr ausseht. Schau mich an, Lloyd, ich hab drei Zähne und ein halbes Ohr aus, da musste kräftig nachlegen, wa?! Der Angesprochene lachte mit, rief: Hast voll Recht. So 'ne Yacht. Zweimal kann ich mir so was nicht leisten. Die Löcher sind noch von der Kogge letztes Jahr.

Die gehörten alle zusammen. Wen konnte ich ansprechen?
Rechts grölte eine Horde Wikinger. Rotbärtig und breitschultrig
soffen sie aus ihren Trinkhörnern. MIT DEM DRACHEN IN
DIE KARIBIK DAS GLEITET DAS IST ÜBERFLÜSSIG
SKOL SKOL SKOL! Die Wikinger gossen sich literweise Met
über die Wikingerschädel. Die Yachtfahrer ließen gerade die drei
Galeerenruderer durch die Linse ihrer Videokamera schauen. Mit
ihren schwieligen Händen fassten sie nach dem Gerät. Wollten
sich alles genau ansehen. Drückten auf Knöpfe, Zeitlupe, Pause,
fast forward. Die alten Römer wussten genau, wie man vorspult.
Wo waren die Einbaumfahrer? Wenn schon Wikinger, Yachter,
Galeerensklaven, dann mussten die auch hier sein. Na bitte. Die
Klotür flog auf. Heraus wankte ein halb nackter Neger und ein
sonnenverbrannter Kerl unklarer Herkunft. Auch er trug nur
einen Lendenschurz aus geknotetem Leder. Er war tätowiert von
oben bis unten, um seinen Hals eine Kette aus Haifischzähnen.
Die beiden waren total blau. Wahrscheinlich die einzigen Überlebenden. Da schmeckt der Gin. Doktor Cloque stand neben
mir.

Cloque: Und, fällt Ihnen was auf?
Bloom: Die Wände sind kahl.
Cloque: Was haben Sie erwartet?
Bloom: Alte Stiche von Walfängern, Fischernetze an der Decke mit
Plastikhummern, ausgestopfte Haie und Schwertfische, was halt
zum Ambiente einer Hafenkneipe dazugehört. Sie achten doch
sonst auf alles, sie Athmologe.
Cloque: Hier nicht. Du sollst dir keine Bilder machen. Die Bilder
sind hier drin. *Er tippt sich an die Schläfe.* Keine Fotos, Bloom. Die
Filme laufen hier. *Wieder: Schläfentippen.* Aber das meinte ich nicht.
Fällt Ihnen sonst was auf?
Bloom schaut auf die Wikinger. Die Yachtschnösel. Die Einbaum-
fahrer. Die Galeerensklaven: Nein. Alles wie bei Muttern.
Cloque: Na. Schauen Sie richtig hin. Sehen Sie das Richtige.
Bloom: Was denn? Was?

Cloque: Na, Nutten. Hafenhuren. Schauen Sie nur. Eine Hafenkneipe hat doch Hafenhuren, oder etwa nicht?

Natürlich hatte ich sie gesehen. Sie waren überall. Beängstigend
nach Hure sahen die aus. An jedem Tisch eine oder zwei. Sie saßen
auf den Schößen der Besoffenen, schminkten ihre geschminkten
Lippen nach und lachten hurig.

Bloom: Sehen haargenau so aus.

Cloque: Und? Wollen Sie eine? Soll ich eine rufen? Es steht Ihnen
zu. Sie sind mit einem Schiff gekommen. Da steht Ihnen eine zu.
Er wollte gerade seine Finger zwischen die Zähne stecken, ich
schlug sie ihm raus.

Bloom: Lassen Sie das. Ich will keine.

Cloque: Wieso? Haben Sie was gegen ein Ferienerlebnis? Sie wollen doch eins. Deshalb machen Sie doch Ferien. Los, Junge, nimm
dir eine und dann ab nach Haus. Davon zehrst du ein Leben, wenn
du erst Familie, Haus und Garten ...

Bloom: Halten Sie das Maul.

Ich umfasste seine Handgelenke.

Cloque: So bös? Ich stopf Ihnen die Tauben ins Maul, und Sie
spucken aus? Verstehe. Der Herr will was Edles. Hat die Nutten
schon durch, und es langt ihm nicht.

Bloom: Ich hab noch nie mit einer Nutte.

Cloque: Das weiß ich doch. Wie Sie sich anstelln.

Bloom: Ich will nicht mit einer Nutte.

Cloque: Die beißen schon nicht Ihren Schwanz ab. Die sind lieb.
Fürsorglich. Schnallen das Holz ab, legen's vors Bett, und dann
blasen sie dir einen. Wenn du was drauflegst, reiben sie die Prothese
mit Politur ein.

Bloom: Ich will nicht. Nicht mit denen. Weil es Ihre sind.

Cloque: Die verstehen ihre Pflicht.

Bloom: Ich will nicht. Ich will nicht. Ich will nicht.

Cloque: Vor klaren Entscheidungen hab ich immer großen Respekt.

Bloom: Ich muss mal.

Ich stakte auf die Toilette. Die Herrenpissoirs waren ekelhaft. Man musste in aufgerissene Kugelfischmäuler pissen. Über 20 hingen in einer Reihe. Sie hingen so hoch, dass ich grad mal meinen Schwanz auf die Unterlippe legen konnte. Wenn da mal kein Schnappmechanismus eingebaut war ... Und während ich quälend langsam grüne Pisse pisste, hielt neben mir ein hochaufgeschossener, solariumbrauner Yachtfahrer elegant seinen Schwengel ins Urinal. Unverhohlen glotzte er zu mir rüber, wie ich mich abmühte, Gleichgewicht zu halten an meinem Kugelfisch. Spanner, dachte ich, Scheiße, dachte ich, jetzt kommt bestimmt gleich Herzliches Beileid und Rüberreichen eines Odekolonjeerfrischungstuches. Der Yuppie starrte nur auf meine Prothese. Wichser. Ich hielt's nicht mehr aus.
Das kann jedem passieren, bleckte ich ihn an.
Er schien mich nicht zu verstehen.
Ja ja, sagte er schüchtern, es passiert aber nicht jedem.
Dann schlug er ab, zippte seinen Reißverschluss und ging zum Waschbecken. Ich war immer noch nicht fertig. Die Entengrütze kam nur pöapö durch die Harnröhre. Wichser. Solche Schokohünen stehen sonst auf der Kö in Düsseldorf. Schlabbern Scampis und Veuve. Jetzt sah ich, wie er den Kugelfischseifenspender drückte, seine Hände einseifte und unter das Warmwasser hielt. Als er seine Flossen dann unter dem Trockner rieb, hätte ich beinah das Gleichgewicht verlorn. Sie waren weiß! Bleich und weiß! Erst ab dem Handgelenk wieder gebräunt! Er hat seine Sommerbräune einfach abgewaschen! Im Hinausgehen tatschte er mir mit seinen weißen Patschern auf die Schultern und flüsterte: Es würde mich freuen, wenn ich mal mit Ihnen fahren könnte. Und hinaus. Schnell schlug ich ab und ging zum Waschbecken. Drückte auf den Kugelfisch. Seifte meine Hände. Wrang und quetschte. Nahm nach. Wrang und quetschte. Seifte meine Narbe. Kratzte und rubbelte. Nichts. Ich blieb so, wie ich war. Krustig und sonnenverbrannt. Bei mir tat die Seife so, als sei sie einfach Seife.
Als ich von der Toilette kam, stand Cloque schon da mit zwei Cocktails, diesmal dunkelblauen, WASSERSUCHT sei das, gerade

Happyhour, da könne man nicht Nein sagen. Immer rein damit. Dann zupfte er mich am Ärmel, sagte, warten Sie, ich will Sie bekannt machen, und zog mich mit. Kein Durchkommen. Hinundher. Überall fetzten Gespräche ... seit drei Strähnen massiv im Fluxus, echt lickwitt Mann, echt lickwitt! ... echt 'ne Schmiere vor dem Herrn, ich sach dir, mir sind stündlich die dollsten Dinger abgegangn, Mann, ich war so in Seife. Wahnsinn, Josef! Wahnsinn, Urs! Wahnsinn, Henry! Wahnsinn, Wahnsinn! Wahnsinnsschmierig, das ging ab wie Wackelpeter ... hat der Prinz jetzt die Prinzessin gefickt oder nicht? Was passierte in der Brautnacht? Ich muss das wissen, du musst es mir sagen, vielleicht liegt da das Geheimnis der Firma. Wie weit sind sie gegangen? ... nenene, nich mit mir, nich schon wieder Sklave! Jetzt brauch ich erstmal 'ne Liegezeit, dass mein Zahnfleisch wieder nachkommt ... du musst unbedingt meine Reise machen, ich kann das mit dir durchgehen, wenn du willst, die Figur ist von einer Qualität, dass es dich wegstrudelt, du wirst sehn ... das Einfache ist immer noch das Schwerste, ein ganz normaler Törn die Ostsee hoch, Travemünde − Petersburg, spiel mal einen normalen Menschen, spiel mal normal, wer kann das heute noch, einer ist freiwillig über Bord gegangen, aber der war eh 'n Kandidat fürs Heim ... lass uns vor die Tür, hier haben die Wände Ohren, dir kann ich vertrauen, ich bin am Ende, ich war ... ich brauch Erholung, ich geh auf die Galeere. Zwei, drei Haltungen, und du hast deine Figur. Diese Yachtfahrten, alles Freestyle, jeder muss sehn, wie er alleine klarkommt, keine Befehle, keine Verabredungen, ich brauch's mehr holzschnittartig ... mein Name war Claude Sauvage, mein Satz: An meine Haut lasse ich nur Wasser und Piranhas ... und ich sage dir, Leo, nein, hör mir ma zu, du hörst mir nie zu, ich sage dir, Leo, wenn die Körperhaltung stimmt, stimmt auch das Gefühl, das ist das Geheimnis ... wer war'n das, kenn ich den? Phrygius heißt der jetzt? Der war vorher viel auf Walfängern, als Joe oder Jack oder sowas, oben in der Sargasso, so'n Stämmiger, so'n Athlet damals, der will wohl hoch hinaus, hat sich für den Phönizier echt was abgehungert ... Queequeg, meine Haltung ist mir total weggerutscht, es tut mir Leid, echt, mea culpa, echt, mea culpa, noch'n Küstennebel,

Mama . . . ich habe ihn getötet, er lag da und war tot, und ich dachte, der tut nur so, bin froh, wenn ich gleich verbrenne . . .

Die Leute quasselten für mich in böhmischen Dörfern, die schienen mir alle einen Schuss zu haben, ich konnte nur nicht sagen welchen. Als ich den schweigsam an seinem Cocktail zuzzelnden Doc fragte, was die Leute hier zu besprechen hätten, sagte er nur: FACHSIMPELEI. Dass die vom Fach waren, war schwer zu überhören, nur von welchem? Ich hatte nie Derartiges gehört. Eine Wissenschaft war das nicht. Eher etwas Grobkünstlerisches. Aber was? Wo konnte man das lernen? Welche Uni hatte das im Plan? Kindische Sektierer, die sich eine Geheimsprache ersoffen hatten, weiter nichts.

Der Doktor reichte mich herum. Machte mich bekannt. Stellte mich vor. Als Neuzugang. Die Männer klopften mir deftig auf die Schultern und beugten sich herab, um mein Holzbein zu bestaunen. Edel. Edel. Das ist ganz edel gelungen, sagte einer mit Augenklappe. Das haben Sie ganz ausgezeichnet hinbekommen, Herr Doktor, Sie sind doch gerade Doktor, und tätschelte mich untenrum.

So viel Lob und Neid. Sie leckten mich ab. War das eingefädelt von Cloque? Unmöglich. Wie sollte er sie eingeweiht haben? Die Leute waren wirklich begeistert von mir. Von meiner Trophäe. Dass hier keine Spiegel hingen, ich hätt mich zu gern gesehn. Vielleicht machte ich doch gar keinen schlechten Eindruck. Wenn ich meinen Rücken gerade halte . . . Die Augen funkeln lasse . . . Ich hab mein Bein verloren. Auf einem Schiff. Auf dem Atlantik. Innerlich wiederholte ich diesen Text, bis er mir würzig von den Lippen ging.

Auf dem Atlantik. In dem schrecklichsten Sturm, den Sie sich vorstellen können. Kann von Glück sagen, dass es nicht schlimmer gekommen ist. Die meisten hat es glatt von Deck gerissen. Seemannslos. Wenn Sie möchten, besuchen Sie mich doch, hier ist meine Karte . . .

Einer scharwenzelte um mich rum, ein Sommersprossiger, Pausbäckiger, in gebückter Haltung, immer mein Holz im Visier.

Und gleich bei der Jungfernfahrt. Wissen Sie, ich habe immer noch keins. Und fahre nun schon zwei Jahre. Was gäb ich um so ein echtes Seemannsbein.

Mir platzte der Kragen. Was fällt Ihnen ein?! Loben Sie auch Tote? Wenn mir der Kopf fehlte, würden Sie mir dann um den Hals fallen?! Was sind Sie für einer?

Der Mann schaute mich entgeistert an. Ja, freuen Sie sich denn nicht?

Wie soll ich mich freuen? Ich bin ein Krüppel. Ich kann nicht mehr grade gehen.

Sie sind ein Narr. Sie begreifen nichts. Sie haben einen Edelstein in der Tasche und wissen es nicht.

Ich hab alles verloren. Warum verdrehen Sie die Welt? Weil Sie noch alles haben?

Sie sind früher am Ziel. Früher als alle andern. Sie werden noch Kapitän. Ich beneide Sie. Andere müssen darauf ein Lebtag warten.

Und Sie? Undankbarer Mensch. Ihnen wird eine Karriere bereitet mit einer Geschwindigkeit. Von der träum ich in meinen kühnsten Träumen. Und Sie?

Bin ich kein Krüppel?!

Verstehe. Sie stehen noch mit einem Bein an Land.

Es war so laut in der Kneipe, er schrie mir die Wörter in meine Ohrmuschel. Ich verstand nur Bläschen seines Sprudels. Sinngemäß sagte er, dass, wenn ich erstmal Kapitän sei, ich mir die Frauen ja aussuchen könne. Ich solle unbedingt nach Grönland, da herrsche Frauenüberschuss, zehn Frauen kämen da auf einen Mann, die seien total ausgehungert, und, wenn Se denen ein Kind machen, kriegen die noch Geld vom dänischen Sozialministerium, für die Durchmischung, Sie können total aus Ihrer Rolle fallen und tun noch was Gutes gegen die Inzucht da.

Dauernd Cocktails. Immer rein damit. Was für eine Melange. Aus allen Erdwinkeln Zutaten. Konnte keine mehr auseinander halten. Hochhäuser implodierten, die Menschen flogen aus den Fensterlöchern, Kontinente dampften ein zu einem winzigen Flecken,

Räuberleiter von einer Milliarde Asiaten, sie hatten grad den Mond erreicht, als der unterste einknickte. Die Einwohnerschaft von Mexikocity schwamm in einem großen Kessel und mitten drin ein riesiger Holzlöffel, der alles durcheinanderkellte. Was kann eine Schädeldecke alles aushalten, wenn innen der Pott überlaufen will? Wenn dein Gesprächspartner sekündlich wechselt und das Schifferklavier in mohammedanischen Rhythmen spielt … Fünfachtel, Siebenachtel, Zwölfachtel, Sechsdreizehntel, Fünfsiebenundzwanzigstel, Dreivierundsiebzigstel, Achtsiebenhunderttausendstel, welcher Drummer hält seine Handgelenke in Schach bei diesem wahnsinnigen Wechsel? Ein Mensch braucht doch ein Gegenüber. Ein Brief eine Adresse. Sonst kommt doch nichts an. Mensch. Mensch. Zwei Arme. Zwei Beine. Da gibt es doch eine natürliche Grenze. Wie soll man sich vervierfachen, wenn das Vereinfachen schon schwer fällt?

KAUEN KAUEN FÜR DEN DRUCKAUSGLEICH.

Raus. Raus hier. Luft. Ich hab nur diese eine Lunge. Weg. Thomas. Weg. In einer Woche schon können wir uns töten, sagten zwei mit Brille und lagen sich in den Armen. Der Smutje Orlot hatte sechs Hände und schaufelte seinen 18. Labskausteller leer. Raus. Vor die Tür. Und dann weg. Hier geblieben. Trink. It's homemade. Dann ging der GLOBAL FISH herum, der Kugelfisch gefüllt mit dem Cocktail des Hauses. Jeder musste an ihm nippen wie vom Kelch Jesu – *das ist das Blut, das für euch vergossen wurde, trinkt alle daraus* – jeder, jeder, jeder, ich musste auf Teufel komm mit, obwohl mir das Delir schon bis zum Hals stand, es gibt hier keine Ausnahmen, trink, trink, IT'S HOMEMADE, trink, trink, IT'S LIQUID, trink, IT'S HOMEMADE IT'S LIQUID IT'S HOMEMADE IT'S LIQUID.

Ich hatte mich gerade freigeschaufelt, war auf dem Weg nach draußen, als plötzlich die Eingangstür aufflog … und eine dreiköpfige Negerkapelle rutschte mir in den Fluchtweg … in weißen Maßanzügen …

Schlagzeug. Bass. Akkordeon.

Und dann kam *sie*.

In einem langen Kleid aus Schuppen ... Schildpatt ... Perlmutt ...
glitzernd ... meine Marie ... ihr Mikro ein silberner Globalfish.

Sing de song of de sea
sea is you
sea is me
sing de song of de sea

Sing de song of de sea
sea is you
sea is me
sing de song of de sea

Sie wiegte ihre Hüften wie Seegras in der Flut.
Dann kam sie auf mich zugeflossen.
Ihr Kleid glitzerte.
Funkelte in meinen Augen. Sie war ganz in Silber.
Jetzt stand sie vor mir. Sie roch dezent nach Meersalz.

Möchtest du mit mir tanzen?
Bloom: Ich wollte gerade ...
Willst du?
Bloom: Ja, ja.
Dann komm. Der Walzer gehört uns.
Bloom: Ich bin etwas aus der Übung.
Bist du nicht. Wirst seh'n.

Verwundert, wie sicher ich auf Marie zuging, blendete ich meine
Zweifel aus, legte meinen Arm um ihre Hüfte, fasste ihr bleiches
Händchen und begann zu tanzen. Ein langsamer, langsamer Wal-
zer. Man kann alles, wenn man nur will.

Bloom: Ich heiße Thomas.
Ich weiß.
Bloom: Das ist zu schön, um wahr zu sein.
Es ist wahr. Es ist wahr.

Bloom: Stört dich auch nichts?
Du machst alles richtig.
Bloom: Bist du sicher, dass alles stimmt?
Frag nicht. Frag nicht.
Bloom: Ich trete dir nicht auf die Flosse?
Sei still. Tanz.
Bloom: Mein Rhythmus. Ist er O. K.?
Du hast den Walzer. Du hast ihn.
Bloom: Bin ja mittendrin.
Du hast ihn ...
Bloom: Wer führt? Führst du?
Ich verlass mich ganz auf dich.

Sie hatte Recht. Meine Drehungen waren sanft und sicher. Ich glitt
mit meiner Prothese dahin wie in Trance. Dann und wann ein
Klacken, um die Erinnerung wach zu halten, dass ich noch Boden
unter mir hatte. Die Kapelle kam langsam in Fahrt. Der Schlag-
zeuger rührte den Takt immer beschwingter, der Bass lief auf und
davon, die Quetsche schnaufte kurzatmiger, stoßweise, sie riefen
HE JIP O RIGHT KUMON KUMON! Nahtlos verschärften sie
das Tempo, ihnen rann der Schweiß ... Wie die sich auskennen untereinander ... ohne Blicke ... ohne Worte ... diese Musiker.
Kwintenzirkelkabbalisten. FisGesGemeinde.

Bloom: Spürst du's, Marie? Der Boden schwankt.
Ja. Er schwankt. Herrlich.
Bloom: Fängst du mich, wenn ich fall?
Du fällst nicht ... du nicht.
Bloom: Wie kann es sein, dass der Boden schwankt?
Wir tanzen zusammen.
Bloom: Ich hab Angst. Vielleicht ist Wind aufgekommen. Wenn das
Schiff wieder fährt.
Es ist schön mit dir.
Bloom: Wenn das Schiff ... Wenn der GLOBAL FISH Segel setzt.
Marie.

Die Kapelle spielte immer schneller. Die Quetsche keuchte über die flinken Bässe und das Besengerühr, der ganze Saal schwankte hin und her, zurück und hin und zurück und her, ich sah, wie auch die anderen Paare sich drehten, die Nutten mit den Wikingern, den Galeerensklaven. Alle drehten sich zu dem immer treibenderen Gesang der schwarzglänzenden Glatze.

De sea
de sea
was wiskea
was wiskea
I was a duck

Dive right in
dive right in
neva com up
neva neva
neva com up

Bloom: Marie. Lass uns fliehn. Ich will nicht wieder auf See. Lass uns fliehn. An Land.
Willst du mich los sein?
Der Boden schwankte. Ein meterhoher Walzer schwappte durch den GLOBAL FISH. Ich vergrößerte meine Schritte: 1 – 2 – 3, 1 – 2 – 3, 1 – 2 – 3. Andrériesenrieu. Rosen für Johann. Die ganze Kapelle rutschte von einer Seite hin zur anderen, ohne aus dem Takt zu kommen. Die Quetsche klebte zwischen den Armen, am Bauch der Bass, das Schlagzeug zwischen den Schenkeln – neva, neva, neva, neva com up!! –, die Combo rutschte in die Schräge, in die Wellentäler, auf die Wellenberge, die Wellentäler, die Wellenberge. Da kann das Schiff sinken, und die spielen weiter. Diese Schwatten bringt auch der Tod nicht raus.
Ich fasste Marie fester, um sie nicht zu verlieren, durchtanzte den Saal mit Riesenschritten.

Bloom: Ich lass dich nicht. Marie. Komm mit. Ans Ufer.

Nein. Das nimmt ein schlimmes Ende.

Bloom: Ans Ufer. Komm.

Am Ufer werd ich vertrocknen. Bleib hier. Wir gehören zusammen.

Bloom: Ans Ufer. Komm.

Da werd ich vertrocknen. Wir müssen schwimmen.

Bloom: Ich bin wasserscheu.

Schwimmen ... schwimmen ... geh nicht fort. Bleib bei den Männern. Wenn du mich willst, musst du bei ihnen bleiben.

Bloom: Aber wieso?! Wieso können wir nicht fliehn? Wir zwei. Nur wir zwei.

Du musst weiterfahren. Du kannst nicht mehr zurück. Am Ende deiner Reise warte ich. Du schaffst es.

Bloom: Die Männer sind alle falsch.

Du bist richtig. Du bist geschaffen für die See.

Und dann passierte das Unglück. Ein Wikinger und eine rothaarige Nutte rutschten auf uns zu, stolpernd, rücklings aus dem Dreivierteltakt geschleudert ... der Wikinger war dem Seegang nicht länger ... Im letzten Moment riss ich an Maries Schulter. Eine kurze Drehung ...

Thomas!!!!!!!!!

In meiner Hand hielt ich ihren Arm. Ich muss ihn bei dem Ruck abgerissen haben. Hilflos starrte ich in ihre offene Schulter. Eine hamilchige Flüssigkeit rann heraus.

Bloom: Was ist das? Marie!

Was hast du getan?

Bloom: Ich mach's wieder gut.

Da lässt sich nichts machen. Was weg ist, ist weg.

Bloom: Wie konnte das geschehn? Ich hab nur ganz sachte gezogen.

Das kommt davon, wenn man vom Ufer träumt. Goodbye.

Bloom: Marieeeeeeeeeeeeeeeeeeeeeeeeeeeeeeeeeeeeeeeeeeeeeeeeeeeeee-
eeeeeeeeeee

Ich wollte sie fest an mich drücken. Doch als ich ihren Nacken fasste, löste sich ihr Kopf, kippte vom Hals und ließ sich nicht wieder einfangen. Ich versuchte ihn aufzuhalten mit dem rechten Fuß, doch er kullerte davon.

Goodbye! Goodbye!, rief mir der Kopf hinterher. Schon unerreichbar weit am anderen Ende des Saales. Er rollte um den Tresen herum, wo die achtarmige Mama unbeeindruckt weiter einschenkte. Weiter, weiter rollte er zwischen den Beinen der anderen haltsuchenden Paare. Goodbye!

Aus der kopflosen Marie tröpfelte immer noch milchige Flüssigkeit. Ich warf den abgegangenen Arm fort. Wenigstens die Reste. Bleib! Bleib!, schrie ich, ihren Körper fest an mich pressend. Bis auch der Rumpf sich von den Beinen trennte, die schnell wegsackten und über das Parkett kreiselten. Bleib! Bleib doch! Bleib! Ich hatte noch ihre Mitte. Die ließ sich nicht mehr teilen. Bis ein weiteres Schlingerpaar auf mich stürzte, mich fortriss mit dem Torso. Das Marieköpfchen verschwand abschiednehmend am anderen Ende der Wirtschaft.

~

Haben Sie gefunden, was Sie suchen?

Jemand packte mich am Kragen und zog an mir. Mein Hinterkopf dröhnte.

Stecken Sie Ihren Kopf nicht zu tief in den Fisch, hehehe.

Cloque zog mich aus dem Urinal. Meine Kotze stank aus den Kiemen des GLOBAL FISH.

Wieder nüchtern? Der Fisch stinkt vom Kopfe her. Sie haben ein Sprichwort erbrochen, hehehe. Sehr gut. Sehr gut. Immer im Einsatz. Los! Es ist soweit. Kommen Sie, Bloom, Sie werden Augen machen, jetzt findet das Leuchtfeuer statt. Kommen Sie mit, wir gehen an den Strand!

Der Doktor hatte wieder dieses Glühen in den Augen. Wenn man dann seinen Ratschlägen nicht Folge leistete, konnte er teufelswild werden, das kannte ich ja schon. Also willigte ich ein. Ausgeleert verließ ich die Toilette.

In der Bar herrschte Aufbruchsstimmung. Die voll gelaufenen Männer und randzuen Frauen erfasste kollektive Euphorie. Feierlichkeit. Sakrales Delirium. Die Raubeine fassten sich liebevoll an den Händen, strichen zärtlich über Schultern und Stiernacken, glänzenden Augs verzogen sie ihre Mundwinkel, als stünde ewiger Abschied bevor. Großer Bahnhof. Weltkrieg. Muss nach Stalingrad. Noch schnell heiraten. Eine Nacht mit dir. Die einzige und letzte. Mein Leib an deinem. Ich stand etwas verwundert unter ihnen. Was ging hier vor? Ich sah sie ihre Habseligkeiten zusammensuchen, sachte und andächtig wie teures Porzellan, all ihre Mitbringsel und Souvenirs von den unterschiedlichsten Reisen. Ansichtskarten wurden zusammengesteckt, Videobänder aus den Kameras genommen, Muscheln, Hühnergötter und Seesand wurde verstaut. Mit einer Sorgfalt, die derjenigen pedantischer Buchhalter glich, wenn sie nach 30 Dienstjahren endgültig in Rente gehen und ihre Tränen auf die staubfreien Schreibtischunterlagen kullern, wer hätte das hier erwartet? In dieser stinkenden Spelunke, von diesen Grobschlächtern?

Ein letzter Blick noch auf das Polaroid mit dem Thaimädel, ein Kuss, dann verschwand das Bild im Seesack. Ein Wikinger strich über Perlenketten und Klunker, ein Seufzer entrang sich seiner Wikingerbrust, dann verschwand das Geschmeide im Seesack. Ein Einbaumfahrer riss sich seine Halskette aus Haizähnen vom Hals, polierte nochmal die kleinen Trophäen, dann verschwand auch dieses Andenken im Seesack.

Plötzlich rief der Blonde: ES IST SO WEIT!

Ein Ruck ging durch die Menge, und alle riefen: JA JA JIPDIDEI WIR GEHEN JETZT INS FEUER!

Sie schulterten ihre Seesäcke. Der Auflauf, der folgte, war unbeschreiblich. Jeder wollte der Erste sein, jeder der 500, und es gab nur eine kleine Tür. Frenetisch rempelten und boxten sie sich durch, als hätte eine Schulklasse hitzefrei, dabei, ich hatte mich nicht verhört, ging es doch ins Feuer!!! Was war nur in sie gefahren? Mir wurde heiß, kalt, heiß. Was für ein Ansturm auf das Ende! Wie die durchgeknallten Lemminge, die Klippe schon in Sichtweite!

Bloom: Doktor, Doktor, was hat das zu bedeuten? Wollen sie verbrennen bei lebendigem Leib???

Cloque: Ja, mein lieber Bloom, und Sie werden auch verbrennen! Sie werden verbrennen mit allen anderen! In einem Leuchtfeuer der Superlative! Das ist der Höhepunkt unserer Jamaikafahrt! Kommen Sie! Ich mache Ihnen den Weg frei! Wir wollen nicht die Letzten sein!

Bloom: Den Teufel werde ich tun, Doktor! Ich hab's aus! Jetzt wird mir ...! Sie haben mich auf dieses Schiff gelockt, um mich ...! Wollen Sie mein Geld, was? Meinen Perso, was? Töten! Nicht gleich, nicht auf der Stelle! Immer schön ... ja? Immer langsam, ja? Eine feine Folter haben Sie sich da ausgedacht! Sie und Ihre ...! Was haben Sie mit diesen Männern gemacht? Sind sie hypnotisiert? Haben Sie ihnen einen Chip ins Hirn, dass sie jetzt nach Ihrem Willen ...? Ich wette, Sie sind der Einzige, der nicht ins Feuer geht! Sie stehen am Rand, sehen zu, wie Ihre Schafe in die Flammen gehen, und wenn sie ausgeblökt haben, pissen Sie mit ihrem Teufelsurin die Glut dieser Menschen aus, so ist es doch!!! Sagen Sie, dass es so ist, Sie sind der ...

Der Doktor knallte mir eine. Ein Ellbogen knallte mir eine. Eine Faust traf mich. Ich stürzte. Ich wurde mitgerissen. Ich spürte eine knochige Hand am Arm, die mich mitzog. Ich war unter die Lemminge geraten, jetzt gab es kein Zurück. Die Stampede der Lemminge ... gleich rasen wir auf die Klippe ... auf das Leuchtfeuer zu ... die Steilküste ... und dann ...

... dann brannte, als wir ankamen, ein riesiges Feuer am malerischen Sandstrand von Jamaika. Die Sonne war gerade untergegangen.

Mitgezerrt, halb im Fallen, Stürzen und Stolpern, dem Ansturm der rennenden Beine nicht gewachsen mit meinem kaputten, hatte ich keine Möglichkeit zu entkommen. Ich konnte froh sein, nicht schon jetzt zertreten zu werden unter 1000 Seemannsbeinen.

DAS FEUER IST DAS ENDE EURER REISE

So. Aus. Ende. Punkt. Das war das kurze Leben von Thomas Bloom. Gestorben im August. Kollektiver Exitus einer Seefahrersekte. Flammengang, Selbstverbrennung von 500 Menschen in Urlaubsidylle, Horn- und Fleischgestank. Als die örtliche Polizei eintraf, fand sie nur die verkohlten Reste. Der mutmaßliche Anführer der Sekte ist flüchtig ...

Stattdessen nahmen die Männer ihre prallen Seesäcke von der Schulter, fassten sie am Riemen, und wie auf ein selbstverständliches Kommando schleuderten sie ihre Gepäcke bolaartig in hohem Bogen ins lodernde Feuer. Es knisterte und krachte, die brennenden Balken sprühten Funken wie an Silvester und St. Martin, 500 Seesäcke fingen Flammen und brannten lichterloh.

Doktor Cloque hatte sich zu mir durchgeschlagen, stand jetzt neben mir im Feuerschein, rief: Ich habe Ihren Sack für Sie gleich mitgeworfen! Sie sind jetzt auch dadrin! Irgendwo in diesem Feuer brennen Sie mit! Ihre Pfeife, Ihr Ölzeug, alles verbrennt! Ihre Papiere, Ihr Schreibzeug, Ihre gesamten Aufzeichnungen, alles gehört den Flammen! Dahin! Dahin! Hinweg! Hinüber!

Während er dies sagte, riss er sich seinen Gehrock vom Leib, den viel zu engen, desgleichen sein mittlerweile gilbes Hemd, dann die Schuhe, die Strümpfe, hierbei verlor er fast das Gleichgewicht, dann zerrte er sich aus seiner schwarzen Hose, dann der Unterhose, bis er nackt bis auf die Haut vor mir stand.

Aschearzt! Aschearzt!, schrie er, raffte sein Kleiderbündel zusammen und schleuderte es in die leckenden Flammen.

Alle zogen sich aus. Frauen und Männer aus 2000 Jahren Seefahrt nestelten an ihrer Kleidung, die den meisten, die eigepellte Yachtgesellschaft ausgenommen, wie angebabbt war. Sogar den feisten Orlot konnte ich ausmachen, wie sein Wanst im Feuer tanzte, sogar ihn, den Smutje. Aus allen Richtungen flogen die Fetzen, Kostümteile aus allen Epochen loderten miteinander in dem einen großen Brand.

Los, runter mit der Pelle!, munterte mich der Doktor auf, ich halte Sie fest!

Sollte ich den Spielverderber abgeben, wo alle an einem Strang ...?
Mir kam der furchtbare Gedanke, dass die Männer nackend in ihren Tod gehen mussten, ein eingeimpftes Ritual. Aber diese

Freude! Keine Spur von Zwang! Eine tanzende Einheit aus unbe-
schwert Gleichgesinnten! Als ob es das Schönste auf der Welt sei,
zu sterben an einem Postkartenstrand in der Karibik! Oder war es
doch nur einer ihrer derben Späße? Ich hoffte es so, ich hoffte es
so! Der Doktor hielt mich sicher im Gleichgewicht, während ich
meine durchgeschwitzten, salzigen Klamotten auszog. Was hatte
ich mit diesen Streifen alles durchgemacht? Wie festgebacken sie
waren! Meine Hose würde auch von alleine stehen, so steif war sie
inzwischen. Als ich dann nackt und bloß dastand, griff der Doktor
nach meiner Kleidung, sagte: Wenn Sie gestatten!, und warf sie ins
Feuer. Dann hielt er meine Hand, als wolle er mich zum Tanz auf-
fordern. Jetzt ist es fast vorbei, nur noch eines, Bloom, eine Kleinigkeit, nehmen Sie jetzt Ihre Prothese ab und übergeben Sie sie
den Flammen!

Wie bitte? Mein Holz?
Ganz richtig, wir machen alles gründlich! Der Teufel steckt im De-
tail, wie ich schon sagte ...
Aber ... wie soll ich stehn ... und gehn?
Sie haben doch mich, ich werde Sie stützen. Los, ab damit!
Aber auf einem Bein kann man nicht stehn, Sie sind doch Arzt?
Fangen Sie nicht schon wieder damit an. Wer sagt, dass ich Arzt
bin? Im Moment bin ich ein nacktes Menschenkind wie Sie, wie
der gute Orlot, wie wir alle ...

Während ich, gestützt vom Doc, meine Prothese abschnallte, auf
einem Bein Richtung Leuchtfeuer humpelte, das Holz in Händen,
dieses schwere, massive Ding, war es mir, als sei alles nur ein langer, langer Traum gewesen ... mit meinem Dritten Auge sah ich
mich in Slowmotion auf das Feuer zuhumpeln, sah die nackten
Leiber in Zeitlupe tanzen und springen, sah mich langsam ausho-
len, sah, wie das alles stattfand ohne mein Zutun, das ging alles wie
von selbst, zäh wie Träume oft sind, sah, wie meine Prothese sich
aus meiner Hand verabschiedete, wie sie in hohem Bogen, in einer
geradezu malerischen Flugkurve über den Flammen Schatten

warf, wie sie eintauchte in das Feuergelb, Lebewohl sagte und für immer verschwand... sah dem zu wie ein Kinobesucher dem langen Abspann eines herzzerreißenden Films, sah, wie die Kamera auf mich schwenkte, und wenn es ein Traum gewesen wäre, säße jetzt ein Zweibeiner in seiner Badewanne und würde ein Plastikschiffchen in den Schaumaschaum pusten. Stattdessen zeigte es einen abgemergelten, einbeinigen Krüppel, der von einem spindeldürren, hohlwangigen Arzt gestützt wurde, Gebrüder Hautund-Knochen, ein Herz und eine Seele. Wie der lange Dürre den Krüppel auf den Arm nahm, ihn behutsam wie einen Seehundwelpen an sich drückte und langsam vom Feuer weg in Richtung Meer schritt. Wie die übrigen 500 ebenfalls zum Ufer gingen und sich ohne Zögern in die Brandung stürzten.

Herr Blume, wie fühlen Sie sich?
Im ersten Moment hatte ich den Impuls, mich umzudrehen, wer da wohl hinter mir stand?, dann fiel mir ein, dass *ich* früher mal diesen Namen trug.
Meinen Sie mich?
Im Moment, ja.
Aber ich bin doch in Hamburg! In einem Spind! Wohlverschlossen!
Herr Blume, etwas mehr Phantasie!
Ich hatte mich schon so gewöhnt an den neuen Namen, Bloom, das hat mir ...
Psssst, nennen Sie den Namen ab sofort nicht mehr ... Bloom ist nicht mehr, Bloom ist Asche.
Das geht aber fix!
Sie werden sich gewöhnen an die Tempoverschärfung.
Heißt das, der Urlaub ist vorüber jetzt, bringen Sie mich nach Hause jetzt?
Der Urlaub geht gerade erst los. Halten Sie sich fest. Wir gehen schwimmen. Es ist Flut.

Ich mich an ihn krallend wie ein Tierjunges, stakste der splitternackte Doc in die nachtwarme Karibik, um uns herum die Johler, Juchzer, Schreie der Seeleute.

Die 500 nackten Leiber schienen das Wasser noch anzuheizen, es war angenehm warm. Thermalbad Jamaika. Der Doc und ich trieben in der Brandung, er hatte sich unter mich geschoben und hielt mich fest. Ich sah, wie um mich herum die ausgelassenen Nackten plantschten, sich neckten, kurz abtauchten, dann nach oben schossen und die anderen mit Schlick und Sand bewarfen, sie tauchten sich gegenseitig unter, sie waren in ihrem Element.

NIEMAND KANN UNS SEHN

NIEMAND KANN UNS FRAGEN

NIEMAND KANN NICHTS SAGEN

NIEMAND KANN NICHT UNTERGEHN

Mit diesem Chor brauste die Brandung an den Strand, und die Flut eroberte sich langsam ihre Zentimeter. Ich glaube, kein Hai wäre so vermessen, sich unter diese Sänger zu wagen.

Cloque: Sehen Sie, bald hat das Wasser das Feuer erreicht! DANN WIRD DIE LADUNG GELÖSCHT! Blume, das ist kühn. In diesem Feuer brennen 500 Biographien, 500 Krankenakten, 500 Leidensgeschichten, 500 Kaperfahrten, 500 TODESMUTIGE MENSCHEN. Jetzt sind sie Asche. Und wenn sie gelöscht sind durch das Meer, trägt es sie hinaus, düngt die Ozeane mit neuen Legenden, verschwommenen Erinnerungen, der endlose Faden des Seemannsgarns wird weitergesponnen. Und in ein paar Tagen werden 500 neue Biographien quicklebendig, frisch und Fleisch geworden auf den Wellen dahinjagen. Das ist der Dreh- und Angelpunkt der Firma, dieser Moment, Blume, den Sie gerade erleben dürfen, ist das tote Auge eines gewaltigen Orkans!!! Wie Sie hier im Wasser schweben, leicht wie Plankton, in der biographischen Freihandelszone. Blume, hier sind Sie zollfreie Person, und morgen oder übermorgen wirbeln Sie mit neuem Namen unter neuer Flagge einem neuen Ziel entgegen …

ARM ODER REICH

FISCH ODER FLEISCH

ALLES IST VERHANDELBAR
ALLES IST GLEICH

Ich hörte sie deutlich in meinem Ohr, die nackten Männer, wie sie die Karibik zum Kochen brachten mit den Gesängen, die das Löschen ihrer Habe begleiteten.

Mein Ausweis liegt im Feuer
Der war mir lieb und teuer
Mein Ausweis liegt im Feu
Morgen neu!

Ho – und 'ne Buddel voll Rum!

Mein Name liegt im Feuer
Der war mir lieb und teuer
Mein Name liegt im Feu
Morgen neu!

Ho – und 'ne Buddel voll Rum!

Mein Leben liegt im Feuer
Im Feuer liegt die Heuer
Im Feuer liegt das Feu
Morgen neu!

Ho – und 'ne Buddel voll Rum!

Im stetigen Rauschen der Wellen wurde mein Körper immer leichter, ich kam mir vor wie die Myriaden von Schwebteilchen, die der Taucher bei guter Sicht durch seine Brille sieht, Bestandteile des Meeres, Staubkörner des Ozeans, zu denen sich die Asche des großen Feuers gesellte, die von der landgierigen Flut verschlungen wurde. Jede Welle ließ das Leuchtfeuer zischen, in dem die letzten

Kleidungsstücke glommen, die Muscheln knackten und die Reste von Fuji, Sony und Agfa ihre Chemie in die Strandluft mengten. Vor dem gefräßigen Wasser war nichts sicher. Es dauerte nicht lange und die verkohlten Reste wurden gierig überspült, wurden verteilt und weggesogen, wieder angespült, wieder weggesogen, wir Nackedeis inmitten unserer verstorbenen Angehörigen.

Schiffbruch, keine Überlebenden!, sagte der Doktor, der mich immer noch fürsorglich umklammerte, doch ich war schon selig eingedämmert. Ich hegte immer noch die Hoffnung, in meiner Wanne zu erwachen, unversehrt und heile.

Seien Sie gespannt, was Sie auf der nächsten Reise erwartet, hörte ich Cloque undeutlich wie durch ein nasses Taschentuch. Mir war alles eins. Diese warme Soße, in die ich getunkt, sie weichte mich durch, ich garte darin wie ein Stück Fleisch auf kleiner Flamme, rundum saftig. Die Überreste des Feuers schwammen als Nelken und Lorbeeren herum, Würzkräuter und Soßenbinder, ein Vorgeschmack auf kommende Aufgaben. Schert mich nicht, schert mich gar nicht. Ich köchel ruhig vor mich hin, ein feiner Sud, in dem ich schwapp, macht so träge, so unendlich träge, kein Wunder, Blume, deine Reise war lang, lang, lang, Jahre in ein paar Wochen, ein ganzes Leben. Die Zeit ist aus der Uhr gesprungen und hat Spikes getragen. Zeit, alte Tartansau, was sprintest du so davon mit mir? Lass mich schlafen, die Garzeit beträgt eine lange Nacht, dann werden wir weitersehen. Verschont mich bis dahin, untersteht euch, zwischendurch mit dem Kostlöffel nach mir zu schlagen, ich kann euch versichern, ich bin gut eingelegt.

~

Ich schlug die Augen auf.

In den letzten Tagen und Wochen hatte ich sie vor Müdigkeit kaum öffnen können, die Lider hatten auf den Deckeln geklebt wie eingerostete Cordobajalousien. Vielleicht waren es die Spätfolgen der Amputation gewesen, Wundfieber, Phantomwewe etc. Vielleicht hatte mir der Doktor irgendwas in den Tee getan. Jetzt ging's, ich war blitzartig wach. Und ich wusste gleich, dass es sehr früh sein musste. Die Sonne war noch nicht auf. Ihr Erscheinen kündigte sich erst an. In einer halben Stunde würde der erste Strahl am Horizont aus dem Wasser tauchen. Ich richtete meinen Kopf auf, sah mich um.

Dieses Bild werde ich nie vergessen: Um mich herum, auf einer Fläche von etwa einem Quadratkilometer, war der Strand übersät von einer Tierart, die der alte Herr Linné wohl übersehen haben muss. Im Sand lagen 500 weißliche Wesen mit aufgequollener, madenartiger Haut, mit schrumpligen, eingerollten Pimmeln, orangenhäutigen Brüsten, bäuchlings, rücklings oder in Embryonalstellung unter Jamaikas Morgenröte und machten Geräusche.

Das war kein Schnarchen, wie Menschen schnarchen, das waren Meeressäuger, die sich eine böse Erkältung zugezogen hatten, meine schwache Vorstellungskraft pendelte sich auf den Seehund-Seelöwe-Seeelefant-Seekuh-Walross-Sektor ein, zu diesem gehörten diese Geschöpfe am ehesten. Walross eindeutig Orlot, der mit offenem Mund ein asthmaartiges Röhren von sich gab, während sein Bauchspeck – weiß wie ein Hügel Engerlinge – ruckartig an- und abschwoll. Andere keiften und gaben hutschige Nieser von sich, wie erkältete Heuler oder Pekinesen, die man in einen Fluss geworfen hat. Die totale Erschöpfung steckte in diesen Leibern, wie lange waren sie in der Brandung geschwommen und nicht wie ich fürsorglich über Wasser gehalten worden.

Wo war der Doktor? Ob er auch ... ? Ich wandte mich zur anderen Seite und sah ihn liegen: schlafend mit offenen Augen, die Arme steif angelegt, wie ein altes Surfbrett lag er da.

In dem Keifen und Husten, Fauchen, Bellen, Niesen, dem Schnarren, Schnupfen, Glucksen und Muhen genoss ich sehr, als Einziger wach zu liegen, an diesem weltfernen Ort unter Auroras feinem Sonnenstern.

Die Brandung gluckerte sachte ...

Das Meer beriet sich, welche Farbe es heute anlegen sollte ...

Das Meer zierte sich noch ...

Das Meer, ein wenig eitel heut früh ...

Azur? Oder doch lieber Türkis? Azur hatten wir gestern ... heute würde Türkis gut passen ... nehme ich Türkis ... oder doch lieber das durchsichtige?

Plötzlich muss das Meer sich umentschieden haben. Es wurde rabenschwarz.

Ich hatte es ja kommen sehn. Dass es so kommen würde. Dass es zurückkommen würde zu mir. Dass es nicht so einfach Lebewohl sagen und aus meinem Leben verschwinden würde ...

So leicht wirst du mich nicht los ...

An den Strand gespült von hämischen Wellen, die leise tuschelten – was sie doch für eine Begabung haben in Sachen Stille Post ...

Schau, Blume, da hast du's wieder ... wir wollten es nicht ... es wollte zu dir ... hätten es ja behalten, wenn ... da ist es ...

Eine größere Welle, und das schwarze Treibholz lag auf dem Trocknen. Ebbe.

Ich bin wieder da.

Was hatte Cloque mir weismachen wollen? Ich könnte alles hinter mir lassen, könnte alles verfeuern, die Ladung karibisch löschen lassen und von Neuem beginnen? Blanco? Tabula rasa? The magic board? War es nicht so? Hatte er mir das nicht gezwitschert? Ein ganz ein verlogener Drecksack ist das, wie er daliegt mit offenen Augen ... wahrscheinlich schläft er gar nicht. Sondern beäugt mich und lacht in sich hinein. Das Beinchen kommt zurückgelaufen, Bumerang, schau, wie treu es daliegt im feuchten Sand. Hat es mich vermisst? Warum zum Teufel ist es nicht Asche wie all die anderen Erinnerungsstücke der Seeleute? Legendenplankton? Warum bin ich der einzige Seehund an diesem verdammten Postkartenstrand, der heimgesucht wird von dem Souvenir seiner letzten Reise? Warum lässt mich das Schicksal nicht schnarchen wie die anderen in süßem Vergessen?

Holz, ich hol dich. Kein Entkommen. Entscheidung ist klar. Werde den Ruß abschlagen, es an den Stumpf anpassen und dann die Engerlinge verlassen. Dieses Erwachen ist ein böses. Weg, bevor die aufwachen. Weg, bevor die loskringeln. Ich robbte in Richtung Holz durch den Sand. Sah: Das war kein Ruß. Da ließ sich auch nichts abschlagen. Meine Prothese war glattgewaschen. Frisch poliert. Nur die äußere Schicht war den Flammen zum Opfer gefallen. Die schuppige Maserung war ab. Pudels Kern. Ich hielt eine Prothese aus Ebenholz in Händen. Was verbirgst du noch für Überraschungen, he? Kannst es mir sagen, ich schnall dich gleich an. Hast gewonnen. Vorerst. Sag, was da noch kommt! Treibholz, Bumerang, Falscher Freund ...

Sie passte wie angegossen. Besser als vorher. Mein welliger, rosiger Stumpf atmete auf, als er seine bessere Hälfte wieder erkannte. Begrüßung. Stimmung selige im Schenkel unten. Wenigstens die hatten einen guten Morgen.

Jetzt wohin? Bloß weg. Nur wohin? Erstmal weg. Weg von den Seehunden. Den niesenden Engerlingen. Weg. Ich zog eine zittrige Furche durch den feuchten Sand, Fluchtspur, für jeden gut zu erkennen. Ich suchte nach einem Ausweg. Richtete mich auf, so gut es ging. In der Ferne sah ich die Umrisse zweier Hochhäuser ... Hotels ... Pauschaltourismus ... eine vage Vorstellung von Rettung ... Menschen, denen ich mich anvertrauen konnte ... die schlafenden Hunde nicht wecken ... vorsichtig über sie drüber steigen ... leise, leise ... nicht umknicken ... wenn du unsicher wirst: lieber kriechen. Oder robben. Robben ist gut ... du Robbe ... robbte eine Robbe über Robben ... ich lach mich gleich tot. Weg von diesem Strand ... und dann weg von Jamaika und der Seefahrt ala Salt&John.

VIERTE WELLE

Die Maske ist Lieb, ach wenn sie mir nur blieb.

ERNST HERBECK

Als ich etwa 500 Meter weitergerobbt war, über eine Düne, an einem dreckigen Tümpel vorbei, kam ich ans Ende von Salt& John: ein rostiger Stacheldrahtzaun. In regelmäßigen Abständen Schilder: DON'T TRESPASS – DANGEROUS DOGS. Dahinter: Der Weg in die Freiheit. Eine asphaltierte Straße. Eine Bushaltestelle.

Da an Drüberklettern nicht zu denken war, buddelte ich mit Letztekrafthänden ein Loch unter den Zaun, zwängte mich hindurch, robbte über die Straße, zur Wartebude der Haltestelle; dort lehnte ich mich erschöpft an eine Palme.

Geschafft.

Oder?

So schnell würden die mich nicht finden. Die Seehunde schlafen noch.

Wo bin ich? In Sicherheit. In Jamaika, Thomas. In der Realität.

Jetzt brach sich der erste Sonnenstrahl Bahn über den Horizont. Wie früh mochte es sein? Vielleicht fünf. Ein neuer Tag beginnt, Thomas, und der beginnt nur für dich. In der Ferne sah ich die Umrisse von Urlaub: eine riesige Hotelanlage direkt am Strand, ihre Konturen immer klarer in der Morgenröte. Die bewohnte Welt.

Dann sprozzelte in der Ferne ein Motor, eine kalkige Kaffeemaschine. Kam näher. Der Bus! Der Frühbus! Er bringt dich zu den Menschen. Ich wollte aufstehen, hin zur Haltestelle und winken. Doch als der Bus um die Ecke bog, ließ ich es bleiben. Versteckte mich stattdessen hinter der Palme, bis er vorbeigesprozzelt war. Ich dachte, mach bloß keine Fehler jetzt. Keine weiteren Urlaubsfehler. Schau dich doch an. Ich war splitternackt, meine Haut war verschrumpelt, ich hatte ein Holzbein, kein Geld, keine Papiere, ich war amtlich tot, nicht vorhanden, wenn dich ein Busfahrer sieht, der holt doch gleich die Polizei ... Where is your hotel? I don't have hotel. Where is your passport? I not have passport. No papers. All gone. Gangsters. Robbenrobberi. Was sollte ich machen?

Cloque. Er hatte an alles gedacht. Der Teufelsspind. Teufelshamburg. *Dass keiner entkomme meiner Herde* ... Was sollte ich denen sagen? Dass meine Reisegruppe aufgedunsen und kläffend am Strand lag, dass ich Mitglied einer Seehundhorde war und mich verrobbt hatte? Wie sagt man das auf Englisch? Die sprechen doch Englisch. Taubenenglisch. Rastaenglisch ... I am a sailor of the eighteenth century, Sir, and I want to go back to the future, to german embassy. How did you come here? With an old Dreimaster ... Mir dämmerte, wohin sie mich bringen würden ... in einen stinkenden Drittweltknast oder in die nächstbeste Klapse ... wollte nicht wissen, in welchem Zustand die hier waren ... bestimmt keine Einzelzimmer, bestimmt keine verstellbaren Betten ...

Mir fröstelte. Zuallererst brauchte ich was zum Anziehn. Irgendwas. Sonst bekam ich mitten in der sonnigen Hälfte der Welt eine derbe Erkältung. Die Rückseite der Wartebude war mit einer Plastikplane vernagelt. Ein Schriftzug war darauf. Besser als nichts, dachte ich. Ich riss die Plane von der Bude, hackte mit einem scharfen Stein ein Kopfloch und zwei Armlöcher hinein und war erstmal eingedeckt. Das Material war durchaus schmiegsam, wenn man nicht genau hinsah, hätte man es für eine spleenige Umstandsmode halten können, das Ding reichte mir gerade übers Knie, das Ebenholz war zwar sichtbar, aber alles in allem dürfte es kein öffentliches Ärgernis erregen. Auf meinem Rücken stand in verblichenen Buchstaben: JAMAIKA IST MEHR ALS RUM UND REGGAE. So stolperte ich los, die Straße lang, vor mir in Sichtweite die Hotels, weitere vermutete ich dahinter. Die Zivilisation.

Stolper, stolper, Morgensonne ... allein im Paradies ... ein Werbe-

männchen an fernem Gestade ... komm, Gedankenmotor ...
spring an ... clock, clock, clock, clock ... rastafari ... clock, clock
... jo man ... clock ... Ich mag kein Reggae ... OH NEIN ...
clock, clock ... ich schoss den Sheriff ... clock, clock ... aber nicht
den Hilfssheriff ... clock, clock ... endlose Sandstrände ... men-
schenleer ... hier kann man noch seine Seele baumeln lassen ...
clock, clock ... zu den Pauschaltouristen ... die werden dir helfen
... clock, clock ... die werden dich als einen der ihren erkennen
... clock, clock ... freundliche Gesichter ... clock, clock, clock,
clock ... und dann: Fly The Friendly Skies ... zurück nach Haus
... wenn ich hier heil rauskomm, schreib ich eine Klassenarbeit:
Mein schönstes Ferienerlebnis ... clock, clock ... ewig diese Promenade ... clockdiclock, clickediclock ... Fred Astaire auf Haldol
... wenn ich nur wieder frei laufen kann ... hatte kaum Gelegenheit zu üben ... wird besser, versprochen ... clock, clock ... ich
geh in die Beinschule und mach mein Beinabitur ... clock, clock
... ob der Doktor schon wach ist? ... wenn er überhaupt geschlafen hat ... der Wachhund ... hat mich ziehen lassen ... wieso?
Meint er, ich käme zurück, freiwillig? Niemals. Nie im Leben. Dieses Kapitel ist zu Ende. Das Buch zu ... clock, clock ... für eine
Zigarette geh ich meilenweit ... clock, clock ... wir machen den
Weg frei ... clock, clock ... ja, dann macht mal ... clock, clock ...
den Leonberger Weg ... schalala Bacardi Rum ... mit meinem
Holzbein kann ich bestimmt gut Eiswürfel crushen ... clock, clock
... bezahlen auch Sie mit Ihrem guten Namen ... clock, clock ...
ich hab doch schon bezahlt ... clock, clock ... solutions for a small
planet ... clock, clock ... mein Haus, mein Auto, meine Yacht ...
clock, clock ... jetzt ein Magnum Mandel ... clock, clock ... hallo,
bitte ein Magnum Mandel, ich bin ein Kind meiner Zeit ... clock,
clock ... gleich kommt Halle Berry aus dem Wasser, dann sag ich:
Mein Name ist Blume. Thomas Blume ... clock, clock ... diese
trauten Papageien im Kopf, bitte plappert weiter ... clock, clock
... die Hotels ... noch ein Stückchen ... Blume, du schaffst es ...
clock, clock ... Jamaika ist mehr als Rum und Reggae ... bestimmt
... ganz bestimmt ...

Mir schien, die Promenade sei aus Papier, da musste ich lachen bei der Vorstellung. Als hätte ich einem Reiseführer die Seiten ausgerissen und mir unter die Füße geklebt. Als ich das erste Hotel erreichte, die Sonne war inzwischen da, quoll eine Reisegruppe, Durchschnittsalter sechzig, aus der Empfangshalle. Ein schicker Bus gähnte noch verschlafen auf dem Hotelparkplatz. Der Fahrer trug ein verschwitztes Hawaiihemd und gähnte mit.

Ich machte Mimikry neben einer Palme und lauschte. Die Reiseführerin sprach in durchdringendem DOITSCH.

Das ist heute ein besonderer Tag für Sie. Sie werden heute, zum ersten Mal seit unserer Abfahrt, selbständig einen Tag verbringen ...

KollektivKikeriki

Seit 1993 ist hier ein Anstieg der Verbrechensrate festgestellt worden, wobei auch Überfälle auf Touristen zunahmen. Vier große Kreuzfahrtlinien haben Jamaika aus ihrem Programm gestrichen. Doch ist Jamaika kein Land, in dem man ständig Angst um seine Wertsachen haben muss. Natürlich wissen auch die jamaikanischen Diebe, dass Touristen relative Reichtümer besitzen, deshalb gilt als oberstes Gebot: Niemals zeigen, dass man Wertvolles mit sich trägt. So gehört der Fotoapparat nicht lässig vor den Bauch gehängt, sondern in eine neutrale Tasche. Noch besser wäre es, wenn sich die Tasche zusätzlich mit einem Hüftgurt befestigen ließe. Damit wird das schnelle Herunterreißen verhindert. Die Wertsachen, wie Flugticket, Pass, Schecks, gehören an den Körper. Wer dies alles in einem Brustbeutel verstauen möchte, sollte sich einen besorgen, der einen so langen Halsriemen hat, dass man den Beutel zusätzlich noch vorne in die Hose stopfen kann. Ein Hosenbeutel also. Gut sind auch breite Hüftgürtel, in die alles Wichtige hineinkommt und die unter dem Hemd getragen werden. Sehr gut sind auch kleine Taschen, die man von innen an den Gürtel hängt. Achten Sie darauf, dass die Tasche oder der Hosenbrustbeutel aus Baumwolle oder Leinen ist, damit der Schweiß aufgesogen wird. Brustbeutel aus Kunststoff können bei Hitze unangenehm scheuern. Ein Geldbeutel bietet zusätzliche Sicherheit. Hier bewahren Sie Reservescheine, große Dollarnoten und die Quittung der Reiseschecks auf. Schmuck oder teure Uhren sollten Sie gar nicht erst mitnehmen.

Zum Verhalten in der Stadt: Wenn Sie sich jetzt frei bewegen, Folgendes: Wer sich in den Straßen auf Schwarzmarktgeschäfte einlässt, sollte sich an seine eigene Nase fassen. Niemals darauf eingehen! Das ist hundsgefährlich, ich kann das nicht drastisch genug sagen. Aber Sie müssen sich keine Sorgen machen, wenn Sie sich an die Regeln halten. Denken Sie daran: Lassen Sie Ihren Verstand nicht im Hotelzimmer liegen, nehmen Sie ihn mit!

KollektivKikeriki

Provozieren Sie keine Überfälle durch Herzeigen von Reichtümern! Vergessen Sie nicht, dass das soziale Gefälle immens groß ist, spielen Sie nie den Helden, das rächt sich! Wenn Sie auf der Straße jemand liegen sehn, leisten Sie keine Hilfe, gehen Sie zügig weiter! Im Falle eines Falles: Wenn Sie Ihren Verwandten in Deutschland einen Hilferuf senden wollen, die Vorwahl ist: 00 18 09. Und jetzt: Genießen Sie den Tag in Kingston!

Tosendes Gegacker. Der Bus furzte vernehmlich, öffnete seinen ungegurgelten Mund und verschluckte die frühen Senioren, dann begann er den Arbeitstag und zeigte mir seinen stattlichen Auspuff. Auch eine Art zu reisen, dachte ich. Hätte ich damals doch schnell noch umgebucht, Heizkissenfahrt in die Karibik, ich wäre noch heile. Etwas irritierte mich kurz. Die Reiseleiterin und ihr Text. Den hatte sie so parat, das klang wie vom Teleprompter, und das Gegacker der Hawaiihühner: unisono, auf Stichwort ... Konnten das Angehörige der Firma sein? Machte Salt&John in Busreisen auch? Nein. Nein. Die hier waren echt. Schrecklich liebenswert echt.

In meinem Werbekittel hockte ich am Palmenstamm und sah zu, wie der Tag in die Gänge kam. Aus der Drehtür des Hoteleingangs wurde ein Ehepaar geschleudert, beide in Joggingdress und Basecap. Kaum hatten sie das Portal verlassen, holten sie mit ihren Armen rabiat Schwung, die Beine stramm, lächelten sich taufrisch zu: It's great powerwalking before breakfast, als drehten sie hier Werbung für sich selbst. Glückliche Urlauber. Heißt doch so: Sommerfrische. Irgendwoher muss dieser Ausdruck ja stammen. Die beiden wussten das. Von Frische konnte bei mir ... Die Frau von der Reiseleitung hatte schon richtig bemerkt, dass Kunststoff scheuert und den Schweiß nicht aufsaugt.

Mir war klebrig und zittrig wie nach einer durchgemachten Nacht, zudem: Breakfast! Der Speichel lief mir zusammen. Jetzt einen zivilisierten Happen essen, was gäb ich darum ... einen zivilisierten Kaffee, zwei, drei zivilisierte Kaffee ... eine zivilisierte Kanne ... eine Wanne ... am liebsten einen ganzen Ozean.

Ein kleiner Pickup hielt in einiger Entfernung, ich sah, wie zwei Rastaboys weiße Gartenstühle und -tische abluden und eine Art Strandcafé aufbauten, Sonnenschirme dazu, einen Kühlwagen und ein paar Thermoskannen. Geübte Handgriffe. Der eine blieb, der andere fuhr weiter den Strand hinauf, der hatte noch ein zweites Café auf der Ladefläche. Boy eins schaltete einen kleinen Ghettoblaster ein, und, was sonst – der Tag in Reggaemaika hatte seinen Dudel. Ich schleppte mich zu ihm hin, und mit ein bisschen Lächelei schnorrte ich mir zwei Becher Kaffee zusammen, eine Golden American gab es obendrein, das schmeckte königlich.

Die Promenade füllte sich. Familien mit Frisbees und Gummibooten, Inlineskater, zwei Einradfahrer mit Keulen, Flaneure, die Hände lässig auf dem Rücken verschränkt, Solariumtypen mit Waschbrettbauch, verpickelte Teenies und hübsche, dazu schepperte Ziggy oder Bob aus dem Ghettoblaster, der Rastaboy wippte geländegängig mit seinem Freundeskreis, was er wirklich gut tat, im Vergleich zu einigen Neuankömmlingen, die gestern ihren ersten Sonnenbrand eingefangen und auch sonst noch nichts im Becken hatten. Aber das kann ja noch werden. Nach zwei Wochen Jamaika sieht das sicher hüfte aus.

Das also sind Urlauber, dachte ich. Urlauber. Ganz normale. Sommerfrischler. Erholungssuchende. Sonnenanbeter. Die fahren hier hin und finden, was sie suchen. Fabelhaft. Alles war so schön normal, ich hätte heulen können vor Freude. Welche Beschäftigungen hatten sich die Menschen ausgeklügelt, um sich fern zu halten von Tortur und Schmerz! Sie liefen am Strand hin und her und fanden das irre, warfen sich bunte Bälle, Plastikscheiben und Keulen zu, hielten ihre Bäuche in die Sonne, dann hielten sie ihre Rücken in die Sonne, dann hielten sie wieder ihre Bäuche in die Sonne, dann sprangen sie kurz ins Wasser, um dann ihre Rücken in die Sonne zu halten. Nach allem, was ich sah, wusste ich: Hier, mein Freund, hier gehörst du hin. Hier will ich bleiben. Wer von denen wusste, dass nicht weit von hier, hinter einem Stacheldraht, 500 namenlose Seehunde im Sand lagen?

~

Nur wenige Meter von mir entfernt schlenderte ein Mädchen. Sie trug einen weißen Minirock, ein weißes Polohemd dazu, eine Basttasche baumelte von ihrer Schulter. Schlanke, zierliche Figur. Sie war auf dem Weg zum Strand.
DIE HIER!?!
Ich stolperte, ohne zu überlegen, hinter ihr her. Da ich mich nicht traute, ihr auf die Schulter zu tippen, umrundete ich sie und versperrte ihr den Weg.
PETRA WAS MACHST DU HIER AUF JAMAIKA?
Sie war verwirrt, im ersten Moment erschrocken. Fasste sich sofort an den Brustbeutel. Sie checkte mich kurz ab, runzelte dann ihre Stirn und wollte weitergehen. Wegwedeln wollte sie mich wie ein lästiges Insekt.
Sie hat mich nicht erkannt. Sie hat mich einfach nicht erkannt. Aber ich habe sie erkannt. Da gab es keinen Zweifel.
Thomas: Moment, geh doch nicht weiter … Petra … du bist doch Petra … ich bin's … Bloom … Blume … Thomas … Thomas Blume. Erkennst du mich nicht? … Wir sind zusammen ins Gymnasium … DAMALS.
Sie blieb stehen jetzt und starrte mich entgeistert an.

Petra: Nein ... Nein ... das kann nicht sein ... das glaub ich einfach nicht ... du? Thomas?

Thomas: Ja, Thomas ... ich hab dich gleich erkannt ... wenn das kein Zufall ist ...

Petra: Thomas? Wie siehst du denn aus?

Ihr Blick wanderte an mir herab.

Petra: Mein Gott!!!

Thomas: Ein Badeunfall.

Warum schaute sie mir nicht ins Gesicht? Warum nur auf mein schwarzes Souvenir? Bückt sie sich gleich, um zu beten? Als ob mein Holz die Unterhaltung führte und ich der schüchterne Freund im Hintergrund, der immer nur mitgeschleift wird und so tut, als gehöre er gar nicht dazu.

Thomas: Wie kommst du hierher?

Sie war noch immer total verdattert, schluckte dauernd rum, und ich sah, dass sie raue Lippen und eine trockene Kehle bekam.

Petra: Ich mache eine Kreuzfahrt auf dem TRAUMSCHIFF ... Gott ... Thomas ... wie siehst du denn aus?

Thomas: Wieso fährst du mit einem Schiff?

Fast hätte ich gesagt, rette mich, Petra, rette mich. Sie sind hinter mir her, ich bin an die Mafia geraten, an einen Geheimbund, der Menschen zu Seehunden macht, ich bin auf der Flucht, nimm mich mit, ich bin ein Wrack, ich muss mich ausschlafen, damit ich wieder klar denken kann und zu Kräften komme. Aber etwas hielt mich zurück. Hätte ich sie besser nicht angesprochen? Es sind in letzter Zeit zu viele Dinge passiert, die mir schädlich waren. Hätte ich besser abgewartet, länger die Leute beobachtet, vielleicht steckte hinter dieser Pauschaltouristenfassade etwas Salt&Johnniges. Jetzt war es zu spät, und ich hatte es mir selbst eingebrockt. Gehörte Petra auch dazu? Abteilung Pauschaltouristen. Kopfgeldjägerin von Doktor Cloque? ... Ganz und gar absurd, aber konnte ich sicher sein? Ich war es zu dem Zeitpunkt nicht.

Dann holte ich ein Schiff aus meiner Hirnbuddel, zog es aus dem Flaschenhals, hielt es in Händen: Das TRAUMSCHIFF! Sie hatte mir doch davon erzählt, *damals*, im Reisebüro, in dieser Stadt, dieser ... Petra ist fast zur gleichen Zeit in See gestochen wie ich, die Arrabal und das Traumschiff hatten dasselbe Ziel: Jamaika. Und die Petra saß auf dem anderen Dampfer. Auf dem richtigen, wie mir schien. Das Schicksal hatte mir ein Stück Heimat an den Strand gespült. Leichte Beruhigung. Erste Entwarnung. Die Petra ging mit rechten Dingen zu.

Thomas: Du bist in Hamburg los?
Petra: Ja.
Thomas: In Hamburg?
Petra: Ja.
Thomas: Hansestadt Hamburg?
Petra: Jaa.
Thomas: Welches Dock?
Petra: Was fragst du!?
Thomas: Welches Dock!
Petra: Das ist doch egal.
Thomas: Und heißt immer noch Petra?

Pause. Palmen.

Wir standen voreinander wie zwei trockene Russischbrotbuchstaben, keiner wollte den ersten Schritt tun, wir standen voreinander und drucksten die Sekunden herum. Die Begegnung, die war nicht unsere ... die gehörte uns nicht. Wir zwei, in Astronautenanzügen im All. Ein Handschlag ein Tag harter Arbeit. Nichts geht wie unten auf der Erde, wo man schnell auf Seite springen kann, wenn jemand vorbei will. Jeder Wimpernschlag ein Ringen um Schwerkraft.

Petra blickt in die Palmen. Thomas auf ihre Beine.

Das Ganze wie hingestellt. Ich tastete die Umgebung ab, aus den Augenwinkeln. Wurden wir beobachtet? Von Paparazzis, die in Strandkörben versteckt ihre fetten Teleobjektive auf uns richteten? Morgen würde unser Bild auf den Titelseiten erscheinen: »Klas-

sentreffen« würde fett darüber stehen, das Foto würde etwas verwaschen und verschwommen aussehen, heimlich abgelichtet, wie
die Fotos von Ufos, Diana Obenohne oder Nessie, dem Ungeheuer vom gleichnamigen Loch. Dieses Dritte Auge begleitete
mich seit Reiseantritt, zuerst fiel es mir auf beim Möwenfüttern,
das Dritte Auge, das alle meine Bewegungen der Weltöffentlichkeit
zugänglich machte. Nie war ich allein und für mich. Von irgendwoher waren sicherlich Mikrophone auf mich gerichtet, lange
Stangen in Bernhardinerfell, die über Kilometer den Beschatteten
aushorchen konnten, und wenn das nicht half: Wanzen subkutan.
Oder in meine Kleidung eingenähte Kletten. Unsinn, Thomas,
Unsinn, du bist nur durch.

Petra: Wollen wir . . . nichts trinken?
Ich nickte und war heilfroh.
Wir gingen zu dem mobilen Café, der Rastaboy erkannte mich
gleich und lachte. Wie der lachte. Wo lernen die diese Lache. Ich
wollte mich so schnell wie möglich an einen der weißen Garten-
tische setzen, dass ich endlich meine Prothese wegstellen konnte,
dann musste Petra mit meinem Gesicht reden.
Thomas: Ich habe gar kein Geld bei, kannst du mir auslegen?
Petra: Warst du noch nicht in der Wechselstube? Auf dem Traum-
schiff ist eine.
Thomas: Muss ich noch.
Petra: Jetzt sag. Was ist passiert?

Pause. Palmen.

Thomas: Kannst du mir Zigaretten kaufen, ich würde so gern eine
rauchen.
Petra: Hast du keine eigenen?
Thomas: Im Moment nicht.
Petra: Wie kommt's?
Thomas: Hab im Meer gebadet. Jemand hat meine Sachen ge-
nommen.

Petra: So.
Thomas: Ja.
Petra: Ich will mir das Rauchen abgewöhnen. Ist ungesund.
Thomas: Ungesund. Ja, ja.

Wir schlürften einen Eistee mit misstrauischen Strohhalmen. Dann kramte Petra umständlich eine volle Schachtel Camel lights aus ihrer Basttasche. Gab mir eine, steckte sich auch eine an, und wir rauchten sie auf, ohne etwas zu sagen. Schauten uns aus den Augenwinkeln tastend an, lachten ganz unmotiviert oder lächelten, schüttelten ungläubig den Kopf dabei, sonst schauten wir in den Tee oder in die Palmen. Meine Plane scheuerte extrem, ich scheuerte zurück und juckte mich an der Rückenlehne. Petra spielte mit der Zigarettenschachtel, studierte immer und immer wieder die Werte, den Spruch der Gesundheitsminister las sie sicher zwanzig Mal. Die Sonne stand im Zenit jetzt. Mittagszeit. Ich blickte nach oben, ob nicht ein Pferd ...

Petra: Palmen ...
Thomas: Hmm ...
Petra: Dass man die nicht mitnehmen kann ...
Thomas: Hmm ...
Petra: Geht dir das nicht so? Immer im Urlaub will ich immer was mitnehmen für zu Haus.

Thomas schaut unter den Tisch.

Petra: Entschuldige.
Thomas: Schon gut.
Petra: War nicht so gemeint.
Thomas: Kein Thema.

Sie rührte mich an auf eine ganz ferne, ferne Art, als ob etwas weit Zurückliegendes nach mir greifen wollte. Zarte Algen, die den geschundenen Fisch umspielten ... Anemonen ... Schlingpflanzen

am trägen Sonntagnachmittag ... eine Kleinstadt in Kaffeelaune ...
Petra ... die Erinnerungen schwammen plötzlich in Süßwasser ...
Petra ... Ich wollte diesen Moment so lange hinauszögern wie
möglich. Dieses Zusammensitzen und Rauchen, es war sehr, sehr
schön. Und nichts reden. Das wird alles aufgezeichnet und kann
gegen dich verwendet werden. Also: noch eine rauchen und noch
eine. Und Eistee schlürfen. Bitte, lieber Herrgott, lass das dauern,
ich brauche so dringend eine Atempause.

Petra: Was ist passiert?
Thomas: Ich bin doch jetzt hier.
Petra: Was passiert ist.
Thomas: Schön, dass du da bist.
Petra: Sag schon.
Thomas: Du hast dich kein Stück verändert.
Petra: Ist das ein Kompliment?
Thomas: Nein. Nein. Es ist so schön. Bleib so.
Petra: Aspirin?
Thomas: Nein, nein. Du verstehst mich nicht. Wenn man die Welt
anhalten könnte. Und die Menschen dazu. Die sollen sich nicht
von der Stelle rühren. Die sollen bleiben, wie sie sind. Wenn ich
deine Haare seh und daran denk, dass sie morgen länger sind, ich
könnt wahnsinnig werden.

Lange Pause. Palmen.

Thomas: Und ... Frechen. Steht alles noch an seinem Platz?
Petra: Was soll sich tun?
Thomas: Hast du noch Kontakt zu unserer Stufe?
Petra: Es sind alle noch da. Der Udo studiert Jura im Herbst. In
Münster.
Thomas: Udo? Welcher Udo?
Petra: Udo Wronka, der Badmintonspieler, du weißt schon.
Thomas: Der mit dem Schnäuzer, der Rothaarige?
Petra: Das ist Thorsten, nein, Udo, der hat sich doch mal das Schlüs-

selbein gebrochen, auf dem Grillfest. Sag mal, hast du alles verges-
sen? Das ist doch erst zwei Monate her.
Thomas: Der studiert Jura. Der. Jetzt schon.
Petra: Genau. Der Udo. Wurde ausgemustert. Herzklappenfehler.
Thomas: Schön, wie du das sagst.
Petra: Geht's dir nicht gut?

Gut, dass wir an einem Tisch saßen. Denn während wir oben plau-
derten, zoomte eine Kamera auf die stumme Begegnung unten. Da
starrte ihr schönes Knie auf meine Holzprothese, schnupperte zaghaft, suchte nach Wurmstichen, schüttelte das zarte Gelenk und
schlug es damenhaft über das andere. Mir wurde bewusst, dass ich
meine Knie nie mehr so elegant übereinander schlagen würde. Wie
ihre Beine so fehlerlos übereinander knickten . . . Schämte sich
mein Ebenholz seiner minderen Qualität? Wünschte es sich, aus
einem anderen, noch edleren Material zu sein? Aus Fleisch vielleicht? Wie ein benutztes Streichholz, das unter die silbernen Zip-
pos geraten war . . .

Thomas: Und es hat sich auch nichts verändert in Frechen?
Petra: Die Bäckerei Hilfer hat jetzt ein Bistro.
Thomas: Bistro.
Petra: Ja. Ein Bistro.
Thomas: Das freut mich für die Bäckerei. Wirklich.

Am liebsten würde ich auf einer Modelleisenbahn leben, dachte
ich. Im kleinen Wärterhaus neben den Schienen. Dann wär die
Welt so groß wie eine Tischtennisplatte und die Bäume wären aus
grünem Plastik. Oder in einer Autowaschanlage. Jeden Tag ge-
spritzt, gebürstet und gefeudelt werden.

Thomas: Und? Du bleibst noch in Frechen? Du bleibst noch?
Petra: Nur noch das Praktikum. Dann bin ich weg.
Thomas: ????
Petra: Na, ich arbeitete doch in Frechen, im Reisebüro, das einzig

Gute sind die Prozente. Kannst für fast umsonst in Urlaub fahrn, Nachsaison kriste nachgeschmissen. Die Kreuzfahrt, die ich jetzt mach, meine Eltern zahlen nur 50 Prozent. Supergünstig.

Thomas: Deine Eltern sind auch hier?

Petra: Sie machen einen Tagestrip nach Kingston.

Thomas: Wohnst du immer noch in der alten Wohnung?

Petra: Neben der Eisdiele am Freibad.

Thomas: Gleich bei deinen Eltern.

Petra: Ich kann ihnen ins Schlafzimmer schaun, wenn meine Mutter die Betten ausschüttelt. Könnt kotzen.

Thomas: Die Welt ist klein.

Petra: Hmm.

Pause. Palmen.

Ich will zurück, dachte ich. Nach Haus. In mein Kinderzimmer. Nachsehn, ob's noch steht. Petra, ich hab so eine düstere Ahnung, dass es nicht mehr steht. Wenn ich zurückkomm und in mein Reihenhaus will, ist nichts mehr da. Nur die Fassade. Ich drück die Klingel, und es klappt nach hinten um. Ich will nochmal anfangen. Alles rückgängig machen. Mich in mein Bett legen. Und schlafen. Schlafen will ich. Tagelang. Wochenlang. Wadenwickel und viel Tee mit Zitrone. Dass die Kopfschmerzen aufhören. Dass alles so wird wie früher.

Aus Versehen stieß sie mit ihrem Knie gegen meine Prothese, sie wurde rot im Gesicht und sagte: Entschuldigung, dann steckte sie sich ganz schnell eine Zigarette an, viel zu viele für eine, die sich das Rauchen abgewöhnen will.

Petra: Hast noch Kontakt zu deinen Eltern?

Thomas: Zu wem?

Petra: Zu deinen Eltern. Du hast keinen Kontakt?

Ich wollte gerade sagen: Natürlich, ich ruf sie gleich an, um zu sagen, dass ich noch lebe, ich seh sie vor mir, als sei ich gar nicht weggewesen – doch ein Kribbeln im Bein trübte mein Gedächtnis.

Was war nur los?

Wie lange war ich weg?

Eine Ewigkeit.

Es fällt mir so schwer, mich zu erinnern.

Was kribbelt denn hier so?

Vom Tisch gegenüber kam lautes Geplärre. Eine fette Amerikanerin mit ihrem noch fetteren Mann und zwei fetten Gören. Als sie den Mund aufmachten, kamen sie nicht aus Amerika, sondern aus dem Rheinland. Sie stritten sich über die richtige Bedienung einer Videokamera, die sie eben erst zollfrei erworben hatten. Die Kinder wollten auf irgendwelche Knöpfe drücken, aber Mami stieß sie weg und reichte das Ding dem Papi rüber. Der war gleich im Bild, setzte das Teil in Betrieb – doll! Doll! Jez biste drin, Hanna, jez hab isch disch ... kannz ja an dem Bakadi nuckeln – und filmte wild drauflos, Ferienerinnerungen, die sicher bald im Regal standen, über dem Fernseher, neben dem Messingeiffelturm und dem Set Schnapsgläser. Lurens, wie die Mami drinkt! Dat war op Jamaika! Da jabet Palmen! Am Nebentisch saß 'n einbeiniger Typ mit 'nem Mädel aus Freschen, da! Lurens, wie der da sitzt! Und dann kam der fette Papi zu uns an den Tisch, hielt mir die Kamera hin und bat mich, ihn im Kreise seiner Familie zu filmen. Mein Bein juckte. Ich dachte, er überreicht mir ein Album, ich soll ihn erschlagen und hineinpressen und seine Familie gleich mit, mein Bein jaulte auf, ich schwitzte, nahm die Kamera, hielt sie in die Luft wie eine Handfeuerwaffe, die Familie lächelte und zog an vielen Strohhalmen. Sin mir och drop? Hamse unz och wirklisch drop?, fragte der Vater nach, weil ich nicht ins Visier kuckte, sondern das Ding nur von mir weg hielt, ja, ja, ja, gab ich zur Antwort, jajaja, Sie sind alle drauf, verewigt, verewigt, schrie ich, ich hab Sie verewigt! Sie lachten, die Kinder kreischten, ich drückte den Abzug, hievte den Küchenschrank hoch, legte sie drunter und ließ los. Jenießen Sie Ihre Ferien, sagte der Familienvater, fett wie vorher, ich sagte yes und wedelte eine Wespe weg.

Petra: Die fahren auch auf dem Traumschiff, kommen aus Ehrenfeld.
Thomas: Echt.

Pause. Palmen.

Petra: Kann ich dein Schiff mal sehn?
Bloom: Warum?
Petra: Was Exklusives?
Bloom: Ja. Die nehmen nicht jeden.
Petra: Wie du willst.
Ich weiß nicht, wie lange wir so gesessen, die Sonne kletterte über
den Himmel, sie zeigte weit über Mittag.
Petra: Und, wie oft habt ihr eure Hemden gewechselt?

Pause. Palmen.

Thomas: Entschuldige bitte.
Ich wedelte mir mit der Plane Frischluft zu. Petra wurde rot und
schaute weg. Ich hatte verstanden. Der Wind stand ungünstig. Ich
ruckelte beschämt auf meinem Sitz herum. Die verdammte Plastikplane, ich schwitzte wie ein Tier. Unter den Seeleuten hatte ich
den Gestank irgendwann vergessen. Jetzt, in ihrer Niveagegenwart,
roch ich es selbst. Sie hat schon immer gut gerochen. Einen guten
Riecher, die Petra. Was Feines hatte sie immer. Gepflegt. Trug Halstücher aus Seide. Und den Kopf immer etwas nach oben. Hat sich
die Männer richtig ausgesucht. Finger drauf, den will ich, den
nehm ich. Geangelt. Und angebissen haben sie. Männer mit Auto,
Männer, die schon studierten, was Interessantes, Medizin oder Jura,
einmal sogar einen Schauspieler, der in ganz modernen Stücken
spielte, mit Ausziehn und so.

Petra: Du brauchst unbedingt eine Dusche. Dich frisch machen.
Ich bin sicher, wir finden eine Lösung. Auf dem Traumschiff gibt
es alles.

Thomas: Ihr habt Duschen auf dem Schiff? Mit warm Wasser?
Petra: Thomas, in welcher Zeit lebst du eigentlich?
Thomas: Fragst du dich das nie?

Pause. Palmen.

Thomas: Dieses Schiff, dieses Traumschiff, was ist das für ein Schiff?
Petra: Du würdest dich nur langweilen.
Thomas: Habt ihr einen Schiffsarzt?
Petra: Nicht nur einen. Wir haben ein kleines Krankenhaus.
Thomas: Wie heißt der Oberarzt?
Petra: Frag ihn doch. Wenn du magst, zeig ich dir das Schiff. Aber nur, wenn du mir deins zeigst.

Pause. Palmen.

Während ich darüber nachdachte, wie ich sie am besten andocken könnte, in Bezug auf meine Rückreise mit dem Traumschiff, während ich mich schon hineinhoffte zwischen die Rentner und ihre Brustbeutel, verspürte ich wieder ein leises Ziehen, ein Kribbeln in meinem linken Bein. Ich nahm es erst nicht ernst. Das war ja nichts Neues, dass mein Beinchen muckte. Kamen die Phantomschmerzen wieder? Warum gerade jetzt? Warum hier? Warum störten sie mein schönstes Ferienerlebnis? Konnten sie nicht Ruhe geben, jetzt, wo Rettung in Sicht war? Komisches Kribbeln ... die Phantomschmerzen ... bisher fühlten sie sich anders an ... als ob das Holz atmen würde ... als ob ... das Holz eine kleine Lunge bekommen hätte und nun fiebrig nach Luft schnappte ... dieses Kribbeln ... was sollte das? Was ging da vor unter dem weißen Urlaubstisch?
In welchem Bühnenbild befinde ich mich hier? Ich tret gleich gegen die Deko. Irgendwas mit Jamaika. Sicher? Woher wusste ich, dass dies tatsächlich Jamaika war? Was hatte ich bisher gesehen von Jamaika? Wenn es ein falsches Jamaika ...? Irgendeine Insel, die die Reederei Salt&John gekauft hatte für ihr Spiel? Ich dachte an die

Galeere, das Drachenboot, die Yacht, die Erleichterung, als ich die Radaranlage gesehen hatte, und die Quittung danach ... Wie konnte ich herausfinden, ob nicht alles annektiert war von Cloques Gefolgschaft? Wenn die Reederei größere Ausmaße hatte, als bisher angenommen? Wenn sie sich nicht beschränkte auf die kleine Hafenanlage? Wenn sie inselweit, karibikweit, weltweit ... ?

Jetzt nicht durchdrehen, nicht jetzt, schön aufrecht sitzen, immer denken: Es ist schön hier. Die Unterhaltung ist wundervoll. Schön unterhalten. Keine unüberlegten Handlungen. Dir geht es gut. Du wirst eingeladen. Du musst deine Chance nutzen. Soll ich Petra die Wahrheit sagen? Soll ich sie bitten, mir zu helfen? Aber sie will mir ja helfen. Die war doch nie hilfsbereit, warum jetzt?

Petra lächelte und drückte ihre Zigarette aus. Ich sah die Lippenstiftreste auf dem Filter. Und noch etwas bemerkte ich: Sie rauchte die Zigarette nicht bis zum Ende. Da waren noch gut drei Züge dran. Wenn ich nicht die volle Schachtel auf dem Tisch liegen gewusst hätte, ich hätte den Stummel noch mal angemacht. Wer kann wissen, wann es den nächsten Tabak gibt? Ich musste an Heinrich Böll denken, der auch noch 1970 die R1 stangenweise gekauft hat, obwohl der Zweite Krieg schon lange aus war.

Petra: Noch Tee?
Thomas: Mh.

Sie stand auf und ging zu dem Rastaboy mit den Getränken. Kannten die sich? Ich starrte auf ihre Beine ... zwei lange, glatte, weiße, die aus dem Minirock kamen. Vor ihr bestellte eine feiste, jetzt aber wirklich Amerikanerin Bacardicola, ihre feisten Schenkel sprengten die feiste Bermudahose, und die Cellulitis war noch das Schönste an ihr. Was hat die Petra schöne Beine, dachte ich, fest und glatt ...

Als sie mit den Tees zurückkam, steckten wir uns wieder Camels an. Kaum hatten sich unsere Beine arrangiert unterm Tisch, ging das seltsame Kribbeln wieder los, diesmal weitaus stärker. Hatte das Gefühl, meine Prothese wollte sich ausdehnen, an Volumen zunehmen, wachsen ...

Dann schlürften wir unseren Tee. Dann fing Petra plötzlich komisch an zu zittern. Und dann schaute sie mir auf einmal fest in die Augen.

Petra: Weißt du eigentlich ... ich war mal richtig in dich verliebt.
Thomas: Echt?!

Pause. Palmen.

Thomas: Das hab ich nie gemerkt.
Petra: Du hattest halt deine Schule.

Pause. Palmen.

Thomas: Und die ganzen Typen da, die du immer ...
Petra: Du wolltest ja nicht.

Die Pausen und Palmen hören jetzt sehr interessiert zu.

Thomas *klammert ihre Handgelenke*: Petra, du musst mich mitnehmen, versteck mich, versprichst du mir das, versteck mich in deiner Kajüte, versprichst du mir das, ich hab keine Papiere mehr, die liegen in Hamburg in einem Spind, das Bein, sie haben es mit einer rostigen Säge abgeschnitten und mich dann beglückwünscht, verstehst du, beglückwünscht, der Arzt hat mich beglückwünscht, die ganzen Seelöwen haben mich angesehn wie einen Popstar! Du versteckst mich jetzt auf dem Traumschiff, und dann rufen wir die Polizei, sie müssen nur zu dem Stacheldrahtstrand, da liegen 500 von ihnen, wir müssen sie aufhalten, sonst werden sie immer mehr, verstehst du?
Petra:
Thomas: Sag der Polizei, sie haben eine Zentrale. Die ist da vorne, den Strand runter, keinen Kilometer von hier. In der Zentrale treffen sie sich. Alle. Die Zentrale heißt: GLOBAL FISH.

Mein Holz bekam eine Gänsehaut. Die Späne kräuselten sich und richteten sich auf. Ich ruckelte auf dem Stuhl herum, um mich irgendwie abzulenken, rieb und schrubbte mit den Handflächen an meiner Prothese entlang, dann tätschelte ich sie wie einen winselnden Hund, dessen Zunge schon auf den Boden hing und von Speichel troff. Ganz ruuhig, ruuhig, jaa, Holzi, braav, Platz jetzt, Holzi, Platz ... doch der Hund gab keine Ruhe ... er kläffte und stellte sich auf seine Hinterpfoten, dann wälzte er sich auf dem Boden ... was denn, was denn ... was bist du für ein Holz, misch dich aus meinen Angelegenheiten, aus jetzt, aus!

Wennsss du mich schon anssssprichsst, Bloom, hörte ich da das Hölzlein kläffen, dann will ich mich vorssstelln. Wenn du dich bittessssehr erinnersst: Ich bin heut morgen tsssurückgessswommen tsssu dir. Diessssesss Feuer isst eksssstrem unangenehm, da mussst ich mich tsssusssammennehmen, wenn du verssstehsst: meinen Willen mit Asssbesst aussskleiden, damit ich überleb. Du ssssiehsst, ich bin nicht tsssum Ssspasss hier. Ich gehe meiner Pflicht nach, und die heisst: dir tsssu folgen auf Sssritt und Tritt, auf Sssritt und Tritt. Erssster Sssritt: Dasss Blümchen erinnern, dasss er Ssseemann werden sssoll. Wasss tusst du hier? Aussssbüchsssen? Ssssuchsst eine Mitfahrgelegenheit insss Kinderzimmer? Mit der Ssslampe da? Willssst ssie ficken? Ficken? Du? Wenn du wasss ficksst, dann fick eine Hafenhure, dasss gehört tsssum Programm, du bisst ein Ssseemann auf Landgang ... nicht ssso eine Landpomerantsssse ... die isss Gift für dich, Bloom, Gift ... sssieh dich vor ... du täuschessst dich massslosss ... für ssso Fessstlandsssslampen isss dein Körper nicht gemacht, ssie ham dir dein Fessstlandsssswänzel abgehackelt bei der Operatsssion ... hörsst du? Abgehackelt!!!

Mir rann der Schweiß. Der Köter unterm Tisch hatte Widerworte gegeben. Das musste ich unterbinden, sonst gab es noch ein Unglück.

Thomas: Petra, ich brauch erstmal, ich muss ... ich kann doch nicht alles ... wer ist denn jetzt dran?

Auf See kommen Frauen nur als Wolken vor, nur als Wolken!!!
Petra schaute sich nervös um.

Ich kaute auf dem Satz herum, stocherte meinen Stumpf in den Sand. Ich schlug nach dem Köter. Karate. Handkanten gegen den hündischen Stichler unterm Campingtisch. Was hatte er da gesagt? Mir kam ein schlimmer ... Sollte das Bein Recht haben? Sei ehrlich, was hast du die ganze Zeit gedacht, angesichts ihrer schönen Beine und dem, was in ihrem Minirock steckt? Was? Ich gab eine Vermisstenanzeige heraus. Hundestaffel. Eine Hundertschaft durchkämmte das ganze Gelände. Ich stellte mir unangenehme Fragen. Was war los seit dem toten Pferd? Es stimmte doch, seit meinem Unfall hatte ich nicht mehr, nicht mal eine Morgenlatte bekam ich mehr, die Träume und Fieberanfälle kreisten nie ums Ficken, da ging es um Leichtathletik. Was für ein Pferd war da bloß auf mich herabgekommen? Mir wurde ... Instinktiv legte ich meine Hand auf die Plane. Wo zum ... ? Wo steckte er nur? War er .... ? Der Kugelfisch hat ihn geschluckt! Der Schweiß legte sich auf meine Haut wie feuchte Küchenrollen.

Hast du was? Ist dir was? fragte Petra, die meine plötzliche Panik bemerkte, du bist ja ganz bleich, soll ich einen Arzt ... ?

Ich dachte gleich an Doktor Cloque, bestimmt stand sie mit ihm in Verbindung. Nein, nein!!! Nicht nötig! Ich bin nur müde! Außerdem hab ich seit Tagen nichts gegessen, ich bin einfach nur ausgehöhlt, die Sonne dazu, das geht vorbei, keinen Arzt, keinen Arzt!

Soll ich dir einen Hot Dog holen, willst du was essen???

Ja, bitte, bitte, Hot Dog, ein Hot Dog ist gut, ich brauch was zu beißen, dann geht es schon wieder.

Zum Glück stand sie auf und setzte sich in Bewegung zum nächsten Hot Dog-Stand. Ich war jetzt allein. Die Fußbroichs am Nebentisch waren mit der Kamera, der Rastaboy mit einer gut gebauten Blondine beschäftigt. Ich legte meine Hand auf die Plane. Wo war er denn? Himmelherrgott, sie haben mir auch den Schwanz amputiert, da ist rein gar nichts, sie haben mir alles

genommen, ich muss mir ... langsam tastete ich am Plastik entlang ... wenn ich da jetzt reinlange, was finde ich vor?

Komm, Junge, das ist doch absurd, du bist nur durch, das ist alles,
das wäre dir doch aufgefallen, wenn etwas gefehlt hätte ... Aber die
Vorstellung von meinem Schwanz war nicht vorhanden, die Vorstellung war weg. Ich spürte etwas ganz Ekelhaftes da unten wachsen, eine krustige Wulst, eine schrumplige Hornhaut, eine alte ver-
schimmelte Rumkugel mit pelziger Oberfläche, in der Mitte das
Ende eines Plastikschlauches, den Doktor Cloque mir tunlichst
verschwiegen hatte. Der Doktor, er hat mir Genesung versprochen, mehr als das, eine glorreiche, eine ganz glorreiche Zukunft
hat er mir versprochen, fleischmachende Salbe hat er mir versprochen, um mich abzulenken von meiner Rumkugel, was fehlt mir
noch alles?

Im Hintergrund die affige Lache des Rastatypen, Gott, der vögelt
gleich die Tussi auf dem Eisteewagen, mit seinem Riesenschwul-
ler, die Typen ham doch solche Walfischpimmel, unkaputtbar, das
steht in jedem Jamaikaprospekt, der hat gut Eisverkaufen, und ich?
Verschwitzt am unteren Rand der Plane nestelnd, nicht in der
Lage, nachzusehn ... diese Hitze ... komm, komm, sieh nach ...
lass dich nicht irre machen ... langsam raffte ich die Plane hoch,
Millimeter um Millimeter ... jetzt war ich in Stumpfhöhe ... weiter, weiter, den Oberschenkel hoch ... in Erwartung einer üblen
Entdeckung ließ ich die Hand höhergleiten, jetzt kitzelte ich
meine verschwitzten Leisten, die waren immerhin noch da, das ließ
ja hoffen ... weiter, weiter ... die Plane hoch.

Dann fasste meine Hand besorgt zu, dort, wo es sein musste.
Dann umschloss sie ihn wie ein kleines Küken, damit es ja nicht
aus dem Nest falle: Er war noch da, winzig, in sich zusammen-
gerollt, verschwitzt und verängstigt. Mein Pullu. Ich schloss die
Augen und döste beruhigt ein. Gott sei Dank ... dem Himmel sei
Dank ... mein Kleiner ist noch da ... und die Schrumpelhodis
auch.

Als mich Petra mit der Hand unter der hochgerefften Plane antraf,
blickte sie gleich nach oben in die Palmen. Dann stieß sie fest ge-

gen den Plastiktisch, dass ich aus meiner Versenkung aufschrak und die Hand nach dem Hot Dog ausstreckte, feuchte Schamhaare an den Fingern.

Danke, vielen Dank, du weißt nicht, was für einen Gefallen du mir tust, sagte ich, worauf sie mich angewidert anschaute und fragte, ob es mir wirklich besser ging.

Du kannst gar nicht glauben wie, mir geht es großartig! Und hastig biss ich in die fettige, weiche Wurst, die der Konsistenz nach aus einer Brotmaschine geflutscht sein musste. Herrlich. Ich biss gierig in diesen Bäckerpimmel, gelb und rot lief mir der Ketchupsenf übers Kinn, du kannst dir gar nicht vorstellen, wie gut das schmeckt, ich hab seit Wochen nichts gegessen, was dem gleichkommt, mmmmh, zurück in die Zivilisation, Petra! Mein Gott, weißt du, was ich die letzten Wochen gefressen hab, was für eine himmelschreiende Scheiße, meine eigene Kotze hat besser gerochen als dieser Seim, jeden Tag Erbseneintopf, aber was für einer, traniger, madenverschmierter, pissiger Erbseneintopf, du … o Verzeihung, verzeih bitte.

Aus den Augenwinkeln hatte ich bemerkt, dass sie mit dem Würgen kämpfte, sie schaute verkrampft hoch in ihre Palmen.

Da meldete sich zurück mein Prothesenwauwau, diesmal deutlich bedrohlicher. Vorher noch Terrier. Jetzt Pitbull.

Hassst dich gantsss ssschön ersssreckt, wasss? Dasss isss lusssstig, wasss? Ich weich dir nicht mehr von der Ssseite, du! Hörssst du, ich bin dein Ssseksssstant, Bloom, ich sssage dir, wo esss lang geht, und im Moment gehtsss da lang, rechtsss runter die Ssstrandpromenade lang, losss, verpisss dich, sssonssst gibt esss ein Unglück, geh nicht auf dasss Traumsssiff, dasss isss dein Albtraumsssiff, dafür sssorg ich schon. Losss, Bloom, verpisss dich, komm wieder, wenn du ein grosser Ssseemann bist, jetsss verlasss diessen Platsss, geh tsssurück tsssur Arraball, dasss hier isst eine aus der Provintsss, eine Landpomerantsss, eine Reisssebüromössse, TUIfotssse, die heb dir auf für ssspäter, du bisst noch nicht reif.

Bist du jetzt endlich still, fauchte ich zurück, blickte dabei Petra an, still jetzt, ich will's nicht hörn, ich bin mein eigener Herr und kann tun und lassen, was ich will, STILL!

Ich biss in das Pappbrötchen, meine Lefzen sabberten und schlabberten wild nach diesem Schmacko, ich sah mich schon bellen und knurren wie ein Neufundländer aus der preisgekrönten Werbung. Ein ganzer Kerl war das, dieser heiße Hund unter Rastas blauem Reisehimmel, ausgehalten von einer pikierten Landpomeranze namens Petra oder Heidelind, was spielte das schon für eine Rolle. Ssslag sssie dir ausss dem Kopf!!! Ssslag sssie dir aus dem Kopf!!!! Ich stampfte mit dem linken Bein fest auf den Boden, um den Hund endlich zum Verkläffen zu bringen. Die Schnittstelle schmerzte. Ich jaulte auf. Er war nicht totzukriegen. Ich saß in der Klemme, mein Verhalten verlor alle ...

Thomas: Soll ich dir von den Nutten erzählen, im GLOBAL FISH, du, ich hab dutzende gehabt, das gehört sich so, richtige Hafennutten, und weißt du was, die eine hat mich gefragt, warum ich nicht tätowiert bin, da hab ich gesagt: Schätzchen, das macht der Seemann heute nicht mehr. Wo jeder Kleinbürger sich so einen Flatschen übers Becken setzt, bleibt der Seemann heute blank. Könntest du mir noch einen Hot Dog spendieren?

Sie nickte, und ehe ihr die Tränen kamen, hatte sie sich abgewandt und ging los.

Wenn es geht auch zwei!, rief ich hinterher, und ihre Wunderbeine trabten an.

Sssiehssst du dasss, sssiehssst du dasss, künsssstliche Beine, künsssstliche Beine, die hat sssie nur geliehen!!!

Petra kam zurück, drei Bissen und die Hunde waren weg, ich rülpste tierisch los und goss den Rest Eistee drüber, dann steckte ich mir 'ne Camel an, nach dem dritten Zug fragte ich: Wie ist das so mit dem Rauchen aufhörn, schwierig, wie machst du's, von heut auf morgen, schlagartig? Ich rauche gern, sssehr gern, sagte ich und fletschte meine Zähne.

Petra nickte stumm, dann holte sie einen Corny Müsliriegel Tropenfrucht aus ihrer Handtasche, öffnete die Aromaversiegelung, und mit spitzen Fingern drückte sie den Riegel aus der Verpackung. Mit vorgestülpten Lippen biss sie ein Eckchen ab, knickte den oberen Rand der Verpackung um, machte mit den Nägeln eine strenge Falte und steckte den Riegel wieder ein. Stumm, mit geschlossenen Lippen mümmelte sie an den Cerealien, wobei ihre Hände angespannt auf der Tischkante lagen.

Schmeckt's?, fragte ich.

Sie nickte und war den Tränen nah.

Wie viel kriegst du für einen Drehtag? Holst du noch zwei?

Dann nahmen die Ereignisse einen beschleunigten Verlauf. Petra kam mit den zwei heißen Hunden, da grölte ein abgekämpfter Reisebus auf den Hotelparkplatz. Die Kingstonbesucher hatten ihren Tag absolviert und kehrten siegreich in ihr Camp zurück. Als der Bus seine Öffnungen aufschob und die Kämpen entließ, lösten sich zwei aus der Kohorte und kamen winkend und bussiwerfend auf ihre Snacktochter zu. In der Mitte hockte ich, unruhig und klebrig, auf dem Stuhl. Jetzt war ich eingekesselt.

Die Mutter war dürr und freudlos wie eine Trümmerfrau, der Vater strahlte über beide Backen wie das Fleisch gewordene Wirtschaftswunder, sein Bauch dick wie ein Care-Paket. Dem schmeckte das Essen, das war schwer deutlich. Vermutlich fraß er für Mutti mit, die kaute länger und hatte dann nichts mehr auf dem Teller. Dafür zog sie die Quasselstrippen. Konnte ja heiter werden, dachte ich, und das wurde es dann auch. Was mich vornehmlich interessierte: Was passiert, wenn man die zwei untern Küchenschrank stellt. Ob die sich pressen lassen? Oder sind sie schon platt? Ich musste sie unbedingt von der Seite sehen, ob mein Verdacht stimmte.

Töchterleiiiin, schau, was wir dir mitgebracht habääään!

Sie schwenkte etwas wie einen Leporello.

Einen Leporelloooo!

Na bitte.

Wir haben einen Leporello erstandääään!!

Petra hielt die Hot Dogs, ansonsten den Mund. Papi auch.

Und schau, was Vati erstanden hat. Eine Flasche Ruhum! Rudolf, zeig doch mal der Petra!

Rudolf zeigte die Flasche her. Ich hatte das dringende Bedürfnis, unter die Plane zu kriechen.

Und eine CE DE mit dem Reggä auch. Den Reggä wolltest du doch haben. Ich hoffe, ich hab alles richtig gemacht.

Jamaika ist mehr als das, muss mehr sein als das. Aber was?

Jetzt standen sie an meinem Tisch, ohne mich zu beachten. Noch nicht. Petra war rosarot angelaufen. Hatte mit einem Mal doch Farbe bekommen. Was die Sonne nicht schafft ...

Hattest du einen schönen Taag? Du hast dir gleich zwei von diesen Dingsern gekauft? Willst du zulegen, Mucki?

Mucki? Bitte eine Tarnplane, bitte bitte. Ich verschwand jetzt ganz unter dem Abdecktuch und lugte nur durch das Kopfloch. Petras Lippen wurden dünn wie Striche.

Mutti, darf ich dir ...

Aber natürlich. Rudolf, nimm ihr doch die Dingser da ab, das wird ja ganz fettig!

Nein, nein ... Sie schluckte. Druckste rum. Ich möchte euch ...

Sie deutete auf einen Haufen Plastik auf dem Campingstuhl: ...

Thomas vorstellen. Er kommt mit aufs Traumschiff.

Ich streckte den Kopf aus dem Kopfloch und sagte: Hallo.

~

Mir wurde weiß vor Augen. Das riesige Schiff nahm das gesamte Blickfeld ein. Ein massiver Traum in Weiß. Weiße Wimpel flatterten, weiße Urlauber schlenderten die weiße Gangway entlang, weiß Gott, alles weiß.

Du musst nur deine Wünsche sagen, alles wird erfüllt, meinte Petra und drückte meine Hand.

Darf ich da mit, fragte ich. Zweifel. Dieses Weiß kann doch nicht für jeden sein.

Du darfst, sagte Petra, als wäre alles einfach auf der Welt. Ja, ja.

Weiße Bullaugen, sagte ich. Wer muss die waschen? So viele Augen. Wer hat die gemacht?

Die Howaldtswerke – Deutsche Werft AG in Kiel, sagte Petra. Deutsche Ingenieure. Es ist das sicherste Schiff der Welt.

Woher weißt du so viel über Schiffe, fragte ich.

Wir wurden informiert, sagte Petra.

Von wem?

Von der Reiseleitung. Die überlassen nichts dem Zufall. Leider.

Am Ende der Gangway wartete eine weiße Frau mit weißem Halstuch, in das ein schwarzes »T« eingestickt war. Petra stellte sie mir als Gabi vor und dass Gabi oke sei. Empfangsdame. Rezeption.

Das ist Thomas Blume, ein Freund aus Deutschland, ich möchte ihm das Schiff zeigen.

Die Empfangsdame Gabi zeigte ihre perlweißen Zähne, schüttelte mir die Hand und versicherte mir ihre Freude. Ich vermied es, meinen Mund zu weit aufzusperren, dein angegriffenes Zahnfleisch hilft dir hier nicht weiter, schoss es mir durch den Kopf. Gegen ihr Weiß bist du machtlos. Sie musterte mich von oben bis unten, lachte, dachte, Plastikplane sei bestimmt der Sommerhit, mit Aufdruck, soll ich mir das auch kaufen?, und überreichte mir einen Faltprospekt. Hinterherwünschen eines schönen Aufenthalts.

Welch glücklicher Kindheitsmoment, wenn das Papierschiffchen dennoch das rettende Ufer erreicht . . .

Ich schlug auf und las:

ERLEBEN SIE DEN INBEGRIFF DER SEEREISE –
DAS TRAUMSCHIFF

Einst waren es Entdecker, die aufbrachen, fremde Kontinente und ferne Küsten zu erreichen. Damals waren sie getrieben vom Menschheitstraum, die Welt zu umrunden. Auch heute noch erfüllen sich viele unserer Passagiere einen lang gehegten Kindheitstraum – auf dem Seeweg das andere Ende der Welt zu entdecken.

JETZT KÖNNEN SIE IHRE TRÄUME AUF REISEN SCHICKEN

Wenn Sie am Hafen sind und das Traumschiff zum ersten Mal sehen, werden Sie sicher einen Moment innehalten. Das schneeweiße Schiff, in seiner maritimen Schönheit, liegt am Kai. Die würzige Seeluft schmeckt nach Urlaub und Erlebnis.

EROBERN SIE DIE NEUE WELT

Die Einschiffung beginnt. Sie gehen die Gangway hinauf, und Sie werden spüren, dass Sie Gast auf einem klassischen Kreuzfahrtschiff sind. Machen Sie eine Reise in die Vergangenheit und genießen Sie dabei heutigen Luxus.

Das Traumschiff wurde von deutschen Technikern und Ingenieuren gemäß strenger Sicherheitsbestimmungen für das neue Jahrtausend ausgerüstet.

OB SIE SICH DIE NEUE WELT IM GEISTE ODER IN PERSONA ERSCHLIESSEN, BLEIBT IHNEN ÜBERLASSEN

Nun ist es Zeit für einen Rundgang auf Ihrem schwimmenden Hotel. Ihr erstes Ziel könnten die zahlreichen Erholungsdecks sein. Besonders die Holzdecks verleihen dem Traumschiff diese unverwechselbare Ausstrahlung und Eleganz maritimer Behaglichkeit.

HIER IST JEDE WAHL DIE RICHTIGE

In fünf Restaurants servieren wir Ihnen kulinarische Genüsse, die ihresgleichen suchen. Speisen Sie im Kreise gleich gesinnter Genießer.

LASSEN SIE IHRE GEDANKEN SCHWEIFEN UND SPÜREN SIE, WIE DIE ZEIT IHRE BEDEUTUNG VERLIERT

Fitness für Geist und Seele – für jeden Geschmack ist etwas dabei. Auch ein Besuch beim Friseur entspannt und sorgt für Ihr Wohlbefinden.

Was wäre ein klassisches Kreuzfahrtschiff ohne stilvolle Salons, in die Sie sich zum Tee oder zu einer kleinen Unterhaltung zurückziehen können. Am Abend werden die großzügigen Gesellschaftsräume – in stilvollem Mahagoni gehalten – zum Mittelpunkt zahlreicher Veranstaltungen. Auch dieses Mal haben wir einige hochkarätige Gastreferenten gewinnen können.

Aktuelles Tagesprogramm:

GESCHICHTE EIN ROULETTE?

Wilhelm Seier-Dörnberg macht Geschichte greifbar. Der Dozent an der Führungsakademie der Bundeswehr in Hamburg beschäftigt sich an Land mit umfangreichen Forschungsarbeiten zu Geschichte und Glücksspiel. Von seinen Erkenntnissen lässt er Sie an Bord gern profitieren.
»Wo lag Atlantis? 50 Atlantis-Hypothesen im Überblick«
»Sprengen Sie doch mal die Bank – gängige Glücksspielstrategien und Ratschläge für einen ungetrübt frohen Casino-Abend«
»Über Menhire, Dolmen und merkwürdige Steinformationen«

DIE WELT EINE SEIFENOPER?

Die rumänische Schauspielerin **Petrika Michalcea,** bekannt aus der Daily Soap »Karpatenfieber«, gibt Einblicke in das tägliche Leben am Set. Michalcea, die neben ihrer TV-Karriere in Bukarest Maschinenbau und Medientheorie studiert hat, besticht durch südländisches Temperament und intellektuellen Scharfblick.
»Die tägliche Seife: Just-in-time-Reproduktion der Wirklichkeit«
»Mein Karpatenfieber: Das Produzieren von Klischees als Auffangbecken für Millionen«
»The living camera – lebe ich schon oder spiele ich noch?«

WISSENSCHAFT MIT WIRKUNG

Das ist der Anspruch, mit dem der Wissenschaftler und Astronom **Dr. Dirk Soltau** über Naturereignisse spricht. In der Atmosphäre eines gepflegten Ambientes bedeuten derlei Vorträge einen wirklichen Genuss.
»Warum es nachts dunkel wird – Von der einfachsten aller Beobachtungen zum Ursprung des Universums«

»Symmetrie und Zeit – Vom Schneckenhaus zur Spiralgalaxie, vom Küchenwecker zur Zeitmaschine«
»Sternenstaub – Der Stoff, aus dem wir Menschen sind«

Der angekündigte Liederabend mit Hermann Prey muss leider ausfallen, da Hermann Prey verstorben ist.
Stattdessen: Soiree mit **Dr. Gerd Habenicht**: Literarischer Streifzug durch unser Leben.

Vorschau: In Mexiko steigt **Jesco von Treskow** zu. Der NASA-Mitarbeiter von Treskow arbeitet seit nunmehr 16 Jahren an dem ehrgeizigsten Projekt der Menschheitsgeschichte: die Besiedelung des Mars. Die Ressourcen auf unserer Erde seien aufgebraucht. Die einzige Überlebenschance bestehe in der Eroberung neuer Lebensräume im All. »Alles ist möglich, wenn man nur will« heißt sein Vortrag, der im Anschluss zu angeregten Diskussionen führen wird. Auf dem Online-Deck.

Komm, lass den Wisch, sagte Petra und nahm mir den Zettel aus der Hand. Du kriegst erst mal was zum Anziehen. Was Anständiges. Dein Aufzug ist ja unmöglich. Dann gehst du duschen, dass du wieder riechst. Und dann was zu essen. Heute Abend ist Captain's Dinner. Dass du wieder wirst wie ein Mensch. Geht's?
Wir machten die ersten Schritte in das Schiff. Aus allen Ecken strömte Musik. Sanftes Geriesel. Weißes Rauschen. Irgendein ganz bekannter Song von Phil Collins, nur ohne Phil Collins und noch softer, als es Phil Collins eh schon ist. Wie hieß doch noch. Es erinnerte mich an ... Scheiße. Meine Synapsen. Gedächtnis war doch immer meine Stärke. Ich hatte mich verlaufen als kleiner Bub in einem großen Kaufhaus. TOOM-Markt. Irrte umher in der Hausratsabteilung. Tränen zwischen Tortenhebern und Sparlampen, keine Eltern. Ich begriff, was es heißt: Verlorenheit. Da scholl die gleiche Dottermucke aus unsichtbaren Ritzen. James Last, so hieß der, James Everlast, der Dottermuckenmogul, es gab nur den

einen ... ein kurzgeschorener Mann mit Namensschild beugte sich zu mir herab, was hast du, kleiner Mann, fragte er, dich verlaufen? Suchst deine Eltern? Die warten in der Spielwarenabteilung, vermissen dich, na komm, halt dich fest ... Er nahm mich an der Hand wie Petra jetzt.

Wir traten an eine Brüstung. Mir stockte der Atem. Unter uns erstreckte sich die Einkaufspassage einer ganzen Kleinstadt, in der Mitte die Fußgängerzone, weiße Menschen, die Arme auf dem Rücken verschränkt, flanierten dort oder saßen auf schmucken Bänkchen, die um marmorne Springbrunnen gruppiert waren. Alles gedämpft. Lachen, Glucksen, Flachsen hallte zu mir herauf wie in einem Schwimmbad am Sonntagmorgen, wenn die Rentner mit ihren Broccolikappen ihre Bahnen ziehen und die Familien im Kinderbecken sitzen. Die Stadt stapelte sich auf drei Etagen, gläserne Aufzüge fuhren lautlos hoch und runter, die Einfassung glänzte golden. Was Anständiges zum Anziehn. Klamotten gibt's unten, sagte Petra. Sie drückte meine Hand. Wir nehmen wohl besser den Fahrstuhl. Sie deutete nach oben. Die Decke war ganz aus Glas, es war ein gläserner Swimmingpool, von unten einzusehen, ich betrachtete die Schwimmer wie in einem Riesenaquarium, Männer in knappen Badehosen, kraulend, Frauen in knappen Bikinis, Rücken und Brust, dann und wann Taucher, die durch die Scheibe grüßten. Durch das Wasser schien die Jamaikasonne, die Strahlen brachen durch und sorgten für wechselndes Licht, es war, als ginge man durch ein Kaufhaus unter dem Meeresspiegel. Die Atmosphäre dadurch eigenartig betäubt, ich wagte nicht zu stampfen oder kantige Bewegungen zu machen, auch meinen Gang versuchte ich, so geschmeidig wie möglich zu gestalten, um mich dem Unterwasserklima anzupassen. Wir standen vor dem Aufzug, Petra drückte eine Taste. Die Kabine schwebte auf uns zu, geräuschlos öffneten sich die Türen, wir traten ein. Hier kann jeder jeden sehen, sagte Petra, wir ließen uns betrachten und betrachteten zurück. Nach dir, sagte Petra. Wir standen in der unteren Passage. Die Schwimmer oben nur als winzige Insekten zu sehen, Gelbrandkäfer, Libellenlarven, hier dagegen alles riesig.

Hier kannst du alles haben, alles, sagte Petra.
Ja, ja, sagte ich.

Wirtschaftswachstum

In den 70ern Schnittchen und VW-Käfer
In den 80ern Baguettes und Passat viertürig
In den 90ern Canapees und Audi lautlos

Wir flanierten an Schaufenstern vorbei. H&M, C&A, Peek &
Cloppenburg, Benetton, New Yorker, SinnLeffers, Pimkie, Mc-
Paper, MediaMarkt, Orsay, Hunkemöller, Mister&Lady Jeans,
East&West, Deichmann, Görtz und dann Boutiquen. In erster Linie Boutiquen. Boutiquen für Damen, Boutiquen für Herren,
Boutiquen für beide, Boutiquen für Übergrößen, Boutiquen für
maritime Kleidung, Boutiquen für alle Jahreszeiten, Boutiquen für
italienische Anzüge, Boutiquen für italienische Schuhe, Boutiquen
für Wollsachen, Boutiquen für Schnürsenkel und Knöpfe. Wenn ich
sie alle haben könnte, dachte ich, und Petra zog an meinem Ärmel.
Wenn für dich etwas dabei ist, sagte sie, dann sag es nur, ich habe
einen Warengutschein über 500 Mark, der ist noch unbenutzt, ich
weiß gar nicht, wohin mit der Kohle. Total schlechte Auswahl hier.
Hab schon alles durch. 500 Mark. Geld. Ich hatte seit Hamburg
keins mehr in der Hand gehabt, ich wollte mich freuen. Ich wiederholte die Worte. Boutique. Botik. Budike. Weich wie Baldrian.
Petra fragte, was ich murmel. Ich strahlte sie an. Es ist so schön,
wenn man sich auskennt. Als ob ich nie weggewesen ...
Boutique. Bummeln. Boutique.
Wie hießen noch die Geschäfte in Frechens Fußgängerzone? Das
waren doch Säulen der Kindheit. Feste Größen. Mir wollte keines
mehr einfallen. Ich begann zu schwitzen. Wenn du Spielwaren
kaufst, gehst du zum ... Wenn du Schreibwaren kaufst, gehst du

zum ... Wenn du Schuhe kaufst, gehst du zum ... weg, weg, Kleinstadt gelöscht. Mir fiel nur der Puddingfabrikant Dr. Oetker ein,
BIELEFELD BIELEFELD, ein treuer Freund, der beim Kuchen-
backen Millionen von Frauen über die Schulter schaute und seine
Hilfe anbot. Heute stehen 30 Männer in der Küche, die alle behaupten, Dr. Oetker zu sein, oder behaupten, besser als Dr. Oetker
zu sein, und die Hausfrau steht ratlos an ihrem Backblech: Welcher
Oetker ist der echte?

Da ich einfach nur an den Läden vorbeischaukelte, entschied Petra, erst bei SinnLeffers Unterwäsche und Socken zu kaufen, *da
kann man nichts falsch machen.* Bei SinnLeffers sind mir nur zwei Sachen aufgefallen: dass ich nicht mehr wusste, welche Unterhosen-
größe ich hab, und dass ich ab jetzt nur einen Socken brauch, nur
den rechten, weil es affig aussieht, einen weißen Socken über die
schwarze Prothese zu ziehn. Wieder was gespart, sagte ich. Petra
lächelte.

Dutzende Boutiquen. Bunte Befehle zum Einkleiden. Als was geht
denn der Kleine? Cowboy? Pirat? Pirat war letztes Jahr. Da hat
mich keiner erkannt. Hab mein Bein hochgebogen und mir einen
Hartplastikstumpf angeschnallt. Dann die Augenklappe.

Ich dachte, du wärst jemand anderes, hat die Lehrerin gesagt.

Der Kinderkarneval war so eine Art Jobbörse, Show-BIZ, da hat
jedes Kind seinen Berufsvorstellungen Ausdruck verliehen. Die
meisten wollten Indianer werden, wobei die Berufsaussichten als
Indianer sehr schlecht stehen, in den Job kommen nicht alle rein,
da gibt es lange Wartelisten, dann Cowboy ... Scheich ... Prinzessin ... mit 14 dann Punker ... alles Branchen im Aussterben, wie
Steinkohlebergbau oder Fassbinder, aussichtslose Sache das, vor allem im Scheichsektor keine Seiteneinsteiger. Als Informatiker,
Bänker oder Werbeagenturleiterin ist damals keiner gegangen. Und
ich jetzt? Der Teufel, der steckt im Detail. Welche Boutique ist die
richtige? Wie wird sie mich kostümieren, für welche Rolle? In
welches Jahrhundert steckt sie mich? Petra, die Kostümbildnerin
von Cloque. Die Plane schließt sie in den Spind. Warum ich denn
so schwitze, fragte sie, die Klimaanlage funktioniere doch.

Das Plastik, sagte ich, die Plane.

Was möchtest du? Einen Anzug? Jeans? T-Shirt? Hemd? Kurz? Lang?

Was Passendes. Such du aus. Ich hab keinen Geschmack.

Petra kleidete mich ein. Ganz in Weiß. Weiße Leinenhose von SinnLeffers, eine Nummer zu groß, damit ich mein Bein leichter durchstecken konnte, weißes Polohemd von Benetton, weiße Sandalen von Görtz. Die Plane hab ich in der Umkleide gelassen, die Verkäuferin hat sie in den Abfall gesteckt, nicht in den Spind. Ich stand vor dem Spiegel, Petra neben mir.

Sieht aus, meinte sie, jetzt kannst du wieder unter Leute. Komm.

Wir zwei flanierten die Läden lang, zum Springbrunnen. Weiß in Weiß. Jetzt bist du einer von ihnen. Im Geiste sah ich eine Straßenbahn durch die Passage fahren. Sie klingelte. Die Fußgänger gingen beiseite. Das war die Linie 2. Die fährt bis nach Köln rein. Zum Neumarkt. Es ist gut, wenn man eine Anbindung hat an die Großstadt. Für 3,90 Mark. Kann man ins Kino. Oder in die Disco am Ring. In der Fußgängerzone: die alten Männer. Pensionäre. Rheinbraunarbeiter. Klüttenleute. An den Vormittagen stehen sie da mit Aldtüten und rauchen, in Gruppen zu zweit, zu dritt, zu viert. Kennen sich seit der Schule. Jeht et joot? Et muss. Et muss. Die Angetrauten sitzen im Café Hilfer und flößen sich den Stadtkaffee durch die Goldkronen. Ihre Blumenkohlfrisuren. Ihre nikotingelben Finger.

Was hast du, Thomas?

Nichts, ich dachte ...

Was dachtest du?

Nichts. Gut. Nichts dahinter.

Zur Linken erreichten wir den ersten Springbrunnen. Der plätscherte schön.

Ein weißes Elternteil, der Vater glaub ich, ließ seinen Sohnemann im Wasser rumpatschen, rauchte eine Zigarette, deren Rauch sich schnell verlor.

Mir fiel auf, wie dünn eine Zigarette sein konnte, wenn der Raum, in dem man sie rauchte, groß und weitläufig war. Viel zu dünn und schmal, unpassend, eine Zigarre wäre angemessen, wahrscheinlich war sich der Herr dessen bewusst und rauchte deshalb so hastig, schnell weg, dachte er sich, mit der kleinen Ungereimtheit. Neben ihm ein Bankkarree, auf dem einige weiße Rentner hockten. Sie blinzelten nach oben zum gläsernen Swimmingpool, wenn sie was entdeckt hatten, zeigten sie mit Stöcken oder Fingern hin, lachten oder staunten nicht schlecht. Wir schlenderten vorbei an einer Parfümerie, danach kam eine Boutique mit schottischer Mode. Schottenröcke, sagte ich, sind für Prothesenträger sicher sehr bequem. Danach ein Presseshop, endlich einmal keine Boutique, ein Presseshop. Neben der Weltpresse eine kleine Auswahl deutscher Zeitungen und Zeitschriften:

Allegra – Amica – Anna / Spaß am Handarbeiten – Achitektur & Wohnen – Art – Audio – Auf einen Blick – Auto Bild – Auto Motor Sport – Bella – Bild + Funk – Bild der Wissenschaft – Bildwoche – BIZZ – Blinker – Bravo – Bravo Girl! – Bravo Screen Fun – Bravo Sport – Brigitte – Brigitte Young Miss – Bunte – Burda Mode + Magazin – Bussi Bär – Börse online – Capital – Caravaning – Chefarzt Dr. Holl – Chip – Chip mit CD – Cinema – ColorFoto – Connect – Cosmopolitan – Coupé – Damals – Das Beste – Das Goldene Blatt – Das Neue – Das Neue Blatt – Das neue Wochenend – Der Bergdoktor – Der Feinschmecker – Der Landser – Der Spiegel – Die Aktuelle – Die Große Rätselzeitung – Die Tagespost – Die Telebörse – Die Welt – Die Woche – Die Zeit – DM – Dr. Monika Lindt – Dr. Stefan Frank – Echo der Frau – Ein Herz für Tiere – Eltern – Eltern for family – Emma – Essen & Trinken – Express – Fernfahrer – Fernsehwoche – Fisch & Fang – Fit for Fun – Flora – Flug Revue – Focus – Focus-Money – Frankfurter Allgemeine Zeitung – Frankfurter Rundschau – Frau Aktuell – Frau im Spiegel – Frau mit Herz – Freizeit Revue – Freundin – Funk Uhr – Funkschau – Fußball-Woche – Für Sie – Fürsten-Roman-Gala – Geldidee – Geo – Geo Saison – Geo Special – GEOlino – Globo – Glücksrevue – Golfmagazin – Gong – GQ – Hammer – Hedwig Courths-

Mahler – Heim und Welt – Historical – Häuser – Hörzu – Impulse – Jerry Cotton – John Sinclair – Journal für die Frau – Joy – Julia – Keyboards – Kicker – Kochen & Genießen – Kraut & Rüben – Lassiter – Lastauto Omnibus – Leben und Glauben – Lena – Lisa – Lisa Kochen & Backen – Lisa Wohnen & Dekorieren – MACH MAL PAUSE – Madame – Mami – Manager Magazin – Marie Claire – Max – Maxi – Mein schöner Garten – Men's Health – Merian – Micky Maus – Mini für Alle – Motor Klassik – Motorrad – Motorrad, Reisen & Sport – Motorsport Aktuell – Mädchen – National Geographic – Natur & Kosmos – Net Business – Neue Gesundheit – Neue Post – Neue Revue – NEUE WELT – Neues Wohnen – Notärztin A. Bergen – P. M. – PC games mit CD – PC go! Mit CD – PC Magazin – PC Professionell – PC Welt – Penthouse – Perry Rhodan – PETRA – Playboy – Popcorn – Praline – Professor Zamorra – Promobil – PS-Ratgeber – Reiter Revue – Rezepte mit Pfiff – Rheinischer Merkur – Rätsel Großband – Rätsel Zeitung – Rätsel Mühle – Sabrina – Schöner Essen – Schöner Wohnen – Selbermachen – Selbst ist der Mann – Sport Auto – Sport Bild – St. Pauli Nachrichten – Stereoplay – Stern – Super Illu – Super TV – Süddeutsche Zeitung Bayernausgabe – Süddeutsche Zeitung Bundesausgabe – Süddeutsche Zeitung Freitag & Samstag – Tauchen – Tennismagazin – Tiffany – Tina – Tomorrow – Top Hair mit Madame – Tour – Trucker – TV Hören & Sehen – TV Movie – TV Spielfilm – TV Today – Video – Vital – Vogue – Welt am Sonntag – Wild und Hund – Wirtschaftswoche – Wohnidee – WortSuchspiel – Zeit – Zuhause Wohnen

Immer die vom Tag, sagte Petra, du weißt, was zu Hause los ist, sogar den EXPRESS haben sie. Die Bläck Fööss wollen sich trennen. Das ist doch mal eine Entscheidung, antwortete ich und lachte. Petra lachte auch. Wahllos griff ich mir Natur & Kosmos. Schlug irgendeine Seite auf, um den Anschein von Zielstrebigkeit bemüht. Bleib fassadenstabil, Thomas.

Natur und Kosmos

Früher wollt ich immer
Löwen beobachten in der Serengeti.
Nicht um in der Serengeti Löwen zu beobachten,
sondern um einen Löwen aus der Serengeti
im Fernsehstudio zu kraulen,
um den Tierfilmguckern zu sagen,
ich war in der Serengeti,
habe dort Löwen beobachtet
und Ihnen diesen Löwen aus der Serengeti mitgebracht.
Die Löwen in der Serengeti,
meine Damen und Herrn,
sind vom Aussterben bedroht,
wenn wir da nicht ganz bald was tun dagegen,
meine Damen, meine Herrn,
können wir die Löwen vergessen,
dann gibt es die Löwen nur noch im Zoo
oder bei mir im Studio
oder in meinem Bildband Serengeti,
den ich Ihnen für 69,90 DM warm anempfehlen möchte.

Mir schwindelte wieder. Zum Glück entdeckte ich ein Eiscafé auf der anderen Seite. Es hieß *Venezia*. Aus den Lautsprechern schepperte *Gente di mare*. Schnell zog ich Petra mit. Wir setzten uns. Der Kellner war ein brauner Italiener mit öligem Haar. Er beugte sich ganz weit zu Petra runter, bis das goldene Kreuz seiner Halskette vor ihren Augen baumelte und fragte nach dem Eis ihrer Wahl. Petra war sich ihrer Sache sicher: Walnuss, Pistazien, Malaga, per favore. Als der Kellner mich anölte, sagte ich leis: Dasselbe. Kräuseln auf der Kopfhaut. Der Kellner. So italienisch. Ob mit dem alles stimmt? Der stimmt so. So sehr stimmt der … das eingerahmte Bild eines italienischen Eiscafékellners. Ich dachte, der geht jetzt aufs Klo, schaut noch schnell im Langenscheidt nach, was Aftereightteis

auf Italienisch heißt, und wehe, er seift sich sein mediterranes Goldbraun von den Handrücken.
Wir rauchten eine Zigarette.

Petra: Wie gefällt es dir auf dem Traumschiff?
Thomas: Gut. Werd's überleben.
Petra: Das freut mich. Schön, dass es dir gefällt.
Thomas: Warum tust du das alles?

Pause.

Petra: Weil mir langweilig ist.

Sie grinste und schaute, ob der Kellner schon kam, warum jetzt schon, er hatte doch eben erst die Bestellung aufgenommen. Wir schauten in verschiedene Richtungen, abwechselnd nach oben zu den Schwimmern, zu den gläsernen Aufzügen, den Boutiquen, vor denen die Verkäuferinnen standen, auf die Brunnen, lauschten der gleich bleibenden Musik von James Collins, summten die Melodie mit. Eine Kinderstimme greinte kurz, dann wieder das wohl tuende Rauschen.

Petra: Toll was? Wie tot.
Thomas: Ich könnt mich dran gewöhnen.
Petra: Die gehn mir alle auf die Eier.
Thomas: Die wollen nur einen schönen August. Das ist doch kein Verbrechen.
Petra: Kleinbürger. Mir wird elend. Hier erlebst du nichts.
Thomas: Was willst du?
Petra: Wo der Kellner bleibt?

Das Eis kam mit dem Kellner an unseren Tisch, in waschechtem Italienisch wünschte er uns einen guten Appetit.
Was heißt Aftereighteis auf Italienisch, fragte ich ihn abrupt.
Er starrte mich an wie ertapptes Italien. Dann schüttelte er den Kopf und ging einer wichtigen Bestellung nach.

Sie wissen es nicht! Sie wissen es nicht, was! Den Italiener würd ich noch üben!

Petra drückte meine Hand. Bitte. Ich war drauf und dran, in diesen weißen Ballon eine Nadel zu pieken.

Petra, er wusste es nicht. Er ist gar kein Italiener.

Thomas, beruhig dich doch. Er ist auch kein Italiener. Er kommt aus München. Der spielt nur den Giovanni. Für die Leute hier. Die mögen das.

Wir löffelten schweigend. Beruhig dich. Gutes Eis. Italienisches Eis. Das kommt sicher direkt von dort. Oder aus München und tut nur so. Scheiße. Jetzt nicht nachdenken. Nicht darüber nachdenken. Eis essen. Mit ganzen Walnüssen. Cremig. Schön, dass sich die Bläck Fööss trennen. Cremig. *En unserem Veedel, dat is doch klor, mer blieven, wo mer sin, schon all die lange Johr.* Rumrosinen, sehr lecker. Pistazienstücke. Petra hat einen guten Geschmack. Versteht was von Eis. Wie treffsicher sie das ausgesucht hat. Aus 183 Eissorten wählt sie immer die richtigen. Die wusste schon immer, was sie will. Hatte zu allem eine Meinung. Dass im Osten noch viel zu tun ist, zum Beispiel. Ich wusste damals nicht, was eine Meinung war und wie Leute zu einer kommen. Fakten ja, Vokabeln klar, aber Meinung ... Meinung ... das ist das, was sie in den Laberfächern Soziologie und Päda produzieren. Also ich finde ... also für mich persönlich ... also ich find das überhaupt nicht ... also speziell in meinem Fall kann ich das nicht sagen, ich würde eher das Gegenteil ... Meinungen beginnen immer mit: also ... Ich versuchte mich zu zwingen, eine zu haben, doch als ich Petra sagte: Also meiner Meinung nach mag ich keine Kapern, sagte sie, das sei keine Meinung, sondern ein Geschmack. Wo denn da der Unterschied sei, wollte ich wissen, da erklärte sie, das mit den Kapern sei rein subjektiv, zu einer Meinung gehöre schon mehr.

Also sagte ich: Gutes Eis. Petra lachte. Ich freute mich. Also für mich persönlich: Gutes Eis, sagte ich nochmal. Und nochmal: Gutes Eis. Mir war, als schüttete ich mein ganzes Herz aus. Und nochmal: Gutes Eis! Sag ihr alles, was du hast und bist. Sie lacht so süß. Gutes Eis! Sie schüttelte sich vor Lachen. Ach Thomas, sagte sie, hör auf, ich fall gleich vom Stuhl. Gutes Eis, sagte ich, so laut, dass die Leute an den Nebentischen ihre Löffel beiseite legten und mich unverhohlen musterten, Gutes Eis!, rief ich ihnen freundlich zu, sie drehten ihre Köpfe weg.

Hör auf, Thomas, bat mich Petra und berührte sacht meinen Handrücken.

Wieso, wenn es doch gut ist? Also: Gutes Eis!

Thomas bitte!

War es ihr peinlich, meine Gesellschaft? Sicher kannte sie die Leute an den Tischen. Warum grinste sie dann so zu ihnen hinüber? Petra war rot geworden vor Lachen. Wenn es doch gut ist, sagte ich nochmal, sie hielt meine Hand. Komm, wir gehen jetzt duschen.

Petra zahlte mit einer ihrer goldenen Karten. Demonstrativ hakte sie mich unter und lächelte die Leute an. Die lächelten geübt zurück. Der Kellner warf uns einen Balsamicoblick hinterher.

Nach dem Besuch einer Parfümerie (Thomas: Was hast du, du riechst gut. – Petra: Ich nehm immer Nivea. – Thomas: Dann nehm ich das auch.) und anschließendem Warmduschen kam ich mir vor wie neu. Das Wasser hatte mir gut getan. Mein Bein lehnte derweil in der Umkleide. Warum sagte es nichts mehr? Vielleicht war es sprachlos durch all die Angebote, die der Pauschaltourismus feilbot. Wenn es wieder muckt, stell ich es einfach vor eine Boutique. Man sollte öfter duschen. Es klart den Kopf. Während ich meine weiße Wäsche anzog, betrachtete ich mich im Spiegel. Geschafft, Thomas. Du bist auf dem richtigen Dampfer. Die Petra ist gut zu dir, und vielleicht ... Warum sagte sie, dass sie in mich verliebt *war*? Ist sie es vielleicht immer noch? Wo ich doch jetzt was erlebt hab. Ich glaub, die steht auf Männer, die was erlebt haben. Siehst richtig gut aus. Gezeichnet, aber gut. Wenn ich jetzt noch an meinem Gang arbeite, mach ich richtig was her.

~

Frischgefeudelt und nivea gings zum Captain's Dinner. Ich hatte wohl etwas anderes erwartet. Ein Candlelightdinner im kleinen Kreis, erlesene Häppchen Kaviar, ein Fischsüppchen und ein Cassissorbet, der weißhaarige Captain gibt sich die Ehre, erzählt mit ElmarGunschstimme von den bewegten Zeiten, als er noch unpauschal zur See gefahren, dann würde ich mich vorstellen, ihm meine Lage schildern, ihn offiziell bitten, mich mitzunehmen, meine Eltern würden das Geld dann später überweisen, so in etwa. Und zum Abschluss einen Dujardin. Doch der Captain fehlte bei diesem Dinner. Er wusste wohl warum. Als die Schwingtür aufging, dachte ich: Jesus mästet gerade die 5000, mir reicht doch eine Scheibe Brot.

Die Traumschiffköche hatten siloweise Futter ausgelegt. ALLES WIRD IHNEN IN BUFFETFORM SERVIERT stand in Kreide auf einer großen Schiefertafel.

ESSEN SO VIEL UND SO OFT SIE WOLLEN!

INTERNATIONALE SPEZIALITÄTEN!

TODAY: NEUSEELAND!

Neuseeland. Da kommen bestimmt viele Schafe auf uns zu, Lämmer, Lämmer, Lämmer, dachte ich. Petra zog mich mit. Opulente Buffets, endlose Tische voll mit allem, allem, allem. Ich trat ein in die Fette Welt, sollte hinlangen, schlingen, nippen, dippen, Bäuerchen machen bei den Müttern der Erde. Bei Muttern in Nairobi, bei Muttern in Halifax, bei Muttern in Oklahoma, in Böhmen und Sibirien und heute besonders bei Muttern in Neuseeland.

Ich hielt Petras Hand. Wer sollte das alles fressen? Die ganzen Tröge voll Salat und glänzendem Speiseöl, die toten Tiere, so viele Mäuler gab es doch gar nicht, das Essen war massiv in Überzahl! Da hatten die Menschen nicht den Hauch einer Chance! Die Piekser waren viel zu klein, da passte nur eine Olive drauf, es hätten schon hundert draufpassen müssen, um den Wettbewerb interessant zu machen. Ich hielt Petras Hand. Die kennt sich aus mit Buffets, dachte ich.

Die Fressmeile versperrte ein Stand mit Bier. BIERE DER WELT stand dort in schwarzen Druckbuchstaben auf gelbschäumendem

Grund. Heute: DEUTSCHLAND. Große Auswahl. Über 180 Sorten!!! Wählen Sie selbst.

Ich sollte wählen zwischen Ahornberger Landbier, Allgäuer Brauhaus 1394, Alpirsbacher Klosterbräu, Alsfelder Pils, Andechser Klosterbräu, Apoldaer, Arolser Pils, Astra Pilsener, Astra Urtyp, Augustiner Bräu, Barre Bräu, Berliner Kindl, Berliner Pilsener, Bitburger, Bolten Alt, Borbecker Helles, Bosch Pils, Braugold Pilsener, Büttner Pils, Clausthaler Classic, Clausthaler Extra Herb, DAB Pilsener, Detmolder Landbier, Detmolder Pils, Diebels, Dinkelacker, Dinkelsbühler Hofbrau, Distelhauser Pils, Dithmarscher Bock, Dithmarscher Doppelbock, Dithmarscher Pilsener, Dom Kölsch, Dortmunder Export, Duckstein, Eibauer Schwarzbier, Eichbaum Export, Eichbaum Pilsener, Eichbaum Ureich, Eichener Pils, Eifeler Landbier, Einbecker, Erbacher Pils, Erdinger, Erdinger Champ, Feldschlösschen, Felskrone, Fiege Pils, Flensburger Dunkel, Flensburger Pilsener, Frankenheim Alt, Franziskaner Weizen, Freiberger Pils, Früh Kölsch, Fürstenberger Pilsener, Gaffel Kölsch, Ganser Kölsch, Garde Kölsch, Giesler Kölsch, Gilde Pilsener, Gilde Ratskeller, Gilde Kölsch, Gold Ochsen, Gutmann Weizen, Haake-Beck Export, Haake-Beck Pils, Hackenburger Pils, Hacklberger Pils, Hacklberger, Hacklberger Dultfestbier, Hacklberger Dunkle Weiße, Hacklberger Humorator, Hacklberger Pils, Hacklberger Urhell, Hannen Alt, Hansa Pils, Hasseröder Pils, Hemelinger Spezial, Henninger Pils, Herforder Pils, Herrenhäuser, Heylands Pils, Highlander, Hohenfelder Pilsener, Holsten Alkoholfrei, Holsten Edel, Holsten Pilsener, Holzhausener Landbier, Härke Pils, Hoepfner Pils, Hövels Bitterbier, Hüchelner Urstoff, Iserlohner Pilsener, Jever Pilsener, Josefsbräu, Karlsquell Edelpils, Keiler Weißbier, Kirner Pils, Krombacher Pils, Kuchlbauer Weißbier, Kulmbacher, Kurfürsten Kölsch, Küppers Kölsch, König Ludwig Dunkel, König Pilsener, Königsbacher Pils, Köstritzer Schwarzbier, Landgraf, Landskron Pils, Langbräu Festbier, Licher Export, Licher Pils, Lindner Bock, Lindner Bräu, Lübzer Pils, Löwenbräu, Maisels Weiße, Maximilian Kölsch, Mechatzer Löwenbräu, Moninger Pils,

Mühlen Kölsch, Oettinger Export, Oettinger Pils, Omega Bier, Ottweiler Pils, Paderborner Pilsener, Park Pils, Paulaner Weizen, Peters Kölsch, Pfungstädter Edelpils, Potts Landbier, Päffgen Kölsch, Radeberger Pilsener, Rats Kölsch, Ratskrone, Regenten Pils, Reissdorf Kölsch, Rhenania Alt, Richmodis Kölsch, Rolinck Friedensreiter, Rolinck Lagerbier, Rolinck Pilsener, Rostocker Pils, Rothaus Tannenzäpfle, Römer Kölsch, Römer Pils, Sankt Martin Pils, Schlösser Alt, Schmucker, Schneider Weiße, Schulte-bräu, Schultheiss, Schumacher Alt, Schwabenbräu, Schwanen Export, Schwarzer Steiger, Schwelmer Alt, Schwelmer Pils, Schöffer-hofer Weizen, Sester Kölsch, Sion Kölsch, Spalter Bier, Stauder Pils, Steiner Bier, Sternburg Export, Straubinger Weiße, Stuttgarter Hofbräu, Sünner Kölsch, Tettnanger Kronenbier, Tucher Weizen, Ur-Krostizer, Veltins, Warsteiner, Welde No 1 Premium Pils, Welde-bräu, Wernesgrüner Pils, Wicküler, Wittinger, Wolters Pilsener, Würzburger Hofbräu, Zipfer Urtyp, Zunft Kölsch, Zwiefalter Exclusiv, Zwiefalter Klosterbräu.

Kein Bier, sagte Petra. Passt nicht zu Lamm. Wenn du Lamm willst, musst du dich da vorne anstellen, bei dem Pulk da, ich ess momentan kein Fleisch. Ich geh zur FruttidiMareOase. Sie sah, dass ich überfordert war, hakte mich unter.
Slalom um Butterberge, Salatdeponien, Spargelmauern, Suppenkloaken, bis vor die Lammhalde. Petra wünschte mir alles Gute, halt durch, fall nirgendwo rein, und bog ab zu den Fischhallen. Ich stellte mich ganz hinten in die Lammschlange. Warten.
Ich schaute nach oben, um keinen anzusehn. Da sah ich eine Kamera an der Decke. Sie hatte mich genau im Bild. Sofort schaute ich nach unten. Ich blickte noch mal zurück. Die Kamera war noch da. Ich grinste verlegen, nickte hinein. Ein paar Meter weiter sah ich eine zweite Kamera, sie war auf die FruttidiMare gerichtet, dann noch eine und noch eine. Der ganze Raum war überwacht. Ob der Captain uns zuschaute bei seinem Dinner? Was wollte er überprüfen: dass es uns auch ja schmeckt? Dass keiner was wegstibitzt? Ich konnte mir keinen Reim machen.

Warten. Hinter mir zwei alte Schachteln vor einer Wanne Garnelen, dem Eingangstrog zu den Meeresfrüchten. Die eine hatte etwas Krautsalat auf ihrem Teller, sonst noch viel frei, die andere balancierte drei Radieschen.

Ob die noch leben?, fragte die Kraut sehr laut.

Mein Gott, die kosten bei Spar 4,99 die Schachtel, und hier is die ganze Wanne voll!, sagte die Radieschen noch lauter.

Ob die jetzt tot sind?, fragte die Kraut.

Wie viel mag die Wanne wohl kosten? 'n Vermögen!, sagte die Radieschen.

Da traut man sich gar nicht zuzugreifen, sagte die Kraut.

Warum sprachen sie so laut? Ich hatte den Verdacht, der Grund sei nicht Schwerhörigkeit. Jemand anderes – ich? – sollte es mitbekommen.

Der Radieschen fiel ein Radieschen in die Garnelen. Hups. Vorsichtig langte sie in die Wanne. Anstatt das Radieschen zu greifen, stupste sie in die Garnelen wie Cloque damals in meinen Stumpf, um nach wunden Stellen zu suchen.

4,99, sagte sie. Der Urlaub hat sich jetzt schon gelohnt.

Sie nahm eine Garnele zwischen Daumen und Zeigefinger und hielt sie in die Höh. Beide beäugten sie von allen Seiten.

Die ist tot, sagte die Krautsalat.

Das sind Delikatessen. Wie Lachs, sagte die Radieschen.

Dann ließ sie die Garnele fallen. Vergaß ihr Radieschen. Ging weiter zu den Hummern. Die Kraut traute dem Frieden nicht.

Eben hat sich eine geregt, sagte sie, dann schaute sie nach oben in die Kamera, als ob von dort eine Antwort zu erwarten sei.

Warten. Ich wollte endlich Neuseeland auf den Teller. Vor mir standen Massen, die Neuseeland wollten. Die Lämmer waren heiß begehrt.

Das Ehepaar aus Ehrenfeld: Also, Lamm, Lamm, dat is herrlisch, Lamm, Lamm da jeht nix drübber, sagte der Mann, den Teller mit beiden Händen fest umklammert, Gabel und Messer unterm Daumen.

Die Frau: Dat man hier die einheimische Küsche krischt, doll, werd den Koch nach den Rezepten bitten, dat is wat für zu Hus.

Der Mann: Ja, Lamm, Lamm, doll, wie bei ... wie bei Muttern in Neuseeland, hahahaha!

Er schaute sich um. Die Umstehenden lachten wie auf Kommando. Ich lachte auch, als er mich lachend ansah.

Wie bei Muttern in Neuseeland!, sagte er nochmal.

Dann war er an der Reihe und häufte sich den Teller zu mit Lamm. Die Frau nahm nur halb so viel und sagte: Meine Linie.

Im Weggehen blökte der Mann laut durch den Saal. Als er mich ansah, blökte ich zurück. Kollektivkikeriki am ganzen Buffet.

Ich griff zur Kelle. Jetzt alles richtig machen, dachte ich, du bist im Bild. Die Lammstücke schwammen in hellbrauner Soße. Vom langen Rumstehen hatte sich ein Häutchen gezogen, das warf Falten, als ich es beiseite schob. Als ich mir auftat, hämmerte mir das Wort Neuseeland im Kopf, Pressluft und Verzweiflung, glaub jetzt bloß, dass das Neuseeland ist, Neuseeland, Neuseeland, das ist Neuseeland, Lamm aus Neuseeland, glaub an die regionale Küche, sage es, bete es wie einen Rosenkranz, Neuseeland, Neuseeland, gebeneidete, schmerzensreiche, regionale Küche, sieh diese Lämmer, die haben geblökt in Neuseeland, jetzt liegen sie unter einem kalten Häutchen, aber innen drin pulsiert Neuseeland. Ich hämmerte so lange, bis ich wieder laut blökte, und die Leute lachten über mich.

Schnell hinsetzen, an irgendeinen Tisch. Nichts fallen lassen. Die Soße quabbelte auf dem Teller. So. Essen. Lamm schnibbeln. Soße auftunken. Kauen. Ja. Ja. Ja. Ja. Das schmeckte nach Lamm. Eindeutig. Ich war beruhigt. Wie es lammtypisch faserte. Wie es zerging. Wie der Knoblauch harmonierte. Da stimmten Herkunft, Zubereitung, Wahl der lammpassenden Kräuter, Ort, Zeit, Raum, Gabel. Alles im Lot. Der Kosmos stimmte. Das Lamm hatte mir für einen Moment die Scherben im Maul zusammengeklebt.

Wieder hörte ich ein Gespräch, und wieder dachte ich, dass ich es hören sollte.

Also das Fleisch, das Lamm, das ist ... also ... das ist so gut, da ...
da ... mhhhh ... da kann man sich gar nicht beschweren.

Nun ja, ein wenig zäh, ein wenig zäh das Lamm.

Nein, nein, ich bin ein sehr kritischer Mensch, glauben Sie mir,
aber dieses Lamm – ausnahmsweise – an diesem Lamm kann ich
nichts finden.

Sicher, es gibt Schlechteres, aber ein wenig zäh ist es doch.

Dann haben Sie vielleicht ein schlechtes Stück erwischt, meins ist
einwandfrei.

Ich sage, es ist ein alter Hammel, alt oder zu lange gezogen, irgendwas ist da.

Ich will ja keine Debatte jetzt, aber meins, da lässt sich echt nichts
sagen.

Wollen Sie kosten von meinem?

Ich bitte Sie, da muss man nicht gleich die Messer wetzen.

Ich meinte nur, dass meines zu wünschen übrig lässt.

Wie ich schon sagte, ich bin ja meistens nicht zufrieden, schätzen
Sie mich nicht falsch ein, ich bin ein sehr, sehr schwer zufrieden
zu stellender Mensch. Deshalb ja, deshalb ja, diesmal ist es wirklich
eine Ausnahme, das kommt nicht wieder vor.

Aber ich sehe bei Ihnen eine Sehne, sehen Sie doch, da.

Tatsächlich. Sie haben Recht. Aber nur an diesem einen Stück. Ich
gebe Ihnen Recht. Es ist nicht alles Gold.

Eben. Wo kämen wir da auch hin.

Sie sprachen so laut und druckreif, als würden sie den Text vom
Prompter ablesen. Oder führten sie diese Scheißgespräche dauernd
und kannten den Text auswendig? Ich schaute mich um. Sah die
Kamera, die auf unseren Tisch gerichtet war. Wer zeichnete das
alles auf?

Da bist du ja.

Petra kam mit ihrem Teller, setzte sich neben mich.

Da bist du ja, ich drückste rum, viel zu schüchtern, ich versuchte
es noch mal, überlaut: Da bist du ja. Ich wollte irgendwie einen
eigenen Ton finden.

Und, amüsierst du dich, fragte sie.

Petras Teller war groß wie eine Familienpizza. Darauf nur kleine Häufchen Fisch. Vier oder fünf Garnelen. Zwei Tintenfischringe. Drei Jakobsmüschelchen. Die abgetrennte Hälfte eines halben Forellenfilets. Ein Fitzel Lachs mit einem Stips Sahnemeerettich. Zwei Pumpernickeltaler. Zwischen den jeweiligen Häufchen hätte die kleine Taschenarrabal bequem durchsegeln können. Guten Appetit, sagte ich. Überfriss dich nicht. Petras Lippen wurden schmal. Danke, sagte sie. Hoffe, du fängst nicht wieder an zu blöken. Pause. Jeder an seiner Werkbank. Lamm. Meine Zähne zerstörten. Biss mir öfter in die Backe, zermahlte meine Mahlzähne, die Lammfasern waren schon lange weg, ich biss immer noch nach. Mundarbeit. Blicke seitwärts auf Petra. Wie langsam sie kaute. Wie ewig umständlich sie die Forelle zerteilte. Die Stückchen waren kaum zu sehen, da teilte sie sie noch mal. Dann endlich, Slowmotion, hob sie die Gabel. Hinein damit. Die Lippen drübergestülpt. Kauen mit zuem Mund. Kreisen des Unterkiefers. Die Forelle wurde eingespeichelt. Warten auf die zersetzende Kraft der Petraenzyme. Vittel hilft mit. Schluck. Das Fischkleinklein schwimmt die dünnste Speiseröhre der Welt hinunter. Fuhr nicht während dieser Zeremonie die Arrabal an den Jakobsmuscheln vorbei? Blick. Eine Jakobsmuschel war weg. Jetzt nur noch zwei. Wo war die dritte? Hatten die Muscheln eben nicht neben den Garnelen gelegen? Jetzt waren sie hinter den Lachs gehupft. Es roch schwach nach Hafen. Ich starrte auf Petras Wasserglas. Der Salzwassergeruch kam eindeutig von dort. Petra zog das Glas weg. Goss mir Weißwein ein. Nichts. Da war nichts. Denk nicht dran. Warum kräuselte sich mein Stumpf? Warum jetzt?

Petra wurde von einer Rentnerin am Tisch angesprochen. Die kannten sich alle. Sie wollte wissen, wie Petra die FruttidiMare schmeckten. Petra sagte: Ganz O.K. Dann wies Petra auf mich und stellte mich vor. Sagte: Ein Freund aus Frechen, macht eine Weltreise auf einem echten Segler. Bin ihm zufällig begegnet, hier in Jamaika, sagte sie. Die Welt ist so klein, sagte sie. Die Rentnerin ließ ihr Besteck liegen und prostete mir zu, lächelte mich an mit viel Gold im Mund.

Auf einem echten Segler, also mit echten Segeln? Wie hat man sich das vorzustellen, mit echten Segeln? Das müssen Sie uns erklären.

Uns, sagte sie, warum nicht *mir*, warum uns, war sie viele, wie viele, wie viele noch, alle unter einer Decke. Dann machte ich den Mund auf. Bin gespannt, was jetzt rauskommt. Ich hatte doch keinen Text. Erwartungsvoll hörte ich mir beim Reden zu.

Sie können sich das so vorstellen, sagte ich, die Segel sind echt, Rah-, Mars-, Besan-, Bram-, Sky-, Klüversegel, wie es im Buche steht, alles echt.

Mehrere Bestecke wurden abgelegt, mehrere Köpfe drehten sich zu mir um. Die beiden Beschwerdeführer zu meiner Linken brachen ihr Gespräch ab und lauschten meinen Ausführungen.

Darf ich fragen, Sie entschuldigen, mischte sich der Herr mit dem alten Lamm ein, wie dieses Schiff heißt, auf dem Sie gefahren sind?

Das Schiff, sagte ich, heißt Arrabal.

Nicht Gorch Fock?

Nein, nicht Gorch Fock, Arrabal.

Aber die Gorch Fock ist doch auch ein Segelschiff. Das Einzige meines Wissens, das die Bundesmarine besitzt.

Das mag sein. Ich fahre nicht mit der Bundesmarine. Ich fahre mit Salt&John.

Der andere Herr: Das ist bestimmt anstrengend, wenn man alles selbst machen muss. Ich habe einen Bekannten mit Segelschein, der hat mir da Geschichten erzählt.

Die Rentnerin: Diese Arbeit in den Masten, in dieser Höhe, das kennt man ja aus Filmen. Das wär nichts für mich.

Der Beschwerdeführer: Alles eine Sache der Übung. Sie müssen absolut schwindelfrei sein. Wenn Sie das nicht sind, sind Sie ungeeignet. Ich bin selbst früher gesegelt, die Ostsee hoch, das war noch vor der Mauer, bis nach Königsberg.

Rentnerin: Bis nach Königsberg, das ist ja interessant, und wie steht es mit der Bordhygiene?

Ich war mir nie sicher, ob die Leute wirklich mit mir sprachen oder ob sie den Auftrag hatten, mit mir zu sprechen. Sie stellten eine sehr interessierte Frage, warteten aber die Antwort nicht ab. Ich sprach ins Leere. Suchte nach offenen Gesichtern. Die gab es aber nur kurzfristig. Ständiges Messergabelklappern. Aufgetunke. Nachgeschenke.

Wie steht es mit der Bordhygiene?

Diese Kaubewegungen. Wie das mahlt. Wie das nie stillhält. Wie das vernichten muss. Warum kann man nicht alles anhalten zu einem friedvollen Bild. Einem satten Stickteppich, auf dem man sich ausruhen kann. Warum Stoffwechsel?

Plötzlich stand Petra auf. Bleib da. Sie wollte sich was nachnehmen. Die und nachnehmen. Das passte nicht zu ihrer Figur.

Und die Muschel hat sich doch bewegt. Billiger Jakob. Ich wankte ihr hinterher zur Fischabteilung.

Kommst du zu uns? Wir dachten schon, du bleibst bei den Lämmern, riefen die Plastikseesterne im Netz.

Ich schaute nach oben in die Maritimdekoration. Wieder eine Kamera. Neben einem Scheinwerfer mit blauer Folie. Das Netz, das über die Meeresfrüchte gespannt war, wogte in der steifen Brise eines Ventilators. Die Hummer, Sterne, Krabben, Pferdchen fallen gleich runter, dachte ich, die hält es nicht mehr lange an ihrem Platz.

Petra, rief ich, lass das. Keine Meeresfrüchte. Das bekommt dir nicht. Lass uns rausgehen.

Das Ziepen wurde stärker.

Bloomibloom, der Mensch besteht zu 98 % aus Wasser, wir schwimmen in dir, du wirst uns nicht los.

Ich warf eine Gabel hoch, traf den Seestern, er klatschte mir vor den rechten Fuß. Die Hummer auf dem Silbertablett regten sich. Ich sah ihre mächtigen Scheren auf- und zugehen. Die toten Augen bewegten sich auf einmal, glotzten hin und her, zu den Garnelen in der Wanne, zu den Lachsscheiben, dann zu mir.

Ihre Scheren klappten. Klipp klapp. Klipp klapp. Langsam richtete sich der erste Hummer auf. Stand. Bewegte seine roten Beine. Die

Schere schob die Petersilie vom Tablett. Er fixierte mich mit seinen schwarzen Pupillen.

Schau schau, was ich mit meiner Schere alles kann, sagte er. Und ich kann noch mehr.

Lass das. Bleib da. Rühr dich nicht von der Stelle.

Wenn du nicht zu uns willst, kommen wir eben zu dir. Glaub nicht, du kannst so mirnichtsdirnichts verschwinden. Wir kommen dich holen.

Ich warf mich auf den Hummer, drosch mit einer großen gusseisernen Schöpfkelle auf ihn ein. Der Panzer krachte.

Lasst mir meine Ruhe, schrie ich, lasst mir meine Ruhe, warum lasst ihr mich nicht in Frieden?!

Petra wich zur Seite. Ließ ihren Teller fallen. Alle Pauschaltouristen: Kollektives Köpfedrehn.

Aufhörn!, schrie mich ein Kellner an, der einen Berg Tintenfische auf einem Nachschubtablett hereintrug.

Passen Sie auf, rief ich, die Tintenfische, sie leben noch, sie haben sich bewegt, werfen Sie das Tablett weg! Schnell!

Der Kellner war so überrascht, dass er das Tablett tatsächlich fallen ließ. Er zuckte zusammen, die Tintenfische rutschten auf den Boden. Kringelten sich, saugten sich fest an unseren Füßen. Der Kellner wurde blass. Ich trat mit meinem Stumpf, schlug mit der Schöpfkelle auf die Tintenfische ein.

Bloom, tu's nicht, wir wollen dich warnen. Komm. Komm. Noch ist Zeit.

Still, Biester, lasst mich!

Von den Tischen hörte ich Anfeuerungsrufe: Der Junge ist toll. Ist das die Neuseeländische Nacht? Gehört das zum Rahmenprogramm? Angekündigt war doch ein Maori, ist das der Maori? Das sind doch Wilde. Vielleicht ist er das.

Der Kellner wurde rot. Er wusste nicht, was er tun sollte, umstellt vom Publikum. Weiter, weiter, schrien sie, einige warfen mit Essen, Krebsschalen, Hummerscheren, kaltem Lamm, händevoll Krabben, Seesterndeko flog uns um die Ohren. Wir ruderten nach Luft. Ich bin Nichtschwimmer, Nichtschwimmer, schrie ich, wasserscheu, ich kann nicht schwimmen. Ich versuchte noch, mit einer abgerissenen Hummerschere die Kamera zu treffen, da fiel das Netz mit den Plastikfischen über uns, wir verhedderten uns in den Maschen, und das Netz mit all seiner Erfahrung im Einfangen legte sich über uns. Ich fand keinen Ausgang mehr und lag da als kapitaler Fang. Die Leute standen von ihren Stühlen auf und applaudierten wie rasend.

~

Petra war auch ganz schön blau, wir zwei torkelten Hand in Hand auf ihr Zimmer. Mir war kotzübel, ich versuchte mich zu orientieren, was schwer war, die Korridore sahen alle gleich aus, derselbe hellblaue Teppich, nach jeder dritten Tür hing ein orangener Rettungsring an der Wand, die Muster der Raufasertapete formten sich zu immer neuen Gebilden, hauptsächlich Schwänzen und Mösen.

Ich glaube, es war das Zimmer 324, vor dem Petra Halt machte, oder 313, auf jeden Fall was mit 3, sie zog eine Chipkarte aus der Hosentasche und suchte den Kartenschlitz, sssssit, und die Tür schnappte auf.

Bevor wir das Zimmer betraten, meldete sich mein Bein: Ssso, Bloom, dann viel Ssspasss ... wirssst auf mich vertssssichten müssen ... ich warte ab, bisss die Sssituation passst!

Was meinte es damit? Was erwartete mich in diesem Zimmer? Petra zog mich hinein. Komm, sagte sie, komm in meine Kajüte.

Kajüte war das falsche Wort, es hätte ein Zimmer im Intercityhotel sein können oder in der Pension Seeblick. Ein typisches Festlandszimmer. Was hier schwankte, waren wir.

Petra zog mich an ihre Lippen und küsste mich, dann sagte sie: Komm, und zog mich auf das Bett.

Das ist jetzt also dein ERSTES MAL. 19 Jahre hat es gedauert. Dass Dinge, die so lange auf sich warten lassen, so plötzlich passieren, das hat mich schon einigermaßen gewundert. Dass ich so gar nichts dazu beigetragen hab. Sie hat mich einfach mitgeschleift. Und jetzt durfte ich dem beiwohnen, so kam es mir vor. Das

ERSTE MAL, und ich schau zu, wie das vonstatten geht. Komm, hauchte Petra und küsste mich auf die Lippen, plötzlich spürte ich ihre Zunge in meinem Mund, sie war sehr dünn und spitz, ihre Zunge leckte durch meinen Mund, an meinen Zahnreihen entlang, so ist das also, jetzt erlebst du einen Zungenkuss, die ganze Pubertät lang hab ich auf die Paare im Pausenhof gestarrt, wie die das vorgemacht haben, dass alle es sehn, jetzt hast du das auch. Petras Zunge steckte in meinem Mund. Ich weiß nicht, ob ich irgendwas gefühlt habe, außer: Ich muss da jetzt auch was machen, sonst müssen wir die Szene noch mal spielen, ich bewegte meine Zunge, sie ließ sich gut bewegen und geriet irgendwie in Petras Mund, ich hatte schon mal im Fernsehn gesehn, wie Schnecken sich paaren, so in etwa sehen unsere Zungen jetzt aus, dachte ich, wie zwei aneinandergeklebte Schnecken. Was passiert denn jetzt: Petras Zunge ließ sich nach hinten drücken, ich fuhr mit meiner um ihre herum, da fing sie an zu stöhnen. Geil, dachte ich, das funktioniert ja. Das ist also der Zungenkuss. Geht ganz einfach. Warum hast du dich 19 Jahre darum gedrückt, wo es so einfach geht. Du kriechst mit deiner Thomasschnecke über die Petraschnecke, und die Petra stöhnt. Frauen gehen ganz einfach. Das ist ja erst das Vorspiel, dachte ich dann, anschließend kommt das Spiel, das hat noch ein Nachspiel, und dann kannst du das auch. Plötzlich nahm Petra mich am Kopf und hielt mich von ihr weg. Ihr Mund stand leicht offen, ihre Augen waren so schön weich, sie atmete in kurzen Stößen. So sehen Frauen aus, wenn sie verliebt sind, dachte ich. Und das hast du ausgelöst. Dann spürte ich ihre schlanke Hand unter meinem Hemd, sie berührte meinen Bauch, meine Rippen, meine Brustwarzen, leidenschaftlich, dachte ich, dann zog sie mein Hemd aus, als würde sie das täglich üben, wie hatte sie das geschafft, so schnell mein Hemd auszuziehn, ohne dass es sich am Kinn verhakte, ich lag jetzt mit nacktem Oberkörper da, und sie küsste meine Brustwarzen, leckte mit ihrer kleinen Zunge meine Brustwarzen, ich starrte an die Decke. Keine Kamera. Das hat mich doch etwas aus dem Konzept gebracht, ich war mir sicher, dass wir aufgenommen wurden, so perfekt, wie das lief bis jetzt. Petra beugte sich über mich, wieder dieser Blick, diese Augen. Dann sagte sie: Ich glaub, ich verlieb mich grad in dich. Ich sah in ein Textbuch, da stand der Satz, darunter meiner: Ich mich auch. Ich hörte mir selber zu. Ich mich auch. Ich glaub, das können wir so nehmen, sagte ein Regisseur, weiter bitte.

Jetzt war ich dran. Du musst jetzt ihr weißes Polohemd ausziehn. Ich zog ihr weißes Polohemd aus, sie schloss dabei die Augen, jetzt saß sie auf mir drauf mit ihrem weißen BH. Das läuft alles sehr gut, dachte ich, es fällt ihr nicht auf, dass ich diese Szene noch nie gespielt habe und trotzdem genau weiß, was zu tun ist. Jetzt der BH. Das ist ein ganz wichtiger Schritt, wenn der BH fällt, ist die Hauptsaison eröffnet, warum trägt sie überhaupt einen, sie hat doch kaum Brüste, fragte ich mich, der Grund war klar: damit ich ihn ausziehen konnte. Ich wollte den BH mit einem lockeren Schnips öffnen, das hatte ich irgendwo schon mal gesehen, ein Schnips, und er ist auf, doch er wollte nicht. Ich nestelte noch mal, wo war denn der Haken, oder funktionierte Petras BH anders, ich ruckelte rum, Petra öffnete die Augen, musste lachen, ich dachte erst, jetzt ist es aus, du hast deinen Part nicht drauf, doch sie sagte nur: Warte, ich mach schon. Sie knipste was auf, also Druckknöpfe, hätt ich mir doch denken können, dann war der BH weg und sie oben ohne. So ist das. ObenOhne. Eine Frau oben ohne. Wie echt. Und ich muss das jetzt anfassen. Zum ERSTEN MAL die Brüste einer Frau anfassen. Wie klein sie waren. Und sie mündeten in blassrosa Warzen. So. Wie jetzt? Ich leg am besten meine Hände drauf und warte, was passiert. Petra schaute mich an dabei. Als ich sie berührte, lächelte sie. Fester, sagte sie. Ich fasste fester, umschloss ihre Brüste, dabei streckte ich die Arme von mir weg, als müsste ich den größtmöglichen Abstand lassen zwischen uns, damit man auch von der Seite alles beobachten konnte. Ich sah mich plötzlich an der Reling stehn, du bist ein echter Klassiker, lass dich einrahmen, das Mädchen deiner Träume sitzt auf dir drauf, und du knetest ihre Brüste. Petra stöhnte, sie zitterte, warf dabei ihren Kopf so heftig zurück, dass ich dachte, ich bin doch unmöglich der Auslöser von so was jetzt. Ich glaube, ich schaute mir von außen zu, saß auf einem Stuhl neben dem Bett und schaute einfach nur zu. Petra war so leidenschaftlich, so emanuelle, ich kannte sie gar nicht wieder. Sie beugte sich plötzlich über mich, leckte mit ihrer Zunge meinen Hals, leckte hinunter bis zum Bauchnabel, dann öffnete sie meine Hose, sagte noch: Ich pass auf, und zog sie aus, über den Stumpf. Dann öffnete sie ihren Minirock und warf ihn neben das Bett. Sie war so wild, ich kam gar nicht mehr mit, Mädchen sind immer weiter als Jungs, dachte ich, die sind immer weiter, jetzt legte sie ihre Hand auf meine Unterhose. Alles geht seinen Gang, dachte ich, du bist noch im Rennen, obwohl ich den Eindruck hatte, gar nichts zu machen, aber vielleicht war das ja das Geheimnis. Was ist mit dir?, fragte Petra dann. Ich schaute sie das ERSTE MAL richtig an. Mach ich was falsch?, fragte Petra. Ich verstand nicht. Ich schüttelte den Kopf. Sie zog mir die Unterhose aus, dann zog sie ihren Slip aus, jetzt ist es gleich so weit, dachte ich, da spürte ich auch schon Petras Zunge an meinem Schwanz, ihren Mund, ihre festen Lippen, wie das wohl von außen aussieht, wie oft sie das schon gemacht hat, es fühlte sich richtig an, doch Petra sagte: Gefällt es dir nicht? Doch, sagte ich, doch, doch, da nahm Petra einen Schluck aus einer Mineralwasserflasche, die auf dem Nachttisch stand, und spuckte meinen Schwanz damit voll, saugte rum, das war so nass jetzt, was machte sie denn, dann sagte sie: Warum ist bei dir nichts? und hielt meinen Kopf fest. Ich sagte, ich weiß es auch nicht, ich muss noch mal ins Bad, meine Prothese abschnalln, ich weiß nicht mehr, was ich sagte, ich war zu betrunken. Ich machte mich los, Petra wollte mich noch festhalten, ich sagte irgendwas, sie fragte: Bin ich nicht geil für dich? Ich rutschte aus dem Bett und kroch mit meinem blöden Holz ins Bad, sagte: Bis gleich, und machte die Tür zu.

Ich bin einfach zu besoffen, dachte ich, scheiße, lange kann ich mich nicht verstecken hier, die Petra wartet, ich begann zu rubbeln, warum macht mein Schwanz nicht mit, ich bin zu blau, das wird es sein, warum hab ich so viel getrunken? Ich schaute in den Badezimmerspiegel. Gott, wie ich aussah, ganz rot die Augen, aschfahle Haut, ich ertrug es nicht, lange in dieses Gesicht zu glotzen, ich fasste den schlaffen Schwanz und presste mein Gesicht gegen den Spiegel.

Du musst jetzt irgendwas machen, Thomas. Du kannst nicht immer nur machen lassen. Die Petra hat die Szene geführt, jetzt musst du mal. Das war der Fehler, ich war einfach zu passiv, Männer sind nicht passiv. Ich dachte an Richard Gere, wie er Valerie Kaprisky durch die Dusche gevögelt hat. Das hatte ich so oft auf Video gesehn. Die Valerie Kaprisky war in etwa so schwer wie Petra, das müsste doch machbar sein, auch mit meinem Holz. Ich stellte mir vor, ich sei Richard und rubbelte. Es half nichts. Wechsel mal das Programm. Wie hieß noch diese da, die dann als Hexe verbrannt wurde, Der Name der Rose, diese dunkle Kleine, die nicht gesprochen hat. Die den jungen Mönch im Vorratskeller des Klosters gevögelt hat? Die saß auch auf ihm drauf wie Petra auf mir eben, machte die gleichen Laute, vielleicht hatte Petra sich von der was abgekuckt. Die war geil. Die war aus dem Mittelalter, da gab es noch keine Filme, die machten alles zum ERSTEN MAL. Ich zog und zog, es half alles nichts.

Alles Lüge. Das ERSTE MAL gibt es nicht mehr. Da waren andere vor dir da. Ich starrte mein Gesicht an und dachte, wer ist das. Ich bin so jung und hab alles schon gesehn. Und das Leben, das ich vor mir hab, haben andere schon gelebt, ich darf es nachspielen, aber es wird nie so gut, wie die anderen es vorgespielt haben. Kannst dich noch so anstrengen, dich verrenken wie blöde, du bleibst nur deren billige Kopie. Ich musste daran denken, wie Gerard Depardieu 1492 in den jungfräulichen Sand Amerikas gesunken ist, das ERSTE MAL, wie er den Sand geküsst hat aus Dankbarkeit, der Erste zu sein. Seit diesem Kuss war die Lust, selbst nach Amerika zu fahren, verloschen. Ich spürte meine Backe auf der Schreibtischunterlage. Sie war schon ganz geschwollen. Arme Petra, dachte ich, sie hat sich so gemüht.

Dann trat ich aus dem Bad. Blieb stehn mitten im Zimmer. Ich schaute auf das zerwühlte Bett. Petra war eingeschlafen. Sie schnarchte. Hatte die Decke halb über der Hüfte. Wer ist dieses Mädchen? Ich brauchte einige Zeit. Lange stand ich da, dann zog

ich mich leise wieder an. Petra schnarchte tief und fest. Sturz-
blau. Wie lange war ich im Bad gewesen? Ich bekam die Zeit nicht
in die Reihe. Der Alkohol. Zu viel durcheinander. Jetzt hatte ich
mich etwas beruhigt. Schaute auf das dürre Mädchen, auf die Petra. Vor dem Weggehen schrieb ich ihr noch einen Zettel. Vergiss
mich nicht, schrieb ich da drauf.

FÜNFTE WELLE

Oh! God made the bees an' the bees made the honey,
An' God sent the food, but the Devil sent the cooks.

SHANTY

HE WACHEN SIE AUF WAS ERLAUBEN SIE SICH DIE
SONNE STEHT AM HIMMEL UND SIE FLEZEN SICH
HIER!!!

Meine Lider wollten nicht auf. Schwere Malagamarkisen. Wollten
nicht zurück in die Welt. Wer rief da? Die Stimme kam mir entfernt bekannt vor. Jemand rüttelte mich wirsch durch. Dann
klatschte ein Eimer Salzwasser auf mein Gesicht.

BLOHM DAS KOMMT NICHT WIEDER VOR SIE SIND
HIER NICHT AUF SOMMERFRISCHE!!!

Vor mir stand Doktor Cloque. Das heißt, er sah ihm ähnlich. Sein
Zwillingsbruder? Diese Ausgabe trug einen Backenbart, einen im
Kommen, einen lächerlich dünnen, spärlichen Kotelettenflaum.
Auf der Nase saß ihm eine winzige Nickelbrille mit dünnen
Drahtbügeln. War er plötzlich kurzsichtig geworden? Auch klang
seine Stimme tiefer als gewohnt, belegt und heiser, sein Kom-
mandoton wirkte angestrengt, fast aufgesetzt. Früher hatte mich
sein Organ erschreckt, weil es fistelnd und schneidig war ...

Blohm: Was ist denn mit Ihnen, Doktor Cloque? Sie haben sich
verändert!

Clox: Sie müssen mich verwechseln. Ich heiße Clox, John Clox,
ich bin Navigator, einen Doktor kann ich nicht vorweisen.

Dann zwinkerte er mir verschwörerisch zu, gab mir ein Zeichen,
das ich nicht recht zu deuten wusste.

Blohm: Also Clox. Was soll das? Die Maskerade. Wo bin ich? Ich
hab Kopfweh.

Clox: Es tut mir Leid, Sie vor vollendete Tatsachen stellen zu müssen, aber Sie waren bei der Reisevorbereitung nicht anwesend, weil Sie, mh mh, weil Sie sich entfernt haben, ohne sich abzumelden. Das ist Ihre Sache. Die Konsequenzen müssen Sie tragen. Nun, Sie müssen nachholen, was die andern voraus haben. Ad eins: Sie heißen Blohm, ab sofort, Thomas Blohm, prägen Sie sich diesen Namen ein, sie haben nur den einen. Ad zwei: Ich darf Sie beglückwünschen. Sie sind Moses.

Blohm: Wie bitte?

Clox: Moses. Sie sind der Gehilfe des Smutjes. Mädchen für alles. Lehrling. Sie sind nicht länger einfacher Passagier. Sie sind weiter. Diese Fahrt ist eine Ausbildungsreise. Sie müssen lernen, lernen, lernen. Ad drei: Sie sind unterstellt – Orloff, dem Smutje. Was Sie dort zu tun haben, wird er Ihnen persönlich sagen.

Blohm: Langsam, Cloque, langsam ...

Clox: Wie meinen?

Blohm: Clox. Langsam, Clox. Wo bin ich? Woher komme ich? Wohin fahre ich?

Clox: Ad eins: Sie befinden sich wieder auf der Arrabal. Wir sind, was Takelung und Bauart anbetrifft ... nahezu ... kongruent.

Blohm: Wie bitte?

Clox: Die Arrabal ist sich treu geblieben.

Blohm: Schade. Ich wär jetzt gerne auf einer Galeere.

Clox: Mh mh. Hier auf See haben wir die Ironie hinter uns gelassen, das werden Sie noch spüren. Weiter. Unser Ziel: Neuseeland. Angepeilte Reisezeit: drei bis vier Monate. Fracht: Rum und Wolle aus Jamaika. Noch Fragen?

Blohm: Mr. ... Clox, Sie haben mich schanghait. Ich möchte an Land.

Clox: Das ist ein allzu böses Wort für Leben retten, finden Sie nicht? Sie waren plötzlich verschwunden nach unserem Fest, wir dachten schon, mh mh, Sie wollten uns verlassen. Dabei haben Sie sich nur die Beine vertreten und ein feines Etablissement besucht, was? Was ist Ihnen denn widerfahren? Am Abend fanden wir Sie bewusstlos auf der Strandpromenade, Ihr Stumpf suppte ganz gewaltig. Mh mh. Ich habe ja keine Ahnung von Medizin, aber als Laie kann ich sagen: Es sah scheußlich aus, haben Sie Ihr Bein zu stark belastet?

Blohm:

Clox: Sie müssen es doll getrieben haben. Sie waren im Delirium. Dabei wiederholten Sie unentwegt einen Namen, mh mh, Petra wenn ich nicht fehlgeh. Petra, Petra, Petra. Unentwegt. Diese Dame muss ja gewaltig Eindruck auf Sie gemacht haben. Haben Sie sich gut amüsiert? Schon gut, behalten Sie das für sich. Ad zwei: Eine Woche haben Sie im Fieber gelegen, Sie können von Glück sagen, dass der Stumpf nicht weiter entzündet ist, das kann böse ausgehn. Einer unserer Ärzte hat Sie behandelt, er kannte Sie von einer früheren Reise, er hatte Ihr Bein amputiert. Kennen Sie ihn?

Ich gab keine Antwort. Dieser Mensch stichelte weiter auch mit Backenbart. Er war es. Kein Zweifel.

Blohm: Mr. Clox. Ich möchte an Land. Ich will gehen.

Clox: Das dürfte schwierig sein. Ad eins: Sie sollten mit dem Gehen sparsam sein, Sie sind noch schwach, ad zwei: Auf dem Wasser gehen war auch vorher nicht Ihre Stärke, oder? Schauen Sie mal aus dem Bullauge! Wir befinden uns eine Woche von Jamaika auf offener See, Sie kommen spät mit Ihrem Entschluss. Da von Ihnen keine Widerrede kam, habe ich gedacht, Sie wollten weiter mit uns fahren.

Plötzlich schnitt ein durchdringendes Gekeife unser Tätatät ab.
WO BLEIBT DENN DER MOSÄSS DER MOSÄSS WO BLEIBT ER ES GIBT ZU TUN!
Das ist Orloff. Sie sehen, Sie werden gebraucht. Beeilen Sie sich. Ich gebe Ihnen jetzt Ihren Laufzettel. Da stehen Ihre persönlichen Angaben drauf. Wenn Sie das gelesen haben, prägen Sie sich alles genau ein. Dann zerreißen Sie ihn und werfen ihn über Bord. Außer Ihnen und mir soll keiner wissen, was da drauf steht. Und jetzt gehaben Sie sich wohl. Ich muss an meine Arbeit. Wir sehen uns zu gegebener Zeit.

Blohm: Clox ...

Clox: Bitte?

Blohm: Mein Bein ...

Clox: Ja bitte?

Blohm: Es ist zurückgekommen.

Clox: Nicht wahr, es ist zurückgekommen. Eine staunenswerte Sache. Es hat an Sie gedacht ...

Blohm: Sie haben mir versichert, ich könnte es loswerden. Sie wollten mir weismachen, es würde alles wie früher. Ich habe Ihnen geglaubt. An den kompletten Neuanfang hab ich geglaubt. Ich glaube Ihnen nie mehr.

Clox: Mein Lieber, gemach, gemach. Sie stehn noch am Anfang. Ich kann Ihre Verwirrung verstehen. Das, was sie kompletten Neuanfang nennen, das ist die hohe Schule. Sie sind gerade mal ABC-Schütze. Die Möglichkeiten des Schiffes und seiner Besatzung lernen Sie noch früh genug kennen. Wir üben die ersten Schritte. Sie wissen doch: Schalten Sie eine Zentrifuge erst dann auf die höchste Stufe, wenn Sie sicher sind, dass die Insassen gegen Fliehkräfte gefeit sind. Im Übrigen, zu Ihrer Beruhigung: Der Moses wurde früher der, mh mh, Nautische Prinz des Schiffes genannt. Ich will damit sagen, dass ich Ihnen eine große Zukunft verspreche, Blohm.

Dann händigte mir Clox einen versiegelten Brief aus, und vielsagenden Blicks verließ er mich. Ich erbrach das Siegel und las.

MUSTERROLLE DER REEDEREI SALT&JOHN

Schiff: ARRABAL
Name: THOMAS BLOHM
Kategorie: ANFÄNGER
Rang: MOSES
Tätigkeit: Ist dem Smutje als Backsjunge unterstellt.

Den Anweisungen des Smutjes in dessen Bereich ist unbedingt Folge zu leisten.

In allen anderen Bereichen gelten die Anweisungen des Navigators Clox.

Unterbringung: Zweites Unterdeck, Kammer neben den Lebendvictualien, zusammen mit Butu, Navigationsassistent.

Sprache: Deutsch

Besondere Kennzeichen: Holzbein

Bordordnung: Der Bordordnung ist unbedingt Folge zu leisten. Was die Bordordnung ist, entscheiden die Vorgesetzten.

Bei Nichteinhaltung und / oder Verstoß: Einweisung ins Seemannsheim.

Testament: Im Falle meines Ablebens verfüge ich, Thomas Blohm, Moses an Bord der Arrabal, wie folgt:

All Hab und Gut übergebe ich der Reederei Salt&John.

Meinen Leib und meine Seele dem ewigen Meer.

Als ich den dicken Smutje sah, rief ich: Bonjour monsieur, ça va? Doch Orlot verzog sein Gesicht und brummte aufdringlich: Zdrastwui Jungä, wie man einen Schüler anblafft, der schwer von kapee.

Mein Name ist Orloff, Jungä, du bist Blohm, du bist mir unterställt als Backsjungä, wirst machen was ich sag, kapisch?

Er befleißigte sich eines spürbar angeschafften russischen Akzents. Ich wusste nicht recht, wozu. Er war doch waschechter Franzose. Er war so sehr Franzose, mit Leib und Seele Franzose, dass ein Smutje für mich notweigerlich unbedingt FRANZOSE sein musste, die Kombüse hatte etwas zutiefst Französisches. Und jetzt dieser Schlag ins Östliche? Hatte ich mich so in ihm getäuscht?

Blohm: Monsieur Orlot, wie reden Sie, was verstellen Sie Ihre Stimme? Machen Sie keine Scherze, ich bin nicht in der Stimmung.

Orloff: Hör gut zu, Jungä. Wir haben eine langä, hartä Reise vor uns. Du bist in Ausbildung. Du musst lernen, lernen, lernen. Noch bist du in einer Stellung, in der man verzeiht bei die Fehler. Das

hört auf irgendwann. Schlagartig auf. Also mach kein Fehler, klar?
So. Deine Stelle, Blohm, die Stelle so, die ist wichtig. Die Kombise
ist das Herz von die Arrabal. Du musst helfen, dass schlägt. Musst
fittern die Hihner und die Ochs, die Gäule und die Schwein, was
sein in Etage zwei, und dann du bringst die Fässer mit die Victuals,
so wie ich dir sag, dann du musst bimmeln mit die Gleckchen und
sagen Spruch, isso Usus, danach musst spilen die Teller und fein stapeln, wie ichs dir sag, kapisch? Na, wirst schon machen charascho.
Bist a gute Jungä.
Der Franzose beharrte auf dem Russen. Kein Vertun.

~

Orloff war mein Vorgesetzter, diese Rolle war ihm auf den Leib ge-
schrieben.
Aus seinem kaum vorhandenen Hals bellte das Küchenkom-
mando. Er war Herr über den Speiseplan, den er »Wochenmagen-
fahrplan« nannte, und er machte von Anfang klar, was das hieß:
Er hatte die Vorräte im Kopf, ich musste sie schleppen.
Er sagte: Gelbe Erbsen, ich musste nach Gelben Erbsen rennen.
Er sagte: Hihner fittern, ich fütterte die Hühner.
Er sagte: Hol Peerfööt, ich fragte: Was? Er sagte: Schiffszwieback,
nur schlechter, ich rannte nach Peerfööt.
Auf mein Bein nahm er keine Rücksicht. Es hatte sich noch nicht
erholt nach dem Jamaikazwischenfall, es brannte stark, und ich
musste es ruhig stellen, wann immer ich Zeit hatte. Doch Orloff
ließ mir keine. Er stand mit seiner riesigen Kelle in der Kombüse
und herrschte. Meckerte herum, wenn ich zu langsam war, trieb
mich zur Eile an, und wenn ich entkräftet hinfiel, holte er mit der
Kelle aus und schlug mir auf den Arsch.
Nu los, Jungä, willst werden an Seemann, musst rennen, rennen,
rennen, wie soll der Orloff kochen ohne Zutaten? Los, noch eine
Kiste von die Erbsen!
Als er mich das erste Mal schlug, schlug ich automatisch zurück,
es war ein Reflex. Ich wollte ihm die Kelle entreißen, doch er rea-

gierte schneller, entwand sie mir und holte zu einem weiteren Schlag aus. Hocherhobenen Armes stand er, blinzelte mich mit stechenden Schweinsäuglein an und zischte: Wag das nicht, Jungä, wag das nicht, du tust, was steht in deinem Laufzettel! Ich giftete zurück: Alles hat seine Grenzen, Orloff, ich bin nicht Ihr Leibeigener, ich werde mich beschweren bei Herrn Clox! Der Russe bellte auf, plötzlich in schärfstem Hochdeutsch: Versuch das. Versuch das nur. Geh zu dem alten Herrn. Der wird dir was husten. Der hat keinen Einfluss mehr auf unser Verhältnis. Das geht jetzt seinen Gang. Du kommst etwas zu spät. Warst ja nicht dabei, als er deine Fahrt geplant hat. Der hat unser Verhältnis entworfen, er ist unser Erfinder, aber ich bin mein eigener Herr. Na los, beschwer dich. Beschwer dich doch. Du wirst dich noch wundern. Menja zawut Orloff, da!

Orloff hatte wohl im Sinn, mich gegen Clox aufzubringen, er wusste, dass wir ein enges Verhältnis hatten, ihm war daran gelegen, einen Keil zu treiben zwischen uns. Hatte er was gegen ihn? Er klang so gehässig, als er seinen Namen sprach. Ich beschloss, fürs Erste klein beizugeben und später, nach dem Abwasch, der mir allein überlassen war, zu Clox zu gehen und Rat einzuholen. Schließlich war ich doch auf Urlaub! Dass da mit Entbehrungen zu rechnen war, ging in Ordnung, ich fand sogar Gefallen daran, mich zu beweisen in niederer Tätigkeit, aber Misshandlungen und Schläge, das ging zu weit.

Ich holte die letzte Kiste Erbsen, Orloff feuerte den großen Kessel an und kochte den unvermeidlichen Eintopf. Mit beiden Händen führte er die Kelle durch die Suppe. Mir fiel auf, dass er nicht kostete, zum Abschmecken fächelte er sich nur zu, wie ein Chemiker giftige Substanzen testet. Er war wohl ein sehr erfahrener Koch, der nur zu riechen brauchte, um zu wissen, dass eine Hand voll Salz fehlte. Während er rührte und roch, nickte er in Abständen mit dem Kopf. Das war das Zeichen für mich, Holz nachzulegen. Die Maschina muss brennen, sagte er knapp. Im Klartext hieß das: Wenn das Feuer ausgeht, kommt der Orloff mit der Kelle und haut dir auf den Arsch. Der Eintopf war dann fertig, wenn Orloff es wollte. Die Erbsen waren noch hart wie Kiesel, das störte ihn nicht. Er sagte: Erbsen charascho, dann hatten die Erbsen gut zu sein. Da kuschten selbst die härtesten und hielten sich für durch. Er war der Küchenpapst. Sein Wort Gesetz.

Ich musste dann die FRESSGLOCKE LÄUTEN, mir die Bimmel schnappen und durch die Gänge der verschiedenen Decks staksen. Dabei rief ich einen Spruch, den mir Orloff als unbedingt notwendig, weil typisch, eingebläut hatte. Da durfte ich nichts hinzudichten oder weglassen, die Vokabeln waren heilig. Es war der so genannte SCHAFFERSPRUCH, denn SCHAFFEN, dozierte Orloff, sei das spezielle Wort für Essen auf See. Zuerst hatte ich Schiss, die Leute würden mich auslachen wegen so eines Blödsinns. »Essen kommen« oder »Zu Tisch« sei doch ausreichend, meinte ich. Doch er erwiderte, darauf würde keiner reagieren, man sei schließlich nicht in einem Landgasthof.

So lief ich glockeläutend durchs Schiff und rief:

Schaffe, schaffe, kleen un grot
Schaffe, schaffe, Butter un Brot
Schaffe, schaffe, unnen un baben
Schaffe, schaffe, in Gottes Namen

Und tatsächlich. Die Männer kamen aus ihren Löchern hervor, von ihrer jeweiligen Arbeit und strömten zur Mahlzeit. Etwa zehn Leute bildeten zusammen eine so genannte BACK, und jede BACK bekam eine hölzerne Schüssel, die gleichfalls BACK genannt wurde, was mich anfangs verwirrte. Aus der Back aß die ganze Back mit hungrigen Holzlöffeln. Der BACKSMEISTER war der Älteste einer Back, er kontrollierte die zugeteilte Ration, und wenn seiner Meinung nach zu wenig Fleisch in der Back war, führte er Beschwerde. Und das regelmäßig.

Sin nur Erbsen, keen Fleesch, Jung, schaff was Fleesch!

Dann stocherte ich zu Orloff, der meckerte zurück, er habe für jede Back gerecht verteilt, ich musste das dem Backsmeister überbringen, der meckerte wieder zurück, rührte demonstrativ in der

Back, worin sich höchstens zwei Fleischbrocken verloren, wahrscheinlich hatten sie die restlichen aufgeschluckt, während ich weg war. Das waren eingespielte Rituale. Schließlich stand der Backsmeister auf und ging persönlich zu Orloff, dann stritten sie sich um die Fleischzulage, feilschten wie im Basar um die Brocken, trafen sich dann irgendwo in der Mitte.

Ich bekam die Reste. Das war so bei Backsjungen, das ist so und wird immer so bleiben. Ein Platz bei den anderen war mir versagt. Ständig musste ich rennen. Wenn die Männer fertig waren, ihr Dünnbier schlürften, rülpsten und furzten, musste ich abräumen. Da stand ich dann mit den Schüsseln und Näpfen, in denen nur die absolut ungenießbaren Rückstände trockneten, und durfte mich bedienen. Am besten war noch die Schlacke aus dem großen Kessel, mein Hunger war so groß, dass ich gierig den Boden auslöffelte, da fand sich dann und wann eine Fleischfaser, die Orloffs Kelle entgangen war. Nach der Mahlzeit steckte sich der Smutje ein Pfeifchen an. Während ich schrubbte, die Erbsenhülsen vom Geschirr kratzte, abwusch und alles sauber in die Schränke stapelte, begann mein Chef zu philosophieren.

Orloff: Der Speiseplan, der will charascho überlegt sein. Musst den Zorn von die Mannschaft halten in die Schwebe, wie Geschmack von eine gutä Suppä: nit zu scharf und nit zu lasch. Darfst nie so bläd kochen, dass die Leit dran krepiern, und wehe du machst zu gutt, dann werdens ibermitig und wollen Servis wie im Delixhotel.

Blohm: Das ist doch ausgemachter Unsinn.

Orloff: Ise nit. De Smutje muss werden gehasst, darum ist er auf die Schiff. Interesno, nit wahr? Das ist die Rolle, so sein, wie man sich den Smutje vorstellt. Gibt es ganz genauä Gäsätzä. Wenn Essen gutt is, nur Chaos. Darf Mannschaft mit mir sein zufriede? Niemals. Sluschai Jungä, ich sag dir Geheimnis: Ein Teil von die Vorräte is schon schlecht, wenn sie komme an Bord. So kann ich machen eine ausgewogene Menju. Montag Maden im Speck, Leute sagen Scheiße, Dienstag Speck ohne Maden, Leute sind glicklich, jenachdem. So is Geschäft.

Nach meinem ersten Diensttag war ich halb tot. Ich konnte mich kaum bewegen, alles tat weh. Mein Stumpf schrie unentwegt.

Das gibt sich, Jungä. In ein zwei Tagen hast dich gewehnt an alles, sagte Orloff und zog genussvoll an seiner Pfeife.

Mieses Schwein, dachte ich. Dich krieg ich schon.

Am Abend nach der Arbeit ging ich gleich hin zu Clox. Das Gespräch mit ihm: ein knappes. Er war sehr beschäftigt, wollte mich erst gar nicht einlassen. Öffnete die Tür nur einen Spalt.

Clox: Bitte Blohm, hat das nicht Zeit? Ich hab zu tun.

Durch den Spalt sah ich den Ausschnitt eines größeren Tisches, auf dem eine Seekarte ausgebreitet lag. Ich dachte, es sei eine Seekarte, da ich undeutlich Linien und Gekritzel darauf erkannte.

Blohm: Ich halte das nicht aus, Clox. Die erste Reise war schon die Hölle, ich hätte nicht gedacht, dass es schlimmer werden könnte. Ich bin mehr als tot. Der Orloff saugt mich aus. Rührt keinen Finger und behandelt mich wie Nageldreck.

Ich berichtete ihm von meinem ersten Arbeitstag.

Clox: Was Sie da sagen, entspricht ganz der Norm. Kann nicht erkennen, dass Orloff seine Rolle überzogen hätte. Mh mh. Spielraum hat jeder. Glauben Sie mir, es hätte Sie schlimmer treffen können. Wenn Sie mich nun allein lassen wollen. Sie sollten lieber schlafen. Die Nacht wird kurz.

Blohm: Aber ich bin doch kein Sklave!

Clox: Sie sind Backsjunge, Status Moses. Ein Befehlsempfänger sind Sie. Freuen Sie sich, Befehle empfangen ist leichter als Befehle geben. Gute Nacht.

Clox wollte die Tür schließen, ich stellte mein Holz in den Spalt.

Blohm: Warum ist er so schlecht auf Sie zu sprechen?

Clox: Was meinen Sie damit?

Blohm: Es ist nur eine Ahnung, wie er Ihren Namen nannte, da ...

Clox: Werden Sie präzis!

Blohm: Ich will nichts Falsches sagen, es ist ja nur ein Gefühl ...

Clox: Gefühl, Gefühl, ich geb Ihnen gleich Gefühl, entweder Sie wissen oder Sie schweigen.

Blohm: Seine Augen funkelten hasserfüllt, als er von Ihnen sprach.

Clox: Was sagte er?

Blohm: Er sagte, Sie hätten ihn zwar erfunden, jetzt sei er aber sein eigner Herr.

Clox: Das ist alles? He! Schlafen Sie nicht ein!

Blohm: Wie?

Clox: Ob das alles ist?

Blohm: Jjja.

Clox: Hören Sie mir gut zu. Vergessen Sie's nicht. Dieser Orloff ... ich beobachte ihn schon lange ... was ich sehe, macht mich misstrauisch ... er ist klug ... sehr klug ... er tut nur so einfältig vor der Mannschaft, aber ich weiß, dass er sich verstellt ... ein Schlitzohr ... bauernschlau ... ein Schauspieler erster Güte ... doch sehr gefährlich.

Blohm: Was heißt das?

Clox: Das kann ich nicht genau sagen. Ich bin ihm noch nicht auf die Schliche gekommen. Blohm! Mensch!

Er schüttelte mich durch.

Clox: Zuhören! Haben Sie ein Auge auf den Koch. Ganz beiläufig. Beobachten Sie ihn. Verwickeln Sie ihn in Gespräche. So nebenbei. Fragen Sie ihn aus, was er hält von der Seefahrt, von der Arrabal, von seiner Rolle hier, was er hält von mir ... unauffällig, Blohm.

Blohm: Worauf soll ich denn achten?

Clox: Seien Sie einfach wachsam, das ist alles. Ich zähle auf Sie. Sie haben mein vollstes Vertrauen. Und jetzt gehen Sie schlafen.

Blohm: Studieren Sie noch Seekarten?

Clox: Wie?

Blohm: Ob Sie Seekarten studieren?

Clox: Kümmern Sie sich um Ihren Kram.

Ich wankte in meine Kammer. Zweites Unterdeck. Fast hätte ich mich verlaufen. Stiegen, Stiegen, Stiegen, gewundene Korridore, ich kannte mich immer noch nicht aus in der Arrabal. Vielleicht, dachte ich, hat sie sich auch ein paar neue Treppen einfallen lassen, wenn die Menschen sich russische Akzente und Backenbärte zulegen, konnte das Schiff doch nicht tatenlos gleich bleiben. Das Gegacker der Hühner wies mir den Weg. *Zweites Unterdeck. Neben den Lebendvictuals.* Schweinegrunzen mischte sich in das Gegacker. Pferdewiehern dazu. Irgendwo hier musste es sein. Langsam gewöhnten sich meine Augen an das trübe Licht, das die Petroleumlampen durch die Gänge flackerten. Ich öffnete eine Tür, von der ich annahm, sie sei die richtige. Zuerst sah ich einen dunklen Haufen Seil- und Tauwerk, das musste eine Abstellkammer sein. Wollte schon kehrtmachen, da sah ich den schwarzen Knirps auf einer Pritsche liegen. Butu. Er war es. Ob er sich an Bata erinnerte? Wo ist dein Teeservice, wollte ich fragen, wo hast du es gelassen? Geh von meiner Pritsche, dachte ich, da entdeckte ich eine zweite, gleich daneben, sie war bedeckt von einem Berg Segeltuch. Sie hatten uns in einen Stauraum einquartiert. Jetzt wusste ich endgültig, welche Stellung ich innehatte. Die letzte. Butu lag ganz steif auf dem Rücken, die Hände über dem Laken gefaltet. Vor dem Bett standen feinsäuberlich, parallel seine Schühchen, über einem Hocker wohlgefaltet Leinenhose und Hemd. Ordnung ist das ganze Leben, dachte ich, räumte das Segeltuch beiseite und fiel der Länge nach auf meine Koje. Zu kaputt, die Prothese abzuschnallen. Einfach hinfallen, schon im Fallen schlafen, aufschlagen, nichts merken. Daliegen wie totes Holz. Traumlose Sache das.

Gebell weckte mich. Zuerst wusste ich nicht, wo ich war. Für Sekunden wusste ich nicht, dass ich mich auf einem Schiff befand. Plötzlich Schweißausbruch. Ich erwachte in meinem Kinderzimmer. Schweißnasses Waikiki. Was hatte ich nur gemacht? Was hatte ich mir zusammengeträumt? Seit Wochen das Zimmer nie verlassen, im Briefkasten röchelte ein Quellekatalog.
Ich hörte Wellenklatschen, dann das Gebell von oben: MOSÄSS IN DIE BACK!!! Orloffs Morgenappell. Die Arrabal hatte mich wieder. Alles auf Seefahrt. Ich blickte mich um. Die Abstellkam-

mer. Der Berg Taue. Butus Bett war leer. Das Laken glatt gestrichen. Hatte ihn nicht gehört. Wahrscheinlich überschnitten sich unsere Dienstzeiten.

MOSÄSS MOSÄSS WO BLEIBT DER MOSÄSS?

Ich griff automatisch nach meiner Prothese auf dem Boden, wie ich es immer tat, doch griff ich ins Leere. Ich hatte sie ja noch an. Der Stumpf schwitzte und stank.

BLOHM DER GRIESSBREI!!!

SOLL ICH DEN ALLEINÄ MACHÄN?

Ich stand auf. Schwankte. Diese Hetze. Ich dachte mit Wehmut an die erste Reise. So schlimm das gewesen war mit dem Bein, ich hatte wenigstens Zeit gehabt. Man hatte mich bedient. Ich war außer Konkurrenz gewesen. Ein Besucher. Jetzt das. Wie sollte ich da mein Plätzchen sauber halten, wie Butu es tat? Viel zu schlaftrunken noch. Los, Blohm, du heißt doch Blohm jetzt, an die Arbeit und keine Fragen. Denk an deinen Laufzettel.

~

Die ersten Wochen bei erträglichem Seegang. Laut Clox segelten wir an Südamerika runter, nach seinen Berechnungen laufe alles planmäßig. Nach Tagen der Gewöhnung an die harte Gangart erholte sich mein Körper zusehends von den Strapazen. Ich lernte, meine Kräfte einzuteilen. In den wenigen Pausen, die mir blieben zwischen den Mahlzeiten, machte ich Nickerchen oder starrte aufs Wasser. Wasserstarren, wann immer ich eine freie Minute hatte. Bloß an nichts denken. Was hätte Denken auch gebracht. Ich konnte ja eh nicht weg, und woanders war es nicht besser. Ich war heilfroh, dieses Wasser zu haben und eine klarumrissene Scheißaufgabe, die mir jeden eigenen Gedanken ersparte.

Im Nachhinein. Was hatten wir es gut in dieser Anfangszeit. Nichts ahnend machten wir Knoten, segelten vergleichsweise beschwingt, hatten sogar Abwechslung im Magenfahrplan. Noch waren die Lebendvictuals, die Hühner, Ochsen, Schweine, quieklebendig, die Nahrungsfässer hielten die Nahrung frisch, Tee schmeckte nach Tee, Pökelfleisch nach Pökelfleisch. Donnerstags gab es frischen Braten, denn der Donnerstag ist SEEMANNS-SONNTAG, nach der Schlachtung hieß es BESANSCHOT AN!, der Freudenruf aller Janmaaten, dann gab es Extras. Doppelt Rum oder Wein, doppelt Fleisch, Kartoffeln dazu oder Obst. Am längsten hielten sich die Schweine, da sie mit den Abfällen gefüttert wurden. Solangä die Tiere sind am Läbän, es ist keinä richtigä Säfahrt, sagte Orloff. Verdächtiger Satz. Ich übermittelte ihn Clox, war sehr erstaunt über die Antwort: Da hat er doch schlagend Recht.

Meine Tätigkeit als Spion füllte mich voll aus. Jeden Abend machte ich Meldung an der angelehnten Tür. Doch Clox ließ mich nicht in sein Zimmer. Zwischen Tür und Angel gab ich wieder, was Orloff gesagt und getan. Anfangs dachte ich noch, Clox würde irgendwas verdächtig finden, so wie ich vieles verdächtig fand, was Orloff von sich gab. Doch Clox wirkte abwesend, murmelte nur: Mh mh und sagte bald: Gute Nacht. Zerstreut war er, stellte keine weiteren Fragen, nur: Mh mh. Vielleicht hatte sich sein Verdacht Orloff gegenüber inzwischen zerschlagen, und meine Berichte waren einfach uninteressant. Ich versuchte es mit mehr Nachdruck, rollte vielsagend mit meinen Augen, wenn ich erzählte, was Orloff zwischen Töpfen und Pfannen dahergeredet, umsonst. Nur: Mh mh. Clox hatte bestimmt Wichtigeres zu tun. Seine Arbeit nahm ihn vollkommen in Beschlag. Orloff war wohl nur ein kleiner Fisch.

Eines Tages, es mochte zwei Wochen nach Reiseantritt sein, hatte ich mit dem Koch ein längeres Gespräch. Es drehte sich um die Hühner. Ich beklagte mich, dass ich nachts nicht schlafen könne, weil sie so laut gackerten.

Orloff: Glickliche Hihner.
Blohm: Unter Glück stell ich mir was andres vor.
Orloff: So?
Blohm: Was ist das für ein Glück, im stinkenden Bauch eines Schiffes?

Orloff: So?

Blohm: Bei dem Seegang kann man als Huhn nicht in Ruhe picken.

Orloff: So?

Blohm: Da ist man als Huhn doch orientierungslos, als Huhn.

Orloff: Bist an Filosoff?

Blohm: Ich fühle nur mit, ich schlaf ja gleich nebenan, mir picken die Hühner ins Gehirn jede Nacht.

Orloff: Was pickens denn?

Blohm: Dass sie nicht wissen, wo sie sind. Fragen mich, wo sie sind, jede Nacht.

Orloff: Interessant.

Blohm: Fragen nach den Würmern, sagen, dass sie die Würmer vermissen, dass sie die Würmer suchen, wenn sie scharren im Stroh, finden sie keine, nur Holz.

Orloff: Interessant.

Blohm: Die Hühner sagen, dass ihnen was abgeht, fragen mich, was das sein könnte.

Orloff: Und was sagst?

Blohm: Ich sag, sie können sich ihre Würmer abschminken, die kommen nicht wieder, und dass Holzwürmer klüger sind als Erdwürmer, und kürzer, die entziehen sich, sag ich.

Orloff: Bist ja an kleiner Franziskus.

Blohm: Die Hühner sind zu mir gekommen, ich wollt sie gar nicht haben, ich will nie was haben, alles kommt zu mir, und mein Kopf ist schon ganz durchgepickt. Bald hat er Löcher wie ein Sieb. Die Hühner wollen zurück auf ihren Hof. Bring uns zurück, gackern sie, bring uns zurück, wir wollen Tageslicht und Auslauf. Der Hahn ist auch ganz betrübt, er weiß nicht, wann er krähen soll, ganz durcheinander ist er: Es ist ewig Nacht, wann soll ich denn wecken? Ich hab so ein schönes Organ, das muss doch in Verwendung bleiben, dafür ist es doch gemacht, sagt er und kräht die ganze Nacht wie am Spieß. Er ist vollkommen verzweifelt, das Hahnsein steht auf dem Spiel, die Hennen haben keinen Respekt mehr vor ihm, er kräht die ganze Nacht, denn es gibt nur Nacht, er kräht und kräht und hofft, dass er mit einem Kräh mal richtig liegt, aber er weiß es nicht, deshalb kräht er pausenlos. Wenn ich permanent krähe, sagt er, geht die Sonne vielleicht doch wieder auf. Und ich kann ihm nur sagen, du siehst die Sonne nie wieder. Es bleibt dunkel, bis der Schlächter kommt und dir den Hals durchschneidet. Dann ist es still im Stall, für Sekunden, bis er sich wieder aufbäumt, er will es nicht verstehen, er kann es nicht verstehen, ist ja nur ein blöder Hahn. Und das soll Glück sein?

Orloff: Nu. Ich denk voraus. Wenn die Hihner tot sind. Wenn sie tot sind. In ein paar Tagen. Dann wirst sagen: Das waren glickliche Hihner. Wirst sehn.

Blohm: Was meinen Sie damit?

Orloff: Diese Tiere ham an Erinnerung. Das is was Feines, so an Erinnerung. Das hält dich am Leben. Die wissen doch, was sie für Hihner warn. Die ham doch an Begriff von am Mist, am Haufen Mist, die wissen, wie gut das duftet, so an Mist, und wissen, was Wirmer sind, lange, glitschige Wirmer, die man auszieht aus die Erde und zerrt dran und sich balgt um sie, die wissen das. Die Erinnerung is was Feines.

Blohm: So?

Orloff: Wenn die Hihner tot sind, gibts auch kein Misthauf mit Wirmern mehr, dann is die Erinnerung durchtrennt wie die Häls von die Hihner. Die flattert noch kopflos herum, dann liegt sie drinne im Kochtopf und wird getilgt. Dann is sie weg, ein für alle Mal. Dann kommen die Kisten. Die Kisten, Blohm, verstehst?

Blohm: Ne.

Orloff: Die Kisten. Mit deme Proviant. Die Kisten können sich an nix mehr erinnern. Kannst ja mal den Peerfööt fragen, den gestapelten. Ob er sich noch erinnert an das Weizenfeld. Der sagt: Wie? Weizenfeld? Nie gehert. Nie im Leben. Ich weiß nich mal, dass ich Peerfööt heiß. Weiß nur, dass es verdammt eng is zu liegen in die Kiste. Mehr weiß ich nit. Oder fragst das Pekelfleisch. Das liegt so lang schon in der Laken, das Salz hat die Erinnerung ausgetrocknet, da is nix mehr, außer dem Herumliegen in deme Fass. Das Fleisch hat überhaupt keine Ahnung, wo es herkommt. Das hat keine Reflexe. Wenns fragst: Wer bist du? Was machst hier? Wo kommst her? Meinst, du kriegst an Antwort?

Blohm: Weiß nich.

Orloff: Naa. Drum freu dich über die Hihner, solang sie noch picken. Die erzählen noch was. Die hams gold.

Abends stand ich vor Clox' Kajütentür und klopfte. Er öffnete, sein Gesicht war sorgenzerfurcht.

Ja bitte?, murmelte er.

Ich wollte nur sagen, dass mir heute nichts aufgefallen ist, keine Zeit für ein Gespräch mit dem Smutje.

Mh mh, murmelte er.

Soll ich weiter dranbleiben?

Mh mh, gute Nacht, murmelte er und schloss die Tür.

Es interessierte ihn also nicht. Gut. Dann behalte ich meine Gespräche mit Orloff für mich. Wenn Clox nichts wissen will, sage ich nichts mehr. Soll er über seinen Seekarten brüten, ich unterhalte mich lieber mit dem Koch. Der hat ein Redebedürfnis, und was er sagt, interessiert mich. Und ich glaube, er interessiert sich auch für mich.

In der Nacht wieder kein Schlaf. Die Hühner gingen mir im Kopf herum.

Ich hörte sie gackern nebenan, hörte, wie sie nach Würmern scharrten, verzweifelt, wie sie klagten, unsicher wurden, die Hennen scharten sich um ihren Hahn und wollten Auskunft. Wo wo wo wo wo?, glucksten sie. Der Hahn hatte sich heisergekräht, aus seinem Schnabel kam nur ein klägliches weiß es nicht … weiß es nicht … weiß es leider nicht … Was was bist du, was was bist du, was was bist du für ein Hahn?, fragten die Hennen, immer aufgebrachter, sie kreisten ihn ein. Was was bist du, was was bist du, was was bist du für ein Hahn?, scharrten sie, pickten nach seinen Federn, löcherten ihn mit ihren Fragen. Der Hahn konnte keine Antwort geben. Er suchte nach Ausreden, um dem Gehacke zu entkommen, doch nicht einmal die fielen ihm ein. Die Hennen waren in der Übermacht. Der Verschlag sehr klein. Sie hackten voll Wut und Verzweiflung. Hackten seinen Kamm ab, hackten sein Federkleid kaputt, hackten auf die Schlegel. Das kommt davon, Hahn, wenn man keine Auskunft geben kann, von einem Hahn erwartet man das. Die Hennen hackten auf seine Beine wie von Sinnen, schon zu schwach, konnte er nicht ausweichen, ließ sie über sich ergehen, die Metzelei. Irgendwann gaben die Hennen Ruhe. Der gerupfte Hahn sah seine Federn verstreut im Stall fliegen, ein Bein lag da wie nicht von ihm, er ordnete es erst zu, als er versuchte zu laufen, er kippte um, hatte nur noch eine Stelze, zu wenig, um fortzukommen. Traurig sank er hin, neben seinen Schlegel, wusste, der wächst nicht mehr an.

~

Als das letzte Schwein an Deck geschlachtet wurde, schickte Orloff mich runter zu den Proviantkisten. Ich musste nach undichten Stellen suchen.
Sieh nach, ob der Peerfööt atmet. Wenn ja, schneid ihm ab die Luft!
Mit einer Kerze stand ich im Bauch der Arrabal, zweites Unterdeck, Backseite, kloakig und schwül. Das Tropenklima – wir segelten dem Sommer nach – hatte die Innereien des Schiffes in eine gärende Sauna verwandelt. Die Hefe der Fäulnis.
Oben quiekte die Sau in Todesangst. Ich hatte mir das oft angesehn. Etwa sechs hielten sie fest. Der Schlachter versuchte mit dem langen Messer die Aorta zu treffen. Nicht immer saß der erste Stoß. Wenn das Messer abrutschte, die Sau sich freistrampelte, lief sie angestochen blutig über Deck. Zur Gaudi der Männer. Säue umtreten war für die ein Sport wie Fußball oder Boccia. Heute ging alles schnell. Während ich eine Truhe öffnete, um nach dem Peerfööt zu sehen, hörte ich sie oben verröcheln. Die Männer grunzten, das Messer hatte gesessen. Jetzt zuckte die Sau, die Zunge schlackerte noch lange nach, obwohl das Herz schon aufgehört hatte.
Der Peerfööt war mau. Entdeckte schmale Ritzen, durch die Feuchtigkeit drang. Maden oder Käfer noch keine da. Ich leerte

eine andere Kiste mit Werkzeug, säuberte sie und stapelte den Peerfööt um, schichtete das handtellergroße Biskuit systematisch auf.

Oben wurde ausgenommen. Wie das dampfte, wenn der Bauch aufgeschlitzt war, wie die Organe wabbelten! Wie das warme Blut roch! Bewunderte die Männer, wie schnell sie arbeiteten. Hand in Hand. Innereientakelage. Während zwei die Därme ausspülten, schnitten andere die Schwarte in Stücke und pökelten sie ein. Orloff stand neben ihnen mit Schüsseln und nahm die Fleischstücke, die Nierchen, die Leber in Empfang. Und gleich aufs Feuer. Das Schlachtfest anheizen.

Ich hatte unterdessen den Peerfööt geschichtet. Die Astronautenplätzchen. Stellte die brennende Kerze auf die oberste Lage und verschloss den Deckel. Die Flamme würde den Restsauerstoff tilgen, den Zwieback vakuumversiegeln bis in alle Ewigkeit. Dachte ich. Ich verließ den Proviantraum und stakste an Deck.

Die Mannschaft hatte sich bereits versammelt. Das Dünnbier floss. Die Männer schon mächtig in Stimmung. Orloff hatte die Parole BESANSCHOT AN! ausgerufen, es gab Sauerkraut mit Schweinefleisch. Ein Festessen. Was mich wunderte: dass die Stimmung derart euphorisch war. Ein wenig Wehmut angesichts des letzten Schweins wäre doch angebracht. Die Zukunft war Hartbiskuit und übersalzenes Dörrfleisch. Was hatten die jetzt für schrecklich gute Laune? Ich dagegen rannte mit den dampfenden Schüsseln hin und her, Trauer tragend. Das arme Schwein. Letzter Bissen Frische. Letzte Faser Wohlleben. Wussten die Gröler nicht, was da unten in den Fässern wartete?

Und dann er.

Es hat lange gedauert, bis ich dahinter kam. Nein. Ich kam nicht dahinter. Es war Orloff, der es mir sagte. Viel später. In einer stillen Stunde. Ich wäre von selbst nie dahinter gekommen, dass er der Blonde war, der mir auf der ersten Fahrt im Sturm den KLÜVER entgegengeschrien hatte. Jetzt nannte er sich Mister Vex. Backsältester. Er hatte lange graue Haare, hinten zu einem Zopf gebunden. Seine Haut war rissig, wettergegerbt. Wie konnte er vor kurzem noch blond, jung und blauäugig gewesen sein? Jetzt schwang er die große Rede. Dazu war Vex auf einen Tisch gesprungen, das Bier schwappte aus seinem Mock.

Männer fresst! Die letzten Bissen! Teller leer! Kratzt sie aus, restlos!

Die Umstehenden hoben die Humpen, stießen an, grunzten: Ye! Jau! Si, si! Jawoll! Da, da!

Das Schwein ist tot! Jetzt beginnt die Seefahrt! Die richtige! Die einzig wahre! Bis jetzt: verwässert und trübe! Ab jetzt: klassisch und klar!

Jep! Da, da! Claro si! Jawohl! Dawai, dawai!

Was macht das Schwein? Wonach schmeckt es? Will's euch sagen: Dieses Schwein, es schmeckt nach Sicherheit – die Sicherheit der Küste, es macht uns träge – schlimmer: UNKENNTLICH. Männer, wer seid ihr?! Wo ist eure Silhouette? Sagt selbst: Was ist ein Seemann ohne Silhouette?!

Kein Seemann!

Jeder Seemann muss so scharf umrissen sein wie ein Scherenschnitt! Schwarz auf Weiß!! Also schlingt das Schwein – restlos – und dann: Bier drüber! Ab morgen: klare Konturen! Dass wir uns erkennen, wenn wir uns gegenüberstehn!

Yes, yes! Si claro!

Diejenigen unter uns, die das schon erlebt haben, wissen, wovon ich rede. Sie haben es einmal erlebt, und wer es einmal erlebt hat, will es immer wieder erleben. Der wird süchtig. Der wird nie genug kriegen. Der wird wieder und immer wieder seine Silhouette schneiden auf den Meeren dieser Welt, der kann nie ein Ende machen, bis zu seinem Tod.

Yes, yes! Si claro!

Die, die das erste Mal bei uns sind. Hört zu. Für euch ist das Schwein ein langer Steg, eine Mole, Vorbereitung auf den Sprung ins eiskalte Wasser! Abrupt, auf einen Schlag, das können nur die mit Erfahrung. Die brauchen keine Schweine. Die brauchen keine Hühner, Pferde nicht. Keine Ochsen. Wir reichen denen die Hand, die am Anfang stehen! Fresst den letzten Teller! Und vergesst den

Geschmack! Vergesst alles, was ihr glaubtet zu wissen und zu sein! Ab morgen schmeckt es anders hier auf der Arrabal! **Wir reisen in den Mangel!** Aber der Mangel und nur der Mangel macht uns zum Seemann! Jetzt wird sich zeigen, wer das Zeug dazu hat! Und wer nicht! Der Mangel trennt die Spreu vom Weizen! Darauf lasst uns trinken!

Ein Mensch, ein Ziel
und eine Weisung.
Ein Herz, ein Geist,
nur eine Lösung.
Ein Brennen der Glut.

Ein Gott, ein Leitbild.
Ein Fleisch, ein Blut,
ein wahrer Glaube.
Ein Ruf, ein Traum,
ein starker Wille.

Gebt mir ein Leitbild.
Gebt mir ein Leitbild.

Nicht alle stimmten gleich froh ein in den Refrain. Manche, sah ich, spinksten scheu nach den Anführern, den Vorsängern, allen voran Mister Vex, der Kühnste von allen, er stand auf dem Tisch und stampfte den Takt. Wenn er die Zauderer anblickte, Feuer in den Augen, sangen sie besonders laut, wenn sie sich unbeobachtet fühlten, schauten sie beiseite, untern Tisch, in den Himmel, ins Leere.

~

Der Hühnerstall war verwaist. Ich musste ihn ausmisten. Wie ich so kratzte, letzte Reste Kot, Hühnerhinterlassenschaft . . . hier hatten sie mehrere Wochen vergackert. In Zukunft würde hier der Segelmacher seine Flickwerkstatt einrichten, hatte schon Bedarf angemeldet. Der hatte sich gefreut, fühlte sich so beengt in seiner kleinen Werkstatt an Deck. Ich expandiere zu die Hühner, sagte er. Mit den Hühnern stirbt ein Stück Erinnerung, mir ging diese Bemerkung Orloffs nicht aus dem Sinn, er sagte das beim Umrühren des Eintopfs, fügte noch leise hinzu: Das is ja auch charascho. Mit der Nahrung aus den Vorratskisten war alles anders. Die tat keinen Mucks, da hatte Orloff Recht. Ich hielt oft mein Ohr an die Pökelfleischfässer und lauschte. Keine Meldung, drinnen alles stumm. Was sollte man von so einem Futter halten? Es hieß, es handle sich um Schweinefleisch. Aber es roch nicht so. Es schmeckte nicht so, und grunzen tat es auch nicht. Das Urheberschwein war derart entstellt, dass für Lügen massig Raum bestand. Man konnte viel erzählen. Weismachen und mutmaßen. Diese dörren Brocken! Unvorstellbar, dass die mal vier Beine gehabt hatten. Orloff klatschte die Fleischplatten auf den Kombüsentisch und legte die Axt an.

Orloff: Des is wie Holzhacken, prächtig.

Blohm: Ich muss die ganze Zeit an die Hühner denken.

Orloff: Schlag dir die Viecha aus dem Kopf! Die sind hin. Jetzt hilft nur treu glauben . . .

Blohm: Wie?

Orloff: Wenn ich hacke, tu ich glauben: Des war a Schwein, des war a Schwein, des war ka Pflasterstein, des war ka Ziegel, des war a glickliches Schwein, a Sau mit am Ringelschwanz und neun Ferkeln am Bauch, ich glaub des, ich glaub des, ich glaub des.

Blohm: Orloff!

Orloff: Miststick, saumeßiges, gehst du entzwei, das is ja wie Beton, da kennen Pferdekutschen drauf fahrn, und es gibt keine Bletsche, Miststick . . .

Orloff hackte fast den Tisch zu Bruch. Kochte vor Wut.

Orloff: Schwein! Schwein! Swinja! Weißt, es geht das Gericht, unser Proviant kommt aus dem Steinbruch, Proviantfirma verdient sich goldene Hals, die sitzen in ihrem Steinbruch und fressen Frischfleisch, und wir missen klopfen ihre Steine ... Ja, mein Schweinstein, du, du, ich mach wieder an Schwein aus dir, wirst sehn. Smutje muss gut kochen, dann kommt die Erinnerung wieder. Nur lang genug auskochen, Gewirze dran, dann lernt es wieder quieken, sieht aus wie an Schwein, riecht wie an Schwein, is an Schwein, ich mach teglich Delikatessen, du Miststick.

Orloff begann zu philosophieren. Erzählte mir von der denkwürdigen Erfindung der portable soup. Tragbare Suppen, die seien jetzt in Mode. Die seien viereckig, hätten also klar geometrische Suppengestalt, da sei alles drin in dem Klotz, was eine richtige Suppe ausmacht. Nur Wasser heiß machen, und die Suppe brodle im Topf, als sei nix gewesen. Da hätte man der Natur ein Schnippchen geschlagen, und darum gehe es ja bei Schiffsreisen. Der Natur ein Schnippchen schlagen. Die Arrabal sei voll mit Schnippchen. Heikel, heikel, raunte Orloff, da könne man viel versauen. Wenn er nicht so fest wär im Glauben, dass es sich bei diesen Grabsteinen um ehemalige Schweineschultern handle, brauche er gar nicht anfangen mit Kochen. Das Schwein werde nur aus seinem festen Glauben geboren, quasi wieder geboren. Schwein machen, nannte er das.
Apropos viereckige Suppen, das sei ja ein Fall für die Geometrie, er sei zwar mathematischer Laie, aber warum dürfen Laien nicht sprechen, in der Mathematik nenne man sowas Variablen. Wenn man nicht weiß, was man vor sich hat, sei das eine Variable. Da könne jeder was glauben und einsetzen für. Wenn ich zum Beispiel in diese Kiste blicke, was sehe ich? Graue Brocken, übereinander geschichtet. Das könne alles sein, das seien absolute Nahrungsvariablen. Von mir aus sind es Erbsen, könnte auch Zwieback sein oder Ochsenfleisch oder Bohnen oder Dattelrechtecke, wenn man nicht fest dran glaubt, könne es alles sein. Er als Smutje müsse vor jeder Mahlzeit das Gericht vorglauben, sonst käme er in Teufels

Küche. Die Männer glaubten eh alles, was man ihnen auftischt, die seien keine Hilfe. Nein, er sei der alleinige Maßstab.

Heute es gibt schwarze Bohnen mit Knoblauch und Rindseinlage, sagte Orloff und deutete auf die grauen Brocken. Hab mich geteischt, war doch kein Schwein, war a Rind. Bin konvertiert.

~

Berlin, verwässerte Hauptstadt

Ich stehe in einem Imbiss Brunnen-/Ecke Torstraße. Ein italienischer Türke, Döner und Pizza gleichzeitig, tolles Angebot. Ich habe Hunger. Den ganzen Tag nichts gegessen, weil ich nicht wusste was. Man kann so viel falsch machen und gar nichts richtig.

Der Dönermann reißt mich aus meiner Absence. Nu was? Döner mit Soße oder ohne Soße? Pizza? Salat? Döner ohne Fleisch? Döner mit Schafskäse? Döner mit Hackfleisch? Oder lieber Falafel? Falafel, Falafel? Oder möchten Sie ein Bier? Wir haben 183 Biersorten aus Deutschland, 50 aus Belgien, dazu das türkische, wenn Sie möchten Malzbier, alkoholfreies Bier oder lieber Tee? Mit Zucker oder mit Salz und Pfeffer? Tee ist türkisch, wie Döner oder Lahmacun, Pizza ist nicht so türkisch, aber von Türken gemacht, ursprünglich italienisch, aber da gibt's kein Patent, die Pizza ist frei für alle.

Ich überleg's mir noch.

Was überlegen? Was? Du hältst den Verkehr auf.

Sie sind kein Türke.

Richtig, ich bin Grieche, arbeite in einer türkischen Pizzeria, na und?

Ich hab keinen Appetit mehr.

Der Dönermann ist ein gerissener. Ein Philosoph am Elektromesser. Werd ihn herauslocken aus seinem Frittierfett.

He, Grieche! Du bist nicht nur ein Mann des Fladenbrotes, das habe ich spitzgekriegt. Auch ein Mann der Worte. Also: nimm Stellung, Etikettenschwindler, was ist für dich Türkei?

Türkei, Land in Südosteuropa, sechs Buchstaben, was willst du, ein

Schild, auf dem Türkei draufsteht, ist Türkei, Türkei ist da, wo die Türken wohnen, Türkei ist eine Sicherheitsnadel, ein Button, Türkei ist das Märchen vom Knoblauch. Wenn Sie's wissen wollen, fahren Sie doch hin, da wo Türkei draufsteht, ist auch Türkei drin. Vielleicht finden Sie einen zahnlosen alten Kümmeltürken, der auf einer türkischen Parkbank sitzt und Pinienkerne pustet. Den sollten Sie fragen. Solche Männer sind Garanten. Nummersichertürken. Waschecht. Türken Ihres Vertrauens. Die hauchen Sie nur an, und Sie fallen um vor lauter Türkei. Türkei hat man in der Nase. Das ist eine Geruchsgegend. Ganz anders als Luxemburg oder Dänemark, da riechen Sie praktisch nichts. Wenn Sie Glück haben, hängt hinter der Heizung ein Wunderbaum, wo Dänemark draufsteht. Ehrlich. Türkei hat Kaliber. Das macht die Polypen frei. Sie können froh sein, dass es solche Zonen gibt. Zahnlos und stinkend. Getürkt. Wunderbar.

Orloff fand die Geschichte sehr amüsant. Meinte, er hätte der türkische Grieche sein können. Verstehe mich immer besser mit dem Russen.

~

Der Gestank des Eintopfes nahm täglich zu. Orloff traf seine Maßnahmen. Ich durfte umrühren.

~

Die Eintönigkeit der Tage führte dazu, dass mir jedes Gefühl für Zeit abhanden kam. Ich hatte ja keinen Einblick in die Chronometerabteilung Doktor Clox' – ich nannte ihn für mich weiterhin Doktor, obwohl er sich diesen Titel verbat. Ich bin unstudiert, sagte er dann, die Lippen dünn.
Was er da hinter verschlossener Türe trieb ...
Wenn ich die Männer, wenn ich Orloff nebenbei fragte, was genau der Meister für eine Rolle spiele, wichen sie aus oder sagten: Frag ihn doch selbst. Auch an Butu kein Rankommen. Unsere

Dienstzeiten überschnitten sich, wenn ich ihn tagsüber sah, war er nie allein. Immer trippelte er hinter seinem hageren Vorgesetzten her, die beiden waren unzertrennlich. Butu hielt Clox die Türen auf, Butu trug Clox den Koffer, Butu reichte ihm die Messinstrumente, Butu beugte sich vornüber, damit Clox auf seinem kleinen Rücken Notizen machen konnte. Der hatte eine privilegierte Stellung, hatte ein großes Los gezogen, dachte ich. Fein raus, der Knabe. Macht sich seine schwarzen Flossen nicht dreckig. Taschen tragen, tolle Sache. Und immer schön das Kinn nach oben. Dem wünsch ich nur einen Tag an den Tellern. Den würde Orloff in die Mangel nehmen. Saubermännchen. In mir wuchs der Neid gegen diese Rollenverteilung. Wenn ich die steinharten Hülsen von den Tellern kratzte, krallten sich meine Finger in das Geschirr, ich blutete unter den Nägeln. Ich bin der Neger des Schiffes, und der Neger spielt sich auf wie ein preußischer Kadett.

Während Butu loggte – das war eine schicke Aufgabe! Ein Seil mit Gewichten ins Kielwasser halten! –, kam der Smutje und klopfte mir auf die Schulter: Mach ma Pause, Jungä, hier, willst an Tabak? Ungläubig schaute ich ihn an. Was gab das?

Lass die Teller. Muss nich alles blitzen. Die Kombise ist kein Waschsalon. Merkt niemand, wenn die Teller Patina ansetzn. Im Gegenteil. Gehert zum Flair. Is schon so vom Ethmilogischen, Smutje heißt: der Schmutzige, und die Tradition muss man erfilln.

Er reichte mir einen Priem. Ich kaute. Säuerliches Zeug. Besser als nichts. Vertrieb den Hunger.

Orloff deutete auf Clox und Butu: Die machen Holiday. Brauchen nicht schwitzen, was?

Ich kaute. Butu spielte den Tachometer. Musterschüler. Spitzkinn. Wusstest du, dass Clox extra frisst? Der hat gutes Zeugs in seiner Schlappkiste. Salami und Burgunder ...

Was wollen Sie, Orloff?

Nix. War nur an Kommentar. Ich hab nix gegen den Herrn Clox. Is an guter Mann. Hat ja die ganze Verantwortung. Da hat man an Recht auf Extras.

Mein Auftrag. Den Russen abhören. Bisher war mir nichts Verdächtiges aufgefallen. Und Clox sah ja auch keinen Grund, Verdacht zu schöpfen. Was sollte er auch ausgefressen haben? Worauf wollte der Doktor ...? Orloff konnte doch kochen! Er war doch kein Vergifter ...

Der Smutje seufzte: Ja, das is alles nit leicht. Nit leicht. Das Leben is an Kreuz.

Jetzt kriegen Sie nicht den Melancholischen.

Ich klag ja nit. Ich klag ja nit. Aber is doch so: Manche ham, manche ham nit. Weißt, was die Leute halten von mir? An Dreck. Ich bin an Dreck. Und du bist der Dreck vom Dreck.

Ich nickte. Meine schmerzenden Nagelbetten ...

Weißt, wovon ich treime? Von am feinen Lokal mit a feinen Bedienung. Ich sitz da und bestell. Die Bedienung, die kommt und bedient. Ich fress mich satt. Davon treime ich. Dass ich die Bedienung zusammenscheiß, wie's beliebt. Ich sag, das Fleisch ist alt, Madame, bringens dem Koch an Gruß, ich will an neues. Das wer scheen ...

Orloff sprach vor sich hin.

Ich kaute immer grimmiger an meinem Priem, den Streberneger im Blick. Wie er locker die Leine ins Wasser hielt ... Jojospieler ... Gleich würde er den Bückling machen, dass Clox seine Knoten in die Tabelle eintragen konnte.

An Rumpstek, mit Butter, an Filet ... Bohnen, frische Bohnen, ach ... fang nit an zu treimen von sowas, es bringt dich um. Das sind schändliche dreams, Jungä, ich sollt nit anfangen davon ... Puter in Weinsossä, mit Schalotten und Lauch, frische Kartoffeln, hast das mal probiert? Schalotten, das is so delix! Aber man kann nit alles ham ... was man nit kriegen kann, kann man nur von treimen ...

Hören Sie auf, Orloff! Ich wär schon zufrieden, wenn ich einmal mitessen dürfte, einen vollen Teller voll, ich wär der glücklichste Mensch auf der Welt.

Vielleicht es lesst sich machen ... wenn du kannst halten still ... und nicht gehst petzen zu deine feine Clox. Der achtet ganz strikt auf die Ordnung. Und nach der Ordnung frisst du nur die Reste. Hatte er Wind bekommen? Wusste Orloff davon, dass ich dem

Doktor Meldung machte vor der halb geöffneten Tür? Unwahrscheinlich, ganz unwahrscheinlich.

Was meinen Sie, Orloff?

Nun, du bist an guter Jungä. Du mir gut gefallen. Figst dich gut ein.
Machst deine Sachen ohne Mucken. Ich weiß, wie hart is das. Hab
das auch gemacht. Wenn du nett bist zu mir, ich bin nett zu dir.

Was das genau hieß, wollte er nicht sagen. Stattdessen starrte er
ganz versessen auf meine Holzprothese. Dann wies er mich an, die
noch erbskrustigen Teller in die Schränke zu stapeln.

~

Bald kommt das Wohlfühlzeitalter / eins

Hier, auf dem Mangelschiff, hier träum ich von den schönen Dingen:
Hausfrauen schenken mir Kaffee ein,
tiefschwarzen Onko.
Milch? Zucker?, fragen sie.
Nein, ich trinke ihn lieber schwarz.
An langen Tischen Kaffee trinken, ungestreckten, unter den Dielen arbei-
tet die Fußbodenheizung, unaufdringlich zugegen und selbsttätig.
Die Hausfrauen stellen mir einen Aschenbecher hin:
Rauch, Junge, rauch.
Onko und eine Ernte dazu.
Du musst nicht, du darfst.
Wir gönnen und gestatten.
Sie lesen mir meine Wünsche von den Augen ab und öffnen ihre Blusen.
Woher wissen Sie das?, frage ich.
Wir kennen deine Faibles, sagen sie.
Schöne Galerie. Frauen über 40. Ich sehe mich satt.
Meine Mama war so flach.
Das wissen wir.
Sie hat sich unter den Küchentisch gelegt.
Das wissen wir.
Sie wollte mir eine bleibende Erinnerung sein.

Ja, das wissen wir.

Von der Seite hab ich sie nicht erkannt. Sie war schmal wie eine Fotoecke.

Greif zu.

Darf ich?

Dafür sind wir da.

Sie schütten ihre Brüste in meine Handteller.

Ein Dutzend Wohlfühlkugeln.

Führen mir Kaffeetasse und Zigarette an den Mund.

Sie stöhnen leis.

Wohin führt das?, frage ich sie.

In der Not braucht der Mensch nicht viel, sagen sie.

... und immer wieder die Tankstelle, in der man nicht mehr tankt, sondern Brötchen zapft ... beim Bäcker gibt es das Benzin, das läuft direkt aus seiner Brotmaschine, ruft ein freundlicher Tankwart und schwenkt eine Nussecke, die Nussecken haben das unvergleichliche Nusseckenaroma, das Rezept hat mir der Bäcker verraten, wir haben keine Geheimnisse voreinander, der Bäcker ist mein Freund, im Gegenzug verriet ich ihm alle Details über die Bleifreiheit und das kraftsparende Scheibenreinigen. Wir sind in ständigem Austausch. Morgen schon kann das Angebot den Besitzer wechseln, wir informieren Sie natürlich rechtzeitig. Achten Sie nur darauf, dass Sie heute beim Bäcker nicht rauchen, das kann gefährlich werden, rauchen Sie bitte nur an der Tankstelle, hier ist das Stehcafé. Wollen Sie eintreten? Ich bin gerne für Sie da ...

Ein Werbemännchen mit der Aufschrift DER MENSCH ALS KUNDE ALS KÖNIG schlidderte auf Kufen vorbei, drehte einen doppelten Lutz und verwandelte sich in eine Moulinette, die prophezeite, aus allem, was man ihr zwischen die Klingen schiebe, Wonnemus zu machen ...

~

Ausgehungert betrat ich die leere Kombüse. Von Orloff keine Spur. Der hatte sich wohl verspätet. Ich machte mich daran, die ranzi-

gen Teller aus den Schränken zu holen und die Mittagsback her-
zurichten. Da entdeckte ich auf dem Küchentisch eine dampfende
Schale. Ich traute erst ... Doch, doch. Es war Tatsache! Eine Schale
voll mit dampfendem Bohneneintopf. Ich rührte mit einem Holzlöffel drin herum, da schwammen etliche Fleischstücke, Fleesch!
Fleesch! Saftig sahen sie aus, und wie gut sie rochen! Für wen war
die Schale bestimmt? Hatte Orloff die gekocht für Clox etwa? Eine
Extraportion Fleesch? Niemand war zu sehen. Nur ich und der
Eintopf. Die Fettaugen glotzten mich an. Friss uns Blohm, schlag
zu, alles für dich! Na komm! Trau dich! Du hast doch Hunger!
Komm, 's merkt ja niemand!
Ich zögerte nicht lang. Gierig löffelte ich die Schale aus. Scheiß auf
die Bordordnung, der Himmel hat diese Suppe geschickt. Mein
Magen schnappte mit stinkendem Rachen nach dem Fleesch. Fres-
sen! Fressen! Wie lang hatte ich nichts gefressen! Das war ewig her!
Die Bohnen schossen durch meine Kehle, unzerkaut, das Fleesch
hinterher, ich legte den Löffel beiseite und setzte die Schale an den
Mund, leckte drin herum wie ...
Nu, wie schmeckt?
In der Tür stand Orloff, die Arme vor seinem Wanst verschränkt.
Kannst du jeden Tag haben, Jungä. Nur keine Hemmung.
Verzeihen Sie, Orloff, bitte, es hat mich überkommen, es hat so
schön, hat so gut, hat so, da hab ich ...
Schon gut, gut, keine Sache, war an Geschenk von mir. Hab ja ge-
sagt, ich will dir gut sein ...
Er kam näher. Seine Züge waren aufgeweicht, er schmolz dahin,
sein Fett schlackerte, die Augen glänzten. Er stand jetzt direkt vor
mir, ganz nah, ich roch sein süßliches Parfüm, er schwitzte stark.
Dann streckte er seine Pfote aus und berührte mich an der Wange.
Bist an schenes Exemplar. Noch so jung.
Ich musste rülpsen. Die Bohnen wollten wieder raus. Orloff tät-
schelte mein Gesicht.
Weißt, die Einsamkeit is an Problem. Ich bin voll drin in dem Pro-
blem.
Ich bin nicht ...

Das weißt du doch nit. Hast ausprobiert, wie es is? Was du hast für a Haut. So zart. So schen. Wie an junger Hund. An Welp.

Orloff. Ich will's nicht.

Soll ich sagen, dass du hast gefressen forbidden Suppe. Du kommst ins Heim!

Er drückte mich auf den Tisch. Ich wurde steif wie ein Brett. Orloffs Hand glitt vom Hals abwärts an mir. Er strich über meine Schulter, die Brust, den zitternden Bauch, in dem die Bohnen wild herumsprangen, dann strich er tiefer, über den großen Beckenknochen, über meinen Schwanz, der vor Furcht die Arme über den Kopf schlug, als bestünde die Möglichkeit, so nicht gesehen zu werden. Orloffs Hand glitt weiter abwärts, am Oberschenkel lang, hinunter, er kniete vor mir. Vor meinem Holz.

Ich spürte, wie meine Prothese eine Gänsehaut bekam, die Späne standen auf, er umfasste sie mit beiden Pfoten, drückte sie, herzte sie, rollte seine rosa Zunge aus und leckte. Orloff begann, sehr leise zu stöhnen. Ich krallte mich in die Tischkante.

Geiles Holz, so an geiles Holz. Geiles Stick. Ich habs vom ersten Moment an geliebt. Schnalls ab, Jungä. Gibs mir. Gib mir dein Holz. Ich wills habn. Es is an Traum.

Orloff nestelte an meinem Stumpf, schnallte die Prothese ab, es klang wie Krachen in meinen wummernden Ohren, als würde jemand eine Latte übers Knie legen und in zwei Hälften brechen. Er riss mich ab. Presste es an sich, das schwarze Ding. Hielt es mir vor die Nase, seine Lippen waren nass.

Smell, Smell, Hundi, riech, wie das duftet! Erkennst das wieder?

Dann warf er das Holz an die Wand, es knallte, und das Stück lag in der Ecke.

Los, hinterher, na los, hols mir wieder, wo is? Wo is? Ja, wo is? Hol das Holzi! Hols dem Orloff!

Ich klappte ein und rutschte zu Boden. Auf allen vieren kroch ich zum Holz, Orloff im Nacken.

In den Mund. Nimms.

Ich sperrte den Kiefer auf, so weit es ging, er ließ sich nicht aushängen. Das Holz war zu dick. Ich knurrte.

Brav, Jungä, brav. Hast du gemacht fein, hast du gemacht ganz fein, feiner Jungä, feiner Jungä, jetzt gib Holzi! Gibst du her, das Holzi, gib!

Ich gab es ihm. Orloff machte sich an meinem Hosenbund zu schaffen, zustelte, zerrte mir die Hose herunter, ich verharrte steif, immer noch auf allen vieren, den Kopf an der Wand. Orloff rieb das Holz an meinen Arsch, es war rau, sehr, sehr rau, es wurde heiß, ich dachte, gleich schlägt es Funken. Ich schaute an die Decke, ob vielleicht doch Kameras installiert waren. Ich sah keine.

~

Was sollte ich Clox berichten? Lieber nichts. Das konnte ja Konsequenzen ... Das Heim ging mir nicht aus dem Sinn. Alle hatten Furcht davor, hielten sich eisern an die Schiffsstatuten, ansonsten: Schweigen. Mit den Männern schien etwas nicht zu stimmen. Auf der ersten Reise hatten alle so stabil und kerngesund gewirkt. Sie hatten KLÜVER geschrien, und sie hatten das geschrien aus voller Brust, ohne Abstriche, ohne Zweifel. Jetzt diese Risse in der Fassade. Es waren Ahnungen, die mich beschlichen, Gänsehäute. Wie manchmal die Blicke der Männer in die Ferne gingen, plötzlich, aus jedem Zusammenhang. Wie sie laut ihre Verse grölten, im besten Miteinander, und dann abrupt in den Himmel blickten, leer, sehnsüchtig leer. Wie sie einen fest fixierten, einen dieser Fachbegriffe auf den Lippen, im nächsten Moment, wenn sie ihn angebracht hatten, verkniffen auf die Planken stierten, als wollten sie etwas anderes loswerden, hätten aber keine Worte dafür. Was hielt die Männer zusammen, und wovor hatten sie Angst?

Am Abend erstattete ich Clox Bericht, sagte, Orloff sei unverdächtig, ich wolle aber weiter wachsam sein.

Da antwortete er, wie immer vor angelehnter Tür: Glauben Sie nicht, Blohm, ich würde Sie aus den Augen verlieren, auch wenn es den Anschein hat. Ich bin dran an Ihnen. Schlafen Sie gut.

Hatte er doch was spitzgekriegt? Wusste er von meinem Verhältnis zu Orloff? Wenn ja, warum stellte er mich nicht zur Rede? Der bluffte nur. Darin war er Meister. Zu dem Zeitpunkt dachte ich, Clox durchschaut zu haben. Meine Sympathien lagen bei Orloff. Der gab mir zu essen und seine Spielchen, nun. Konnte ja nicht ahnen, wie die Hasen wirklich liefen …

Orloff war ganz versessen auf meine Prothese. Für ihn stellte sie das schönste Objekt unter Gottes weitem Himmel dar, der Abwesende höchstpersönlich musste sie beim Gassigehn aus den Wolken geworfen haben. Er küsste und leckte sie täglich nach dem Abwasch, ich ließ ihn machen. Orloff wurde zum Poeten. Was der alles auftischte. Er erfand immer neue Spitz- und Liebkosenamen, die Gegenwart des Holzes spornte ihn zu Höchstleistungen an.

Das waren nur einige, sie bellen mir noch im Ohr:

Mein klarer Mann
Geiler Stempen
Meilenstein
Hartholzi
Holzmann
Eiapaschi
Cocker
Schwarzer Mann
Leitstern
Fixstern
Polarstern
Negerstück
Harte Hostie
Zweite Heimat
Neue Welt
Hundezunge
Nachtlatte
Mulattenlatte
Lattilein
Streichholz
Kleiner Göbbels
Kläffer

Zerberus
Festplatte
Dübelchen
Düvelchen
Doiwele
Hottentotte
Blumenhund
Familienstrumpf
Zauberflöte
Kinderarm
Girigari
Sardinenguerilla
Schammes
Bachwalm
Spackspan
Kantine
Theo Stilvoll
Ritter Minus
Fischbüchse
Black Beauty
Altes Rom
Gesetzestafel
Pimpernelle
Essen zwei
Kleiner Blohm
Blumschatten
Kalaschnikoff
Zigarre mit verschiebbarem Deckblatt

Oft dachte ich, das Holz sei ihm mehr wert als ich. Hing halt mit
dran, da musste er auch zu mir gut sein. Armer Orloff. Krank. Ab-
artig.
Heute erreichte Orloff einen neuen Höhepunkt. Erst schnallte er
die Prothese ab wie üblich, ließ mich apportieren wie üblich, dann
holte er sich einen runter. Steckte sich mein Holz in die Hose und

rubbelte. Er bestand darauf, dass ich mir alles genau ansah. Du musst schauen, Blohm, ich will, dass schaust, wenn ich die Augen schließ und geil werd. Bin so eyegeil bin ich. Ist ein Moment von Glick das, ich schließ die Augen und weiß, du schaust.

Während er rubbelte, verzerrte sich sein Gesicht. Schweiß glänzte auf seiner Stirn, er winselte vor Schmerzen, japste in ganz kurzen Stößen. Der Arme, dachte ich, krankes Schwein, wenn du das brauchst. Inzwischen fühlte ich nichts mehr. Ja, ja, ja, ja, jjja, machte er. Jetzt hatte er die Hose unten, sein steifer Schwanz war sehr klein, seine Eier hüpften wie Milchmurmeln, er war schon ganz wund gerieben, das Blut auf Anschlag. Schau, schau, keuchte er, das is die Liebe der Matrosen, die Liebe der Matrosen, schaus dir an, was für eine das is. Ich sah, wie er kam, das Holz schenkte ihm einen langen Orgasmus, er riss sich Splitter in die Hoden, es blutete stark. Dann zitterte er in seinem Fett, eine Welle nach der andern ging durch seinen gequollenen Leib, er spritzte ab, in das Blut hinein und auf die Planken, und weinte.

Ach Blohm, is alles so Trauer, so Trauer, so sad, nie werd ich sein wie du! Ich liebe dich, mein Jungä, ach ach, komm feste an mein Herz.

Er drückte mich an sich, zwischen uns die Prothese. Da hockten wir auf dem Boden der Kombüse, er schmierte mich ein mit seinem Blut und seinem Sperma, und die Smutjetränen rannen warm auf meinen Rücken. Er wollte mich nicht loslassen.

Bleib, bleib, sei mir gut, immer immer. Versprichs! Versprichs! Ich nickte. Verpfeif mich nit! Verpfeif mich nit! Schwerze mich nit an! Ich will nit ins Heim! Ich bin dein Freund! Ach Blohm, wenns nur were ein Spiel. A funni game. Aber is nit. Is nit. Warum wir tun uns das an?

Ich spürte, wie das Sperma antrocknete, das Blut schmierte auf meiner Haut. Orloff hielt mich umschlungen minutenlang, ich schaute an die Decke. Irgenwann ist er eingeschlafen. Sein Kopf hing schlaff in meiner Armbeuge, er schnarchte. Dann machte ich mich los, lehnte Orloff behutsam an ein Vorratsfass, schnallte meine Prothese an und ging. In den Fässern räkelte sich der Nachwuchs. Die Maden wurden langsam unruhig.

Wie lange dauerte nun diese zweite Reise? Drei Wochen? Fünf Wochen? Eher drei. Einen knappen Monat nach meinem Zeitempfinden. Woran lag es, dass ich so aus dem Kalender fiel? Man hätte mir einen Abreißplaner vorsetzen können: Herr Blohm, wir stellen Ihnen jetzt die zwölf Monate vor in ihrer allseits bekannten Reihenfolge, den Anfang macht wie gehabt der Januar. Wenn Sie glauben, sich im richtigen aufzuhalten, sagen Sie laut und deutlich HALT, dann können Sie mutmaßen, in welcher Woche Sie stehen. Vielleicht haben Sie Glück und liegen richtig. Sind Sie bereit?

Im Geiste, in den Essenspausen, wenn ich matt und ausgehungert an der Reling saß, blickte ich auf das Uni des Ozeans und suchte angestrengt nach dem abhanden gekommenen Datum. Es gab so wenig Indizien und die Umstände erschwerten die Spurensuche. Das Wetter beispielsweise. Seit wir fuhren, seit Jamaika, hatten wir den immergleichen Sommer. Die einzigen Unterschiede bestanden in der Luftfeuchte. Mal war es tropisch schwül und stickig, dann gab es Tage, an denen die Sonne einfach nur angeschaltet war und trockene Hitze abgab. Immer heiß. August auf Lebenszeit. Wir sahen alle schön verbruzzelt aus, auch im Schatten schien die Sonne, und wenn man in den Schiffsbauch floh, hockten dort Fäulnis und Gärung. Meine Träume steuerten dagegen, mir lief unentwegt ein kleiner Negerboy mit einem geschulterten Eisblock durchs Bild. Schlittenhunde zogen mich durch grönländische Eiswüsten. Alte Aufsteller von Langnese und Schöller mit Berry, Dolomiti und Flutschfinger rotierten in der Alphaphase. Vergeblich. Die Realität bescherte immer das gleiche Reiseklima. Die Hitze stand breit in der Tür und verweigerte mir den Ausgang. Ich habe eine Frage: Wie viel Uhr ist es? Ist es noch August? Wo befinden wir uns? Keine Auskunft.

Das Wasser wollte mir auch nicht weiterhelfen. Es war immer gleich. Sicher gab es Unterschiede. Mal mehr Wind, mal weniger, heute Schaumkronen, morgen keine, heute Brecher, morgen spiegelglatt. Hinweise auf Wochentage waren da nicht versteckt. Fehlanzeige. Was hätte ich gegeben um ein klar erkennbares Montags-

meer, farblich und wellentechnisch der pure Montag, mit diesem
Meer fängt jede Woche an. Dann könnte ich Stellung beziehen,
könnte sagen: Dieses Montagswasser, es ist abgrundtief langweilig,
wie es schon aussieht! Dagegen der Ozean des Sonntags, was da für
eine Spannung aufkommt. Dieses klare Azur! Da hat sich das Meer
was einfallen lassen, auf den Sonntag lässt es nichts kommen. Diese
Vorstellung befriedigte mich sehr, ich malte mir sieben klar unter-
scheidbare Meerestage aus, mein Meerkalender war hieb- und
stichfest, passte in jede Jackentasche. Das Dienstagsdunkelgrün, das
Mittwochsopal, das Donnerstagswiesengrün, das Freitagsschwarz,
der Samstag schwappte grau und träg, ich kannte das Meer in- und
auswendig, sieben Farben sind kinderleicht. Punkt Mitternacht
würde die Farbe gewechselt, eine wochentagstypische Windstärke
verordnet, die blies verlässlich vierundzwanzig Stunden lang. Stellte
mir weiter vor, dass die Sternenkonstellationen monatskategorisch
ausgewiesen seien, für jeden Längen- oder Breitengrad identisch.
Da konnte der Schiffer vor Australien wie vor Island sicher sein:
September ist. Oder Mai.
Müßiges Unterfangen. Die Tatsachen, die nackten, wie verwaschen
war alles. Mit diesem Meer da unten ließ sich kein Kalender machen. Nur gut, dass es auf unserer Arrabal einen Menschen gab, der
die Zeit im Griff hatte. Clox hatte bestimmt einen Kalender mit
der Genauigkeit der Braunschweiger Atomuhr. Der führte akribisch Buch. Jede Minute vermerkt auf dem Rücken des verlässli-
chen Negers. Werde ihn fragen nach der gültigen Jetztzeit, dann
kann ich Striche ritzen in meine Pritsche, dachte ich. Wenn du das
Datum besitzt, hast du einen guten Freund an deiner Seite.

~

Heute Morgen eine merkwürdige Beobachtung: Ich wachte auf
mit schwerem Kopf, schnallte meine Prothese an, trommelte auf
die Schläfen wie immer, um in den Tag zu kommen, da sah ich ein
grünes Salatblatt an meiner Luke vorbeifliegen. Ich dachte: Das ist
der Rest von einem Traum, der hat nicht mitbekommen, dass ich

schon wach bin. Da flog der Salatstrunk hinterher. Ich dachte: Salat? Salat? Das ist doch ein Frischgemüse, das gehört partout nicht hierher. Seit Wochen gibt es hier ausschließlich Trockennahrung. Wer wirft denn da Salat? Ich wartete auf weitere Salatblätter, dachte, wenn jetzt noch ein Bund Petersilie vorbeikommt, werd ich glatt verrückt. Mein Magen drehte sich um, schnappte in den anbrechenden Tag und bekam nichts zu beißen. Alles nur Halluzinationen, schlag dir den Salat aus dem Schädel, dein Magen ist ja schon sauer.

~

Wenn mich nicht alles täuscht, flog heut Morgen eine halbe Tomate an meiner Luke vorbei. Wer wirft da mit frischer Nahrung? Wer kann das sein? Ich lief hoch, ins erste Unterdeck, dann an die Reling, hier hätte der Werfer stehen müssen, dort war aber niemand. Wer sollte es auch sein? Gott, mein Kopf ist ganz meschugge schon. Schau auf die Kisten mit den Tatsachen, die sehen anders aus. Was zum Vorschein kommt, wenn man sie öffnet. Die Fäulnis war nicht mehr aufzuhalten auf der Arrabal. Kein Fass der Welt war den Angriffen der vielen Mitesser gewachsen. Woher sie auch kamen, ich kenne mich nicht aus mit Schädlingen, sie besetzten das ganze Schiff, vermehrten sich in beängstigender Geschwindigkeit, und ihr Nachwuchs wollte ernährt werden. Das Holz hielt nicht stand. In Fässern und Planken waren Löcher und Fraßgänge, Maden, Eier, Gespinste überall, wir wurden ihrer nicht Herr. Es war schon Mühsal genug, aus dem Schiffsbauch das Bilgenwasser abzupumpen, dieser tägliche Wahnsinn des Abpumpens, der nie aufhörte, wie sollte man zusätzlich das Ungeziefer beseitigen? Ich unterließ es irgendwann, die Asseln zu zerquetschen, aus Angst, sie würden sich rächen mit schnellerer Vermehrung. Bloß in Ruhe lassen, dann genießen sie das Leben und denken nicht an die Nachkommenschaft.

Ich stellte mir vor, wie das Geziefer Span für Span das ganze Schiff wegraspeln würde, sein Holzhunger war unstillbar, Span für Span würde es die Arrabal wegknabbern, bis sie so rissig war, das sie zu Staub zerfiel. Diese Vorstellung von den Milliarden Maden, die überall knabberten ... Arme Arrabal, unser großer Holzpott, alles in Moder und Befall.

Die Maden fielen aus dem Zwieback, man brauchte nur zu klopfen, und gleich ein paar kullerten heraus, dieser kleine weiße Darm, eine Made besteht nur aus einem gefräßigen Raspelmaul, an das ein fetter Darm angeschlossen ist, Gehirn braucht's da keines. Dann krümmt sie sich, ringelt sich, schaut blöd aus der Welt. Magst die Sonne nicht, was?, sagte ich. Hast Schiss vor der Hitz, was? Magst wieder in den Zwieback? Willst hinein in deine Krümel? Wart, ich helf dir! Dann schlug ich sie tot und schnipste sie vom Tisch. Aber was half's? Den Zwieback hatte sie schon vernichtet, der war ungenießbar, und sie selbst schmeckte wie Rattendreck.

~

Bald kommt das Wohlfühlzeitalter / zwei

Mein Magen, mein lieber lieber Magen,
mein Magen ist so modern,
richtig zukunftsweisend ist mein Magen,
ein Visionär unter den Organen.
Da kann das Hirn
sich eine dicke Scheibe von abschneiden,
von meinem Magen,
so modern ist der.
Mein Magen mag von den Italienern
die Pizza Calzone und den famosen Büffelmozarella,
er weiß, dass Olivenöl,
überhaupt das ganze Mediterrane,
ihm ungeheuer gut tut.
Und seitdem er mit Ruccola auf Du und Du ist,
braucht er gar nicht mehr nach Italien zu fahren,
er versteht es auch so.

Mein Magen liebt die karibische Küche,
das Fruchtig-Kreolische, Hühnchen, Rosinen, Ananas,
wenn man sich die Karibik mal anschaut,
wie mein Magen das tut,
dieses Völkergemisch, allein auf Trinidad leben
Menschen aus 175 Nationen auf engstem Raum,
in einer kleinen tropischen Kantine quasi,
das muss auch erstmal durch die Speiseröhre durch,
aber mein Magen, ich sag ja: Hut ab. Problemlos.
Immer rein, es gibt ja nichts, was er nicht mag.

Neben der französischen Nouvelle Cuisine
auch mal einen saftigen Burger,
aber so richtig saftig,
und wenn er saftig sagt, dann meint er auch saftig,
dass das Bratfett, die Remoulade und der Ketchup
aus den Mundwinkeln schießen,
der kann das, mein Magen, ohne flau zu werden,
er sagte mir einmal:
Verbote beim Essen seien Verbote beim Denken,
und das sei das Letzte, was man sich leisten könne,
wolle man die Welt von morgen verstehen.

Dass er bei heimischen Produkten
aber auch gar keine Ausnahmen macht,
dass er kein einziges wegmäkeln kann,
nicht mal einen Anflug von Aufstoßen empfindet:
Ich bin beeindruckt.
Spinat, Rosenkohl, Schwarzwurzeln,
wo andere kotzen müssen, sagt er immer nur:
Hereinspaziert.

Wenn Sie die Fünfelementeküche kennen,
erschließt sich Ihnen der ganze panasiatische Raum,
also auch wirtschaftlich und vom Kulturellen her.

Seitdem ich das von ihm weiß,
esse ich nur noch mit Stäbchen,
auch meine Kartoffelsuppe,
das hapert zwar manchmal im Abschluss,
aber zum Essen kann man sich ruhig mal Zeit nehmen.

Überhaupt, sagt mein Magen, das Essen
steht immer am Anfang einer kulturellen Revolution.
Am liebsten lässt er sich von mir
in Restaurants ausführen,
die angolanisch-tschechische
oder französisch-indisch-friesische Küche anbieten.
Da kann man dann sehen, wie es aussieht,
Schweinerollbraten mit Maniok zu essen
oder Froschschenkel mit Labskaus:
Es sieht phantastisch aus.
Die Kellner bringen dampfende Töpfe und Näpfe,
verbeugen sich vor den Gästen,
wer will, isst auf dem Boden,
wer nicht will oder an Gicht leidet,
bekommt einen Stuhl zugewiesen,
jeder nach seiner Fasson.
Aus den Lautsprechern dudelt leise
irgendeine elfenbeinküstische Sitargruppe,
die Ambient Jazz mit isländischem Tekkno kombiniert,
natürlich so gedämpft,
dass es die Nahrungsaufnahme nicht stört,
sondern unterstützt.
Das Schönste ist der Abschluss:
Nach einem italienischen Espresso,
einem Relikt aus alter Zeit,
das mit einem wissenden Lächeln getrunken wird,
kommt der Oberkellner, ein weißhaariger Sikh,
und sagt: Lassen Sie, Sie sind eingeladen,

bei uns in Marokko gilt es als unfreundlich,
überhaupt an Bezahlung zu denken.

~

Gespräch mit dem Smutje beim Priem danach …

Orloff: Du hast es gut, du hast an Prothes.
Blohm: Was soll daran gut sein?
Orloff: Wetten, die brennt nicht, die macht kein Feuer, ich schwers.
Blohm: Das wär mir das Liebste. Das Bein verfeuern für den Ein-
topf, wie all das andre Holz. Dann hätt's Sinn für die Gemeinschaft
… wenn sie mir mein altes zurückerstatten dafür.
Orloff: Leider ganz unmeglich. Was weg is, is weg. Was gebe ich
darum, nur einmal so an Schmuckstick zu tragen …
Blohm: Was soll daran gut sein?
Orloff: Ich hab ka Traut.
Blohm: Wie?
Orloff: Ka Traut zu hacken meins, da brauchts an Krieg oder an
Unfall wie bei dir …
Blohm: Seien Sie froh, bei Ihnen ist noch alles dran.
Orloff: Schwaches Fleesch … schwaches Fleesch, wertlos.
Blohm: Würd gern mit Ihnen tauschen …
Orloff: Ich gern mit dir …

Pause. Offenes Meer.

Orloff: Der Clox sagt ja, das is meglich.
Blohm: Was?
Orloff: Dass alle kennen tauschen. Alles is austauschbar, hat er ge-
sagt.
Blohm: Er ist verrückt.
Orloff: Meglich. Meglich. Aber schene Idee. Wir trennen unsre
Kepfe ab und tauschen. Clox sagt, das is meglich.

Wir lachten beide aus vollem Hals. Ich versuchte mir Clox vorzustellen, wie er mit einer alten rostigen Zimmermannssäge unsere Hälse durchzutrennen versucht, immer versichernd, dass das meglich sei.

Halten Sie still.

Haben Sie Vertraun.

Diese Säge tut Wunder.

Sie merken nichts.

Ritsch, ratsch.

Sie finden sich wieder auf einem anderen Rumpf.

Jetzt können Sie Ihren alten von hinten sehn.

Das ist die Krönung, die absolute Krönung.

Laufen Sie los.

Es geht! Es geht!

Je länger ich mir dieses Experiment vorstellte, desto mulmiger wurde mir. Ersterbendes Lachen. Ich traute Clox mittlerweile alles zu. Was hatte er mit John Salt gemacht, dem leuchtenden Beispiel, dem Endgültigen?

Orloff: Was is? Is doch lustig das.

Blohm: Hören Sie auf. Mir vergeht's.

Orloff: Clox is an Schwindler. An Quacksalber. An Idiot. Der tut nur.

Blohm: Bin mir da nicht so sicher.

Orloff: Der soll die alten Vorräte tauschen gegen frische, dann ich hätt Respekt und tät beten.

Blohm: Der kann's. Ich schwör's. Der kann's.

Orloff: Dummkopp. Depp.

Blohm: Ich sehe seit geraumer Zeit Frischkost an meiner Luke vorbeifliegen. Vielleicht macht Clox Experimente mit altem Zwieback? Hab mir sowas gedacht. Der sitzt irgendwo in einer geheimen Kammer, packt seine Fläschchen und Instrumente aus und macht aus Maden Rouladen, der macht aus Salzlake feine Bratensoße, weiß der Teufel, was der alles kann! Der kann Tomaten machen. Aus Spinnweben. Salat macht der aus Schwämmen. Ich trau dem alles zu. Aus Scheiße Gold.

Orloff: Und ich sag dir, der macht Scheiß.

Blohm: Und was seh ich jeden Morgen? Sind das etwa Halluzinationen? So krank bin ich noch nicht. Dann wären Sie auch ein Trug, alles hier, alles Trug wie die Salate, die ich morgens fliegen seh. Dafür kommen sie zu oft geflogen, bei einem Mal hätt ich noch gedacht, ich hätt Dreck im Auge, aber jeden Morgen!!! Das ist zu oft, um falsch zu sein! Der Clox macht Experimente! Erst am Salat, dann an uns! Warum verschließt er sich die ganze Zeit? Nie lässt er mich in sein Zimmer! Alles ist streng geheim. Außer Butu darf niemand an ihn ran, und Butu sagt kein Sterbenswort, der schweigt eisern in sich rein.

Orloff: Musst halt spionieren. Wenns dich pressiert.

Blohm: Das werd ich. Das werd ich. Bevor er meinen Kopf vertauscht.

Orloff: Musst mir sagen, wenns was gefunden hast.

Jetzt wurde mir manches klar. Die Frischkost, die Heimlichtuerei. Clox führte was im Schilde, was genau, ich würde es rauskriegen. Ich ließ mich nicht länger abwimmeln vor der Tür. Ich musste wissen, was er trieb in seinem Labor.

~

Weiche Zeit

Der Dalí hat das auch verspürt,
dass die Wecker weich werden.
Die Konsistenz der Zeit ist eine aus Brei.

Die Zeit steckte in meiner Tasche,
immer schön griffbereit,
wie eine Tafel Schokolade war sie von der Art,
ein Stückchen, magst ein Stückchen ab?
Kann man lutschen oder beißen nach Geschmack,
war immer griffbereit vorhanden schön.

An der Wand neben Clox' Tür hing eine Schiefertafel, mit weißer Kreide stand dort geschrieben: 28. August 1999!

Das Ausrufezeichen nach der Jahreszahl war besonders fett und nachdrücklich hintangesetzt. Dabei muss dem Schreiber die Kreide abgebrochen sein, der Punkt des Ausrufezeichens war geradezu hineingetrieben in die Tafel. Ich ergötzte mich an diesem Datum. Clox' Berechnungen sei Dank. Nach wochenlangem Hinleben ohne Uhr und Ticktickzeiger war es eine Erlösung. Das kann keiner verstehn, der noch nie aus der Zeit gefallen ist. Datum! Kalender! Uhr! Vor Freude sprang ich in die Luft. Himmel! Hätte ich zwei gesunde Füße, was wär das für ein Veitstanz geworden! Stattdessen knickte ich der Länge nach hin. Mein Stumpf jaulte auf. Mühsam richtete ich mich auf, stützte mich so gut es ging an der Wand ab und stand wacklig vor der Tafel. Mir schwindelte gehörig, aber das war egal, so hingemeißelt strahlte die Zahlenreihe: Achtundzwanzigster August Neunzehnhundertneunundneunzig.

Ich küsste die Schiefertafel, küsste die 28, küsste den August, küsste die 19 und die 99, in diesem Moment bedeuteten sie mir alles, Rundumschutz, ich fühlte mich so in Sicherheit. Ich würde Briefe schreiben, Urlaubsgrüße, nur mit Anschrift und diesem Datum, Liebe Verwandte, es ist der 28. August 1999, Gruß Thomas, einkorken, losbuddeln, UPS Atlantik, hebt diesen Brief gut auf, ich möchte ihn lesen, möchte mich erinnern, dass ich ihn schrieb am 28. August 1999. Ich werde in die Geschichte eingehen als der Mensch, der sich am meisten über ein Datum gefreut hat.

Auf einmal hörte ich Schritte. Schnelle, behände Füße. Sie näherten sich. Was sollte ich tun? Stehen bleiben? Sollte mich jemand so sehen, wie ich eine Schiefertafel küsste mit einem Kreidedatum? Wenn es Clox war oder Butu? Denen wollte ich keinen Lachanlass geben. Mir blieb nicht viel Zeit, die Schritte kamen näher. Zum Wegrennen war ich zu schwach. Ich ließ mich auf den Boden fallen und robbte zu einer niedrigen Tür am Ende des Ganges. Dort versteckte ich mich. Schwer atmend lugte ich um die Ecke. Es war Butu. Im Stechschritt bog er um die Ecke. Pechschwarzes Preußen. In der Hand hielt er ein langes Stück weiße Kreide. Er stand unter der Schiefertafel. Stellte sich auf Zehenspitzen und streckte sich, soweit er konnte. Sein Zeigefinger reichte gradmal an die Zahlen heran, mit diesem kratzte er an der 8 der 28, bis die 8 verschwand. Offensichtlich war Butu dazu abgestellt, den Kalender auf den richtigen Stand zu bringen. Keine leichte Aufgabe bei seiner Körpergröße. Er maß kaum mehr als ein Männerbein. Er nahm die Kreide in seine kleinen Finger und krakelte eine 1 für die 8. Eine 1 für die 8! Eine 1 für die 8! Der dumme Junge! Der Dumme! Er hatte aus dem 28. einen 21. August gemacht. Er wusste nichts mit Zahlen anzufangen. Jetzt hatte ich was in der Hand gegen ihn. Würde Clox Meldung machen, sagen, Ihr folgsamer Schüler fälscht den Kalender, der kann nicht zählen. Strebsamkeit allein reicht eben nicht aus, Clox, würde ich sagen, der Boy versaut Ihre Berechnungen. Doch Butu war noch nicht fertig. Er kratzte wieder an den Zahlen. Jetzt tilgte er die 9 des 20. Jahrhunderts von der Tafel und setzte eine 8 an ihre Stelle. Der war von allen guten Geistern verlassen. Wir schrieben jetzt den 21. August 1899. Ich kochte vor Wut.

Mit einer Behändigkeit, die mich selbst überraschte, schnellte ich aus meinem Versteck. Wie eine Eidechse krabbelte ich auf den Jungen zu. Der bemerkte mich zu spät, zögerte eine Schrecksekunde lang, die Kreide in der Hand, doch als er fliehen wollte, hatte ich ihn bereits am Knöchel gepackt und zu Boden geworfen. Ich zog ihn zu mir heran, stellte ihn zur Rede.

Blohm: Wie kannst du es wagen, das Datum zu fälschen, wie kannst du es wagen? Was geht vor in deinem Spatzenhirn, bist du behindert, kannst du nicht zählen?

Seine Augen blickten angstvoll.

Butu: Unguru ungo sambok. Lussambok. Arrabol arrabollo sambok. Mista pliz mista ungo sambok arrabol!

Blohm: Quatsch dich nicht aus der Affäre! Ich habe dich was gefragt, Junge, wie kannst du es wagen, das Datum zu fälschen, das Datum ist jetzt falsch, hörst du, falsch, Datum falsch! Falsch! Not correct!

Er zappelte unter mir wie ein kleiner Fisch auf dem Trocknen.

Butu: Lussambok mista anngobi lussambok arrabol!

Blohm: Maul halten! Du gibst mir jetzt sofort die Kreide und ziehst Leine, verpiss dich zu deinem Herrn und Meister! Mach sowas nie wieder, das ist kein Scherz! Gib mir die Kreide, gib sie mir! Er hatte sich so fest in das Kreidestück verkrallt, er wollte es mir nicht kampflos überlassen. Ich krallte ebenfalls, ich biss ihm auf die Fingerknöchel, bis es knackte, ich biss dem Knaben tief in seine Patschehand, das Blut schoss hervor, da erst gab er die Kreide, die rotgetränkte, frei. Ich griff sie mir. Hoch jetzt. Ich richtete mich auf an der Wand, erreichte mit Müh und Not die Tafel und wischte die 8 des 19. Jahrhunderts weg. Gerade hatte ich die 9 unseres ausgehenden Jahrhunderts wieder eingefügt, da spürte ich einen höllischen Schmerz. Ich stürzte zu Boden, knickte einfach um. Butu hatte sich in meinen Stumpf verbissen, seinen Wuschelkopp schüttelte er hin und her, die Zähnchen rissen in meine wunden Stellen.

Blohm: Du Niggerferkel! Du mieses Niggerferkel! Zeitschänder! Lass sofort los!

Ich krallte mich in seine krausen Locken und zog mit aller Kraft, dass sie büschelweis ausgingen. Ich hackte auf sein winziges Köpfchen ein. Zecke! Lass los!, schrie ich, loslassen! Du hast ja Schaum vorm Mund! Ich versetzte ihm einen Schlag in den Nacken. Plötzlich ließ er los, ich dachte, der hat genug, doch Butu klappte wieder hoch, biss mir ins Gemächt, ich ließ vor Schreck die Kreide los, er schnappte sie sich, sprang auf meinen Magen und wischte panisch das ganze Jahrhundert von der Tafel!!! 100 Jahre. Mit einem einzigen Handstrich. *Die Zeit ist weicher, als du denkst.* Jetzt prügelten wir uns um den 21. August, das Jahrhundert war nicht mehr zu retten, ich hatte Angst, dass er auch noch den August exte. Gib mir mein Jahrhundert wieder, schrie ich, mach es wieder hin! Butu war wie entfesselt, ich weiß nicht, woher er diese Kraft nahm, sein Ehrgeiz war krankhaft, der riskierte seinen eigenen und den Tod seiner Mitmenschen, nur in Erfüllung seiner Pflicht. Jetzt kritzelte er ein neues Jahrhundert auf die Tafel, kaum lesbar, er stammelte unentwegt seine Brocken: Lussam lussam kantoga anngobi lussam arrabol, dazu trampelte er auf meinem Magen herum, dass mir grau vor Augen wurde, er trampelte einen wahnsinnigen Stepp. Was hatte er da verbrochen? Ich las das Jahr 2030. In Worten: Zweitausenddreißig.

Blohm: Wie kannst du es wagen, die Jahrhunderte zu löschen! Du weißt nicht, was du tust. Was weißt du von der Zukunft? Nimm das zurück! Zurück sag ich!

Doch Butu machte weiter, er zerstörte alles. Tabula rasa. Jetzt machte er sich am August zu schaffen, seine blutenden Fingerchen kratzten zerstörungswütig an meinem Hochsommermonat, den er in blinder Raserei eliminieren wollte.

Blohm: Lass mir den August, du Ratte, lass mir diesen Monat, ich reiß dir den Kopf ab, wenn du das ... ! Du hast kein Recht! Ich habe diesen Monat gebucht! Weißt du, was du da wegmachst? Weißt du das? Die langen Abende, die schwülen Nächte. Der August hat so viel zu bieten, du kannst ihn nicht einfach wegmachen! Ich schlug ihm mit dem Arm in die Kniekehlen. Er knickte ein. Auf der Tafel stand jetzt der 21. ust 2030. Hoch jetzt. Die Zeit retten. Mein Holz mit aller Macht auf ihn drückend, wischte ich das unmögliche Gebilde weg. Ich gab dem ust sein Aug zurück, ersetzte die 21 durch die 28, dann schrieb ich das richtige Jahrhundert hin. Zahl für Zahl, Buchstabe für Buchstabe, bis alles so stand wie zuvor. Unter mir war es still.

Blohm: So! Jetzt siehst du, wie es richtig ist. Wir schreiben den 28. August 1999. Mach so etwas nie wieder, ich könnte dich umbringen dafür. Und jetzt pack deine Knochen, lass dich hier nicht mehr sehn.

Er gab keine Antwort. Butu lag reglos am Boden, mein Stempen auf seiner Brust. Die Hand, die die Kreide umkrallt hatte, blutete immer noch. Er atmete nicht mehr. Mein Gott.

Wenn er nun ... Nein. Nein, nein. Tot war? Bestimmt war er nur benommen. Es war doch nur eine harmlose Rauferei ... Wenn er aber doch? Der zarte Brustkorb ... Scheiße. Was tu ich jetzt? Wohin mit ihm? Wohin? Aber ich hatte doch recht getan. Der Junge war ein Verbrecher. Ob aus Dummheit oder Berechnung, das spielte doch keine Rolle. Er hatte sich vergangen. Ich wollte ihn an seinem schlaffen Ärmchen packen und zur Tür schleifen, hinter der ich mich versteckt gehalten hatte. Dahinter war eine kleine, dunkle Kammer mit Kisten und Segeltuch. Dorthin wollte ich ihn bringen, den Leichnam verstauen zwischen den Tüchern und ihn dort liegen lassen. Wieso sollte der Verdacht auf mich fallen? Ich war ganz benebelt, konnte nicht fassen, was da in mich gefahren war, der ganze Anlass war mir verrückt, ich konnte mich kaum auf den Beinen halten. Gerade, als ich ihn packte, polterte es hinter mir, und eine Hand legte sich auf meine Schulter.

SIND SIE DES WAHNSINNS BLOHM?!

Der Doktor stieß mich harsch beiseite, beugte sich über seinen leblosen Eleven.

Ist er ... ist, ist er ... ist er tot? Er ist doch nicht tot! Er ist ganz grau! So grau! Der kleine Schwarze! Ich stotterte vor mich hin. Clox legte Zeige- und Mittelfinger an die Halsschlagader, hörte nach dem Herzen. Butu tat keinen Mucks. Clox zog seinen Rock aus, legte ihn unter das Köpfchen, dann setzte er seine Lippen an und pumpte ihn auf. Ich hockte bleich daneben, aufgelöst. Mir war alles gleich. Nach endlosen Minuten Mund zu Mund dann: Dem Himmel sei Dank. Er kommt wieder. Er kommt wieder. Butu.

Clox hob ihn auf, behutsam, trug das Bündel in seine Kajüte, verschloss die Tür. Ich wartete. Meine Sinne ... Ich war am Ende. Wozu? Wozu das alles? Wozu? Ich war so entkräftet. So leer. Ich fühlte meine Rippen, das Skelett unter der Haut. Wenn jetzt die Männer in Orange um die Ecke biegen, mit Schaufel und Kehrblech ... ich würde mich nicht wehren.

Irgendwann knarrte die Tür. Doktor Clox schob sich heraus, leise.

Clox: Was ist denn in Sie gefahren, Blohm. Mensch. So kenne ich Sie nicht.

Blohm: Er wollte mir die Zeit stehlen, Doktor, mir alles wegstehlen wollte der.

Clox: Jetzt beruhigen Sie sich, alles wird gut.

Blohm: Nichts wird, nichts wird, ich habe alles verlorn, alles.

Clox: Hier, nehmen Sie 'n Schluck.

Der Doktor reichte mir einen Flachmann mit Cognac. Ich stürzte ihn in einem Zug runter.

Clox: Nicht alles auf einmal, auf den leeren Magen, das bekommt nicht.

Blohm: Ist mir egal. Ist mir dreckegal. Alles dreckegal. Haben Sie verstanden, mir ist alles egal.

Clox: Machen Sie keinen Fehler.

Blohm: Können Sie mir sagen, wie spät es ist?

Clox: Muss ich auf die Sanduhr schauen. Ist das wichtig?

Blohm: Ich will wissen, wie spät es ist.

Clox: Blohm, halblang, es ist, mh mh, irgendwann nachmittags.

Blohm: Ich will die genaue Zeit.

Clox: Gut.

Clox verschwand, kam wieder.

Clox: Es ist etwa fünf Uhr nachmittags.

Blohm: Was heißt etwa? Sie sind doch sonst so präzis. Etwa! Ich will es genau! Sekunden! Minuten! Zählen Sie die Körner! Aufs Korn genau wie spät?

Clox: Das ist doch unwichtig. Zeit spielt doch keine Rolle. Es ist Nachmittag. Wir fahren.

Blohm: Ich will Minuten. Ohne Minuten kann ich nicht.

Clox: Taschentuch?

Blohm: So schöne Minuten. Das sind doch alles Minuten. So kleine Minuten. Minuten. Alles meine Minuten. Geben Sie mir bloß eine. Sie haben doch eine Kiste mit Delikatessen stehn. Da müssen doch Minuten drin sein. Drin müssen sie sein, sehen Sie nach.

Clox: Sie kriegen heute frei. Werde Orloff einen Ersatz abstellen.

Blohm: Clock, clock, clock, clock, clock, clock.

Clox: Soll ich Sie stützen?

Blohm: Clock, clock, clock, ich hatte, wissen Sie, hatte 60 kleine Minuten, immer bei mir, hier, am Handgelenk, da war früher eine weiße Stelle, da wo die Minuten getickt ham, die is jetzt ganz verbrannt, da ist nix mehr. Wenn ich's nicht wüsst, würd's keiner glauben, aber ich weiß, dass sie da war. Bevor ich zur See fuhr, war sie da. Jetzt tickt sie in dem Spind in dem Hamburg, oder wie das hieß, wenn's noch Hamburg heißt, ich weiß ja nichts mehr. Doktor, Doktor, vielleicht ist schon Winter, und auf meiner Uhr in Hamburg ist noch Sommer, da muss ich doch hin, sie umstellen, wenn ich's nicht tu, tut's keiner sonst, sagen Sie dem Steuermann, wir müssen sofort zurück, ich muss meine Uhr umstellen, dann können wir von mir aus fahren, wohin Sie wollen, nach Neuseeland oder Neufundland oder wo auch, wenn nur die Zeit stimmt, alles andre ist mir egal.

Clox: Wollen Sie ein Kissen für Ihre Koje?

Blohm: Sie haben mir alles geklaut, ich bin gar nicht versichert. Wer kommt für den Schaden auf? Wer? Wer? Wie heißt denn das Hamburg jetzt? Hat das Hamburg einen neuen Stadtbart? Was spielt das für eine Rolle, he? Hamburg. Hirnburg. Hindenburg. Humbug. Is doch alles Couscous.

Clox: Knicken Sie nicht um!

Der Doktor führte mich durch lange Gänge, über Stiegen, zu meiner Koje.

~

Bald kommt das Wohlfühlzeitalter / drei

In der geschlossenen Psychiatrie stehen Sitzgruppen
und ein Getränkeautomat,
im Gefängnis stehen Sitzgruppen
und ein Getränkeautomat.
In der Bücherei stehen Sitzgruppen
und ein Getränkeautomat
sowie ein Automat für Bifis und Snickers.
Im Rathaus auch. Sitzgruppen und Getränkeautomaten.
Wahlweise klare Brühe oder Zitronentee.
In der Uni sowieso,
Sitzgruppen und Getränkeautomaten,

da ist der Automat meistens kaputt.
In der Bank stehen neben den Sitzgruppen
Aschenbecher und Zimmerlinden,
eine Legobahn gibt es auch, für die Kinder.
Auf dem Arbeitsamt stehen Sitzgelegenheiten
mit ausgesessenen Polstern,
weil da viel gesessen wird,
damit man sich näher kommt,
brummt ein Automat mit Heißgetränken,
sogar Cappuccino,
da wartet man gleich gelassener.
In der Schauspielschule gibt es eine Sitzecke
mit angeschlossenem Snackautomaten;
wenn die Fächer leer sind,
kommt der Automatenwart und füllt sie nach.
Alle sitzen zusammen und plauschen.
Am besten, man bringt seinen eigenen Becher mit
und drückt die Bechersperrtaste, das spart Plastik.

~

Am nächsten Morgen in der Früh der Ruf: MOSÄSS IN DIE BACK!!!
Orloff krähte von oben. Doch meine Augendeckel versagten mir ihren Dienst. Sevillamarkisen. Die Dinger waren schwer wie Blei, rostig oder was. Ich lag da, ein schwerer Holzklotz, nichts ließ sich bewegen. Ich wusste, ich war wach und zugegen. Langsam fiel mir alles ein. Der Kampf um den Kalender gestern, wie ich Butu fast zertreten hätte wegen der Kreidestriche, wie ich mich zuvor über das Datum gefreut hatte.
Jetzt lag ich da und konnte nicht mehr. Was war nur los? Ich hatte vom Doktor einen Flachmann bekommen, ihn in eins in mich reingemacht, vielleicht war mir das Zeugs nicht bekommen, da waren Stoffe drin, die müde machten und holzig. Es war verhext: wach sein und keine Kontrolle über die Körperteile. Ich versuchte,

meinem Zeigefinger zu befehlen: Richte dich auf, krümme dich, der Befehl verlor sich irgendwo zwischen Schulter und Elle.

MOSÄSS WO BLEIBST???

Die Stimme wurde lauter. MOSÄSS!!!

Orloff stand in der Tür.

BLOHM LASSENS MICH NIT HÄNGEN DER GRIESS MUSS SERVIERT WERDEN ICH HAB GRIESS GEZAUBERT WAS HAMS DENN?!?

Ich wollte sagen, Orloff, es tut mir Leid, ich bin Holz geworden, sehen Sie selbst, ich kann mich nicht bewegen, doch mein Mund machte partout das Maul nicht auf. Orloff beugte sich über mich.

WIE SEHEN SIE DENN AUS SIE SIND JA GANZ FLECKIG SAGENS DOCH WAS DAS SIEHT JA FURCHTBAR AUS!!!

Die Stimme von Clox mischte sich ein: Orloff, gehen Sie, mh mh, an die Arbeit. Die Männer sollen sich Ihren Grieß selbst abholen. Blohm braucht Ruhe. Er muss wieder zu Kräften kommen. Ich bin zwar medizinischer Laie, aber den Symptomen nach hat er den Mangel.

Gute Besserung, Jungä, komm wieder auf, sagte Orloff, tätschelte besorgt meine Stirn und ging.

Clox: Sie sind noch schwach von gestern. Haben sich ja aufgeführt wie ein Besessener. Butu liegt auch noch flach. Versorge ihn in meiner Kajüte, so gut es meine Kenntnisse erlauben. Sie müssen jetzt stark sein, Blohm. Die Zeit heilt alle Wunden. Schlafen Sie weiter.

Clox bestand nur noch aus Sorgenfalten. Seine Stimme klang unsicher. Mut machen war heute nicht sein Metier. Nach einiger Zeit kam er mit einem Teller Grieß. Versuchte mich zu füttern. Es gelang nicht. Mein Mund ging nicht auf, er öffnete ihn gewaltsam, schob mir den Brei hinein, doch meine Schluckvorrichtung arbeitete heute nicht. Er schmierte mich ein mit dem Pamp, meine Mundhöhle war randvoll mit Grieß. Nichts ging runter. Die Speiseröhre war verriegelt. Irgendwann gab er auf, stellte den Teller neben das Bett und war weg.

Stunden vergingen. Als sich meine Augenlider hochschoben,

musste es Abend sein. Letzte Sonnenstrahlen. Kaum Wind. Das Schiff schaukelte gemächlich. Wo waren wir? Atlantik? Pazifik? Egal. Irgendwo auf einem Weltmeer. Ich bewegte meinen Zeigefinger. Es gelang. Schön. Er nimmt wieder Befehle an.

~

Nächster Tag.
Leichte Besserung. Kann alle Finger befehlen. Sie gehorchen mir auf Anhieb. Das Handgelenk kennt mich wieder, leitet alles ordnungsgemäß weiter. Mund öffnet und schließt. Kiefer beteiligt sich. Zunge macht auch mit. Alle sind bemüht. Wir sind das Team. Der Doktor kam, sagte, ich solle noch liegen bleiben. Mein Fehlen in der Back sei zu verschmerzen. Die Männer hätten Verständnis. Ich sei ja kein Drückeberger, sondern eine Mangelerscheinung. Er fütterte mich mit Grieß. Ich schluckte schwer, würgte das meiste wieder raus, der Pamp schmeckte ekelig. Nach Öl und faulem Wasser.
Blohm: Doktor, was ist mit mir? Was habe ich?
Clox: Den Mangel.

~

Nächster Tag.
Kleine Besserung. Morgens wieder Grieß gewürgt. Ereignis des Tages: Einmal auf die Bettkante gesetzt und gleich wieder eingeknickt. Habe also den Mangel. Warum freut's mich nicht? Wetter gleichmäßig tropisch. Immer Sonne. Immer schwül. Immer Wetter.

~

Nächster Tag.
Morgens Grieß. Becher trübes Wasser. Schlürfen und schlucken. Große Anstrengung, alles drin zu behalten. Mein Magen im Deli-

rium. Dieser Grieß ist eine große Aufgabe für ihn. Kämpfe in den Innereien. Kann bald zusehn, so durchsichtig bin ich schon. Gespräch mit Clox. Er wirkte übernächtigt und voller Sorgen.

Blohm: Clox, wann erreichen wir Neuseeland?
Clox: Bald, Blohm. Bald.
Blohm: Sind Sie nicht Navigator? Wie ist der Kurs?
Clox: Wollen Sie jetzt einen Breitengrad oder was? Wir segeln, mh mh, im Pazifik. Das reicht doch.
Blohm: Warum sagen Sie nie etwas Präzises?
Clox: Das ist eine lange Geschichte. Sie brauchen so viel Ruhe. Sie entschuldigen mich.

Ehe ich was erwidern konnte, war er weg. Ganzen Tag beunruhigt über dieses Gespräch. Warum war er so verschlossen, der Clox? Warum sagte er nicht, wo wir uns befanden? Wollte er verschweigen, dass Neuseeland noch weit war, dass wir vielleicht vom Kurs abgekommen waren? Immer diese Geheimnistuerei. Das schmerzte mehr als der Hunger. Er konnte mich doch nicht so im Unklaren lassen! Das war doch nicht gleichgültig. Der Kurs ist doch das Ein und Alles. Man muss doch wissen, wo man ist.

Abends: Ich habe es genau gesehn. Ein großes dunkelgrünes Gemüse segelte an meiner Luke vorbei. Spinat? Mangold? Machte Clox wieder Experimente?
Ich bin zu schwach, um nachzusehn. Ein Mangelmensch.

~

Nächster Tag.
Lange Zeit auf der Bettkante. Zahnweh.

~

Nächster Tag.
Zahnweh.

~

Nächster Tag.
Meine Mundhöhle schmeckt so seltsam. Übler Geruch. Veränderungen gehen vor, unangenehme Veränderungen. Etwas schwillt an. Da ist etwas in meinem Mund. Und kriecht über mein Zahnfleisch. Wenn ich mit meiner Zunge im Mund rumfahre, ist es weg. Hat sich verkrochen. Wo versteckt es sich? Glaube, irgendwelche Asseln oder Würmer kriechen über mein Zahnfleisch. Sie legen Eier in meine Zahnritzen. Sie vermehren sich. Zwacken sich was ab vom Grieß. Legen Vorräte an. Habe das Gefühl, dass mein Zahnfleisch wächst. Es ist so prall. Und taub. Als hätte mir jemand Tampons reingesteckt. Oder Wattebäusche. Es quillt und quillt. Ich kann nichts ausspucken. Was ist das bloß? Clox sagte nur, das ist der Mangel. Bei Nachfragen nur Achselzucken. Beruft sich auf sein Laientum.

~

Nächster Tag.
Heute Morgen biss ich zwischen dem Grieß auf etwas Hartes. Spuckte aus. Auf dem Teller lag ein Zahn. Ein gelber Zahn mit langer Wurzel. Den hatte es glattweg ausgerissen, das Zahnfleisch war ihm kein Halt mehr. Hat sich einfach so verabschiedet. Das kann doch nicht sein, Himmelherrgott, dass alle sich so sang- und klanglos verabschieden! Ich war so verweint, steckte ihn wieder in den Mund, kaute drauf rum, Zahn, geh sofort wieder an deinen Platz, tu deine verdammte Pflicht. Ich schrie ihn an und verschluckte ihn aus Versehn. Er kullerte meine Speiseröhre runter und kieselte in den Schnappmagen. Weg. Wenn ich dich ausscheiß, Zahn, ich setz dich wieder ein. Dich verdau ich nicht, verlass dich drauf. Du hast Dienst zu tun an mir.
Das ist eine Frage der Treue. Ich verlass dich doch auch nicht.

Nächster Tag.
Nächster Zahn. Die Ratten verlassen das sinkende Schiff.

~

Nächster Tag.
Nächster Zahn. Zahnfleisch fühlt sich an wie warmes Styropor.

~

Nächster Tag.
Ganzer Mund Mulm. Alles Gefühl vergangen.
Was meinte Clox, die Zeit könne mir egal sein ... Er ist doch wie ein Hund dahinter her, dass alles seine adäquate Zeitlichkeit hat, er ist es doch, der zu diesem Kostümfest geladen hat, er hat den Radar verboten und alte Segel gesetzt. Mit fällt auf, dass er nie genau gesagt hat, in welchem Jahr und Jahrhundert wir uns befinden. Mir sind auf dieser Reise Ritzen in der bis dato wasserdichten Fassade aufgefallen, ständig dringen Feuchtigkeit und Keime durch. Schwächelt der Doktor? Verliert er seine Macht?

~

Nächster Tag.
Wieder ein Zahn weg. Die Mitglieder verlassen den Verein. Sterben lieber gleich, als länger zu warten.
Heute kam Butu in meine Kammer geschlichen. Er war kaum wiederzuerkennen, ein Opfer des Mangels auch er. Abgemagert zu einem knappen Strich, leicht zu übersehen. Seine Haut hat weiße Flecken bekommen, als ob die schwarze Farbe peu à peu abgegangen wär. Er schaute so.
Butu schlurfte umher wie ein Toter, vernachlässigte seine penible Ordnung, legte sich angezogen auf die Pritsche, als ihm zu heiß wurde, schälte er sich aus dem Hemd und ließ es kraftlos auf den Boden fallen.

Er sagte kein Wort. Stumm, wie aufgebahrt.

Es ist so furchtbar, wir können nur warten. Auf einen Zufall, vielleicht kommt doch noch ein Schiff zur Rettung, wir sind doch nicht allein auf dem Ozean, es gibt doch Güter- und Personenverkehr noch und nöcher, das Meer ist doch eine viel frequentierte Wasserstraße, da muss doch jemand vorbeikommen mal ...

~

Nächster Tag.

Clox brachte mir den Grieß. Sah scheußlich aus. Schmeckte wie Gips. Wahrscheinlich war es Gips. Wir essen jetzt das, was die Maden stehen lassen. So sieht es aus. Clox war apathisch, in sich, murmelte etwas von: Machen Sie sich keine Sorgen, kein Grund zu Sorgen. War nicht weiter ansprechbar. Auf Nachfragen immer nur Achsel. Butu verweigerte jede Nahrung. Ich musste zweimal hinsehn, um ihn zu erkennen. Er schwindet dahin. Manchmal öffneten sich seine Lippen und er sprach monoton: Lussam lussam arrabol katoga umba lussam lussam mista pleaz mista mista pleaz mista Butu want dead.

Dann drehte er sein Köpfchen, blickte mich mit großen Augen an, weiße Flecken auf Stirn und Wangen, die Kieferknochen so hervor, darunter die Umrisse des Totenkopfes. Eine scharfe Bö hätte genügt, um die Haut abzureißen. Die Insekten sprangen herum, sie beachteten ihn gar nicht, krabbelten in Hemd und Hose, über Beine und Arme, über Hals, Mund und Augen, er scheuchte sie nicht weg, die Kakerlaken liefen über ihn drüber, als sei er schon ein Teil der Pritsche.

~

Das Schiff faulte vor sich hin, das Ungeziefer bereitete sich vor zur Machtübernahme, doch mein Mangelhirn schottete sich ab und feierte

Und wieder schwappt eine Welle des Gernhabens in meine Hirnkammern. Willkommen in der Sitzgruppe der Lebewesen, heißt es da, Sofas, im Viereck um Tische gruppiert, kreisen in der Galaxis, auf den Tischen Knabberzeugs und volle Aschenbecher. Die Lebewesen trinken Kaffee und essen Salzstangen. Im Hintergrund surrt ein Getränkeautomat.

Ein ebenholzschwarzer Massaikrieger sitzt da in beiger Cordhose, raucht Selbstgedrehte:

Ich verstehe mich, sagt er in Hannoveranerdeutsch, ich verstehe mich in allen Ableitungen, und ich verstehe dich und dich und euch alle hier, mein Kral ist auch dein Kral, mein Kral ist egal, schwarz ist nur der Anstrich, wer mich anstrich, strich auch dich an, mein Freund ...

Dabei streichelt er ein Tigerkätzchen, das ihm auf dem Schoß sitzt. Es miaut zwischen den langen Schenkeln des Massai, springt dann in Katzenart auf den Schoß eines schlitzäugigen Schweden, der ein süßes Rehkitz mit Salzstangen füttert. Jetzt begrüßen sich Tiger und Reh, Katze und Kitz, schlecken sich gegenseitig die Näschen und riechen an den Salzstangen.

Der schlitzäugige Schwede hält eine Rede:

Schaut her! Das ist wirklich ein tolles Parfum. Riecht gut. Hält 24 Stunden. Jeden Morgen steh ich vorm Spiegel mit diesem Flakon: Heute sprüh ich mich ein mit dir, sage ich, fffit fffit.

Der Massai schaut interessiert auf das Flakon, testet einen Spritzer auf seinem schwarzen Handrücken, schlagartig bildet sich eine weiße Stelle aus.

Das gefällt mir, sagt er, ihr Europäer habt immer noch die besten Ideen.

Was heißt hier Europäer, sagt der schlitzäugige Schwede, und die ganze Sitzgruppe muss herzhaft lachen.

Die hünenhaften Chinesen, die schüchternen Amerikaner, die bebrillten Mongolen, die bronzenen Isländer, alle müssen herzhaft lachen.

Dann muss der Massai gähnen. Sein Kiefer klappt aus, so sehr muss er gähnen. Die anderen am Tisch bewundern den Massai dafür, wie endlos er gähnen kann. Und reihum geht die Müdigkeit.

Wer nicht muss, versucht es trotzdem. Öffnet seinen Mund, denkt an öde Sonntagnachmittage. Dann kommt das Gähnen automatisch.

Niemand käme auf die Idee, sich die Hand vor den Mund zu halten und um Verzeihung zu bitten. Im Gegenteil, jeder soll es sehen. Manche halten ihre Hände hoch wie bei einem Banküberfall, dass es jeder mitbekommt.

Wenn der Kiefer wieder zugeht, grummeln sie voll Genuss, räkeln sich auf ihren Sitzen.

Warum, sagen sie, warum bestand die Menschheitsgeschichte 10 000 Jahre lang nur aus Hass?

~

Nächster Tag.

Der Mangel. Die Matrosen befanden sich am Rande der Schwerelosigkeit. Bald würde die Arrabal als Raumschiff durch unbekannte Galaxien segeln, Galaxien, die noch kein Lebewesen zuvor durchkreuzt hatte.

Das mangelnde Gewicht der Besatzungsmitglieder führte zu Abgängen und Ausfällen, die gespenstisch waren, da sie keiner wahrnahm. Deshalb ging der graue Vex, der mit eisernem Eifer die Restmannschaft auf Weiterhoffen einschwörte, über Deck und rief allmorgendlich zum Zählappell.

Wie viele sind es heute? Wer fehlt? Hat jemand den Fehlenden gesehen? Liegt er tot oder noch lebend irgendwo?

Die Leute atmeten auf, wenn die Ursache für das Ausbleiben eines Mannes geklärt war.

Wo ist Johnson?

Er liegt in der Hängematte. Tot. Verstarb am Mangel. Letzte Nacht.

Gut. Verschnürt ihn und dann über Bord.

Das waren die guten Nachrichten. Täglich erwischte es zwei oder drei, die entkräftet ihr Leben gelassen hatten, sie lagen irgendwo, in ihrer Koje, auf einem Gang, am Fuße einer Stiege. Sie wurden schnell und ohne Zeremonie beseitigt. Bei so vielen Leuten lohnte sich der Aufwand nicht, eine Messe zu lesen. Die Kräftigsten wurden abgestellt für die lästige Verrichtung, den Toten in Segeltuch einzunähen, ihn mit Steinen oder abgebrochenen Werkzeugstücken zu beschweren. Als das Segeltuch angesichts der Leichenmengen knapp wurde, hieß es: Zwei Steine an die Füße und fertig. Als die Steine knapp wurden, kippte man die Krepierten einfach ins Meer, Füße zuerst. Sie trieben dann im Kielwasser, manchmal, wir ahnten noch nicht warum, traf man sie nach Stunden wieder.

Dann traten die ersten Fälle von unbemerktem Verschwinden auf. Jemand fehlte, er fehlte einfach. Seine Leiche war nirgends auffindbar. Erst nahm man an, es handle sich um Selbstmörder, die nachts in aller Stille über Bord gingen, ohne Aufhebens. Das sorgte für Unruhe unter der Besatzung. Die Lebenden konnten sich nicht vorstellen, dass ihr Kamerad, den sie als tapferen Janmaat kannten, diesen sang- und klanglosen Weg genommen haben sollte. Nein. Ausgeschlossen. Das würde der nie tun. Auch, dass er in einem plötzlichen Anfall von Hungerwahn, einem Schub unerträglichen Mangels, also gegen seine Natur, über Bord gesprungen sein sollte: nicht vorstellbar. Clox erzählte mir dann folgenden Vorfall. Er habe dem Steuermann den neu berechneten Kurs durchgegeben. Da habe dieser, hören Sie, habe dieser die Hände vom Steuerrad genommen, wahrscheinlich um Schwung zu nehmen für das Drehen des Rades. Dazu sei es aber nicht gekommen. Der Steuermann, einer von den Schwächeren, wie Clox betonte, ein Ausgezehrter, fast Durchsichtiger, sei von einer Windbö erfasst worden, seine Füße hätten den Halt verloren, er sei drei, vier Meter von den Planken abgehoben und in die unteren Taue des Rahsegels geschleudert worden, dort habe er sich mit letzter Kraft festklammern können, sonst wäre er über Bord gegangen. Er selbst, Clox, habe den Mann da runtergeholt, er sei da rauf und habe ihn abgepflückt, er sei so leicht gewesen wie ein Stoß Bütten. Er habe ihn dann huckepack in seine Kabine getragen, wo der Mann sofort entkräftet eingeschlafen sei. Ein Leichtmatrose. Wie wollen wir Staat machen mit solchen Leuten? Die beim kleinsten Luftzug wegfliegen? Habe John Salt beordert, das Steuer zu übernehmen. Den bläst nix um.

Vex sekundierte: Schwächlinge, sagte er, wer im Innern zweifelt, ist anfällig für den Wind. Das ist eine Sache des Standpunkts. Wer wirklich Seemann ist, wird auch nicht fortgeweht. Es tut mir keinen Deut Leid, dass wir dezimiert werden. Im Gegenteil. Hier trennt sich die Spreu vom Weizen. Wer nicht wirklich will, der fliegt.

Wir brauchen Männer mit Stehvermögen. Alle raus ohne!

Was machte ihn nur so sicher? Auch er war merklich abgemagert, doch dieses innere Feuer! Er glühte. Er war so stark. Nie hätte dieser Mann verschwinden können von der Bildfläche.

~

Nächster Tag.

Heute Sturm. John Salt wurde ans Steuerrad gebunden. Hat seine Sache gut gemacht. Mister Vex hielt eine flammende Rede auf den eisernen John. Erinnere nur Fetzen.

Seht welch ein Mensch, dieser Salt ...

Mein Bruder im Geiste ...

Er hat seine Natur geopfert, um Seemann zu sein ...

Ein Vorbild, Männer ...

Dieser Mann hat alle Attribute ...

Seine Heimat ist die Arrabal ...

Wie geschaffen für die See ...

Ein echter Klassiker ...

Dabei tätschelte er ihn wie verrückt. John Salt verzog keine Miene. Was kann jetzt noch kommen, wenn schon der Endgültige das Schiff steuert?

~

Nächster Tag.

Als Clox heute mit dem Grießbrei kam, zuckte er nervös. Ich dachte, der lässt gleich den Teller fallen. Er gluckste vor sich hin. Kicherte. Dann trat er an die Luke und blickte hinaus.

Clox: Herrlich, ganz herrlich, hahahahaha, NEU-SEE-LAND, das muss man sich, mh mh, auf der Zunge zergehen lassen, NEU-SEE-LAND, herrlich hahahaha.

Mitten in seinem Lachanfall drehte sich Clox um mit weit geöffnetem Mund. Ich tat einen Blick in die Hölle. Lila Zahnfleisch hing ihm in geschwollenen Fetzen, die Eckzähne fehlten ganz, der Rest gelb bis schwarz, es stank nach Verwesung bis zu mir herüber, ich blickte in das Maul einer alten Muräne, sie kam aus ihrer Ritze hervorgeschossen, um mir, dem kleinen Fisch, die Schönheit des Todes anzupreisen. Clox schüttelte sich vor Lachen, das Zahnfleisch schwabbelte unter den Zuckungen, fast verschluckte er sich.

Clox: Jetzt haben Sie's gesehn, es hat Besitz ergriffen von mir, ich hab den Mangel, den prominenten Mangel, den Schönheitschirurgen Dr. Mangel, er verändert mein Gesicht, soll ich Ihnen einen Spiegel bringen, Blohm, Sie werden entzückt sein, Sie sehen genauso aus, in ein, zwei Wochen ist nichts mehr übrig von uns, dann sind wir überwuchert von Zahnfleisch wie eine Koralle von Tang und stinken zum Erbrechen, wir haben, was wir wollten, hahahaha.

Blohm: Monster.

Clox: Jajajaja, ich bin ein Monster, ich bin das Monster der Arrabal, und ich möcht Ihnen was Monströses zeigen, warten Sie, warten Sie, rühren Sie sich nicht von der Stelle, ich zeige Ihnen das Monster.

Er tanzte hinaus. Drehte Pirouetten. Bog sich scheckig vor Lachen. So hatte ich ihn nie ... Seine Experimente! Das ist es! Er hat Experimente gemacht. Er hat was genommen. Sich vertan in der Portion. Der hat was geschluckt. Jetzt kommt er zurück und flößt mir was ein, beugt sich über mich und stößt mir Tabletten in den Rachen, er kommt mit giftigen Salatblättern aus seiner Zucht. Flucht? Aussichtslos. Wo soll ich mich verstecken so schnell? Bei Orloff? Er ist der Einzige, der zu mir hält. Los, schnall die Prothese an und dann hau ab. Bloß weg, bevor Clox zurückkommt.

Doch kaum hatte ich mich auf die Kante der Pritsche geschwungen und nach dem Holz gegriffen, stand er in der Tür.

Clox: Wohin so schnell, Blohm? Sie bleiben hier! Sie hören sich an, was ich sage, Sie müssen lernen, dazu sind Sie hier Moses, das ist ein Schulschiff der Höllenmarine, und ich bin der Navigator. Obacht! TATATATATAAA!

Er zog hinter seinem Rücken ein Metallgerät hervor, ein wuchtiges Ding.

Clox: Was ist das, Idotz, was ist das? Lehrer fragt: Was ist das? Der Idotz zeigt auf und sagt: Herr Lehrer, das ist ein JAKOBSSTAB. Der Lehrer sagt: Fast, Idotz, fast. Auf den ersten Blick sieht es so aus wie ein Jakobsstab. Aber es ist mehr, es ist viel mehr als das. Dieses rostige Stück aus dem Museum ist der Schlüssel zu einem freien Geist. Er hilft mir, mich loszumachen von allem, von allem, von ALLEM, ich halte die ABSOLUTE FREIHEIT in der Hand. Nichts, was war, ist von Bedeutung, ich bin der Schöpfer einer neuen Welt und das TÄGLICH TÄGLICH STÜNDLICH STÜNDLICH SEKÜNDLICH SEKÜNDLICH SEKÜNDLICH JEDE SEKUNDE EINE NEUE WELT!!!

Dann nahm Clox das Gerät, das früher ein Jakobsstab war und jetzt die absolute Freiheit, und warf es mit voller Wucht aus dem Fenster. Klappte zusammen und heulte. Ein Häufchen Elend krümmte sich in der Ecke, wand sich in Krämpfen, winselte, und ich durfte alles mitansehen.

Scheiße, scheiße, scheiße, scheiße, scheiße,
ich habe geglaubt, es geht,
ich habe so fest geglaubt, es geht,
Nächte, Tage,
so gehofft,
all die Nächte,
die durchwachten Nächte,
mein ganzes Leben fällt aus dem Fenster.

Scheiße, scheiße, scheiße, scheiße,
warum, warum, warum,
ich hab doch alles getan,
was ein Mensch tun kann,

warum, warum, warum,
warum geht es nicht, warum nicht,
warum bricht alles zusamm,
mein ganzes Leben fällt aus dem Fenster.

Blohm: Verschwinden Sie aus meiner Kajüte.

Clox: Ihre Kajüte? Ihre? Es ist meine! Alles ist meins! Alles gehört mir! Ich kann sein, wo ich will! Ich bestimme, wo ich bin! Ich bin absolut frei!

Blohm: Sie sind absolut wahnsinnig.

Clox: Ja, das bin ich. Das können Sie nicht ertragen, was? Schön die Augen zu, wenn's schwierig wird.

Blohm: Wieso?

Clox: Hahaha − weil das Schiff sinnlos auf dem Weltmeer treibt. Weil wir seit Wochen im Kreis segeln oder zickzack fahrn. Ich weiß nicht mal, ob wir auf dem Atlantik oder auf dem Pazifik sind, vielleicht sind wir in einer Badewanne, wer weiß? Wir sind nirgends! Es gibt uns nicht! Es hat uns nie gegeben! Wir fahren nur im Traum. Dass dem Traum die Zähne ausfallen, ist das Besondere an diesem Traum. Das hat es so noch nicht gegeben, hahahaha.

Blohm: Heißt das . . . Sie haben keine . . . Orientierung?!

Clox: Blohm, Sie sind so schnell von Begriff. Das lieb ich so an Ihnen. Immer zur Stelle mit einer treffenden Bemerkung. Nicht blöd. Vollkommen nicht blöd. Wir haben die Orientierung verloren. Seit Jamaika fahren wir ohne Orientierung.

Blohm: Aber . . . die . . . Seekarten?

Clox: Weiße Blätter.

Blohm:

Clox: Das hab ich mir selbst auf meinen Laufzettel geschrieben: Mit einem Jakobsstab nach Neuseeland. Karten keine. Die muss ich selbst schreiben. Nun, ich habe, mh mh, mh mh, mh mh, ich habe sie selbst geschrieben. Jeden Tag neu! Jeden Tag neu! Ich habe jeden Tag eine neue Weltkarte gestrichelt! Und jetzt habe ich den Jakobsstab aus dem Fenster geworfen, weil ich erkannt habe: Es geht auch ohne! Ich brauche ihn nicht! Ich brauche nur meinen Kopf! Meinen überflüssigen Schädel! Es ist alles hier oben drin! Hier Blohm – hier ist die Welt drin! Alles! Alles! Sie können sich nicht vorstellen, was für eine Befreiung das ist. Ich bin heut der glücklichste Mensch der Welt, hahahaha.

~

Im Wohlfühlzeitalter ist es theoretisch möglich,
dass jeder, wirklich jeder die Finanzen hat,
von Prinzessin Diana persönlich massiert zu werden.
Jetzt hat nicht jeder das Geld,
und die Prinzessin liegt im Tunnel.

~

Nächster Tag.
Clox stürzte aufgebracht herein, griff mir an den Kopf, schüttl-schüttlschüttlte mich durch.
Halten Sie sich fest! Ich habe den Kurs! Hören Sie aus meinem faulenden Munde, wo wir uns befinden! Die Arrabal segelt genau auf 30° 12' 30" südlicher Breite und 80° 41' 2" östlicher Länge. In drei Tagen sind wir in Neuseeland! Darauf einen Teller Grieß. Bon appetit!

Und stürzte hinaus.
Und stürzte hinein.

Falsch, falsch! Vergessen Sie's! Was eben galt, gilt nicht mehr, die Sterne haben sich geändert, habe dem Steuermann den neuen Kurs gerade durchgegeben, wir halsen schon. Wir segeln gerade-wegs auf Sumatra zu. 20° 3' 83" nördliche Breite, wie konnte ich das übersehen. Sumatra, Blohm, das wird Ihnen gefallen, waren Sie schon mal da? Die Mädchen dort wollen alle nur ficken, auf Sumatra, die sind alle nackt und dumm wie Brot. Ein gefundenes Fressen für uns. Ahoi!

Und stürzte hinaus.
Und stürzte hinein.

Kommando zurück! 60° 23' 12" südlich, doch südlich, ich will es so, gleich wird das Wetter umschlagen, Eisschollen treiben, das hatten wir noch nie, klar Kurs auf den Südpol, dort leben die seltenen Pinguine, die sind sehr schmackhaft, weil fettig, fettig, fettig. Wir können endlich wieder Fett ansetzen, das haben wir doch so bitter nötig, ach, wir werden wieder zu Kräften kommen, saftiges Pinguinfleisch, 60° südlicher Breite. Die Welt ist aus Gummi!

Und stürzte hinaus.
Und stürzte hinein.
Und stürzte hinaus.
Und stürzte hinein.
Und stürzte hinaus.

Das Schiff änderte jetzt ständig seinen Kurs. Waghalsige Wendemanöver. Wir schlingerten im Kreis. Doktor Clox tobte umher und korrigierte permanent. Ich sah unserem Ende gleichgültig entgegen.

~

Nächster Tag.
Etwas biss in mich rein, wusste erst nicht, war es Traum oder Tag. Klappte hoch. Eine große graue Ratte zerrte an meinem Stumpf. Sie ließ nicht los, ich schlug nach ihr, sie ließ nicht los, erst als ich sie mit der Prothese am Kopf traf, gab sie auf und rannte blutschneuzend weg. Den Tieren fehlt jede Achtung, sie tun, als gehöre ihnen das Schiff. Sie sehen uns nicht mehr als Feinde oder ernst zu nehmende Gegner, sie spielen mit uns, wie Katzen mit Wollknäueln oder toten Mäusen spielen.
Ein Matrose kam, wisperte, Clox sei beschäftigt und gab mir zwei Scheiben Peerfööt. Eigentlich stand mir nur eine zu, doch Butu

war nicht mehr ansprechbar. Ich klopfte den Zwieback kräftig gegen die Pritschenkante, um die Maden zu entfernen, ich schnipste sie auf den Boden und versuchte, Speichel zu erzeugen. Gab sonst nichts zum Einweichen. Vergebene Müh. Alles trocken. Ich zerrieb den Zwieback zu Bröseln und schluckte. Es wollte nicht. Die Krümel steckten im Hals. Ich würgte. Spuckte wieder einen Zahn mitsamt Wurzel. Warf alles aus dem Fenster. Butu drehte sich um. Auf seiner Nase spazierten zwei Fliegen. Er nahm keine Notiz.
Butu: Ungoro mista Butu ungoro arrabol mista pleaz.
Blohm: Ich verstehe dich nicht. Ich verstehe dich nicht.
Butu: Ungoro lussam sambok.
Er wollte mir etwas mitteilen. Ich gab ihm Papier und Feder, deutete an, er solle doch etwas zeichnen. Er umfasste die Feder mit der Faust und kritzelte seine Hieroglyphen.

Blohm: Du schaffst es, Butu, du bist noch jung, wir werden Rettung finden, bald, du wirst ein großer Seemann, bald.
Butu zitterte am ganzen Leib. Ich verscheuchte die Fliegen.
Blohm: Du hast noch alles vor dir, du musst vertraun, es wird alles gut, bald, Butu, bald.
Und dann kam mir ein Gedicht über die Lippen, ich sagte einen Vers auf für den kleinen Butu, der so schwer daniederlag.

Das Ufer so weit,
wir leiden den Mangel.
Seemanns Leid
ist Einsamkeit.

Butu weinte, es schüttelte ihn durch, ich glaube, er hat mich zum ersten Mal verstanden, ein paar Tränen sammelten sich in seinen Augen, er atmete plötzlich sehr stark und rasselnd, bäumte sich auf, das ging vielleicht fünf heftige Male, dann wich jegliche Kraft aus seinem Körper. Er hörte einfach auf. Lag da wie sonst, die Händchen artig gefaltet. Ich saß auf der Bettkante und wedelte die Fliegen weg.

~

Da gab es einen Knall. Ein harter Gegenstand war gegen meine Luke geknallt. Da war was. Der Fahrtwind muss es hereingeweht haben. Ich trat heran und besah mir das Ding. Es war eine Hummerschere. Eine frischabgerissene Hummerschere. Ich hielt die Nase dran. Intensiver Kräuterduft. Es roch nach Olivenöl und einem Schuss Aceto balsamico. Spuren von Moutarde de Dijon. Der Hauptschalter in meinem Hirn sprang aus der rostigen Verankerung. Ich musste die Entscheidung herbeiführen. Ich allein. Die Prothese angeschnallt warf ich einen letzten Blick auf den toten Butu und überließ ihn den Fliegen.
Ich rannte an Deck.
Der Gemüsewerfer war Orloff!!! Kein Zweifel! Er! Er war's! Er stand oben in der Kombüse! Heimlich, zwischen den Mahlzeiten, erging er sich an einem geheimen Vorrat Frischkost, eine andere Lösung gab es nicht, Clox konnte es nicht sein, hätte der nur ein paar Zitronen gelutscht, wir wären nicht vom Kurs abgekommen. Ich rannte, ein rachsüchtiger Kranich, an meine alte Arbeitsstätte, Kabüs, Kabüs, Schiffsmagen, der fette Möchtegernrusse hält sich lustig hier, während wir anderen verrecken, wenn ich den mit FruttidiMare erwische, dreh ich ihm den fetten Hals um. Doch in der Kabüs – keine Spur vom Schmutzigen. Orloff Fehlanzeige. Ich starrte hechelnd auf die TöpfePfannenFässer. Wo bist du? Gähnender Tropennachmittag, Gestank und Fäulnis. Brutstätte der Ungezieferarmeen. Wie lange hatte ich das Kabuff nicht betreten? Ich musste endlos unten gelegen sein in meiner Hirnkajüte, hier war

alles verwahrlost, das Geschirr stapelte sich bergeweis, Krusten ver-
blichener Erbsen- und Bohnenhülsen überzogen die Schüsseln wie
gelber Rost. Vor mir stand der Eintopf der Arrabal. Er stank bes-
tialisch. Ich näherte mich ihm wie einem dösenden Raubtier. Was
passiert, wenn es das Maul aufmacht? Es roch nach Verwesung, nach
liegen gelassenen Leichen. Scampis und Zitronen kommen hier
nicht vor. Die fliegen nur durch deine Wohlfühlträume.
Ich schaute über den Rand. Eine dunkle Brühe stand dreiviertel-
hoch. Darin bewegte sich was. Schwarze Tiere zuckten, tauchten
an die Oberfläche, schnappten, um Luft zu holen. Ich dachte, es
seien tote Seemänner, die als ranzige Fleischstücke durch den Sud
trieben, in ihnen würden Haken stecken, an denen Namensschilder befestigt seien: John, Knud, Martin. Alle im Kessel geendet.
Dem Magen der Arrabal. Hier wurde alles verdaut.
Unter den Anrichtetischen, zwischen den Holz- und Fleischhack-
klötzen, standen einige Holzfässer. Öffne sie, dachte ich, sieh nach,
vielleicht findest du doch etwas Essbares. Ich suchte nach Schätzen, die es nicht gab. Ich hob den Deckel des ersten Fasses an, die
Pest schlug mir in die Nase. Ich sah noch, wie sich die lichtscheuen
Würmer und Asseln schnell ins seimige Pökelfleisch verkrochen.
Das war kein Fleisch mehr. Die Fasern hatten sich schon aufgelöst
zu einem bräunlich gelben Brei. Ich ließ den Deckel fallen. Für die
anderen Fässer hegte ich kaum noch Hoffnung. Ich war Beschauer
im schiffseigenen Schindanger. Ich öffnete den nächsten Sarg-
deckel. Diesmal aalte sich das Ungeziefer in Erbsen. Die Erbsen
waren von einem ähnlichen Gelb wie das aufgelöste Fleisch. Es war
schwer zu entscheiden, was Erbse und was Made war. Und Orloff
warf diese Melangsch in den großen Topf. Noch ein drittes Fass
machte ich auf. Ich wagte nicht, daran zu riechen. Der Anblick war
entsetzlich. Eine dickliche Flüssigkeit schwappte darin. Ein Schelee. Die Farbe: hellbraun. In dem Schelee zuckten Flöhe. Ich wusste wohl, was das war. Das war die Grundlage für die Suppe, das war
die Grundlage für den Tee: Das war unser Trinkwasser. Unser
Trinkwasser. Agua Arrabal. Ich konnte mich getrost hineinstürzen,
denn Hoffnung gab es keine mehr. Hineinhocken in die Suppe zu

den Flöhen und Fliegen, den Deckel schließen und mich kleinlaut zersetzen lassen. Ich hatte nicht die Flüssigkeit, um Tränen zu vergießen. Der Tod, der kommt, wird trocken. In all dem Fässerelend, dem Gestank, dem Gewürm, sank ich zu Boden. Mir war alles gleich. Sollen doch die Herren in Orange kommen, mit Schaufel und Besen, nehmt mich, wehren werde ich mich nicht.

Dann hörte ich Musik. Eine zarte, wehe Musik. Sie kommen. So ist es vor dem Ende. Mit Musik wirst du abgeholt. Diesmal keine Posaunen, diesmal leise Gitarrenklänge. Eine liebliche Weise. Mein Herz zersprang. Das war so himmlisch süß. Eine Melodie von weit, weit her. Gedämpft vibrierten die Saiten. Ich schloss die Augen und lauschte. Das letztes Lied vor dem Abtransport. Eine säuselnde Männerstimme gab mir das letzte Geleit.

Als Knabe hab ich träumet,
träumt den Traum in Wäldern,
schnitzt den Traum in Birken,
war kaum 20 Jahr.

War mit Traum so sicher,
ging mit Traume tanzen,
kümmerte mich nit,
war kaum 20 Jahr.

Nu is Zeit vergangen,
manche Tag verschlafen,
manche Nacht verschlafen,
Traum kommt selten noch.

Heimat is verblichen,
möchte nochmal schauen,
lange grade Straße,
die mein Heimat war.

Lange, grade Straße,
die mein Heimat war.
Lange, grade Straße,
die mein Heimat war.

Haaaaaaaiiiiiimat,
Haaaaaaiiiiiiiimat,
an deiner Straß
verwelkt mein Traum.

Haaaaaaaiiiiiiiiiiiiiiiiiiiiiiiiiiiiiiiiiiiiiiiiiiiiiiiiiiiiiiiiiiimat
Haaaaaaaiiiiiiiiiiiiiiiiiiiiiiiiiiiiiiiiiiiiiiiiiiiiiiiiiiiiiiiiiiiimat

Der Sänger, der mir den Abschied sang, erging sich in Inbrunst. Die anfänglich milde Melodie jaulte mit einem Mal ein gottverlassener Köter:
Haaaaaaaaaaaaaaaaaaaaaaiiiiiiiiiiiiiiiiiiiiiiiiiiiiimat
Haaaaaaaaaaaaaaaaaaaaaaaaaaaiiiiiiiiiiiiiiiiiiiiiiiiiiiiiiiiiiiiiimat
Haaaaaaaaaaaaaaaaaaaaaaaaaaaaaaaiiiiiiiiiiiiiiiiiiiiiiiiiiiiiiiiiiiiiiimat
Es riss mich aus dem Dämmer. Ich schreckte auf. Ich bin noch hier. Auf der stinkenden Erde.
Woher kam das? Wer sang das? Wenn mich nicht alles täuschte, erklang dieses Lied unter mir ... jaja ... die Musik hatte ihren Ursprung eindeutig unter mir, jemand schmetterte eine melancholische Weise eine Etage tiefer. Nur wo? Ich presste mein Ohr an die Bretter. Tatsächlich, ganz nah, ganz dicht: Haaiiiiiiimat. Haaaaiiiiiimat. Dazu Gitarrenzirpen. Deutlich. Ganz nah. Ich untersuchte die Planken. Wochenlang hatte ich auf ihnen gestanden, hatte gespült und geschrubbt, hatte mich mit Orloff herumgewälzt, ohne etwas zu merken. Sollte hier etwa ... ? Ich fuhr mit meinen Fingern die Bretter lang. Kratzte. Pulte. Drückte. Dann machte ich die Entdeckung. Aus den Brettern, auf denen ich hockte, war hauchdünn ein Quadrat ausgesägt worden. An einer Stelle sah ich eine größere Kerbe, etwa daumendick.

Haaaaaaiiiiiiiiiiiiiiiiimat

Ich steckte einen Finger in die Kerbe und krümmte ihn: Etwas bewegte sich, ruckelte leicht. Das Stück Boden, auf dem ich saß, war locker. Es ließ sich anheben. Vorsichtig, vorsichtig ...

Haaaaaaaaaaaaaaaaaaaaaaaaaaaaaaaaaaaaaaaaaaaaaaaaaaaaiiiiiiiiiiiiiiiiiiiiiiii
iiiiiiiiiiiiiiiiiiiiiiiiiiiiiiiiiiiiiiiiiiiiiiiiiiiiiiiiiiiiiiiiimaaaaaaaaaaaaaaaaaaaa
aaaaaaaaaaaaaaaaaaaaaaaaaaaaaaaaaaaaaaaaaaaaaat

Ich hatte eine geheime Falltür entdeckt. Langsam hob ich die Klappe an. Der geheimnisvolle Sänger hatte mich noch nicht bemerkt. Er sang immer lauter. Immer inbrünstiger. Sang ohne Unterlass.

Haaaiiimat daaiiine Straaaaaaaaße

Wer mochte es sein? Wer versteckte sich unter dem Kombüsenboden? Millimeterweise öffnete ich die Tür. Langsam näherten sich meine Augen dem geheimen Spalt. Zuerst sah ich nichts, alles dunkel, meine Netzhaut arbeitete an der Feinauflösung, Blitze zuckten, dann wurden erste Umrisse deutlich.

Unten war alles in ein sattes Dunkelrot getaucht. Ein vierarmiger Kerzenleuchter warf Flackerlicht auf verdächtige Gegenstände. In der Mitte sah ich einen runden Tisch aus massivem Holz. Darauf eine weiße Decke, mit Spitzenbesatz. Auf dem Tisch befand sich ein vollständiges Gedeck, ein Porzellanteller mit Motiv, ich glaube es war ein Dreizack oder eine Mistgabel, daneben ein silberner Löffel, silbernes Messer, silberne Gabel, ein feingeschliffenes Weinglas mit langem Stiel – ein Bild aus dem Lehrbuch für Kellner, alles hatte seinen genauen Platz.

Ich öffnete die Luke vorsichtig um weitere Zentimeter.

Haaaaaaaaaaaaaiiiiiiiiimat

Der Sänger sang. Ein fettleibiger Herr saß auf einem roten Fauteuil, die Augen geschlossen, eine Balalaika an seinen Wanst gepresst, schweißüberströmt. Sein vibrierendes Gesicht, die kleine platte Nase, der kaum vorhandene Hals, die runden Backen – vollkommen weltvergessen. Ähnlichkeit mit einem Schwein. Mein Stumpf juckte. Das Holz biss sich auf die Späne. Wollte von der Kette und sich verbeißen.

ORLOFF!!!

Er war erschrockener als ich. Orloff verschluckte sich an seiner Haiimat, riss seine kleinen Augen weit auf und starrte mich an. In seinem Ferkelblick lag eine Feindseligkeit, die mir durch alle Knochen ging. Der bringt mich gleich um, dachte ich. Der macht das. Der ist fähig dazu. Ich habe ihn gestört in seiner Mittagspause, jetzt schlägt er mich tot. Schlagartig änderte sich sein Gesicht. Die Fettmasse seiner Visage wabbelte lebhaft, er lachte übermäßig laut, zeigte seine gepflegten Zähne, zog seine wulstigen Lippen hoch. Sein Zahnfleisch war so gesund, gleich macht er den Apfeltest, dachte ich. Die Balalaika warf er hinters Sofa, wiegte seinen Oberkörper in Entschuldigung, und seine weißen Wurstfinger streckten sich aus nach mir.

Orloff: Nu ja, nu ja, ha ha ha, mecht man sich gennen kleine Erholung, Gesang, mein Herr, Monsieur, Gospodin, ha ha ha, ise sie sehr hot in the room, ha ha ha, nu ja, was soll man machen … was fihrt Sie zu mir, Blohm … ?
Blohm: Orloff … was machen Sie da?!
Orloff: Nu nu, Jungä, ha ha ha, ich schäme mich so, dass Sie mir haben gelauscht, ich singe so schlecht. Sie haben Recht, nie wird ich mich trauen, was zu singen vor andere Mensche, deshalb ich bin so geschreck, Sie misse verzeihn, also, was mache Sie in meine Datscha, das is privat.
Blohm: Verzeihen Sie, ich habe seit Tagen nichts rechtes …
Wie er dasaß, ein kleiner Schweinekönig auf seinem Schweinethron. Das edle Schweinegedeck, das auf die königliche Schweinemahlzeit wartete. Aber welche Mahlzeit? Er war doch der ärmste Mensch auf dem ganzen Schiff, das wusste ich, das hatte ich doch selbst gesehn, der Prügelknabe der Arrabal, Sündenbock für alles, was schief ging. Jetzt hatte er sich Porzellan und Silber hingestellt, wartend worauf? Mein Holz knurrte.
Orloff: Nu was, nur raus damit, Sie waren nit zufriede mit die Essen, ich weiß, das is niemand, das her ich jeden Tag, jede Stundä, also was, die Kiche is zu …

Blohm: Ich habe Hunger, Orloff, einen Hunger, mein Zahnfleisch, können Sie mir nichts geben, nur ein klein wenig ...

Orloff: Das is Ihre Schuld, wenns den Fraß nich fressen. Ich hab nix, die nächste Ration gibts in fünf Stunde, da stellns sich an.

Blohm: Aber, der Hunger, es ist unerträglich, in fünf Stunden bin ich sicher tot, ich flehe Sie an, Sie haben doch bestimmt irgendeine Kleinigkeit, die nicht ganz faul und verschimmelt ist.

Orloff: Wie! Was? Faul? Verschimmelt? Was faselt er da? Ich hab noch alles frisch gemacht!

Blohm: Ich habe einen Blick in die Vorratsfässer getan. Im Fleisch kriechen die Maden, in den Erbsen kriechen sie, und das Wasser ist voll mit Flöhen! Das kriegt niemand mehr hin.

Wieder blickte mich Orloff an, als wollte er mir ans Leben. Seine Fettwangen hingen leblos, und die Äuglein schickten kalte scharfe Blitze. Diese Veränderung in seinem Verhalten! Sie dauerte nur für Sekundenbruchteile, erschreckte mich aber so sehr, dass ich darüber meinen Hunger vergaß. Wieder überspielte er diese Regung mit einem allzu lauten Lachen. Er stand auf, sehr behänd, und stand mit einem Mal unter mir.

Orloff: Ja wissens, das mecht schon meglich sein, das mit de Ungeziefer is wirklich ein Elend, tut mir sehr Leid, dass Sie das ham missen gesehn. Seit Sie sin weg, hat sich die Lage sehr verschlechtert, ich find ja selbst keine Ruh, ich bin verzweifelt, wenn Sie verstehen, die Lage is sehr ernst. Was soll ich machen. Was? Aber, kommens doch bittscheen runter in mei Kajite, das ist doch keine Art zwischen Schentelmen, sich zu reden mit Distanz, kommens runter, vielleicht hab ich doch etwas für Sie, ein Kleinigkeit, kommens runter in mein Zimmer, seins mein lieber Gast ...

Orloff forderte mich auf, die Luke ganz zu öffnen und zwar ein bisschen schnell, dann sollte ich die Stiegen herunterklettern in *seinä Datscha,* wie er immer wieder betonte. Mit dem Runterklettern war's ein Kreuz, es war alles sehr schmal und meine Kräfte waren am End. Der Koch fasste mich um die Hüfte, rief immerzu sein aufmunterndes Kauderwelsch, zerrte an meiner Prothese, zog mir die Beine lang nach unten, wo ich mich gleich auf das Sofa fallen ließ. Der Smutje schloss die Luke. Rumms. Ich war in seiner Welt.

~

Seine Datscha. Sein russischer Bauernluxus. Die Wände behängt mit schweren, dunkelroten Teppichen. Darauf waren ländliche Motive gestickt, detailreich, ich konnte mich gar nicht sattsehen. Hier stand ein Schäfer mit Schlapphut vor seiner grasenden Herde, sein Hütehund schlief friedlich unter einer mächtigen Eiche; dort lehnten drei pfeiferauchende Greise an einem Gartenzaun, tauschten Neuigkeiten aus über Gott und die weite Welt; auf einem anderen Teppich sah ich eine fröhliche Hochzeitsgesellschaft an einer langen Tafel. Sie waren zugange mit einem üppigen Menü.

Die Schüsseln waren voll mit deftigen Speisen aus Wald und Wiese, ganze Ferkel lagen auf silbernen Tabletts, mit Obstgarnitur prachtvoll angerichtet, ein gespickter Fasan thronte dort, mit glänzender Fettglasur wartete er auf das große Spachteln. Dieses Stickmotiv war grausam in seiner tatsächlichen Ungenießbarkeit, so appetitlich es dargestellt war, so elend mussten die Fusseln im Gaumen kleben, wenn der hungrige Betrachter verzweifelt hineinbiss. Ich wandte meinen Blick ab. Dieses Motiv wollte ich mir ersparen.

Der Teppich mir gegenüber war besonders groß. Er nahm die ganze Wand ein und wölbte sich in der Mitte vor. Darauf war ein plätschernder Wasserfall gestickt, der sich in einen idyllischen Waldsee ergoss. Am Ufer saßen oder schwirrten kleine lustige Vögelchen, auf dem See schwammen Enten. Das Bild erregte meine Aufmerksamkeit. Dieser Wasserfall! Er war so fein gearbeitet, sogar einzelne Wellen und Strudel konnte ich erkennen. Durch die Wölbung in der Mitte entstand der plastische Eindruck, das Wasser sprudele aus dem Teppich heraus, eine verlockende Quelle, es war zu schön.

Seine Datscha. Ist das Russenart, alles vollzuhängen? Zwischen den

Wandteppichen Nippes, Souvenirs und Trophäen. Ich sah zwei ge-
kreuzte Säbel mit arabisch anmutenden Ornamenten am Knauf,
Prunkwaffen, die der Koch wahrscheinlich in einem fernen Land
ersteigert hatte, er, der Unmännlichste an Bord, der Löffelschwin-
ger, hatte sich diese Waffen friedlich an die Wand genagelt; daneben jedoch hing, wie es eher zu erwarten war, edles Küchengerät,
als Kahlestellenbedeckung, in bestem Zustand, alles blinkte im
Kerzengeflacker: eine silberne Geflügelschere, eine goldbeschla-
gene Knochensäge, mehrere Tranchiermesser sowie eine Terrinen-
kelle mit langgeschwungenem Griff. Ein ganzes Arsenal von Zu-
bereitungs- und Servierwerkzeug, das unbenutzt die Wände seiner
kleinen Geheimkammer schmückte. Wer weiß, vielleicht weckten
sie in dem Smutje eine Sehnsucht nach besseren Tagen.

Orloff: Willkommen bei die einfachen Leut.
Blohm: Dieser Wasserfall ist wunderschön.
Orloff: Nicht wahr, er ist mein Ein und Alles. Es gibt so wenig
Schenes auf diesem Schiff, und ich bin ein armer Mann. Dieses
Bild trestet mich. Is an große Trost. Hat meine Frau gestickt. Meine
Mascha ...
Blohm: Sie haben mir nie erzählt, dass Sie verheiratet sind.
Orloff: Ich hab Ihnen viel nit erzählt. Aus Ricksichtnahm.
Blohm: Aber ...
Orloff: Auf See wird vieles verkehrt. Der Mangel, verstehst.
Blohm: Mascha.
Orloff: Bitte, starrens nit so auf das Bild, mir kommen die Tränen,
ich muss immer an sie denken, sie stickt so scheen, sie stickt so
scheen, Mascha, ham Sie einen Schatz, Blohm?
Blohm: Schon möglich. Ich erinnere mich nicht mehr.
Orloff: Dann sind Sie der Seefahrt schon anheimgefalln. Die lescht
alles aus.
Meine Prothese zischte. Während ich auf den Wasserfall glotzte ...
Blohm: Haben Sie nicht eine Kleinigkeit für mich? Ihr Zahnfleisch
ist so proper.
Orloff: Sie haben ja keinen Begriff, keinen Begriff, wie ich mit

dem Mangel fertig werd. Ich wag es nicht, Ihnen das zu zeigen. Ihr Magen wird das nicht aushalten.

Blohm: Ich wusste, dass sie was zurückhalten. Raus damit.

Orloff erbebte vor Rührung. Er presste die Hände in den Schoß, rieb sie an den Innenseiten der Schenkel und schluchzte. Russentränen rannen über seine Backen, es war seelenerschütternd. Jetzt hatte ich ihn soweit. Ich erwartete sein Geständnis.

Orloff: Värzaihung, oooh, Blohm, Sie haben mich verwundät, schauns ich zeig Ihnen jetzt mein EinundAlles, mei Rettungswestä, mei Iberleben, Sie sind wirdig, es anzuschauen, Sie sind der Einzigä, der es verdient hat zu schauen, Moment.

In einer Ecke stand eine kleine Kommode. Orloff öffnete tränenüberströmt die obere Schublade und fingerte ein Serviertablett heraus. Darauf standen mehrere Einweckgläser mit undefinierbarem Inhalt. Er behandelte sie mit äußerster Vorsicht, als wären es die Kronjuwelen oder Nitroglycerin. Stolz und würdevoll balancierte der Smutje das Tablett durch sein geheimes Zuhause, drehte eine Extrarunde, machte vielsagende Blicke, dann stellte er es auf den Tisch neben das leere Gedeck.

Orloff: Wissens, Sir Blohm, niemand vor Ihnen hat das zu Gesicht bekommen. Es is top ssikrät! Sagens das niemand auf diesem Schiff, ja? Sie sehen hier: meine Nahrung, die ich zu mir nehm, wenn die Fässer faulen und das Zahnfleisch beginnt zu wuchern. Wenn die Schmerzen der Trennung werden unerträglich, dann bereite ich mir diese Mahlzeit. Ihnen, Blohm, gebihrt das Recht, meine Nahrung zu teilen, nur Ihnen. Es sind dies: die GLÄSER DER HEIMAT.

Blohm: Ist das alles?

Orloff: Das is alles, was ich habe, glauben Sie mir, es ist reichlich, genug fir zwei. Was darf ich Ihnen servieren, womit wollen Sie beginnen? Zum Ordevre?

Blohm: Ich hätte lieber ein kleines Stückchen Biskuit.

Orloff: Wollens sich vergiften? Kommens, probierens zum Beispiel dieses Glas.

Orloff nahm ein Glas vom Tablett, entfernte den Verschluss und stellte es auf den leeren Porzellanteller. In dem Glas lag ein Stück Baumrinde.

Orloff: Sniefens, sniefens, atmens das tief in die Bronchie, it smells sooo bueno, so marvellous, das is Russischbirke, echte Russischbirke, dieser Geruch macht Sie satt. Je weiter ich weg bin von meine Haimat, die Birke duftet stärker und stärker, haltens Ihre Nase ins Glas und sniefens das.

Ich steckte tatsächlich meine Nase in das Glas und inhalierte mich wund an dem Rindenstück.

Blohm: Es tut mir Leid. Birke ist nicht mein Geschmack. Vielleicht haben Sie doch ein Stückchen Biskuit...

Orloff: Nein, nein, nein, Sie habens nicht verstandän, kostens von diesem, das is Kraut Kamilla, intensiv, nicht wahr? Kennens machen schene Tee von Kamilla, I smell von Kamilla when I get homesick. Wissens, um mein Haus wuchsen so viele Kamilla, und ich pflickte Strauß von Kamilla für meine Mascha, wenn ich kam nach Hause. Oder vielleicht Lavender? Flower Lavender? Bienenkraut, sumsum? Herens die Bienen? Oder dies! Dies ist Forgetmenot, schauens, trocken Forgetmenot, liegt so welk in Glas, aber der Duft is stark, sniefens sich satt!

Tief und gierig sog ich die Düfte der Kräuter ein. Sie wanderten durch meine Nase, die eben noch in fauligen Vorratsfässern gesteckt hatte, und breiteten sich aus in mir. Macht mich satt, bitte, Kräuter, füllt mir den Magen, ich flehe euch an, lasst mich teilhaben an der versprochenen Wirkung. Die Gerüche wurden schwerer, sie drangen in mich ein. Frühnebel. Frechen.

Kamille ...

Snnnnnnnnnnnnnnnnnnnnnnnnnnniiiiiiiiiiiiiiiiiiiieeeeeeeeeeeeeeeeeeeeee-effffff

Fernsehn mit Vati

Mein Vater sagte:
Sohn,
der Johnny Weissmüller,
also schwimmen kanner,
weißt du, wieso?
Der war Weltmeister im Schwimmen,
deshalb ham die den in den Film geholt,
unsereins kann das ja nicht,
aber der Weissmüller war schließlich Schwimmer,
deshalb kann der das.

Kraut Kamilla ...
Snnnnnnnnnnnnnnnniiiiiiiiiiiiiiiiiiiiiiiiiiiiieeeeeeeeeeeeeeeeeeeeeeeeee-
eeeeeeffffff

Fernsehn mit Vati

Bei einem Kung-Fu-Film meinte er,
die hätten regelrechte Schulen für sowas
in Asien,
die würden das regelrecht trainieren,
das sind Turner, weißt du.

Wenn ich heute einen Film sehe,
in dem ein Schauspieler auf ein Auto springt,
denke ich auch: Na ja,
ein Turner halt.

Kamilla ...
snnnnnnnnnnnnnnnnnnnnnnnnnnnnnnnnnnnnnnnnnnniiiiiieeeeeeeeeee-
eeeeeeeeffffffffffffffffffffffffffffffffffffffffffffffffffffffffffffffffffffffffffffffffff
fffffffffffffffffffffffffffffff

Fernsehn mit Vati

Mein Vater sagte:
Sohn,
es gibt drei Arten von Western:
den A-Western, den B-Western, den C-Western.
C-Western, das ist nur Geballere,
B-Western, das ist mit John Wayne
und geht gut aus,
und das, was wir jetzt sehen,
ist ein A-Western,
denn da spielt der Henry Fonda mit.
Der Henry Fonda, Junge,
ist ein Charakterdarsteller, schau ihn an,
wie der wandlungsfähig ist,
und die getrocknete Paprika,
die da an der Hacienda hängt,
da stimmt einfach alles,
und der Fonda stirbt am Ende,
da fällt nur ein einziger Schuss,
das ist 'n A-Western,
der geht psychologisch aus.
Mein Vater sagte dann,
dass es in Amerika ja Typen gibt,
wo die die immer herhaben.

Bloom: Orloff, das ist großartig. Lass mich vom Lavendel sniefen,
ich bin wieder daheim.
Lavendel ...
sniiiiiiiiiiiiiiiiiiiiiiiiieeeeeeeeeeeeeeeeeeeeeeeeeeeeffffffffffffffffffffffffffffffffff

Wie alt. Ewig her. Bonanzarad. Bananensattel. Fünf Freunde. Und Timmy,
der Hund. Fliegerbasteln. Mit Höhenruder. Immer draußen. Nie Lange-

weile. Durch die Pfützen. Die Brombeerhecken. Mindestens drei Großpflaster auf den Knien, eins auf dem linken Brillenglas. Weiße Rollkragenpullis sonntags. Die Träger des weißen Unterhemds kamen durch. Scheuerte. Der wird noch was. Wie aufmerksam. Und diszipliniert. Schon jetzt. Schreibt alles auf. Macht Listen. Hat alle Vogelarten der Nachbarschaft aufgelistet, rennt den ganzen Tag mit dem Feldstecher herum. Dann die Bäume. Dann die Amphibien. Jetzt die Pflanzenwelt. Und Alben, Alben, Alben. Fotoalben. Pressalben. Jetzt hat er sich von einem Klassenkameraden 200 Urindöschen besorgt, er will eine Samenbank aufbauen. Blumes Wildkräutersamen. An- und Verkauf. Rennt durch die Wälder und streift Samen ab. Schoten. Hülsen. Die Puste von der Pusteblume. Die kleinen Propeller. Und Noli-me-tangere. Das Samen-MG. Alles in die Urindöschen. Deckel drauf. Beschriftung. Deutsch-Latein. Gefunden / wo / wann (Gänseblümchen / Bellis perennis / Wiese bei Altersheim / 21. 7. 81). Alles in die Bank. Alphabetisch. Wünscht sich zu Weihnachten Flüssigstickstoff. Orchideensamen konservieren bei −196 Grad Celsius. Können wir uns nicht vorstellen. Bekommt seinen Kosmos Chemiekasten. Und damit gut. Immer forschen. Notieren. Aufschreiben. Der Preistacker der Aldiangestellten. Klackklackklack. IDEE-Kaffee 5,49 DM. Aufgepreist. Wie das klackte. Huflattich, 2. 4. 82, klack, aufgepreist. Kriechender Günsel. 3. 7. 82. Klack. Aufgepreist. Immer alles klackgemacht, sollte immer so weiterklacken, ein Klackstudium, ein Klackberuf, eine Klackfrau, eine Klackfamilie, eine Klackpension, eine Klackbeerdigung, klack!

Orloff: Des is marvelles. Juniek. Smellens. Smellens. Woran denkens denn, Mister?
Blohm: Heimat. Ja. Wer eine hat.
Orloff: Den Lavender. Des is de Best. Was, na?
Blohm: Ich hatte über 200. An- und Verkauf.
Orloff: Was? Hams an Überdosis?
Blohm: Mit dem Küchenschrank über die Wiese und zack.
Orloff: Das kann doch nicht wahr sein, Blohm! Wenn ich an diesen Gläsern sniefe, habe ich ganz ähnliche Impressions! Ich denk

an die Wiese hinter meine Datscha, der Frühling begann erst im Monat Mai, dann kam er mit Macht, sehns die drei Alten auf dem Teppich. Das sind mei Nachbarn, die ham gemäht die Wiese mit der Sensen, langsam und gleichmäßig, gab auch Grillen in Russland, is wohl so mit Grillen auf die ganze Welt.

Blohm: Russland muss schön sein.

Orloff: O ja. Das muss schen sein. Das war auch schen.

Blohm: Grillen. Die gabs bei uns auch.

Orloff: In Russland auch. Bei mir auch.

Blohm: Die Grillen, die sind überall gleich.

Orloff: Da megens recht ham, Blohm, und die Wiesen sin auch gleich iberall, und die Kinder sind gleich iberall, stapfen durch die Wiese und zerlatschen das Gras. Und denken, dass es geht immer so weiter. Was hams denn, was schauns denn so melcholisch?

Blohm: Lavendel snieeeeeeeeeeeeeeeeeeefffffffffffffffffff

Als ich das Interesse an Pflanzen verlor, weil dann das Interesse auf Käfer fiel, kippte ich alle 200 Samendöschen aus in den Garten. Ein paar Unkräuter sind bei rausgekommen. Rauke und Wicke. Raps. Die rüdesten Sorten halt. Während Vater den Wildwuchs wegschnitt, nadelte ich schon Laufkäfer und schnüffelte Essigäther, schrieb Ernst Jünger Bettelbriefe um Doubletten und ob ich nicht mal vorbeikommen dürfe, den Großen Walker würde ich gerne persönlich abholen.

Aufgespießte Hirschhornkäfer. Koleopterologenäther. Doublettentausch wie bei Briefmarken. Tausche zwei Mistkäfer gegen einen Trauerbock. Dann: Spezialnadeln zum Ausrichten der Beine und Fühler. Mikrostifte zum Beschriften. Selbst keine Milch, aber Mutter Natur in die Nippel gebissen.

Und gleich nackt, wenn man den Namen nicht hat. Was blüht denn da? Das Gelbe da, mit den kleinen rispenartigen, den, na, den Blüten, die so, na, wie eine Königskerze, nur schmaler, kleiner, verkümmerter, aber schön, doch, besonders irgendwie, doch, wie heißt denn, na sag schon, weißt du's nicht, das da, ich habs auf der, na, komm, ach, ich könnt mich, das ist so, wenn mir was nicht gleich einfällt, ich könnte zum HB-Männchen, wie? ODERMENNIG! Na klar. AGRIMONIA EUPATORIA! Warum mir das nicht gleich ... Das isser. Alles klar. Aufgepreist und weiter. Danke, Odermennig, der nächste bitte. Klack.

Orloff: Ich muss mir doch keine Sorgen machen?

Blohm: Wie ich als kleiner Bub durch die Wiese stapfte, mit zwei festen Füßchen, und nichts gewusst hab von meinem Glück ...

Orloff: Ach, Sie sind a Poet wie ich, eine im Grund zarte Sälä, wenn die Welt nicht so grob wär zu uns! Wirden wir immer noch barfuß durch die Wiese hipfen, was hams denn, wieder an Erinnerung?

Blohm: Ich nehm grad Abschied für immer. Feinamputation. Habs gleich.

Orloff: Jaa, des is wahr. Was vorbei is, is vorbei. Dis kommt nich wieder, nur aus mei Gläser kommt das wieder für an Augenblick, verstehens jetzt, was ich hab daran? Kein Rindsbraten bringt mir zurück mein Jugendzeit, aber mit die Gläser ich kann all das. Ich diniere mit meine Erinnerungen, das is mehr wert als alles, was der gemeine Mensch isst von Tellern. Ich weiß, Sie verstehen mich, Mr. Blohm, Sie gefallen mir, Sie wissen zu schätzen meine Gläser, aber ich warne Sie: Gleich beim ersten Mal man sollte nicht zu lang seine Nase da reinstecken, das verwirrt die Sinne und macht meglicherweise sehr unglicklich, wenn Sie wieder den Gestank von die See einsniefn. Sie müssens dosieren lernen. Immer nur ein wenig. A bit. A littel. A kleiner Trip zunächst, sonst verlaufen sichs in eine verlorene Welt.

Blohm: Lavendel sniiiiiiiiieeeeeeeeeeeeeeeffffffffffffffff

Is deine Mami da?

Nein. Meine Mutter ist zum Porst Fotoecken kaufen, alles Erinnerungswürdige klebt zwischen Fotoecken.

Offizielle Erlebnisse, Eintrittskarten, Restaurantrechnungen.

Schwierig wird es bei runden Weinetiketten, die müssen in der Küchenspüle abgelöst werden.

Wie sollen die denn halten in der Ecke? Die fallen doch raus?

Den Weinetiketten wurde mit der Nagelschere nachgeholfen. Schau, du machst vier Kerben, dann halten die.

Postkarten, Passbilder, Notizblöcke und Essensbons sind nur deshalb eckig, damit sie mit Fotoecken ins Familienalbum gepresst werden können, das hat schon alles seinen Sinn. Eine Ausnahme machen Blumen. Wenn man sich an Blumen erinnern will, reißt man sie aus, legt sie zwischen Pappdeckel und stellt den Küchenschrank drauf. Nach einem Tag sind sie so platt wie ein Naturerlebnis.

Tatort Reihenhaus: die Absperrung eine Fotoeckenrolle.

Die Silhouetten der Toten mit Fotoecken markiert.

Im Vorgarten springt ein Hund gegen den Essigbaum.

Bloom: Jetzt Forgetmenot! Ich will Forgetmenot!

Orloff: Aber passens auf, davon verträgt man nur a kleine Dosis.

Forgetmenot sniiiiiiiiiieeeeeeeeeeeeeefffffffffffffff

In jedem Reihenhaus stand eine riesige Gefriertruhe.

Die war hochpolitisch.

Zentrum eines ideologischen Grabenkampfes, der die ganze Siedlung erfasst hatte. Der Kalte Krieg tobte in Westdeutschland. Abwerbeschlachten wurden geschlagen.

Feindliche Übernahmen. Wir Kinder mittendrin, ob wir wollten oder nicht.

Bestelle ich das Essen bei Bofrost oder bei Eismann? war die Frage, die die Nachbarn spaltete in böse und gut.

Die Mütter kämpften verbissen um die Vorherrschaft.

Jeder wusste: Dieses Haus ist Bofrost.

Dieses ist Eismann.

Überleg dir gut, mit wem du dich verbündest.

Die Gefriertruhe übte eine magische Anziehungskraft auf mich aus.

Was sich darin verbarg?

Wie oft hatten meine Eltern gesagt, Thomas, es ist verboten, die Truhe zu öffnen, was du darin findest, verkraftest du noch nicht.

Forgetmenot sniiiiiiiiiiiiiiiiiiiiiiiiiiiieeeeeeeeeeeeeeeeefffffffff fffffffff

Als kleiner Bub ging ich nachts an die verbotene Truhe, öffnete die Fächer und fand: das Schlemmerfilet »Marseille«, die Fischpfanne »Fjord«, die Nudelpfanne »Toskana«, den Seelachs »Alaska«, die Hähnchenschnitzel »Madagaskar«.

Die weite schockgefrostete Welt lag da, Filetstücke des Individualtourismus, meine Freudentränchen wurden sofort zu Eis, als ich sagte: Freunde, ich komme zu euch. Ich mache jetzt eine große Reise. Dann quetschte ich mich zwischen die verlockenden Ziele, ich glaub, es war die Reispfanne »Peking«, auf die ich mein Köpfchen bettete. Ich fasste den Riegel und verschloss die große Tür von innen. Kalt war's in der weiten Welt, vor allem beim Seelachs in Alaska.

Ob es ein Fehler war?

Wie lange halte ich das aus so allein nur mit einem Schlafanzug?

Plötzlich hörte ich Stimmen.

Wo bist du? Thomas, wo bist du? Komm sofort her!

Ich antwortete nicht.

Da klopfte es an die Tür der Truhe.

Thomas, wir wissen, dass du da drin bist. Komm sofort raus! Wir machen uns Sorgen.

Ich klammerte den Riegel.

Die sollen mich nicht finden. Ich bin weit weg. Ich will nicht wieder nach Hause.

Sie zerrten von außen, zogen am Griff.

Komm sofort da raus, flehten sie, du holst dir noch den Tod.

Lasst mich, lasst mich, ich weiß jetzt, was ihr mir vorenthalten habt. Ich komme nie mehr zurück.

Blohm: Bitte, Orloff, nur noch ein wenig vom Forgetmenot!
Orloff: Nun, gut, aber ibernehmens sich nit!
Ich füllte meinen ganzen geschundenen Körper mit den Gläsern der Heimat, füllte meine Lunge, meinen Magen, bis ich Orloff um

die Schulter fiel und ihn bat, seine Balalaika zu nehmen und eine russische Weise zu spielen.

Orloff: Nehmens doch Vernunft an, das Forgetmenot weckt beizeiten Erinnerungen, die tun nicht gutt. Sie sind noch Anfänger auf deme Gebiet, hier, schauens sich lieber an, was liegt hier in diesem Glase, das ist was ganz Besonderes, mein persenliches Heiligtum, dies is eine Locke von meine Mascha, habe sie geschnitten vor meine ersten Reise, und parfimiert ich habs mit Äpfel, das Frauenhaar, Sie dirfens sniefen, Sie sind ein Gourmet, Herr Blohm. Was sagens?

Blohm: Ich glaube, wenn ich länger dran rieche, platz ich aus allen Nähten. Mascha muss sehr schön sein. Sehr, sehr schön. Kann sie singen? Singt sie? Singen Sie, spielen Sie!

Orloff: O ja, Blohm, da reichen keine Werter, sie ist ein Engel, an angel, ist die perfekte Frau, und sie ist immer in meine Nähe, wenn Sie verstehn, ich kann sie nehmen mit auf Reise, ich meine, ein Teil von ihr.

Blohm: Ihre Mascha muss Sie sehr lieben. Singen wir von Liebe, Heimat und dem Glück der Erinnerung!

Orloff: Monsieur, muss ich sein eifersichtig? Sie schauen so verlangend auf die Locke, das geht zu weit, haha, nur sniefen, nicht mehr, wer zu viel will, kommt damit um, haha.

Orloff gab meinem Drängen nach. Er griff in die Saiten, und seine Stimme erklang erneut. Erst summte ich mit, dann sang ich mit dem armen Smutje ein Duett aus voller Kehle.

Heimat is verblichen,
möchte nochmal schauen
lange, grade Straße,
die mein Heimat war.

Lange, grade Straße,
die mein Heimat war.
Lange, grade Straße,
die mein Heimat war.

Haaaaaaaiiiiiimat,
Haaaaaaiiiiiiiimat,
an deiner Straß
verwelkt mein Traum.

Mitten in der schönsten Passage brach Orloff ab.

Orloff: Verzeihens, aber die Mahlzeit is beendet.

Schnell verschloss er die Gläser mit den schweren Düften und verstaute das Tablett in der Schublade.

Orloff: Verzeihens, aber wir stirzen uns in Unglick. Vergessens nit, dass es auch noch ein Realiti gibt. Ein bitter. Blohm, ich hätt Ihnen das nicht sollen gezeigt, 's war an Fehler, den ich mir nit verzeih. Ich hab Sie auf ein Geschmack gebracht, den Sie jetzt nur schwer loswerden. Gehns bitte, gähän Sie! Lassens mich allein! Sie kennen mich wieder aufsuchen jederzeit, aber bitte gehens jetzt, Sie ham Dinge gesehen, die Ihnen das Leben auf diesem Schiff zur Helle machen kennen, lebens wohl. Ade. Ich hab noch eine Bittä: Sagens niemand, herens: no one! etwas von meine kleine Datscha, ja?! Das gibt an Aufstand, die Männer, die gehn mir an die Kählä, vergessens einfach, was Sie haben gesehn, denkens an mich, ich bin arme Mensch, ich hab nur diese Leben, diese eine Leben, und das ist schwer genug, legens an gutes Wort ein für mich, sagens, der Orloff, der is eine gute Sälä, der kocht, so gut er das kann, sagens das, betens für mich, betens für den Smutje Orloff!

Ich war noch ganz woanders, konnte mich nicht rühren. Die Gläser der Heimat hatten Besitz ergriffen von mir. Ich kuschelte noch in meinen Fotoecken. Hockte benommen auf dem Sofa und starrte die ganze Zeit auf den gestickten Wasserfall mir gegenüber. Auf das frische, klare Quellwasser, auf die Vögelchen, die so lebensfroh daran nippten ... das war so täuschend echt, ich hörte das Süßwasser rauschen und glucksen, hörte das Trillern der Amsel, der Bachstelzen ... jetzt bricht die Zeit an, Blohm, in der Stickteppiche rauschen.

Schau, das Wasser wölbt sich in seinem Bett, es springt heraus aus dem Gewebe, ergießt sich in das Zimmer, Mascha, du Zauberin, Stickfee, deine Hände müssen magisch sein. Wie verhext erhob ich mich aus dem Sofa, immer das Wasser im Blick, nicht die Augen davonlassen, ich muss es haben, muss einmal darin baden, muss davon trinken, bevor ich krepier, von deinem süßen Wasser, Mascha, meine Hand streckte sich aus, wie erquickend es sein kann bei den einfachen Leuten ...

Orloff: Bei Gott, was hams denn, sind sie verrickt, Sir, Gospodin, lassens den Wasserfall, scherns sich aus meinem Reich, sie ham genug gesehn, ein Schritt weiter, und sie sind ein ...

Zu spät. Der Koch konnte mich nicht aufhalten. Ich stürzte in den Wasserfall. Meine Hand krallte sich hinein, meine Lippen und die verbliebenen Zähne schnappten nach Fusseln, der Teppich riss von der Wand, ich hörte den Koch schreien hinter mir, wie eine Sau schreit, wenn das lange Messer kommt, was war nur los?

Hinter dem Wasserfall war keine Wand.

Das war es also.

Hinter dem Wasserfall war gar keine Wand.

Deshalb der ganze ...

Hinter dem Wasserfall war ja gar keine Wand.

Sie Schwein ... Sie Schwein ... Sie gottverdammtes Schwein ...

Hinter dem Wasserfall stapelten sich Flaschen, Gläser, Büchsen und Fässer bis an die Zimmerdecke. Batterien von Flaschen, Regale voller Einweckgläser, ein Arsenal von Lebensmitteln und in der Mitte ein großer Kühlschrank der Marke AEG!

Sie Schwein ... Sie Schwein ... Sie gottverdammtes Schwein ...

Alles, alles, alles. In den Gläsern glänzten Gemüsestücke, sie schwammen in fetten Soßen. Das Gemüse sah nicht verfault aus, nein, ganz im Gegenteil, es aalte sich in den gesundesten Farben, wie frischgepflückt. Dicke weiße, kleine rote, Wachs-Prinzess-Kidney- und lange grüne Bohnen, baked beans aus England, flageolets aus Frankreich, Nüsse in Säcken, Hasel-, Wal- und Para-, Datteln, Feigen und Orangen getrocknet, eingelegte Oliven, schwarze und grüne, mit Stein und ohne, in Kräuter- und Knoblauchtunke, eingelegter Kohl, weiß und rot, eingelegter Kürbis, eingelegte

Möhren, Mais, Körner und Kolben, Couscous aus Marokko, Basmati aus Indien und vor allem Zitronen.

Sie haben, weiß Gott, schönes Zahnfleisch, Sie Schwein ...

Orloff antwortete nicht.

In den gestapelten Glasschüsseln glänzte Kompott. Ganze Obstplantagen waren hier eingeweckt, satte, triefende Pflaumen, dunkelrotsüße Kirschen, sonnenreife Äpfel und Birnen in verlockendem Saft. Es roch so paradiesisch wie in Gottes eigenem Garten.

Wie ein Wasserfall Trost spendet ... Sie haben nicht gelogen ... Sie Schwein ...

Dann die Büchsen und Fertigprodukte, die ganze bunte Welt der Astronauten, in Großmarktvolumen: eine Batterie Corned Beef (die roten Amibunker zum Aufzwirbeln), Bonduelle Erbsen fein mit Möhren sehr fein, sehr, sehr fein (Bonduelle-Sud: der beste Büchsensud der Welt), Denny's Sausages: Frankfurter (»they are made to disappear«), Deutschländer, Meika, Böklunder, stramme Jungs, 1-2-3-4-5-6 antreten zum Zählappell, die fetten Schwollis schwammen in der Lake, Lacroix Fonds Kalb-Huhn-Rind, Buitonipasta Spaghetti-Macaroni-Tagliatelle-Farfalle-Spirelli, Uncle Ben's Pastasauce italienisch, Currysauce indisch, süß-sauer asiatisch, Pomodori passiert aus Italien, Letscho aus dem Spreewald, junge Frühkartoffeln im Glas, drei Kartons Asianudelsuppen von Heinz. Fisch in allen Facetten, Hering, Sprotten, Makrelen, Sardinen, Anchovis, Thunfisch in Büchsen, Muscheln, Sepia, Garnelen, Prawns, Hummer in Gläsern und Tupperdosen. Alles, alles, alles. Und vor allem: Zitronen.

Die Frischeabteilung: Ein kleines Gewächshaus für Kräuter: Petersilie-Schnittlauch-Basilikum-Kresse. Eine dreistöckige Keimbox für Weizen-Bohnen-Soja-Alfalfa.

Die Getränkeabteilung: Riesige Kanister Volvic, Evian, Vittel. Vogesenwasser.

Wein, rot, weiß, rosé, aus Frankreich, Italien, Chile, Argentinien, Kalifornien, Spanien, Portugal, Deutschland. Champagner und Sekt, Veuve Cliquot, Rüttgers Club, Fürst Metternich, Rotkäppchen. Eine Kiste Cognac Napoleon, eine Kiste Becherovka, eine

Kiste Küstennebel, eine Kiste Aquavit, eine Kiste Johnny Walker Black Label und drei Kisten Wodka Stolitschnaja. Alles, alles, alles.

Orloff stand neben mir, die mächtigen Arme vor seinen Wanst verschränkt, und lachte. Lachte aus seinem kleinen dicken Hals, er lachte mich aus.

Orloff: Nu was jetzt, haha, was wollen Sie jetzt tun, kleiner hungriger Mensch, wollens mich verpfeifen, oder wollens was abhaben? Oder wollens mich gar umbringen? Sie schauen so bese, haha ...

Ich sprang auf, ging auf das Schwein zu und packte es am Speckkragen. Das Wasser, das mir beim Anblick der Vorräte in den Mund gelaufen war, ich spuckte es in seine lachende Visage. Ich schüttelte ihn durch. Er hörte nicht auf zu lachen, er lachte immer lauter, immer mehr.

Blohm: Also von duftendem Frauenhaar, wie, von duftenden Locken ernährst du dich, los, antworte, ich will die Wahrheit wissen, ernährst dich von Haaren?

Orloff: Natirlich ernähr ich mich von Haaren, hast ja selbst gesehn, oder hat dir nicht geschmeckt das Haar von meine Mascha, hahaha!

Blohm: Halt dein Maul, sag die Wahrheit, was ist mit den Wiesen, du Schwein, was ist mit ihnen, bist du auf ihnen herumgelatscht, hast du die Grillen gejagt, wie war es, sag es mir!

Orloff: Nun, es war so: Meine Kindheit war beschissen, hahahaha, so beschissen, es war die beschissenste Kindheit der Welt, was sagst du jetzt, ist das Leben nicht herrlich, du schaust so bese!

Wieder schlug ich ihm in die Fresse. Wieder und immer wieder. Nur rein damit. Rein, rein, rein, rein in die Visage.

Blohm: Sag mir nur eins, gibt es eine Mascha oder gibt es keine, war das eine Lüge? Raus damit, oder ich bring dich um!

Orloff: Huhuhu, das is gutt, nicht wahr, ja, ich habe eine Mascha im Glas, sie kann wundervoll kochen, ich schlag mir den Bauch voll mit meiner Mascha, fihl hin, das kommt alles von meiner Mascha! Na, wollens dinieren in meinem Palast, Sie haben doch Hunger!

Blohm: Ich werde keinen Bissen anrühren von Ihrem Teufelszeug, eher sterbe ich. Sie sind ein Schwein, das elendste, verlogenste Schwein, das ich je getroffen habe, Sie wissen genau, in welcher Lage sich dieses Schiff befindet, bald verrecken hier alle, wir segeln ohne Ziel!

Orloff: Was kimmert mich der Untergang, der Verzehr hier unten is wunderbar, also wollens nicht mitfressen, ich lade Sie ein.

Blohm: Sie segeln genauso in den Untergang wie wir alle.

Orloff: Was kimmerts mich, solang ich Kompott hab, Sie wissen nicht, was Sie faseln, you stupid boy, kommen Sie, ich geb Ihnen, so viel Sie wollen, das Essen reicht für dich und mich, Blohm, nicht für die ganze Mannschaft. Komm, Jungä, gib deine Beställung auf, sag, was du mechtest essen, ich hab alles, mechtest du Kapaun, is da, oder Beef, is da, schene Pastete, is da, Heringe, Salmon, Aal-fleesch, ich habe da, Frichte, alle da, eingeweckt von meine Ma-scha, Äpfelkompott, Slivi, Paprikasossä kann ich empfehlen sehr, sehr, is mein Leibspeise, Gemiese alle Sorten, in schene Lake, Ge-wirze dran, ein delight boy! Du sagst einfach deine Winsche.

Blohm: Und ich hab Ihnen vertraut.

Orloff: Schauens, schauens, ergebenst, diese Box ist nahezu luft-dicht, da halten sich die Käsesticke wochenlang ... Ein Genuss, nu ja, mechtens Probä von deme guten Käse, cheese, try it, cheddar cheese, und hier, Rindswurst, von meine Onkel seine Farm, herst die Viecha brillen in der Pelle.

Ich holte aus Leibeskräften aus und schlug ihm ins Gesicht.

Blohm: Ich hasse Sie, Orloff, ich hasse Sie, ich hasse Sie. Geben Sie mir Kapaun.

Orloff: Sehr wohl, der Herr, wollens mich nit loslassen? Setzen Sie sich, diese Kapaun ist eingelegt in wirklich marvellous Tunke, Ros-marin drin und Kimmel, ein delight. Mechtens vielleicht kosten von die Schatinef? Das is ein gettlich Tropfen. Dunkelrot die Farbe, ich liebe Dunkelrot, Farbe von die Liebe und von Blut, satte dun-kelrot, kommens, ich schenk Ihnen ein. So was hams noch nich ge-trunken in ganze Läbtag nich!

Blohm: Sie sind ein Schwein, Orloff, machen Sie das Glas voll.

Orloff: Was sind Sie fir ein Mensch, Sie missen schmecken das Bukett, Sie missen machen Probä, wenn Ihnen nicht gefällt, ich hole andere Wein. Das is kein Dreck, Monsieur, das is Tropfen für die Sälä, das is Blut Christi, von die Gott sein Sohn, aus Frankreich, Sie Banaus! Sie tun mir weh, Sie verletzen mich in mein Innerstes.

Blohm: Halten Sie ihr verlogenes Maul. Das Glas voll.

Orloff: Sehr wohl, dann trinken Sie in Gottes Namen ... nu wie schmäckt, wie schmäckt, sagen Sie, Sie missen sagen, es is der bästä, der bäääästäää Wein, Schatinefdipap, den Sie kennen trinken, nicht wahr, nicht wahr, sagen Sie?

Blohm: Ja. Ist gut. Ist gut. Noch eins.

Orloff: Aaaaa, nicht wahr, er ist kestlich, kestlich! Trinken Sie, trinkens, so viel Sie wollen, Sie sind mein Gast, etwas Gemiese zum Kapaun, ich habe Bohnen alle Art, Kohl oder Rote Bete, alles von meine Mascha eingelegt in bästä Soss und Tunken. Und bittscheen bittä, bittscheen: Kein Wort zu die andern, nix, verratens mich net, ich bin doch kein Verbrecher, ich bin nur an Mensch.

Hier, mechtens noch Kapaun, Sie sind noch ganz mager, wenn Sie mich nit verpfeifen, werden Sie nie mehr leiden Hunger.

Blohm: Her mit dem Scheißfasan.

Orloff: Nicht wahr, ausgezeichnet, da is drin alles enthalten, was Indien ausmacht, Kimmel, Cerry, Teekräuter, eine speciale Melansch, kostens, nehmens so viel Sie mechten, aber verpfeifens mich nit.

Dem saß der Schiss bis zum Kopf. Er schwirrte um mich herum wie eine Schmeißfliege dickster Prägung. Ein widerlich süßer Schweiß ging von ihm aus.

Orloff: Der Herr, wollens mich nich verpfeifen bei die Männer, das mechte ich bitten, wollens so gitig sein, noch was Kapaun, wenns beliebt?

Blohm: Ehre haben Sie keine. Haben Sie Nachtisch?

Orloff: Wie was bitte?

Blohm: Nachtisch! Dessert! Süße Sachen! Pudding oder was, ich bin schon ganz voll, die Pastete krieg ich nicht mehr rein, aber was Süßes ...

Mir wurde schon übel, ich hatte zu schnell geschlungen. Mein Magen konnte der Masse von Kapaun nicht beikommen, mir war's gleich, ich stopfte die Vorräte und kippte den Dupap wie Wasser.

Orloff: So is recht, voll stopfen bis du platzt, willst an Liker, an Becherovka, oder willst lieber gleich an Stolitschnaja?

Blohm: Geben Sie mir Wodka, das kommt gerade recht, los, 'n bisschen flott, beweg deinen fetten Arsch. Gieß ein, ich will mit dir anstoßen! Trinken wir: Auf die liebe Mascha! Sie lebe hoch! Hoch! Hoch!

Orloff: Sehr wohl Kamrad, wir wollen anstoßen! Auf die Seefahrt!

Blohm: Jawoll! Auf die Seefahrt!

Orloff: Trinken wir auf den Mangel!

Blohm: Auf die belebende Wirkung des Mangels!

Orloff: Trinken wir auf Salt&John!

Blohm: Auf die Firmenphilosophie, wohl bekomms!

Orloff: Nastrovje, Mr. Blohm, geben Sie mir die Hand!

Blohm: Ich denke nicht daran, gib mir Wodka, du Sau.

Orloff: Wollen sie heren meine Lebensgeschichte?

Blohm: Nein.

Orloff: Wollens noch Wodka?

Blohm: Geben Sie schon. Und jetzt den Kühlschrank leermachen.

So ein fetttriefendes Hausschwein, ich konnte fressen und saufen, wie's mir kam, alles, alles stopfte ich in mich hinein, nichts ließ ich aus. Ich ließ Orloff nur zum Vergnügen Kisten öffnen, Beutel aufschlitzen, Kräuter rupfen, nicht aus Hunger, den hatte ich längst nicht mehr, nein, nur zum Spaß, nur um ihn schwitzen zu sehen vor Schiss, nur deshalb, aus reiner Neugier, wie weit ich es treiben konnte mit dem Russenwanst. Büchsen öffnen, Fässer aufmachen, Flaschen köpfen, Genüsse kullerten raus, ergossen sich in den Schweinepalast. Es stank, es duftete, es roch aus allen Ritzen, süß nach Honig und Gebäck, sauer nach eingelegten Gemüsen, streng nach gewürztem Geflügel, mächtig schwer, als sich alles überlagerte. Ich goss auf alles Wodka um Wodka, welche Wonne nach dieser ewigandauernden Durststrecke, ich soff und krakeelte, rülpste, japste, spuckte. Wie gern hätte ich mich so filmen lassen.

Blohm: Und jetzt diese Kiste, öffnen, verdammt noch mal, öffnen, oder ich pfeife dich an! Pastete, Pastete, patsch die Hand in die Pastete, Orloff, du schwitzt ja, du Schwitzarsch, du angeschaffter Russe, jetzt die Büchse da, die da, und die auch, hau drauf, lasses spritzen, was kommt da wohl raus, lass sehn, die Soße, die Soße, gieß sie auf den Fußboden, mach schon, oder du hängst am Mast in zwei Stunden!

Die Sau. Gleich komm ich mit dem langen Messer und stoß es ihr in den Hals. Ich weiß nicht, was in mich gefahren war, ein Gefühl, das sich unterschwellig breit gemacht hatte, seit ich mit Salt&John in Berührung gekommen war, wollte nun raus und sich endlich entladen. Es war der Eindruck, dass dieses Wesen, das da vor mir rumsprang, sich bückte, Flaschen öffnete und Worte absonderte, dass dieses Wesen, das sich Orloff nannte, bald aber ganz anders oder ähnlich heißen konnte, dass dieses Wesen *wertlos* war. Dass es im wahrsten aller möglichen Sinne egal war. Und dass ich es deshalb mit Recht vernichten konnte. Auseinander nehmen wie irgendeinen Bausatz, und die Einzelteile zertreten, aus dem Fenster werfen oder einfach achtlos in die Ecke feuern konnte. Es lud mich geradewegs ein dazu. Und *ich* war in der Lage, *ich* hatte die Macht, es zu tun. Genauso, und das verstärkte dieses Gefühl, genauso könnte es umgekehrt sein, denn ich war genauso ein Bausatz wie der Bausatz Orloff, ich sah so aus wie ein Bausatz, ich fühlte mich so, ich war so. Wie nichts.

Orloff: Sie wollen vielleicht doch heren meine Lebensgeschichte?
Blohm: Halt's Maul, Orloff, welche von den zwanzig soll's denn sein, wer soll die aufschreiben, die ist gelogen, wie alles hier, los schmeiß die Flaschen an die Wand und gib mir Wodka. Du hörst dir jetzt meine Lebensgeschichte an, ob du's willst oder nicht, die hörst du dir jetzt an, Bausatz, hör zu: Ich wurde vor zwei Stunden geboren in einem Schlaraffenland, ein zusammengeklauter Russe brachte mich zur Welt und stopfte mich mit Flugfasanen, bis ich fast erstickt bin. Er steckte mir einen Riesentrichter in mein Babymaul und goss Wodka hinein, dass ich lachte und schrie, weil ich

es nicht glauben konnte, dass die Welt so schön sein sollte, ich bin ein Prachtkerl, ich strampel und gluckse, um allen zu zeigen, wie gut ich es hab. Prächtiger Nachwuchs!!! Fulminanter Beginn!!! Ich lebe seit zwei Stunden. Was vorher war, spielte sich im Riesenmagen eines Sägewerks ab, darüber weiß ich nichts und will nichts wissen. Was sagst du, Kamrad, hört sich das an wie eine Lebensgeschichte, sie ist meine, ich hab nur diese eine, und kein Gramm Lüge ist dabei, jetzt stoß an, Fettsau, wie gefällt dir mein Leben?

Orloff: Nu, is ein Ausbund an Glick, wirklich, Sie habens gut getroffen.

Blohm: Schmier mir nicht ummen Bart, du sollst sagen, was du von mir hältst, Fettsau, sag es ehrlich, ich will die Wahrheit hören, die klingt doch sicher sehr, sehr süß ...

Orloff: Sie sind an Glickskind, Gospodin, Sir, noch Wodka?

Blohm: Nein, du sollst die Wahrheit sagen, was bin ich für einer?

Orloff: Sie sind betrunken ...

Blohm: Was bin ich für einer, Maul auf, die Stunde hat geschlagen!

Verschwommen sah ich noch, wie Orloff eine der beiden alten Pistolen von der Wand nahm, sie am wuchtigen Lauf packte und auf mich zukam. Er war noch ganz nüchtern, das erschreckte mich, doch der Schrecken machte mich nicht wacher. Und dann sagte er plötzlich in gestochenem Hochdeutsch: So, mein Freund, hier ist deine Reise leider zu Ende. Du weißt zu viel. Und ich will nicht, dass du über meine Leiche Karriere machst. Adio.

~

Es war Mister Vex, der mich fand. Ich muss den blutenden Orloff samt Holz in Wodka und Soßen liegen gelassen haben und aus seiner Geheimkammer geklettert sein, wie, ich weiß es nicht mehr. Sie waren sternhagelvoll, mein Lieber, hätten sich sehn solln, sagte Vex und erzählte mir den Vorfall aus seiner Sicht. Er stand an meiner Pritsche, neben ihm ein strahlender Doktor Clox. Wir haben die Falltür gefunden, den Russen haben Sie ja übel zugerichtet, eine stattliche Platzwunde hat er am Kopf, der grinst jetzt nicht mehr.

Was haben Sie mit ihm gemacht, fragte ich. Kommen Sie, sagte der Doktor, das müssen Sie sich selbst ansehn. Rechts und links von den beiden gestützt kam ich an Deck. Brütende Hitze, die Sonne blendete mich. Ich hörte das aufgebrachte Geheule der Männer. Sie riefen: Du Schwein! Du mieses Schwein! Dafür wirst du hängen! Hängt ihn auf, das Schwein! Macht kurzen Prozess, er hat uns alle betrogen! Vex verschaffte sich Gehör.

Ruhe, Leute, Ruhe, hier kommt unser Retter! Platz da! Hier kommt der Moses!!!

Die Männer verstummten, drehten sich nach mir um und gaben den Blick frei auf den blutverschmierten Orloff, der mit mehreren Tauen an den Mast gefesselt war. Er schaute mich mit fernen Schweinsäuglein an, ich war nicht sicher, ob er mich überhaupt wahrnahm. Die Sonne musste im Mittag stehn, es gab keine Schatten, alles war gleich hell und gleißend, meine Augen verengten sich zu kleinen Schlitzen. Clox und Vex stützten mich unter den Achseln, ich spürte, wie sehr viele Hände nach mir griffen, überall griffen sie nach mir, an die Schultern, an meinen Hals, an den Kopf, überallhin, ich kippte vornüber, wurde hochgehoben, Hände überall, am Hintern, am Rücken, meine Beine umschlangen sie, die Sonne brannte, dazu riefen ausgelassene Stimmen meinen Namen. BLOHM BLOHM UNSER RETTER BLOHM BLOHM MOSES BLOHM UNSER RETTER HOCH HOCH ER LEBE HOCH!!!

Ich wusste nicht, wo oben und unten, alle griffen nach mir, wollten ein Körperteil berühren, ich sah nur Hände und die Sonnenstrahlen, die durch meine fast geschlossenen Lider fielen. Irgendwann fühlte ich die Planken unter mir, mein Gleichgewichtssinn sagte mir, dass ich aufrecht stand, ich blinzelte, sah an die tausend ausgezehrte Gesichter tanzen, es wurden weniger, das Bild renkte sich ein, ich stand vor der Mannschaft der Arrabal, vor dem arg dezimierten Rest. Im Halbrund, vornübergebeugt, ausgehungert, glotzten sie mich an. Eine Meute auf dem Sprung. Langsam näherte sich Doktor Clox, in seiner rechten Hand einen länglichen Gegenstand. Der gehört jetzt Ihnen, sagte er weihevoll, Ihr Zauberstab. Sie haben es verdient, fügte er hinzu, dann drückte er mir einen hölzernen Kochlöffel zwischen die schlaffen Finger: Sprechen Sie das Zauberwort!

Gespannte Stille. Hinter mir regte sich was. Ein schwaches Winseln. Ich drehte mich nicht um. Jemand suchte nach mir.

Verpfeifens mich net. Blohm, Jungä, ich bin nur a schwacher Mensch, des is doch kein Verbrechen. Bittä, bittä, denkens an die glicklichen Stunden, wir zwei, ich hab Ihnen geholfen, Blohm.

BESANSCHOT AN!, rief ich.

Was sollen wir mit ihm machen?, fragten die Männer und warteten auf meine Antwort.

INS HEIM MIT IHM, sagte ich trocken.

Zieht ihn hoch in die Takelage, schrie Vex, das Schwein soll hängen!!!

Dann machten sie sich ans Werk, zurrten das Tau fest um Orloffs Wanst, zogen ihn hoch in die Takelage wie einst das tote Pferd. Orloff gab keinen Ton von sich, ergab sich still in sein Schicksal. Die knochigen Männer hatten schwer zu ziehen an dem fetten Koch, doch ihr Hass verlieh ihnen neue Kräfte. Haul, haul, ein Dutzend von ihnen hievte den Smutje nach oben, während andere eilig Tische und Bänke holten, wieder andere verschwanden in der Kombüse und brachten Orloffs Schätze, Vex überwachte alles scharf, dass niemand unerlaubt naschte oder sich was beiseite steckte, drohte, derjenige lande gleich neben dem Koch in der Takelage und könne sich das Festmahl von oben ansehn. Mich hatten sie erstmal vergessen. Ich stand wie hingepinnt am Hauptmast, den Kochlöffel in der Hand. Als die Tische gedeckt, die Humpen mit Dupap gefüllt waren, tauschte der Doktor meinen Löffel gegen die Essensglocke und forderte mich auf, den Backsspruch zu sagen, das Bankett sollte nach altem Brauch eröffnet werden. Ich läutete mechanisch, die Bimmel bimmelte, den Männern lief von den Essensdüften der Speichel von den Lippen, dann sagte ich mein Sprüchlein:

Schaffe, schaffe, kleen un grot
Schaffe, schaffe, Butter un Brot
Schaffe, schaffe, unnen un baben
Schaffe, schaffe, in Gottes Namen

Die Matrosen hoben die Humpen und stießen an. Manche hatten Tränen in den Augen. Die Backsältesten verteilten die Rationen. Ungläubig schüttelten sie die Köpfe, als sie sahen, was da auf die Teller geschaufelt wurde. Viele kannten nicht einmal die Namen der Spezialitäten, die sie wie Hostien zwischen ihr wucheriges Zahnfleisch schoben. Es wurde kaum gesprochen. Man hörte das Schaben der Bestecke, das Schmatzen, das Klappern der Teller und Humpen, die Sonne warf erste Schatten, einer davon gehörte dem Koch, der genau über mir baumelte.

In den nächsten Tagen erholte sich die Mannschaft zusehends. Eben noch bedroht, durch eine plötzliche Bö weggeweht zu werden, gewannen sie durch die Kost aus Orloffs Hamstervorrat Gewicht und Zutraun. Die meisten waren sichtlich erleichtert, ich merkte es an ihrem jovialen Gebaren, sie klopften sich auf die eigene Schulter, als hätten sie einen Krieg gewonnen. Mei lever Mann, det war schon jet, sagten sie, als wäre alles schon vorbei und überstanden. Die Zahnfleische der am Mangel Erkrankten schrumpften auf Normalgröße, Clox hatte verordnet, den Leuten Zitronensaft ins Maul zu spritzen, gerade Zitronen hatte der schlaue Orloff in Mengen gelagert. Der wusste halt, was ein Seemann zur Mundhygiene braucht. Er selbst musste die meiste Zeit des Tages, wenn die Männer im Suff ihn vergaßen auch nachts, in seinen Tauen schmoren. Manchmal, wenn die Sonne ihn schon halb aufgegessen hatte, schrie er in Todesangst, man solle ihn doch runterlassen, er habe doch niemandem etwas getan, er habe gehandelt wie ein normaler Mensch, er wolle alles wieder gut machen, dann rief er meinen Namen, Blohm, Blohm, Jungä, du kannst dir das mit ansehn? Ich zuckte mit den Schultern und konnte es. Wieso nicht? Er hatte mich nur ausgenutzt. Seine Spielchen in der Kombüse kamen mir mittlerweile widerlich vor, ich war froh, dass Orloff sie nicht ausposaunte. Ich wusste, er würde es nie tun. Das hätte sein sofortiges Ende bedeutet. Schwule Sau, hätten die Männer gesagt, ihn nackt übers Deck getrieben und getreten, hätten ihm ausgezuzzelte Zitronen hingeworfen, na brings, brings, bis er sich zu Tode apportiert hätte. Nein, nein, das würde Orloff schön für sich behalten, und wenn doch, ich hätte meinen Kopf leicht aus der Schlinge gezogen. Dass mich das Schwein gezwungen hat, würde ich sagen, erst verhungern lassen, dann für einen Teller Suppe einen Wauwau abrichten, das geht in kein Seemannshirn.

Der baumelte in gerechter Strafe. Verbruzzelte. Wurde irre an sich. Ich musste an das tote Pferd denken. Das hatte ebenso dagehangen. Stinkender Kadaver. Wie lange hält der Koch das aus. Lange? Wie dick ist sein angefressner Speck? Wie zitronenschön sein rosa Zahnfleisch?

Keiner hatte Mitleid. Das kommt davon, wenn man sich was zurückhält und zuwiderhandelt. Sei nie gegen die Geschäftsordnung, dachte ich, handle nie dagegen, sonst landest du da oben, am Verrätermast.

Clox benahm sich mir gegenüber sehr zuvorkommend. Hatte sich gut erholt der alte Specht. Gurgelte täglich dreimal mit Zitronensaft, machte Mundspülungen und Kniebeugen. Für die Gelenke, sagte er, als ich ihn bei seinen Körperertüchtigungen sah: War doch alles schon fast verholzt. Dann zog er mich zu sich ran, legte seinen knochigen Arm um meine Schulter und sagte: Mein Lieber, aus Ihnen wird ein ganz ein Großer, ich wusste es von Anfang an, Sie sind gemacht für die hohe Schule. Ich strahlte über beide Ohren. Sie entschuldigen mein unmögliches Verhalten während der vergangenen Tage. Ich war außer mir. Der Mangel, Sie verstehen. Habe kurzzeitig die Kontrolle verloren. Das ist unverzeihlich. Ich mache mir schwere Vorwürfe, das sollen Sie wissen. Ich habe mich gehen lassen. Die ganzen Verluste. Dann Butu. Ich habe so große Stücke gehalten auf ihn. Er war ein guter Junge. Hat das Ganze vielleicht zu eng gesehn. Zu verbissen. Ihm fehlte was. Irgendwas fehlte ihm. Verzeihen Sie, mh mh, ich kann nicht präzis sein, was ich von anderen verlange, sollte ich auch von mir verlangen, aber ich kann es nicht. Ich rätsel und rätsel, woran es lag, dass Butu keine Stärke bewiesen hat. Er war schwach. Hatte keine Abwehrkräfte. Das wird es sein. Keine Abwehrkräfte. Zu dumm, dass ich kein Mediziner bin. Dann wüsste ich, welche Abwehrkräfte ihm fehlten. Zu dumm. Wie dem auch sei.

Der Doktor fuhr fort in seinen Kniebeugen. Stolz stakste ich von dannen.

Ich hielt mich in dieser Zeit häufig an Deck auf. Dort fühlte ich mich wohl. Die lange Zeit unten im Bauch der Arrabal war vergessen. Oben war mein Platz. Frei an der Reling, die Sonne und den Wind genießen, meine Stellung unter den Männern. Sie grüßten mich, wenn sie mich sahen, von oben aus den Masten riefen sie meinen Namen, wohlig räkelte sich mein Holz an der Schnittstelle.

Eines Morgens rief dann der Mann im Krähennest: LAND IN SICHT LAND IN SICHT!!! Ich wollte nicht an Land. Gerade hatte ich begonnen, mich wohl zu fühlen auf See, da rief der Ausguck Land in Sicht. Die zweite Reise war zu Ende.

SECHSTE WELLE

Im Menschen verklärt sich die Individualität zur Freiheit.
GEORG BÜCHNER

Orloff wurde abgelassen. Er war ein Schatten seiner selbst. Eingefallene Wangen, schlaffes Fett. Knickte um, als sie ihn auf die Füße stellten.

Clox: Der Stoffwechsel.
Blohm: Was machen Sie jetzt mit ihm?
Clox: Der wird gleich verschifft, auf die Insel.
Blohm: Was ist das für ein Ort?
Clox: Das Heim.
Blohm: Was ist das Heim?
Clox: Das Trockendock.
Blohm: Was ist das? Warum will es niemand aussprechen?
Clox: Weil es das Ende ist für jeden Seemann.

Das letzte, was ich von Orloff mitbekam: seine Schweinsäuglein, die durch mich durchstarrten ohne Anklage.

~

Die Arrabal ging vor Anker. Das also war Neuseeland. NEU-SEELAND. Heimat der Maoris und der glücklichen Lämmer. Das Ziel meiner zweiten Reise. Doch so neu, wie der Name es versprach, war es dann doch nicht. Der neuseeländische Kai, die neuseeländische Hafenanlage ... irgendwo hatte ich das schon einmal gesehen. Clox neben mir schüttelte nur den Kopf. Ich fass es nicht, ich fass es nicht, murmelte er entgeistert. Auch die anderen konnten es nicht glauben. Doch die meisten mussten grinsen, schlugen sich an die Stirn und spuckten Spucke an die Kaimauer.

Kann es sein, lieber Herr Navigator, dass Ihr Neuseeland in Jamaika liegt, oder liegt Jamaika jetzt in Neuseeland? Es tauscht sich eh alles aus ...

Hören Sie auf, Blohm, darüber kann ich nicht lachen. Dieser verdammte Jakobsstab.

Wir gingen an Land. Schön, wenn man sich auskennt am anderen Ende der Welt. Hier in Neuseemaika. Mal sehn, was sich heute Nacht im GLOBAL FISH rumtreibt. Welche Schiffe lagen vor Anker? Ein feuerroter Katamaran lag neben der Great Eastern, einem riesigen, volleisernen Ungetüm mit sechs Masten, fünf Schornsteinen und zwei Schaufelrädern, neben dem Atom-U-Boot Nautilus, neben der dreimastigen Mayflower. Also wieder Hochbetrieb. Ich stakste voran. Schön, wenn man sich auskennt. Clox war der einzige, der sich nicht freuen wollte. Immer im Kreis. Immer im Kreis, wir sind immer im Kreis gefahren. Und ich dachte, wir fahren an Südamerika runter. Dieser verdammte Jakobsstab. Was soll's, sagte ich, was soll's denn, scheißegal wo wir sind, Hauptsache, wir hatten echte Erlebnisse, und die hatten wir, da war wirklich alles dabei, wir sind doch voll auf unsere Kosten ...

Mh mh, machte Clox.

Rein in den GLOBAL FISH, die gleiche Musik, die gleiche Beize, meine Stammkneipe. HOHE ABAKALAM JIPJEH OLEOLE VAMOS CARRAMBA EGESCHEGEDRE ARRABALESAS WELCOME von überall, und da ist ja auch MAMA, meine Mama, ich knutschte einen ihrer acht Arme, bestellte eine Runde Entengrütze für mich und meine Kameraden, sauft Jungs, rief ich, sauft, wir haben es uns verdient. Schön, wenn es einen Ort gibt, an den man zurückkehren kann. Ich genoss den Auftritt in vollen Zügen. Die Männer der Arrabal zogen mich durch die ganze Kaschemme, reichten mich rum, füllten mich ab, gaben meine Heldentaten zum Besten, von der Entdeckung des Verräters schwärmten sie, dass ich das miese Karnickel aus seinem Bau getrieben hätte, einen SigismundRüstigaufEis drauf, und noch einen. Einer, er kam vom Atom-U-Boot Nautilus, ein Funker, sagte, er habe den fetten Koch auf zwei früheren Reisen erlebt, der sei immer schon behäbig gewesen und immer schon Koch, das habe ihn gleich misstrauisch gemacht. Dass er derart infam seine Schäfchen ins Trockne gebracht, auf Kosten der anderen, auf Kosten der gemeinsamen Sache, das wundere ihn wenig. Eine Schande, dass es immer wieder solche Verräter gebe, Parasiten, Lavierer, nur gut, dass ich so vortrefflich aufgepasst. Lieber auf kleineren Schiffen mit kleinerer Besatzung und dafür Männer mit Leib und Seele als solche unübersichtlichen Massentörns. Ich nickte heftig, Sie haben Recht, sagte ich, voll Recht, Überschaubarkeit ist wichtig in dieser Welt, sagte ich, klare Verhältnisse. Der Funker prostete mir zu, Rüstig auf Ex.

Aus den Augenwinkeln sah ich den Doktor, in der hinterletzten Ecke der Kneipe, an einem Tisch, dort spielte eine besoffene Runde Würfel. Stumm saß er vor einer Flasche. Trank still in sich hinein. Ich verlor ihn, jemand riss an meinem Ärmel, bestellte mir ein Ahabonthebeach. Es war Mister Vex. Er führte einen schüchternen Jungen an der Leine. Machte uns bekannt. Blohm, das ist Moritz, Moritz, das ist unser Moses Thomas Blohm, ein Seefahrer, der es noch weit bringen wird. Moritz nickte mich schüchtern an. Dann blieb sein Blick an meiner Prothese kleben.

Nicht schlecht, was?!, sagte ich. Hab ich mir schwer verdient. Hat nicht jeder.

Moritz nickte nur.

Und, Moritz, wo bist du mitgefahren, wie war's?

Mit der Great Eastern, sagte er.

Mein Gott sprach der leise.

Und, wie war's? Hattest 'ne stumme Rolle, oder was?

Vex sprang in die Bresche. Das war Moritz' erste Reise mit Salt&John. Er steht noch unter Eindruck, was Moritz?

Deine erste Fahrt?, sagte ich, am Anfang ist es ganz schön schwierig, was? Muss man sich erst dran gewöhnen. Kuck mal, ich hab gleich mein Bein verloren. In einem Sturm. Kann dir sagen. Der Hauptmast ist auf mich drauf, batsch! Ab war's! Säge dran und fertig.

Moritz schüttelte nur den Kopf.

Ich sag dir was, Moritz: Du musst nur dabeibleiben. Irgendwann kannst du nicht mehr aufhören, so geil ist das. Es ist das Größte, was ein Mensch erleben kann. Hier, trink einen. Ich war am Anfang auch misstrauisch. Is ja auch klar. Aber du kriegst den Kick nur, wenn du dich voll drauf einlässt. Was ist denn los? Hast du Heimweh oder was?

Vex stützte sich bei mir auf und witzelte: Der Heizer von der Great Eastern hat mir grad erzählt, was los war: Der zweite Elektriker ist durchgedreht und hat dem Ingenieur ein Messer in den Hals gerammt, dann hat er sich im Maschinenraum eingeschlossen und alles ausgestellt. Das Schiff trudelte zwei Tage auf dem offenen Atlantik, erst dann hat der Käpten die Notbremse gezogen, Kohlenmonoxid. Der Typ war sofort tot. Unser Kleiner hier ist etwas betroffen, hahahaha ...

Na Moritz, sagte ich noch, das ist doch klasse, so'n echtes Gefühl, wann war ich das letzte Mal so richtig betroffen, bei welchem Flugzeugabsturz, bei welcher Geiselnahme, bei welcher Hungersnot warst du zuletzt betroffen? Eben! Dann kehrte ich mich weg, der Junge war mir einfach zu grün.

Der GLOBAL FISH schwamm schon im Alkohol, die Seeleute sangen:

Schön, dass wir uns wiedersehn
Schön, dass wir uns gut verstehn
Schön, dass wir uns kennen
Schön, dass wir verbrennen

I am the universal sailor
I sail in universe

Irgendwann stand ich dann vor Clox, der schon schief über der Tischkante hing.

Blohm: Dr. Clox, was haben Sie? Was saufen Sie still und heimlich?

Clox: Immr im Kreis. Immr im Kreis.

Blohm: Aber wir leben! Wir ham's überlebt! Denken Sie doch nicht an Ihren Jakobsstab, denken Sie an die Erlebnisse.

Clox: Die dumme Mensche.

Blohm: Was? Versteh kein Wort! Sie machen ja ein Gesicht, Sie armer Teufel ...

Clox: Ich werde das Erreichen des Zieles nicht mehr erleben. So alt werd ich nicht. Die nach uns kommen vielleicht. Aber wann? Ich sehe es nicht. Ich seh kein Land. Es ist alles aussichtslos. Ich wollte die Zukunft mit einem Schlag Wirklichkeit werden lassen. Ein Schlag ins Wasser. Neandertaler spielen Cyborgs, wie soll das gehn? Ich bin ein geschichtlicher Witz. Die Menschen sind so schwach. Schwach und schwach. Stolpern über ihre eigenen Füße. Menschen halt. Ekelhaft. Blohm, ich muss ihnen leider eine traurige Mitteilung machen: Salt&John macht dicht.

Blohm: Sie sind doch jetzt betrunken.

Clox: Ich bin absolut klar im Kopf. Viel zu klar. Leider. Nein, nein, Salt&John hat sein Klassenziel verfehlt. Die Idee ist grandios, aber das Menschenmaterial ist minderwertig. Ich bin minderwertig. Ich hab's begriffn. Schluss.

Blohm: Was faseln Sie denn da? Unsere Fahrt war doch ein voller Erfolg.

Clox: Schluss saggich. Vorhang. Überlassen wir die Zukunft der Zukunft. Ich darf mich förmlich entschuldijen, Blohm, für die falschen Versprechungen, die ich Ihnen gemacht habe. Ich revidiere wie folgt: Ad eins: Der Mensch ist nicht flexibel. Ad zwei: Wir können nicht aus unserer Haut. Die Seefahrt war ein Irrtum. Leben Sie wohl. Hoffe, Sie hatten einen schönen August.

Blohm: Kommen Sie Clox, gleich ist das Feuer. Dann beginnt ein neues Leben.

Clox: Lassn Se mich. Ich bleib in meinem alten. Das is schon schlimm genug. Und ich änder nischt mehr. Bleib hier sitzn mit der Flasche und werde Stillleben.

Blohm: Aber Sie haben Zähne verloren. Das ist doch was. Andre wären froh.

Clox: Das sin doch Pinats. Hier! *Schlägt sich gegen den Schädel.* Hier! Ich komm einfach nicht dran. Wenn ich's nur rausnehmen und tauschen könnt! Ach, Mensch, Mensch! Zwei Arme, zwei Beine. Das ist nur Erbärmlichkeit. Ich sag Ihnen was: Die Menschheit hat sich in eine verzwickte Lage manövriert. Die Welt, die wir erschaffen haben, ist uns weit voraus. Um Jahrtausende. Doch unser Dings *schlägt sich gegen den Schädel,* diese Scheißwalnuss hier, hat sich kein Stück verändert, die ist so wie vor 10 000 Jahren. Da steht er, der homo erectus an der Datenautobahn, er hält den Daumen raus, aber keiner nimmt ihn mit.

Blohm: Jaja.

Clox: Gehen Sie nach Hause. Spielen Sie Memory. Zählen Sie Sandkörner.

Blohm: Ich werd Seemann.

Clox: Sehen Sie, Blohm, der Zufall ist ein enger Gefährte von mir. Ich sage Ihnen, dass wir Seemänner sind und keine Cowboys ist der reine Zufall ... ein Knopfdruck, pling!, ich hätte einen Stetson auf und würde ein Lasso schwingen. Wie gefällt Ihnen das? So'n kleiner Tapetenwechsel? Wenn jetzt da die Prärie auf Ihrem Schreibtisch und nich Waikiki? Sie schauen mich an ... Sie glauben ganz fest an die See? Prächtig, Bloom, ganz prächtig ... guter Kandidat ... hehehe ... *kriegt plötzlich feuchte Augen* Ach, verzeih, du bist ein lieber Junge. So jung. So blutjung. So begabt. Du kannst es noch schaffen. Hast alles noch vor dir.

Blohm: Lassen Sie sich nicht gehen. Ich will Sie als Respektsperson.

Clox: Du bist ein arrogantes Arschloch. Rotzamärmel. Ruf mir noch 'n Rum. 'ne Flasche.

Blohm *tätschelt ihm den Scheitel*: Kopf hoch, Clox, ich verspreche Ihnen, ich bleibe dabei, ich ziehe den Kahn aus dem Dreck. Bald stechen wir wieder in See. Ein neues Schiff. Ein neuer Name. Eine neue Herausforderung. Soll ich Sie rausbringen? Warten Sie. Ich helfe Ihnen.

Ich wollte ihn stützen, er wirkte wie ein Greis. Hilflos, verwirrt, als ob sein ganzes Leben ein Schlag ins Wasser. Und keine Kreise gezogen. Er aber stieß mich weg.

Clox: Lassense mich ... hier in meiner Suppe schmorn ... immr im Kreis! Alle herhörn ... heehee ... wer sich verwandeln kann, dem wird auch das Wesentliche zum Spiel ... den Spruch häng ich mir übers Bett ... ich bin Proteus, der Gott des Meeres, ich kann jede beliebije Gestalt annehmen, ich herrsche über dem Treiben des Karnevals ...

Armer Doktor. Rettungslos seekrank. Ich schleppte ihn raus zu den anderen. Das Feuer brannte schon. Ich schälte ihn aus seinen Kleidern, warf sie mit meinen zusammen in die Flammen. Er krakeelte, winselte. Dann zerrte ich den zeternden Clox in die Brandung. Erst da, nach dem ersten Untertauchen, beruhigte er sich etwas, schwamm bald ermattet auf meinem Bauch, in meinen Armen. In den Nachthimmel stammelte er:

Der Mensch braucht doch
eine Heimat,
das ist doch alles,
was er braucht.

~

Die zweite Reise war verbrannt, Blohm in den Funken, den Backsjungen gab es nicht mehr. Zwar blieben mir die Zahnlücken, auch mein Holzbein kam mit der Brandung wieder, doch in meinem Hirn waren die Kajüten geräumt, desinfiziert, die Kojen frisch bezogen. Als gequollene Engerlinge lagen wir am Strand. Ich war überrascht, wie schnell und reibungslos das ging. Als ob nichts gewesen ... Meine Zunge strich mechanisch über die Zahnlücken und hatte keine Erinnerung.

Keine Zähne ist auch ein Ersatz, lachte der Doktor. Und Mister, wie wollen Sie heute heißen?

Was meinen Sie, Clox?

Sie müssen mich verwechseln, Mister, soweit ich weiß, ist Herr Clox gestern Nacht ums Leben gekommen, seine Asche treibt in der Karibik.

Wer sind Sie dann?

John. Nenn mich einfach John. Ich bin ein Neugeborener. Ein Frischgeschlüpfter. Und wie heißt du, Baby?

Ich weiß nicht.

Wer war ich in diesem Moment? Daran hatte ich noch gar nicht gedacht. Wie sollte ich mich nennen? Ich war ja niemand mehr und noch niemand Neues. Meinen Namen von annodunne, wie noch? Thomas Blume?, wusste ich wohlverschlossen in jenem Hamburger Spind, der sicher schon Rost angesetzt hatte. Mit diesem Namen verband mich nichts mehr. Bl ... Blu ... Blom ... Bloom ... mein zweiter Name, als ich mein Bein verloren hatte, das war lange her, da war ich Neuling gewesen, eine Zeit, an die ich mich nicht gern erinnere, und Blohm, Moses? Diesen Namen hätt ich gern noch ein bisschen behalten, er hat mir Glück gebracht, aber − was weg ist, ist weg.

Das ist alles sehr verwirrend. Dass man als Niemand einen Namen braucht.

Nicht wahr. Paradox ist es schon. Es ist ein reines Leerzeichen. Eine Wartenummer, wenn Sie so wollen. Wenn man dran ist, seine neue Identität abzuholen, gibt man die Nummer am Schalter ab oder wirft sie in den Papierkorb. Im Übrigen haben nur die Mitglieder des Planungsstabes besondere, selbstgewählte Namen. Die andern heißen alle John.

So heißen Sie doch jetzt.

Exakt. Ich werde auch nicht dabei sein, wenn die nächste Fahrt geplant wird. Das werden Sie tun zusammen mit Dibbuck. Ich werde mit all den andern Johns dasitzen und warten, bis ihr mir eine neue Identität verschafft. Das ist die härteste und zugleich aufregendste Zeit im Leben eines Seemanns. Viele halten es nicht aus. To be a John ... Sie sind noch nicht fähig, diesen Zustand zu genießen. Für die Fortgeschrittenen ist es das Schönste. *To be a*

John. Wenn man schon sechs oder acht Reisen hinter sich hat, werden die Niemandstage zu einem Fest der Schmerzen und der Wollust. Wenn sie niemand sind, dann ist die Gier am größten, jemand zu sein, die Gier nach der neuen Reise, dieser Zustand, das ist das Kribbeln vor der Schwelle. Auf ihrer Haut lasten ungeheure Spannungen, nah am Zerreißen, wenn die Leere drückt von innen, das müssen sie aushalten. Das verursacht dieses Seefahrtskribbeln, von dem die Leute schwärmen, phänomenal. Einen Tag Landgang in diesem Zustand! Wenn es kribbelt auf der Niemandshaut. Wenn sie dann am Strand stehen, vor ihnen das Meer, sie das Meer aber nur ansehen dürfen, denn es ist verboten, als John mit Salzwasser in Berührung zu kommen, sie sind auf Entzug, wer sich nicht daran hält, kommt ins Heim. Wenn sie da stehen und auf das Meer schauen, dann wissen sie: Es gibt kein Zurück. Wir müssen weiter. Diese Unruhe des Wartens. Bis es endlich wieder losgeht …

Warum planen Sie nicht mit?

Ich wäre zurzeit keine große Hilfe. Da gibt es einen Besseren. Also, wie heißen Sie nun? Komm, keine Stammbäume pflanzen …

Fridtjof Blum.

Wieso? Verbindet Sie etwas mit diesem Namen?

Nein, nur so dahergesagt.

Gut. Gut, gut. Herr Fridtjof Blum. Mitglied des Planungsstabes. Heute Abend wartet Dibbuck auf Sie, um die NEUE FAHRT zu planen.

Wer ist dieser Dibbuck?

Das ist der Name eines Herrn, den Sie auf der letzten Fahrt als Mister Vex erleben durften. Er ist der überflüssigste Mensch, den ich kenne.

~

Am Abend …

… saß ich mit Vex, der jetzt Dibbuck hieß, am Strand. Mit einer Flasche Jamaikarum. Ich erkannte ihn nicht wieder. Kurze Haare, jugendliche Haut. Das Bad in der Karibik und die Ruhe danach müssen Wunder gewirkt haben. Warum er sich diesen Namen gewählt habe, fragte ich. Nur ein Arbeitstitel, sagte er. Schließlich komme doch jetzt Arbeit auf uns zu.

Dibbuck: So, was machen wir? Was wollen wir werden? Wie wollen Sie die nächste Reise? Was wird aus der Arrabal?

Blum: Keine Ahnung. Anderes als Teefahrten kann man mit dem Klipper eh nicht machen.

Dibbuck: Sie haben keinen Schimmer von den unbegrenzten Möglichkeiten der Arrabal. Galeere-Dampfer-Kriegsmarine-Piratenschiff – es liegt nur an Ihnen ...

Mein Bein winselte vor Freude: Entssseidung ... Entssseidung ... jetsss Blum!

Blum: Sie wollen mir nicht wirklich weismachen, das alles sei möglich.

Dibbuck: Das und viel mehr. In dem alten Kahn steckt das Potenzial für allerhand. Also?

Blum: Sagen Sie was! Ich kenne mich nicht aus.

Dibbuck: Nein! Sie sind gefragt. Sie sollen sagen, was wir machen. So will es die Firma.

Blum: Mir ist das völlig egal. Hauptsache, wir fahren.

Dibbuck: Werden Sie nicht weich. Sie müssen jetzt eine Entscheidung treffen.

Blum: Nun gut. Von mir aus Piraten, aber ...

Dibbuck: Zuschlag! Zuschlag! Sie haben entschieden! Alles andere zählt nicht mehr! Piraten! Piraten! Wir werden Piraten. Das ist die hohe Schule der Seefahrt!

Blum: Moment. Es war doch nur so dahergesagt, nageln Sie mich nicht fest.

Dibbuck: Entscheidung ist Entscheidung. Piraten! Das hat Kraft. Blum, wir werden Seeräuber, wir machen das. Die nächste Reise wird eine Kaperfahrt. Es ist Ihre Wahl.

Hätte ich gewusst, welche Konsequenzen das hatte. Mein Gott. Hatte immer gedacht, Schnapsideen blieben folgenlos.

~

Am nächsten Tag holte mich Dibbuck aus dem Bett, sagte: Anziehn, Pirat, wir gehen jetzt wohin. Er hatte ein Grinsen übers Gesicht gezogen, kaute permanent irgendwelche Pastillen, die nach Lakritz rochen, beißend und scharf. Auf die Frage, wohin genau, sagte er: **In die Weltbibliothek.** Die steht hier in Jamaika?, fragte ich, während ich meinen Stumpf anschnallte. Werden sehn, die Reederei Salt&John hat keine Aufwendungen gescheut. Es ist alles hier vor Ort. Sind Sie gespannt?

Und wie ich . . . Und wie. Hoffte ich doch jetzt Einsicht zu erhalten in die geheimen Akten der Firma, das wohlgehütete Rezept, nach dem hier gebraut wurde, die Formel, die hinter dem Ganzen stand. Die Wissenszentrale, endlich. Sie vertrauten mir. Schließlich hatte ich die Arrabal gerettet. Ich konnte es kaum glauben, dass ich endlich, nach all den Wirren, AUFKLÄRUNG erhalten sollte. Während ich mir Hemd und Hose anzog, hastig, lutschte ich das Wort Weltbibliothek in meinem Mund herum. Das klang nach vielen silbernen Brillengestellen, klobigen Leselampen und schmalen, übernächtigten Augen. Darüber: Halbglatzen, schütteres Haar. Die Denkfabrik. Freihandelszone für Fragen und Antworten. Vor allem Antworten. Die hatte man mir konsequent vorenthalten. Den rechten Schuh noch an, fertig war ich für den Tag. Dibbuck pfiff durch die Zähne, spuckte Lakritz.

Ich folgte ihm hinaus, runter zu den Hafenanlagen. Er war mir immer zehn Schritte voraus, ungeduldig schaute er sich um, wo ich denn blieb. Kommen Sie, kommen Sie, wir sind gleich da, drängelte Dibbuck. Er blieb stehen vor dem rostigen Tor einer alten Lagerhalle. Über dem Tor hing ein Schild der Reederei Salt&John:

WELTBIBLIOTHEK – ZUTRITT NUR FÜR BEFUGTE

Dibbuck holte einen Schlüssel aus seiner Hosentasche und steckte ihn ins Schloss. Es ist noch früh, sagte er, wenn wir Glück haben, sind wir die Ersten und können ungestört studieren.

Das Tor knarrte auf. Ein ekliger Geruch schlug mir entgegen. Eine Mischung aus Moder und Männerschweiß. Die Weltbibliothek hatte gerade gegähnt. Das Wissen war aufgewacht. Wir schoben uns hinein, Dibbuck tastete nach dem Lichtschalter. Neonröhren flackerten. Mieses Licht für eine riesige Halle, in der bequem eine Boeing, ein Supertanker oder die Getreideernte Kasachstans hätte Platz finden können. Doch die Halle war leer. Bis auf eine Reihe von kleinen alten Holzpulten, die an der rechten Seite kauerten, und eine Art Sitzecke am hinteren Ende, die ich aber aufgrund der immensen Entfernung und des schlechten Lichts nur undeutlich ausmachen konnte.

Dibbuck: Phänomenale Akustik.
Blum: Was hat das zu bedeuten?
Dibbuck: Phänomenal.
Blum: Wo ist die Weltbibliothek, Dibbuck?
Dibbuck: Phänomenal. Brüllen sie mal. Aaaa!
Blum: Dafür haben Sie mich aus dem Bett gejagt?
Dibbuck: Das Echo. Das Echo. Wie ein Papagei.
Blum: Wo ist sie?
Dibbuck: Was denn, da steht sie doch.
Blum: Wo?
Dibbuck: Da hinten. Kommen Sie.
Blum: Internet?
Dibbuck: Das ist was für Idioten.

Er zog mich am Arm. Meine Prothese hallte. Clock, clock. Clock, clock. Ein höllisches Echo. Wir gelangten zum anderen Ende der Halle, wo drei Tische mit Leselampen und ungemütlichen Holzstühlen standen. An der Wand hing ein Regal mit einigen abgegriffenen Büchelchen. Aufenthaltsraum für Hafenarbeiter, dachte ich, wahrscheinlich Bibeln und Tittenalmanache, ich war drauf und dran umzukehren. Dibbuck hielt mich fest, nahm meine Hand.

Dibbuck: In diesem Regal, mein lieber Freund, ist das Wissen der Welt.

Blum: Das meiste wohl verliehen.

Dibbuck: Nein. Da steht alles drin. Sehen Sie selbst.

Ich überflog die Buchrücken, die zerrissenen, die Titel waren nicht mal alphabetisch geordnet, eine Schande für eine Weltbibliothek, die sich keinen Bibliothekar leisten kann. SHANTIES ZUM MITSINGEN stand neben LUXUSYACHTEN IN WORT UND BILD neben KNOTEN DER SEELEUTE neben JAMAIKA IST MEHR ALS RUM UND REGGAE neben PIRATEN GRIFFBEREIT neben 1 x 1 DER HOLZARBEITEN neben LEHRBUCH DER CHIRURGIE neben dem dicksten Wälzer DAS LEXIKON DER SCHIFFFAHRT neben DER SEGELSCHEIN neben SIE FÜRCHTEN WEDER TOD NOCH TEUFEL neben VOM EINBAUM ZUM SUPERTANKER neben einem alten Geoheft NEUSEELAND neben GRUNDRISSE ALTER SEGELSCHIFFE neben SCHIFFFAHRT IN DER DDR neben LEXIKON SEEMÄNNISCHER FACHBEGRIFFE neben WAS IST WAS SEEFAHRT.

Blum: Ist das alles? Ausschließlich Lexika und Ratgeber.

Dibbuck: Die Romane erleben wir selbst. Sie nehmen sich das hier vor: PIRATEN GRIFFBEREIT. SIE FÜRCHTEN WEDER TOD NOCH TEUFEL ist für mich. Wenn Sie was Interessantes finden, machen Sie 'n Eselsohr.

Blum: Bücher.

Dibbuck: Was haben Sie denn erwartet?

Blum: Ich weiß nicht. Wie soll man Pirat werden mit Büchern?

Dibbuck: Der Anfang ist immer trocken.

Blum: Aber wie ...

Dibbuck: Wir wollen doch Fleisch machen, nicht wahr? Wir wollen doch Piratenfleisch machen, nicht wahr? Das war gestern Ihre Entscheidung. Also: Was braucht man, um gutes Fleisch zu machen? Man braucht gute Knochen. Ohne Knochen kein Fleisch.

Fällt ja sonst alles zusammen ohne Knochen. Piratenknochen. Und die finden Sie wo? Im Lexikon. Fakten, Fakten, Fakten!

Hau ab, schoss es mir durch den Kopf. Hau ab, der verarscht dich von oben bis unten. Weltbibliothek! Ein altes Holzgestell mit Schwarten, die kein Penner aus einem Wühltisch klauen würde. Hau ab, Blum. Weg. Während ich dies dachte, griff ich schon mechanisch nach dem Buch, das Dibbuck mir verordnet hatte, was sollte ich denn tun? Hatte ich eine Wahl? Ich war doch niemand. Ich wollte doch jemand sein. Diese Entzugserscheinungen. Dibbucks ewiges Kauen, das macht mich noch verrückt. Der, die, das Lakritz. Hätte ich doch was gefrühstückt. Zitterbub. Ich musste mit. Was immer er im Schilde führte mit diesen lächerlichen Büchern.

Ich nahm PIRATEN GRIFFBEREIT aus dem Regal und setzte mich an ein Lesepult, schaltete die Tischlampe ein.

Nicht so überheblich, Junge, sagte Dibbuck, das hat das Buch nicht verdient. Es weiß mehr als Sie. Mehr Ehrfurcht!

Die Schwarte war schon ganz zerkratzt, der Einband in Fetzen. Die vor mir hatten ihre dreckigen Abdrücke hinterlassen. Ich schlug es auf.

Lesen Sie laut. Mit Weihe, ja!, sagte Dibbuck, das ist unser nächstes Leben, vergessen Sie das nicht.

Ich verzog das Gesicht. Mein Mund war ganz trocken. Knochentrocken. Alles war trocken. Ich würgte meine Enttäuschung hinunter und begann, mit stockender Stimme:

Das Wort Pirat kommt aus dem Griechischen und heißt: sein Glück versuchen.

... sie rotteten sich zusammen – von Beutegier getrieben: Abenteurer großen Stils und Desperados, freigelassene Sklaven und Kriminelle. Das Inselparadies der Karibischen See war ihr Jagdrevier, und ihre verwegenen Raubzüge übertrafen die kühnsten Vorstellungen der Phantasie ... die Piraten nahmen, was ihnen in den Weg kam ... Schiffe und Städte,

Gold, Silber und Frauen ... Wurde ihnen etwas verwehrt, so erzwangen sie es sich durch tollkühne List und brutale Grausamkeit ... Was sich im 17. Jahrhundert in der Karibischen See abspielte, gehört zu den abenteuerlichsten und ungewöhnlichsten Kapiteln der Weltgeschichte ... aber die Historiker haben nur beiläufig davon Kenntnis genommen, denn es gibt kaum authentisches Material, dem sich Genaueres über die einzelnen Ereignisse entnehmen ließe ...

Ich ruckelte unruhig auf meinem Stuhl hin und her. Was war das? Ein Kräuseln im Gaumen. Die Geschmacksnerven, oder was? Meine Zunge bewegte sich. Ich produzierte Speichel. Das ist doch lächerlich, hielt ich entgegen. Das ist nur ein billiges Buch. Alles nur Papier. Meine Gurgel hüpfte auf und ab.

Na, geht's schon los, Blum? Wie war das damals? Vor wie viel Jahren? Vor 300? Dibbuck biss sich fast die Zunge ab, kommt Ihre Phantasie ins Rutschen? Nur los, los, tauchen Sie ein ... tauchen Sie ein ...

Meine Leselampe flackerte, ein Wackelkontakt warf schwache Blitze auf die fleckigen Seiten, auch das noch, dachte ich, fehlt nur noch, dass die Klabautermänner heulen. Am frühen Vormittag schon Augenschmerzen, ich versuchte meine Pupillen auf das trübe Licht einzustellen. Hinzu kam, dass auch das Buch nicht im besten Zustand war. Dem war übel zugesetzt worden, Seiten fehlten, manchmal ganze Kapitel, andere Blätter waren fast unleserlich geworden durch schmutzige Finger, Einkerbungen und Knitterei. Da waren schon viele vor mir auf Raub aus gewesen, hatten geplündert und gebrandschatzt. Schon wieder nicht der Erste, schoss es mir durch den Kopf, andere sind schon vorausgefahren, mit den alten Schatzkarten im Ärmel, es gibt keine Geheimnisse mehr. Absolut keine mehr. Die wurden schon von den gefräßigen Vorfahren aufgebracht. Uns bleiben nur deren abgenagte Knochen und Abfälle, die wir besinnungslos wiederwiederkäuen und uns beständig suggerieren müssen, wir hätten noch Geschmack im Mund.

Auf der nächsten noch vorhandenen Seite hatte jemand mit einem schwarzen Stift Hieroglyphen und Krakel hingeschmiert, bestimmte Wörter unterstrichen, die fett gedruckte Überschrift noch fetter eingerahmt, sie lautete: **Über die Lebensweise der Seeleute** ...

Plant ein Seeräuber einen Beutezug, so benachrichtigt er seine Kumpane und wirbt eine Mannschaft a ... (unleserlich) ... Ist das Schiff nun ausgerüstet und sind alle Lebensmittel an Bord, wird unter der Besatzung abgestimmt, wohin man fahren solle ... zugleich wird in einem Vertrag – sie nennen das *Chasse-Partie* – festgelegt, wie viel der Kapitän für seine Leistungen und für die Bereitstellung des Schiffes erhalten soll ... im Allgemeinen sieht dieser Vertrag so aus: Vom Erlös der anfallenden Beute wird der <u>Jägersold</u> abgezogen, der für gewöhnlich 200 Peseten beträgt, 100 bis 150 Peseten erhält der Schiffszimmermann, der Wundarzt wird mit 200 Peseten, je nach Größe des Schiffes, abgefunden.
Ist ein Mann verwundet oder hat er Gliedmaßen verloren ... so bekommt er folgende Entschädigung: für den rechten Arm 600 Peseten oder sechs Sklaven, für den linken Arm 500 Peseten oder fünf Sklaven, für ein verlorenes rechtes Bein erhält man 500 Peseten oder fünf Sklaven, für ein linkes 400 Peseten oder vier Sklaven ...

Ich hielt inne: Für mein appes Linkes nur schäbige 400 Peseten! Dagegen: vier Sklaven? Da sah die Sache schon anders aus! Vier Sklaven für einen appen Schenkel. Dennoch: dass ein schäbiger Arm mehr wert sein sollte als ein Bein? Weiter, weiter, wie hatten sie's gehandhabt mit den Körpergliedern, die Piraten, die Piraten, alles war schon vorher da, es war zum Verzweifeln, alles schon in Listen eingetragen, als ich noch nicht auf der Welt war, was bleibt mir da noch?

... Für ein eingebüßtes Auge erhält man ebenso viel wie für einen verlorenen Finger, nämlich 100 Peseten oder einen Sklaven. Ein steifer Arm wird ebenso hoch bewertet wie ein verlorener. Für eine Wunde im Leib, aus der der Eiter mit einer Röhre abgeleitet werden muss, wird man mit

500 Peseten oder fünf Sklaven entschädigt. Dies wird alles vom Gesamt-erlös abgezogen ... danach wird der Rest <u>gleichmäßig</u> auf die Mann-schaft verteilt.

... wird ein Schiff erobert, so entscheidet die Mannschaft, ob der Kapitän es erhalten soll oder nicht. Ist das eroberte Schiff besser als das eigene, so übernehmen sie das eroberte und stecken ihr eigenes Schiff in Brand ... Auf dem eroberten Schiff darf zunächst niemand etwas anrühren, da die gesamte Beute an Geld, Juwelen, Edelmetallen und Kaufmanns-waren <u>gleichmäßig</u> auf die Mannschaft verteilt wird ... um Betrügereien zu verhindern, muss jeder vor der Verteilung der Beute <u>einen Eid auf die Bibel schwören</u> ... hat einer einen Meineid geleistet, wird er ... (her-ausgerissen). Doch sind sie einander überaus treu und stets hilfsbereit. Steckt einer von ihnen in Schulden, so helfen ihm die anderen ... Sie ha-ben sogar eine eigene Rechtsprechung. Erschießt ein Mann seinen Feind aus dem Hinterhalt, wird er an einen Mast gebunden und von einem, den er sich selbst aussuchen kann, gleichfalls totgeschossen.

Blum: Wer hat da schon rumgekritzelt in dem Buch?
Dibbuck: Ach, unwichtig, irgendjemand ... lies weiter ...

... von einem Räuber aus Jamaica, der die übrigen an <u>Grausamkeit und Wagemut</u> weit übertraf ... er war gebürtiger Holländer und hatte lange Zeit in Brasilien gelebt ... begab sich unter die Räuber und wurde von ih-nen <u>Rock Brasiliano</u> genannt ... kurze Zeit später eroberten sie ein Schiff, das mit großem Reichtum beladen von Neuspanien kam und brachten es nach Jamaica. Nun war Rock berühmt und wurde bald so vermessen, dass ganz Jamaica vor ihm zitterte ...

Dibbuck: Möchtest du das, Fridtjof? Möchtest du, dass ein ganzes Inselchen vor dir zittert, wenn du kommst, haha?

... war er betrunken, rannte er wie tollwütig durch die Stadt und hieb dem ersten, der ihm über den Weg lief, <u>Arm oder Bein ab</u>, ohne dass ihn irgendjemand daran hätte hindern können ...

Dibbuck: Haha, das ist was, einfach so, wie im richtigen Leben, nimm's nicht so tragisch, Fridtjof, Fridtjof, hehe, Fridtjof! Es ist doch alles nur ein Spaß, der größte Spaß, den man sich auskochen kann in seinem Seemannskopf ... weiter ... los ... lies ... AM AN-FANG WAR DAS WORT, hehehe ...

... Besonders Spanier misshandelte er auf die grausamste Weise ... einige ließ er aufspießen und langsam über einem Feuer bei lebendigem Leibe braten, wie man es sonst mit Schweinen zu tun pflegt. Sie wollten ihm nämlich nicht den Weg zu den Gehöften zeigen, die er zu plündern gedachte ...

Dibbuck: Na, Blümchen, wie wär's mit dem? Rock Brasiliano? Na, eine neue, einbeinige Variante von dem, das wär's doch? Du als Rock Brasiliano! Dann kannst du jeden aufspießen, wenn du be-soffen bist, und am nächsten Morgen, wenn du aufwachst, hast du keine Erinnerung mehr. Du warst es gar nicht! Haha! Alles nur ein Spiel! Oder möchtest du jemand anderes sein? Magst du keine wie den? Eine Nummer zu groß? Zu brutal? He? Wenn ich noch länger auf dich einreden muss, hol ich ein Tonband. Du bist ja ganz ... Fridtjof ... he? Na komm, lies weiter, wir finden schon noch was, es stehen bestimmt noch andere drin ... gebildete Pira-ten ... Piraten mit Abitur ... mit guten Geschichtskenntnissen, die wissen, was sich gehört, was? Du, jetzt ist es vorbei mit dem Zu-schauen, jetzt bist du an der Reihe, du, du, du, du musst jetzt dein Abitur nachmachen, verstehst? In mehrfacher Hinsicht! Du steigst auf in die Fortgeschrittenenabteilung der Firma Salt&John! Du bist jetzt verantwortlich für deinen Arsch! Jetzt will ich sehn, was in dir steckt, ob die Hoffnungen, die wir in dich setzen, nicht eine große, große Täuschung waren, das kommt sogar bei uns vor, dass wir uns täuschen in einem, sehr selten zwar, aber es kommt vor, wo wir doch alle so gute Menschenkenntnisse haben. Was?!
Blum: Und Sie, Sie trauen sich das?
Dibbuck: Was denn?
Blum: Tun Sie nicht so, Sie wissen genau, was ich meine, haben Sie die Traute, oder bluffen Sie nur?

Dibbuck: Wie bitte? Ich? Du meinst mich? Ob ich ... so ein ...
Tier ... so ein Tier ... ich?

Dibbuck lachte, lachte immer mehr, immer lauter, und verzog sein
Gesicht zu einem ... Woher hatte er plötzlich, woher hatte er
plötzlich dieses andere Gesicht her? Ich kannte ihn nicht wieder,
dieses Gesicht, sein Mund hatte ganz andere ... seine Lippen plötzlich Tierlippen, Schweinelippen, seine Augen Schweinsäuglein,
seine Stimme veränderte sich schlagartig, sie war tiefer, dreckiger,
AUS EINEM ANDEREN ERDTEIL.

Dibbuck: Ob ich mir das zutraue, so zu sein? Ich denke ... was
denk ich, na? Denk ich: ja? Oder denk ich: nein? Oder denk ich:
halbehalbe? Ich bin Seemann, Blluuuumm, Seemann, ich habe das
Meisterzertifikat in meiner Brust ticken, verbrieft und versiegelt,
das hat mir das Meer höchstpersönlich ausgestellt.

Ein paar Sekunden noch dieses Lächeln eines anderen, dann war
er wieder Dibbuck.

Dibbuck: Verzeihen Sie, ich habe Sie doch nicht erschreckt, Sie
müssen wirklich entschuldigen, die Begeisterung hat mich übermannt, Verzeihung, wir haben es alle nicht leicht.

Um nicht weiter seinem fordernden Blick standhalten zu müssen,
vertiefte ich mich wieder in das Buch. Gott, was war das eben? Was
habe ich da geschaut? Vor mir saß ein vollständig anderer Mensch!
Hatte ich mich getäuscht? War es das schlechte Licht? Sicher, sicher, das wird es gewesen sein. Alles andere ganz ausgeschlossen.
Ich blickte zur Vergewisserung kurz auf Dibbuck: Da saß er. Wie
vorhin auch. Aber wer war dann der andere? Der mit den Schweinelippen. Der dunklen Lache. Ich schluckte und las weiter.

... einem Piratenführer mit Namen: FRANÇOIS LOLONOIS, dem
berühmtesten und grausamsten der Karibischen See ...

Wer hatte den Kapitelanfang verkokelt?

... jeden Tag ließ er einen hängen ... er ließ den einen pfählen ... einem
anderen schnitt er die Ohren aus geringem Anlass oder auch ohne jeden
Grund ab ... sogar seine eigenen Leute, die auch keine Milchgesichter

waren, gaben zu, dass er das Böse nur um des Bösen willen tue und weil seine Natur ihn zum HENKER DES MENSCHENGESCHLECHTS bestimmt habe ... jeden Tag folterten sie die Gefangenen. Lolonois selbst pflegte jeden, der ihm nicht gleich seine Fragen beantwortete, mit dem Degen zu zerstückeln. Dann leckte er das Blut von seiner Klinge und erklärte, so auch den letzten Spanier erschlagen zu wollen ... als sie seine Fragen, wo sie ihren Schmuck versteckt hielten, nicht beantworteten, schlitzte er einen bei lebendigem Leibe auf, riss ihm das Herz heraus, biss hinein und warf es einem anderen ins Gesicht mit den Worten: Wenn ihr mir nichts sagt, geht es euch genauso!

Nun begannen sie mit grässlichen Foltern, die Gefangenen zu erpressen ... ein sechzigjähriger Spanier war von einem Neger als sehr reich bezeichnet worden ... er behauptete zwar, er habe nur 100 Piaster besessen und damit sei ihm ein junger Mann durchgegangen ... sie wippten ihn aber lange, banden ihn dann an seinen Daumen und großen Zehen an vier Pfähle, dann schlugen sie auf die Stricke los, sodass sein ganzer Körper bebte, schließlich legten sie noch einen Stein, zweihundert Pfund schwer, auf seine Lenden, zündeten Palmblätter unter ihm an, so dass sein Gesicht ganz versengt wurde ...

Trotz aller Folter sagte er nichts von seinem Vermögen ... nun fesselten sie ihn an einen Pfahl vor der Kirche und ließen ihn dort vier, fünf Tage stehen ... zu essen bekam er nur ein winziges Stück Fleisch ... nach dieser Zeit bat er, man möge ihm seine Freunde schicken ... mit diesen besprach er sich und bot dann 500 Piaster ... als Antwort bekam er eine Tracht Prügel ... man bedeutete ihm, er solle statt von Hunderten von Tausenden reden ...

Manche wurden an ihren Schamteilen aufgehängt, bis sie durch ihr eigenes Gewicht herunterfielen ... dann stach man mit einem Degen auf sie ein und ließ sie liegen, bis Gott sie durch den Tod erlöste ... andere wurden gebunden und mit den Füßen, die mit Fett bestrichen waren, vor ein Feuer gelegt, sodass sie regelrecht gebraten wurden. So ließ man sie dann liegen ...

Die Frauen hatten es besser, weil die Räuber sich ihrer bedienten, entweder nahmen sie sie mit Gewalt, oder die Frauen gaben sich aus Hunger freiwillig hin.

Dibbuck: Wie ist's damit? Malen Sie sich's aus? Schieben Sie das Dia in den Gucki! Hehe! Frauen, Frauen, einfach so, nehmen und missbrauchen, nehme nicht an, dass Sie das in Ihrem zarten Alter schon gemacht haben ...

Blum: Dibbuck, ich würde nie ...

Dibbuck: Nie? Nie? Sie wollten sagen: nie? Das wollten Sie nicht wirklich sagen. Nein, nein, Gott bewahre, dann wären Sie nicht bei uns, merken Sie sich eins: NIE NIE! Es gibt nichts, aber auch gar nichts, was Sie in Ihrem Leben nicht vollbringen können. Stellen Sie sich das vor, da steht's geschrieben, ein altes Büchelchen, aber die da, die ham's tatsächlich gemacht. Das ist ein Sachbuch. Das ist Fakt, dass die das damals so gemacht haben. Und Sie wollen Pirat werden?

Blum: Ja, das heißt ...

Dibbuck: Wie haben Sie sich das denn vorgestellt? Als Fasching? Als Etepetete-Eroll? Mal kurz eine Spritztour mit der schmucken schwarzen Flagge? Halbtags? Ein bissel? Den Tag im Büro, abends in den Puff? Was glauben Sie?

Blum: Alles, doch, alles, alles, sollt schon alles sein.

Dibbuck: Dann müssen Sie die Frauen so nehmen, wie's hier steht im Ratgeber.

Blum: Jadoch.

Dibbuck: Was ist noch? Du hast doch was?!

Blum: Es ... ich kann ... nicht.

Dibbuck: Wieso?

Blum: Es geht gegen meine Art.

Dibbuck: Was ist deine Art?

Blum: Ich weiß es nicht.

Dibbuck: Du weißt es also nicht.

Blum: Meine Natur.

Dibbuck: Auch das noch. Was zum Teufel ist denn das?

Blum: Ich weiß es nicht.

Dibbuck: Wenn du es nicht weißt, hast du keine.

Blum: Wir kommen ins Gefängnis! Vor Gericht!

Dibbuck: Weswegen?

Blum: Weil es doch ein Verbrechen …

Dibbuck: Natürlich. Dafür sind wir ja Verbrecher.

Blum: Wenn uns wer kriegt?

Dibbuck: Daran denken heißt, gar nicht erst anfangen. Sterben müssen wir alle. Dann sagen Sie mir jetzt klipp und klar, ob Sie Pirat werden wollen ohne Wenn und Aber, Abstriche, Kompromisse, Tod und Teufel.

In mir stritten sich die Stimmen.

Eine Frauenstimme: Es ist doch alles nur ein Spiel, Fridtjof, alles nur ein Spiel, aber das verwegenste, grausamste Spiel, was sich je Menschen ausgedacht haben. Du spielst mit jeder Faser deines Lebens und riskierst den Tod, du willst ihm ins Auge sehn, du freust dich, wenn er dir nah ist, und beneidest die Kollegen, die ihm erlegen sind. Das sind wahre Menschen, Fridtjof, wahre Menschen, die alles auskosten, was das Menschleben zu bieten hat. Was meinst du, bist du mutig? Hast du Mut, Mensch?

Ein schwaches Erinnerungsstimmchen: Als Junge war ich immer oben gestanden auf dem Zehnmeterbrett, die Badehose voll Angst, wenn noch nicht viel los war im Freibad, bin ich da hoch, die endlosen Stufen hoch, während die Rentner unten ihre Bahnen schwommen. Da stand ich, minutenlang, immer wieder, und starrte runter, aber ich bin nie gesprungen. Höhenangst. Je länger ich das Runterspringen hinauszögerte, umso größer wurde sie. Die Höhenangst. Ich hatte Albträume, im Wachen und Schlafen, überall verfolgte mich dieser Zehnmeterblick, ich habe mich richtig in einen Krampf phantasiert, wenn du heut nicht runterspringst, springst du nie mehr, du Angsthase, du Weichei, nie schaffst du das. Und – ich hab es bis heute nicht geschafft.

Die Stimme eines Motivationsmeisters, fränkisch, höllerisch: Du musst deine Grenzen täglich sprengen, irgendetwas Neues wagen, was du gestern noch nicht gewagt hast, du glaubst gar nicht, wie schnell du einrostest, wenn du das nicht im Bewusstsein hast. Das ist das Gesetz vom Pferd: Wenn es tot ist, steig ab. Du musst das Neue wagen. Großes wagen. Das Große kann sehr klein sein, ein

Sprung vom Zehnmeterbrett oder ein neuer Gedanke, das neue Liegefahrrad, eine Vokabel, die du noch nicht gesprochen hast. LIKWITT ... du musst LIKWITT sein, Fridtjof.

Eine scharfnasige Chefanklägerstimme: Was wolltest du werden als Bengel, als du noch der kleine Rotzlöffel aus dem Reihenhaus warst, Lokomotivführer? Feuerwehrhauptmann? Der neue George B. Schaller, Extremforscher, unter Gorillas im Nebel? Entdecker wolltest du werden, richtig? Etwas entdecken, das vorher noch kein Mensch entdeckt hat, und das will was heißen, denn die Menschen entdecken sich schon tot seit Jahrhunderten, die haben ja schon alles entdeckt, was es gibt, COLA FANTA CERVEZA AGUA, der Getränkemann hat keinen Platz mehr im Kühlwagen, aber du wolltest auf Teufel komm raus Entdecker werden, was willst du denn entdecken? Sag! Heraus damit!

Die Frauenstimme: Wenn du jetzt nicht Ja sagst, bist du verloren. Dann werden wir uns nie wieder sehen. Du weißt, wer ich bin? Du hast mich gesehen, erinnerst du dich? Wenn du mich wieder sehen willst, musst du Pirat werden. Folge dem Dibbuck, er ist dein Lehrmeister. Er wird dich zu mir bringen.

Ich nickte. Dann sagte ich, den Kloß aus meinen Hals drückend: Ja, machen wir weiter.

Dibbuck: Gut. Ab jetzt werden wir uns duzen. Piraten sind Brüder. Fridtjof. Auf dich kommt etwas zu. Eine heilige Handlung.

Du gibst den Männern, die sich für diese Reise gemeldet haben und die jetzt nervös und ausgelaugt im GLOBAL FISH rumhängen, den Johns, die im Fieber auf die See hinausschauen, du gibst ihnen ihre neue Identität. Du machst die Mannschaft. Ganz ruhig. Keine Panik jetzt. Alles halb so schlimm. Du kannst das. Du bist geeignet. Vertrau mir. Ich hab das alles schon durch. Merk dir: Eins kommt nach dem anderen. Zug um Zug. Auch ein Wunder lässt sich zerlegen in einfache klare Abläufe. Ja? Ich gebe dir dieses Buch. SIE FÜRCHTEN WEDER TOD NOCH TEUFEL. Die Geschichte der Freibeuterei in Abrissen. Schlag es auf!

1. Kapitel: Phönizier. Weiterblättern.

2. Kapitel: Wikinger. Weiterblättern.

3. Kapitel: Hansepiraten. Weiterblättern.

Weiterblättern. Weiterblättern.

4. Kapitel: FRÈRES DE LA CÔTE. Stop.

Das sind wir. Das ist unsere Mannschaft. Hast du sie? Die Brüder der Küste. Die Piraten der Karibik. Auf Seite 238 ff. Hast du sie? Es ist alles rot angestrichen. Da sind sie alle aufgelistet. Die Namen der Frères de la Côte. 183 Namen. Die waren dabei. Mit diesen Namen machen wir die neue Arrabal.

Du hast Folgendes zu tun:

Präge dir jeden Namen ein.

Und dann:

Für jeden Namen einen Gang.

Für jeden Namen eine Geste.

Für jeden Namen einen Satz.

Jeweils nur einen.

Das ist ausreichend.

Mehr ist schon zu viel. Ich werde unterdes Atmosphäre tanken. Informationen einschlürfen. Wir müssen diese Bücher trinken, Fridtjof. Unsere dörre Phantasie benetzen, sie sind unsere einzige Quelle.

~

Dibbuck nahm sich das griffbereite Piratenbuch, das ich eben überflogen hatte, schlug es auf und ließ mich allein. Ein seliges Lächeln glitt über sein Gesicht, als er sich einstimmte auf die Lektüre. Dibbuck saß über der zerlesenen Schwarte wie ein 12-Jähriger, nachts, unter der Bettdecke, heimlich. Ich konnte mich kaum auf meine Namensliste konzentrieren, das Schauspiel, das er veranstaltete, oder: das jemand mit ihm veranstaltete, war ... Er wippte notorisch hin und her, keine Sekunde still, Rücken krumm, sein Zeigefinger glitt über die Seiten wie über Blindenschrift, er tastete sie ab, sein Finger: Fühler, Tentakel.

Die blasse Bleistiftzeichnung eines bärtigen Freibeuters dellte er ein, als wollte er einen Abdruck nehmen mit der Fingerkuppe, das verblichene Leben aufsaugen, er schloss die Augen und zuckte im ganzen Gesicht.

Da war es wieder. Das Flackerlicht. Wie auf ... jetzt musste ich ... Privatvorstellung. Sein Gesicht ... sein Dibbuckgesicht ... seine Haut schien sich zu verformen, als trüge er eine Gummimaske, es war nicht nur ein Detail, ein Hochziehen der Brauen etwa oder der Mundwinkel, es veränderte sich die gesamte vordere Partie, in Windeseile huschten verschiedenste Visagen über sein Gesicht.

Ein hohlwangiger, angsterfüllter Mann saß vor mir, vermutlich schiffbrüchig, knapp dem Hungertod entronnen, ausgezehrt bis auf die Knochen, die Augen kaum sichtbar, weit hinten in die Höhlen verkrochen, dann – er blätterte die Seite des Buches um, tippte mit seinem Zeigefinger auf die Buchstaben, als klopfte er Morsezeichen – traten sie aus den Höhlen, eiskalter Hochmut sprach aus ihnen, die Wangen setzten Fett an in Windeseile, schnittig sah er aus, ein französischer Offizier? Zum ersten Mal weg von Europa, bei den Barbaren, die er mit seinem Schnäuztuch wegzuwischen gedachte aus seinen Mundwinkeln wie Speisereste. Plötzlich verformte sich die ganze Schädelfront, die hohe Stirn verbreiterte sich, bekam unansehnliche Dellen, kleine Schlaglöcher, die Augen erhöhten ihren Weißanteil, schielten extrem, Haare wuchsen aus der Nase und am Kinn, ein Schwachsinniger grinste mich an, scheel, der spitze Finger des Franzosen schnappte zurück zur Faust, der Blöde schlug sie auf das Buch und stieß gutturale Laute aus. Ein offensichtlicher Analphabet, was hatte der mit Büchern? Der gehörte ins Unterdeck zu den Schweinen, den Lebendvictuals, grunzte um die Wette mit denen und fraß aus demselben Trog. Der Depp begann in sich reinzukichern, da wurde ihm das Kichern abgewürgt, er verschluckte sich, der Unterkiefer schlackerte unkontrolliert herum, die Zahnreihen klackten hart aufeinander, Hautfetzen lösten sich ab und verpflanzten sich, oder waren es die unsichtbaren Hände eines Meisterchirurgen, unsichtbare Handschuhe, unsichtbare Bestecke, unsichtbarer Chirurg, oder wurde die Operation ferngesteuert, ich konnte es nicht erkennen, es ging alles so schnell. Der Depp hatte sich schon lange verflüchtigt, die Augen schauten gradeaus, das Doppelkinn verfettete, vor mir saß ein stumpf dreinblickender Balou, ein Seebär, den nichts aus der Ruhe bringen konnte, er hockte in seinem Fett, ein Smutje? Ein Zimmermann? Wer würde der nächste sein? Wie viele noch? Noch ein Kapitän, noch ein Leichtmatrose, ein Boy, ein Steuermann, doch wer um alles in der Welt, wer von diesen dutzend Männern war dann Dibbuck?

Ich schlug auf den Tisch: Hören Sie auf! Hören Sie sofort auf damit!

Ein Bimbo mit durchstochener Unterlippe strahlte mich an. Grüßte mich mit ausgestreckter Hand.

Das ist kindisch, das ist absolut kindisch! Lassen Sie sich nicht gehen!

Eine verschlagene Hakennase prüfte mich von oben bis unten, kaute auf einem zerfaserten Holzstück.

Dibbuck, wo sind Sie? Kommen Sie zurück!

Ein Schlägertyp mit verschränkten Armen, vom Handrücken bis zur Schulter tätowiert, spuckte nach mir aus.

Dibbuck, ich warne Sie.

Meine Stimme überschlug sich, ich nahm allen Mut zusammen und griff hinein in die amorphe Schädelmasse, presste sie zusammen, schüttelte, schrie.

Nehmen Sie ihre Hände weg. Meine Ohren sind schon ganz wund, sagte plötzlich Dibbuck mit seiner vertrauten Dibbuckstimme und seinem Dibbuckgesicht. Ich atmete durch. Er war wieder zurück.

Geht es Ihnen gut, fragte ich besorgt.

Er schaute mich an, Schweißperlen auf der Stirn. Bald, sagte er, bald Fridtjof, bald geht es mir wieder gut, das ist ein Standardwerk.

Göttliches Gerippe.

Prometheus hatte einen Klumpen Lehm, wir haben Sachbücher.

Blum: Sie sind ja verrückt, Dibbuck. Sie wollen mir doch nicht weismachen, man könne so mir nix dir nix Menschen machen, aus einem Buch, da gehört schon mehr dazu.

Dibbuck: Du redest immer noch wie ein Anfänger. Nicht weiter schlimm, es ist ja auch das erste Mal, dass du eine Reise planst. Will dir mal was sagen: Verknote nicht dein Gehirn. Geh immer vom Einfachsten aus. Der Mensch braucht nicht viel, um da zu sein. Du wirst selber sehn, wie wenig er braucht. Wenn nur das Herzelein schlägt ...

Blum: Schmierenschauspiel.

Dibbuck: NEIN NEIN NEIN NEIN NEIN!

DER FLEXIBLE MENSCH IST DER HERRSCHER DER SIEBEN MEERE!

FLEXIBEL IBEL IBEL IBEL IBEL IBEL IBEL!

Die Weltbibliothek. Die zerrissenen, eselsohrigen Bücher. Was für Wunderdinge waren da verborgen, wenn man sie nur richtig zu lesen verstand.

Der ausgetrocknete John, sagte Dibbuck, der verspürt einen Wissensdurst. Der will Fakten trinken. Fakten, Fakten, Fakten, die schwimmen da zwischen den Deckeln, es ist an dir, du kannst alles mit ihnen machen, Fakten sind herrenlos, die gehorchen jedem, der sie zu benutzen versteht. Fridtjof, Pirat, du wirst sie den Männern eintrichtern, wirst du das? Ich habe ihnen schon gesagt, dass sie ihren Stoff von dir erhalten, sie waren sehr einverstanden. Sie halten große Stücke auf dich. Du bist ihr Schöpfer. Sie sind schon ganz süchtig nach dir.

Dibbuck nahm mich lange ins Gebet. Ich hatte Angst. Die schiere Angst, ich könnte kapitulieren vor der großen Aufgabe. Wo ich schon so weit gekommen war. So weit.

Dibbuck: Dich darf jetzt nicht der Mut verlassen, Fridtjof, du stehst vor einem ganz entscheidenden Schritt.

Blum: Wie soll ich mich denn zurechtfinden in diesen vergilbten Schinken, da kann ich weißgott nichts rauslesen.

Dibbuck: Das ist alles kein Problem. Ich helfe dir. Ich streich dir die wichtigen Stellen rot an. Du brauchst sie nur auswendig zu lernen.

Blum: Aber es sind so viele, so viele, eine ganze Mannschaft.

Dibbuck: Alles halb so wild, Fridtjof.

Blum: Wie viele?

Dibbuck: Einschließlich dir und mir: 183 Mann.

Blum: Ich kann doch nicht so viele Menschen . . .

Dibbuck: Brauchst du auch nicht. Menschen sind sie schon. Du gibst ihnen nur einen Tritt in den Hintern. Dann laufen sie von selbst. Mit einem Namen, einem Gang, einer Geste, einem Satz. Viele sind schwer von kapee. Denen musst du deutlich kommen. Alles klar und dreimal sagen. Sonst bringt's nix. Das Feine fällt durchs Sieb. Für jedermann verständlich sein, allen alles zugänglich machen, wir wollen die Blöden und Hirnrissigen nicht ausschließen, da geht unser größtes Potenzial verloren. Der Mensch ist nicht so komplex, ein, zwei Zutaten, und er geht seinen Geschäften nach.

Blum: Ich kann mir das nicht ausmalen.

Dibbuck: Sollst du auch nicht. Nicht den Kopf zerbrechen, nicht den Kopf zerbrechen. Einfach anfangen, ins kalte Wasser, geht alles von selbst, wirst sehn.

Er nahm meinen verwirrten Kopf in seine Hände und drückte meine Schläfen.

Dibbuck: Alles, was du brauchst, ist da drin. Erinner dich an deine Qualitäten. Du warst doch mal ein Streber. Erinnere dich. Eins Null.

Blum: Die Schule war doch nichts wert. Nich mal Knoten haben sie uns beigebracht. Da hat man Abitur und wird gleich seekrank, wenn man auf ein Schiff geht.

Bildung ist alles.
Was wissen, das ist gut.
Mehr wissen als die andern, das ist besser.
Was war noch gleich Wissen?
333 Issos Keilerei.
Gallia divisa est in partes tres.
a quadrat plus 2 ab plus b quadrat.
Wie aus der Pistole.

Der Junge, ham's gesagt,
der behält alles.
Der Junge, ham's gesagt,
ist ein großer Behälter.
Da sollten sich die andern eine Scheibe,
eine dicke,
von abschneiden.
Ein Gedächtnis hat der,
ein Blick auf die Konjugationstabelle
und spricht wie'n alter Lateiner.

Ich hab nie gezweifelt,
dass ich das Falsche lern,
dass ich Unsinn lern,
dann hab ich mich in'n Spind gesteckt,
da war dann alles weg.
Vokabeln weg,
Thomas weg,
alles weg.

Dibbuck: Ach, Blümlein, wenn ich dir nur Mut ... Du weißt gar
nicht, wie gut du es hattest in deiner Vokabelwiege. Weißt, wenn
ich einsam war und verzweifelt, wenn das Meer endlos schien und
ohne Antwort auf all die Fragen in meinem Kopf, sehnt ich mich
nach einer schönen Tabelle, mit Tidenzeiten, Meerestiefen, saß ich
an der Reling, ließ die Beine baumeln und tröstete mich: Die
Menschen ham gemacht den schönen Diagrammkuchen, mit
Kuchenachtel, Kuchenviertel, Kuchendrittel, dass der wirre Blick
hat eine Haftung, das lose Hirn Verankerung, sang ich so das Lob
des Kuchens, ach Kuchen, Kuchen, klares Gebäck, süßer, süßer
Kuchen.
In diesem Moment knarrte am anderen Ende der Halle die rostige
Eingangstür. Ich schreckte auf. Und schämte mich, so schreckhaft
zu sein. Den Rest der Welt vergessen. Entschuldigt die Störung,

sagte ein Stimmchen von weit her, ich hatte mich für den Abendkurs eingetragen. Es war ein höflicher Norddeutscher, ich hatte ihn ein paarmal im GLOBAL FISH sitzen sehen. Beflissen, mit einer Schreibmappe unterm Arm, schnürte er auf uns zu.

Ist es schon so spät?, flüsterte ich Dibbuck zu. Ich hab nicht mal gefrühstückt.

Ich glaub, du hast heut einiges gefrühstückt, Fridtjof.

Dibbuck deutete auf die Bücher. Oder hat es nicht gemundet?

Der Norddeutsche grüßte uns mit einem kurzen Kopfnicken, legte in korrekter Manier seine Mappe auf das noch freie Pult, zückte einen Kuli und legte ihn daneben.

Ich hoffe, ich störe euch nicht. Es kann laut werden bei mir. Ich werde Wikinger.

Dann ist es vielleicht besser, wir lassen dich allein, 'n bisschen Frischluft wird uns gut tun. Sitzen schon den ganzen Tag in diesem Mief, sagte Dibbuck.

Komm, Fridtjof, lass uns an den Strand. Die Dämmerungen sind schön auf Jamaika. Schön kurz.

Wir stellten unsere beiden Piratenbücher in die Regale, weihevoll, Dibbuck klopfte dem angehenden Wikinger auf die Schulter, dann mit der Faust auf sein Pult, sagte: Na, denn man tau, und legte im Hinausgehen seinen Arm um mich. Ich war ganz benommen. Vermochte kaum, mein Holzbein anzuheben. Zog es schwerfällig über den Hallenboden. Im Echo schabte es unangenehm. Dass eine Bibliothek einen so fertig machen kann. Dass Bildung so wehtut. Ich kam mir vor wie ein dummgeprügelter Boxer nach der zwölften Runde.

~

Wir setzten uns auf eine Düne. Der weiche Sand war noch warm vom Tag. Dibbuck hatte eine Flasche Jamaikarum besorgt. Spätes Frühstück, wie er sagte. Sei der beste Ausklang für einen anstrengenden Arbeitstag. Die Sonne als kreisrunde Orangenscheibe am Horizont, drei Zentimeter über der Wasserlinie. Gleich touchiert sie, taucht ein, erst die Schale, dann das Fruchtfleisch. Der Mond, die alte Olive, sagte ich. Das Meer, ein riesiger Cocktail. Ständig Happyhour. Dibbuck öffnete die Flasche. Nimm den ersten. Hast dir verdient.

Ich nahm einen großen Schluck.

Schweigen.

Nur der Rum krakeelte in meinem Magen.

Dibbuck: Das Meer.

Blum: Hm.

Dibbuck: Nur deshalb.

Blum: Hm.

Dibbuck: Die Menschen machen alles deshalb.

Blum: Hm.

Dibbuck: Wenn es das Meer nicht gäb, die Menschen würden noch rohes Fleisch essen.

Blum: Hm.

Dibbuck: Und von hinten ficken wie Karnickel.

Blum: Hm.

Dibbuck: Von den Schweizern kann kein Fortschritt ausgehn.

Blum: Hm.

Dibbuck: Wegen der Berge.

Blum: Hm.

Dibbuck: Das Meer. Das Meer.

Blum: Wie viel geht in meinen Kopf?

Dibbuck: Mach dir keine Gedanken.

Blum: Ich frage mich, wie viel da rein geht.

Dibbuck: Viel. Alles. Das ganze Weltall.

Blum: In den einen meinen Kopf.

Dibbuck: Du bist das ganze Weltall. Und alle Wassertropfen des Atlantiks bist du.

Blum: Schön. Ich bin der Atlantik.

Pause. Die Orange fällt ins Glas.

Blum: Ich würde das jetzt gerne austrinken.

Dibbuck: Dann tu's. Es ist alles für dich.

Blum: Ich saufe das ganze Glas aus.

Dibbuck: Und zuzzelst die Sonne.

Blum: Und behalt alles drin.

Dibbuck: Genau.

Blum: Siehst du die Fische zappeln? Ich hab alles ausgesoffen.

Dibbuck: Der leere Pool.

Blum: Die Quallen sind schon ganz angebabbt.

Dibbuck: Herr Atlantik.

Blum: Prost. Tausendtrillionentropfen.

Dibbuck: Gib die Pulle. Oder ich zieh dir den Stöpsel raus.

Blum: Weg. Ich pinkel nie mehr. Behalt alles drin. Dann findet alles in mir statt. Die ganze christliche Seefahrt und die Meeresbiologie, alles hier drin. Ich hab das Meermonopol. Dann fährt die Arrabal hier rein, da lang, zwischen den Zähnen, das sind ganz gefährliche Riffs, und die Zunge ist das Seeungeheuer, die große Krake, die ausschlägt nach dem Schiff und es runterzieht in den Maelstrom, nach Atlantis, hier runter, die dünne Schleuse, und plautsch, landet es in meinem Magen, das ist der große Graben, der ist 8000 Meter tief, der Mariannengraben, wo die Marianne am tiefsten is.

Dibbuck: Gib die Pulle.

Blum: Nein. Du sollst mir zuhörn. Ich bin der Herr Atlantik. Ich hab alles in mir drin. Wasserdicht. Ich bin absolut wasserdicht. Ich geb keinen Tropfen ab. Du bist ein Dreck, Dibbuck, gegen mich. Du alter Puppenspieler. Du bist ein Anfänger mit deinen miesen Tricks.

Dibbuck: Sicher.

Blum: Du verrätst mir jetzt deine miesen Tricks, du, sonst geb ich dir nix. Wie machst du's, du. Du Flsc, Flsjc, Falschspielr. Verräter. Alles. Verrat mir das. Verrat.

Dibbuck: Komm.

Blum: Lass die Hände weg von mir, du. Wie viele Hände hast du? Wie viele Hände? Du fühlst dich an wie zwanzig Hände. Krake.

Dibbuck: Na gut. Dann verrat ich dir den Trick.

Blum: Schieß raus.

Dibbuck: Gib mir 'n Schluck. Ohne Rum kein Seemannsgarn.

Blum: Hier. Aber jetzt häkel mir auch 'ne schöne Mütze. Die soll mich warm halten.

Dibbuck: Also ...

~

Ganz schön Kopping am nächsten Morgen. Schreckte aus einem Albtraum, feuchte Laken, mein Körper komplett in Schweiß. Erste Gedanken: Haie. Überall. Mein Bett schwimmt auf offener See, und die Menschenhaie stoßen mit ihren spitzen Schnauzen an meine Matratze. Langsam dämmerte es, die Nebel lüfteten ihre Schleier, Tageslicht. Ich war allein im Schlafsaal. Die Johns waren sonst schon wo, die hatten keinen Schlaf. Die trieben sich in der Nacht am Strand herum, aufs Salzwasser starrend. Dibbuck wird mich schelten. Er erwartet mich in der Weltbibliothek. Wie bin ich hierher ... dann, peu à peu, kamen die Erinnerungsfetzen des gestrigen Tages wieder. Die Wellblechhalle ... die Bücher ... die Frères de la Côte ... Dibbucks Schauspiel ... der Sonnenuntergang am Meer ... das Garn ... das Garn ... das ganze Garn ... womit hatte er mich umwickelt ... das Totenfloß ... die aufgedunsenen Leichen ... wie er sie alle gegessen ... die ganze Besatzung. Das klang so überzeugend, als hätte er es tatsächlich erlebt. Bei ihm weiß man wirklich nicht, was wahr ist und was Garn.

Ich zog mich an, ging runter in die Kantine, nahm zwei Bismarcks vom Buffet und schlurte zur Weltbibliothek. Die Tür stand angelehnt, ich trat ein. Am anderen Ende saß Dibbuck an einem der Studiertische. Er war ganz versunken. Machte keine Anstalten, mich zu grüßen. Als ich bei ihm angelangt war, schaute er nicht auf, deutete stumm auf den Tisch ihm gegenüber, wo ein aufgeschlagenes Buch für mich bereit lag. Er sah übernächtigt aus, zerknittert und hohlwangig, unrasiert. Er kaute auf einem Streichholz herum.

Eine Entschuldigung für mein spätes Erscheinen lag auf meinen Lippen, ich unterließ es aber, um seine Andacht nicht zu stören, setzte mich hin, pulte mit meiner Zunge nervös im Mund rum, wo noch Reste vom Matjes zwischen den Zahnlücken herumschwammen. Nun also. Anfangen. Augen zu und los. Heute wollen wir Menschen machen.

Die Frères de la Côte. Ich überflog die aufgeschlagene Seite, da standen ihre Namen. Die nächste Seite: voll mit Namen. Piratennamen. Verbrechernamen. Schlitzer. Stecher. Brandschatzer. Nicht daran denken jetzt. Keine Wertung. Denk daran, was Dibbuck gesagt hat gestern. Betrachte sie als Vokabeln. Als Trockenübung. Noch stehst du am Beckenrand. Reingesprungen wird später.

Präge dir jeden Namen ein.

Und dann:

Für jeden Namen einen Gang.

Für jeden Namen eine Geste.

Für jeden Namen einen Satz.

Jacques Lafitte. Der erste in der Liste. Gemerkt? Ja. Jacques Lafitte. Ganz einfach. Jacques. Lafitte. Ist drin.

Frag nicht, was das für einer war, wie viele Leute er auf dem Gewissen hat. Merk dir nur seinen dreisilbigen Namen.

Nächster. Paulo Gomez. Gemerkt? Ja. Paulo Gomez. Ganz einfach. Paulo. Gomez. Augen zu und nochmal von vorn.

Jacques. Lafitte. Paulo. Gomez.

Nummer drei: John Bowles. Nochmal: John. Bowles.

Jacques Lafitte. Paulo Gomez. John Bowles.

Gut. Den nächsten.

Ich merkte, dass ich nichts verloren hatte von meinen alten Qualitäten. Mein Speicher arbeitete vorzüglich.

Ich nahm die Namen wie irgendwelche Vokabeln. Englischvokabeln. Lateinvokabeln. Französischvokabeln. Geschichtsvokabeln.

Diese Souvenirs erinnerten an gar nichts als an ihren Kauf . . .

Auswendig. Wo es aufs Auswendiglernen ankam, hatte ich locker meine Eins, Vokabeln brauchte ich nur aus den Augenwinkeln anzuschaun, und ich hatte sie intus, Tabellenheini, sagten meine Mitschüler, unser Junge ist sehr systematisch, sagten meine Eltern und waren stolz, dass ihr Junge seine Umwelt so gut abspeichern konnte. Fremdsprachen mochte ich über alles, in erster Linie Vokabeltest und Diktat, da war ich fehlerfrei, Geschichte sowieso, 333 Keilerei, 1453 Konstantinopel, 1648 Westfälischer Friede, 1932 Clara Ritter erfand das Schokoladenquadrat, mein Standardwerk hieß »Geschichte griffbereit«, und dazu bietet sich Geschichte ja auch an. Mathematik, Chemie, Biologie: Eins plus, ich dachte in Koordinaten und Rechenkästchen, und wenn sich das Wahlfach Kunst auf Malen nach Zahlen beschränkt hätte . . . da dies aber nur zum Teil der Fall war, wählte ich es ab, aus Angst, nur gut zu sein.

Leistung soll sich wieder lohnen

Für eine Eins 5 Mark.
Für eine Zwei 2 Mark.
Für eine Drei schlug ich mir ins Gesicht.

Mein Hirn freute sich. Gierig öffnete es seine Kammern und saugte die Lautfolgen ein. Wie ein trockener Schwamm, der in Flüssigkeit gefallen war. Was er aufsaugte – Wasser, Milch, Essig, Bier, Rotwein, Brandy, Salzsäure, Pisse, Kaffee –, das war ihm völlig egal. Nur Flüssigkeit. Flüssigkeit. Nass. Endlich wieder Nass. Ich speicherte, speicherte die Liste lang, wiederholte das Gespeicherte, nahm einen Neuen auf, begann wieder von vorn, bei einem Anflug von Zögern fing ich sofort wieder von vorne an, so hatte ich es immer gemacht, ein Anflug von Stocken nur und gleich wieder von vorn, da steht der Peitschenthomas neben dem Paukthomas, die Neunschwänzige erhoben, wenn der Paukthomas stockt, wenn er länger als eine Sekunde stockt, hat er Striemen im Gesicht, gleich nochmal. Die Methode hatte Erfolg. Der Peitschenthomas. Der ließ nichts einreißen. Der hatte mich damals schon in die fehlerfreie Zone gepeitscht, spitze, wenn man so einen im Kopf sitzen

hat, da braucht man keinen von außen mehr, der auf einen ein-
drischt. Eine knappe Stunde, und ich hatte sie alle in petto. 183 Piraten. Über 700 Silben. 2130 Buchstaben. Alle drin. Ich ratterte sie
rauf und runter. Verglich nochmal mit der Quelle und wurde jedes
Mal bestätigt. Kopie erstellt.

Dibbuck beobachtete mich mit Augenaufschlag. Und lächelte dabei. Der soll noch stolz auf mich sein, dachte ich. Endlich mal etwas, wo ich glänzen konnte. Bisher hatte ich immer den Eindruck,
nichts von dem, was ich weiß und kann, hat einen Wert für die Seefahrt.

Hast du sie getrunken?, fragte er, als ich sie fertigmemoriert hatte.
Ich nickte.

Dann mach Pause. Ich zeig dir dann den nächsten Schritt.

Nein, sagte ich, das ist kinderleicht. Ich mache weiter.

Übernimm dich nicht, Fridtjof.

Mit Verlaub, Herr Lehrer, möchte ich Ihre Warnung in den Wind
schlagen.

Du musst wissen, was du tust.

Ay, ay.

Ich mach Mittag.

Dibbuck ging und überließ mir die Halle. Jetzt war ich ungestört.
Das erste, was ich tat: meine 183 memorierten Namen schrie ich
im Stakkato in die Luft, schlug mit der flachen Hand auf mein
Pult, um mir einen harten Rhythmus vorzugeben, wenn ich raus-
komme, machte ich mit mir ab, haue ich mir eine auf die Backe
und fang von vorne an. Das zeigte Wirkung. Und hatte einen
wichtigen Nebeneffekt. Wenn ich nur die Namen schön laut und
monoton durch die Stimmbänder fahren lasse, werden sie nicht gefährlich, dachte ich. Dann bleiben sie, was sie sind: Lautfolgen ohne
Herkunft, ohne Blutgruppe, ohne Absicht. Plankton. Russischbrot.
Soweit die Namen. Das war ein Kinderding. Wie machte ich es
nun mit dem anderen, ungleich Schwierigeren? *Für jeden Namen
einen Gang. Eine Geste. Einen Satz.* Davon war in der Liste nichts
vermerkt. Ich nahm mir den ersten vor: Jacques Lafitte. Schack Lafit. Schag La Fitt. Niemand antwortete. Niemand trat ein und

stellte sich vor. Kein Mensch. Wer oder was war Schack Lafit? Ein Klang in der Kehle. Wie macht man aus einem Klang einen Gang? Ich verstummte. Blickte in meine Kajüten. Ging die Korridore lang. 183 Namensschilder an den Kammern. Doch die Kammern alle leer. Warum schlief Jacques Lafitte nicht in seiner Koje, wo doch die Koje für ihn schon reserviert war? Sein Name stand, in gut leserlichen Buchstaben, an der Tür. Ich horchte. Waren da nicht Schritte hinter mir? Die Schritte von Jacques Lafitte? Ich drehte mich um. Niemand. Wahrscheinlich eine Ratte. Oder Wunschdenken. Woher Jacques nehmen, wenn nicht stehlen? Wenn es ihn gäbe, dann wär er längst hier. Wo steckte Lafitte? Wo steckte er? Ich starrte wieder auf die Liste mit den Namen. Wie fremd. Eben hatte ich sie noch aufgesagt, laut und deutlich. Als gehörten sie mir. Jetzt starrten die Namen mich an. Ich konnte ihrem Blick nicht standhalten. Ich nahm das offene Buch und legte es mir aufs Gesicht, den Kopf in den Nacken. Ich presste es mit meinen Händen fest auf meine Nase und sog den Geruch ein, fest auf meinen Mund und leckte, fest auf die offenen Augen und sah nichts mehr. Einen Abdruck bitte, einen Abdruck. Kommt alle in mich hinein. Das muss doch möglich sein. Dibbuck vermag es. Warum ich nicht auch? Die Verzweiflung. Wie presse ich 183 Namen durch meine Haut? Dass die Piraten durch meine Poren kommen, hinein in mich. Haut ist doch nicht hermetisch. Haut ist doch gastfreundlich. Panik. Ich presste mit aller Kraft das Buch auf mein Gesicht. Nichts. Nicht die geringste Wirkung. Ich nahm das Buch und drosch ein auf mich mit voller Wucht. Die Namen schmerzten. Gleich, dachte ich, blutet meine Nase. Dann soll sie bluten, wenn es nur hilft. Bei Dibbuck hat es doch auch funktioniert. Der weiß mit Büchern umzugehen. Die Tränen. Kamen sie von innen, oder waren es die harten Schläge? Ich weiß nur noch, dass ich heulte wie von Sinnen, bis mir Dibbuck das Buch aus der Hand schlug, mich ohrfeigte und anschrie:
Blum! Blum! Fridtjof! Kaum lässt man dich allein! Was tust du? Bist du noch von der Erde? Schau dich an! Ganz weißgeschlagen! Mit Gewalt erreichst du nichts. Hier. Nimm meins. Wisch dich ab.

Blum: Es ist niemand gekommen.

Dibbuck: Wer sollte auch kommen. Die sitzen alle im GLOBAL FISH.

Blum: Niemand.

Dibbuck: Der Herr will alles auf einmal ...

Blum: Niemand ist gekommen. Niemand. Niemand.

Dibbuck: Ein Gang. Eine Geste. Ein Satz. Und aus.

Blum: Bitte. Bitte.

Dibbuck: Ich weiß doch.

Blum: Bitte. Bitte. Hilf mir doch.

Dibbuck: Ich weiß. Ich weiß. Eins nach dem andern.

Zu meiner großen Verwunderung klappte Dibbuck nun das Buch, von dem ich mir alles erhofft hatte, zu und stellte es zurück ins Regal. Das sei jetzt nur hinderlich, meinte er, die Namen hätte ich doch im Kopf.

Wer ist der Erste?

Jacques Lafitte.

Gut. Nationalität?

Wahrscheinlich Franzose. Vielleicht aber auch Schweizer oder Kreole.

Nein! Nur Franzose! Alles andere ist zu viel! Fabelhaft. Franzose. Jetzt geh in die Fechtstellung!

Wie?

Dibbuck machte es vor. Wie D'Artagnan persönlich.

Wie soll das gehen mit meinem Holz, das wirkt doch peinlich.

Versuch es! Peinlichkeit, mein kleiner Blum, ist ein Begriff, den kennt kein Pirat. Gut so! Und jetzt der Gang. Tänzeln, Blum, Lafitte ist ein Ästhet.

Ich tänzelte auf meine Art. Stocherte auf und ab.

Merkst du was? Du ziehst die Backen ein, dein Blick so von oben herab, und die Mundwinkel verziehen sich, arroganter Typ dieser Lafitte.

Dibbuck, was soll das.

Jetzt die Geste: Stütz den linken Arm in die Hüfte. Dreh dich etwas seitlich. Genau. Zeig mir die Flanke. Nie die Front. Die Angriffsfläche reduzieren. Lafitte ist Fechter, der weiß, worauf es ankommt. Auf die Flanke.

Es war mir hochpeinlich, doch ich ließ mit mir machen. Dibbuck knetete richtig an mir rum, bis er zufrieden war.

Comment ça va? Ça va bien, Monsieur Lafitte?

Ist es jetzt genug? Ich mag nicht mehr.

Den Satz noch: Vive les Frères de la Côte. Sprich nach.

Ich sprach nach: Vive les Frères de la Côte.

Très bien. Lafitte ist im Kasten. Fang immer mit dem Gang an, der ganze Ausdruck kommt letztlich aus dem Gang. Der Nächste.

Dibbuck, diesen Terz kann ich auch selber.

Sah aber anders aus. Hättst dich sehn solln. Der Streber schlägt sich sein Schulbuch auf den Schädel, bis das Blut aus seinen Nasenlöchern spritzt. Was soll das sein? Ein Autodidakt? Sieht so ein Autodidakt aus? Schlägt der sich mit seinem Lehrmittel auf die Nase? Paulo Gomez.

Wie bitte?

Der nächste ist Paulo Gomez. Wie willst du ihn anlegen?

Anlegen?

Der Gang!

Ich denke breitbeinig.

Dann mach breite Beine.

Ich machte breite Beine.

Merkst du was: Sofort hast du Schweinelippen, Mundgeruch und keinen Hals.

Es ist nur der Gang.

Jetzt die Geste: Die geballte Faust.

Jetzt der Satz: Haben Sie Kakao geladen? Sprich nach.

Ich sprach den dämlichen Satz: Haben Sie Kakao geladen?

Sehr gut. Gomez fragt: Haben Sie Kakao geladen? Kann man eigentlich immer sagen, guter Satz.

Dibbuck, das ist doch Schwachsinn.

Ist es nicht. Nicht fragen, arbeiten.

Ich setzte Gomez nach meinem Gusto zusammen. Von den Füßen über das Becken zum Kopf.

Eine Entscheidung ergibt die andere, als hätte es für Gomez keine andere Gomezmöglichkeit gegeben, sagte Dibbuck.

Er empfahl mir, alle Einzelheiten sehr markant und übertrieben anzulegen, zurücknehmen könne man ja später immer noch. Dann sollte ich einige Gomezschritte durch den Raum machen, wie sind die Gomezschritte, das habe er nicht *ablesen* können, was nützen mir deutliche Gomezschultern, sagte er, wenn der Gomezgang noch ein Blumgang ist, da passt doch das eine zu dem andern nicht, und was ist das Ergebnis: ein Bastard. Wir wollen aber keine Bastarde, sondern Reinkultur. Bei diesem Wort strahlten Dibbucks Augen: Reinkultur.

Keine leichte Aufgabe bei 183 Piraten. Dass man da nicht durcheinander kommt mit den Merkmalen. Dann sagte er noch, dass er die Rabenschwarzen den Mulatten eindeutig vorziehe, so ein abgrundtief Schwarzer sei doch Zucker. Mulattenwahl nur, wenn es keine reinen Kombinationen mehr gäbe.

So machten wir uns ans Werk. Einer nach dem andern. Zuerst gab Dibbuck noch Hilfestellung, korrigierte sofort, wenn ihm etwas nicht gefiel, meistens war es VERWASCHENHEIT, die er bekrittelte, ganz gleich, wie unbedeutend das Detail war, das ich wählte. Der Betrachter muss alles ablesen können. Der Mensch muss sein wie ein Buch mit Großbuchstaben. Klar und deutlich muss man ihn ablesen können. Dauernd sagte er: Ich hab den Gang nicht ablesen können, das kann niemand ablesen, wie der kuckt, du darfst nicht nur für die erste Reihe gehen, du gehst auch fürs Parkett, will sagen, wer dich aus 500 Metern nicht als Pirat erkennt, erkennt dich auch nicht, wenn du vor ihm stehst. Bald hatte ich heraus, worauf es ihm ankam. Und ich spürte, wie Recht er hatte. Es erleichterte die Arbeit ungemein. Ich konnte einen breitschultrigen Bulldozer wesentlich besser erinnern als einen relativ robust gebauten Mittdreißiger.

Ich paukte mir den Bausatz Piraten ein wie in besten Schulzeiten, auf und ab klackte ich mit meinem Ebenholz durch die Halle. Mein Hirnschwamm saugte die Materie gierig auf, füllte sich, wurde tropfnass und schwer. Die Notenkasse klingelte, die Fünfmarkstücke fielen in das Wasbinichschweinchen, es grunzte, die Stichwörter kamen wie aus der Pistole, im Stakkato die Hundertdreiundachtzig. Für jeden studierte ich einen Gang ein, eine Geste, einen Satz, später, als die markanten Alternativen ausgingen, erweiterte ich dann auf Dibbucks Anraten um die Rubrik: Besondere Kennzeichen, dachte mir aus, ob Schnurrbart, ob Tätowierung, ob Narbe, die Wange lang oder am Ohr, die ganze Ahnengalerie der Freibeuter wurde lebendig in meiner Menschenwerft, wie ich die Weltbibliothek inzwischen nannte. Auf mein Drängen hin besorgte mir Dibbuck allerhand Accessoires, die ich für meine Figuren benötigte. Obwohl er meinte, für den Anfang empfehle er keine, Krücken und Brücken kämen später, gab er mir dann nach und nach einige Dinge wie Messer, Säbel, Augenklappe und einen langen Bart aus stinkendem Hanf. Ich sammelte sie in einer Holzkiste, die ich in Fächer unterteilte. So hatte jedes Zubehör seinen eigenen Platz, und ich konnte blind hineingreifen. Nicht zu viel Zubehör, mahnte Dibbuck. Nicht von vornherein alles festlegen. Es gibt einige Johns, die durchaus fähig sind zur Selbstentfaltung. Die sind fix und nehmen dein Angebot nur als Ausgangspunkt. Denen nicht zu viel vorgeben, sonst sind sie gekränkt.

Blum: Welche denn, für mich sind sie alle gleich. Alle Johns.

Dibbuck: Mach dir mal keine Sorgen. Ich bin immer dabei und hab ein Auge drauf. Ich kenne meine Johns. Ich betreue sie seit der ersten Stunde. Ich kenne die Schwächen und Stärken jedes Einzelnen. Was ich dir jetzt sage, bleibt unter uns. Wenn ich Wind bekomme, dass du was davon ausplauderst, hat das unschöne Folgen, klar?

Blum: Klar.

Dibbuck: Also. Mit der verschworenen Gemeinschaft ist das so'ne Sache. Sicher, wir wollen das alle. Wir tun alles dafür, dass wir eine sind. Aber ... nun ja ... die Menschen sind halt verschieden. Manche sind begabt, andere nicht. Manche waren schon flüssig, als sie kamen, denen brauchst du nur einige Merkmale vorgeben, und sie komponieren sie selbständig fort, andere waren stockfest und werden stockfest bleiben, sind aber gute Kerle, die ich nicht verlieren will. Die muss ich hart rannehmen, strikte Vorgaben und keine großen Veränderungen, dann sind sie glücklich. Dann gibt es welche, die wollen nicht. Sind stinkend faul und denken, sie kommen schon irgendwie durch. Für solche Kandidaten gibt es gewisse Maßnahmen. Du verstehst, was ich meine. Man muss seinen Haufen in die richtigen Bahnen lenken, zum Vorteil eines jeden selbstverständlich.

Blum: Selbstverständlich.

Dibbuck: Das heißt, wenn wir morgen mit den Lektionen beginnen, denkst du nur an deinen Part. Du stellst die Frères de la Côte vor, frei zur Wahl für jeden. Ich stehe daneben und dirigiere den Haufen so, dass er die richtige Musik spielt. Und noch was. Die zentralen Positionen sind bereits vergeben. Du bist vorgesehen für den Ausguck, oben im Krähennest. Ich arbeite gerade an deinem Laufzettel. Unser Doktor John, du weißt schon, wird den Steuermann Klok übernehmen, und ich habe das Kommando über den Haufen. Ich bin Sir Henry Morgan.

Blum: Ich für den Ausguck? Ist das nicht ein bisschen wenig für einen wie mich?

Dibbuck: Blümchen. Ganz und gar nicht. Du hast zwar wenig Text, aber deine Augen entscheiden über die Geschicke aller. Du bist das Schicksal der Arrabal. Und jetzt mach dich bereit für die Lektionen morgen. Das wird ein Tag, den du nicht vergessen wirst. Auf dir lastet eine große Verantwortung.

Auf dem Heimweg von der Halle zur Hafenbar ging ich einen Gang, den ich früher im Fernsehen gesehen hatte. Es war der Gang eines düsteren Kapitäns, der einen Walfänger befehligte. Er hatte ein Holzbein. Und immer, wenn er aufstieß mit dem Holzbein, wurde er von einem Geigenton begleitet. Mir wollte der Name nicht einfallen von diesem Kapitän. Er trug einen eisgrauen Backenbart. Nicht Orson Welles, der hat gepredigt. Und ein tätowierter Harpunier war mit auf dem Schiff. Wie hieß der gleich. Es soll vorkommen, dass man Namen vergisst und Gänge behält. Und Backenbärte.

Als ich meinen Wohnblock betrat, saßen in der Sitzecke bleiche Johns mit fiebernden Augen, die mich anstarrten, als käme ich geradewegs aus Gottes Lehmlabor. Morgen ist Fütterung, Freunde. Morgen gibt es Menschen.

~

Auf der Expo 2000 in Hannover
probt der 88-jährige Peter Stein den Faust.
Der 88-jährige Peter Stein sitzt in einem Rollstuhl.
Hinten drauf steht in fetten Lettern »Regie«.
Seine 12-jährige Regieassistentin ist Tag und Nacht bei ihm.
Sie füttert ihn mit Diätpralinen von Gubor.
Der 88-jährige Peter Stein mag die mit Rumaroma am liebsten.
Die erinnern ihn, wie er sagt, sehr an die 70er Jahre in Berlin.

An welche 70er Jahre, fragt ihn seine 12-jährige Regieassistentin.
An welche, Herr Stein?

Ach Stein, ach Stein,
Rolling Peter Pralinenstein.

~

Als ich am nächsten Morgen die Weltbibliothek betrat, war die Halle bereits voll mit Johns. Tuscheln, Rumoren, Flüstern im Raum, Unruhe, Ruckeln. Die meisten saßen schon an ihren Tischen und hatten die Kladden rausgelegt. Ich ging an ihnen vorbei, nach vorn, dort sah ich Dibbuck, der, die Hände auf dem Rücken verschränkt, in Oberlehrerart auf und ab schlurfte. Die Reihen lang. Ich sichtete meine Schüler. Einer, ich kannte ihn wieder von der letzten Reise, er war damals Backsältester und hörte auf den Namen Jones, hielt den Kopf gesenkt und starrte stur auf die Pultkante. Er hatte einen Bleistift zwischen die Zähne geschoben, mahlte mit seinen kräftigen Kiefern darauf herum, ein Wunder, dass er noch nicht entzweigebrochen war, der Stift.

Guten Morgen, John, sagte ich, es freut mich, dass Sie wieder dabei sind.

Ich war wirklich froh, ein bekanntes Gesicht zu sehen. Doch der ehemalige Jones regte sich nicht. Er blickte weiter stur auf die Pultkante und kaute unablässig seinen Stift kaputt. Ich tippte ihm an die Schulter, da schreckte er auf und starrte mich an, als hätte ich ihn aus einem fernen Traum gerissen. Ich war mir kurz unsicher, wen ich vor mir hatte. Von hinten, von der Seite war es doch eindeutig Jones. Dieselben breiten Schultern, derselbe weiße Vollbart, aber jetzt: dieser scheue Ausdruck, dieser Blick! Er hatte ganz kindliche, fragende Augen, dieser hier. Mein Mr. Jones hingegen hatte jenen typischen eisgrauen Seemansblick besessen, passend zum stolzen, wettergegerbten Gesicht.

Verzeihen Sie, stammelte ich, ich habe sie mit wem verwechselt.

Und der John drehte mir seinen Kopf weg.

Weiter ging ich an den Pulten lang. Es war ganz sicher Jones. Er war es. Diese Schultern lügen nicht. Wie konnten diese Kinderaugen in seinen zerfurchten Schädel geraten sein? Die Augen eines Schulbubs, dachte ich, eines Schulbubs.

Da sind Sie ja endlich, Blum, wie Sie sehen, Sie sind der allerletzte, begrüßte mich Dibbuck, und der letzte macht die Tür zu, was? Nein, nein. Blum, setzen Sie sich hier vorne hin. John, schließen Sie die Tür, wir sind vollzählig.

Ein besonders dürrer John aus der letzten Reihe stand auf und machte den Raum zu. Es donnerte. Des dürren Johns Schritte noch, dann war Stille.

Dibbuck hatte sich ganz schön in Schale geworfen, er trug schwarze Bundhosen und ein weißes Rüschenhemd mit offenem Kragen. In der rechten Hand hielt er einen Holzstab, um den schwarzer Stoff gewickelt war. Mit diesem schlug er nun auf den Boden, um sich Gehör zu verschaffen.

Männer!!! Johns!!!, begann er seine Ansprache, in euren Augen lodert etwas, ohne das keiner von euch zur See fahren könnte. Sagt schon, sprecht es aus, hisst Segel für den anbrechenden Tag, was ist es?

NEUGIER! scholl es aus allen Mündern.
So ist es, sagt es nochmal, legt nach, Wind kommt auf.
NEUGIER! scholl es aus allen Mündern.
Männer, im Wechsel, folgt mir.
NEU grölte die linke Hälfte.
GIER die rechte zurück.
Lauter, rief der Dibbuck. Die Leinen los. Haul, haul.
Dibbuck dirigierte die Meute mit seinem Holzstab, die Halle
vibrierte.
Dibbuck gab den Vorsänger.

Wie heißt unsere Flamme?
NEU GIER!

Wie heißt unsere Amme?
NEU GIER!

Was zieht uns hinaus?
NEU GIER!

Aufs Meer, aufs Meer hinaus?
NEU GIER!

Ein Orkan brach los. Ich schaute in diese Gesichter. Bald würden
sie wieder in der Takelage hängen, an Deck die mächtige Anker-
winde rumwuchten, jetzt saßen sie eingepfercht hinter den Pulten
wie eine Schulklasse, die süchtig alte Vokabeln herausschrie. Sie
hingen an Dibbucks Lippen, ausgetrocknete, dörre Gestalten, ihre
Augen flackerten unruhig, auf der Suche nach etwas, das sie in
Dibbuck und mir zu finden hofften, dort war die Quelle, dort war
der Stoff, sie krallten sich in ihre Bänke wie an die letzte Planke.
NEU GIER! NEU GIER!

Dibbuck dirigierte das donnernde Finale, ein dämonischer Karajan mit schwarzem Taktstock, ließ den Chor anschwellen: **NEEUUUUU GIIIIIIER**, dann machte er einen abrupten Stoß in die Luft, und die Männer verstummten. Sekundenlang hallte das Echo nach.

Ihr wisst, sagte Dibbuck in die Stille hinein, unter welcher Flagge die nächste Reise steht, das hat sich, denk ich, rumgesprochen. Gut. Dann schaut sie euch genau an, ich zeige sie euch.

Er hielt den Stab waagrecht über seinen Kopf und entrollte langsam den Stoff.

Die Fahne fiel: Der weiße Totenkopf auf schwarzem Grund. Bis auf die Erde reichte er. Dibbuck wurde vollständig verdeckt.

Männer, flüsterte er durch die Flagge: Das ist er: Der Jolly Roger. Er wird flattern am Mast der ARROWBALL. Kennt ihr diese Fahne? Kennt ihr sie?

Ja, sagten die Männer ehrfürchtig.

Kennt ihr sie wirklich? Oder kennt ihr sie nur aus dem Film? Es ist ein himmelweiter Unterschied, ein Wahrzeichen anzuglotzen oder es zu verkörpern. Stimmt ihr mir zu?

Ja, stimmten die Männer zu.

Zur Information: Ich habe aus unserem Flaggenlager 183 dieser Flaggen bereitstellen lassen, für jeden eine, sie liegen schon auf euren Pritschen. Jeder näht sich einen kompletten Bettbezug. Jeder schläft darin. Träumt darin. Wickelt sich drin ein. Tränkt den Knochenmann mit euren Ausdünstungen. Furzt ihn voll. Wichst hinein. Das ist der Stoff, in dem wir aufgehn, ganz und gar.

Es ist unsere neue Haut, unser Reisegewand, diese Fahne, sie wird uns alles sein: Bettlaken, Tischtuch und Totenhemd. Presst euer schweißnasses Gesicht in ein weißes Linnen, und ich möchte dieses Konterfei darauf sehn, wenn ihr das schafft, habt ihr das Klassenziel erreicht. Und jetzt Männer, jetzt gibt es das, wonach ihr lechzt. Seh's doch an euren Augen. Die halten es keine Sekunde länger aus. Jetzt gibt's Menschen! Menschen! Menschen gibt's jetzt! Neues Leben! Neben mir steht Mr. Fridtjof Blum. Mitglied des Planungsstabes.

Er wird jetzt die Besatzungsmitglieder vorstellen. 183 an der Zahl. Die Frères de la Côte. Wer einen haben will, meldet sich, den trag ich in die Liste.

Dann flüsterte er mir ins Ohr: Nur die Eckdaten, Blum, mehr können sich diese Stifte eh nicht merken. Schön kraftvoll, plastisch, ablesbar. Na los, enttäuschen Sie mich nicht.

Wo ist der Doktor? Sie wissen schon. Ich sehe ihn nicht. Ist er da?

Der Doktor lässt sich entschuldigen. Er hat seine Rolle ja schon. Fangen Sie an.

Moment. Wieso Arrowball, davon haben Sie mir nichts gesagt.

Das ist nicht Ihr Terrain. Sie sind für die Besatzung zuständig, los jetzt, die grummeln schon.

Da stand ich nun. Allein vor 180 Johns. 180 trockene Schwämme, saugbereit.

Eine gierige Klasse, süchtig nach Stoff. War mein Sortiment passend für diese Kundschaft? Hatte ich genug für alle? Zu viele für einen kleinen Menschen wie mich, es waren zu viele, sie überfüllten meine Kajüten, flezten sich in meinen Hängematten, hingen in den Masten und polierten ihre Waffen, spuckten Tabaksaft in meine Gefäße und redeten mich schwindlig in zwei dutzend Sprachen. Raus damit jetzt, raus damit, zerr sie an Deck, wirf sie den Idötzen vor, die wollen sie haben. Zitternd vor Aufregung trat ich vor.

Beginn.

1. Jacques Lafitte. Kampfname: Der Vertilger.

Franzose. Führt den Säbel leicht wie ein Florett.

Satz: Vive les Frères de la Côte.

Ich machte den Lafitte. Zog den Bauch ein, spitzte die Lippen, hob die Brauen, setzte einen stechenden, arroganten Blick auf und präsentierte Jacques Lafitte mit seinem Gang, seiner Geste, seinem Satz. Die Schultern angespannt, den linken Arm in Fechtermanier in die Seite gestützt, so tänzelte ich leichtholzig von einem Fuß auf den andern und rief: Vive les Frères de la Côte! Abrupt ließ ich Lafitte aus meinem Körper fahren und wartete.

In einer der hinteren Reihen meldete sich ein Zeigefinger. Ein hagerer, stoppelbärtiger John. Den nehm ich, rief er. Franzose ist gut. Franzose fehlt mir noch.

Gut, gut, Lafitte für Sie, sagte Dibbuck. Merken Sie sich die Geste: Eingestützter Arm. Sie bekommen Sondereinheiten am Säbel. Ihr Bart muss ab, Sie brauchen lange Koteletten. Werfen Sie noch 'n Blick in ein französisches Wörterbuch. Vor allem Flüche, die sollten Sie draufhaben. Den Rest überlasse ich Ihrer Phantasie. Die haben Sie ja. Weiter.

2. Paulo Gomez. Kampfname: Eisenarm. Spanier. Fettleibig. Berüchtigter Schläger. Narben an der linken Wange. Satz: Haben Sie Kakao geladen?

Ich krümmte meinen Rücken, wölbte die Brust nach vorn, um Feistigkeit zu erzeugen, die Arme schlenkerte ich in Gorillaart. Den Unterkiefer tumb vorgeschoben, die Augen tief liegend. Dann ballte ich die Faust. Ich wollte gerade den markanten Satz loswerden, der für Gomez zeichnete, da riefen gleich fünf oder sechs tiefe Männerstimmen: Hier! Ich! Gomez für mich! Das bin doch ich! Her mit dem Kerl!

Dibbuck musste eingreifen: Gemach, gemach, sagte er, nur einer kann Gomez sein. Es sind doch genug für alle da. Und du, John, du hast doch schon links eine Narbe. Willst es dir einfach machen, wie? Nee, nee. Du da vorn, du bist der schmächtigste, du wirst Gomez. Musst dir noch 'n paar Pfunde anfressen die nächsten Tage. Und 'ne Menge Holz hacken, damit deine Bizepse Gomezdurchmesser kriegen. Wie du zu der Narbe kommst, lass dir was einfallen.

Blum, der nächste.

3. Bowles, John. Kampfname: die schwarze Ratte. Untersetzt. Schnell mit dem Messer. Falschspieler. Satz: Dem will ich an der Wolle zupfen!

Einen kleinen untersetzten O-Beinigen führte ich vor, mit quirligem Gang. Daran hatte ich lange gefeilt. Ich war sicher, dieser Gang gehörte zum Besten, was ich mir ausgedacht hatte, doch: Es gab keinerlei Resonanz. Die Männer glotzten mich an. Vielleicht ging ich nicht eindeutig genug? Ich versuchte es exaltierter. Ging in die Knie, schob das Becken noch weiter vor, erhöhte das Tempo. Das war John Bowles, die schwarze Ratte. Doch aus den Reihen immer noch keine Reaktion. Was erwarteten sie denn? Ich blickte auf Dibbuck, der schon mit seinem rechten Fuß wippte und die Mundwinkel verzog, weil niemand anbiss. Da trat ich an meine Holzkiste, riss sie auf und zog ein blitzendes Messer heraus.

Na was? Was? Was glotzt ihr so?

Die Augen der Johns leuchteten, starrten gebannt auf das Messer. Wollt ihr das? Das wollt ihr doch? Oder? Das ist echt! Das Messer ist echt! Na los, wer will der erste sein?

Langsam, das Messer von der einen in die andere Hand werfend, bewegte ich mich auf die erste Reihe zu. Für einen Moment hielt ich inne. War das der Satz, den ich für Bowles gelernt hatte? Das war doch nicht der Satz von Bowles ... wie war noch gleich der Satz von Bowles? Da, plötzlich, bewegte sich jemand in der ersten Bankreihe. Ein untersetzter, sommersprossiger John mit strahlenden Kinderaugen. Er streckte mir seine Hand entgegen. Ohne zu überlegen sprang ich auf ihn zu, das Messer in der Rechten, ein zwei Sätze nur, und ich war direkt vor ihm, mein Gott, wie seine Augen strahlten, wie am Kindergeburtstag. Was dachte er, was er geschenkt bekommen würde? Ich wollte ihm einen Gang schenken, doch den hat er nicht gewollt, weil er auf das Messer gewartet hat, weil ein einfacher Gang heutzutage keine Beachtung mehr findet, da muss es schon etwas mehr sein, nicht wahr, etwas, das blinkt und funkelt, womit man bei seinen Spielkameraden den großen Gewinner rauskehren kann, nicht so ein langweiliger Gang, der am nächsten Morgen als Staubfänger in der Ecke liegt, da sollst du dein Messer haben, ein Messer zum Geburtstag, hier hast du's, du verzogener ABC-Schütze, nimm, nimm, nimm!

Erst als ich Dibbucks Arme auf meinen Schultern spürte, ließ ich ab. Er tat mir weh. Er zog mich weg von Reihe eins.

Blum, Blum, kommen Sie wieder zu sich, wir sind noch nicht auf See, machen Sie kein Unglück, Blum!

Was war denn los? Für einen Moment muss ich die Beherrschung ...

Als meine Augen wieder klar wurden, schaute ich in 180 begeisterte Gesichter, und der Sommersprossenjohn in Reihe eins, der mir seine Hand entgegengestreckt hatte, konnte sich kaum halten. In seinem Pult steckte mein Messer. Sein Tisch war vollkommen zerstochen, von tiefen Kerben und Splittern übersät.

Ich bin Bowles, sagte der Mann unter den neidischen Blicken seiner Mitschüler, ich werde dem Namen alle Ehre machen. Mr. Blum, ich danke Ihnen sehr.

Dibbuck notierte sich die Personalien, dann verordnete er eine kurze Pause.

Dibbuck: Bei aller Bewunderung für dein darstellerisches Talent, nimm dich zusammen. Was war denn los?

Blum: Ich weiß es nicht. Mir wurde ganz anders.

Dibbuck: Das hab ich gesehn, dass dir anders wurde. Ich möchte dir nur einschärfen, dass wir hier Trockenübungen machen. Wenn du weiter so machst, dezimierst du die Klasse, bevor sie in See sticht. Also: Dienst nach Vorschrift! Du machst wieder viel zu viel, ein Gang, eine Geste, ein Satz, das reicht.

Blum: Wenn sie doch nicht aufzeigen. Sie haben meinen Gang nicht gewollt.

Dibbuck: Dann nimm den nächsten. Du hast doch genug zur Auswahl.

Blum: Der hat meinen Gang nicht gewollt.

Dibbuck: Geht es noch?

Dibbuck ermahnte die Männer auf mein Bitten hin, sie sollten nicht so wählerisch sein, sondern sich schnell entscheiden, das, was ich im Angebot habe, sei alles erste Wahl, schließlich gehe es nicht darum, sich für ein Leben lang festzunageln, sondern nur für die eine Fahrt. In zwei Stunden sei schon Mittagspause, da sollten die ersten 50 Piraten übern Tisch gegangen sein, wir könnten hier nicht ewig hocken. Greift zu, solang der Vorrat reicht. Wir fahren fort.

Ich setzte die Reihe der Frères de la Côte fort, kühl und distanziert. Dibbucks Worte zeigten Wirkung, ruckzuck brachte ich meine Männer an die Johns.

Rackham – Hier!
Labouse – Hier!
Kidd – Hier!
Chaireddin Barbarossa – Hier!
Torres – Hier!
Beneke – Ich!
Rodrigez – Hier!
Fuller – Hier!
Billy Redhand – Hier!
Harris – Hier!
Ben McLindisfarne – Hier!
Habakuk – Hier!
Louis Smiles – Hier!
Hans »Zee Roover« Jensen – Hier!
Rutherford – Hier!
Frejus – Hier!
Howard – Hier!
TomTom – Hier!
Chorres Eudj-Ali – Hier!
Balou – Zu mir!
Rostocken – Hier!
Gödekes Hinnark – Zu mir!
Treublut Fallingbostel – Hier!
Dragut der Ältere – Zu mir!
Rostoffski – Zu mir!
Wells – Her damit!
Aldewaran, der Goldene – Hier! Hier!
Tomsky – Ja!
Battlestone – Hier!
Smith 1, der Graue – Hier!
Smith 2, der Rote – Hier!
Smith 3, der Schwarze – Hier!
André Olivier Exquemelin – Hier!
Feliz de Camoens – Ja!
Dali Mami – Ja!

Gottwald Kyffhäuser – Ja!
Franz de Smets – Eh!
Bullock, der Berserker – Hier! Ich!
Popescu – IchIchIch!
Hassan Aga – Herdamit!
Rotten John Silver – Hier!
Big Foot le Pre – Hier!
Hen van Arl – Hier!
Koslowski – Der!
Ron Scar Davis – Her!
Schulze –
Schulze!!!
Schulze!!!!!! – Na Gut. Hier!
Farkas Debrecin – Hier! Hier!
Oleg Roscoff – Mir!
Pierre le Picard – Hier!
Moses Vanklijn – Mir!

Bis zum Mittag waren über fünfzig Besatzungsmitglieder samt
Eckdaten in Dibbucks Liste eingetragen.
Dibbuck: Die, die schon haben, gehen heut Nachmittag spazieren.
Achtet auf eure Gänge. Die Gesten. Sprecht eure Sätze. Wer will,
erweitert seinen Sprachschatz. Begrüßt euch als die, die ihr jetzt
seid. Und schaut dabei aufs Meer hinaus, das hilft, werdet sehn. Seid
vorsichtig. Eure neue Haut ist noch dünn. Die andern erwarte ich
in einer Stunde in der Halle. Ich bin sehr zufrieden. Wenn wir so
weitermachen, ist unsere erste Kaperfahrt nicht mehr lange hin.
Am Nachmittag stellte ich die restlichen Männer vor.

Paco Lider – Hier!
Big Long Ashby – Her!
Fonte la Mar – Der!
William »The Conquerer« Manson – Hier!
Willi »Ohr ab« Beeskow – Der!
Oscar Leon Diaz – Her!

Juan Perez de Gusman – Ja!

Stein – Na gut!

Isaak Yorrick – Ja!

Jean François Le Français – Hier!

Andreas aus Bitterfeld – Her!

Horst Janson – Der!

Hans »Die Klinge« Springfield – Ja!

Mustafa Ülüsü – Hier!

Han Eli Men – Ja!

Jan Ole Amgaarden – Hier!

Henning Schäfer – Ja!

Bernd »Boa Constrictor« Bargfeld – Hier!

Pepe Rimero – Hier!

Schmidt, der Große – Hier!

Schmidt, der Kleine – Hier!

Schmidt, der Gnom – Hier!

Peer Hagsted – Ja!

Jesse Jack – Hier!

Billy Boy Bib – Hier!

José Maria Santos – Ja!

Knut »Peerfööt« Hansen – Ja!

Claas Sand – Hier!

Henk van Huysmans – Bitte!

James »The Crow« Raleigh – Ja!

Jacques LeBleu – Hier!

Torres – Mir!

Wim »Keule« Teersteggen – Jow!

Rinaldo Brindisi – Ja!

Jeppe Thorwald – Hier!

Pepe Rios Lorca – Mir!

Jack »Fishbone« Fielding – Ja!

Walter »Walfisch« Freudenbeek – ja!

José Louis Cardenal – Mir!

Evander Neverbitter – Her!

Ismael Quarterbeck – Ja!

Jezebel Shortcut – Ja!
John McHeathrow – Ja!
Alban Whistletongue – Hier!
Rutger Horstkotte – Ja!
Filmore Johnson – Her!
Philip Netto – Ja!
Alfredo Dardanella – Ja!
Mike »Hammer« Bond – Ja!
Linford Brolin – Her!
Billy Hill Billy – Her!
George Maria Vitrac – Her!
Pete Abarythwyth – Her!
Salvador de Madrigal – Her!
Hinfried »Krähe« Kampermann – Mir!
Alfonse de Lidl – Mir!
Fleischmann – Mir!
Christopher Wax – Ja!
Mock – ja!
Uwe »Blut« Behrend – Sehr gern!
Krisztof Potbielsky – Ja!
Anthony Bechamel – Ja!
Jeremia Longwood – Hier!
Achmed al Fasar – Ja!
Johan Pieter Maas – Mir!
Ignaz »Planke« Horowitz – Mir!
Hellweg Finger – Mir!
Miet de Coster – Her!
Hank Butcher – Ja!
Onko – Ja!
Moses »Leber« Felsenstein – Ja!
Mirko Swatsch – Hier!
Alonso del Murcia – Ja!
Ulf Usambara – Mir!
Filippo »Piccolo« Massimo – Mir!
Miguel Maria Cruz – Her!

Winston Halassy – Mir!

Ben McMolloy – Mir!

Helfried Zacharias – Mir!

Fürchtegott »Sichel« Saalfelder – Her!

Brendan Stanley – Mir!

Der große Oswald – Her!

Ferenc Luca – Der!

Gherasim Trost – Mir!

Dan Suly – Hier!

Geo Cugler – Mir!

Tristan Cosma – Mir!

Peter »Schlau« Callimachi – Hier!

Ion Fundoianu – Mir!

Ljubomir Tokin – Her!

Boschko Ve Popovic – Ja!

Vane Dedinac – Ja!

Alexander Holberg – Mir!

Dragan Davidenko – Mir!

Franz »Feermaster« Ditfurth – Mir!

Ferdl Titz – Her!

Daniel Mathäus Meyfarth – Her!

Arne Abschatz – Mir!

Valentin Zincgref – Her!

Jona »Black« Beckham – Mir!

Pierre Camargue – Ja!

Gustave Blanc – Ja!

Paul an der Aelst – Hier!

Elias Peucker – Mir!

Helmhard Grob – Jow!

Reimar van Holst – Mir!

Bruno Moscherosch – Ja!

Bengt Lund – Ja!

Henry Shepard jun. – Mir!

Henry Rollins sen. – Ja!

Mathew Tulip – Mir!

Jakob Vogel – Ja!
Christoph Klai – Mir!
Moma – Her!
Tobias »Schulter« Leibniz – Hier!
Gotlib »Fass« Fleming – Ja!
Desmond Tahiti – Mir!
Ernst »Ebbe« Sieben – Mir!
Runga Runga Atu – Mir!
Pisombo – Ja!
Reuben Ranzo – Mir!
Slim »Medusa« Monkhouse – Ja!
Johnny McSlite – Ja!
John Birkenhead – Ja!
Henry »Heavy« King – Mir!
Ron Ratcliffe – Ja!
Moshe Freude – Ja!

~

Am Abend saß ich mit Dibbuck allein in der leeren Halle.

Blum: Was für ein Tag.
Dibbuck: Mh.
Blum: Ich bin fix und fertig.
Dibbuck: Mh.
Blum: 180 Menschen.
Dibbuck: Papageien.
Blum: Ich hab ein Schiff geboren.
Dibbuck: Wir brauchen Papageien.
Blum: Ich hab es tatsächlich geschafft.
Dibbuck: Schöne Papageien.
Blum: Wann krieg ich meine Rolle?
Dibbuck: Bald. Schöne Papageien. In der Nähe ist ein Tierheim, dort soll eine Papageienvoliere sein, werde dort Ambiente einsacken.

Blum: Was ist eigentlich mit Klok? Will er nicht mit?

Dibbuck: Der schläft seinen Rausch aus.

Blum: Er ist so komisch, seit wir hier sind, findest du nicht? Ich glaub, er will die Brocken hinschmeißen.

Dibbuck: Quatsch. Er hält sich nur zurück. Kleine Schwächelei. Müssen wir eben ran. Einer für alle, alle für einen.

~

Die Linie war klar: Piratwerdung. Alles, bis ins kleinste Detail, ordnete sich dem unter. Auf dem weitläufigen Areal der Salt&John-Niederlassung Jamaika herrschte fiebrige Betriebsamkeit. Wir waren ja nicht die Einzigen. Mit uns bereiteten sich andere Johns in anderen Hallen und Übungsräumen auf ihre jeweiligen Reisen vor, gemeinsam war allen die innere Unruhe, von der sie ergriffen waren. Wenn wir in die Weltbibliothek gingen, zur Piratentheorie, wo uns Dibbuck vorlas aus den Sachbüchern, hockten andere im Sprachlabor, das sich zwei Baracken weiter befand, und büffelten Phönizisch oder Altnordisch. Die Schneiderei verfertigte in Windeseile Kleidung aus allen Epochen der Seefahrtsgeschichte, die Abteilung »Ausstattung und Requisite« hämmerte, bohrte, sägte und leimte Kleinteile für die Seeleute und für die neuen Schiffe. Jeden Morgen fuhren zwei LKWs nach Kingston und Umgebung, um fehlendes Ambiente einzukaufen, das am Abend gleich von der Ladefläche in die jeweiligen Abteilungen verfrachtet und prompt von der Nachtschicht verarbeitet wurde. Die Salt&John-Werft, die ein Stückchen außerhalb lag und deren Besichtigung uns untersagt war, baute an den neuen Modellen, baute Drachenboote, phönizische Handelsschiffe aus Zedernholz, baute die Vermessungsschaluppe Beagle und baute die Arrabal um zur Galeone Arrowball, wie, das war mir ein großes Rätsel, wo doch die Arrabal bisher ein eindeutiger Extremklipper war, ein Klipper in Reinkultur also.

Dibbuck hatte angeordnet, sich um den ganzen Betrieb nicht zu kümmern, sich nicht ablenken zu lassen, sich mit den Wikingern,

Phöniziern, Galapagosforschern nicht abzugeben, ein kurzer Gruß und nicht mehr, denn:

Ihr habt nur ein Ziel, und das heißt Piratwerdung. Keine Ablenkung durch Gespräche mit anderen Besatzungen. Ausschließlich Kontakt zur eigenen, ihr redet euch in euren neuen Figuren an, eure Gespräche kreisen nur um die Piraterei, keine Privatismen, kein Rückfall in andere Restegos.

Unsere Männer lebten sich ein in ihre neuen Figuren, ich hätte nie gedacht, dass es so schnell geht, jemand anderes zu werden. Auch ich hatte jetzt meine neue Identität, Dibbuck nahm mich beseite und sagte: Das kurze, ereignisreiche Leben des Fridtjof Blum hat ein jähes Ende genommen. Sie sind ab sofort: Tom Blomberg, Ausguck auf dem Piratenschiff Arrowball. Wichtigster Satz: FEIND IN SICHT. Ansonsten sei es eine reduzierte Rolle, wenig Variation, wenig Improvisation, dafür mit hoher Verantwortung. Was ich sehe, bestimme das Schicksal aller. Ich solle mir dessen bewusst sein. Welche Eigenschaften dieser Blomberg habe, insistierte ich, was seien seine unverkennbaren Merkmale. Dibbuck überlegte kurz, dann sagte er: Bartträger. Lassen Sie das Rasieren.

Dibbuck hatte ein straffes Trainingsprogramm angeordnet, der Tag begann in der Weltbibliothek mit einer Art Rundlauf. Dabei stellten sich alle in einer Reihe auf und präsentierten im schnellen Nacheinander ihre Figuren. Der typische Gang, die Körperhaltung, die Vorstellung mit Name und Herkunft. Dann musste jeder klar und deutlich im Tonfall seiner Figur sagen, wie er geschlafen hatte, was er gefrühstückt hatte, einen Kommentar zum Wetter abgeben etc. Dibbuck stand mit seiner Mannschaftsliste da, einen Bleistift gezückt, und machte sich Notizen. Wenn ihm etwas auffiel, gab er knappe Hinweise:

Lafitte, das ist nicht dein Gang von gestern, bleib dir treu!

Gomez! Das wird, Gomez! Denk an Primaten, Orangs, Gorillas, das Kinn ist groß, das Hirn ist klein!

Rackham, was hältst du von einem Backenbart? Is nur ein Vorschlag!

Labouse! Mehr im Becken! Besser im Becken! Labousiger!

Schulze! Dein Name ist zwar langweilig, dein Charakter muss es nicht sein. Der ist nicht nur phlegmatisch, wenn er gereizt wird, dann ist er plötzlich fuchsteufelswild, plötzlich, arbeite an der Plötzlichkeit der Ausbrüche, das markiert das Phlegma umso mehr, Dialektik, Schulze, Dialektik, das gab es mal, du kennst das Beispiel mit den Flecken auf der weißen Wand, die Flecken machen das Weiß erst bewusst. Also!

Bowles, die Arme! Vergiss die Arme nicht! Nicht so pomadig! Willst du Pirat werden oder Au-pair-Mädchen?

Debrecin, du kommst mit Gomez in den Kraftraum, dein Typ wird doch eher muskulös, wie ich sehe ...

Danach verteilten wir uns in der Halle, bildeten Gruppen von fünf bis sechs und warfen uns Messer und Säbel zu. Am Anfang waren sie noch mit Schmirgelpapier stumpf gemacht, doch schon bald probierten wir mit scharfen. Jeder Werfer musste zuerst den Namen des Fängers rufen, Barbarossa! etwa oder Habakuk! Fang!, dann wurde geworfen, in hohem Bogen, nie flach. Nach und nach prägte man sich jedes Besatzungsmitglied ein, bald hatte jeder jedem der Küstenbrüder Säbel und Messer zugeworfen.

Die Disziplin war streng. Nie wurde gelacht. Niemand machte sich über den anderen lustig, wenn er sich ungeschickt verhielt oder zum xten Mal das Messer nicht fing. Wir wussten, früher oder später waren wir aufeinander angewiesen. Ich wiederholte für mich gern den Satz, den Dibbuck uns einschärfte, als doch mal ein Grinsen über einen verunglückten Gang entstand: *Männer, wir bewegen uns hier jenseits der Ironie ...*

Als weitere Aufgabe mussten wir mit unserer Zunge die Klinge langlecken, ohne uns blutig zu schneiden. Das war so Sitte bei den Frères de la Côte, sagte Dibbuck, sie haben das Feindesblut von der roten Klinge geleckt, solange es noch warm und flüssig war. Es war erhebend, ich kam mir vor wie Burt Lancaster als der Rote Korsar, als ich Dibbuck das mitteilte, meinte er: Falsch. Fühl dich wie Blomberg als Ausguck. Dibbuck, der zwischen uns Werfern heruminspizierte, mahnte uns zur Konzentration: Schon bald, sagte

er, kann das bitterer Ernst werden. Euer Leben kann davon ab-
hängen, ob ihr fangt oder daneben greift. Wenn es zur Schlacht
kommt ... im Eifer des Gefechts ...
Und Bowles, wirfst du Messer oder Stricknadeln?
Dieser Bowles. Die ganze Zeit unkonzentriert. Weibisch. Nahm er
die Sache überhaupt ernst? Wie der schnappte. Was für ein breites
Becken er hatte. Schaltete völlig ab, wenn er grad nicht dran war.
Absichtlich? Sonnte sich in seinem Gemüt. An dem ist etwas vor-
beigegangen. Ein Pirat ist wachsam jede Sekunde. Wollte ich ihm
sagen. Ein Pirat hat hinten Augen. Wollte ich ihm sagen. Sagte es
aber nicht, denn ich wusste, Dibbuck würde es ihm sagen. Ich
freute mich schon darauf.
Danach verteilten wir uns in der Halle, jeder musste sich ein Gegenüber suchen, wiederum sich selbst und dem andern Name und
Körperhaltung ins Gedächtnis rufen, dann: Aufstellung tête-à-tête
im Abstand von etwa drei Metern. Dibbuck nannte diese Übung
die »Anprobe der neuen Haut«.
Sie war in mehrere Schritte unterteilt, die, sollte man sie beherrschen, frei improvisiert werden mussten. Zuerst gab er uns Sätze
vor, die wir unserem jeweiligen Partner sagen mussten, und zwar:
direkt, bestimmt und schnörkellos, das waren die Prämissen. Direkt, bestimmt und schnörkellos. Der andere muss kapieren, was
Phase ist. Der, der spricht, hat das Wort.
Ich übernahm den Ersten und sagte zu meinem Partner Rodri-
guez: Geben Sie mir Ihr Geld. Geben Sie mir Ihr Geld nicht, sind
Sie ein toter Mann.
Rodriguez zog die Brauen hoch.
Ich versuchte es noch einmal. Direkt, bestimmt und schnörkellos.
Geben Sie mir Ihr Geld.
Geben Sie mir Ihr Geld nicht,
sind Sie ein toter Mann.
Du drückst, Blomberg, du drückst, korrigierte mich Dibbuck, du
machst dir nur deinen Kehlkopf kaputt, da bilden sich unnötige
Knoten, typisch, typisch, alles aus dem Hals, und was ist der Effekt?
Niemand wird dir zuhören, niemand wird dir glauben. Peinliche

Situation für einen Piraten, wenn er so auftritt. Geld haben will und keiner versteht ihn. Einem Halspiraten glaubt niemand. Der meint es nicht wirklich.

Um Pirat zu sein, musst du alles vergessen, was du an Anstand mitbekommen hast, deine Zivilisation, dein verdammtes Korsett abschälen, wirst erstaunt sein, was da alles zum Vorschein kommt.
Brüll mal.
Und? Wie fühlt sich das an?
Deine Stimme sitzt viel zu sehr im Hals, das ist die Zivilisation, merkst du's? Da sitzt alles im Hals,
Liebe, Hass, alles im Hals, tiefer geht's nicht.
Brüll nochmal.
Schon besser.
Du musst ganz locker, aus dem Bauch raus, ja, so. Piraten tun alles aus dem Bauch raus.
Die Ritter der Meere. Ganz klare Erscheinungen.
Hass war Hass,
Stolz war Stolz.
Die wussten nicht, was ein Stimmsitz war, die hatten ihn.
Brüll nochmal.
Brüll, Pirat.
Spürst du das? Spürst du deinen Bauch? Wenn du richtig brüllst, kannst du den ganzen Tag lang brüllen, ohne heiser zu werden, den ganzen Tag, das ist der Kniff. Weißt du, ein Fußballtorwart brüllt nur 90 Minuten, der brüllt seine Hintermannschaft an, weil die ihn im Stich lässt, der brüllt und brüllt, und nach 90 Minuten ist er total heiser, heisergebrüllt hat er sich, und warum? Weil er ein Zivilisationstorwart ist, der hat alles im Hals, den Hass auf die Hintermannschaft, die Angst vorm Elfmeter, alles im Hals. Früher die Torwärter im Mittelalter und später noch im Barock, die haben den ganzen Tag geschrien: Hintermann, Hintermann, mehr links, mehr links, Gotthard, Erasmus, Neidhard, decken, decken! Den ganzen Tag, und kein bisschen heiser, voll und klar, und warum? Weil sie aus dem Bauch gebrüllt haben, wie die Piraten. Das waren noch ganze Kerle, ohne Wenn und Aber.

Der Hals, Blomberg,
der Hals,
ist immer ein Hinweis auf die verschissene Moderne.

Hier! Hier! Spürst du's? Dibbuck tastete auf meinem Bauch rum.
Hier, atme tief da rein – Zwerchfell, Becken, Zentrum –, aus der
Tiefe muss es kommen, aus der innersten Tiefe. Stell dir vor, du bist
ein Schacht, ein langer tiefer Schacht, kannst du dir das vorstellen?
Es ist immer gut, wenn man sich alles bildlich vorstellen kann, in-
neres Auge, verstehst, und vom Grund des Schachtes, von dort un-
ten holst du deine Stimme, aus deinem Zentrum. Atme tief rein.
Atme, atme. Und jetzt sag die Sätze noch einmal. Ganz ohne Hals.
Vom Boden des Schachtes, aus der Tiefsee.

Geben Sie mir Ihr Geld.
Geben Sie mir Ihr Geld nicht,
sind Sie ein toter Mann.

Dibbuck wurde plötzlich kreideweiß. Seine Augen quollen ihm
fast aus den Höhlen. Er zitterte. Was hatte er denn? Weiß wie der
Tod. Der Jolly Roger schimmerte durch. Seine Haut wurde ganz
pergamenten. Ich streckte meine Arme aus, um ihn zu stützen,
dachte, der kippt gleich um, wenn ich ihn nicht stütze, da änderte
sich seine ganze Art, genauso jäh, wie sie sich zuvor verändert
hatte, und er feixte: Hab plötzlich Angst bekommen. Du warst gut.
Immer aus dem Schacht heraus. Da liegt das Geheimnis des Auf-
tretens. Jetzt du, Redgrave.
Wir wiederholten diese Sätze mehrere Male mit wechselndem Gegenüber, bis Dibbuck dann sagte: Für den Anfang nicht schlecht,
das Ergebnis kann sich hören lassen. Dann redete er vom Ab-
specken der Äußerungen, der Pirat sei kein Mann der vielen
Worte, der Pirat, so Dibbuck, komme immer schnell auf den
Punkt. Warum auch so viel Gewese machen, warum nicht weglassen, was überflüssig sei, redet geradeheraus, Männer, nicht gekräu-

selt. Das Leben ist einfach, warum schwierig reden. Das sei auch eine Hausaufgabe, nachzudenken, wo man überall kürzer treten und schneller machen könne. Das gelte gleichermaßen für das Nachdenken über diese Sache, natürlich, also auch knapper nachdenken, wie man knapper werden könne.

In der Folge probierten wir die Sätze dann so:

Geld her
oder Sie sind ein toter Mann.

Geld her
oder Sie sind tot.

Geld her,
toter Mann.

Geld her,
Mann.

Geld, Mann.

Geld.

Die Übung wurde so weit fortgesetzt, bis wir uns alle nur noch anbrüllten. Es waren kurze, knappe Brüller, bei denen jeder sofort wusste, was der andere von ihm wollte. Über unser Gebrülle hinweg sang der Dibbuck:

Was Traumes Schiffe sind,
unter sails, unter sails,
ich nahm sie wie der Wind und leerte sie geschwind,
unter sails.

Was Traumes Schiffe sind,
unter sails, unter sails,
ich nahm sie wie der Wind und leerte sie geschwind,
unter sails.

Dibbucks Stimme feuerte uns an, wir sollten uns auf den Boden werfen, uns mit dem Messer zwischen den Zähnen fortbewegen wie Raubtiere, wie ausgehungerte Löwen, wie ausgehungerte Schlangen, auf der Pirsch nach Beute, jeder hier kann euer Feind sein, der euch hinterrücks ein Messer zwischen die Rippen sticht, jeder ist eine Gefahr, achtet auf euer Leben, gegenwärtig habt ihr nur das eine!

Ich stellte mir vor, auf dem Deck eines feindlichen Schiffes zu sein, späte Dämmerung, letzte Reste Licht, das kam den Bedingungen hier in der Halle sehr nah. Ich versuchte, absolut lautlos zu sein, doch mein Beinchen machte mir immer wieder einen Strich durch die Rechnung, es schabte, winselte, wisperte auf dem Boden herum. Wie ich es auch drehte und stellte, es blieb immer ein Zirpen zurück, und zum ständigen Anheben reichte die Kraft nicht aus. Minimieren, dachte ich, minimieren, das ist meine Aufgabe, andere haben andere Aufgaben, ich muss mein Holz unter Kontrolle bringen. Da spürte ich einen fremden Atem, eine unmerkliche Spannungsveränderung in der Luft, die Nähe des Feindes. Meine Nackenhärchen vibrierten, ich zuckte herum: Bowles.

Aug in Aug. Hab ich dich. Was jetzt? Ich hatte ihn kommen gespürt. Feinradar. Mein guter Nacken: wachsam. Was jetzt Bowles? Bist du ein Löwe? Was bist du? Eine Klapperschlange? Was für ein Tier bist du? Wir maßen uns mit Blicken. Wer ist der Bessere? Na? Bowles? Du bist doch Bowles? Für Sekunden sah es aus, als hielte er stand. Dann eine leichte Veränderung seiner Mundpartie. Aha. Der Mund stieg aus. Das schwächste Glied der Visage. Na? Bowles? Hast deinen Mund nicht unter deiner Regie? Der läuft dir glatt weg. Was nu? Fang ihn wieder ein, los. Der macht sich von Deck.

Hinterher. Pass ihn wieder ein, sonst springt dir der Rest auch noch weg. Merkst du, wie dir deine Wangen desertieren, merkst du's? Ich koch dich ab. Noch zehn Sekunden, und du bist abgekocht. Dann zieh ich dir deine Gesichtsmaske ab wie ein dünnes Häutchen, und ich will nicht wissen, was dann passiert. Bowles begann sich aufzulösen. Erst die Mundwinkel, dann setzte sich ein Zucken fort über die Backen, seine Sommersprossen hüpften umher wie drangsalierte Flöhe, dann sein Doppelkinn, sein weiches, verlor immer mehr Kontur, noch hielten seine Augen, noch ... Da spürte ich wen hinter mir. Schad. Ich wirbelte herum, gerade noch rechtzeitig, sonst hätte mich Lafitte erledigt. Der war ein anderes Kaliber. Während wir uns umkreisten, wusste ich einen zerbröckelten Bowles hinter mir, der nun notdürftig sein Gesicht zusammenflickte.

Wie damals, ich war noch klein, als meine Mutter vom Fahrrad fiel, der volle Einkaufskorb rutschte vom Gepäckträger auf den Asphalt. Wie die Tomaten, Kartoffeln, die Milchtüten herumflogen auf der Straße ... die Autos hielten an, die Fußgänger schauten, aber keiner sprang zu Hilfe, mein Muttchen musste alles einsammeln, Tomaten, Kartoffeln, Milchtüten, die Kartoffeln waren am weitesten gerollt, stumm lief die Mutter hinter den Kartoffeln her, den Blick ganz den Kartoffeln gewidmet, sie hätte ja nur um Hilfe bitten müssen, dann wären die Schaulustigen gleich zur Stelle gewesen, das war jedem klar, doch sie wollte es so, ganz allein alles einsammeln, in ihr Körbchen tun und weiterfahrn.

Nun also Lafitte, der Franzose. Er hatte sich prächtig entwickelt, seinen Vollbart abrasiert und nur zwei dreiste Koteletten übrig gelassen. Wie doch ein Bart den Menschen verändert. Man erkennt ihn kaum wieder ohne. Aus einem unwirschen, verlausten Dickschädel war über Nacht ein hellwacher Kopf geworden, die Rasur hinterließ eine durchweg sehnige Erscheinung, die Hochnäsigkeit stand ihm ins Gesicht geschrieben. Die lächelnde Verachtung der Gefahr. Der arbeitete an sich, es war eine Freude. Sicher eignete er sich Weinkenntnisse an. Und einen gewaschenen Background. Spielschulden? Händel im Bois de Boulogne? Frauengeschichten?

Der Lafitte ... Wir hatten uns erkannt als gleichwertige Kämpfer. Selber Status. Seine Behändigkeit und Gewandtheit konnte ich ausgleichen durch Beharrlichkeit und Konsequenz. Er konnte es sich leisten, für einen Moment unachtsam zu sein oder so zu tun, nur einen Lidschlag lang, ich zuckte nur in Andeutung eines Schlages, da grinste er schon ... nein, nein, mein Freund, so leicht schlägt keiner den Lafitte, aber du bist auch nicht von schlechten Eltern, schien es zu bedeuten. Ich grinste zurück. Er verstand.

Dann folgten andere, Gomez, der mir vor dem Training erzählte, wie er schon Fett ansetze, um die angestrebte Statur zu erreichen. Schaufeln bis kurz vor Toresschluss, sagte er, den Moment abpassen, wo du das Fressen grad noch halten kannst, dann schnell ins Bett. Vor allem Kartoffeln und Gulasch, das sei das beste. Dann Leibniz, Moscherosch, Exquemelin, alles hungrige, wachsame Männer. Wir umkreisten uns, fochten mit Blicken, mein Körper war gespannt von der Kopfhaut bis zum letzten Span meines Stumpfes.

Spürt ihr euch?, rief Dibbuck, ihr müsst ein Körper sein, eine verschworene Körperschaft, *einer für alle, alle für einen*, ihr werdet bald wissen, wofür ihr es braucht.

Dann berichtete er von einem Kaperkapitän namens Harris, der, nachdem ihn eine Salve Musketen getroffen hatte, mit durchgeschossenen Beinen auf das geenterte Schiff kletterte und sein Rapier führte, bis er verblutete. Das habe er nur geschafft, weil er ein ganzer Kerl war, der seinen Körper kannte bis in alle Teile. Dibbuck ging auf Bowles zu, fixierte ihn kurz, der wich seinem Blick aus, Dibbuck lächelte.

Auf einen spanischen Offizier, sagte er, machte es einen unvergesslichen Eindruck, einen unvergesslichen, als er einen Korsaren auch nach Verlust des Augenlichts weiterkämpfen sah. Ein Unterführer des großen Morgan verlor bei der Erstürmung eines Küstenforts vor Puerto Bello durch eine Kanonenkugel beide Beine. Er verfolgte im Liegen weiter die Kampfhandlungen und fuhr fort, seine Befehle zu erteilen. Erst nachdem der Sieg feststand, wand er sich in Agonie und hauchte sein Leben aus. So Männer, Mittag.

Ich liebte Dibbuck dafür. Nach der Arbeit das Essen. Das hatte mein Vater auch immer gesagt. Was Mama wohl für uns gezaubert hat, uns Männer? Lecker Labskaus, für Gomez zweimal Gulasch mit Kartoffeln. Den Teller vor Augen trotteten wir zum GLO-BAL FISH. Die Seeluft tat gut. Sonne. Jamaika. Ein paar Fetzen Meer hinter den Lagerhallen. Brandung. Irgendwo fertigten sie die Arrowball. Die Männer, die das Schiff instandsetzten für die Kaperfahrt, ob sie auch Mittag machten? Oder arbeiteten sie pausenlos? Möwen über uns. Gekreisch. Vom Sprachlabor kamen grölende Wikinger mit Trinkhörnern. Die wollten auch in die Kantine.

Da sah ich den Doktor. Für mich blieb er immer der Doktor. Ich wusste gleich, dass er es war, dabei war es nur ein dunkler, länglicher Fleck in der Landschaft. Unweit der Hafenbar, einen Hügel runter, vor der ersten Lagerhalle, befand sich ein kleiner Tümpel, ein dreckiges Wasserloch. Am Ufer, mir den Rücken zu, saß er: Doktor Klok. Einsam und starr, ein graues Schilfrohr. Geht schon mal essen, sagte ich zu den Männern, ich komme gleich nach. Und ging hin. Der Doktor rührte sich nicht. Abgeranzter Filzmantel, den Kragen hoch.

Klok, die Sonne scheint doch, sagte ich in seinen Rücken. Keine Antwort. Ich setzte mich neben ihn ans Ufer. Der Tümpel stank nach Kloake. Flachmänner schwammen darin auf einem schillernden Ölfilm. Der Doktor starrte eisern auf das Dreckloch. Sein abgemagertes Gesicht. Die weißen Bartstoppeln.

Wollen Sie nichts essen, Doktor? Sie sehen aus. Haben Sie was gegessen?

Ich roch seine Fahne. Die stank noch mehr als die Kloake. Die Flachmänner ...

Wollen Sie nichts reden, Doktor, Steuermann der Arrowball? Ich bin's. Sie reden ja gar nicht.

Wir saßen einige Minuten und sprachen kein Wort.

Manchmal, sagte er irgendwann, manchmal kommt hier eine Libelle.

Wir saßen wieder und sprachen kein Wort.

Plötzlich kam tatsächlich eine Libelle angeschwirrt. Der Doktor sprudelte:

Die Libelle, Blümchen, die Libelle hat ein Libellenauge. Und dieses Auge besteht aus schätzungsweise vier Millionen Augen. Vier Millionen Augen. Und der Libellenkopf besteht aus zwei mal vier Millionen Augen. Stellen Sie sich das mal vor, Sie hätten so viele Augen, wie die Libelle sie hat. Entschuldigung, ich, ich muss lachen … so ein kleiner Schnuffmund und dann so große Gluppscher … cool, cool … verzeihen Sie dieses Jargonwort … cool, cool … verzeihen Sie … also die Libelle: Wie geht das, hab ich mich oft gefragt, dass die kleine Libelle gucken kann durch so viele Augen? Schauen Sie doch! Dass die nicht total bescheuert wird, jeder normale Mensch würde doch durchdrehen, wenn er plötzlich vier Millionen Augen hätte. Der würde sich doch totschießen. Ach Blumiblum, ich höre mir so gern zu beim Reden, dass mir die Galle hochkommt.

Dann fing er an zu weinen, hemmungslos, lehnte sich krampfhaft an meine Schulter.

Armer Alter. Peinlich. Wenn er nicht bald die Kurve kriegt, muss man sich Konsequenzen überlegen.

~

Am Nachmittag setzte Dibbuck seine Lektionen fort.

Er hatte einen jungen Hund mitgebracht, ein wirklich süßes, kleines, struppiges Ding, einen herrenlosen Strandköter. Der Jamaikaner hat ein anderes Verhältnis zu Hunden, sagte er, nicht so ein verzärteltes wie der Europäer oder der Ami, wenn es dem Jamaikaner zu viel wird mit der Kläfferei, fährt er kurzerhand zum Strand und setzt den Kläffer aus. Und bei den Welpen wird erst gar nicht verhandelt, den größten Welpen behält man, den Rest bringt man an den Strand. Diesen hier, er deutete auf den kleinen Struppi, habe er aufgelesen heut in der Früh. Nicht am Touristenstrand, da würde ja mit Sonnenaufgang alles weggekehrt von den Strandkehrern, sondern weiter südlich, da sei ein Stück Wildstrand, für die Einheimischen, da setzten die ihre Hunde aus, richtig stinken tue es da, von den verwesenden Hundeleichen, und dieser kleine Kerl sei ganz verängstigt zwischen seinen toten Kollegen herumgelaufen, die Möwen hätten schon ein spitzes Auge auf ihn gehabt. Schaut euch den an, ist der nicht niedlich. Und wie mager. Die Rippen scheinen durch. Der traut sich nicht mal zu knurren, so verängstigt ist der. Hab ihm eine Dose Corned Beef gefüttert, hättet sehn solln, wie er darüber hergefallen ist. Verschlungen hat er's, und gleich wieder ausgekotzt, und dann den Brei wieder reinverschlungen, bis es endlich drin war, der konnte gar nicht glauben, dass er jetzt unter Menschen ist. Enemy, mein kleiner Enemy, ja kommst du her, ja kommst du her, so ist's brav, brav, so ja, komm zu Dibbuck.

Der kleine Hund wedelte mit seinem Stummelschwanz und begann nach einigem Zögern seinen Wuschelkopp in Dibbucks Handteller zu schmiegen. Sein kleines rosa Zünglein schleckte die langen Menschenfinger ab. Zwischen den Rippen atmete es schnell und aufgeregt.

Ja, so is brav, Enemy, willst wohl wieder dein Beef, hast Hunger? Ja? Hast Hunger? Appetit hat der kleine Enemy. Das hat er am Strand noch nicht gemacht, ihr hättet ihn sehn solln, wie ängstlich der war, und jetzt? Jetzt hat er das Corned Beef im Magen und entwickelt Vertrauen. Wie er guckt. Die Hundeaugen. Da wird mein Herz ganz weich. Ich hab früher keinen Hund haben dürfen. Meine Eltern haben das nicht gewollt. Überhaupt gar keine Tiere. Alles ham sie verboten. Nicht mal Fische. Die schenken wir dir, und nach ein paar Tagen hast du die Lust verloren, und wer kümmert sich dann? Wir doch!, ham sie gesagt. Ich hab mich so gesehnt nach einem Begleiter. Einem Hund wie dem hier. Nicht wahr, Enemy, wir zwei. Schaut nur, wie der guckt. So jung. Wie alt magst sein, Enemy? Na, Bowles, du guckst auch schon ganz verliebt. Magst ihn streicheln. Na komm. Komm. Steh auf. Steh ruhig auf, aber nicht so hektisch, der Enemy is so scheu. Langsam.

Bowles stand auf und näherte sich vorsichtig dem kleinen Hund. Die andern schauten zu, belustigt manche, manche ungehalten darüber, dass der Unterricht nicht weiterging. Bowles bückte sich herab, bedacht, keine fahrigen Bewegungen zu machen, doch Enemy wich gleich zurück. Als er ihn sah, kauerte er sich ängstlich an Dibbucks Beine.

Der macht nichts, der macht nichts, Enemy, das ist doch nur der Bowles, der will dich streicheln. Bist tierlieb, Bowles?

Bowles nickte. Hab früher selber Hunde gehabt. Komme vom Hof.

Das ist ja ganz was anderes, auf dem Hof, da ham die Tiere ja Freiheit. Kannst gut mit ihm?

Bowles nickte. Armer Kerl, sagte er.

Du willst aber schon noch Pirat werden, Bowles.

Bowles nickte. Ja, Sir.

Gut. Dann bring den Köter um.

Bowles schaute Dibbuck an.

Du bringst jetzt den Köter um.

Was meinen Sie?

Bist du Pirat, dann bring den Köter um.

Ich?

Du schaust grad so aus wie er. Du hast keine Piratenaugen, Bowles. Du hast Hundeaugen. Treue Seel.

Ich soll was?

Du hast doch Ohren. Du hast doch Augen. Was hindert dich?

Aber der hat doch nichts gemacht.

Willst du Pirat sein?

Bowles nickte.

Du willst bei uns bleiben?

Bowles nickte.

Dann tu es.

Dibbuck hielt ihm ein Messer hin.

Los. Stich zu. Deine Beute.

Bowles zitterte. Seine Pausbacken wurden heiß. Er zögerte. Nahm das Messer nicht. Blickte abwechselnd auf den kleinen Hund, dann auf Dibbuck.

Der wandte sich mit einem herausfordernden Blick an die Männer.

Wer von euch möchte? Bitte melden.

Sofort hoben sich 180 Arme.

Siehst du, Bowles. Deine Kameraden. Hör mal, es ist nicht gegen dich. Deine Treue in allen Ehren. Du musst dich nur entscheiden. Entweder du kommst mit uns, oder du gehst mit diesem Hund an den Strand zu den Möwen. Das ist auch eine Perspektive. Beides hat seinen Reiz. Mach, was du willst, nur mach es gründlich.

Alle schauten auf Bowles. Wenn er nicht bald die Sache erledigt, dann tu ich es, dachte ich. Der hält uns vom Lernen ab.

Ich kann nicht, wisperte Bowles. Ich kann nicht. Bitte. Verstoßt mich nicht.

Ist das nicht ein bisschen viel verlangt, HUNDEFREUND, herrschte ihn Dibbuck plötzlich an.

Enemy winselte vor Schreck, zitterte zu seinen Füßen.

Ich kann nicht. Das nicht. Bitte.

Du machst es dir verdammt leicht, BOWLES, so heißt du doch, so soll ich dich doch nennen, BOWLES, dieser kleine Köter ist nur ein Vorgeschmack auf das, was uns erwartet. Ein Köter, Bowles, er wäre von selbst verreckt, heute noch, hätte ich ihn nicht aufgelesen. Er ist so gut wie tot. Da brauchst du nur nachzuhelfen. Umpusten kannst du ihn, so tot ist der. Und du sitzt davor. Wenn du schon vor einem Hund Halt machst, wie ist es dann mit Menschen?

Ich kann nicht. Bowles rannen die Tränen über seine Sommersprossen.

Wie es mit Menschen ist? Ich sage dir eins: Du darfst keine Skrupel haben, sonst taugst du einen Dreck als Pirat.

Ich kann nicht. Bitte. Ich mache doch sonst alles mit.

Enemy kam jetzt hinter Dibbucks Hacken hervor, und näherte sich dem schluchzenden Bowles, der auf die Knie gegangen war und Dibbuck anflehte. Der Hund fasste wohl Zutrauen, gab ein Geräusch von sich, eine Art Niesen, so hörte es sich an, zum Bellen noch zu schwach, er wedelte und wedelte, stupste sein Näschen an Bowles Knie.

Nein!, schrie da Bowles. Nein! Ich nicht. Nein!

Und griff sich das Messer.

Für einen Moment war alles still. Keiner bewegte sich. Nur der Hund, der wedelte weiter. Bowles Gesicht krampfte sich zusammen. Mit seiner Faust umkrallte er das Messer, auf wen war es gerichtet? Er schaute Dibbuck an. Hass. Angst. Was? Dibbuck lächelte ihn an. Dann fixierte er den Hund. Sein Stummelschwänzchen wackelte freudig. Bowles schüttelte den Kopf. Dann stieß er das Messer in den Nacken des Hundes. Der rührte sich nicht mal von der Stelle. Nein!, schrie Bowles, während er ein zweites Mal in den Nacken stach. Ein weiteres Mal. Und nochmal. Und nochmal. Ein wenig Blut spritzte, viel war es nicht. Der Hund war schon längst tot, da stach Bowles immer noch. Irgendwann merkte er selbst, dass der Hund längst tot war, da stach er mit der Messerspitze wie besessen auf den harten Steinboden. Die Klinge wollte einfach nicht brechen. Der gute Bowles war ganz von Sinnen. Wollte allen zeigen, was für ein Messerstecher er war.

Dibbuck gelang es, ihn zu beruhigen.

Jetzt leck das Blut von der Klinge, bevor es hart wird.

Bowles tat es.

So ist es richtig. Für heute hast du genug gelernt. Bring den Köter raus.

Bowles tat es. Nahm das blutige Bündel am Hinterlauf und verließ die Halle.

Der wird noch, sagte Dibbuck. Ich lass keinen hängen.

~

Abends: Heiser, mit ledrigen Stimmbändern krochen wir in unsere Doppelstockbetten, keines Wortes mehr fähig. Ich fühlte meinen Bart wachsen. Unruhe im Sechzehn-Mann-Schlafsaal.

Einige, darunter Lafitte, waren schon so in ihrer neuen Identität aufgegangen, dass sie sie mitnahmen in den Traum. Der Franzose onanierte jede Nacht auf irgendeine Jeanne, so dezent, dass die Bettfedern kaum Notiz davon nahmen. Nur ein leises, rhythmisches Quietschen und das geflüsterte OuiOui. Dann schlief er seelenruhig ein, und ich hörte ihn reden zwischen seinen kurzen

Schnarchern: Pardon, Monsieur, c'était mon couteaux, pardon ...
au revoir, mes amis, il faut partir ... au revoirrrr. Bowles fand keine
Ruhe diese Nacht, er wälzte sich in seinen Piratenlaken, presste
den Jolly Roger auf seinen nackten Leib, und ein ums andere Mal
hörte ich ihn flennen. Jeder muss sehn, wie er klarkommt, dachte
ich. Als ich, eingerollt in den Knochenmann, endlich Ruhe fand,
krochen tropische Träume durch meine Nussschale. Alle voll von
Schweiß. Mein ganzer Traum roch nach diesem salzigen, stechenden Dreifachturnhallenmännerschweiß.
Ein starker schwarzbehaarter Unterarm, er kam immer wieder,
machte auf sich aufmerksam, ein Glas haltend, ein längliches Glas,
mit Strohhalm und Olive am Stöckchen. Campari? Sicher. Die
Hand hielt Campari umschlossen. Der Unterarm war braun ge-
brannt. So schön braun und behaart war er. Karibisch kross. Und
hatte eine Frau auftätowiert mit riesig krass großen Brüsten. Dieser Arm, sein Besitzer blieb im Dunkeln, als spreche er für sich. Als
gebe es nichts anderes auf der Welt als diesen Arm, dessen Hand,
auch sie nur zu vermuten, ein Campariglas hielt. Der Hintergrund
erhellte sich. Eine weiße Holzbalustrade, ein weißer Sandstrand,
sehr, sehr weiß, im blauen Himmel darüber war eine Mitfünf-
marksindsiedabeisonne festgeklebt.
Verschwitzte Sequenzen.
Der starke Arm, der mir, dem Träumer gehörte, das war abgemachte
Sache, schlug in schnellem Stakkato auf wildfremde Visagen ein. Sie
wurden ins Bild geschoben wie die Hasen auf der Kirmes. Am lau-
fenden Band. Du hast ein Gewehr und drückst ab, oder schlägst zu,
oder stichst oder knallst oder was auch immer BangBang macht. Ich
schlug Wackelkandidaten zu Mus. Wie ängstliche KürbisseKalebas-
senMelonen betraten sie meinen Ausschnitt. Ihnen war klar, dass sie
gleich dran waren. Da gab es keine andere Wahl. Und ich drosch sie
folgerichtig alle nieder im Millisekundentakt. Babys mit Schnuller
oder Karottenbrei an der Backe, fesche Hausfrauen mit Hanuta
oder Knoppers in der Hand, Professoren aus dem ausgehenden
19. Jahrhundert, Girlies mit klobigen Plateauschuhen, Rocker mit
Jesushaar, Marilyn Monroe, ein Massai aus einem Afrikabildband,

ein Geschäftsmann mit perfekt sitzender Krawatte, Mahatma Gandhi als Mahatma Gandhi und als Sir Richard Attenborough, die drei lächelnden Visagen von Schröder, Lafontaine und Fischer, Konrad Zuse, Bill Gates, ein buddhistischer Mönch, ein Aborigine mit Didgeridoo, Spartakus, der so aussah wie Kirk Douglas, ich drosch auf alle demokratisch ein, ihre Gesichter platzten auf, wie Tomaten aufplatzen, wenn man ein Kreuz in sie ritzt und sie kochend heiß überbrüht, ich rammte mechanisch meine Faust mitten rein, und es platzte. Kurz bevor alles mit grauem Blut überflutet war, kam das nächste Gesicht und mein Arm schlug in die hoffnungslose Fresse. Alle machte ich kaputt, als wären sie nie wichtig gewesen, sie leisteten keinerlei Gegenwehr, machten keine Anstalten, für ein Weiterbestehen ihrer Existenz zu werben, sie mussten vorher schon Luft gewesen sein, wenn sie sich so schnell in solche auflösten.

Dann wieder Campari. Olivenewigkeit. Weiße Weiße. Tropensonne. Wohlsein.

Am frühen Morgen, noch vor der Weckglocke, wankte Klok zur Türe herein, mühsam hielt er sich auf seinen Stelzen, drohte umzuknicken wie eine rostige Stehlampe. Lachte dreckig, abgrundtief dreckig, als er uns sah.

Aufwachen, he, aus den Federn, ihr Scheißkinder, Scheißkinder, glaubt ihr an den Weihnachtsmann??? Nie, nie, nie! Niemals werdet ihr, was ihr da werden wollt! Ein Scheißkinderbetrug! Piraten? Hahahahaha! Büffelt schön! Büffelt! Na los, büffelt in euer Verderben! Rennt in euer Kindergrab! Ich bin euer Steuermann! Ich bin euer Weihnachtsmann! Ich bin schon längst angelangt! Mir nach! Mir nach, Männer! Kindermänner! Los, tötet sie alle! Tötet die ganze Welt! Hahaha! Nichts habt ihr begriffen!

~

Mein Bart war dreizehn Tage alt, da erklärte Dibbuck die Reisevorbereitungen für abgeschlossen. Aus heiterem Himmel. Wir dachten, ein paar Wochen müssten wir noch unsere neuen Identitäten tragen lernen, sie einschärfen, in die Details gehen: Jetzt sollte es plötzlich ernst werden.

Nicht überproben! Nicht fest werden!, sagte Dibbuck. Das kann schlimme Folgen haben. Alles schon erlebt. Die Leute meinen, - alles im Schlaf aus dem EffEff zu beherrschen, und was passiert: Das Leben an Bord ist lasch, mechanisch und langweilig. Das ist das Letzte, was wir wollen. Neinnein! Eine Prise Unsicherheit belebt das Geschäft. Nicht alles bis ins Kleinste ausfeilen, nicht jeden Schritt vorher bedacht haben, auf Überraschungen und Fehler gespannt sein wie eine Muräne und dann reagieren! Wach sein, Männer! Wach und auf der Hut! Denn das Leben der Piraten war, ist und wird sein: ein lebensgefährliches. Habe soeben erfahren: Unsere Werft hat die Arrowball fertig gestellt. Morgen stechen wir in See. Dann wird das, was wir in dieser Halle gelernt haben, in die Realität umgesetzt. Männer, noch ein persönliches Wort: Ich habe viele lange begleitet, habe euch erlebt zu Land und zu Wasser und kann sagen: Ich bin stolz auf euch. Ich habe Fortschritte gesehn bei allen. Wenn ihr so weitermacht, verspreche ich euch eine Zukunft bei Salt&John. Eine Zukunft hat jeder. Auch wenn die nächste Reise seine letzte ist. Und jetzt: Geht in eure Betten. Dort wartet ein kleines Präsent auf euch. Und morgen werdet ihr mich als Sir Henry Morgan begrüßen. Verschwindet, ihr Ratten.

Morgen also. Die Unruhe wuchs. Morgen geht es los. Morgen wieder Salzwasser. Morgen auf Mord und Totschlag. Komme, was wolle, wir waren bereit. Wir gingen zu den Baracken, unsere Präsente auswickeln. Wir wussten schon, was uns geschenkt wurde: die endgültigen Koordinaten der Kaperfahrt.

In den Schlafsälen lagen unsere Musterrollen auf den Kopfkissen. Ich erbrach das rote Siegel und las, mich gegen fremde Blicke schützend, was für mich vorgesehen war.

MUSTERROLLE DER REEDEREI SALT&JOHN

Schiff: ARROWBALL
Name: TOM BLOMBERG
Kategorie: FORTGESCHRITTENER
Rang: AUSGUCK
Tätigkeit: Wache schieben im Krähennest, Feindmeldung.
Unterbringung: Erstes Unterdeck, zusammen mit Lafitte, Gomez, Bowles und Stein.
Sprache: Deutsch.
Besondere Kennzeichen: Holzbein, Zahnlücken, Bartträger.
Bordordnung: Der Bordordnung ist unbedingt Folge zu leisten. Was die Bordordnung ist, entscheiden die Vorgesetzten.

1. Keine Messerstecherei, keine Schießerei an Bord. Zwistigkeiten werden an Land ausgetragen.
2. Alkohol nur in den von Smutje / Botelier Hansen verabreichten Rationen. Im Gefechtsfall absolutes Alkoholverbot.
3. Glücksspiele aller Art sind strengstens untersagt.
4. Die Lichter in den Mannschaftsräumen sind nach Einsetzen der Dämmerung zu löschen.

Verhalten im Gefechtsfall:

1. Vor jedem Gefecht wird gebetet und geschworen: Art und Inhalt bestimmt Sir Henry Morgan.
2. Nach dem Schwur: Hände schütteln.
3. Auf Feigheit im Kampf steht das Heim.
4. Bei besonderer Tapferkeit: Aufstieg in der Kategorie.
5. Bei Verletzung, Verstümmelung: Sonderprämie.
6. Auf Beuteverheimlichung steht das Heim.
7. Bei Ungehorsam gegenüber Sir Henry Morgan: Verlust des Anteils.
8. Einer für alle, alle für einen. Es wird bis zum letzten Blutstropfen gekämpft.

Bei Nichteinhaltung und / oder Verstoß: Einweisung ins See-mannsheim.

Testament: Im Falle meines Ablebens verfüge ich, Tom Blomberg, Angehöriger der Frères de la Côte, wie folgt:

All Hab und Gut, einschließlich der erbeuteten Kaperey, übergebe ich der Reederei Salt&John.

Meinen Leib und meine Seele dem ewigen Meer.

SIEBTE WELLE

The masterless ocean overruns the globe.
HERMAN MELVILLE

Es war ein großer Morgen für die Reederei Salt&John. In aller
Herrgottsfrüh, vor Tau und Tag, unter Jamaikas Klassenlotterie-
sonne, legten fünf Schiffe ab, mit fünf Besatzungen, die alles
darangesetzt hatten, am selben Tag in See zu stechen. Ein Drachenboot, ein Öltanker, ein phönizisches Handelsschiff, das For-
schungsschiff Beagle und wir, die Arrowball. Zuerst das Drachenboot, die bärtigen Wikinger rauschten ab zur Plünderung nach
Irland, dann der Öltanker, eine kleine Besatzung auf einem rostigen 70er-Jahre-Ungeheuer auf dem Weg nach Japan, die Phönizier ins Mittelmeer, die Beagle zu den Galapagosinseln, und wir,
auf Kaperey in die Karibik.
Ich hatte sie anfangs nicht wieder erkannt, die gute alte Arrabal,
wo war sie abgeblieben? Wie ein Klipper sich wandelt ... Anstelle
der friedlichen Bullaugen blickten nun 80 Kanonen aus zwei Ka-
nonendecks, die Arrowball war wesentlich gedrungener – wendig
und waffenstarrend, wie unser Anführer, Sir Henry Morgan, stolz
erklärte. Eine echte Galeone. Wir waren schon alle an Bord, als er
kam. Unser überflüssiger Meister. Aber wer hätte seine Hand ins
Feuer gelegt, dass er es wirklich war? Vielleicht saß er jetzt in der
Kantine, aß ein Fischbrötchen und lachte? Hatte einen anderen
vorgeschickt ... Dieser Henry Morgan hatte nichts, gar nichts mit
unserem Dibbuck gemein. Er war zwei Köpfe kleiner, hatte Säbelbeine und einen massigen Brustumfang, kleine grausame Augen
und einen Vollbart, wo kam der so schnell her über Nacht, er sah
nicht angeklebt aus, sondern schien das Ergebnis monatelanger
Vernachlässigung. Auf seinen Schultern kauerten zwei alte, mürri-
sche Papageien, wie ausgestopft. Ich starrte ihn an. Unsern Anfüh-

rer. Für Zweifel ist jetzt nicht die Zeit, dachte ich. Er ist es. Und er ist der Beste. Irgendwann kannst du das auch. Dann kennt er dich nicht wieder.

Verwegen wehte der Jolly Roger im Jamaikawind, als die Arrowball die Anker lichtete zu ihrer ersten Kaperfahrt.

183 Männer, die Frères de la Côte! Korsaren der Südsee! 183 Strauchdiebe, Glücksritter, Pack!

Alle für einen, einer für alle!

Dürstend nach Blut und fetter Beute grölten wir aus einer kompromisslosen Kehle:

Wir sind die Fürsten der Meere,
Vampire der See,
wir stürzen auf das feindliche Schiff
wie ein abgeschossener Pfeil.

Die Kanone donnert, die Muskete kracht,
laut rasselt das Enterbeil,
und die feindliche Flagge, schon sinkt sie herab,
zum Himmel empor steigt unser Jubelschrei:
Hoch lebe das ewig brausende Meer!
Hoch lebe die Seeräuberei!

Den Teufel haben wir selber an Bord.
Im Schiffsrumpf gleißen die Schätze.
Das Kreuz der Pfaffen ist fehl am Ort.
Wir lieben den Trunk und die Metze.

Und ist der letzte Schuss getan
und die letzte Schlacht vorbei,
dann steuern wir unseren morschen Kahn
in die Hölle frank und frei!

Wie sie ihre Stimmbänder aus der Kehle brüllten, wie sie sich über die Reling lehnten und dem Festland ihre Verachtung hinterherspuckten, die alle da, die Küstenbrüder ...

Leistung muss sich wieder lohnen, dachte ich. Ich hatte sie miterschaffen. Es waren meine Geschöpfe. Meine Leistung. Ich hatte sie erlöst aus dem Niemandsein, hatte ihnen den entscheidenden Anstoß gegeben.

Ich, Menschenfleischmacher.

Zwar waren wir laut Vertrag alle gleich. Doch spürte ich meine besondere Stellung unter den Männern. Wie sie mir Platz machten an der Reling, wie manche besonders laut brüllten in meiner Nähe, das registrierte ich mit Genugtuung. Bowles hielt sich dauernd bei mir auf, auffällig unauffällig, er wuselte ständig um mich herum, klopfte mir auf die Schulter, ergatterte sich einen Platz neben mir in der Back, suchte meine Gesellschaft, und sei es nur, um knappe Bemerkungen zu machen, die gar nicht direkt an mich gerichtet waren, wie zum Beispiel: Die Möwen fliegen tief, oder: Gutes Wetter, das reißt noch auf heute. Keiner der Kameraden hätte sich etwas dabei gedacht, nur ich wusste, dass es mir galt. Schön, einen Bowles zu haben. Ich dachte an die Zeit, wo sie mich keines Blickes gewürdigt hatten, die Landratte Bloom, den grünen Jung, jetzt das!

Der wird weit kommen.
Eine Morgenzeugung, sagte mein Vater stolz.
Den hab ich gemacht nach zwei Tassen Krönung.

Klok stand am Steuerrad und manövrierte die Arrowball langsam aus dem Hafen. Schlaffschwanz. Er schwitzte unsäglich, wohl wissend, dass er noch nie ein Steuer in der Hand gehalten hatte. Anstatt fleißig zu sein und sich zu schinden, hat er die Zeit an Land versoffen und mit Moralzersetzung zugebracht. Dass er so eine verantwortungsvolle Position innehatte, verdankte er einzig und allein dem Dibbuck, der noch, ich sage: noch, zu ihm hielt. Wenn ich meine Zweifel äußerte, und das tat ich ständig, wehrte er ab und meinte: Der kommt schon wieder, iss'n alter Stehauf. Wenn ich dann hinwies auf seine zittrige Konstitution, dass eine Bö genüge, um diese Bohne umzuknicken, dass er ganz malad sei durch den dauernden Rum, dass er beginne, von innen heraus zu stinken, weil er ganz und gar zerfressen sei von schlechten Gedanken, sagte Morgan, Klok sei unersetzlich.

Der Dibbuck. Der Morgan. Der lügt. Er, sonst so felsenfest, in Sachen Klok wich er aus. Sei wachsam, Blomberg, wachsam. Hab ein Auge auf den alten Doktor. Der kann die ganze Mission gefährden. Seine Verdienste hin und her. Das ist Vergangenheit. Die ist gekappt. Es leuchtet nicht ein, dass wir Regeln haben, die für ihn nicht gelten. Keine Ausnahmen. Schon gar nicht für Klok. Für ihn am wenigsten.

Hängen Sie den John Salt ans Steuer, sagte ich zu Morgan, dann ist mir wohler. Der Klok fährt uns noch in den Tod, bevor wir richtig angefangen haben.

Blomberg, Befehle gebe ich. Fühlen Sie sich nicht zu sicher, sagte er und verschwand in seiner Kajüte.

Nicht sicher, nicht sicher, krächzten die Papageien, die ihm auf der Schulter saßen.

~

Die Fahrt die Küste lang.

Weiße Strandhotels. Neckermanngeometrie. Badestrände, umgittert, bewacht.

Grillkazett. Hinkrebsen mit hohem Schutzfaktor.

Als wir auftauchten, schwenkten die Menschen Badetücher und winkten frenetisch. Die Frisbeespieler und Beachvolleyballer unterbrachen ihr Spiel und starrten in unsere Richtung, doch anstatt Reißaus zu nehmen, sprangen sie wie blöde hin und her und rissen sich die Arme aus. Die verstanden die Lage völlig miss. Pauschalpisser. *Ihr habt nie gekostet von den Wundern dieser Welt . . .* Einige

Surfer surften in unsere Richtung, einhändig winkend. Freizeit und was man daraus machen kann. Eine Paragliderfrau formte ihren kleinen Mund zu einer kleinen Null. Morgan befahl leichte Kursänderung, wir fuhren weiter raus, um nicht von diesem Gschwerl belästigt zu werden. Da kann man nichts holen, sagte er, die haben nichts von Wert.

Bowles holte plötzlich seine Muskete, legte an und zielte auf einen der Surfer.

Den kauf ich mir, ich will der Erste sein, der einen erwischt, brüllte er und sorgte für einen Auflauf. Die Männer waren wie paralysiert.

Jetzt schon? Einen arglosen Windsurfer?

C'est ridicule, mon cher, sagte Lafitte von oben herab und lachte ihn aus.

Du hältst dich wohl für wen?, schnauzte ihn Bowles an und spielte weiter mit dem Finger am Abzug. Dem will ich an der Wolle zupfen!

Haben Sie Kakao geladen?, rief Gomez in Richtung Surfer. Auch er wollte mit von der Partie sein.

Ta geule, zischte Lafitte.

Der Surfer war etwa 100 Meter von uns weg, doch er kam näher. Ich konnte sein Gesicht erkennen. Eins aus der Retorte. Alphamännchen. Verwechselbar gut aussehend. Kantig und wohlbraun. Amerikanischer College-Aufguss. *I spent a night in Europe, it really is kind of Picasso.* Positive Denke. Kennt man doch. Was der wohl jetzt positiv dachte? Dass wir eine Werbefahrt machten für den neuen Disney? Willst Schleckeis, Bubi? Wie der aussah. Was der für Hüften hatte. Wollte wohl prahlen vor den Girls und Boys, die sich nicht trauten, so positiv weit raus zu surfen.

Ich hab dich, murmelte Bowles. Hab dich genau im Kreuz. In drei Minuten machts plopp, und du bist tot.

Ich ärgerte mich, dass nicht ich auf die Idee gekommen war mit dem Abschießen. Paar Punkte sammeln. Wir waren alle zu geeicht auf alte Segler spanischer Herkunft. Von Surfern stand nun mal nichts in den Quellen. Oder sie sind verschwiegen worden, um der Geschichte nicht vorzugreifen.

Jetzt hob der AmericanBoy seinen linken Arm und winkte genau in die Mündung des Gewehres. So ein Idiot. Was positives Denken anrichtet bei den Amis. Die kennen da nix. Rein ins Verderben und immer schön winken. Sah der nicht, was er vor sich hatte? Oder wollte er es nicht sehen?

Ein Schuss durch die Zeit, aus dem 17. Jahrhundert heraus einen Surfer totschießen, so weit waren die Musketen des alten Morgan nie gekommen. Ich genoss diesen Einfall sehr. Er hatte was Erhabenes. Noch 70 Meter.

Wenn du den Ersten versaust, meinte der kleine Abarythwyth, der jetzt neben Bowles stand, krieg ich dann den Zweiten?

Ich versau nix. Ich treff, zischte Bowles.

Und dann knallte der Schuss. Bamm. Die Möwen stoben auseinander. Der Surfer klatschte aufs Wasser. Was? Was? Hatte Bowles getroffen? Nein! Vorbei! Der Surfer erklomm das Brett! Schaute mit großen Augen zu uns her, nicht mehr ganz so positiv. Blieb auf seinem Brett hocken. War er verletzt?

Wir Männer schauten nach einem verschreckten Stück Wild.

Versaut! Versaut!, rief Abarythwyth trocken. Jetzt gib mir die Muskete. Ich treff ihn zwischen die Lichter.

Bowles war in seiner Piratenehre gekränkt. Mist. Mist, zischte er. Diese alten Schrottmusketen.

Oui, c'est dommage, sagte Laffite und tätschelte ihm auf die Schulter.

Da griff Abarythwyth nach dem Gewehr, lud nach und legte erneut an. Der Surfer rührte sich nicht vom Fleck.

Der Finger krümmte sich am Abzug …

Gewehr weg!, rief schneidend Morgan. Gewehr weg! Abarythwyth! Das Gewehr weg, hab ich gesagt! Keine Surfer! Wir machen es so, wie es in den Büchern steht. Ausschließlich Schiffe, Forts und Kapellen.

Kapellen, Kapellen, kräckerten die Papageien auf seiner Schulter. Kapellen.

Sir Henry riss dem Kleinen die Muskete aus der Hand. Der Surfer machte, dass er wegkam. Wir Männer lachten. Und jeder wünschte sich insgeheim, den Typen erlegt zu haben. Wann würde die nächste Gelegenheit kommen? War es dann genauso leicht wie jetzt, wo das Opfer so bereitwillig vor die Flinte surfte? Wir waren gespannt wie der Finger am Abzug.

~

Am nächsten Tag dann meine große Stunde. Ich wurde hochgezogen in die Takelage, wie einst das tote Pferd, um meine Tätigkeit als Ausguck der Arrabal in Angriff zu nehmen. Dazu hatte man mir ein Netz aus starken Tauen geknotet, in dem ich bequem sitzen und mein Holz durch die Maschen hängen konnte. Morgan überreichte mir feierlich ein altes Fernrohr und eine große Feldflasche mit Wasser, weil ich doch sicherlich einige Zeit da oben hängen würde.

Vor dem Hochziehen sagte er: Blomberg, Sie sind das Auge der Arrowball. Sehen Sie das Richtige.

Dann baumelte ich über Deck in etwa 20 Metern Höhe. Ich hätte fast gekotzt, als ich zum ersten Mal da runter sah. Ich mit meiner Höhenangst.

Und wenn ich pissen muss, feixte ich abwärts.

Dann ziel gut, bevor du abdrückst, rief Bowles zurück. Die Männer grölten.

Es wehte ein frischer Wind da oben, ich merkte erst nicht, wie sehr die Sonne brannte. Ich zog mir das Hemd über den Schädel und schaute mich um. Mit bloßem Auge war nichts zu sehen. Die Arrowball fuhr allein auf weiter See. Leicht gekräuselte Wellen. Ich fuhr das Fernrohr aus und führte es an mein rechtes Auge. Dann verlagerte ich mein Gewicht, gab Schwung, und da ich frei hing, konnte ich durch leichte Drehungen alle Himmelsrichtungen erfassen.

Nichts. Nicht einmal Vögel. Wir waren irgendwo in der Karibik, die nächsten Inseln außer Sicht.

Ich steckte das Fernrohr wieder zusammen. Nahm einen Schluck Wasser und blickte nach unten aufs Deck.

Und? Sehen Sie was?, rief Klok, die dürren Arme am Steuer.

Seine Fahne stinkt bis hier, dachte ich.

Nein, alles frei. Nichts.

Schauen Sie nochmal. In der Karibik muss man auf der Hut sein. Wie schnell hat man was übersehen. Lassen Sie das Rohr am Auge.

Von dem noch Befehle annehmen. Dieser Ton. Sollte ich ihn nicht maßregeln, eine kleine Abreibung...

Ich schau schon richtig, großer Meister, passen Sie auf, wenn die Küstenwache kommt, Alkohol am Steuer, da is bald der Lappen weg!

Klok antwortete nicht. Nickte nur, hängte sich wieder ans Steuerrad. Das hat gesessen.

Ich legte wieder das Rohr an und sondierte das Wasser.

Ich sehe was, was du nicht siehst.

Sieh das Richtige. Du bist der Ausguck. Das Auge der Arrowball. Was du siehst, wird geentert. Meine Augen entscheiden über Leben und Tod. Wenn ich nun nichts sehe, dann gibt es nichts zu entern. Was ist das dann für eine Kaperfahrt? Mir schwindelte. Die Aussicht, nichts zu sehen, machte mir Angst. Ein Pirat kennt keine Angst, Blomberg. Ich redete mir Mut zu. Du darfst jetzt keine Angst haben. Großer Gott, diese Höhe. Wenn ich abstürz? Wo ich so hoch gekommen bin.

Sieh was. Sieh irgendwas. Und wenn es noch ein Surfer ist.

Ich hab doch immer gut gesehen. Wie ein Habicht. Der Junge hat Habichtaugen. Der sieht zu gut. Der hat den Durchblick.

Sehen Sie was, rief Klok durch den Handtrichter. Sie sehen doch was. Geht doch nicht an, in diesen Gewässern nichts zu sehen.

Was sehen meine Augen?

Sie quellen auf in der Hitze. Die Sonne prallte stundenlang auf meinen Schädel. Ob das gut geht? Mein Kopf ein Klumpen Butter.

Ich presste das Fernrohr so fest auf meinen Augapfel, bis es in meiner Höhle steckte.

Das Wasser kräuselte sich zusehends. Ich versuchte, es wieder glatt zu streichen, doch es wollte nicht. Graue Punkte, Gischttropfen oder was?, flirrten über die Oberfläche. Einer wurde größer. Da. Größer und fester. Nahm Konturen an. Da. Was ist es? Ein Schiff? Nein, es hatte keine Segel. Es bewegte sich kein Stück. Es waren drei Inseln. Drei malerische, palmenüberzogene Inseln. Feind in Sicht. Ich hielt meinen Schrei zurück. Wollte es erst genauer sehn. Sicher sein. Ich presste das Glas noch fester in meine Höhle. Jetzt war es deutlich und klar. Die mittlere Insel, auf die wir zufuhren, hatte als Einzige einen kleinen, steinernen Kai, an der Anlegestelle stand zu lesen: ÎLE DU DIABLE – BIENVENUE. Ich zoomte heran. Ein schmaler Steinweg führte zwischen den Kokospalmen hinauf zu einem hellblauen Gebäude, dem einzigen auf diesem kleinen Flecken. Über der Eingangstür hing ein abgeranztes Schild: LASS FALLEN ANKER.

Kommen Sie, Herr Blume, ich hab nicht ewig Zeit, sagt da Klok, zieht sich einen weißen, knöchellangen Kittel über und führt mich die Gangway runter auf den Kai. Ich will einwenden, dass ich doch Wache schieben muss, da sagt er: Sicher, sicher, das können Sie später immer noch, machen Sie mal 'ne Pause.

Er hat wohl einen wichtigen Termin, deshalb schiebt er mich ungeduldig den Steinweg hoch. Es ist unerträglich schwül. Mein Hemd babbt am Körper. Kokosnüsse fallen von oben herab, irgendwelche Affen turnen in den Zweigen, aus den Augenwinkeln bemerke ich, dass die Insel nur so wimmelt von grünen Leguanen. Wo sind wir hier, frage ich Klok, doch da piept irgendwas in seinem Kittel, er holt ein Handy aus der Tasche und sagt: Es ist doch immer dasselbe. Den Rest verstehe ich nicht, er brummelt nur. Dann stehen wir vor dem blauen Haus.

~

Im Eingangsbereich ist ein kleiner Kiosk. Eisern, schwarze Augenklappe, auf Kundschaft wartend: John Salt. Über ihm, um Lesbarkeit bemühte Druckbuchstaben: MARITIMES VON DEN BEWOHNERN. Buddelschiffe. Drei Größen. Klein: zwei Dollar. Mittel: drei Dollar. Groß: fünf Dollar. In der kleinen Buddel: eine

Barke. In der mittleren: eine Kogge. In der großen: ein Dreimaster. Daneben, auf kleine Brettchen genagelt: DIE KNOTEN DER SEELEUTE. Sechs verschiedene Beispiele zum Selberknoten: Palstek, Roringstek, Webleinstek, Slipstek, Achtknoten, Mantauknoten. John Salts Auge stiert in die ausbleibende Schlange Kundschaft. Ich will ihm wenigstens die Hand drücken, doch Klok zupft mich an meinem klebrigen Ärmel und sagt: Herr Blume, wir müssen. Hinter einer Tür singt Hans Albers La Paloma. Wir treten ein.

~

Das Innere des Blauen Hauses besteht aus zwei Trakten. Ein langer, breiter Trakt, der in der Mitte von einem kurzen Trakt gekreuzt wird. Der kurze führt hinaus in den Garten. Wo die Trakte sich treffen: Sitzgelegenheiten. Sechs Sessel stehen um einen Tisch herum. Die Kanten der Sessellehnen sind mit schwarzem Tape stumpf gemacht. In großen Kübeln stehen kleine Palmen. Darüber dreht sich schwer ein riesiger alter Ventilator. Auf der linken Seite des langen Traktes befinden sich Türen. In den Türen kleine Bullaugen, wie Fernrohre. Ich klebe mein Auge dran: Innen karge Einrichtung. Hängematten und Waschbecken. Immer zwei Hängematten pro Zimmer. Sonst kahl, unmöbliert.
Auch links: ein Fernsehzimmer. Ein Esszimmer. Auf der rechten Seite des langen Traktes: Zwei große Waschräume, Toiletten, eine Kammer für Reinigungsmittel. Am Ende des langen Traktes ist eine Panoramatapete. Sie leuchtet schon von Weitem: ein endloser Sandstrand mit Palmen, blaublauem Meer, meterhohen Wellen, darauf ein Surfer. Der Strand von Waikiki.
Der Ventilator macht die Luft nicht besser. Es ist auch im Innern unerträglich heiß. Ich stelle mich trotzdem unter seine Rotorblätter und warte. Zwei Herren in kurzen weißen Kitteln kommen rauchend aus dem Garten, der eine verbeugt sich vor mir und sagt: Guten Tag, Käpten, schön, dass Sie hier sind, der andere pufft ihm in die Seite und grinst. Sie verschwinden in einem großen Raum, der die Aufschrift trägt: NUR FÜR PERSONAL.

Ich gehe kurz in den Garten. Klok ist bestimmt noch beschäftigt. Verdorrter Rasen, begrenzt von Steinmauern, auf denen Leguane hocken. An die Hauswand angrenzend ein kleines, von Steinchen eingefasstes Beet mit feuchter Erde. Hier will wohl jemand was pflanzen. Hinter den Steinmauern geht es steil bergab, durch die Palmen sehe ich das azurblaue Meer glitzern. Hätte mich gern gesetzt und den Ausblick genossen, doch es gibt keinen Schatten. Abends muss es hier idyllisch sein, doch da bin ich ja leider schon wieder weg. Gehe wieder rein, zum Ventilator, vielleicht ist Klok ja fertig mit seinem Termin.

~

In den Sesseln sitzen jetzt welche. Sehen aus wie alte Matrosen. Ich erkundige mich bei einem der weißen Herrn. Erfahre, die Seeleute werden vom Personal angehalten, mindestens zwei Stunden täglich ihre Hängematten zu verlassen und in einem der Sessel zu sitzen. Wer den Trakt rauf und runter gehen will, gern.

~

Aus den Lautsprechern über der Sitzgruppe dudelt seit Stunden dieselbe CD. Hans Albers. Seine größten Erfolge. *Captain Bye-bye aus Hawaii war ein Lumpenstrumpf / den kannten sie alle im Hafen* ... Ein alter Mongole, Piratenflagge als Kopftuch, kleine glasige Augen, hat die Hose offen. Ich weise ihn darauf hin. Winke und schnipse. Er reagiert nicht. *La Paloma, ohe / Einmal wird es vorbei sein* ... Mit dem Zeigefinger deute ich auf seinen Hosenstall. Er reagiert nicht. Ich beuge mich zu ihm vor und ziehe am Reißverschluss. Er klemmt. Ich ruckel rum, endlich, und zippe ihn zu. Der alte Mann bedankt sich gar nicht. *La Paloma, ohe / Einmal wird es vorbei sein* ... Ich setze mich wieder in meinen Sessel. Als ich hinguck, ist die Hose wieder offen.

Klok kommt aus der Tür mit der Aufschrift: NUR FÜR PER-SONAL, er hat es wieder sehr eilig, ich frage ihn, wie lange der Termin noch dauert, er sagt: Gleich, Herr Blume, gleich, gedulden Sie sich noch.

~

Ein Janmaat, erkenne ihn wieder, er war dabei auf der zweiten Reise, schaute immer verstohlen auf Vex, wenn ein Shanty gebrüllt wurde, er schlägt zu *La Paloma* den Takt. Finger clack, clack, clack, clack, auf die abgetapete Lehne. *La Paloma, ohe, La Paloma, ohe.* Clack, clack, clack, clack. Beim nächsten Lied *Das letzte Hemd hat leider keine Taschen* clackt er wieder. Aber zu langsam. Konstant zu langsam. Clack, clack, clack, clack. Er klopft immer denselben Takt. Seine Hand hat immer denselben Takt. Als die CD zu Ende ist und einer von den Weißen sie zurück auf Anfang skipt, klopft seine Hand weiter: Clack, clack, clack, clack. Als nach einer halben Stunde wieder *La Paloma, ohe* dran ist – clack, clack, clack, clack – ist seine Hand wieder mit Hans.

~

Ich höre Schlüsselklappern. Ein fetter Bund. Das schwere Schloss des langen Traktes wird geöffnet. Quietschen von Rädern. Dann kracht die Tür. Tee oder Kaffee? *Ihre* Stimme. Tee oder Kaffee? *Sie* ist es. Sie schiebt einen Stahlwagen, zweigeschossig, aus der Großküche. Untertassen, Tassen übereinandergestapelt. Vier große Kannen. Zwei mit Kaffee. Zwei mit den Strippen der Hagebuttenteebeutel um den Henkel geknotet. Sie trägt einen weißen Kittel, er reicht ihr bis zu den Knien. Weiße Waden. Keine Strümpfe. Weiße Birkenstocks. Ihre Haare zum Dutt hochgesteckt. Tee oder Kaffee?

Kann mich nicht entscheiden. Bestimmt wieder Kaffee, Herr Blume, weiß oder schwarz? Kann mich nicht entscheiden. Na, ich mach bisschen Weißer. Sie stellt mir die Tasse auf den Tisch. Ihr

Blick. Kein Zweifel, sie hat mich erkannt. Will mich nicht bevorzugen vor den andern. Die Herrn? Kaffee, Tee für Sie? Weißer, Natreen?

Ich berühre ihr Handgelenk und flüstere: Hallo Marie, dass wir uns
wiedersehen. Sie sagt: Nana. Und schiebt meine Hand weg. Sie
geht ihre Runde. Von ihren Schultern rieseln Schuppen.

~

Sitzgruppe. Marianengraben.

~

Klok kommt mit einem Tablett und sagt: Jetzt aber.
Auf dem Tablett viele silberne Näpfchen mit Flüssigkeiten ver-
schiedener Farben.

Er scheint sie irgendwie nummeriert zu haben, jedenfalls hat jedes
Näpfchen seinen Platz.

Was geben Sie denen, Klok?, frage ich. In den Silbernäpfchen, das
Flüssige, was ist das, das Ölige, und die Dragees?

Salzwasser, Herr Blume. Für das Fernweh.

Als er mir auch ein Näpfchen in die Hand gibt, frage ich: Wozu ist
das gut? Da sagt er: Gegen die Hitze. Ich schlucke es herunter.

~

Sitzgruppe. Marianengraben.

~

Wann kann ich wieder gehn? Ich hab genug davon. Will wieder
aufs Schiff. Immer wenn ich ihn frag, winkt der Doktor ab. Sehr
beschäftigt. Sehe nur die weißen Kittelenden von hinten flattern.

Da ist ja auch Orloff. Er erkennt mich nicht. Hilft in der Küche aus. Piddelt Scheibletten aus der Einschweißfolie. Und Bierschinken. Ich muss lachen. Aufschnitt in den Tropen, ich fass es nicht. Keiner lacht mit. Orloffs Wurschtfinger, die Petersilie drüberfriemeln. Über den Scheibli. Den Bierschinken.

Gestern hat die Wurst ein Gesicht gehabt, ruft er zu einem Herrn in Weiß.

Und, über was haben Sie sich so unterhalten, ruft der zurück und klappert mit dem Schlüssel.

Ich sehe was, was du nicht siehst. Orloff steckt sich eine Scheibe Bierschinken in die warme Hosentasche. Ob ich ihn verpfeif?

~

Ich schmecke irgendwas Pelziges auf der Zunge. Das Schlimme am Wasser, muss ich dann doch sagen: Es ist so langweilig. So endlos langweilig.

Wer nimmt den Kampf auf? Keinen scheint meine Frage zu interessieren.

~

Mittag. Im Speisesaal hängt ein Spruch, der in einen goldenen Rahmen eingefasst ist. Zu dem Klappern der Löffel, dem Schmatzen der Zahnlosen lese ich:

Das Meer ist der Raum der Hoffnung
und der Zufälle launisch Reich.

Hier wird der Reiche zum Armen
und der Ärmste dem Fürsten gleich.

Orloff hat Küchendienst: Er streut frische Petersilie über den passierten Alaskaseelachs mit Salzkartoffeln in Senfsoße. Alles ein gelber Brei. Wie verweste Erbsen. Die Petersilienhand friemelt. Essen eins: Labskaus. Essen zwei: Alaska Seelachs passiert.

Die Leute halten sich durch Scherze bei Laune. Beim Anblick des an Senf erinnernden Fischschleims rufen sie über die Tische: Jetzt ist es passiert!, oder: Was nicht alles passiert, oder: Schon wieder Fisch, ist das der ewige Freitag? Dann schwingen sie die Löffel wie Entermesser, es ist ein kindischer Anblick. Gestandene Seemänner mit Schlabberlätzchen um den Hals, damit sie ihre Hemden nicht einspucken. Viele können oder wollen nicht mehr koordinieren, löffeln den Brei am Ohr vorbei auf den Rücken des Nächsten am Nachbartisch. Und merken es nicht. Wie der Bekleckerte es nicht merkt. Der läuft noch stundenlang mit dem Klecker am Rücken durch die Trakte, bis ihn ein weißer Herr abwischt.

~

Zu jeder vollen Stunde: Rauchzeit.

Viele tigern schon vorher den Trakt auf und ab, fragen die Weißen: Kann ich meinen Tabak haben? Kann ich meine Pfeife haben? Die Weißen zeigen auf den Minutenzeiger der großen Uhr, die über ihrem Aufenthaltsraum hängt. Ist es schon volle Stunde, na? Wie viele Minuten sind es noch? Können Sie das lesen?

Zur vollen Stunde kommt *sie* und verteilt Meerschaumpfeifen und Priem. Nein danke, sage ich, keine Pfeife. Sonst fällt hier noch ein Pferd von der Decke. Lieber Priem. Mechanische Kaubewegungen der Priemer. Einigen läuft der Sirup das Kinn runter, tropft auf die Hose. *Sie* zündet die gestopften Pfeifen an. Nach drei Zügen gehen sie aus. Sie zieht sie aus den Mündern, klopft sie aus und nimmt sie mit aufs Personalzimmer, wo sie eine Luckys raucht.

~

Bowles, der Arme, ist er auch hier auf Besuch? Er läuft den ganzen Nachmittag wie ein Hamster im Kreis und merkt es nicht. Schiebt sich vorwärts Zentimeter um Zentimeter, in viel zu großen grauen

Stoffpuschen. Erlöst ihn keiner? Doch. Die Glocke zum Abendbrot. *Schaffe, schaffe, kleen un grot* ... Kommen Sie, Lehmann, Aufschnitt und Hagebutte.
Wieso heißt Bowles Lehmann und nicht Bowles? Wieso Lehmann
und nicht Bowles?

~

Ein alter Seemann, Holzbein wie ich, steht am Ende des langen
Traktes vor der Panoramatapete. An seinem linken Hosenbein läuft
Urin entlang. Die Pfütze, in der er steht, wird immer größer. Er
berührt die Wellen von Waikiki, streichelt den Surfer mit der linken Hand. Wer darf das wieder wegmachen, sagt ein Herr in Weiß.

~

Dr. Klok, ich muss jetzt. Wirklich. Hab alles gesehn. Besuch zu
Ende. Können wir?
Später. Schauen Sie was fern.
Und wieder nur die Kittelenden flattern.

~

Der alte Mongole mit dem offenen Hosenstall. Über seinen linken
Schuh läuft eine Kakerlake. Sie verschwindet hinter der Palme. Der
alte Mongole klappt seinen Kiefer auf und sagt: Anything goes.

~

Im Fernsehsaal. Ein Fernseher. Davor acht Männer. Über dem
Fernseher eine Schiefertafel, darauf, in Kreide:

Jung − wo die Zukunft vorwaltet,
alt − wo die Vergangenheit die Übermacht hat.
NOVALIS

Acht Männer sitzen vor der Mattscheibe und verfolgen eine Sendung, in der eine Kamera, die am Bug eines Schiffes installiert ist, stoisch den Ozean abfilmt. Die See ist leicht gekräuselt, der Himmel, der den oberen Bildrand einnimmt, leicht bewölkt.
Ich nehme einem der Fernseher die Fernbedienung aus der Hand. Schalte um.
Wieder das Gleiche. Schalte noch mal um. Immer noch das Gleiche. Es gibt also nur einen Kanal. Ich will mich aufregen und lächle.

~

Ich muss vor dem Fernseher eingeschlafen sein mit offenen Augen. Plötzlich steht *sie* in der Tür des Fernsehzimmers und sagt: Ahoi, Männer, bis morgen. Und geht.
Ich stehe auf, ihr hinterher. Ich muss sie sprechen. Wenn wir unter vier Augen sind, wird sie mir alles sagen. Ihr Schlüsselbund klappert, sie ist schon fast an der Tür. Warte!, schreie ich, warte, Marie, was hat das alles zu bedeuten?! Was hat das alles mit mir zu tun?
Sie dreht sich von ferne um und ruft: Herr Blume, wir sehen uns doch wieder! Und ist schon aus der Tür.
Ich hinterher. Ans Ende des Traktes. Zur Tür. Ich trommel mit meinen Fäusten dagegen, brülle: Marie! Marie!, da fassen mich Hände von hinten und sind sehr stark.
Gehen Sie doch raus in den Garten, jetzt ist es erträglich. Der Doktor kommt dann gleich.

~

Anything goes nicht.

~

Sage mich los von allem.
Sage mich los von der Seefahrt,

los vom Ozean,
vom Schiff,
vom Meer- und vom Himmelblau,
endgültig los von allem.
Ich, Seemann ohne See,
übergebe meine Notizen in die vertrauensvollen Hände Doktor
Kloks.
Werde hier im Garten bleiben.
Dort ist ein feines Beet
mit frischer Erde voll.
Stell mein Holz dort rein
und warte Stunden, warte Tage,
hoffend, dass es Wurzeln schlage.
Blume, Thomas.

~

Blomberg! Aufwachen! Wenn er die Hitze nicht verträgt, taugt er
nicht zum Ausguck, der muss die Hitze aushalten! Los, Wachwer-
den! Blomberg! Mann! Augen auf!
Mulmige Saharamarkisen. Ich kreiselte in meinem Tauwerk. Unter
mir hörte ich die Stimme von Klok: Na, Blomberg, da is Ihnen ja
glatt das Fernrohr abgegangen.
Ein metallisches Gemecker ließ meine Lider hochklappen. Es
dämmerte bereits. Wie viele Stunden muss ich hier oben ... Am
Bug standen Klok und John Salt, der endgültige Seemann. Was die
Sonne alles anrichtet! Ganz schön verbruzzelt, was? Der Doktor
war bester Laune. Als Ihr Fernrohr aufklatschte und zersprang, hab
ich gleich den Salt geholt, der hat ja ein Notrohr in seinem Kopf.
Sie erlauben doch. Wollte Sie nicht wecken, Sie haben so selig ge-
schlummert da oben. Wollen Sie nicht runterkommen? Und einen
Blick werfen durch unsern John? Is doch schließlich Ihre Aufgabe,
oder?
Man ließ mich herunter. Klok musste mich stützen, so rammdösig
war ich. Scheißsonne. Touristenkrankheit. Das darf einem Pirat

nicht passieren. Jetzt hatte er was gegen mich in der Hand. Klassenkeile. Er führte mich zu seinem Lieblingsspielzeug. John Salt stand angeschraubt am Bug und starrte eisern geradeaus. Na los, sagte Klok, schauen Sie durch sein Kopfloch, und wenn Sie mehr Radius brauchen, drehen Sie seinen Hals, nicht zu abrupt, John ist sehr empfindlich, hehehe ... Ich schluckte schwer an meinem Adamsapfel. Kein Gefühl mehr. Ich klammerte meine Arme um den salzigen John, verschloss meine Nase vor seinem Tanggestank, und blickte angewidert durch sein künstliches Auge.

Und, sagte Klok. Sehen Sie jetzt was? Sehen Sie mal, dort vorn, wie können Sie das übersehen, es füllt das ganze Bild und Sie sehen den Ozean vor lauter Tropfen nicht.

Warum? Warum gerade dieses Schiff? Wer hat sich das ausgedacht? Sagten Sie was? Mir war, Sie sagten was.

Ich schaute erneut. John Salt brach in ein mechanisches Lachen aus, da kratzte irgendeine Nadel auf Schellack.

Ich zerrte an seinem Schädel, versuchte, die grässliche Lache auszuschalten. Ruhigschütteln, das Bild aus seinem Auge schieben. Es half nichts.

Vor uns vor Anker, still die Bucht: Das Traumschiff.

Das Traumschiff lag ruhig wie ein braves Modellschiffchen am Urlauberkai irgendeiner karibischen Insel, tausend bunte Birnen leuchteten an langen Girlanden, und sie verschwanden auch nicht, als ich mehrfach mit den Lidern kniepte. Nach einigen Minuten die Gewissheit. Ich konnte es mit bloßem Auge sehn. Nicht nur ich. Durch John Salts Gemecker hatte sich das Deck gefüllt. Wann hatte es das je gegeben, dass dieser Automat lachte? Da musste etwas vorgefallen sein. Alle tuschelten. Grummelten. Pfiffen. Einer verschwand auf leisen Füßen und brachte Morgan mit.

Die Mannschaft wartete auf meinen Satz. Den einen Satz, der alles andere nach sich zog. Ich räusperte mich. Dann sagte ich mit belegter Stimme:

Feind in Sicht.

Vereinzelte Jubelrufe. Grinsen hier und da. Auf vielen Gesichtern unterdrückte Angst. Feind in Sicht Feind in Sicht, kräckerten zwei Papageien auf Schultern, die rasch näher kamen.

Morgan prüfte die Lage, gab sofort Zeichen zum Ankerwerfen, alles so still und schnell wie möglich. Dann kam er zu uns.

Wer hat es zuerst gesehn? Wer, wollte er wissen.

Ich sagte nichts. Klok schnalzte mit der Zunge und deutete mit einer Kinnbewegung auf mich.

Es ist also Ihr Schiff, Blomberg. Ich gratuliere Ihnen. Gute Arbeit.

Ich nickte. John Salt drehte sich um und produzierte ein Grinsen. Ihnen steht es zu, zu sagen, was wir mit diesem Schiff machen.

Die Männer standen um mich herum. Glänzende Nachtaugen. Sie wollten meine Stimme hören. Ich schluckte. Der Apfel steckte in meinem Hals.

Wir ... werden es ... entern, sagte ich, Gefangene ... werden nur gemacht ... wenn mit ...

Weiter kam ich nicht, der Rest des Satzes ging unter im Jubel, den Morgan sofort unterband.

Still kommt der Tod in der Nacht ...

Morgan riss die Situation an sich. Alles klar zum Entern. Seine Sätze Gewehrsalven.

Die Säbel! Die Musketen!

Die Boote: klar!

Bowles: Die Bibel!

Die Männer schwirrten aus wie aufgezogen. Jeder erfüllte seinen Part. Nur ich stand wie ausgegossen neben dem eisernen John, ihm zum Verwechseln ähnlich. Klok patschte mit seiner zittrigen Fuselhand an meine Wange.

Was haben Sie denn? Wir sind am Ziel unserer Träume. Und Sie tun wie tot. Aufgewacht Kleiner, der Schlaf kann warten.

Ich reagierte nicht. Ich weiß nur, dass ich selten so einen Ekel empfand vor einer Berührung.

Aufwachen, Kleiner. Aufwachen. Das Schiff vor uns liegt im Tiefschlaf. Wir werden sein Albtraum sein. Was. Was. Blomberg, das sind doch Sie. Oder hab ich mich getäuscht?

Ich kenne dieses Schiff, sagte ich dann. Ich kenne es. Warum gerade dieses? Warum von tausend Schiffen dieses?

Reiner Zufall, sagte Klok. Aber ein interessanter Zufall. Für die Geschichte sehr interessant.

Was meinte er damit? Mein Hirn fuhr stockend Schleifen auf einer rostigen Achterbahn, drohte aus der Federung zu fallen.

Was führen Sie im Schilde, Doktor?

Ich? Im Schilde? Das fragen Sie mich? Ich bin auch ein Opfer des Zufalls. Das haben Sie doch hinlänglich mitgekriegt.

Die Vorbereitungen liefen auf Hochtouren. Die Männer leckten schon Blut. Hand in Hand. Taue, Boote, Waffen. Die Aussicht auf Beute duldete kein Zögern. Das Ziel so nah ...

Bald war alles so, wie es sein musste, und Sir Henry rief uns zusammen, um den Schwur zu leisten. Den Schwur der Frères de la Côte.

In seinen Händen das Heilige Buch, sprach er hochfeierlich:

Männer. Brüder der Küste.

Wir stehen vor unserer ersten Schlacht.

Ob es unsere letzte sein wird, das hängt ab von uns.

Von unserer Tapferkeit. Von unserer Kameradschaft.

Schwört auf dieses Buch und sprecht mit:

Einer für alle. Alle für einen.

Es wird gekämpft bis zum letzten Blutstropfen.

Niemand wird verschont.

Gefangene werden nur gemacht, wenn mit hohem Lösegeld zu rechnen ist.

Wir leben zusammen. Wir gehen zusammen in den Tod.

Wir sind gekettet aneinander auf Gedeih und Verderb.

Ich schwöre es bei Gott und der heiligen Marie.

Die Männer sprachen nach. Reichten sich die Hände. Besiegelten den Schwur. Jetzt gab es kein Zurück.

Ich machte mit wie alle andern. Was hätte ich auch tun sollen? Ausscheren? Ich? Ich hatte den Stein ins Rollen gebracht. Ich war's doch. Ich. Wer hatte das Schiff gesehn? Das war doch ich. Und ich wusste: Du musst da durch. Das war es also. Die Prüfung, von der

Dibbuck gesprochen. Die wartet jetzt auf dich. Kneifen bedeutet das Heim. Ich hatte mich entschieden.

Alles ging zügig und reibungslos. Morgan ordnete an: 50 Männer einschließlich John Salt bleiben auf der Arrowball, was diese auch ohne Murren befolgten. Zum Schutz des Mutterschiffes, wie er sagte. Wenn wir das Traumschiff genommen haben, geben wir Zeichen. Haltet die Stellung. Und gebt schön Acht auf meine kleinen Nachbeter. Damit setzte er die beiden Papageien ab auf den Schultern des Endgültigen. Entern entern, kräckerten sie. Entern entern!

Dann wurden fünf Boote zu Wasser gelassen. In jedes quetschten sich über 20 Männer, bis an die Zähne bewaffnet. Messerklingen blitzten im Mondlicht, Säbel, Pistolen und Enterhaken. Ich saß im ersten Boot, mit Morgan, Klok und Lafitte. Hinter mir spürte ich den eifrigen Bowles. Die Stimmung war gespannt bis zum Äußersten. Viele wagten kaum zu atmen, ich sah, wie die Münder leicht offen standen, die Zunge gegen die Unterlippe gedrückt. Pullt, pullt, zischte Morgan. Kein Geräusch. Leise wie Haie. Leise wie Haie. Wir überraschen sie im Schlaf.

Ein kurzer Blick über die Schulter, zurück, zur Arrowball. Oben an der Reling die Silhouetten der Zurückgebliebenen, winkende Arme, ein grauer Scherenschnitt.

Ich umfasste den Griff meines langen Messers, rechts am Hosenbund. Würde ich es gebrauchen? In welches Körperteil würde es hineinfahren? In einen Bauch? In einen Brustkorb? In einen Hals? In wessen?

Pullt, Leute, pullt, kein Geräusch. Leise wie Haie. Morgan saß kerzengerade im Boot. Eine Galionsfigur. Eisern nach vorne blickend. Das Traumschiff. Die Lichterketten. Der Abstand verringerte sich. War da eine Bewegung an Deck? Ich suchte angestrengt jeden Meter ab. Hatten sie Wachen aufgestellt? Bestimmt ließen sie ihr schwimmendes Hotel nicht ohne Aufsicht. Wenn jetzt die Suchscheinwerfer angehen ... und wir im Kegel ... und die Sirenen ... ich rechnete mit dem Schlimmsten ... wie clockte mein

Herz ... trocken wie ein Metronom in der verwaisten Weltbibliothek ... clock, clock, clock, clock.

Wir erreichten das Traumschiff. Ohne Zwischenfall. Leise wie Haie. Jetzt gab Morgan nurmehr Handzeichen. Niemand wagte einen Laut. Unsere Boote berührten den Weißen Riesen. Uns allen raubte es den Atem, als wir mit unseren winzigen Schaluppen am Fuße dieses Stahlberges ankamen. Wie sollten wir dieses Ungetüm entern? Das war ein Ding der Unmöglichkeit. David und Goliath.

In unserer Ohnmacht warteten wir auf Morgan. Wusste der einen Weg? Er hielt einen Moment inne. Ob auch er verzagte? Er gab Zeichen, zum Heck des Schiffes zu rudern. Zur Ankerkette. Wir pullten los. Aus dem Schiffsbauch vernahm ich schwach eine Musik. Partyvierviertel. Sie waren noch wach. Da drinnen tanzten die Touristen. Nicht daran denken, wer da seine dünnen Beinchen schwingt. Hoffte ich insgeheim, dass wir kleinbeidrehten, umkehrten? Ich weiß es nicht mehr. Für Zweifel keine Zeit. Ich war auf alles gefasst.

Dann erreichten wir die Ankerkette. 15 Meter hinauf. Von dort waren es mindestens doppelt so viel bis zum Deck. Was sollte das? Morgan konnte doch unmöglich hier ...

Er drehte sich um. Schulterte das Seil mit dem Enterhaken. Mit ein, zwei Schritten war er in der Mitte unseres Bootes, dann drückte er mich und Bowles harsch zur Seite, und ohne Vorwarnung hackte er den Enterhaken in das Holz. Einmal, zweimal, dreimal, viermal, fünfmal, sechsmal, sieben, acht, neun, zehnmal, und das Wasser spritzte durch.

In drei Minuten ist es voll, sagte er. Es gibt kein Zurück. Wer jetzt das Hasenpanier ergreift, dem schlitze ich eigenhändig die Kehle durch.

Dann sprang er auf die Bootskante, und ohne sich noch einmal umzusehen, fasste er die Ankerkette, klammerte seine Beine um sie und zog sich hoch. Lafitte folgte ihm. Den Säbel zwischen den Zähnen. Dann Smiles. Dann Gomez. Dann Smith. Das Wasser sprudelte weiter. Die Führer der vier anderen Boote taten Morgan nach. Hackten die Kähne auf. Jetzt war Klok an der Reihe. Er griff nach der Kette. Würde er es schaffen? Das alte Skelett. Wie viel Kraft war noch in seinen Knochen? Der Steuermann war so abgemagert. Wie staunte ich, als er sich wie ein Äffchen hochzog, schneller als alle andern. Pro Zug einen halben Meter mindestens, er klebte förmlich an der rostigen Kette, haftete an ihr wie eine Seepocke an der Auster, schnell hatte er zum Vordermann aufgeschlossen. Der Mann steckte voller Überraschungen.

Jetzt war's an mir. Früher, als Junge, war das Klimmen nicht meine Stärke gewesen. Meine Arme gaben nicht viel her. Zu dünn, kein Bizeps. Und jetzt noch das Holzbein. Ob das gut ging? Die paar Trainingseinheiten ... Ich lockerte meine Schultern, dehnte meine Hände und fasste zu. Es ging. Die Kettenglieder waren gottseidank so groß, dass ich meinen Stumpf auf ihnen abstellen konnte. Er rutschte nicht. Langsam, Stück für Stück, machte ich Höhe. Über mir Klok. Unter mir Bowles, mein Schatten.

Ich verschnaufte. Und blickte hoch. Morgan war längst auf halber Strecke, hatte sein Seil aufgerollt und versuchte nun, seinen Enterhaken zu schwingen. Vorsicht, vorsicht, die Köpfe weg!

Der Haken schwirrte knapp an uns vorbei, einmal, zweimal, noch einmal, bis er genug Schwung hatte. Dann war es so weit: Er hatte getroffen. Gleich beim ersten Mal. Oben steckte der Haken fest an der Reling. Es gab einen kurzen Schlag, wir warteten, als nach einer Minute nichts geschah, wagte Morgan die letzte Etappe. Es ging alles reibungslos. Niemandem versagten die Kräfte. Ich war froh, dass meine Arme so stark waren. Das hätte ich früher nie geschafft. 20 Meter Klimmen. Räuberleiter. Dass man nicht mal ein Keuchen vernahm ... konzentrierte Insekten ... Teil zu sein einer Kampfapparatur. Jeder wusste: Wenn ich versage, wenn ich abrutsche, reiße ich den Rest mit in den Abgrund, dann explodiert die Maschine, eine falsche Bewegung und der ganze Staat bricht zusammen. Sir Henry Morgan, sein wirrer Bart im Glühbirnenschein, hatte jetzt die Reling erreicht und sich darübergezogen, als machte er diese Übung täglich, seit Kindesbeinen, dann gab er Lafitte die Hand, Hilfestellung gab dieser dem nächsten usw.

KlokdiealteStelze setzte sein langes Bein über das Hindernis, linste zu mir runter, keine Spur von Mattigkeit, er war wieder wie eh und je, voll Tatendrang und Feuereifer, ein Scheit in Vorfreude auf sein Verbrennen, sein knorriges Ärmchen zog mich an Deck wie nichts, ich brauchte kaum mittun, nur aufpassen, dass mein Stempen sich nicht verhakte. Ich war an Bord. An Bord des Riesen. Der Blick runter: Wie vom Fünfzigmeterbrett.

Lass, lass, flüsterte Klok, ruh dich aus, ich mach das schon. Und schob mich beiseite, um den nächsten, Bowles in Empfang zu nehmen. Ich sah mich um. Niemand an Deck außer uns. Nachtruhe. Die Sonnenliegen schliefen in einer Reihe zusammengeklappt unter Plastikplanen. Ein paar Meter weiter dämmerte der Pool, den ich bei meinem ersten Besuch von unten gesehn hatte mit den badebehosten Gelbrandkäfern. Jetzt war alles kalm. Es roch nach Chlor.

Hatte Petra heute darin gebadet? Ich versuchte mir diese Gedanken aus dem Kopf zu schlagen, doch sie kamen immer wieder, ein Hirn ist wohl kein ABC-Schütze, der kuscht und stille sitzt, wenn man ihn tadelt, ein Hirn kann nicht stille sitzen, auch wenn es sich oberhalb des Pultes gertengrade hält und aufmerksam tut, unten, unterm Tisch ist es ständig in Bewegung, wippt mit den Beinen, mit den Zehen, notorisch, das lässt sich nicht gängeln, verdammt, wenn es doch ein andres wär und nicht meins, jetzt das Hirn von Gomez in meinem Schädel, und ich wär glücklich, dann dächt ich an nichts, dann säß ich stumpf in meiner Bank und träumt von nichts anderem als von Bemmen und einer guten Prügelei im Pausenhof. Scheißhirn, warum kratzt du immer ihren Namen in die Bank? Schaust aus dem Fenster und siehst nur sie? Kannst du nicht still sein und dich konzentrieren auf das, was die Tafel sagt? Auf die Lektion des Tages, die da heißt: ENTERN.

Ich hämmerte gegen meinen Schädel, suchte die Mücken zu vertreiben, die mich piesackten und diesen Kopfcouscous verursachten. Ich blickte auf den Pool und meinte, sie zu sehen. Dürre und bleich, im Bikini. Wie sie auftauchte am Beckenrand, sich die nassen Haare zurückstrich, die Wassertropfen aus dem Gesicht schüttelte. Wie sie sich mit leichtem Schwung aus dem Wasser auf den Beckenrand zog. Wie sie dasaß. Auf dem Badetuch. Wie sie sich sorgfältig eincremte mit Delial. Die Milch auf Armen und Beinen verrieb, wie sie einen älteren Herrn bat, ihren Rücken einzusalben, wie sie den Cremerest an ihrem Badetuch abwischte und sich dann langmachte auf dem Sonnendeck.

Mein Hirn, mein Hirn. Rieb sich die Schenkel unter der Schulbank, immer fester, vergaß, was der Lehrer an die Tafel schrieb. Bis der Lehrer mit seinen Fingernägeln auf der Tafel kratzte, dass ich aufschreckte und ihn anstarrte. Blomberg, hörte ich den Lehrer sagen, Blomberg, was sind Sie heute wieder abwesend? Gerade heute müssen Sie bei der Sache sein. Sie wollen doch nicht sitzen bleiben ...

Es war Morgan, der mich am Kragen packte. Starren Sie nicht auf stehende Gewässer, zischte er. Wir sind komplett. Los.

Die Männer rotteten sich zusammen. Gebückte Haltung, Waffen griffbereit.

Ich schaute kurz hinab. Von unseren Booten war nichts zu sehen. Sie waren schon längst abgesoffen. Irgendwo dahinten wartete die Arrowball, ich konnte nicht mal einen grauen Umriss ausmachen, sie hatten alle Lichter gelöscht, die Kameraden standen jetzt an Deck und hatten jede unserer Bewegungen mitverfolgt, das spürte ich. Morgan zischte irgendwas und gab Zeichen. Langsam schlichen wir voran.

Wir hatten dieses Szenario oft durchgespielt. Nur Messer und Säbel. Keine Schüsse. Noch hatten wir die Überraschung auf unserer Seite. Das Traumschiff ahnte nichts. Wenn jetzt sich ein Mensch verirrte, ein Matrose oder ein Passagier, wenn jetzt jemand den Fehler machte, hier aufzukreuzen, dann würde Morgan ihm sein Messer in den Bauch stecken, und ihm dabei schön das Maul zuhalten. Ohne Geräusch. Das Wichtigste war die Brücke. Die mussten wir zuerst nehmen. Wer die Brücke hat, hat das ganze Schiff. Langsam schlichen wir voran. Wo waren die wachhabenden Offiziere? Irgendwer musste doch an Deck sein und Wache schieben. Wieder drang Musik an unsere Ohren. Diesmal deutlicher. Konnte Fetzen eines Shantys raushören, ein Schifferklavier und ein gedämpft grölender Männerchor. War das Platte oder live? Wer sang dort unten im Bauch des Traumschiffs? Um diese Zeit ... mitten in der Nacht?

Psst! Lafitte hielt seinen Zeigefinger an die Lippen. Das galt mir, denn ich konnte machen, was ich wollte, mein Holzbein pochte laut auf, clock, clock, clock, clock, wir bewegten uns auf dem Teil des Decks, der mit Holz ausgelegt war, clock, clock, clock, clock, echtes Holz, kein Imitat, die hatten echte Planken verwendet, Kirsche, Eiche, Zeder, was weiß ich, ich war kein Holzprofi, obwohl ich zu einem Gutteil daraus bestand, mit den Sorten war ich nicht auf du, es machte nur solch einen Lärm, Holz auf Holz verträgt sich nicht. Psst, machte wieder Lafitte, der auf leisen Franzosenschuhen voranschlich, der hatte gut stillsein, was sollte ich denn machen? Wenn ich die Prothese schleifen ließ, war es fast genauso laut, ein Geräusch wie Fingernägel an der Schultafel, hoffentlich ging das gut. Ich wurde schweißnass bei der Vorstellung, dass ich derjenige sein könnte, der die Expedition ins Unglück stürzt.

Wir näherten uns der Mitte des Decks. Von da führten Treppen nach unten, ins Innere, und nach oben zur Brücke. Da mussten wir hin, um die Wachhabenden auszuschalten. Vorne, Richtung Bug, erblickten wir ein erhöhtes Kabuff. Es brannte Licht. Schemenhaft erkannte ich zwei Männer mit Mützen und Uniform, ihre goldenen Knöpfe glänzten in der Notbeleuchtung. Was taten sie, spielten sie Karten? Leerten sie einen Flachmann? Morgan gab Zeichen, dass wir die beiden erledigen sollten. Ich hörte sie glucksen. Clock, clock, clock, clock, wir näherten uns Schritt für Schritt. Fixierten unsere beiden Opfer. Die waren dran. Blut. Wer? Wer erledigt den Ersten? Wer? Jeder wollte. Einer würde es machen. Die mussten beseitigt werden. Zwei von uns würden ihre Rolle weiterspielen.

Wölfe, auf der Jagd. Die arglosen Zwei in ihrem Kabuff, Wild, eingekreist. Mein Maul stand offen, meine Zähne schnappten. Ich wollte auf alle Hilfsmittel verzichten, Messer und Säbel weg und nur mit den bloßen Zähnen hineinschlagen in Menschenfleisch, und ich wusste, dass es allen so ging. Clock, clock, clock, clock. Lefzen, Zunge, Zähne. Wie sie tuschelten da oben, ihre Zeit totschlugen. Morgan vorneweg. Der macht's. Der schneidet gleich beiden die Kehle durch. Alle hinterher. Morgans Tat ist auch unsre. Alle für einen. Einer für alle. Clock, clock, clock, clock.

Vor uns stand plötzlich ein Dritter.

In Uniform.

Die Kippe im Mund.

Aus heiterem Himmel.

Niemand hatte ihn kommen sehn.

Er muss hinter dem Kabuff gestanden haben.

Hatte er mein Bein gehört? Patt! Jetzt musste mit allem gerechnet werden.

Dem Typen fiel die Zigarette aus dem Mund. Der war auch wie vor den Kopf ... ein ganz junger war das, Anfang zwanzig, der Schreck saß ihm im Gesicht. Das war die Chance! Ich zog blitzschnell mein Messer und stürzte vor, an Klok, Lafitte und Morgan vorbei, die ebenfalls erstarrt waren wie die Salzsäulen, ich wollte meine Schuld wettmachen, schließlich hatte mein Bein alles vermasselt, mit erhobener Klinge stürzte ich auf ihn los, bereit zum Todesstoß, seinen Hals fest im Visier. Clock, clock, clock, clock, der Blomberg kommt! Mein Gott! Mein Gott! Was tat er? Was tat er? Er begann auf einmal laut loszulachen! Er lachte mit blitzenden Zähnen, bog sich nach hinten, hielt sich den Bauch und konnte sich nicht halten vor Lachen! Alles hätte ich erwartet, nur nicht das, dass er loslacht wie ein Schimpanse. Mit erhobenem Messer stand ich vor ihm und wusste nicht weiter.

Sie holen sich noch den Tod hier draußen, lachte er mir ins Gesicht, den Tod, los, gehen Sie schon nach unten, da spielt die Musik!

Als ich ihn daraufhin nur fassungslos anstarrte, gluckste er weiter und sagte: Soll ich vorausgehen? Haben Sie sich verlaufen? Sie sehen ja aus ...

Dann flog die Tür des Kabuffs auf und einer der Zwei streckte seinen Kopf raus. Als er uns sah, stutzte er kurz, dann lächelte er uns an, nickte, grüßte mit einem lockeren Griff an die Mütze und verschwand wieder im Kabuff!

Ich drehte mich um zu Henry Morgan. Der stand da wie übergossen. Alle standen da wie übergossen.

Schön, wenn das Papierschiffchen am anderen Ufer ankommt . . .

Klok regte sich zuerst. Langsam klappte sein Kiefer auf. Zeigen Sie. Uns. Den Weg. Dann. Bitte, stotterte er. Den Weg dann bitte.

Aber gern, kommen Sie, sagte der Kadett, und stecken Sie doch das Messer weg, ich hatte schon Angst, Sie wollten mich pieken.

Er ging voraus, Richtung Treppe. Keiner der Piraten rührte sich, als er an ihnen vorbeischritt. Dann stand er am Treppenhäuschen und machte eine Armbewegung, wie ich sie von den Schülerlotsen kannte: Bitte, folgt mir Kinders.

Er kniepte mir zu und schäkerte: Hab auch ein Weilchen gebraucht. Dieses Schiff ist groß wie eine Kleinstadt.

Und ging voran.

Ich hinter ihm. Wenn ich überhaupt etwas dachte in diesen Momenten, dann dies: Es hat alles seine Ordnung. Es ist schon richtig, dass du vorangehst. Es ist nicht irgendein Schiff.

Treppab. Wieder umfing mich dieser dezente Geruch von Meeresbrise, der irgendwo durch die Klimaanlagen strömte. Das Schifferklavier wurde lauter. Grölende Männerstimmen, zwischendurch kreischende Frauen.

Wir erreichten die obere Galerie. Von hier aus konnte man die ganze Passage überblicken: die kleine Ladenstadt mit den Boutiquen und Cafés, die Bänke und die Springbrunnen, die jetzt ausgeschaltet und nur spärlich beleuchtet waren. Alles ruhig. Die gläsernen Aufzüge standen still. Die altmodischen Laternen spendeten ein heimeliges Nachtlicht. Der Kadett blieb am Geländer stehen und wartete, bis der letzte von uns in Hörweite war. Dann sagte er: Wenn ich Sie bitten darf, leise zu sein. Wir wollen doch die Passagiere nicht wecken. Und zwinkerte mir zu. Zum Restaurant da lang. Wenn Sie mir folgen wollen.

Ich kenne den Weg, fiel ich ihm ins Wort. Ich weiß jetzt, wo ich bin. Gehen Sie ruhig wieder nach oben. Wir kommen zurecht.

Das ließ er sich nicht zweimal sagen. Er wünschte uns allen eine wüste Nacht, zwinkerte wieder mit den Liddeckeln und ging an den waffenstarrenden Männern vorbei nach oben.

Très bien, très bien, flüsterte Lafitte und klopfte mir anerkennend auf die Schulter.

Bowles konnte sein Maul nicht halten, platzte heraus: Dieser ... dieser ... Mensch ... wie kann er ... wie erklären Sie sich dieses Verhalten. Der ist doch von allen Geistern ... Merkt der denn nichts? Sieht der denn nichts? Wir hätten ihn umbringen können! Und der! Der! Wir sind doch ... Und der! Der lacht!

Ich erkläre mir überhaupt nichts mehr, sagte ich tonlos. Überhaupt nichts mehr. Das wird seine Gründe haben. Das wird sich alles klären von selbst.

Klok mischte sich ein. Wir sollten keine Zeit verlieren. Wenn Sie den Weg so gut kennen, dann gehen Sie voran. Los.

Die Männer versuchten ihre Verunsicherung zu verbergen, so gut es ging.

Unsere Existenz als Piraten stand auf dem Spiel. Dass wir uns so leicht außer Gefecht setzen ließen ... Was war mit Morgan, unserm Anführer? Er hatte die ganze Zeit geschwiegen. Warum hatte er nichts unternommen? Die Blicke fielen auf ihn. Doch er kaute nur grimmig seine Unterlippe. Dann sagte er knapp: Los. Blomberg ist jetzt dran. Ihm nach.

Ich zückte mein Entermesser und schlich voran. Jetzt, auf dem türkisen Teppich, wurden meine Schritte merklich gedämpft. Ich ballte meine linke Faust. Es soll sein. Zum Restaurant. Zum Schifferklavier. Zu den Grölern. Wir gingen die nächste Treppe hinunter, ohne irgendeine Seele zu treffen. Wir erreichten die Ladenstadt. Gingen vorbei an den Auslagen der Boutiquen, den Hüten, Mänteln und Ledertaschen. Dem Eiscafé. Dem Presseshop. Dem Tabakladen. Nichts hatte sich verändert hier, es war so, wie ich es in Erinnerung hatte. Vorbei an einem Flügel, der zugeklappt schlief. Die Gröler waren nah. Kommt Männer, mir nach. Dann standen wir vor der Flügeltür des Restaurants. Dahinter, gleich dahinter kreischte eine Frau. Eine heisere, tiefe Männerstimme lachte dreckig und laut. Ich schaute mich um. Hinter mir zogen die Frères de la Côte ihre Messer und Pistolen. In ihren Augen wieder erwacht: der Wille zu töten, sich zu entladen, endlich. In Morgans Augen loderte unendlicher Hass. Und Verzweiflung. Die Begegnung mit dem Kadett hatte ihn schwer aus dem Konzept gebracht. Der war jetzt zu allem fähig.

Blomberg, öffnen Sie die Tür, zischte er, und gnade ihnen Gott!

~

Ich holte tief Luft. Was auch immer uns hinter dieser Tür erwarten sollte, ich war bereit. Jetzt gab es kein Zurück. Die Lunte brannte unaufhaltsam. Ich warf mich mit voller Wucht in mein Schicksal. Die Tür flog auf, ich stürzte in den Saal und mit ohrenbetäubendem Gebrüll die anderen hinterher.

ANGRIFF PIRATEN DER ARROWBALL ANGRIFF ANGRIFF!!!!!! HEEEEEEEEEEEEEEEEEEEEEEEEEEEEEEEEEEE-EEEEEEEEEEEEEEEEEEEEEEEEEEEEEEEEEEEEEEEEEEEEE-EEEEEEEEEEEEEEEEEEEEEEE!!!!!!

Was hatten wir erwartet?

Den harten Kern der Pauschalpassagiere, trinkfeste Solariumsehepaare, beim feucht-fröhlichen Tagesausklang?

Einen Themenabend »Shantys aus aller Welt« im fortgeschrittenen Stadium, wenn dem Vortragskünstler ein paar Biere zu viel im Akkordeon steckten?

Oder das RambaZamba nur vom Band und angepisste Kellner, die das abgegessene Captain's Dinner in die Schweineeimer räumten?

Was wir nicht erwartet hatten: dass wir im Speisesaal auf eine Horde grimmiger Piraten trafen. Bibbernde Touristen ja, geschockt bis ins Mark, eine Kellnerspätschicht, ja, unfähig der Gegenwehr, aber waffenstarrende, grölende Korsaren mit verdorbenen Dirnen?! Voll gesoffene Freibeuter mit Augenklappe und zerzaustem Haar?! Sogar Piratinnen, rothaarig, mit Entersäbel und Pistolen?!

Patt.

Der Angriffsschrei erstarb sofort, wir ließen unsere Enterhaken sinken und standen blutarm mitten unter Kollegen. Was für ein Desaster. Wir waren zu spät. Die Touristen lagen längst abgeschlachtet auf dem Grund der Bucht, während unsere Berufsgenossen ihre Schätze verprassten. Jetzt fiel es mir wie Schuppen ... Der Kadett, der uns ausgelacht hatte, der uns so freundlich den Weg gewiesen hatte, das war kein Kadett, das war ein Pirat in Kadettenuniform, der den eigentlichen Kadett ins Jenseits befördert hatte und nun den Kadetten spielte. Wie hatte er uns in Bockshorn ... was für eine Lackmeierei ... Teufel, Teufel ... verarscht nach Strich und Faden.

Wir standen da wie Falschgeld auf einer Party, die wir nicht organisiert hatten. Was jetzt? Sollten wir uns bekannt machen, fragen, ob noch was übrig war zum Schlachten? Oder kleinlaut wieder gehen?

Unsere Boote hatten wir doch versenkt. Schwimmen konnten nicht viele. Wir saßen in der Falle.

Stille.

Dann sagte Gomez: Haben Sie Kakao geladen?

Schweigen.

Gomez wiederholte seinen Satz: Haben Sie Kakao geladen?

Abarythwyth sprang zu Hilfe: Ein Bier würde es auch tun!

Haben Sie Kakao geladen, sagte Gomez erneut, sehr höflich, als wolle er sagen: Ich hab mich auch schon mal wohler gefühlt, doch er sagte nur: Haben Sie Kakao geladen?

Stille.

Und dann fiel mein Blick auf den fetten Typen mit der Augenklappe, der so gut gebrüllt hatte, wie er hinter dem Rockschoß einer blonden Braut hergrapschte, die jetzt unter ihm lag. Vor Schreck waren sie umgefallen, ausgerutscht auf dem öligen Boden, wo eine Silberplatte mit Thunfisch in Tomatenmarinade auf den Fliesen lag. Der Typ schaute mich an mit besoffenem Blick, seine Braut lugte halb erdrückt unter seinem Wanst hervor.

Petra.

Betrunkene Petra.

Sie erkannte mich. Jetzt. In diesem Augenblick.

Und der Typ mit der Klappe, das war der Typ mit der Kamera, damals, an den weißen Plastiktischen, als die Wespe zwischen meinen Händen zermatscht ward, ein Pirat vor dem Herrn, und daneben, der Typ mit dem Piratenkopftuch, der hatte sich ... bei meinem ersten Besuch vehement über den Fettrand an seinem Lamm beschwert, und der Koloss mit den breiten Schultern, der mir am nächsten stand, wo hatte ich diese Visage schon einmal gesehn? Das war ... Moment ... Petras Daddy ... Rudolf ... Rudolf ... mit aufgemaltem Bart ... voll bis unter die Decke!

Moment!, schrie ich. Stop!

Ich ging die Schritte auf Rudolf zu. So mein Lieber. Wolln doch mal sehn, wer hier die Lizenz hat ...

Er muss mich missverstanden haben, der Herr Rudolf, er prostete mir zu, anstatt sein Testament zu machen, wagte es tatsächlich, mir seinen Cognacschwenker unter die Nase zu halten, lallte was wie: Du auch mal, Pirat, einen heben, einer geht noch, einer geht doch noch, da war ich schon an ihm dran und stach mit meinem Messer in seine rechte, dann in seine linke Schulter, zerfetzte sein Hemd und zeigte allen, die im Saal standen, die dicken Schulterpolster aus Schaumstoff.

Seht! Seht! Der Mann ist falsch! Er ist nicht der, er ist nicht der, er spielt! Die Ratte! Er spielt, alle hier spielen nur! Alle sind falsch, ich habe es durchschaut! Ich erkenne sie, es sind die Touristen! Die Touristen! Los, Männer, los ans Werk, es soll verrichtet werden!

Ey, was fällt dir ein, das geht jetzt aber einen Tick zu weit, mein Lieber, sagte Rudolf, der durch die Aktion plötzlich nüchtern war und seinen familienväterlichen Protest lautmachte, als stünde er daheim am Jägerzaun.

Ja, ja, fauchte ich ihn an, zu weit, zu weit, das geht jetzt aber entschieden zu weit, und wissen Sie, es wird noch viel weiter gehn, weiter, als Ihre kühnsten Träume reichen. Das war erst der Anfang: HIER!

Ich holte aus mit meinem Messer und zog es ihm quer über die linke Wange. Sofort quoll ein dünner Streifen Blut aus der Wunde, ein roter Schmiss, wie aufgemalt. Petras Vater stand einfach nur da. Kraftlos hingen seine Arme herab. Fasste nichtmal hin. Was jetzt? Na was? War das zu wenig? Hast du nichts gespürt? Dir muss man deutlich kommen? Wie du willst. Ich holte erneut aus und ritzte ihm den Hals. Diesmal war es tiefer. Jetzt tropfte es schon, erst langsam, dunkelrot und dickflüssig, ganz behäbig kam das Blut aus der Ritze und schaute sich um, wie die Lage war. Dann machte es sich auf den Weg. Tropfen für Tropfen, immer mehr, immer dünner, immer waghalsiger, ohne Bedenken, floss sauber den Hals lang, saugte sich in das zerrissene Hemd, suchte sich seinen Weg, über die Schlüsselbeine, jetzt färbten sich seine grauen Brusthaare rot, und Vater Rudolf stand noch immer erstarrt, aufgesteckt auf ein Altherrenstativ. Rechts von mir hörte ich einen Frauenjuchzer, da stand eine dürre Altjungfer mit rußgeschwärztem Gesicht und großen, braunen Augen und war begeistert. Phantastisch, hauchte sie, phantastisch, wie machen Sie das, Herr Schulze, tut es denn gar nicht weh? Als ich sie eiskalt fixierte und mein Messer gegen sie erhob, konnte sie kaum ihren Atem beruhigen, klatschte in die Hände mit einer schier wahnsinnigen Frequenz wie ein toller Pinguin und hielt mir ihren Hals hin.

Stechen Sie, hechelte sie, stechen Sie mich ab, na los, endlich, was ist, trauen Sie sich nicht?

Bevor ich auf diese neuerliche Verunsicherung reagieren konnte, war Henry Morgan an ihr dran, und ohne eine Sekunde zu fackeln, packte er sie brutal an den Haaren, dass sie aufschrie vor Lust und Begeisterung, ihren Zeigefinger an die Halsschlagader hielt und schrie: Hier! Hier! Hier! Was sind Sie für ein Weichei?! Stechen Sie mich ab, ich bitte Sie!

Die Damen und Herren um sie herum applaudierten und hoben ihre Gläser. Da zog Dibbuckmorgan seinen Dolch und stach in die angezeigte Stelle. Die Klinge verschwand bis zur Hälfte im Fleisch, dann wurde sie rot wieder rausgezogen. Die Frau überschlug sich in der Stimme, ein Schrei, metallisch wie das Krächzen eines Papageis, entrang sich ihrer Kehle, die sogleich voll lief mit Blut, das beim nächsten Schreiversuch über ihre zuckende rosa Zunge sprudelte und aus dem Mund schoss. Morgan schlug der Frau mit der flachen Hand aufs Maul und verstrich alles in ihrem Gesicht. Der Frau sackten die Knie durch, sie hatte große, klare Schockaugen, alles sudelte voll, die Umstehenden klatschten wie blöde, warfen ihre Gläser in die Luft, eine rief: Frau Kamper, das sieht ja furchtbar aus, soll ich ein Pflaster holen, und ging unter im Gejohl der anderen, die sich krümmten vor Lachen, bis auf eine dürre Ältere, die sich abwandte und mit dem Kotzen rang. Zwei Jungs, auch sie total blau, sahen die Alte, die rückwärts gewandt würgte und lachten los, der eine schlug der Frau auf den Rücken, als hätte sie eine Gräte verschluckt, und fiel fast auf sie drauf. Morgan hielt die zuckende Frau immer noch an den Haaren, schüttelte sie wild, dass ihr tauber Kiefer hin und her und rauf und runter schlackerte, verteilte das Blut, das unter Hochdruck aus dem Mund und aus der offenen Aorta spritzte.

In diesem Moment regte sich Petras Vater, der genau wie alle andern gefesselt auf das zuckende Bündel in Morgans Hand gestarrt hatte. Ihm quollen die Augen raus, als er das viele, viele Blut sah, und er tastete wie unter Hypnose nach seinen beiden Schlitzen an Hals und Wange. Tupfte an ihnen entlang, steckte sich einen Finger in den Mund und schmeckte ab. Ist das echt?, fragte er.

Er tastete wieder, mit Nachdruck, dass das Blut stärker herausquoll und konnte es nicht begreifen. Er fing an zu glucksen mit geschlossenen Lippen jetzt. Sein Zwerchfell zuckte. Es klang wie dumpfes Husten, doch er lachte, lachte immer mehr, lachte laut in sich hinein. Dann sagte er: Stechen Sie nochmal, junger Mann, oder ich rufe Ihren Kollegen. Wie der zur Sache geht. Mir brannte die Sicherung durch. Wieder kam es hoch, mit Macht, dieses Gefühl, das mich beherrschte, als ich auf Orloff eingeprügelt hatte, die Nichtigkeit dieser Erfindung Mensch. Dieser betrunkene Bausatz. Sein aufgepunkteter Faschingsbart. Ich wollte ihn wegmachen. Draufschlagen, bis seine Einzelteile verstreut auf dem Boden lagen. Der wollte es nicht anders. Seinen Vaterkopf abtrennen vom Rumpf. Ihn zerquetschen. Die Kopfhaut abziehen. Bis das ver-

dammte Vatermaul Ja sagt. Ja sagt. Ja, ja, ja. Ich reiße seine Falsch-
heit auseinander, bis er schreit: Du bist echt und ich nicht. Er muss
ein Geständnis ablegen.

Ich schlug blind auf sein Gesicht, die Klinge in der Faust. Einmal.
Noch einmal. Und noch einmal. Und noch einmal. Die Klinge ist
meine Fernbedienung, ein Schnips, und ich schalt dich aus. Und
während er dastand, und während er immer noch aufrecht dastand
und mich erwartungsvoll anblickte – täuschte ich mich oder lag in
seinem Blick eine Spur von DANKBARKEIT –, spürte ich die
Furcht in mir hochkriechen: Wenn er nicht umfällt, wenn er nicht
auseinander geht, wie ich mir das vorgestellt hab, wenn er sagt:
Schlag mich bitte fester, ich spüre doch gar nichts, was soll denn
dein Vater sagen, wenn ich ihm berichte, deine Schläge hätten keine
Wirkung. Er will doch stolz auf dich sein. Na los, versuch's noch
einmal. Soll ich deine Faust halten? Brauchst du einen Moment
Pause? Schau, hinter dir warten deine Kameraden und fiebern mit.
Er fiel nicht um.

Was, wenn sein Blut tatsächlich unecht? Wenn er gar kein echtes
Blut hatte? Wenn aus dem falschen Piraten falsches Blut floss?

Diese Attrappe hat Theaterblut geladen, riechst du nicht den Erd-
beergeschmack, schau ihn an, sein Gesicht ist zerkratzt und läuft
aus, und er leckt sich ab in höchster Ekstase, befriedigt sich an seinem Fruchtsaft, wahrscheinlich steht irgendwo ein Kanister, an den
er mit Schläuchen angeschlossen ist, da hat er Nachschub für Stunden, der Unersättliche, da kann ich lange schlagen.

Ihre Stimme kam dazwischen. Thomas, Thomas, so hör doch auf,
ich fleh dich an, rief sie mit Tränen im Gesicht, das klang echt wie
im Film. Tatsächlich war jetzt ein Objektiv auf mich gerichtet, der
Typ, der Petra an die Wäsche gegangen war, hielt seine Videokamera auf die Szene, er wusste genau, wie sie funktionierte, er hatte
alles im Ausschnitt, die flehende Petra, ihren zerritzten Vater und
mich. Jeder sein eigener Ü-Wagen. Können Sie mit dem Herrn
ein Stück nach links, dann hab ich die andern auch mit drauf, sagte
er seelenruhig. Das rechte Auge schien an der Linse festgeklebt,
Mensch und Gerät Siamesen.

Mehr nach links, wies er jetzt Morgan an, nach links, an den Bildrand, so ist es toll, ach, Frau Kamper, haben Sie früher mal Modell gestanden? Wie Sie das aushalten, so lange in der extremen Haltung, das glaubt mir kein Mensch. Frau Kamper, schreien Sie nochmal, oder machen Sie den Mund weit auf, dass es nach Schreien aussieht. So, sehen Sie, wie ein großes O, ein großes O, der Schrei muss aussehn wie ein O, sonst ist er keiner.

Frau Kamper reagierte nicht mehr. Sie hing leblos an ihren Haaren. Ihre Haut war ganz weiß. Sie war ausgelaufen. Morgan schüttelte sie ein letztes Mal und ließ sie fallen. Frau Kamper klatschte zu Boden wie ein Stück Pinguin.

Unser Meister sah sich nach dem nächsten Opfer um. Für ihn war es der Einstand. Er war jetzt gefestigt in seinem Äußeren, das Unschlüssige, das Zittrige war gewichen. Er war jetzt Kapitän Sir Henry Morgan, leibhaftig, den alten Dokumenten entstiegen, von Kupferstichen auferstanden, Fleisch gewordener Führer. Grimmig stand er auf seinem Schlachtfeld. Los! schrie er. Männer! Frères de la Côte! Ich will Blut sehn! Wollt ihr das auch?

Oder wollt ihr zugaffen wie die anderen?

Die erste Welle brauste heran, ohrenbetäubendes Gebrüll, man hörte den klirrenden Stahl der Messer und Säbel, das Kreischen und Johlen der Touristen, die immer noch nicht begriffen, dass es um ihr echtes Leben ging. Im nächsten Moment spürte ich die Hand von Petras Vater auf meiner Schulter. Im ersten Reflex wollte ich sie abreißen, dann sah ich, dass er ernsthaft taumelte und Halt suchte an mir, sein Auge war gebrochen, er schwankte, brummte irgendwas, lallte, sein Gesicht war unter dem verschmierten Blut kaum noch zu erkennen, dann brach er vollends zusammen, klammerte sich in letzter Sekunde an mich, stöhnte, ich knickte fast ein unter seinem Gewicht, seine Arme rutschten ab von meinen Schultern, fassten noch einmal nach, ich stieß ihn von mir, er fiel. Schlug auf. Mit dem Gesicht zuerst. Blieb da. Petra war bei ihm. Ich konnte sie nicht schluchzen hören in dem Lärm, sah aber, dass sie es tat. Sie war die Einzige, die begriff. Schützend legte sie sich über ihren reglosen Vater. Was sollte ich tun? Bevor ich einen Gedanken fassen konnte, hörte ich den Typ mit der Kamera: Petra, dreh deinen Daddy um, dreh ihn um, ich will sein Gesicht haben, komm, tu mir den Gefallen, na mach schon! Herr Schulze, kuku, kuku, drehen Sie Ihr Gesicht zu mir, hier ist der Käse, hier ist der Käse.

Ich holperte los, du Wespe, dich klatsch ich, fiel fast über einen erstochenen älteren Herrn, dem Lafitte den Bauch aufgeschlitzt hatte, kuku, kuku, wie macht der Käse, wie macht der Käse, der Typ hatte mich voll im Visier, wie ich ruderte mit den Armen, nach Gleichgewicht suchend in dem Leibergewirr, ich streckte meine Arme aus, kuku, kuku, sein Auge klebte am Objektiv, zu spät nahm er wahr, dass ich vor ihm stand, jetzt sah er wohl schwarz, dann riss ich ihm die Kamera aus der Hand, warf sie mit aller Wucht auf den Boden, dass sie in Stücke ging, das Band fiel heraus, nein, nein, schrie er, das glaubt mir doch zu Hause keiner, ich rammte meinen Stempen in das Band, vernichtete sein Ferienerlebnis, dann stieß ich den Typen mit einem Schlag zu Boden und nahm Maß mit meinem Holz. Ich wollte sein Geständnis. Mein Holz wollte es aus ihm raustreten. Sag, dass ich echt bin. Sag: Ja. Sag nur ein einziges Mal: Ja. Alles ging kinderleicht. Der Mann schrie wie am Spieß. Er wehrte sich nicht. Wahrscheinlich hoffte er noch, dass seine Bauchschmerzen in ein Kitzeln münden würden, hoffte, laut loslachen zu können, hoffte auf einen Handschlag meinerseits, dass ich eine Polaroid zückte, um ihn winselnd zu knipsen, Schnappschuss für das Bücherbord, es war wirklich kinderleicht, ich trampelte auf dieses Menschenfleisch wie auf einen Medizinball, ich tollte herum, ausgelassen, kuku, kuku, wo ist das Vögelchen, sagt es: Ja?, und er sagte: Ja, er sagte laut und deutlich: Ja, ja, ja, ja, das tut mir weh, echt, und da war ich überglücklich, endlich das Geständnis zu hören, das mir so gefehlt hat. Irgendwann sagte er gar nichts mehr, ich trampelte aber weiter auf ihm rum, bis es aus seinem Bauch herausquoll; all das, was ein Medizinball so in sich führt, die Leber, die Lunge, die Späne, den Sand. Ich warf meine Arme in die Höh und schrie laut: Ja, ja, ja, inmitten des tosenden Schlachtfelds. Ich war echt! Ich war endlich echt. Wenn so der Krieg ist, schoss es mir durch den Kopf, wenn so der Krieg ist, dann will ich Krieg, immer und immer wieder.

Wie sie alle losmachten. Nie war ich so begeistert von der Kraft des entschlossenen Willens, der genau wusste, was er zu tun hatte. Wie sicher die Messerstiche dann wurden. Wie genau man dann traf. Die schwachen Touristen mit ihren aufgemalten Bartstoppeln, den angeklebten Bärten, den Augenklappen aus der Ramschboutique! Sie zeigten keine Gegenwehr, weil sie keinen Willen hatten, weil sie zu schwach waren, weil sie nicht zusammenhielten, was für ein Leben geht da zu End, was für eins?

Alle waren im Blutrausch, Gomez, Lafitte, Bowles, sogar Bowles, der Schwächste von uns, er fiel über sie her wie der tollwütige Tod, Smith, Abarythwyth, van Arl, und Gomez, der tumbe Gomez, er eliminierte das pauschale Pack wie Pixel mit der Maus, es war berückend, fast schon klassisch, wie sie sich bewegten, wie Ballett, wie ein blutiges Ballett des Todes, nur Klok machte nicht mit. Ich sah ihn abseits stehen am Buffet und sich Oliven und Sardellen zwischen die Zähne schieben. Dann und wann schaute er auf das Schlachtfeld, und ich meinte ihn lächeln zu sehen, still in sich hinein grinsend, dann spuckte er Kerne aus.

Dann sah ich, wie der Typ mit der Videokamera, den ich für erledigt hielt, mit einer Buffetkelle aufrecht im Saal stand, von hinten an den lachenden Bowles schlich und die Kelle mit voller Wucht auf dessen Kopf krachen ließ. Bowles brach sofort zusammen und rührte sich nicht mehr. Zu mir! Zu mir!, brüllte der Typ mit der Videokamera, und da standen sie auf, die sich hinter Anrichtetische und Zinkwannen mit Shrimps geflüchtet hatten, Verletzte und Totgeglaubte, bewaffnet euch!, und sie entledigten sich ihrer Plastikwaffen und plünderten das Buffet, griffen sich Messer, Gabeln, Schöpfkellen und Geflügelscheren und nahmen den Kampf auf.

Da bekam ich eins auf den Schädel, ein trockener Schlag, voll auf die Decke, ich drehte mich um, es dröhnte, da stand Petras Vater mit einer schwarzen Pfeffermühle bewaffnet, er lachte mich herausfordernd an:

WIR STEHEN IMMER WIEDER AUF SCHON AUS PRINZIP!!!

Für kurz hatte ich Testbild, hielt mich irgendwo fest, als ich wieder auf Sendung war, lag Petras Vater wieder am Boden, sie bei ihm. Klok stützte mich, um uns herum tobte die Schlacht, die Schreie, das Klirren der Säbel, das Blut.

Dass ich das angerichtet habe.

Eine ausgeglichene Partie, sagte Klok. Fabelhaft.

Klok, ich bin kein Pirat.

Sie haben sich vorzüglich geschlagen.

Jemand riss einen Bart ab, er flog gegen meinen.

Klok, ich will zurück auf meinen Schreibtisch.

Dafür ist es jetzt zu spät. Sie sind zu weit gekommen.

Und Petra lag noch immer auf ihrem Vater. Er war wieder nicht tot. Er rührte sich. Wollte wieder hoch. Sie flüsterte immer etwas in sein Ohr, tätschelte seinen Kopf. Da trat Lafitte an Petra heran. Klopfte mit seiner Säbelspitze auf ihre Schulter. Petra drehte langsam ihren Kopf. Suivez-moi, Mademoiselle ...

~

Lafitte hatte Petra den weißen Wickelrock runtergerissen, zerrte sie auf einen Buffettisch, nahm den Säbel, und mit einem einzigen Streich wischte er die Tabletts mit den Meeresfrüchten beiseite und drückte Petra auf das Tischtuch, riss ihr den Schlüpfer runter, steckte sich den Schlüpfer auf die Säbelspitze, hielt den Schlüpfer in die Höhe, mir vor die Nase, schwenkte ihn, äffte Petras Stimme nach: Isch ergebe misch! Isch ergebe misch! Isch schwenke die weiße Fahne!

Dann schleuderte er den Schlüpfer fort, nahm mit seinem Säbel Maß und strich mit dem Säbel an Petras Schenkeln hoch. Ich starrte auf Petras Schenkel, wie sie sich öffneten, auf ihre weißen Beine, die dem Säbel nachgaben, der immer höher wanderte, über die Schamhaare strich, starrte auf Petras Schamlippen, starrte auf Lafitte, der sich hineinbeugte, seine lange spitze Lafittenase in Petras Möse steckte, wie er sie dann wieder herauszog.

Wie er dann sagte: Vive les Frères de la Côte, wie er dann mit seiner Säbelspitze in die Meeresfrüchte stach, die Meeresfrüchte, die auf dem Tisch verstreut lagen in Öl und Tunke, wie er Petras Bauch und Petras Schenkel bedeckte mit Tintenfischen, Krabben und Jakobsmuscheln, die sich räkelten in fetter Kräutermarinade, wie die fette Kräutermarinade glänzte auf Petras bleicher Haut, wie die Tintenfische, Krabben, Jakobsmuscheln hin und her rutschten auf ihrem dünnen zitternden Petrabäuchlein, das immer noch nicht braun war, nach so langer Zeit noch nicht braun war, es wohl nie werden würde.

Manche Menschen werden einfach nicht braun, dachte ich und sah, wie das Buffet Petra zwischen die Beine schwamm. So viel hättest du dir nie auf den Teller getan, dachte ich, als Lafitte immer mehr Tintenfische, Krabben, Jakobsmuscheln auf Petra aufhäufte, bis sie ganz zugedeckt war, nur ihr Geschlecht lag frei, wie Lafitte dann sagte: Alors, qui commence? Qui commence?

Wie plötzlich Klok und Morgan aus dem Getümmel auftauchten, mit dem Finger auf mich zeigten und sagten: Blomberg, bitte nach Ihnen. Viel Vergnügen, und machen Sie nicht zu lang, wir wollen auch noch.

Dass ich dann schrie: Das nicht. Das doch nicht. Um Gottes willen, das nicht.

Wie Klok in Seelenruhe sagte: Wieso nicht? Das gehört doch zum Programm. In den Quellen steht nicht, dass ein Pirat jemals aus Anstand eine Frau verschont hat.

Dass ich dann erwiderte: Wir nehmen sie als Geisel.

Wie Morgan dann sagte: Du hast wohl nicht verstanden. Das ist ein Befehl, Blomberg. Ein Befehl von höchster Stelle. Wenn du diese Fotze nicht nimmst, ist es aus mit dem Seemannsglück, dann ist es nichts mit Karriere, dann fahren wir dich zur Insel.

Wie dann Lafitte, Bowles – wieso Bowles, wo kam der jetzt her? –, Popescu und Big Foot le Pre skandierten: Blomberg ins Heim! Blomberg ins Heim! Blomberg ins Heim! Und wie nach und nach alle anderen mit einstimmten. Blomberg ins Heim! Blomberg ins Heim!

Wie Klok auf mich zukam, mich beiseite nahm und sagte: Blomberg, seien Sie vernünftig und nehmen Sie die Alte, denken Sie nach, Sie stehen so kurz vor einem gewaltigen Karrieresprung, jetzt vermasseln Sie sich nicht alles!

Was heißt das, Klok, was zum Teufel meinen Sie?

Das haben Sie immer noch nicht gemerkt? Sie haben das Zeug zum Kapitän, da können Sie wegen so einer Lappalie nicht straucheln. So, und jetzt tun Sie, was Sie tun müssen! Nehmen Sie das Mädchen! Nehmen Sie sie wie ein Seemann! Das hier ist Ihre Meisterprüfung!

Mein Holz jaulte auf. Jetzt biss mein Zerberus zu. Er fletschte seine Zähne, der Sabber troff von seiner langen Zunge: Jetssssss Blomberg ... tu essssss ... fassssss ... fassssss ... die Sssssssanduhr ist abgelaufen ... ssssstossssss tssssssu ... keine Rückssssssicht ... du bisssssst Korssssssar und Korssssssaren sssssstossssssen tssssssu!!!

Wie ich dann dastand und die Männer mich anfeuerten:

EINS NULL EINS NULL EINS NULL EINS NULL!!!

Wie ich mich dann über Petra beugte.

Wie sie mich anstarrte, als wüsste sie genau, was jetzt passiert.

Wie sie dann sagte: Sehn wir uns danach, wir können ja noch was trinken.

Wie über mir ein sehr heller Scheinwerfer anging.

Wie Petras Vater aufstand und nach einem Handtuch bat.

Wie der Doktor ein Handy aus der Tasche holte und hineinbrüllte: Jetzt nicht!

Wie alles langsam, langsam weiterblätterte

vor meinem glasig gewordenen Auge,

ein öliges Daumenkino,

alles stank nach Fisch und Meer,

wie eine besonders mayonnaisetriefende Seite umbrach,

ich einen langen Trakt entlangging,

immer einer weißen Schwester nach,

in weißer Schwesterntracht,

sie ging vornübergebeugt, sie schob etwas,

ein Wägelchen, ich hörte es quietschen.

Es klang wie junge Möwen.

Sie schob es den grauen Trakt hindurch.
Den endlos langen, ihre Birkenstocks klackten.
Hinten, sah ich deutlich, war der Strand,
der Palmenstrand von Waikiki.
Die Schwester fuhr, Schuppen rieselten von ihren Schultern,
ihr Arsch wackelte mir zu: Komm, komm an den Strand,
hörst du die Wellen?
Lass uns schwimmen gehen zusammen.
Dreh dich um zu mir, rief ich,
doch sie wiegte nur den Kopf: Später, später, wenn wir schwimmen.
Jetzt war sie bei den alten Männern,
die krächzten laut wie Papageien
und hielten ihre Schnabeltassen hin.
Anything goes, riefen sie, anything goes.
Die Schwester nahm eine Kanne, öffnete den Schraubverschluss,
es dampfte, roch nach Hagebutte,
sie goss den Männern ein.
Besanschot an!, riefen sie, einer für alle, alle für einen!
Die Schwester bedachte jeden mit Natreen,
plopps, plopps machte das Natreen, plopps, plopps,
die Männer grölten:
Wir wären alle lieber Cowboys, sagten sie,
dann würden wir jetzt Whisky trinken.
Da drehte sie ihren Kopf.
Marie, endlich, stammelte ich, ich hatte solch eine Sehnsucht nach
dir,
ich habe alles nur getan für dich.
Sie lächelt mich an, na dann komm, wenn du mich willst, dann
komm mir nach, wir gehen ins Wasser, folge mir! Ich muss
schwimmen, meine Haut braucht Wasser.
Und sie lässt den Wagen stehn und rennt nach Waikiki.
Zieht die Hose aus, zieht ihren Schlüpfer aus, zieht ihre weiße
Jacke und ihren BH aus und läuft los, glucksend, schäkernd läuft
sie einfach an den Strand zum Wasser.

Zieh dich aus! Komm! Es ist kinderleicht!, ruft sie, schon Meter weit weg.

Ich stehe da und staune, wie sie das geschafft hat. Ich nestel an meinem Hosenbund, die alten Männer feuern mich an:

EINS NULL EINS NULL EINS NULL!!!

Meine Hose klemmt, der Knoten meiner Kordel ist zu fest. Ich presse mir die Hose übers Becken, oh nein, nicht jetzt, wo doch alles so einfach sein soll.

Marie ist schon nah am Wasser, sie dreht sich um, ihre Stimme wird schon schwächer.

Komm, komm, Thomas, die Kleider weg, zu mir!, ruft sie.

Warte auf mich, rufe ich zurück, meine Hose …

Ich zerre sie mit aller Kraft übers Becken, runter damit, runter damit und rein ins Wasser. Ich reiße die Hose in Fetzen, jetzt verhakt sich der Stoff an meinem Holzbein, das ist so rau, die Späne richten sich auf, Biester ihr, loslassen. Ich reiße und reiße am Stoff, komm, komm, das Wasser ist so angenehm warm, höre ich ihre Stimme.

Ich suche die Brandung ab. Wo bist du? Ganz schwach nur …

Da steht sie, mit den Knöcheln im Wasser, mir zugewandt.

Was für eine helle, zarte Haut sie hat, wie ihre Brüste glänzen in der Sonne. Sie reibt sich mit Wasser ein.

Wasser! Wasser!, ruft sie. Es tut so gut! So wohl! Wasser, willst du was ab?

Sie spritzt in meine Richtung, doch es erreicht mich nicht.

Was machst du für einen Lärm, da ist doch nichts, rufen die Männer.

Endlich bekomme ich die Hose weg von meinem Bein, endlich. Zerre das Hemd von meinem verschwitzten Oberkörper.

Ich komme, rufe ich, ich komme.

Ich blicke in die Ferne, sie ist schon halb untergetaucht, die Brandung klatscht an ihren Körper. Sie taucht ihre Haare hinein, lacht, gluckst, dann springt sie kopfüber in die Gischt.

Nein, nein, warte, schwimm nicht fort!, rufe ich und renne los, renne los, renne hinterher, ihr nach, mein Kopf schlägt gegen etwas Hartes, Kaltes, es tut weh, der Strand an meiner Stirn.

Wo bist du? Wo bist du?, schreie ich, wo bist du, ich sehe dich nicht
mehr!
Hier, hier ... in Augenhöhe seh ich einen Fischschwanz aus dem
Wasser ragen, die Schuppen glitzern.
Hier, hier, sie hebt ihren Kopf aus dem Wasser, zum Küssen nah.
Du bist so weit weg, ruft sie, ich sehe dich kaum, warum kommst
du nicht?
Ich kann nicht, meine Beine sind so schwer.
Ich hab so lang auf dich gewartet, ruft sie, und du kommst nicht,
du kommst einfach nicht.
Aber ich will, ich will, ich will nur dich!
Ein andermal, ruft sie, ein andermal, ich geh jetzt mit der Flut.
Meine Hände hämmern gegen den Sandstrand,
schlagen sich wund an dem steinharten Wasser,
das keinen Millimeter nachgibt,
wieder und immer wieder.
HERR BLUME, höre ich den Doktor,
AN DER REALITÄT LÄSST SICH NICHT RÜTTELN
ICH HOFFE SIE HATTEN EINEN SCHÖNEN AUGUST
WAS MACHEN SIE DENN JETZT WO IHNEN ALLES
OFFEN STEHT?

Marie Pohl
Maries Reise
Band 16034

Die zwanzigjährige Marie Pohl macht eine Reise in sieben
Weltstädte: Havanna, Buenos Aires, San Francisco, Hanoi,
Tiflis, Jerusalem und Helsinki. Es wird eine eigenwillige
und mutige Reise. Neun Monate ist Marie unterwegs. Sie
lebt, liebt, tanzt und sammelt Geschichten.

»Bevor ich studiere, bevor mich alle
mit Sie ansprechen, bevor sich das Fräulein
Marie auf seinen auserwählten Weg macht, möchte
ich meine Generation in ihrer Anfangs-Aufbau-Zeit
finden und porträtieren. Meine Zeit fasziniert mich,
und ich will mehr über ihre Menschen erfahren ...
Ich suche: die interessantesten Personen
meiner Generation.«

»Sie sieht immer ganz leise und lange zu
und findet so mit der Zeit wunderschöne, verblüffend
klug erzählte Geschichten.«
Die Welt

Fischer Taschenbuch Verlag

Nikola Richter
Die Lebenspraktikanten
Band 16992

Sie sind professionelle Lebenspraktikanten mit mehreren Visitenkarten. Sie sind flexibel durch und durch, erfinden sich täglich neu. Sie suchen Jobs und Praktika, knüpfen Kontakte und Netzwerke, wechseln ständig den Aufenthaltsort und lieben provisorisch. Sie sind Meister der Anpassung an eine Gegenwart, in der man leichter einen neuen Partner findet als einen Job. Die Welt steht ihnen offen, sie sind wach und beweglich, hungrig und kreativ. Sie sind behütet aufgewachsen, bestens ausgebildet, mobil, mehrsprachig, ideologisch unverdorben und informationstechnisch auf dem neuesten Stand. Sie sind bereit und bestens gerüstet, das Leben in die eigenen Hände zu nehmen. Sie leben auf Probe. Vermutlich für immer.

»Ich möchte den Alltag der Jobsuchenden
in Geschichten schildern, die nicht fiktiv sind. Sie sind
erlebt, ihnen liegt eine Wahrheit zugrunde. Es sind
Geschichten über die Liebe und das Arbeiten,
über das Scheitern und den Erfolg.«
Nikola Richter

»Vielleicht haben sie einen Job.
Wo es hingeht, wissen sie trotzdem nicht.
Nikola Richter gibt Orientierung über eine orientierungslose
Generation. Treffend, temporeich und zugeneigt.«
Tobias Lehmkuhl

Fischer Taschenbuch Verlag